HEATHER GRAHAM

SIEG DER LEIDENSCHAFT

Roman

Aus dem Amerikanischen
von Eva Malsch

WILHELM HEYNE VERLAG
MÜNCHEN

HEYNE ROMANE FÜR ›SIE‹
Nr. 04/365

Titel der Originalausgabe:
TRIUMPH

Deutsche Erstausgabe 5/2001

First published by Signet, an imprint of Dutton NAL,
a member of Penguin Putnam Inc.

Printed in France 2001
http://www.heyne.de
Umschlagillustration: Leslie Anne Peck/Agentur Schlück
Umschlaggestaltung: Nele Schütz Design, München
Satz: Prechtl, Passau
Druck und Bindung: Brodard & Taupin

ISBN 3-453-17703-7

Prolog

Feuer

Herbst 1864, an der Küste West Floridas, bei Tampa Bay

An diesem Abend sah der Himmel seltsam aus. Der Sturm in der Dämmerung hatte rötliche Streifen im düsteren Grau hinterlassen und die Wolke, die den Mond verdeckte, schimmerte in einem unheimlichen feurigen Licht. Schaudernd blickte Tia McKenzie nach oben. Eine böse Ahnung stieg in ihr auf, denn die Farbe des Blutes, die das Land befleckte, schien die Nacht zu übergießen – sogar das Haus, das vor ihr aufragte.

Früher hatte Ellington Manor zu den schönsten Plantagenhäusern des Südens gezählt, mit einem schneeweißen Säulenvorbau. Elegante Damen in Seide und Samt waren die Verandatreppe hinaufgestiegen, hatten gelacht, getanzt, geflirtet und gehofft, dem richtigen Südstaatenjungen zu begegnen. Dann waren die Soldaten der Konföderation auf dem weiten Rasen ausgebildet worden, bald danach in den Krieg gezogen und zu Zehntausenden gefallen. Während Tia die zerbröckelte, von Ranken überwucherte Fassade des Hauses betrachtete, verspürte sie wieder den vertrauten Schmerz.

Als junges Mädchen war sie oft hierher gekommen, um fröhlich zu sein und zu tanzen und das Leben zu genießen. Jetzt sah sie bedrückt die Risse in den Mauern, die zerbrochenen Fensterscheiben. Der alte Captain Ellington war schon früh bei Manassa gefallen – der junge Captain, sein Erbe, bei Shiloh. Nicht einmal seine sterblichen Überreste hatte man heimgeschickt. Miss Liza Ellington liebte ihren Familienbesitz und hätte ihn niemals verkommen lassen. Aber sie steckte sich mit Masern an, während sie in einem Lazarett außerhalb von Richmond Kriegsverletzte pflegte, und starb. Wenigstens war sie unterhalb des Marmorengels auf dem Familienfriedhof begraben worden, der hinter dem Haus lag.

Jetzt schimmerte schwaches Licht durch einige Fenster. Colonel Raymond Weir von den Florida Regulars war angekommen, Tias Freund und Landsmann. Früher hatte er mit ihr auf den Stufen dieses Hauses geflirtet und nun empfand er noch tiefere Gefühle für sie. Eigentlich müsste sie Verständnis für seine Absichten aufbringen. Er wollte das Haus eines Unionssympathisanten niederbrennen.

Aber jener Mann war ihr Vater.

Aus den verfallenen Nebengebäuden im Süden des Haupthauses drangen die Geräusche von Männern und Pferden. Weirs Soldaten rüsteten sich für den Angriff, vor dem man Tia gewarnt hatte. Unter Weirs Kommando sollten fünf Kompanien, je fünf bis zwanzig Mann, nach Cimarron reiten, zum Heim ihres Vaters, und das Haus anzünden. Falls er am Leben blieb, würde man ihm einen Scheinprozess machen und ihn dann hinrichten. Während ihre Mutter … Nun, angeblich wollte Weir das Schicksal der treuen Ehefrau des Verräters ignorieren – ein Konföderiertenoffizier, der das Kriegsrecht in seine eigenen Hände nahm.

Noch hatten die Soldaten McKenzies Tochter nicht entdeckt. Sie war allein hierher geritten, um die Ereignisse zu beobachten und erst einmal abzuwarten. Im letzten Moment würde sie Weir zurückhalten oder wenigstens Zeit gewinnen. Zweifellos würde Hilfe eintreffen, doch das konnte eine Weile dauern. Ebenso wie der Staat, war auch ihre Familie gespalten – ihr Vater ein Unionist, ihr Bruder Ian ein Yankee-Held, während sie selbst und ihr zweiter Bruder Julian für die Sache der Rebellen eintraten. Davon war sie früher fest überzeugt gewesen, als die Männer in Grau und Blau noch ehrenhaft gekämpft hatten.

Auf Tias dringende Nachricht hin würde ihr Rebellenbruder den ein Jahr älteren Ian verständigt haben. Noch an diesem Abend müsste eine Truppe auf Cimarron eintreffen. Bedauerlicherweise konnte sie einen anderen Yankee nicht um Hilfe bitten, denn er kämpfte gerade irgendwo im Norden. Nur weil Ians Frau jeden Augenblick ihr Baby zur Welt bringen würde, durfte Tia hoffen, er wäre nach Florida gekommen und hätte ihre Mitteilung erhalten.

Nun musste sie Zeit gewinnen, bis er hier eintraf. Aber wie, überlegte sie zum tausendsten Mal. Ich kann's schaffen, sagte sie sich. Ganz allein war sie aus dem Camp geritten. Innerhalb weniger Tage hatte sie fast hundert Meilen zurückgelegt. Welch eine Ironie – ihr Vater würde wütend sein, so wie die anderen Männer in ihrem Leben …

O Gott, wie sollte sie Weir aufhalten?

Und plötzlich wusste sie die Antwort. Ganz einfach – sie war keine Rebellin mehr. Sie hatte genug für die ›große Sache‹ getan und keine Gefahr gescheut, um Menschenleben zu retten … Was sie plante, war falsch. Aber jetzt durfte sie sich keine Zeit für moralische Bedenken und Ehrgefühle nehmen, nicht einmal für Versprechen, in einer anderen Zeit gegeben, als sich die Welt noch nicht so schnell gedreht hatte. Am Krieg konnte sie nichts ändern, ebenso wenig an der Tatsache, dass die Liebe zu ihrer Familie wichtig war.

Natürlich würde Weir sie empfangen – und ihr vielleicht sogar gestatten, mit ihm zu flirten, ihn anzuflehen … Dann würde er verkünden, so sehr er es auch bedaure, ihr Vater sei ein Verräter und müsse noch in dieser Nacht sterben. Er würde sich für den Sieger halten, ohne zu ahnen, dass sie einfach nur die Zeit gewann, die sie brauchte.

Um sich zu verteidigen, hatte ihr Vater zahlreiche Männer eingestellt – Schwarze, Weiße, Seminolen, Creek, Deutsche, Iren. Aber Weir würde zu einer weiteren Kavallerieeinheit aus dem Norden stoßen. Gegen diese Übermacht konnten McKenzies Streitkräfte nichts ausrichten, außer, sein Yankee-Sohn traf mit Verstärkung ein, bevor die Schlacht begann. Tia ritt zum Eingang von Ellington Manor. Im Lichtschein, der aus den Fenstern fiel, stieg sie ab und ging zu den Verandastufen.

»Halt!«, rief eine heisere Stimme und ein junger Wachtposten trat aus dem Schatten. »Madam ...«

»Ich muss Colonel Weir sprechen, Sir. Bitte, richten Sie ihm aus, Tia McKenzie ...«

»Oh – Miss McKenzie!« Jetzt erkannte er sie. Seine schmalen Wangen färbten sich feuerrot. »Gewiss, sofort ... Thackery, Madam, wenn Sie sich an mich erinnern. Kurz vor der Schlacht bei Olustee sind wir uns auf General Ropers Ball begegnet.«

»Ach ja. Guten Abend, Sir.« Zum Glück genoss sie den Ruf einer eingefleischten Rebellin, obwohl ihr Vater für die Union kämpfte. Halb mitfühlend, halb schuldbewusst starrte der junge Soldat sie an und schien sich zu fragen, ob sie Weirs Plan kannte. Eigentlich durfte sie nichts davon wissen. Aber ein Soldat, der von ihrem aufopferungsvollen Engagement für die Konföderation wusste, hatte ihr von dem tückischen Plan erzählt. Schon vor langer Zeit hatte die Regierung beschlossen, ihren Vater in Ruhe zu lassen. Wenn seine Sympathie für die Union auch bekannt war – er hatte seit dem Ausbruch des Sezessionskrieges stets eine neutrale Position eingenommen. Auf Cimarron hatten Soldaten aus beiden Lagern schon oft einen Hafen für ihre Verwundeten gefunden und McKenzies Vieh ernährte Yankees und Rebellen gleichermaßen. Tias Fingernägel gruben sich schmerzhaft in ihre Handflächen. Diesen ungerechtfertigten Angriff auf ihren Vater musste sie mit aller Macht verhindern.

Thackery öffnete die Haustür und Tia folgte ihm hastig in die Halle, die als Salon fungierte. Sicher wünschte der junge Soldat, sie würde draußen warten. In einer fadenscheinigen Uniform, die Hände hinter dem Rücken verschränkt, stand Raymond Weir vor dem Kamin. Er war ein hoch gewachsener, attraktiver Mann mit langen blonden Locken, blauen Augen, die alles zu sehen schienen, und einem markanten, trotz des Kavalleriehuts sonnengebräunten Gesicht. Als Tia eintrat, drehte er sich hastig um und runzelte die Stirn.

»Sir, Miss McKenzie...«, begann Thackery.

»Tia!«, rief Weir und schnauzte Thackery an: »Private, heute Abend habe ich keine Zeit für Besuche ...«

»Mach ihm keine Vorwürfe«, fiel Tia ihm ins Wort, »ich bin ihm ohne Erlaubnis nachgegangen.«

»Jetzt kann ich dich nicht empfangen, Tia.« Immerhin besaß er genug Anstand, um zu erröten. »Ich habe zu tun. Was machst du hier? Eigentlich dachte ich, du wärst bei Julian.«

»Ich bin auf dem Heimweg«, log sie. »Und da hörte ich, du wärst in Ellington Manor. Raymond, ich muss dich unbedingt sprechen.«

»Lassen Sie uns allein, Private Thackery.«

»Haben Sie eine Order, Sir? Für die Männer?«

»Wenn es an der Zeit ist, werden sie ihre Order bekommen, Private.«

»Aye, Sir!« Thackery salutierte und verließ das Haus.

Tapfer erwiderte Tia den eindringlichen Blick des Colonels. Nach einem kurzen Schweigen räusperte er sich und wies zu einem Sideboard, auf dem eine Kristallkaraffe stand. »Leider kann ich dir keinen so exquisiten Drink wie Sherry anbieten. Aber im Lauf der Jahre hast du dich sicher an den schärferen Geschmack von Kentucky Bourbon gewöhnt.«

»Schon vor dem Krieg.« Sie ging zu dem Sideboard und füllte zwei Gläser. Für ihn schenkte sie etwas mehr ein. Als er ihr den Drink aus der Hand nahm, musterte er sie sehnsüchtig – und misstrauisch. Früher hatte ihr sein Interesse geschmeichelt, jetzt verachtete sie ihn.

»Was führt dich zu mir?«, fragte er und nippte an seinem Whiskey.

O Gott, wie sollte sie anfangen? Sie steuerte geradewegs auf die Hölle zu und dort würde sie unweigerlich ankommen, wenn Taylor von ihren Aktivitäten in dieser Nacht erfuhr. »Ich bin zu dir gekommen, weil ...« *Warum?* »Weil ich zu viele Menschen sterben sah. Ich dachte, meine Arbeit in Julians Lazarett wäre wichtig. »Aber ...« Zu ihrer eigenen Überraschung brannten sogar Tränen in ihren Augen. »Das Leben ist so kostbar. Und man kann es so leicht verlieren. Inzwischen hat die Zeit eine andere Bedeutung für mich und ich wollte dir erklären, wie sehr ich es bedaure ...«

Abrupt nahm er ihr das Glas aus den Fingern und stellte es zusammen mit seinem eigenen, das er bereits geleert hatte, auf das Kaminsims. Dann ergriff er Tias Hände. »Dass du meinen Heiratsantrag abgelehnt hast?«

Den Kopf gesenkt, nickte sie. *Natürlich, das war die Lösung des Problems – eine Trauungszeremonie würde einige Zeit dauern.*

»Ich würde dich immer noch heiraten«, beteuerte er und hob ihr Kinn. »Nicht nur, weil du so wunderschön bist ... Vor dem Krieg faszinierten mich deine Träume, dein leidenschaftlicher Wunsch, die Welt zu sehen. Und jetzt bewundere ich deinen Mut, deine Opferbereitschaft. Ich werde dich ewig lieben. Aber ...«

Aber du wirst meinen Vater hängen, du Bastard, vollendete sie den Satz in Gedanken. Vielleicht wusste er nicht, wie sehr sie ihren Vater trotz der unterschiedlichen politischen Ansichten liebte – mehr als jeden Traum, jedes Ideal.

»Heute Abend geht es nicht, Tia«, fuhr Raymond fort und ließ ihre Hände los. »Die Pflicht ruft ...«

Mit sanften Fingerspitzen strich sie über seine Wange. »Der Krieg wird noch lange genug dauern. Also kann die Pflicht warten. O Raymond, du hast Recht – es war ein Fehler, dich abzuweisen. Heirate mich! Jetzt gleich!«

Seufzend schüttelte er den Kopf. »Zu meiner Truppe gehört kein Priester. Das bedaure ich zutiefst, denn nach dieser Nacht wirst du zur Besinnung kommen und nichts mehr mit mir zu tun haben wollen.«

»Wieso glaubst du das?«, fragte sie und ließ sich nicht anmerken, wie verzweifelt sie andere Mittel und Wege suchte, um ihn aufzuhalten. Er zögerte. Offenbar glaubte er, sie würde seinen Plan nicht kennen. »In diesem Krieg werden wir zu schrecklichen Dingen gezwungen ...«, begann er. »Und wir wissen nie, was die unmittelbare Zukunft bringen wird.«

»Wegen des Krieges hatte ich das Gefühl, ich müsste die Hoffnung auf ein persönliches Glück aufgeben und nur noch der Sache dienen.« Nein, er wusste auch nichts über *sie.* Nur wenige Männer kannten die Wahrheit. *Zum Beispiel Taylor. Sie hatte geschworen, sie würde ihre Tätigkeit beenden. Das hatte sie versucht. Aber jetzt war sie hier und ...*

»Also hast du mich auch geliebt?«, fragte Raymond hoffnungsvoll und skeptisch zugleich.

»Warum sollte ich einen so galanten Kavalleristen nicht lieben?«, entgegnete sie lächelnd. »So viel hat uns der Krieg schon gestohlen, so viele Mädchen werden ihre Liebsten nie mehr umarmen ...«

»Mein Gott, welch ein Pech, dass ich jetzt gehen muss ...«

»Nein, Ray! Heute Abend kam ich zu dir, weil ich die Zukunft fürchte. Deshalb will ich – das Glück genießen, das für mich bestimmt ist. Bevor es mir entrissen wird ...«

Er lächelte wehmütig. »Wie gesagt, ich muss gehen.«

Irgendwie musste sie ihn zurückhalten. »Jetzt darfst du mich nicht verlassen. In dieser Nacht …« Ringsum schien sich alles zu drehen. »In dieser Nacht will ich – die Liebe kennen lernen.«

»Mein Gott, Tia«, flüsterte er. »Weißt du, was du da sagst?«

»Ja. Genauso, wie ich weiß, dass du heute Nacht da hinausreiten – und für unsere Sache sterben wirst, wenn es sein muss. Dann werde ich bald eine verbitterte alte Jungfer sein, die das Leben nie gekostet hat.«

»O Tia!« Plötzlich riss er sie an seine Brust und küsste sie leidenschaftlich. Angst und Abscheu stiegen in ihr auf und sie wollte ihn mit aller Kraft wegstoßen. Aber dann dachte sie an ihren Vater, dessen Leben auf dem Spiel stand, den sie retten musste. Dafür war keine Sünde zu verwerflich …

Trotzdem befreite sie sich aus Raymonds Armen und schaute zur Haustür. »Gibt es kein Zimmer, wo wir ungestört wären?«

»Doch, im Oberstock. Ein Schlafzimmer wurde sauber gemacht – und das Bett frisch bezogen, mit der Wäsche, die meine Leute in einem Schrank fanden. Dort habe ich mich vorhin ausgeruht.«

Tia nickte und ging zur Treppe. In diesem Augenblick flog die Haustür auf und Thackery stürmte herein. »Sir, die Männer werden unruhig …«

»Schon gut«, erwiderte der Colonel resignierend, »ich komme sofort.«

Tias Gedanken überschlugen sich. Wenn sie ihn jetzt gehen ließ, war alles verloren. Sie stand an der Wand neben der Treppe. Nur er konnte sie sehen. Kurz entschlossen zog sie die Nadeln aus ihrem langen dunklen Haar und ließ es über die Schultern fallen. Dann begann sie die zahlreichen winzigen Knöpfe am Oberteil ihres Kleides zu öffnen. Wie oft habe ich das schon getan, dachte sie fast hysterisch. Ich bin viel zu geübt …

Und so zwang sie sich, ihre Finger langsamer zu bewegen. Ray starrte sie an, warf unschlüssig einen Blick auf den Soldaten und wandte sich wieder zu ihr. Beinahe hatte sie ihn für sich gewonnen.

»Sir!«, drängte Thackery.

Zum Glück musste sie ihre Unterwäsche in diesen schweren Zeiten der Entbehrung auf ein Minimum beschränken. Sie streifte das Kleid von ihren Schultern, entblößte ihre Brüste und wartete atemlos.

»Noch dreißig Minuten, Private Thackery«, stieß Ray hervor. »Sagen Sie den Männern, sie sollen inzwischen die Pferde satteln.«

Dreißig Minuten! Würde das reichen? Wenn Ian zu spät auf Cimarron eintraf …

Thackery ging hinaus und Ray eilte zu Tia. Als sie die Treppe hinaufstieg, schlug ihr Herz wie rasend. Ein Messer … Hätte sie bloß ein Messer eingesteckt. Dann könnte sie ihn hinrichten, so wie er ihren Vater hinrichten wollte … Nein, niemals würde sie einen Menschen kaltblütig töten.

»Nach rechts.« Ray folgte ihr auf den Fersen. Am Treppenabsatz schlug sie die genannte Richtung ein. Plötzlich glaubte sie, ein Geräusch zu vernehmen. Eine Bewegung im Haus. Vielleicht rüttelte der Wind an morschen Fensterläden. Oder sie verlor den Verstand – die Strafe des Allmächtigen für ihre Sünde … »Diese Tür.«

Offenbar hatte Ray nichts gehört und sie litt tatsächlich an Halluzinationen. Sie betrat ein Zimmer. Zwischen aufgezogenen Vorhängen strömte das Mondlicht herein, immer noch mit jenem geisterhaften rötlichen Glanz. Früher hatte der Hausherr diesen Raum mit dem schön gemeißelten Kaminsims an der linken Wand bewohnt. Tia begann am ganzen Körper zu zittern. Von allem, was sie je getan hatte, war dies das Schlimmste.

»Mein Schatz …« Raymond stand hinter ihr, strich

über ihre nackten Arme und presste seine Lippen auf ihren Nacken. Von wildem Hass erfüllt, biss sie die Zähne zusammen, als sie seine Hände an den Häkchen ihres Rocks spürte, der wenig später zu Boden fiel. Mit flinken Fingern löste er die Bänder der Unterhose und sie glitt ebenfalls hinab. Blutrote Mondstrahlen beleuchteten ihr nacktes Fleisch. *Nicht so schnell … Sie brauchte mehr Zeit* … »Komm, Liebste.«

Wie sollte sie seine Berührung ertragen, wenn sie sich nach einem anderen sehnte? »Schau doch, der Mond!«, wisperte sie und lief zum Fenster. »So blutig wie der Krieg …«

»Für Gespräche fehlt uns die Zeit«, unterbrach er sie, warf seinen Schwertgurt beiseite, schlüpfe aus dem Kavalleriejackett und dem Hemd.

»Ray – ich brauche noch einen Drink. Für mich ist das alles neu …«

»Darf ich dich daran erinnern, dass es *dein* Vorschlag war?« Viel zu lange hatte sie ihn abgewiesen. Jetzt verlor er die Geduld. »Soll ich gehen?«

»Nein!«

Da hob er sie hoch, legte sie aufs Bett und setzte sich zu ihr. Sie würde schreien, mit beiden Fäusten gegen seine Brust trommeln. »Meine Liebste«, flüsterte er wieder und küsste ihre Fingerspitzen.

»Mein – Liebster«, würgte sie hervor und kämpfte mit den Tränen. Nein, dazu war sie nicht fähig.

»Großer Gott!« Aus rötlichen Nachtschatten drang die Stimme eines anderen Mannes, tief und heiser. Nicht die Stimme irgendeines Mannes. *Seine* Stimme. Unmöglich, dachte Tia. Und doch …

Auf leisen Sohlen musste er ihnen durch das dunkle Haus gefolgt sein. Sie sah nur die Umrisse seiner Gestalt. Aber die vertraute Stimme war unverwechselbar – eine Stimme, in der so oft Gelächter mitschwang – oder heiße Wut, wie in diesem Moment. Ihr Blut drohte zu gefrieren und sie spürte, wie Raymond erstarrte.

»Jetzt ist Schluss mit diesem Unsinn!«, fauchte Taylor, trat aus den Schatten, und Tia spürte seine zornige Nähe. Verzweifelt wich sie seinem Blick aus.

»Was zum Teufel …« Raymond drehte sich um. »*Sie*, Taylor?«

Im gespenstischen Mondlicht sah sie Stahl funkeln, eine Klinge an Rays Kehle. »Hör auf, Taylor!«, rief sie.

»Ah, endlich schenkst du mir deine Aufmerksamkeit.«

Sie schloss die Augen und hoffte inständig, sie würde die Ereignisse dieser Nacht nur träumen. Wieso war Taylor hier? Er sollte doch im Norden kämpfen. Wäre sie über seine Anwesenheit informiert gewesen, hätte sie ihren Stolz hinuntergeschluckt und ihn um Hilfe gebeten, statt sich auf das schreckliche Spiel einzulassen, das sie jetzt trieb. Sicher würde er ihren Vater retten.

»Tut mir Leid, aber dieses kleine Abenteuer ist weit genug gegangen«, entschied er. »Wenn Sie sich bitte vorsichtig erheben würden, Colonel Weir …«

»Verdammt, Taylor Douglas! Dafür werden Sie sterben! Wie sind Sie hereingekommen?« Mühsam bezähmte Ray seinen Zorn über die Störung, die er einem verhassten Feind verdankte.

»Durch die Hintertür.«

Die Szene hätte schlimmer ausgehen können, dachte Tia. Wenigstens trägt Ray immer noch seine Hose. Andererseits …

Plötzlich berührte die Schwertspitze die Vertiefung zwischen ihren Brüsten. »Steh auf, Tia!«, befahl Taylor. »Und zieh dich um Himmels willen an! Allmählich habe ich's satt, dich auf Schritt und Tritt nackt anzutreffen – es sei denn, im Ehebett.«

»Im Ehebett?«, wiederholte Ray entgeistert.

»Wissen Sie's noch nicht, Colonel? So Leid es mir tut, die Lady ist eine Lügnerin und Betrügerin. Da sie bereits verheiratet ist, kann sie Ihren Antrag nicht annehmen. Ein raffiniertes kleines Biest ist das – und völlig durchdrungen von der Überzeugung, die Südstaaten müssten selbständig bleiben. Für die Konföderation würde sie alles tun. Und was ist jetzt aus dem grandiosen Anliegen des Südens geworden, Tia?«

Zutiefst gedemütigt, wappnete sie sich gegen den Zorn, der aus Taylors sarkastischen Worten sprach. *Wie würde er sich verhalten?* Sie hatte geschworen, die Rolle nicht mehr zu spielen, die ihr bei der ersten Begegnung so gut gelungen war. Aber er hatte sie nach Hause geschickt und ihr kein einziges Mal geschrieben. Was war ihr in dieser Nacht anderes übrig geblieben? Um in ihrer Wut Zuflucht zu suchen, stieß sie das Schwert beiseite und sprang aus dem Bett. Natürlich war es schwierig, eine gewisse Würde zu bewahren, wenn man im schwachen Mondlicht nach seinen Kleidern suchen musste.

»Hast du ihn wirklich geheiratet, Tia?«, fragte Ray in so jammervollem Ton, dass er ihr Mitgefühl erregte, das allerdings sofort wieder verflog. Dieser Mann wollte ihren Vater töten.

»Ja«, bestätigte sie.

»Und warum hast du mich heute Nacht besucht?«

»Weil du beabsichtigst, Cimarron anzugreifen«, entgegnete sie bitter, »und meinen Vater zu töten.«

»Keineswegs, ich werde nur seinen Besitz konfiszieren.« Aber er war ein schlechter Lügner – und auf seine Weise ein Ehrenmann. Sein Blick verriet die Wahrheit.

»Gib's doch zu!«, fuhr sie ihn an. »Er soll hingerichtet werden.«

»Dir zuliebe hätte ich ihn verschont.«

»Wie rührend!«, mischte sich Taylor spöttisch ein.

Hätte ich gewusst, wo du bist, wäre ich zu dir gekommen, wollte sie schreien. *Begreifst du's denn nicht? Das Leben meines Vaters wird bedroht!* Stattdessen zischte sie: »Du verstehst gar nichts!« Mit ihren bebenden Fingern konnte sie kaum die Knöpfe an ihrem Kleid schließen. Zu spät erkannte sie, welchen Fehler sie mit diesem Vorwurf begangen hatte, denn Raymond beschloss, ihre Ehre zu verteidigen. Lächerlich – ihre Ehre hatte sie längst verloren.

Blitzschnell sprang er zu seinem Schwert, das er vorhin in seinem leidenschaftlichen Verlangen einfach zu Boden geworfen hatte. Kaum hatte er die Waffe aus der Scheide gezogen, als auch schon ein metallisches Klirren die nächtliche Stille durchbrach. Das Schwert flog zum anderen Ende des Raums und Taylors Klinge berührte wieder den Hals des Rebellen.

»Bitte, Taylor!«, flehte Tia, »bring ihn nicht um!«

Nie zuvor hatte sie ihren Mann so wütend gesehen und sie hätte am liebsten die Flucht ergriffen. Unter seinem blauen Kavalleriejackett spannten sich alle Muskeln an und in seinen braunen Augen schien ein rotgoldenes Feuer zu glühen, so beklemmend wie der Schleier vor dem Mond.

»Bitte – nicht ...«, stammelte sie und er schaute sie kurz an.

»Keine Bange, Colonel, ich habe nicht vor, Sie zu ermorden. Auf dem Schlachtfeld sind wir alle gezwungen, den Feind zu töten. Aber ich bin kein kaltblütiger Mörder. Und wegen einer Hure würde ich keinem Mann das Leben nehmen. Nicht einmal, wenn die Hure meine Frau ist.«

Entsetzt zuckte Tia zusammen, als hätte er sie mitten ins Gesicht geschlagen und im selben Augenblick wurde ihr bewusst, in welcher Lage sie sich befanden. Großer Gott, im Stallhof wimmelte es von Rebellen, die Taylor skrupellos ermorden würden ... »Nenn mich, wie du willst, du Narr!«, fauchte sie. »Aber hier ist dein Leben in Gefahr – und noch viel mehr steht auf dem Spiel! Da draußen bereiten sich fast hundert Mann vor, um das Haus meines Vaters zu stürmen ...«

»Jetzt nicht mehr, Tia«, unterbrach er sie. »Inzwischen wurden sie alle überwältigt. Und wir haben nicht einmal Blut vergossen, Colonel.«

»Also werden Sie mich nicht ermorden. Was nun?«, fragte Raymond.

»Meine Männer werden bald heraufkommen, um Sie abzuholen, Sir. Vielleicht sollten Sie sich anziehen.«

Wortlos nickte Ray. Während er in sein Jackett schlüpfte, erschienen bereits zwei Yankee-Soldaten in der Tür.

»Auf's Schiff, Colonel?«, wandte sich einer der beiden, ein bärtiger blonder Bursche von etwa fünfundzwanzig Jahren, an Taylor.

»Aye, Lieutenant Riley. Captain Maxwell soll die Rebellen nach Norden bringen. Erwarten Sie mich unten mit den Pferden, wenn alle Gefangenen dingfest gemacht sind.«

»Bitte, Sir ...«, sagte der Lieutenant höflich zu Raymond, der sich vor Tia verneigte. Doch sie wagte es nicht, ihn anzuschauen. Ein perfekter Soldat, akzeptierte er die Situation, ließ sich Handschellen anlegen und verließ mit den Yankees das Zimmer.

Reglos stand sie da und wartete. Sie wollte in Tränen ausbrechen, in Taylors Arme sinken ... Wenn er sie tötete, wer würde es ihm verübeln? Oft genug hatte sie sein Leben gefährdet, anfangs bereitwillig. Immerhin war er ein Feind.

Besser gesagt, er war es gewesen.

Dass es ihr widerstrebte, was sie heute Nacht getan hatte, würde er nicht glauben. Dass der Bann, in den er sie unaufhaltsam zog, viel stärker war als das Papier, das sie beide zu Mann und Frau erklärte ... Unermüdlich hatte sie ihn bekämpft. Und jetzt, während sie Frieden mit ihm schließen und ihn um Verzeihung bitten wollte, musterte er sie gnadenlos.

Aber wenn schon. Sie hatte gewünscht, er würde ihren Vater vor der Hinrichtung bewahren. Und er war tatsächlich hierher gekommen – Taylor, nicht ihr Bruder Ian. Hatte sie nicht beschlossen, *jeden* Preis für die Rettung Cimarrons zu bezahlen? Nun wusste sie, was ihr abverlangt wurde.

Sie wappnete sich gegen den Schlag, der sie treffen würde. Sie spürte, wie sehr es ihn drängen musste, sie zu verletzen. Langsam ging er auf sie zu und umfasste ihre Schultern. Schmerzhaft gruben sich seine Finger in ihr Fleisch. Aber er schlug sie nicht. Stattdessen stieß er sie abrupt beiseite, eilte aus dem Zimmer, zur Treppe. Welcher Dämon sie nun antrieb, wusste sie nicht. Jedenfalls rannte sie ihm nach. Auf den Stufen holte sie ihn ein, drängte sich an ihm vorbei und versperrte ihm den Weg. »Das musste ich tun, Taylor! Sie sagten – er würde meinen Vater töten …«

»Geh zur Seite, Tia.«

»Verdammt, Taylor, irgendetwas musste ich doch tun, um Raymond aufzuhalten! Verstehst du das nicht?«

Durchdringend starrte er sie an. In seinen Augen glühte immer noch jenes seltsame, rotgoldene Feuer. Ich habe ihn verloren, dachte sie. Kurz nachdem mir bewusst wurde …

»Nur eines verstehe ich, Tia. Du wolltest mit einem anderen Mann schlafen. Aber Colonel Weir ist ja auch ein guter, tapferer Südstaatensoldat, nicht wahr? Ein ehrbarer Pflanzer, genau der Richtige *Beau* für die *Belle* von Cimarron, der sie schon seit Jahren liebt.«

»Nein, ich …«

»Nein?« Allein schon der Klang seiner Stimme stempelte sie zu einer niederträchtigen Lügnerin.

»Gewiss, *früher* waren wir Freunde. Aber jetzt …« Den Tränen nahe, verstummte sie. Was sollte sie ihm erklären? Er war ihr Feind. Und doch – trotz seines Zorns erinnerte sie sich an das Gefühl seiner Hände auf ihrer Haut … In diesem Moment erkannte sie glasklar, wie sehr sie ihn liebte. Schon seit langer Zeit. Weder moralische Bedenken noch die Rücksicht auf ihre Ehre hatten sie zögern lassen, Raymond zu umgarnen. Nur ihre Liebe zu Taylor. »Bitte …«, wisperte sie.

»Worum bittest du mich?« Er hob die dunklen Brauen, dann berührte er ihre Wange. »Fürchtest du mich? Oder versuchst du, mich ebenfalls zu verführen? Vielleicht bin ich keine so leichte Beute wie Colonel Weir, denn ich kenne die Reize, die mir geboten werden. Und ich habe bereits einen hohen Preis für dieses Spiel bezahlt. Als ich dich heute Nacht sah – weißt du, was mein erster Gedanke war? Wahrscheinlich glaubst du, ich hätte dich am liebsten erwürgt oder grün und blau geschlagen. Natürlich, wenn es um Stolz und Emotionen geht, neigen viele Männer zur Gewalt. Aber ich überlegte mir, ob ich dir die schönen ebenholzschwarzen Locken abschneiden soll. Möglicherweise würdest du dann nicht mehr zahllose Männer verführen, Freunde oder Feinde, um deine kostbare Familie und Florida zu retten. Oder ich könnte dich bis zum Kriegsende einsperren und danach dein Schicksal entscheiden.«

Würde er sie tatsächlich gefangen nehmen? Das hatte er ihr schon einmal angedroht. Jetzt war es nicht mehr wichtig. Zu viel war außer Kontrolle geraten.

»Einen anderen habe ich nicht verführt, ich …« Neue Tränen erstickten ihre Stimme. »Ich bin keine Hure, Taylor …«

Da stockte ihr Atem, denn er zog sie plötzlich in die Arme, presste seinen Mund auf ihren, zwang ihre Lippen auseinander, küsste sie voller Leidenschaft und Zorn. Seine Finger schlangen sich in ihr Haar, die andere Hand streichelte ihren Hals, zeichnete die Konturen ihrer Brüste unter dem dünnen Baumwollkleid nach. Von süßer Schwäche erfüllt, wollte sie sich an seine Brust lehnen. Sie wünschte, sein Groll würde ihn veranlassen, sie hochzuheben und die Stufen hinaufzutragen, zum Schauplatz der Sünde, die sie beinahe begangen hätte. Dort würde er seine ehelichen Rechte wahrnehmen und sie mit einer Vergewaltigung bestrafen und daran erinnern, dass sie ihm ewige Treue gelobt hatte, mochte er ein Feind sein oder nicht …

Aber er stieß sie von sich. »Schade, Tia! Was hinter deiner Bereitschaft steckt, ausnahmsweise die gefügige Ehefrau zu spielen, weiß ich nicht. Aber mir fehlt die Zeit, deine Reue zu genießen. Da draußen tobt immer noch ein Kampf.«

Erschrocken wich sie zurück. »Hast du Colonel Weirs Soldaten nicht besiegt?«

»Kleine Närrin! Das war erst der Anfang. Jeden Augenblick wird ein Major Hawkins mit seiner West Virginia-Miliz über Cimarron herfallen. Keine Ahnung, ob Ian und Julian davon erfahren haben. Eventuell bin ich die einzige Hilfe, auf die dein Vater bauen kann.«

Bestürzt starrte sie ihn an. »Großer Gott, die anderen Truppen habe ich ganz vergessen … Ich muss sofort nach Hause!«, rief sie und rannte die restlichen Stufen hinab.

»Nein, Tia!« Bevor sie in die Nacht hinausstürmen konnte, wurde sie zurückgerissen – ausgerechnet an den langen ebenholzschwarzen Haaren. Welch eine Ironie … Sie schrie auf und er zerrte sie blitzschnell zu sich herum. Verwirrt erwiderte sie seinen Blick. Schon wieder dieses rotgoldene Feuer … »Du wirst nirgendwohin reiten.«

»Aber mein Vater – mein Zuhause …«

»Dein Feind wird deinen Vater und dein Heim retten«, unterbrach er sie bitter.

»Bitte, lass mich mit dir reiten! Ich schwöre dir …«

»Versprich mir nichts mehr, Tia. Ich will nicht noch einmal mit ansehen, wie du dein Wort brichst. Außerdem sollst du nicht zwischen die Fronten geraten.«

»Bitte!«, flehte sie noch einmal. In diesem Moment flog die Tür auf. Tia drehte sich nicht um. Aber sie wusste, nun würden Soldaten hereinkommen und sie festnehmen.

»Gentlemen, bringen Sie meine Frau an Bord des

Schiffs«, befahl Taylor. »Im Old Capitol wird man sich wohl kaum über einen weiteren Häftling namens McKenzie wundern.«

Einer der Soldaten räusperte sich und bat höflich: »Wenn Sie uns folgen würden, Mrs. Douglas …«

Zögernd trat sie von Taylor zurück und er ließ sie viel zu schnell los. »Nein!« Blitzschnell wandte sie sich ab und rannte an den beiden Soldaten vorbei, die zu verblüfft waren, um sie aufzuhalten. Sie sprang die zerbröckelnden Verandastufen hinab und pfiff nach ihrem Pferd. Glücklicherweise trabte Blaze, die brave Stute, prompt zwischen den Bäumen hervor. Als sie sich in den Sattel schwang, lief Taylor gerade die Stufen herab. Sicher würde er sie nicht niederschießen und kein anderer vermochte sie einzufangen. Außer Taylor. »Nach Hause, mein Mädchen!«, rief sie und grub ihre Fersen in Blazes Flanken. Tief über den Pferdehals gebeugt, galoppierte sie in die Nacht. Hier kannte sie alle Wege, in der Welt ihrer Kindheit.

Bald blieben die Lichter von Ellington Manor hinter ihr zurück, nur der blutrote Mond erhellte das Dunkel. Die Erde schien zu beben. Doch es waren nicht nur Blazes Hufe, die auf den regennassen Boden trommelten. *Er* folgte ihr. Mit seinen Männern. »Bitte, lieber Gott!«, betete Tia. Sie *musste* Cimarron erreichen, den Vater und die Mutter sehen …

Aber der Allmächtige stand ihr nicht bei. Taylor, ein meisterhafter Reiter, hechtete von seinem Pferd auf ihres und zerrte an den Zügeln. Mit aller Kraft wehrte sie sich und beide stürzten ins Gras. Mühelos hielt Taylor ihre Fäuste fest, die gegen seine Brust trommelten, und setzte sich rittlings auf ihre Hüften.

»Um Himmels willen, Taylor, ich flehe dich an …« Der goldene Glanz in seinen Augen erinnerte sie an jene erste Begegnung, die so ähnlich verlaufen war. »Bring mich nach Hause! Ich werde stets an deiner Seite bleiben, alle deine Befehle befolgen, freiwillig ins

Old Capitol gehen und selber eine Schlinge um meinen Hals legen, aber nimm mich mit …«

»Würdest du mir tatsächlich gehorchen?« In seiner Stimme schwangen undefinierbare Gefühle mit und sie erkannte, dass auch er an jene Nacht dachte, die der jetzigen auf so ironische Weise glich. Wünschte er, sie hätte in den Wäldern niemals seinen Weg gekreuzt?

Abrupt sprang er auf und zog sie mit sich hoch. »Also gut, du reitest mit mir. Du tust, was ich dir sage, und hältst dich vom Gefecht fern. Da Blaze den Weg gut kennt, wird sie uns mühelos folgen.«

»Ja, Taylor.« Nach allem, was sie ihm angetan hatte, staunte sie über seine Bereitschaft, ihre Bitte zu erfüllen. Aber wenn sie nicht sofort nach Cimarron ritten, würden sie zu spät kommen.

Wenig später saß sie vor ihm im Sattel und sie rasten durch die Nacht, dicht gefolgt von der Stute. Immer wieder drehte sich Tia um, spähte über Taylors Schulter und versuchte festzustellen, wie viele Soldaten ihm nachritten. Sechzig oder achtzig? Wie groß mochte die Truppe sein, die Cimarron angreifen würde? War Ian rechtzeitig zur Stelle? Der Nachthimmel schimmerte nach wie vor blutrot.

Als sie sich Cimarron von Süden her näherten, war auch das weiße Plantagenhaus in Blut getaucht. Weiter vorn, am Fluss, bereiteten sich Männer hinter hastig errichteten Erdwällen auf den Kampf vor und Tia hörte die Stimme ihres Vaters. Seine Feldarbeiter, Männer in Blau und – in Grau. *Beide* Brüder waren zur rechten Zeit eingetroffen. Plötzlich erwärmte sich Tias Herz. Selbst in dieser grausigen Welt war Blut dicker als Wasser.

Und dann stockte ihr Atem. Ihre Mutter – ihre schöne Mutter, immer noch schlank, geschmeidig und goldblond, rannte über den Rasen, offenbar mit einer wichtigen Nachricht für den Vater. Von einer bösen Ahnung erfasst, schrie Tia auf.

»Halt!« Einer der Verteidiger trat Taylors Truppe in den Weg. »Halt, oder ich schieße!«

»Hier ist Colonel Douglas – bereit, McKenzie beizustehen!«, erwiderte Taylor und schwang sich aus dem Sattel.

Im Licht des blutenden Himmels beobachtete Tia, wie Soldaten auf einem Kanonenboot, im Fluss postiert, zehn Enfield-Gewehre luden. Hinter den Erdwällen waren die meisten Männer von Cimarron in Stellung gegangen. Ihre Mutter nicht … Ehe Taylor die Absicht seiner Frau erkannte, sprang sie von seinem Hengst Friar. »Mutter!«, schrie sie und stürmte über den Rasen.

»Komm zurück, Tia!«, brüllte Taylor, heiser vor Verzweiflung. Sie wusste, er würde ihr folgen. Doch sie konnte nicht stehen bleiben. Beinahe hatte sie Tara erreicht, die nicht merkte, dass der Feind auf die Erdwälle zielte. Und da hörte Tia den Feuerbefehl. Atemlos stürzte sie sich auf Tara McKenzie und versuchte, sie ins Gras zu werfen.

»Tia!«, rief ihre Mutter. Gleichzeitig krachten die Gewehre.

An ihre Mutter geklammert, sank Tia mit ihr zu Boden, in einem blutroten Nebel. Wie aus weiter Ferne hörte sie Taylors Schrei, die Schüsse aus seinem Colt. Und dann kniete er neben ihr. Sie starrte in seine Augen, in goldbraune Glut – in Augen, die sie verurteilt und gefesselt hatten. Und jetzt …

Sie hob eine Hand, berührte seine Wange und das geliebte markante Gesicht verschwamm vor ihren Augen. Ihr ganzes Leben schien an ihr vorbeizuziehen. Nein, nicht *ihres,* sondern das Leben, das er ihr geschenkt hatte – ein Leben voller Stürme und Leidenschaft und Zorn – und voller Liebe …

Das *gemeinsame* Leben, das sie geführt hatten, bevor der Krieg in dieser Nacht nach Cimarron vorgedrungen war …

1

Geteiltes Haus

Elf Monate früher, Winter 1863

»Tia! Miss Tia! Da kommt jemand!« Erschrocken hielt sie inne, als Private Jemmy Johnsons Stimme zwischen den Bäumen zu ihr drang. »Ma'am«, fügte er hinzu und räusperte sich unbehaglich, »ich will Sie nicht stören. Aber … ich weiß, Sie befinden sich in einem heiklen Zustand …«

Heikel? Ein viel zu milder Ausdruck. Splitternackt war sie. Niemals hätte sie vermutet, die feindlichen Truppen würden so tief ins Landesinnere vorstoßen.

Doch in diesen Zeiten war offenbar alles möglich. Neue Strategien wurden entwickelt. Während Florida von Krankheiten, Unterernährung und einem beklagenswerten Mangel an Medikamenten heimgesucht wurde, hoffte der Feind, den Staat zu vernichten, indem er dessen Armee aushungerte. Tia ritt mit einem armseligen Trupp durch das Land – mit drei Privates, noch nicht trocken hinter den Ohren, und zwei Schwerverletzten. Wegen dieser beiden nahm sie ein Bad, um die Blut- und Schmutzkrusten wegzuspülen, die seit dem hastigen Aufbruch immer beharrlicher an ihrem Körper klebten. Beim letzten Kampf im alten Camp am Fluss waren die zwei Jungen von Minié-Kugeln* getroffen worden, die oft tödliche Wunden verursachten. Colonel Julian McKenzie, Tias Bruder hatte die Solda-

---

* Minié, Claude Etienne (1805-1879), Erfinder eines neuen Feuergewehrs.

ten operiert und ihnen vorerst das Leben gerettet. Kurz danach hatten sie das Lager abgebrochen. Die Unverletzten ritten nach Norden, während Tia, unterstützt von drei gesunden Soldaten, die Verwundeten nach Südwesten bringen sollte, zu einem alten Creek-Camp. Dort würden sie Unterschlupf finden, bis sie genasen und an die Front zurückkehren konnten. Sobald sie das Creek-Lager in der Nähe von Cimarron erreichten, wollte sie ihre Familie besuchen, bevor sie Julian wieder im Lazarett assistieren würde.

»Miss Tia!« Jetzt klang Jemmys Stimme noch ängstlicher.

Höchste Zeit, die Versteinerung abzuschütteln und nachzudenken ... Sie saß im seichten Fluss, in der Nähe ihres Pferdes, das am Wasserrand stand. Aber die Kleider lagen am anderen Ufer. Die sanften Wellen reichten ihr bis zum Busenansatz. Bisher hatte sie noch keine Gelegenheit gefunden, ihr Haar zu waschen, das ihre Schultern wie ein langes, fließendes schwarzes Cape umgab. Jede Minute würde der Feind auftauchen. »Machen Sie, dass Sie mit den anderen wegkommen, Jemmy!«, befahl sie. »Später werde ich euch dann folgen.«

»Wir können Sie doch nicht allein lassen ...«

»Wagen Sie sich bloß nicht näher!«, fauchte sie, als seine Schritte im Unterholz knackten. »Bringen Sie die Verwundeten weg! In dieser Gegend kenne ich mich aus. Sobald ich gesehen habe, wer da kommt, reite ich auf Umwegen zu ihrer Route.«

Da sie keinen militärischen Rang einnahm, durfte sie Jemmy eigentlich keine Befehle erteilen. Sie gehörte nicht einmal der Miliz an. Doch sie strahlte jene natürliche Autorität aus, die sie bei der jahrelangen Pflege der Verwundeten erworben hatte. Und sie wusste, wann man angreifen und wann man weglaufen musste. Zu Beginn des Krieges war sie eine wohlerzogene junge Dame gewesen, aber auch das Kind aufgeklärter

Eltern, die für ihre umfassende Bildung gesorgt hatten. Sie wollte die Welt sehen – ägyptische Pyramiden, englische Schlösser, französische Paläste. Stattdessen hatte sie die letzten Jahre mit Männern verbracht – mit jungen und alten, attraktiven und hässlichen, rüpelhaften und charmanten. Aus allen Teilen des Staates, Rebellen und Yankees. Tia sah sie sterben oder überleben, sie beobachtete, wie sie zusammengeflickt wurden, und wusch sie von Kopf bis Fuß. Und so kannte sie sämtliche männlichen Körperteile besser, als sie sich das jemals vorgestellt hatte …

Deshalb besitze ich ein gewisses Ansehen und Erfahrung, dachte sie fast belustigt, aber ich habe mein Schamgefühl verloren.

»Bitte, Miss Tia, diese Männer sind gleich da!«

Jetzt stand Jemmy am Wasserrand. »Verschwinden Sie – ach was, schon gut«, seufzte sie und erhob sich. Das alles war nicht seine Schuld. Um in den Krieg zu ziehen, hatte er sich ein paar Monate älter gemacht. Sicher ist er noch keine achtzehn, dachte Tia. Auch sie war immer noch eine junge Frau. Trotzdem fühlte sie sich allmählich uralt, während der Krieg kein Ende nahm. Jetzt glotzte er sie natürlich an, obwohl sie nicht wirklich nackt war. Mit ihrem langen schwarzen Haar, das bis zu den Schenkeln hinabfiel und die wesentlichen Teile ihres wohlgeformten Körpers verbarg. »Machen Sie den Mund zu, Soldat, und bringen Sie die Verwundeten endlich in Sicherheit!«, befahl sie. »Sobald ich weiß, wer sich an uns heranpirscht, folge ich Ihnen.«

»Aber – Sie sind eine Frau, Miss Tia, und wir können Sie nicht allein lassen …«

»Seit der Krieg ausgebrochen ist, spielt mein Geschlecht keine Rolle mehr. Verdammt, gehen Sie endlich, retten Sie die Verletzten – und erzählen Sie keiner Menschenseele, was Sie hier gesehen haben, Jemmy Johnson. Sonst schieße ich Sie nieder, verstanden? Nehmen Sie den Seminolenweg. Ich reite die östliche Route entlang. Hoffentlich kann ich die Feinde von euch ablenken. Wenn ich herausgefunden habe, wie stark die Truppe ist, wechsle ich die Richtung und treffe Sie bei Einbruch der Dunkelheit.«

»Ja, Ma'am.«

Zu ihrer Erleichterung salutierte er und sie erwiderte den militärischen Gruß – was sie sofort bereute, weil dadurch das lange Haar von einer ihrer Brüste glitt. Nach einem letzten sehnsüchtigen Blick wandte sich Jemmy ab und eilte davon. Sie beobachtete, wie er den Verwundeten mit Hilfe der beiden anderen Soldaten auf die Pferde half, dann schwangen sie sich in die Sättel und bogen in den alten Indianerpfad.

Tia wollte zur anderen Seite des schmalen, seichten Flusses waten, um ihre Kleider zu holen. Doch da hörte sie leise Hufschläge im weichen Erdreich. Ihre Stute Blaze stand an diesem Ufer. Die Kleider oder das Pferd? Beides konnte sie nicht holen. Dafür fehlte ihr die Zeit. Wofür sollte sie sich entscheiden?

Die Kleider! Und wie sollte sie ohne Blaze zu den Verwundeten gelangen? Was machte das bisschen Nacktheit schon aus, wenn es um menschliches Leben ging? O Gott, warum hatte sie ausgerechnet an diesem Tag ein Bad nehmen müssen?

Vielleicht würde der Feind einfach nur sein Pferd trinken lassen und weiterreiten. Oder er war gar kein Feind.

Während sich ihre Gedanken überschlugen, erschien ein großer Reiter in ihrem Blickfeld, das Gesicht von einem breitrandigen Federhut überschattet, in einem Kavalleriejackett von der Union. Unverkennbar ein Feind, dachte Tia schweren Herzens. Aber zum Glück war der Yankee allein. Und er würde diese Gegend gewiss nicht so kennen wie sie. Ihre geografischen Kenntnisse hatte sie von ihrem Vater und ihrem Onkel gelernt, in dessen Adern Indianerblut floss. Während der langwierigen, blutigen Seminolenkriege hatte er das ganze Gebiet erkundet.

Wer mochte der Yankee sein? Kein Spion, denn er hatte sich nicht getarnt. Stattdessen trug er die unverwechselbare Unionsuniform. Ein Späher? Ja, vermutlich suchte er geeignete Wege für geplante Truppenbewegungen. Oder folgte er Tias hilflosen Schützlingen – diesen halben Kindern, die Soldaten spielten? Was sollte sie tun, wenn er ihre Spuren auf dem alten Indianerweg entdeckte? Er war allein, aber gut bewaffnet. Quer über seinem Sattel entdeckte sie ein festgebundenes Schützengewehr, im Sattelschuh ein Spencer-Repetiergewehr, zwei sechsschüssige Colts im Gürtel. Und wie seine lässige selbstsichere Haltung andeutete, wusste er mit all seinen Waffen umzugehen. Wenn er den Jungen folgte, würden sie womöglich sterben.

Aufmerksam blickte sich der Scout von der Unionskavallerie um. Hufspuren am Wasserrand, zerbrochene Zweige. *Und irgendjemand war in der Nähe.*

In der Dämmerung wirkte der schmale Nebenfluss des St. Johns sehr idyllisch. Dunkelgrüne Kiefern überschatteten das Wasser. Zwischen den Zweigen funkelten die letzten Sonnenstrahlen. Auf der anderen Seite stolzierte ein anmutiger Vogel auf hohen Beinen vorbei – ein schneeweißer Kranich, der plötzlich innehielt und ein Bild von ätherischer Schönheit bot. Angespannt wartete er so reglos, dass er einem Gemälde glich.

Und dann entdeckte Taylor Douglas die Frau. War sie allein? Eventuell jetzt. Vorher nicht ... Da stand sie, an einen Kiefernstamm gepresst, halb verborgen von den Zweigen, reglos wie der Vogel. Und wie der Kranich schien sie zu warten und zu lauschen. Taylor stieg von seinem kastanienbraunen Hengst namens Friar, kauerte sich ans Ufer und spritzte Wasser in sein Gesicht. Verstohlen beobachtete er die Frau auf der anderen Seite. Sie glaubte, sie hätte sich gut versteckt. Trotzdem sah er einen schlanken Arm, langes schwarzes Haar, die fein gezeichneten Züge einer typischen Südstaatenschönheit – und dunkle Augen, die ihn anstarrten.

Kampflustig. Sprungbereit. Offenbar wartete sie nur auf den richtigen Moment …

Wusste sie, dass er sie entdeckt hatte? Wohl kaum. Dank seiner ungewöhnlich scharfen Augen war er ein ausgezeichneter Schütze und Späher. Außerdem kannte er diese Gegend besser als sie meisten Unionssoldaten. Wie er bereits herausgefunden hatte, kampierten die Streitkräfte Captain Dickinsons von der Konföderation ganz in der Nähe. Waren die Südstaatler schon so verzweifelt und ihre Truppen dermaßen dezimiert, dass sie Frauen in den Kriegsdienst stellten? Unwillkürlich erinnerte er sich an den Kriegsbeginn. Damals hatte die Tollkühnheit unerfahrener Soldaten eine sinnlose Tragödie heraufbeschworen, die sein Leben nachhaltig prägte.

Nein, sicher hielt sich die Frau nur zufällig hier auf. Er rückte seinen Hut zurecht, dann pfiff er nach Friar, um ihn trinken zu lassen. Die Augen von der breiten Krempe überschattet, sah er sich um. Hier gab es mehrere Wege, die in verschiedene Richtungen führten. Langsam stand er auf und erblickte einen Pfad, der sich im Dickicht verlor. Plötzlich machte sich die Frau bemerkbar.

Er hatte sich für einen hartgesottenen Soldaten gehalten, den nichts mehr erschüttern konnte. Aber jetzt stockte ihm der Atem. Splitternackt, wie ein schöner sinnlicher Traum, trat sie zwischen den Kiefern hervor. In weichen Wellen fiel das ebenholzschwarze Haar über ihre Brüste, den Bauch, die Schenkel. »Guten Tag, Yankee ...«

Es dauerte eine Weile, bis ihm die Stimme gehorchte, und er sah sie lächeln. »Madam …«

»Sie befinden sich in einem Rebellenstaat.«

»Das weiß ich.«

»Also suchen Sie nach Rebellen?«, rief sie herausfordernd. »Wenn ja, kommen Sie hierher!«

Zu seiner Verblüffung rannte sie am Ufer entlang, in südlicher Richtung. Wie ein Rabenflügel wehte das lange Haar hinter ihr her. Verdutzt starrte er ihr nach, dann fluchte er, schwang sich in den Sattel und lenkte Friar durch den seichten Fluss.

Als er das andere Ufer erreichte, war die Frau auf eine edle Stute gestiegen. Verlockend zeichneten sich ihre langen, elfenbeinweißen Beine vom dunklen Fell des Pferdes ab. Sie warf Taylor nur einen kurzen Blick zu, dann drückte sie die Knie in die Flanken ihrer Stute und galoppierte über einen Pfad, den ein dicker Teppich aus Kiefernnadeln bedeckte.

Immer tiefer ritt sie in das grüne Dunkel hinein. Über Taylors Kopf bildeten Kiefern- und Eichenzweige, mit Farnpflanzen und Moos verwoben, einen üppigen Baldachin. Diesen Weg kennt sie. Sonst würde sie nicht wagen, in diesem halsbrecherischen Tempo auf dem kurvenreichen Pfad dahinzurasen. Und nur ein Narr würde ihr so leichtsinnig folgen, dachte er.

Er wusste, dass sie ihn in die Irre führte und von seinem Vorhaben abzulenken suchte. Trotzdem blieb er ihr auf der Spur, denn er nahm an, sie würde in absehbarer Zeit zum Nebenfluss zurückkehren.

Nach zwanzig Minuten erreichte er einen plätschernden Bach und staunte über das Durchhaltevermögen der Stute, die sich noch immer nicht von seinem kraftvollen Braunen einholen ließ.

Die Südstaaten hatten den Krieg mit den besten Pferden begonnen. Im Süden waren die Landwirtschaft und Jagd viel stärker verbreitet als im Norden. Deshalb gab es hier die besseren Gestüte. Aber die Kämpfe hatten nicht nur von Menschen, sondern auch von Pferden ihren Tribut gefordert und viele Tiere bestanden nur noch aus Haut und Knochen. Ganz zu schweigen von den Kadavern, die auf den Schlachtfeldern verwesten …

Umso glücklicher schätzte sich Taylor, weil er einen außergewöhnlichen Hengst besaß. Friar stammte aus einer Zucht in Kentucky, wo man besonderen Wert auf Kraft und Schnelligkeit legte. Wäre der Waldweg nicht so schmal und gewunden, hätte die Stute ihren Vorsprung zweifellos längst eingebüßt.

Als Taylor am Ufer ankam, hatte die Frau den Bach gerade überquert. Trotzdem zügelte er seinen Hengst. Sicher war es besser, die weiteren Ereignisse abzuwarten. Sie musste wissen, dass sie ihrer Stute dieses Tempo nicht mehr lange zumuten durfte. Oder glaubte sie, der Tod eines Pferdes wäre kein zu hoher Preis für das Gelingen ihres Manövers? Aber wie wollte sie mitten im Nirgendwo, weit entfernt von beiden bewohnten Küsten, ohne ein Pferd überleben? Also musste sie wohl oder übel langsamer reiten, absteigen, die Stute am Zügel führen und trinken lassen.

Taylor glitt aus dem Sattel, setzte sich ans Ufer, trank etwas Wasser und sah sich um. Inzwischen musste die Frau gemerkt haben, dass er ihr nicht mehr folgte. Glaubte sie vielleicht, sie hätte ihn endgültig abgeschüttelt?

Niemals. Diese mutwillige kleine Närrin … Wusste sie denn nicht, worauf sie sich einließ? Sekundenlang schloss er die Augen und biss die Zähne zusammen. Diese Seelenlast aus Schmerz und Bitterkeit hatte er schon lange nicht mehr empfunden. Die Vergangenheit lag hinter ihm. Warum weckte die Begegnung mit dieser Frau Erinnerungen, die er längst verdrängt hatte? Verdammt, er würde ihr folgen. Sie musste ihn zu jener Stelle zurückführen, von der sie ihn weggelockt hatte.

2

Nachdem Tia festgestellt hatte, dass der Verfolger verschwunden war, galoppierte sie weiter. Schließlich zügelte sie Blaze, weil sie die arme Stute nicht zu Schanden reiten wollte, und tätschelte ihr den Hals. »Braves Mädchen! Du bist dein Gewicht in Gold wert. Allem, was vier Beine hat, kannst du davonlaufen.«

Allmählich brach die Dämmerung herein und Tia befand sich mutterseelenallein auf einem alten Indianerpfad – noch dazu völlig hüllenlos. Von wachsendem Unbehagen erfasst, begann sie zu frösteln. Hatte sie den Feind endgültig abgeschüttelt? Wahrscheinlich hatte er sie am Bach aus den Augen verloren.

Wenn sie jetzt auf einem anderen, noch unwegsameren Pfad in südwestlicher Richtung zum Bach zurückkehrte, konnte sie unbemerkt aus dem Wald auftauchen – ein Stück von der Stelle der ersten Durchquerung entfernt, weiter stromabwärts. Sie würde ihre Kleider holen, sich hastig anziehen und wenig später zu ihrem Trupp stoßen.

»Natürlich brauchen wir beide Wasser, das weiß ich«, seufzte sie, lenkte die Stute in den schmalen Weg und fühlte sich wie eine Närrin. Sie war es nicht gewohnt, nackt zu reiten. Plötzlich schien sich der Wald mit tausend Augenpaaren zu füllen. Tia schaute zum Himmel auf. Hoffentlich würde es noch eine Weile hell bleiben. »So etwas Verrücktes habe ich noch nie getan, Blaze, wenn ich auch zugeben muss, dass ich von einem abenteuerlichen Leben träumte. Aber ich wollte ägyptische Pyramiden erforschen, nicht die einsamen Wälder meiner Heimat.«

Am Bach angekommen, stieg sie ab, stillte ihren Durst und ließ das Pferd trinken. Niemand ließ sich blicken. Nach einem 40-minütigen Trab würde sie ihre Kleider finden und konnte sich einreden, diese grässliche Episode hätte niemals stattgefunden.

Aber als sie sich gerade zu ihrem Erfolg beglückwünschen wollte, sah sie den Yankee auf dem großen Braunen im seichten Bach heransprengen, tief über den Pferdehals gebeugt und unglaublich schnell.

Verblüfft schrie sie auf, rannte zu ihrer Stute und schwang sich in den Sattel. Doch da war der kraftvolle Hengst bereits herangekommen und der Reiter sprang von einem Pferd zum anderen, behände wie ein Zirkusakrobat. Kreischend wand sie sich in seinen Armen, Blaze bäumte sich auf und warf sie beide ab. Irgendwie gelang es dem Yankee, sich im Fallen herumzudrehen, sodass er hart am Boden aufschlug und mit seinem Körper Tias Sturz bremste. Sekundenlang konnte sie weder atmen noch denken. Dann wurde ihr die peinliche – nein, katastrophale – Situation bewusst, und sie versuchte aufzustehen. Sofort umschlang er sie wieder mit beiden Armen. Als sie einen Ellbogen zwischen seine Rippen rammte, stöhnte er leise. Blitzschnell wälzte er sich mit ihr herum und ehe sie wusste, wie ihr geschah, saß er rittlings auf ihren Hüften und umklammerte ihre Handgelenke. »Wer sind Sie, Madam? Welches Spiel treiben Sie?«

Zitternd rang sie nach Luft und betrachtete ihn zum ersten Mal aus der Nähe. Sie schätzte ihn auf fünfundzwanzig bis dreißig. Aus seinen goldbraunen Augen schien eine Kraft zu strahlen, die sie noch wirksamer festhielt als die starken Finger. Dichtes, im Augenblick zerzaustes dunkles Haar umrahmte ein Gesicht mit breiten Wangenknochen, hoher Stirn, einem eigenwilligen Kinn und einer geraden Nase. Diesen Zügen hatten die Jahre einen sichtbaren Stempel aufgedrückt und er war vielleicht jünger, als er aussah. Um die Augen und Lippen zogen sich feine Linien.

Wütend und verächtlich starrte er Tia an und angesichts seines Zorns – und ihrer unschicklichen Lage – kehrte ihr Wagemut zurück. Wenn alles verloren schien, musste man erst recht kämpfen. »Wer sind *Sie*,

Sir? Offensichtlich kein Gentleman. Und welches Spiel treibt ein Yankee im Süden?«

»Wer sind Sie, Madam?«, wiederholte er.

Ehe sie ihren Namen verriet, würde sie lieber sterben. Womöglich kannte er Ian. So wie ihr ältester Bruder gehörte dieser Mann der Unionskavallerie an. Und er hielt sich in Florida auf, wo Ian oft stationiert war.

Selbst wenn er Ian nicht kannte – er könnte überall erzählen, wie er Tia McKenzie kennen gelernt hatte. »Was glauben Sie denn?«, fauchte sie. »Natürlich bin ich Lady Godiva*.«

Das schien ihn wenigstens ein bisschen zu amüsieren, denn er lächelte schwach. »Und welches Spiel treiben Sie, Lady?«

Welches Spiel? Splitternackt und gedemütigt lag sie unter einem Fremden mit stählernen Armen und Raubkatzenaugen. Hielt er das für ein Spiel? »Keines, Sir. Sie haben mich erschreckt und ich ergriff in wilder Panik die Flucht. Bedauerlicherweise ließ ich meine – Kleider liegen, weiter oben am Ufer.«

»Lügnerin!«

»Tut mir Leid, ich sage die Wahrheit. Ihre Ankunft an der Südseite des Flusses hinderte mich daran, meine Sachen zu holen ...«

»Und eine junge Dame aus den Südstaaten badet rein zufällig in einem Fluss, weit von jeglicher Zivilisation entfernt?«

»Ich bin einfach nur ausgeritten, Sir.«

»Von wo?«

»Von – zu Hause.«

»Wo ist das?«

---

* Lady Godiva (etwa 1040-1080), Frau des Grafen Leofric von Mercia. Um den Bügern Coventrys eine harte Steuer ihres Mannes zu ersparen, erfüllte sie seine Bedingung und ritt nackt durch die Stadt, nur von ihrem Haar verhüllt.

»Selbstverständlich werde ich einem Feind nicht mitteilen, wo mein Heim liegt. Es genügt, wenn ich Ihnen erkläre, dass ich in der Nähe wohne.«

»Aber Sie sind nicht einfach nur ausgeritten.«

Wie sollte sie ihn vom Gegenteil überzeugen? Ihre Angst wuchs. Würde der Yankee die Situation ausnutzen, eine Rebellin vergewaltigen und danach ermorden? »Sir, anscheinend sind Sie ein Offizier …«

»Ein Yankee, wie Sie bereits feststellten.«

»Und nun fordere ich einen Offizier der Unionsarmee auf, eine Dame loszulassen.«

»Eine *Dame*?«

»Ja!«

»Vielleicht bin ich gar kein Yankee-Offizier.«

»Was?«

»Ich könnte ein Deserteur sein oder eine gestohlene Uniform tragen – auf der Flucht vor den Gesetzen der Union und der Konföderation, ein Desperado, der alles zu schätzen weiß, was er unterwegs findet. Geld, Pferde, schöne Frauen …«

Entsetzt erwiderte sie seinen prüfenden Blick. »Dann – dann töten Sie mich und nehmen Sie mein Pferd«, stammelte sie. »Sonst habe ich nichts.«

»Welcher Mann würde Sie töten, Lady Godiva, ohne sich vorher mit Ihnen zu vergnügen?«

Obwohl in seiner tiefen Stimme ein gefährlicher Unterton mitschwang, bezweifelte sie, dass er es ernst meinte. Außerdem hielt sie ihn nicht für einen Deserteur. Dagegen sprach sein charaktervolles Gesicht. »Machen Sie, was Ihnen gefällt, Sir, und hören Sie auf, mich zu bedrohen. Was genau wollen Sie eigentlich?«

»Ich möchte mich über Ihre Aktivitäten informieren, Miss – eh – Godiva. Offensichtlich haben Sie versucht, mich von irgendwas wegzulocken.«

»Keine Ahnung, was das heißen soll … Und wenn Sie ein Offizier sind …«

»Oder ein Deserteur«, warf er ein.

»Unsinn! Sie sind ein Unionsoffizier und müssen gewisse Regeln befolgen. Gewiss, man sagt den Yankees abscheuliche Manieren nach, aber in diesem Fall …«

»Würden Sie es nur *unmanierlich* finden, wenn ich Sie vergewaltige und ermorde, Madam?«

»Nein, Sie sind kein kaltblütiger Mörder!«, schrie sie. Endlich schien ihn irgendetwas in ihrer Stimme zu berühren, denn sein Blick veränderte sich. »Und wenn Sie ein Gentleman wären …«

»Tut mir Leid, Miss Godiva.« Er ließ ihre Handgelenke los, richtete sich auf, sodass er sie nicht mehr mit seinem Gewicht belastete, und verschränkte die Arme vor der Brust. »Falls Sie mich zu beschämen hoffen, sind Sie an den falschen Mann geraten, zum falschen Zeitpunkt – und bedauerlicherweise im falschen Zustand. Ich habe gelernt, wie man sich gegenüber dem schöneren Geschlecht benimmt. Aber in den Kreisen, die ich kenne, pflegen sich die Ladys den Gentlemen nur bekleidet zu präsentieren.«

»Ersparen Sie mir Ihren Sarkasmus! Sie sind grausam!«

Von neuem Zorn erfasst, neigte er sich zu ihr hinab. »Haben Sie den Verstand verloren, Miss. Je länger der Krieg dauert, desto mehr Deserteure treiben sich in diesen Wäldern herum – verzweifelte Männer, die Ihrem Leben keinen Wert beimessen würden, von Ihrer Tugend ganz zu schweigen. Wer zum Teufel sind Sie? Und was haben Sie hier draußen zu suchen?«

Die Zähne zusammengebissen, musste sie ihm in mancher Hinsicht Recht geben. »Also gut, ich wollte Sie in die Irre führen. Aber keine Bange, ich hielt Sie weder von größeren Truppenbewegungen noch von Spionen fern, nur von ein paar Verwundeten.«

Eine Zeit lang starrte er sie ausdruckslos an, dann stand er endlich auf. Zunächst wuchs ihr Unbehagen, weil er ihre Blößen nicht mehr bedeckte. Während sie sich etwas ungeschickt erhob und ihr langes Haar um ihren Körper zu drapieren versuchte, schlüpfte der Offizier aus seinem Kavalleriejackett und hüllte sie darin ein. Plötzlich klapperten ihre Zähne.

»Eine Yankee-Uniform!«, murmelte sie und roch den Duft eines würzigen Rasierwassers, vermischt mit dem Geruch von Leder und Tabak. Solche Aromen hatten vor langer Zeit den Salon ihres Vaters erfüllt, wenn er mit ihren Brüdern von der Jagd zurückgekehrt war.

»Wollen Sie mir das Jackett zurückgeben?«, fragte er, die Hände in die Hüften gestemmt.

Auch ohne den blauen Rock seiner Uniform bot er einen imposanten Anblick. Aus unerfindlichen Gründen war sein Hemd strahlend weiß geblieben und die breiten Schultern zeigten sich noch deutlicher. Das bronzebraune Gesicht mit den markanten Wangenknochen erinnerte Tia an jemanden. Aber sie wusste nicht, an wen. »Nein«, erwiderte sie und zog das Jackett enger um ihren Körper. »Vielen Dank für Ihre höfliche Geste, Sir. Nachdem Sie nun wissen, dass ich unschuldig bin, das Opfer eines Missgeschicks, werden Sie mich sicher nicht mehr festhalten.«

»Unschuldig?«, wiederholte er skeptisch.

»Allerdings! Sie sind ein Yankee, ich bin eine Rebellin«, fügte sie ungeduldig hinzu. »Und da in dieser Gegend derzeit keine Schlachten stattfinden, sollten sich unsere Wege trennen.«

»Ausgeschlossen, Lady Godiva. Falls Sie auch nur einen Schritt in die Nähe Ihres Pferdes wagen, werfe ich Sie wieder zu Boden. Und diesmal lasse ich Sie nicht mehr aufstehen.« Seine Stimme klang ruhig, aber entschieden.

Zweifellos würde er seine Drohung wahrmachen.

»Was haben Sie vor?«, fragte sie beklommen.

«Erst einmal holen wir Ihre Kleider, denn Sie sollen nicht den Eindruck gewinnen, Yankees wären keine Gentlemen.

»Wie ehrenwert … Und dann?«

»Das werden wir sehen.« Als sie sich zu Blaze wandte, hielt er sie an der Schulter fest. »O nein, meine liebe Lady Godiva.«

Mit großen, unschuldigen Augen schaute sie ihn an. »Ich dachte, wir würden zu meinen Kleidern reiten.«

»Ja. Auf *meinem* Pferd. Sonst fühlen Sie sich womöglich versucht, wieder in den Wald zu galoppieren, allein – und nackt.«

»Aber …«

Tia kam nicht dazu, ihren Protest auszusprechen, denn er umschlang ihre Taille, setzte sie auf seinen großen Wallach und stieg hinter ihr in den Sattel. An ihrem Rücken spürte sie seine warme Brust und sie wagte sich nicht zu wehren, sonst wäre der Körperkontakt womöglich noch intensiver geworden. »Mein Pferd …«

»Sicher wird uns die Stute folgen«, entgegnete er und spornte seinen Braunen an.

»Diese Maßnahme ist überflüssig.« Bei diesem Einwand bemühte sie sich, keinen allzu flehenden Ton einzuschlagen. »Ich stelle keine Bedrohung für Sie dar …«

»Da irren Sie sich. Sie sind sogar eine Riesenbedrohung für mich – und für sich selbst. Wie Sie zugegeben haben, waren Sie mit Soldaten unterwegs. Und Sie sind tollkühn genug, einem Feind den Anblick Ihrer ganzen Schönheit zu bieten, um ihn in die Wildnis zu locken. Also frage ich mich natürlich, wer Sie sind. Welche Opfer bringen Sie noch für Ihr Kriegsministerium? Nennen Sie mir Ihren Namen.«

»Lieber nicht.«

»Das sollten Sie sich anders überlegen.«

»Wollen Sie mich foltern?«

»Nein, ich möchte nur die Wahrheit herausfinden.«

»Ich auch. Was werden Sie tun, wenn wir meine Kleider geholt haben?«

»Selbstverständlich werde ich Sie aus dem Kriegsgebiet entfernen, in Gewahrsam nehmen und Informationen über Sie sammeln. Vielleicht werde ich in St. Augustine erfahren, Lady Godiva habe schon mehrere Männer ins Verderben gestürzt.«

»Nein!«, protestierte sie erschrocken. In dieser Stadt lebten einige ihrer Verwandten. Manche kamen und gingen. Zum Beispiel ihr ältester Bruder. Niemals würde sie sich nach St. Augustine verschleppen lassen. O Gott, Ian würde … Wie er sich verhalten mochte, wollte sie sich gar nicht vorstellen. Und wenn ihre Eltern von der Eskapade hörten … »Sie müssen mich gehen lassen.«

»Nein. Ich halte Sie fest, bis ich Sie den zuständigen Behörden übergeben kann. Dafür sollten Sie mir danken, kleine Närrin! Wenn Sie Ihre albernen Aktivitäten fortsetzen, wird man Sie bald vergewaltigen oder sogar ermorden. Hoffentlich ist Ihr Vater ein aufrechter, strenger Südstaatler, der in seinem Holzschuppen einen stabilen Hickory-Stock verwahrt und Ihnen den vorzugsweise nackten Hintern versohlen wird. Dann kommen Sie vielleicht zur Vernunft, Madam.«

Bedrückt senkte sie den Kopf. Gewiss, ihr Vater besaß ein sehr lebhaftes Temperament. Aber er hatte noch nie seine Hand gegen sie erhoben. Vor einer Züchtigung fürchtete sie sich nicht, nur vor seiner Enttäuschung. Niemals hatte sie ihren heiß geliebten Eltern Schande bereiten wollen. Sie war liberal erzogen worden, ebenso wie ihre Brüder. Jedes der McKenzie-Kinder hatte stets seinem eigenen Herzen folgen dürfen. Im Übrigen bezichtigte der Vater keines des Verrats, obwohl er selbst oft genug Verräter genannt wurde, weil er die Abspaltung der Südstaaten von der Union ablehnte. »Wünschen Sie wirklich, mein Vater würde mich schlagen, Sir? Haben Sie mich noch nicht genug bestraft?«

»Ganz sicher nicht.«

»Ich habe getan, was unvermeidlich war.«

»Genau das tue ich jetzt auch.«

»Soll ich etwa Reue zeigen oder sogar Dankbarkeit?«, fauchte sie. »Wären diese Verwundeten nach St. Augustine gebracht worden, hätten sie's nicht überlebt.«

»Oh, wir werden diese Rebellen schon finden.« Die eisige Stimme des Yankees jagte einen Schauer über Tias Rücken.

»Bitte, lassen Sie die Soldaten in Ruhe. Das sind halbe Kinder, die gar nicht in den Krieg ziehen dürften. Aber Florida kann kaum noch erwachsene Männer rekrutieren. Unzählige sind in den nördlichen Südstaaten gestorben – weit von uns entfernt. Und es gibt auch keine richtige Miliz mehr …« Abrupt verstummte sie, als ihr bewusst wurde, das sie dem Yankee von der beklagenswerten Verteidigungssituation ihrer Heimat erzählte. »Natürlich werden wir wieder Truppen nach Norden schicken – in diesem Gebiet haben wir viele tausend Männer …«

»Darum geht es jetzt nicht, Madam.«

»Bitte, verschonen Sie die Jungs – und lassen Sie mich frei. Wenn Sie mich festhalten, würde ich bei jeder Gelegenheit zu fliehen versuchen und nicht davor zurückschrecken, Sie zu töten …«

»Besten Dank, dann bin ich wenigstens vorgewarnt. So, da sind wir. Hier müssten Ihre Kleider irgendwo liegen.«

Ja, sie hatten die Stelle erreicht, wo sie so leichtsinnig gewesen war, ein Bad zu nehmen, um Blut und Schmutz wegzuspülen. Auch ihre Kleider hatte sie gewaschen und auf einem Baumstamm ausgebreitet. Inzwischen waren sie getrocknet.

Der Yankee sprang vom Pferd. Bevor er sie herunterhob, fragte er: »Wie lautet Ihr richtiger Name, Godiva?«

»Begnügen Sie sich mit ›Godiva‹.«

»Bald werde ich die Wahrheit herausfinden.«

»So? Und wie heißen *Sie*, Sir? Sagen Sie es mir, damit

ich mich stets an die unverschämten Yankees erinnere, die in unser Land eindringen.«

Grinsend half er ihr abzusteigen. »Nennen Sie mich einfach Godivas Retter. Übrigens, ich bin kein Eindringling. Wenn Sie gestatten, Madam …« Lässig schlenderte er zum Baumstamm. Den Rücken zu Tia gewandt, sammelte er ihre Kleider ein – viel zu langsam für ihren Geschmack – und wandte sich ihr dann wieder zu. Ungeduldig eilte sie ihm entgegen und riss die Sachen aus seinen Händen.

»Muss ich mich vor Ihren Augen anziehen?«

»Warum die plötzliche Scham, nachdem Sie mich splitterfasernackt in den Wald gelockt haben?«

Erbost kehrte sie ihm den Rücken, ließ sein Jackett fallen und kleidete sich hastig an. Obwohl sie sich um eine würdevolle Haltung bemühte, stolperte sie über ihre Unterhose. Die Wangen feuerrot, drehte sie sich zu dem Yankee um und beobachtete, wie er ein Lächeln unterdrückte. »Was nun, Sir?«

»Ich hole mir mein Eigentum wieder zurück«, erklärte er, hob sein Jackett vom Boden auf und schlüpfte hinein.

»Und jetzt?«

»Wir schlagen die Richtung ein, von der Sie mich abgelenkt haben.«

Verzweifelt schüttelte sie den Kopf. »Ich schwöre Ihnen, die armen Jungs sind völlig harmlos …«

»Das werden wir sehen.«

»Wenn Sie ihnen folgen, werden sie glauben, sie müssten kämpfen.«

»Madam, ich versichere Ihnen …«

»Verstehen Sie denn nicht? Diese Soldaten sind so jung und naiv und sie bilden sich ein, sie wären es ihrer Ehre schuldig, zu sterben. Bitte …« Zu ihrer eigenen Verwirrung berührte sie seinen Arm und spürte harte Muskeln. Offenbar ein Offizier, der seinen Männern nicht nur Befehle erteilte, sondern selbst anpackte …

Seine Männer! Kommandierte er einen Trupp, der sich irgendwo im Wald versteckte?

Rasch zog sie ihre Hand zurück, wollte nicht fühlen, wie stark er war, welch ein gefährlicher Feind. »Wenn Sie diese Jungen zum Kampf herausfordern, Sir – das wäre ein Mord an Kindern.«

»Madam, Sie ahnen nicht, wie viele Kinder schon gestorben sind. Aber ich bin nicht daran interessiert, Ihren Verwundeten irgendetwas anzutun. Sie werden mich begleiten, Godiva, und wir lösen das Problem gemeinsam.«

Als er sich zu den Pferden wandte, erinnerte sie sich an die kleine Smith & Wesson in der Tasche ihres Rocks. Blitzschnell zog sie den Revolver hervor und zielte auf den Rücken des Yankees. »Sir!«

Er drehte sich um und erstarrte beim Anblick der Waffe.

»Jetzt sind *Sie* mein Gefangener.« Triumphierend richtete sie den Revolver auf sein Herz. »Schon mal von Andersonville gehört?«

»In der Tat«, antwortete er kühl.

»Dort werden Sie bald landen.«

»Wohl kaum.«

»Notfalls würde ich schießen.«

»Wirklich?«

»Zweifeln Sie daran?«

Mit schmalen goldbraunen Augen musterte er ihr Gesicht. »Um zu wissen, was Sie tun werden, kenne ich Sie nicht gut genug. Aber eine Frau, die nackt durch den Wald reitet, wäre vermutlich fähig, einen Mann kaltblütig niederzuknallen.«

»Führen Sie mich ja nicht in Versuchung!«, mahnte sie.

Ein paar Sekunden lang erwiderte er ihren Blick, dann wandte er sich zu den Pferden. »Es ist spät geworden.«

»Halt, Sie Narr! Sie sind mein Gefangener! Und ich

kann sehr gut mit dieser Waffe umgehen.« Als er sie ignorierte, biss sie die Zähne zusammen. Natürlich würde sie ihn nicht erschießen. Aber wie konnte er es wagen, einfach davonzugehen? »Halt!«

Er beachtete sie nicht und sie drückte ab, um in den Boden zu feuern. Aber aus ihrer Waffe löste sich kein Schuss.

Langsam drehte sich der Yankee um. »Dachten Sie wirklich, ich würde Ihnen einen geladenen Revolver überlassen?«

»Aber – wieso ...« Und dann wusste sie, was geschehen war. Offensichtlich hatte er die Smith & Wesson entdeckt, als er ihre Kleider aufgehoben und ihr den Rücken gekehrt hatte.

Und jetzt glaubte er, sie wäre im Stande gewesen, ihn skrupellos zu erschießen. Alle Farbe wich aus ihrem Gesicht. Instinktiv rannte sie davon.

Schon nach zehn Schritten wurde sie zu Boden geworfen. Wieder einmal saß er rittlings auf ihren Hüften und sie sah ein wildes Feuer in seinen Augen. »Von jetzt an gehören Sie *mir,* Lady.«

3

»Niemals werde ich das Eigentum eines anderen Menschen sein ...«, begann Tia atemlos.

»Das sollte niemand sein«, unterbrach er sie und sie wusste sofort, was er meinte – den Kampf der Rebellen für die Sklaverei.

Aber sie schuldete ihm keine Erklärung. Und ihr war auch gleichgültig, was dieser Fremde von ihr hielt, von ihren Grundsätzen und Moralbegriffen. »Seien Sie so freundlich und lassen Sie mich los, Sir. Ich gehöre niemandem und meine Familie besitzt keine Sklaven.«

»Wer sind Sie? Wo ist Ihre Familie? Antworten Sie und ich werde Ihnen galant auf die Beine helfen.«

Schweigend starrte sie ihn an.

»Ich kann warten, Godiva.«

»Gut.« Sie lächelte frostig. »Dann warten wir eben beide.«

Zu ihrem Entsetzen streckte er sich neben ihr aus, einen Arm und ein Bein um ihren Körper geschlungen. Wütend versuchte sie, sich zu befreien, mit dem Erfolg, dass sie sich noch fester an seine blau uniformierte Gestalt drückte. Während er sie mit seinen goldbraunen Augen betrachtete, kehrte jenes seltsame Gefühl zurück, sie würde ihn kennen oder etwas über ihn wissen. Jedenfalls musste sie seiner verwirrenden Nähe entrinnen. »Ich heiße Catherine«, log sie, »Catherine – Moore.«

Prompt stand er auf und reichte ihr höflich eine Hand, wie er es versprochen hatte. Doch Tia griff nicht danach und erhob sich aus eigener Kraft. Das mochte kindisch sein, aber von diesem verdammten Yankee wollte sie keine Hilfe annehmen. »Und jetzt?«

»Wir reiten los, auf meinem Wallach, und Ihre Stute wird uns wieder folgen.«

Seufzend schüttelte sie den Kopf. »Warum sind Sie so grausam zu Ihrem Pferd, Yank? Das zusätzliche Gewicht …«

»Sie wiegen fast nichts, Madam«, unterbrach er sie herablassend und sie hätte sich am liebsten zu ihrer vollen Größe aufgerichtet. Leider war sie im Gegensatz zu ihren hoch gewachsenen Brüdern klein und zierlich, was ihr in diesem Augenblick besonders ungerecht erschien.

»Da täuschen Sie sich …«

»Halten Sie den Mund, Madam, oder ich muss Sie knebeln.«

»Seien Sie froh, dass Sie die Kugeln in meinem Revolver gefunden haben, Yank!«, stieß sie zwischen zusammengebissenen Zähnen hervor. »Um einen tödlichen Schuss abzufeuern, muss man kein Ringkämpfer sein.«

»Schon gut, ich bin gewarnt. Warten Sie hier.«

Ein paar Minuten später fand sie es geradezu unheimlich, wie gut er wusste, welche Richtung ihre kleine Truppe eingeschlagen hatte. Obwohl er kaum einen Blick zu Boden warf, fand er zielsicher die Spur auf dem mit Kiefernnadeln bestreuten Weg und hielt sich gar nicht damit auf, abgebrochene Zweige zu studieren. Er hob Tia wieder in den Sattel, stieg auf und spornte den Wallach an. Fügsam trabte Blaze hinter ihnen her.

Wie Tia bald erkannte, würde er ihren Trupp einholen – trotz der Zeit, die er durch ihre Verfolgung und Festnahme verloren hatte. Ob das geschehen würde, bevor ihre Soldaten die alte verlassene Hütte im Indianerlager erreichten oder nachher, konnte sie allerdings nicht abschätzen. Plötzlich brach sie das Schweigen. »Nehmen Sie doch einfach nur *mich* fest. Ich bin die berühmte Godiva, die schon viele tausend Männer in den Tod lockte und zahllose Schiffe zerschellen ließ. Zusammen mit General Lee und dem guten Stonewall, solange er noch lebte, geleitete ich die Konföderation durch den Krieg ...«

»Und Sie haben sicher auf mehreren Bühnen gestanden«, fiel er ihr ins Wort.

Tia senkte den Kopf und biss in ihre Unterlippe. Bevor ihre Mutter den Vater kennen gelernt und geheiratet hatte, war sie nahe daran gewesen, Schauspielerin zu werden. Zweifellos hatte Tara McKenzie ihrer Tochter ein gewisses dramatisches Talent vererbt. »Bringen Sie mich möglichst schnell ins Gefängnis. Ich bin gefährlich. Wenn Sie den Einbruch der Dunkelheit abwarten, könnte etwas Schreckliches geschehen. Eigentlich bin ich kein richtiger Mensch und ich kann verschiedene Gestalten annehmen ...«

»Ein Stück weiter vorn liegt die Hütte. Wahrscheinlich sind Ihre Soldaten da drin.«

»Was wollen Sie mit den Verletzten machen?«

»Herausfinden, wer sie sind.«

»Grünschnäbel.«

»Vielleicht, vielleicht auch nicht. Sie haben mich ein bisschen zu oft belogen – Catherine.«

Der Klang seiner Stimme ließ Tia erschauern. Wusste er, dass sie einen falschen Namen genannt hatte? »Bevor ich Ihnen erlaube, den Jungs auch nur ein Haar zu krümmen, schieße ich Sie nieder.«

»Wenn diese Soldaten sind, was sie scheinen, haben sie nichts von mir zu befürchten.«

»Und wenn nicht, könnten Sie innerhalb weniger Minuten sterben, Sir.«

»Wohl kaum.«

»Haben Sie schon überlegt, dass ich Sie in eine Falle führen könnte?«

»Im Augenblick führen Sie mich nirgendwohin«, erwiderte er gedehnt.

Zum ersten Mal fiel ihr sein Akzent auf. Obwohl er eine Yankee-Uniform trug, musste er aus dem Süden stammen. »Was für ein Typ von Verräter sind Sie eigentlich?«, fragte sie und spähte über ihre Schulter.

»Da ich meinen Überzeugungen stets treu bleibe, bin ich ein Ehrenmann. Wissen *Sie,* was das Wort ›Ehre‹ bedeutet?«

Sie wandte sich wieder ab. Inzwischen war es fast dunkel geworden. »Werden Sie einfach in die Hütte stürmen und fünf Männer abknallen?«, fragte sie verzweifelt. »Weil sie natürlich gezwungen sind, auf Sie zu schießen, wenn Sie einfach reinplatzen …«

»Hindern Sie die Soldaten daran, mich anzugreifen.«

»Warum sollte ich?«

»Weil Sie Ihre Jungs am Leben erhalten wollen. Bevor einer Ihrer ›Grünschnäbel‹ auch nur einen einzigen Schuss abgeben könnte, würde ich sie alle niedermähen.« Es klang nicht einmal prahlerisch. Eher wie die Feststellung einer Tatsache.

Kurz vor der Bucht, an der die alte Hütte aus Kiefernholz stand, zügelte der Yankee sein Pferd. Florida-Indianer hatten sie während der Seminolenkriege als Schlupfwinkel gebaut. Seither wurde sie manchmal von Liebespaaren, Jägern oder Fischern benutzt.

Nur Einheimische kannten die Hütte. Zumindest hatte Tia das bisher geglaubt.

»Nun, Godiva?«, fragte er.

»Lassen Sie mich hineingehen. Ich sage den Jungs, sie sollen nicht feuern. Aber wenn Sie glauben, Sie können die Verwundeten in ein verdammtes Yankee-Camp schleppen ...«

»Ich will sie nur sehen, das ist alles.« Diesmal hob er sie nicht vom Pferd, nachdem er abgestiegen war, und sie schwang sich indigniert aus dem Sattel.

»Eine hilfreiche Hand wäre angebracht gewesen.«

»Vermutlich hätten Sie drauf gespuckt. Rufen Sie einen Soldaten heraus und erklären Sie ihm die Situation.«

Am liebsten wäre Tia in die Hütte gestürmt, hätte Deckung gesucht und die Jungs aufgefordert, den Yankee zu erschießen. Doch das wagte sie nicht. Wozu der Fremde fähig war, hatte er inzwischen oft genug bewiesen. »Jemmy Johnson!«, rief sie. »Hier ist ...« In letzter Sekunde unterbrach sie sich. Beinahe hätte sie ihren Namen genannt. »Hier bin ich! Kommen Sie bitte heraus!«

Die verwitterte alte Hüttentür schwang auf. Ein Enfield-Gewehr in der Hand, trat Jemmy vorsichtig heraus. »Miss T...«

»Hinter mir steht ein Feind, Private Johnson«, unterbrach sie ihn hastig. »Er hat versprochen, uns nichts anzutun, wenn wir ihm sagen, wer wir sind. Feuern Sie nicht und halten Sie auch die anderen davon ab, Jemmy.«

»Aber Miss T…«

»Jemmy, um Himmels willen, tun Sie, was ich sage!«, flehte Tia. »Legt alle die Waffen nieder!«

»Verdammt, Jemmy«, schrie jemand in der Hütte, »ich halte gar keine Waffe in der Hand! Ich muss alle Finger auf Stuarts Wunde drücken, damit er nicht verblutet!«

Vielleicht war das eine Lüge, vielleicht auch nicht. Jedenfalls schien der Yankee sofort seinem Instinkt zu folgen.

Er ging an Tia vorbei und betrat die Hütte, die Colts im Gürtel, das Spencer-Gewehr locker in der linken Hand. Trotzdem bezweifelte sie nicht, dass er notfalls innerhalb einer Sekunde schießen würde. In wachsender Angst folgte sie ihm.

Der achtzehnjährige Trey McCormack hatte nicht gelogen. Gebückt stand er neben seinem Freund Stuart Adair, der auf einer Werkbank lag, eine Schusswunde in der Wade. Hadley Blake, der zweite Verletzte, hatte die Besinnung verloren. Den Kopf auf einer zusammengerollten Satteldecke, lag er in einer Ecke des dunklen Raums. Gilly Shenley, der dritte Unverletzte, suchte gerade einen geeigneten Stock für eine Aderpresse, mit der er Stuarts gefährliche Blutung stoppen wollte.

»Geht zur Seite, Jungs, lasst mich mal sehen«, befahl der Yankee. Alle erstarrten und blinzelten verwirrt. »Macht Platz!«, fuhr er sie an und da gehorchten sie. Beinahe schrie Tia auf, als sie beobachtete, wie er Stuarts Wade packte und die Verletzung untersuchte. »Kommen Sie her, Miss Godiva. Sicher besitzen Sie ein paar medizinische Grundkenntnisse. Zerreißen Sie Ihren Unterrock. Wir brauchen Verbandszeug und eine Aderpresse …«

»Aber ich finde keinen passenden Stock«, jammerte Gilly.

»Zerbrechen Sie den alten Besenstiel da drüben. So

was muss ein junger, kräftiger Bursche wie Sie doch schaffen.«

Während Gilly gehorchte, riss Tia ein paar Streifen von ihrem Unterrock. Einerseits war sie froh über die Hilfe der Yankees, andererseits fühlte sie sich gedemütigt, weil er sie alle herumkommandierte. Verdammt noch mal, sie wusste selber, was zu tun war. Und hätte er sie nicht daran gehindert, die Jungs zu begleiten, wäre Stuarts sorgsam genähte Wunde nicht erneut aufgeplatzt. Seit Jahren arbeitete sie mit ihrem Bruder Julian zusammen, einem tüchtigen Militärarzt, und sie hatte viel von ihm gelernt.

Wie sie zugeben musste, war der Yankee sehr geschickt. Innerhalb einer Minute hatte er eine Aderpresse hergestellt und die Blutung verlangsamte sich. Bald kam sie vollends zum Stillstand und er erklärte den Jungs, wie sie die Aderpresse langsam lockern sollten. Im Grunde spielte es ja auch keine Rolle, wer Stuarts Leben gerettet hatte.

»Private Gilly – so heißen Sie doch?«, fragte der Yankee.

»Private Gilly Shenley, Sir«, antwortete der strohblonde Junge mit dem zarten Bartflaum am Kinn. Zu Tias Ärger salutierte er sogar.

»Laufen Sie zum Bach und holen Sie möglichst viel von dem Moos, das dort auf den Steinen wächst. Wir nähen die Wunde und machen einen Umschlag, dann müsste sie gut verheilen.«

»Ja, Sir.«

»Außerdem brauche ich ein paar Pilze, die mit den schwarzen Hütchen. Wissen Sie, welche ich meine?«

»Die hole ich«, erbot sich Tia. »Ich weiß genau …«

»Nein, das wird Private Shenley erledigen. Sie können doch eine Wunde nähen?«

In ihrer Rocktasche steckten Nadeln und chirurgische Fäden, von ihrem Vetter Jerome McKenzie beschafft, einem der wenigen Rebellen, die immer noch erfolgreich die Blockade brachen. Sie fädelte einen Faden ein, dann starrte sie die Nadel an. Unglücklicherweise trug sie keine Streichhölzer bei sich und so konnte sie die Spitze nicht erhitzen. Aber zu ihrer Verblüffung zog der Yankee eine Packung Streichhölzer hervor und zündete eins an. Tia hielt die Nadel in die Flamme, um sie zu sterilisieren. Sorgfältig nähte sie die Hautfetzen rings um die Wunde in der Wade des jungen Soldaten zusammen. Dabei spürte sie, wie der Yankee sie aufmerksam beobachtete, und danach las sie zum ersten Mal so etwas wie Anerkennung in seinem Blick.

»Großartig«, lobte er.

»Nun, ich habe einige Erfahrungen gesammelt«, erwiderte sie trocken.

»Waren Sie während des ganzen Krieges in Florida?«

»Ja, und wir mussten uns unentwegt um Verwundete und Kranke kümmern.«

»Oh, ich wollte keineswegs andeuten, Ihre Talente wären hier vergeudet. Ich dachte nur, wie wertvoll Sie auf den Schlachtfeldern gewesen wären, wo wahre Tragödien stattfanden und an einem einzigen Tag zehntausend Männer fielen.«

Sie zuckte die Achseln. »Ob ich mich woanders nützlicher gemacht hätte, weiß ich nicht. Alle meine Kenntnisse verdanke ich …« Sie zögerte, weil sie nicht zu viel verraten wollte.

»Das alles hat sie von ihrem Bruder gelernt, unserem besten Feldarzt!«, verkündete Trey McCormack.

Ohne Tia aus den Augen zu lassen, fragte der Yankee lächelnd: »Und wer ist dieser Wunderdoktor, Private?«

»Sagen Sie's ihm nicht, Trey!«, rief Tia. »Dieser Mann darf nicht erfahren, wie ich heiße – und wer mein Bruder ist. Er soll nicht gefährdet werden.«

»Aber Miss T…«

»Trey!«

»Ja, Ma'am.«

Obwohl der Yankee das Thema nicht weiter verfolgte, fühlte sie sich unbehaglich unter seinem prüfenden Blick. Womöglich sah er viel mehr, als sie preisgeben mochte. »Und was jetzt, Sir?«

»Wir warten, bis Gilly uns die Pilze und das Moos bringt.«

»Wenn Sie wollen, mache ich den Umschlag. Damit kenne ich mich aus.«

»Sind Sie Ärztin?«

»Nein, aber zu meinen Vorfahren gehören ein oder zwei Medizinmänner.«

»Was?«

»Nicht so wichtig. Das meiste habe ich aus Erfahrung gelernt.«

Atemlos kehrte Gilly zurück, Moos und Pilze auf seinem Blechteller.

»Das alles muss man jetzt gut vermischen ...«, begann der Yankee.

»Das weiß ich. Überlassen Sie's nur mir. Gilly, helfen Sie mir. Gehen wir hinaus.«

Der Soldat folgte ihr aus der Hütte. Als sie einen umgestürzten Baumstamm entdeckte, den sie als Arbeitstisch benutzen konnte, kniete er an ihrer Seite nieder.

»Drehen Sie sich nicht um, Gilly, und hören Sie gut zu. Irgendwie müssen wir den Mann überrumpeln.«

»Wieso? Er will uns doch gar nichts antun.«

»Aber er ist ein Yankee-Offizier und er kam gewiss nicht hierher, um unsere medizinischen Kenntnisse zu bewundern.«

»Soeben hat er Stuarts Leben gerettet, Miss Tia.«

»Ja, und dafür bin ich ihm auch dankbar – obwohl Stuarts Wunde nicht wieder aufgebrochen wäre, hätte euch der Yankee nicht zu dieser überstürzten Flucht gezwungen. Wie auch immer, Gilly, wir dürfen ihn nicht laufen lassen. Sonst kommt er womöglich mit einer ganzen Yankee-Kompanie zurück und nimmt uns fest.«

»Mit einer ganzen Yankee-Kompanie ...«

»Inzwischen wimmelt es in Florida von Feinden! Sie versammeln sich im Norden des Staates, westlich von Jacksonville und St. Augustine. Soviel wir wissen, planen sie einen Großangriff gegen die Rebellen. Glauben Sie mir, Gilly – wenn wir ihn davonreiten lassen, kommt er mit Verstärkung zurück.«

»Und wie sollen wir ihn aufhalten?«

»Das sagte ich doch schon – irgendwie müssen wir ihn überrumpeln.«

»Haben Sie seine Waffen gesehen?«

»Natürlich, und er weiß sicher damit umzugehen. Wir müssten ihn ablenken und Sie überwältigen ihn von hinten. Das ist unsere einzige Chance.«

»Soll ich ihm etwa in den Rücken schießen? Das wäre kaltblütiger Mord, Miss Tia. In dieser Welt gibt's immer noch so was wie Ehre. Und wenn wir den Krieg überleben, ganz egal, wer ihn gewinnt – will ich noch in den Spiegel schauen können.«

»Das verstehe ich, Gilly. Und Sie sollen den Yankee auch gar nicht töten. Schlagen Sie ihn nur bewusstlos. Dann fesseln wir ihn und reiten nach Westen zu Dickinsons Truppen. In seinem Lazarett kann ich unsere Verwundeten viel besser pflegen als hier draußen in der Wildnis.«

»Wollen Sie den Mann etwa gefesselt in der Hütte zurücklassen? Da gibt's eine ganze Menge Ungeziefer.«

»Sicher kann er sich selber losmachen. Ich hoffe nur, dafür wird er einige Zeit brauchen.«

»Und wie sollen wir ihn ablenken?«

»Das weiß ich noch nicht«, gestand sie seufzend. »Wenn's so weit ist, gebe ich Ihnen ein Zeichen. Also halten Sie sich bereit. Wenn Sie eine Gelegenheit finden, informieren Sie Jemmy und Trey über unseren Plan.«

»Jetzt können wir Hadley bewegen. Aber ich fürchte,

wenn wir Stuart auf ein Pferd setzen, wird die Wunde wieder aufplatzen.«

»Haben wir genug Proviant?«

»Wozu? Wollen Sie den Yankee zum Dinner einladen, Miss Tia?«

»Ich versuche einfach nur, Zeit zu gewinnen«, erwiderte sie ungeduldig. Wie begriffsstutzig diese halben Kinder waren …

»Ist der Brei für den Umschlag fertig?«, fragte Gilly.

Sie inspizierte das Moos und die Pilze, die sie miteinander vermengt hatte. Erstaunlich, wie mechanisch sie solche Arbeiten mittlerweile erledigte … Von den Notwendigkeiten des Krieges durchdrungen, konnte sie ihre Fähigkeiten einsetzen, ohne nachzudenken. Ob das gut oder schlecht war, wusste sie nicht. »Gehen wir hinein. Und – ja, wir laden ihn zum Dinner ein.«

Wieder in der Hütte, stellten sie fest, dass der Yankee sich inzwischen um Hadley Blake gekümmert hatte, den anderen Verwundeten. Soeben desinfizierte er die Wunde in Hadleys Unterarm mit Alkohol aus einer kleinen Flasche, die er in der Tasche seines Jacketts verwahrte. Ohne sich umzudrehen, meinte er: »Ihr Bruder muss wirklich ein fabelhafter Arzt sein, Madam – wenn er diesen Jungen behandelt hat.«

»Das hat er getan.«

»Eigentlich hätte der ganze Arm amputiert werden müssen.«

»Oh, mein Bruder hat schon viele Gliedmaßen gerettet.« In Tias Stimme schwang unverhohlener Stolz mit.

Der Yankee stand auf. »Ist der Brei für den Umschlag fertig?«

»Ja, hier.«

»Dann machen Sie sich an die Arbeit.«

Erbost über seinen gebieterischen Ton, ging sie zur Werkbank, auf der Stuart lag. Halb bewusstlos, zuckte er hin und wieder zusammen. Mit seinen sechzehn Jahren war er das jüngste Mitglied des jämmerlichen kleinen Trupps. Auch er hatte gelogen, um sich der Miliz anzuschließen. Behutsam strich sie ihm das Haar aus der Stirn.

»Helfen Sie mir, Trey.« Sofort eilte McCormack zu ihr. »Glauben Sie, Stuart könnte einen Schluck Whiskey vertragen, Sir?«, fragte sie den Yankee.

»Zweifellos.« Er ging zu ihr, beträufelte die frisch genähte Wunde mit Alkohol, und Stuart Adair bäumte sich stöhnend auf. Aber inzwischen war etwas Farbe in sein Gesicht zurückgekehrt.

In den meisten Fällen war Whiskey das beste medizinische Reinigungsmittel. Julian hatte erklärt, die Wunden, die er damit behandle, würden dann am schnellsten und problemlos heilen. Vorsichtig tupfte Tia die Wunde des jungen Mannes trocken, strich die Masse aus Pilzen und Moos darauf und bandagierte die Wade.

»Legen wir ihn da drüben auf die Strohmatte«, schlug der Yankee vor. Mit Jemmys Hilfe bettete er Stuart auf das weiche Stroh.

Als die Verletzten tief und fest schliefen, fragte Trey: »Glauben Sie, die beiden werden es schaffen, Sir?«

»Wenn sie genug Lebenswillen aufbringen – ganz sicher«, antwortete der Yankee.

»Essen Sie ein bisschen Schiffszwieback mit uns, Sir?«, lud Gilly ihn ein. »Was wir haben, teilen wir sehr gern mit Ihnen.«

»Weichen Sie das Zeug in frischem Wasser aus dem Bach ein«, riet der Unionsoffizier, »dann picke ich die Maden heraus. Und vielleicht kann ich noch was Besseres zum Dinner beitragen. Geben Sie mir den Rest vom Besenstiel, mein Junge.«

Gilly gehorchte und der Yankee verließ die Kabine. Offenbar machte es ihm nichts aus, den Rebellen den Rücken zu kehren. Aber Tia fand, der richtige Zeitpunkt für einen Angriff wäre noch nicht gekommen, und so folgte sie ihm mit den drei Soldaten zum Bach.

Reglos blieb er am Ufer stehen und beugte sich hinab.

»Was zum Teufel – Verzeihung, Miss Tia, was um alles in der Welt macht er da?«, fragte Jemmy.

»Keine Ahnung …«, murmelte Tia und beobachtete den Yankee unbehaglich. Wieder einmal gewann sie den sonderbaren Eindruck, sie würde ihn kennen.

Plötzlich bewegte er sich blitzschnell. Als er sich aufrichtete, hing ein großer Wels am zerbrochenen Besenstiel.

»Verdammt noch mal, das war einfach großartig!«, quietschte Jemmy entzückt. »Oh, verzeihen Sie, Miss Tia …«

»Hören Sie auf, sich für Ihre Flucherei zu entschuldigen«, seufzte sie. »Immerhin befinden wir uns im Kriegszustand.«

»Ja, Ma'am, es tut mir Leid, Ma'am. Dann will ich mal Feuer machen.«

»Wartet, Jungs …«, begann Tia beklommen. Sie wollte keine Geschenke von ihrem fremden Feind annehmen.

Aber die drei waren bereits zur Feuerstelle vor der Hütte gelaufen. Seit fast achtundvierzig Stunden hatten sie nichts gegessen und seit Monaten keine anständige Mahlzeit bekommen. Bald loderten helle Flammen. Gilly war ein Experte in der Zubereitung von ›Schiffszwiebackpüree‹, wie er das Gericht nannte. In den gekochten Zwieback wurde Speckfett gemischt – diesmal sogar gehackter Räucherspeck aus der Satteltasche des Yankees. So bildete der Brei eine sättigende Beilage zum köstlichen frischen Fisch. Der Unionsoffizier steuerte Kaffee bei, den er mit Whiskey würzte. Als der Mond am Nachthimmel emporstieg, stellte Tia entsetzt fest, dass ihre Jungs den Yankee geradezu anhimmelten.

»Trotz allem ist er ein Feind und sehr gefährlich«, erklärte sie in strengem Ton, während sie mit Jemmy am

Bach kniete und das Kochgeschirr wusch. »Das dürft ihr nicht vergessen.«

»Ja, Miss Tia, aber Gilly hat mir gesagt, wir müssen Zeit gewinnen. Das ist uns doch gelungen. Jetzt versuchen Trey und Gilly gerade, Blake und Stuart ein bisschen weichen Zwieback einzuflößen. Wenn's so weit ist, müssen die beiden stark genug sein, um wegzulaufen, nicht wahr?«

Diesem Argument konnte sie nicht widersprechen. »Außerdem brauchen sie ihren Schlaf. Im Augenblick sieht's nicht so aus, als würde der Yankee davonreiten. Morgen locke ich ihn irgendwie zum Bach. Dann müsst ihr uns folgen. Ich werde seine ganze Aufmerksamkeit auf mich lenken und ihr greift ihn von hinten an – so schnell wie möglich.«

»Ja, Ma'am.«

Sie kehrten zur Hütte zurück, wo der Yankee allein vor dem Lagerfeuer stand und die Flammen beobachtete, einen Zinnbecher in der Hand. Die Verwundeten und die beiden anderen jungen Soldaten schliefen bereits in der Hütte. Einen gestiefelten Fuß auf einem Holzscheit und in seiner gut sitzenden Uniform, bot der Offizier einen imposanten Anblick.

Als er sich umdrehte, spiegelten seine goldbraunen Augen die Glut des Feuers wider, und er erschien Tia bedrohlicher denn je. Beklommen blieb sie neben ihm stehen, während Jemmy in der Hütte verschwand.

»Vielleicht sollten Sie sich ein paar Stunden Ruhe gönnen, in der Obhut Ihrer tapferen Schutztruppe«, meinte der Yankee lächelnd.

»Ja – vielleicht.«

»Aber Sie wollen mich lieber im Auge behalten.«

»Das wäre wohl besser.«

»Warum erinnern Sie mich an einen Vogel, der jede Sekunde die Flucht ergreifen möchte? Haben Sie Angst vor mir, Godiva?«

»Nein.«

»Aber ich glaube, Ihr Herz klopft viel zu schnell. Und ich kenne diesen Blick, so wachsam …«

»Sie kennen mich gar nicht!«

»Doch, von Kopf bis Fuß.«

Er hatte Recht, ihr Herz schlug wie rasend. Trotzdem versuchte sie lässig die Achseln zu zucken. »Ich wüsste es zu schätzen, wenn Sie etwas höflicher wären und meine beklagenswerte Eskapade nicht mehr erwähnen würden.«

»Das würde ich tun, wenn ich's vergessen könnte.« Er lächelte immer noch und sie fragte sich, ob er das ernst meinte oder ob er sich über sie lustig machte. Er zeigte auf einen umgestürzten Baumstamm neben der Feuerstelle. »Setzen Sie sich, Godiva.«

Unsicher starrte sie ihn an. Jetzt sollte sie ihm eine gute Nacht wünschen und in die Hütte flüchten, zu ihren Jungs.

»Warum zögern Sie, Godiva? Nur Mut! Den werden Sie brauchen.«

»Wenn ich mich zu Ihnen setze, würde ich nicht viel wagen«, log sie.

Mit einem Mal glaubte sie, in ihrem ganzen Leben wäre sie noch keiner größeren Gefahr begegnet als diesem Yankee.

4

»Kaffee mit einem Schuss Whiskey?«, fragte er. »Vorhin haben Sie das Angebot abgelehnt.«

»Natürlich, Sir. Wenn mich ein Fremder einlädt – noch dazu ein Feind, bin ich immer vorsichtig.«

»Ah, so spricht die typische Südstaaten-Lady.«

»So spricht ein kriegsmüde junge Frau. Versuchen Sie, mich betrunken zu machen?«

»Mit ein bisschen Whiskey?« Belustigt hob der Yankee die Brauen. »Wohl kaum. Ich glaube, Sie sind eine Lady und trotzdem an Whiskey gewöhnt.«

»Stimmt«, bestätigte sie und ignorierte seinen ironischen Ton. »Also geben Sie einen anständigen Schuss in meinen Kaffee.«

Er füllte ihren Becher, goss Whiskey dazu, und sie nippte daran. »Bleiben Sie heute Nacht hier, Sir?«

»Ja.«

»Und wenn Sie einschlafen und wir Ihre Kehle durchschneiden?«

»Das werden Sie nicht tun.«

»Warum nicht?«

»Weil ich sofort erwache, wenn ich jemanden in meiner Nähe höre oder spüre, und blitzschnell schieße. Der Angreifer würde nicht einmal Zeit finden, um zu schreien.« Fröstelnd zog sie die Schultern hoch und hoffte, der Yankee würde ihre Angst nicht bemerken. Nun ging er vor ihr in die Hocke.

»Würden Sie wirklich meine Kehle aufschlitzen?«

»Nein ...« Beinahe verschluckte sie sich an ihrem heißen Kaffee. Seltsam, ihn so nah vor sich zu sehen und allmählich kennen zu lernen, kleine Dinge zu bemerken wie die schwieligen Hände, die langen Finger, die kurz geschnittenen Nägel ... Sie wünschte, sie wäre nicht so nervös und würde ihn abstoßend finden. »Warum reiten Sie nicht weiter?«

»Dafür habe ich meine Gründe.«

»Das ist doch nur ein harmloser Trupp – fünf Soldaten, halbe Kinder. Und wir sind außerdem sehr, sehr müde.«

»Dann ruhen Sie sich aus. Genießen Sie die schöne Nacht und lassen Sie sich vom Feuer wärmen.«

»In Ihrer Nähe? Wie kann ich neben einer Klapperschlange Ruhe finden?«

Er lachte. »O Godiva, ich glaube, Sie sind viel gefährlicher als ich.«

»Aber ...«

»Wenn ich Ihnen zu nahe treten wollte, hätte ich schon viele Gelegenheiten gefunden.«

Das Blut stieg in Tias Wangen und sie senkte den Kopf.

»Legen Sie sich hin.« Er stand auf und wandte sich zu seinem Sattel, der im Gras lag. Davor hatte er seine Satteldecke und Army-Bettzeug ausgebreitet. »Die Kiefernnadeln bilden eine weiche Unterlage, die Sterne einen wunderbaren Baldachin.«

Zu ihrer Verblüffung sah das improvisierte Bett sehr einladend aus. »Aber da wollten *Sie* schlafen …«

»Jetzt gehört dieses gemütliche Lager Ihnen, Lady Godiva. Erlauben Sie Ihrem Feind eine kleine galante Geste.«

Zögernd erhob sie sich vom Baumstamm. »Einverstanden – aber nur, wenn …«

»Wenn ich bloß nicht glaube, Sie würden den Wunsch verspüren, mein Bett zu teilen. Seien Sie versichert, so etwas würde ich niemals vermuten.«

»Sehr gut!« Tia streckte sich auf der Satteldecke aus und breitete die Army-Wolldecke über ihren Körper. »Danke«, flüsterte sie und schloss die Augen.

»Oh, es ist mir ein Vergnügen.«

Er rührte sie nicht an. Aber er blieb in ihrer Nähe. Sie hörte, wie er sich auf den Baumstamm setzte, und nahm an, dass er nachdenklich ins Feuer starrte.

Wann würde er schlafen – tief und fest genug, um sich überrumpeln zu lassen? Nein, ein solcher Angriff würde ihren sicheren Tod bedeuten.

Aber würde sich der Morgen besser eignen? Vielleicht, wenn sie sein Vertrauen gewann und ihn umgarnte …

Trotz ihrer Erschöpfung war sie viel zu nervös, um Schlaf zu finden. Er saß auf dem Baumstamm, dicht neben ihr … Seltsam – allmählich gab ihr seine Nähe ein Gefühl der Sicherheit. Sie kuschelte sich noch tiefer in sein Bettzeug. In der kühlen Luft kündigte sich bereits der Winter an, aber sie duftete süß und erfrischend. Und dazu der Geruch des Fremden – Rasierwasser, Leder und Seife …

Warum kam er ihr bekannt vor? Auf diese Frage fand sie keine Antwort. Jedenfalls konnte sie ihm in dieser Nacht vertrauen. Um am Morgen über ihn herzufallen … Es war so leicht, einzuschlafen, zu träumen …

Irgendwann erwachte sie und hob fröstelnd den Kopf. Die Flammen mussten erloschen sein und sie sah, wie der Yankee das Feuer schürte. Offenbar spürte er ihren Blick, denn er wandte sich zu ihr. »Kalt?«

»Nein.«

»Doch, Sie frieren.« Er kam zu Tia und ehe sie wusste, wir ihr geschah, lag er an ihrer Seite und schlang einen Arm um ihren Körper. Als sie protestieren und ihn wegstoßen wollte, drückte er sie noch fester an sich. »Keine Bange, Sie eigensinniges kleines Ding. Ich werde Ihnen nichts antun, ich möchte Sie nur wärmen.«

»Von einem Feind will ich mich absolut nicht wärmen lassen.«

»Hat Ihnen noch niemand gesagt, dass man nicht immer kriegt, was man will?«

»Nein!«

»Dann wird's höchste Zeit. Schlafen Sie.«

Die Zähne zusammengebissen, leistete sie keinen Widerstand mehr. Wie sollte sie den Yankee am Morgen zum Bach locken, überzeugend mit ihm flirten und ihn veranlassen, seine Rückendeckung zu vergessen, wenn sie sich jetzt gegen ihn wehrte? Also musste sie diese schreckliche Nacht, in der sie kein Auge zutun würde, irgendwie ertragen …

Sie schlief jedoch wieder ein und dann spürte sie erstaunt den Morgensonnenschein auf ihren Wangen und hörte die Vögel zwitschern. Was für eine sonderbare Welt, dachte sie. Ein blutiger Krieg peinigt das Land, die Menschen töten einander ohne Skrupel.

Trotzdem geht die Sonne jeden Tag auf, die Vögel singen. Und man kann erwachen und sich vorstellen, es gäbe keinen Krieg … Wenn *er* nicht neben ihr liegen würde. Unbehaglich betrachtete sie den Yankee an ihrer Seite. In dieser Nacht hatte sie sich von ihm wärmen lassen und sie kannte nicht einmal seinen Namen.

Obwohl sie sich kaum bewegt hatte, öffnete er die Augen. Also stimmte es, was er behauptet hatte – die geringste Kleinigkeit würde ihn wecken. Oder war er schon wach gewesen? Vermutlich. Und er war reglos neben ihr liegen geblieben. Um sie nicht zu stören? Oder um sie zu beobachten. Jetzt erwiderte er ihren Blick und ihr Körper schmiegte sich immer noch an seinen. Sofort rückte sie von ihm weg, stand auf, vergaß ihren Plan, ihn zu verführen, und flüchtete zum Bach.

Ihr war heiß und kalt – und dann wieder heiß. Wie verlockend das Wasser aussah … Hellblau plätscherte es über kleine Steine, mit Diamanten bestreut, die goldene Sonnenstrahlen darauf warfen. Tia kniete am Ufer nieder und bespritzte ihr Gesicht. Dabei wurde ihr Kleid nass und so öffnete sie die obersten Knöpfe. Das kalte Wasser fühlte sich wundervoll an. Ausgiebig erfrischte sie ihr Gesicht und den Hals. Dann griff sie in ihre voluminöse Rocktasche und zog etwas hervor, das mittlerweile zu ihrem kostbarsten Eigentum zählte – eine Zahnbürste mit Pferdehaar. Die Borsten nutzten sich allmählich ab, aber in diesen schweren Kriegszeiten war es unmöglich, Ersatz zu beschaffen.

Glücklicherweise rückte Weihnachten näher. Die Festtage würde sie daheim auf Cimarron verbringen und die Mutter würde ihr eine neue Zahnbürste schenken, vielleicht sogar verstehen, wie viel ihr das bedeutete.

»Ich habe Backpulver«, erklang eine tiefe Stimme und Tia erstarrte. Also war er ihr gefolgt …

Waren die Jungs schon wach? Würden sie rechtzeitig auftauchen, wenn sie ihn ablenkte? Plötzlich war diese

Frage unwichtig, weil ihr bewusst wurde, was er gesagt hatte. Backpulver! Damit hatte sie früher ihre Zähne geputzt. Während des Krieges ein wahrer Luxus ...

Tia stand auf und drehte sich zu dem Yankee um. Lächelnd reichte er ihr einen kleinen Lederbeutel, den er aus der Tasche seines Kavalleriejacketts gezogen hatte. Sie kniete sich wieder ans Ufer, genoss in vollen Zügen das fast sinnliche Vergnügen, ihre Zähne zu putzen – *richtig* zu putzen. Immer wieder fuhr sie mit der Zunge darüber und freute sich an dem herrlich glatten Gefühl.

Als sie sich erhob und ihm danken wollte, entdeckte sie Trey und Gilly zwischen den Kiefern. Sekundenlang senkte sie den Blick und schluckte, dann schaute sie den Yankee an und schenkte ihm ein strahlendes Lächeln. Langsam ging sie auf ihn zu und berührte sein Jackett. Dabei hoffte sie, die geöffneten Knöpfe am Oberteil ihres Kleids würden ihm einen betörenden Anblick bieten. »Vielen Dank. Gestern dachte ich, Sie wären der schrecklichste Mensch der Welt – ein Monster! Aber Sie haben so gut für meine Soldaten gesorgt ... Was Sie wirklich wollen, weiß ich nicht – warum Sie hier warten, jedenfalls ...«

»Ja? Sprechen Sie doch weiter.«

Forderte er sie heraus? Offenbar ließ er sich nicht so leicht verführen. Tia biss in ihre Lippen. »Jedenfalls – sind Sie kein Monstrum.«

»Wie können Sie da so sicher sein?«

»Nun ja – ich habe mit Ihnen geredet ...« Sie zwang sich wieder zu einem Lächeln. »Und wir haben nebeneinander geschlafen.«

Er beobachtete sie und ihre Koketterie schien die gewünschte Wirkung zu verfehlen. Also musste sie sich etwas intensiver bemühen. Sie ergriff seine Hand, legte sie an ihre Wange – eine große, raue Hand, die von harter Arbeit kündete – und trotzdem zärtlich wirkte. Die Berührung schien nicht *ihn* zu erregen, sondern *sie*. Verwirrt spürte sie, wie ihr Herz schneller pochte, und eine seltsame Schwäche erfasste ihren ganzen Körper. Sie trat näher zu ihm, stellte sich auf die Zehenspitzen, sah goldenes Feuer in seinen Augen. Sein Kuss verschloss ihr den Mund, seine Zunge spielte mit ihrer – so heiß, so aufreizend …

Plötzlich wurde sie herumgewirbelt, ihr Rücken an seine Brust gepresst, und sein Colt zielte auf Trey und Gilly, die zu ihm rannten. »Zwingt mich nicht zu schießen!«, mahnte er in ruhigem Ton.

Beschämt blieben sie stehen und starrten ihre Füße an.

»Erschießen Sie die Jungs nicht!«, schrie Tia. »Die beiden wollten Ihnen nichts antun!«

»Abgesehen von einer Kugel in meinem Rücken.«

»Nein … Das wäre …«

»Ziemlich albern, weil sie womöglich auch *Sie* getötet hätten!«, stieß er ärgerlich hervor. Wie eine Eisenklammer umschlang sein Arm ihre Taille.

»O nein, Sir!«, protestierte Gilly. »Natürlich hatten wir niemals vor, Sie zu erschießen – das wäre Mord.«

»Außerdem war es nicht *euer* Plan, nicht wahr?«

»Nein, Sir«, gestand Trey unbehaglich.

»Geht in die Hütte zurück!«, befahl der Yankee.

Gillys Adamsapfel hüpfte auf und ab. Aber er straffte tapfer die Schultern. »Das dürfen wir nicht. Falls Sie ihr etwas antun …«

»Selbstverständlich wird der Lady nichts zustoßen, Gentlemen, das verspreche ich.«

»Geht nur, Jungs«, seufzte Tia. Wenn sie sich von diesem harten Griff befreien wollte, gab es wohl keine andere Möglichkeit.

Endlich verschwanden die beiden jungen Soldaten zwischen den Bäumen und der Yankee drehte Tia in seinen Armen herum. »Machen wir da weiter, wo wir aufgehört haben.«

»Was?«, rief sie erschrocken.

»Jener wunderbare Kuss ...«

»Nein ...« Warum klang der Protest so schwach? Nur ein Hauch ...

Und dann küsste er sie wieder, mit einer Leidenschaft, die bis ins Innerste ihrer Seele zu dringen schien. Sie versuchte ihn wegzustoßen, wusste aber nicht, ob er den Widerstand überhaupt wahrnahm. Sie wusste auch nicht, wieso das Oberteil ihres Kleids vollends geöffnet war. Die Hände des Yankees liebkosten ihre nackten Brüste. Kraftlos lehnte sie an einem Baum und während er sie küsste – ein verzehrender Kuss, der ihr alle klaren Gedanken und ihre Ehre zu rauben drohte –, glitt sie am Kiefernstamm hinab und der Yankee sank mit ihr ins Gras. Jetzt musste sie sich endlich heftiger wehren, diesem Wahnsinn ein Ende bereiten. Welch ein überwältigender Kuss ... Begierig erforschte seine Zunge ihren Mund. O Gott, wohin sollte das führen? Warum konnte sie nicht kämpfen?

Abrupt löste er seine Lippen von ihren und stand auf. Die Wangen gerötet, die Lippen geschwollen, erwiderte sie seinen prüfenden Blick und blinzelte verwirrt. Es dauerte eine Weile, bis sie ihren halb nackten Zustand bemerkte. Hastig knöpfte sie ihr Kleid zu und richtete sich auf. »Was ...«, begann sie und suchte verzweifelt nach Worten. »Was ...«

»Ja, was? Sie wollten mich verführen, nicht wahr, Godiva? Nur zum Schein, das wissen wir beide. Damit Sie später behaupten könnten, ein bösartiger Yankee habe Sie grausam vergewaltigt? Kommen Sie, stehen Sie auf! Niemals würde ich mich an einer süßen, *unschuldigen* Südstaaten-Lady vergreifen.«

Wie süß und unschuldig er sie fand, verriet seine Stimme nur zu deutlich. Nun war ihre Ehre genauso vernichtet wie die Konföderation. »Verschwinden Sie!«, fauchte sie, sprang auf und presste sich gegen den Baum. »Beim nächsten Versuch würden die Jungs Sie vielleicht überrumpeln ...«

»Glauben Sir mir, die suchen genauso schnell wie diesmal das Weite, wenn ich versichere, ich würde Ihnen nichts antun.«

»Das war eine Lüge!«

»Keineswegs. Habe ich Sie etwa verletzt?«

Nur ihren Stolz und ihre Ehre, ihre Selbstachtung …

»Ihre Arroganz ist unerträglich! Gehen Sie endlich! Wenn Sie mir wirklich keinen Schaden zufügen wollen …«

»Das hatte ich niemals vor. Aber in Ihrem eifrigen Bestreben, einen Feind zu überlisten, werden Sie sich selber schaden, kleine Närrin. Glücklicherweise sind Sie *mir* in die Arme gelaufen. Sie ahnen nicht, wer sich in diesen Wäldern herumtreibt, welche grausigen Ausmaße der Krieg angenommen hat. Und indem Sie sich so entschlossen bemühen, den Feind zu vernichten …«

»Ich versuche, Sie nicht zu vernichten …«

»Verdammt, hören Sie mir zu! Ich will Ihnen einfach nur klar machen, dass Sie besser auf Ihr eigenes Leben achten müssen …«

»He, Yankee!«

Bestürzt zuckte Tia zusammen. Falls der Yankee ebenfalls erschrak, ließ er sich nichts anmerken.

Ein Enfield-Gewehr in der Hand, rannte Trey zwischen den Kiefern zum Bach. »Da kommt Dixie!«, rief er atemlos. »Dickinson mit fünfzig oder sechzig Soldaten, Sir!«

Dixie. Captain Jonathan Dickinson. Fast der einzige Offizier, der Florida mit seiner Kavallerie verteidigte. Tia hatte gehofft, ihm zu begegnen.

Und jetzt … Auch der Yankee hat Dixie gesucht, erkannte sie schweren Herzens. »Verdammt, Trey, Sie haben Dixies Position verraten!«, schrie sie. »Deshalb blieb er bei uns – darauf hat er gewartet! Um Dixies Stellung auszukundschaften. Und wir haben ihn direkt zum Captain geführt!«

»Nein«, protestierte Trey, »der Yankee hat uns anständig behandelt und ich will ihm nur eine Chance zur Flucht geben.«

»Machen Sie Ihrem jungen Soldaten keine Vorwürfe, Lady«, bat der Yankee. »Dass Dixie sich in dieser Gegend aufhält, wusste ich schon vorher.«

»Haben Sie ihn gesucht?«

»Vielleicht.«

»Und jetzt wissen Sie genau, wo er ist.«

Er zuckte die Achseln. »Nun, Godiva – vorhin haben Sie mir empfohlen zu verschwinden. Ich glaube, jetzt ist es an der Zeit. Um Ihre persönliche Sicherheit muss ich mich nicht mehr sorgen. Sie sind wieder bei Ihren Jungs und bald werden Sie den Schutz einer noch größeren Eskorte genießen.«

»Deuten Sie etwa an, bis vor kurzem hätten *Sie* meine Sicherheit gewährleistet?«, fragte sie ungläubig.

»Offensichtlich verstehen Sie nicht, was hier draußen vorgeht.«

»Immerhin weiß ich, dass die Feinde meines Staates ständig näher rücken!«, fauchte sie.

Ohne ihren Einwand zu beachten, salutierte er vor Trey, der den Gruß erwiderte. Dann wandte sich der Yankee wieder zu Tia und zog sie an sich. »Lassen Sie sich warnen, Godiva«, flüsterte er. »Seien Sie in Zukunft etwas vernünftiger, damit Sie den Krieg heil überstehen, gesund an Körper und Seele. Passen Sie auf sich auf. Hoffentlich werden Ihre Eltern nie herausfinden, was für eine schamlose Tochter sie haben.«

Herausfordernd hob sie ihr Kinn. »Zum Glück kennen Sie meine Eltern nicht und ich werde den Allmächtigen anflehen, Sie mögen niemals die Tür meines Heimes verdunkeln ...« Verdammt, warum zitterte ihre Stimme?

»Ah, jetzt habe ich einen wunden Punkt getroffen, nicht wahr? Und ich dachte schon, das wäre unmöglich. Im Wald vergewaltigt – das hätte die schöne Südstaaten-Lady hingenommen! Welch ein edles Opfer für die grandiosen Ziele des Südens! Übrigens, vielleicht kenne ich Ihre Eltern … Wie gesagt, Sie sollten sich in Acht nehmen. Sie sind viel zu leichtsinnig. Und Sie können nie wissen, welche Wölfe im Wald lauern, auf der Suche nach nackten Schönheiten!« Lächelnd ließ er sie los und nach einer tiefen, maßlos übertriebenen Verbeugung verschwand er zwischen den Kiefern.

5

15. Dezember, Northern Virginia

»Was ich Ihnen sage, ist die reine Wahrheit, Sir. Dieser Mann und ich, wir sind schon seit unserer Geburt freie Menschen.«

»Hören Sie, hier kommen keine Schwarzen vorbei, ohne dass sie von Kopfgeldjägern überprüft werden.«

»Aber wir können nicht warten, mein Bruder und ich und seine Frau. Jetzt hat er eine Chance auf einen guten Job und wenn wir bis morgen früh aufgehalten werden …«

»Gehen Sie aus dem Weg!«, schrie der weiße Soldat, puterrot vor Zorn.

Neugierig trat Sydney vor. Die Stimme dieser Frau kam ihr bekannt vor. Natürlich, Sissy, mit der sie in Washington zusammen gewohnt hatte – eine schöne, hoch intelligente junge Schwarze, damals eine Spionin im Dienst der Union … Sissy hatte für Jesse Halston gearbeitet, Sydneys Ehemann.

Teilweise hatte sie ihn Sissys wegen geheiratet. In der Nacht ihrer Verhaftung war Sissy in alles eingeweiht gewesen. Und Jesse hatte sich verpflichtet gefühlt, Sydney zu heiraten – und aus dem Old Capitol zu holen. Jetzt drängte sie sich zu dem kahlköpfigen Beamten vor. »Was gibt's für Probleme, Sir?«

Mit großen Augen starrte Sissy sie an. Sie wusste, dass Sydney bei Brent zu Besuch gewesen war, hatte sie aber wohl noch nicht zurückerwartet, während sie selbst nach einer Fahrt in den Süden heimkehrte, nach Washington. Eine gefährliche Reise für eine freie Farbige – insbesondere, wenn sie bereits von Sklavenhändlern gefangen genommen und einem Mann ausgeliefert worden war, der beschlossen hatte, sie zu unterjochen ... Dieser Mann trug die Schuld an den vernarbten Peitschenstriemen auf ihrem Rücken.

»An mir kommen keine Schwarzen vorbei, Ma'am – ganz egal, wie affektiert sie sich ausdrücken«, erwiderte der Soldat und spuckte auf den Boden.

»Sir, diese Frau arbeitet für mich«, verkündete Sydney gebieterisch.

»So? Ich dachte, Sie wären eine Südstaatlerin, Miss McKenzie. Die sind Sie doch? Vor einem Jahr bin ich Ihnen im Chimborizo Hospital begegnet. Da haben Sie gearbeitet.«

»Das stimmt«, bestätigt sie und lächelte, dankbar für diese kleine gemeinsame Basis.

»Jedenfalls kommen keine Schwarzen an mir vorbei, Miss«, betonte er noch einmal.

Sie warf Sissy einen kurzen Blick zu und überlegte, warum ihre Freundin so dumm gewesen war, die Sicherheit von Washington zu verlassen. »Offenbar verstehen Sie mich nicht, Sir. Ich versichere Ihnen, dass sie keine Sklavin ist.«

»Vielleicht sollte ich meinen Colonel holen«, meinte der Soldat zögernd.

»Ja, das wäre wohl am besten. Großer Gott, mein älterer Bruder riskiert täglich Kopf und Kragen, um die Unionsblockade zu brechen, um den Süden am Leben zu erhalten. Und soeben komme ich von einem anderen Bruder, der ein ähnliches Wagnis eingeht und unsere Verwundeten rettet. Auch ich habe mich immer wieder in Gefahr gebracht, Sir. Und jetzt legen Sie mir Steine in den Weg und verwehren mir, diesen Staat mit meiner Dienerin zu verlassen!«

Der Soldat räusperte sich. »Genau das ist es ja, Ma'am – Sie wollen nach Washington zurückkehren, in eine Brutstätte illegaler Aktivitäten.«

»Holen Sie sofort Ihren Vorgesetzten, Sir! Oder man wird in höchsten Regierungs- und Militärkreisen von diesem Zwischenfall erfahren.«

Das gab ihm zu denken. »Also gut, nehmen Sie die Negerin mit dem großen Mundwerk mit. Schade, dass sie keine Sklavin ist! Eine regelmäßige Tracht Prügel würde sie vielleicht zum Schweigen bringen. Aber der Mann und seine Frau bleiben hier.«

Die Stirn gerunzelt, wandte sich Sydney zu dem ausgemergelten farbigen Paar an Sissys Seite. Die beiden sahen wie 40-Jährige aus, waren aber wahrscheinlich erst zwanzig. »Sissy ...«

»Ma'am, ich hab's Ihnen doch erzählt. Neulich ist meine Mommy bei Manassas gestorben und deshalb musste ich Del und seine Frau Geraldine holen.«

Natürlich hatte sie nichts dergleichen erzählt und Sydney fragte sich, ob Del wirklich Sissys Bruder war. »Natürlich konnte ich ihn nach Mommys Tod nicht im Stich lassen, Miss Sydney, und ...«

»Sir«, fiel Sydney ihr ins Wort, »ich bürge für meine Angestellte und ihre Verwandten. Alle drei sind freie Menschen. Darauf gebe ich Ihnen mein Wort.«

Der Soldat musterte sie unschlüssig. »Angeblich sind Sie mit einem Yankee verheiratet, Ma'am.«

»Ja, aber das ändert nichts an meinen Anschauungen und meiner Herkunft. Sagten Sie vorhin nicht, Sie würden mich kennen? In diesem Hospital habe ich vielen hundert Konföderationssoldaten geholfen.«

»Und jetzt kehren Sie zu Ihrem Yankee-Ehemann zurück. Warum sollte ich Ihnen trauen?«

Von ihrer Großmutter hatte sie ihr entschlossenes Auftreten geerbt, die Gesichtszüge mit den ausgeprägten Wangenknochen, der geraden Nase und glatten Stirn – aber die waldgrünen Augen von der Mutter. Die hatte ihr auch beigebracht, ihre Interessen energisch zu verfolgen und trotzdem höflich zu bleiben. »Sie sollten nicht an meinem Wort zweifeln, Sir.«

»Haben Sie Ihre Papiere bei sich?«

»Natürlich, meine Reisepapiere. Ich bin aus rein privaten Gründen unterwegs. In Washington bekam ich die schriftliche Erlaubnis, den Norden zu verlassen, von General Magee unterzeichnet. Außerdem unterschrieb gestern General Longstreet meine Genehmigung, in den Norden zurückzukehren.«

»Also gut, Ma'am, gehen Sie durch die Sperre und nehmen Sie Ihre Leute mit. Ab jetzt kann ich Ihnen jedoch keine Sicherheit mehr garantieren, obwohl sie noch ein ganzes Stück von den Yankee-Linien entfernt sind.«

»Danke für die Warnung. Komm, Sissy! Und Sie beide folgen mir bitte auch, Del und Geraldine.«

Hoch aufgerichtet, die Schultern gestrafft, passierte Sydney mit ihrer Begleitung die Sperre. Auf dem Kutschbock des schlichten Wagens, den Brent ihr für die Rückfahrt nach Norden zur Verfügung gestellt hatte, saß ein Sanitäter aus dem Lazarett. Corporal Randalls magere Rotschimmelstute war am Heck festgebunden. An der Nordfront würde er sich von Sydney verabschieden und zum Hospital ihres Bruders außerhalb von Richmond zurückreiten.

»Wir haben Gesellschaft, Corporal«, erklärte sie dem dunkelhaarigen jungen Mann mit dem spärlichen Kinnbart. »Meine Dienerin und ihre Verwandten.«

Verblüfft spähte er über ihre Schulter und starrte die drei Leute an, die ihr folgten. »Schmuggeln Sie Sklaven in den Norden, Miss Sydney?«

»Um Himmels willen, nein! Vielleicht darf ich Sie daran erinnern, dass ich wegen meiner Spionage für die *Rebellen* im Gefängnis gelandet bin.«

»War nur eine Frage, Ma'am. Jetzt sind Sie mit einem Yankee verheiratet.«

»In der Tat, Sir, und ich versuche seine Loyalität nicht zu verurteilen. Allerdings hoffe ich, er wird mir auch meine nicht verübeln.« Zu Sissy und dem mageren Ehepaar gewandt, fügte sie hinzu: »Steigt ein, wir wollen fahren.«

Sissy, ihr ›Bruder‹ und seine Frau kletterten hinten auf den Wagen. Nachdem Sydney neben dem Corporal Platz genommen hatte, ließ er die Peitsche knallen und spornte das Maultiergespann an. »Kennen Sie diese Leute?«, fragte er.

»Sissy hat mit meinem Mann zusammengearbeitet. Durch ihn lernte ich sie kennen. Sie wurde in Freiheit geboren und eines Tages von einem grausamen Schurken versklavt und misshandelt. Glauben Sie mir, Corporal, es ist durchaus möglich, eine loyale Rebellin zu sein und trotzdem zu beklagen, was manche Verbrecher ihren Mitmenschen antun.«

»Mir müssen Sie keine Predigt halten, Miss Sydney«, erwiderte er lächelnd. »Ich habe es nie für richtig gehalten, menschliche Geschöpfe zu ›besitzen‹. Andererseits missfällt es mir, wenn die Union den Bewohnern Virginias vorschreibt, was sie zu tun und zu lassen haben.« Kurz vor den feindlichen Linien zügelte er das Maultiergespann, sprang vom Kutschbock und schaute seufzend zu Sydney. »Ich verlasse sie nur ungern, Ma'am.«

»Jetzt bin ich nicht mehr weit von den Yankee-Stellungen entfernt.«

»Hoffentlich begegnen Sie nur Unionssoldaten. In diesem Krieg gibt es mittlerweile zu viele Deserteure und menschliches Treibgut. Seien Sie auf der Hut und beeilen Sie sich. Viel Glück.«

»Danke, Corporal Randall. Sorgen Sie sich nicht, ich werde so schnell wie möglich fahren.«

Er ging hinter den Wagen, band sein Pferd los und

stieg auf. Dann ritt er nach vorn zum Kutschbock und salutierte. »Gott mit Ihnen.«

»Und mit Ihnen.« Lächelnd erwiderte sie seinen Gruß.

»Ich wünschte, Sie wären bei uns geblieben, Miss Sydney.«

Vielleicht hätte ich genau das tun und Brent im Hospital helfen sollen, dachte sie. Was trieb sie nach Washington zurück? Ein Ehemann, der sie seit der erzwungenen Hochzeit gar nicht mehr sehen wollte? Aber nun stand Weihnachten vor der Tür. Deshalb musste sie daheim sein, falls er zurückkommen würde. Immerhin hatte er ehrenwert gehandelt und sie geheiratet. Also war sie ihm zumindest den äußeren Schein einer glücklichen Ehe schuldig.

Corporal Randall salutierte ein letztes Mal, trat den Rückweg an, und Sydney lenkte den Wagen zu den Yankee-Linien. Sobald sie sich weit genug vom Rebellengebiet entfernt hatte, rief sie Sissy zu: »Setz dich zu mir nach vorn!« Wie sie inzwischen festgestellt hatte, konnte Sissy jede Rolle spielen – eine schüchterne Dienerin und eine raffinierte, engagierte Spionin. Meistens verbarg sie ihre Gedanken hinter gesenkten, dichten dunklen Wimpern.

Vorsichtig kroch sie auf dem schwankenden Wagen nach vorn und setzte sich neben Sydney. »Eigentlich hättest du ›bitte‹ sagen können«, beschwerte sie sich im gleichen gebieterischen Ton, den auch Sydney anzuschlagen pflegte.

»Vielleicht – aber dafür bin ich nicht in der richtigen Stimmung!« Sydney ließ die Peitsche so hart knallen, dass die erschrockenen Maultiere fast durchgingen und der Wagen heftig schaukelte. Dels Frau stöhnte gequält und Sydney biss die Zähne zusammen – wütend auf sich selbst, weil sie sich von Sissy dermaßen irritieren ließ.

»Oft genug hast du mir erzählt, du würdest Herrschaften kennen, die ihre Sklaven nicht nur freundlich, sondern *höflich* behandeln.«

»Du warst nie meine Sklavin und ich habe niemals irgendwelche Sklaven besessen. Das weißt du verdammt gut. Also mach mir keine Vorwürfe, nachdem du vorhin mein Leben riskiert hast.«

»Unsinn, dein Leben war nicht in Gefahr.«

»Oh, doch! Es sei denn, dieser Mann ist wirklich dein jahrelang vermisster Bruder – was ich nicht glaube. Sag mir die Wahrheit – sind das entlaufene Sklaven? Hast du mich gezwungen, mein Land zu verraten?«

»Hast du dein Gewissen verraten?«, konterte Sissy.

»Mein Gewissen, meine moralischen und ethischen Grundsätze und so weiter, gehen dich nichts an. Du hast mich ausgenutzt und wir schweben noch immer in Gefahr.«

»Soviel ich mich entsinne, hast du mir freiwillig geholfen.«

»Ja! Aber da wusste ich nicht, dass du Sklaven aus den Südstaaten in den Norden zu schmuggeln versuchst, und das ist verboten.«

»Nur im Süden.«

»Da sind wir immer noch.«

»Nicht mehr lange …« Verzweifelt, mit leiser Stimme, fügte Sissy hinzu: »Ja, ich hätte dich notfalls ausgenutzt. Jeden hätte ich benutzt, alles hätte ich getan, um freien Menschen zu helfen, die gefangen gehalten werden.«

»Oh, mein Gott!«

»Du hast meinen Rücken gesehen!«

»Nicht alle Sklaven werden derart grausam geschunden und geschlagen.«

»Schau dir die beiden an!«, flehte Sissy. »Sehen sie so aus, als wären sie anständig behandelt worden?«

Sydney drehte sich kurz um und gab ihr Recht. Offensichtlich waren die knochendürren Schwarzen skrupellos ausgebeutet worden.

»Auf dem Rücken dieses Mannes könntest du schreckliche Narben sehen«, betonte Sissy.

»Vielleicht hat er's verdient, gelogen oder betrogen …«

»Oder zu fliehen versucht …«, ergänzte Sissy hartnäckig.

»Darauf kommt es jetzt nicht an. Du hast kein Recht, mich in deine Machenschaften zu verwickeln, nur weil ich eine Südstaatlerin bin …«

»Jetzt bist du Jesses Frau.«

»Was nichts an der Tatsache ändert, dass ich die Meinung vertrete, der Norden müsste den Süden in Frieden lassen.«

»Und das wird er nicht tun.«

Unglücklich schüttelte sie den Kopf. Sie war in Florida geboren, hatte stets auf der Seite ihres Staates gestanden. *Und jetzt half sie entlaufenen Sklaven!* Damit verstieß sie gegen die Gesetze *ihres* Landes, den Konföderierten Staaten von Amerika, und doch … Sie glaubte nicht an die Sklaverei und sie wusste, dass die Familie ihrer Großmutter oft entflohenen Sklaven geholfen hatte.

»Nur wegen unserer Freundschaft dürftest du dir nicht anmaßen …«, begann sie ärgerlich.

»Freundschaft? War ich deine Freundin – oder deine Dienerin?«

»Großer Gott, da schleuse ich dich durch die Rebellenlinien und du fragst, ob du meine Freundin bist! Warst *du* etwa meine Freundin? Du hast mich verhaften lassen!«

»Keineswegs! Ich wusste nur, du wolltest den Unionstruppen irgendwelchen Schaden zufügen. Da folgte ich dir und lauschte …«

»Du hast mir nachspioniert und mich festnehmen lassen.«

»Nein, du wurdest von Jesse verhaftet.«

»Dank dir.«

»Nun, er hat dich geheiratet und aus dem Gefängnis herausgeholt. Also hat alles ein gutes Ende gefunden.«

»Wundervoll! Es war eine erzwungene Heirat, wir hassen uns und …«

»Nein, er hasst dich nicht. Aber *du* hasst ihn, weil er dich damals nötigte, in Washington zu bleiben. Dadurch gab er deinem Bruder Jerome eine bessere Chance zur Flucht. Und er schützte dich vor allen Gefahren. Er nahm dich fest, weil ihm nichts anderes übrig blieb. Ich glaube, du hasst ihn gar nicht. Aber du willst mit aller Macht einen albernen Kampf ausfechten, an den du selber nicht glaubst.«

»Red keinen Unsinn …«, fauchte Sydney.

»Vorsicht …« Plötzlich stockte Sissys Atem. »Da vorn ist jemand.«

Tatsächlich – im Gebüsch bewegte sich etwas. Sydney schluckte krampfhaft. Würden sie einem Rebellentrupp in die Hände fallen? Waren sie immer noch zu weit von den Yankee-Linien entfernt?

Plötzlich erklang eine autoritäre Stimme: »Halt! Im Namen Gottes und der Union!«

Hastig zügelte Sydney die Maultiere. Jetzt wusste sie, wie viel sie Corporal Randall verdankte. Er hatte sein eigenes Leben riskiert, um sie möglichst nahe an die Grenze heranzubringen.

Ein Gewehr in der Hand, trat ihr ein Soldat in den Weg. »Wer sind Sie und wohin fahren Sie?«

»Wenn ich Ihnen meine Papiere zeigen darf, Sir …«

Er kam zum Wagen und inspizierte die Dokumente. Dann musterte er ihre Reisebegleiter. »Da vorn wird man Sie bitten, aus dem Wagen zu steigen, Ma'am.«

»Danke, Sir.« Unbehaglich fuhr sie weiter und wurde bald wieder aufgehalten.

Am Straßenrand waren mehrere Zelte errichtet, einige Soldaten lehnten an Baumstämmen, tranken Kaffee oder reinigten ihre Waffen. Nervös stieg Sydney vom Kutschbock und zeigte ihre Papiere einem Yankee-Sergeant, der den Text viel zu gründlich studierte. Danach starrte er in ihr Gesicht. »Ihr Mädchenname lautet McKenzie. Sind Sie mit Colonel McKenzie verwandt?«

Mit welchem Colonel McKenzie?

Natürlich wusste sie, dass er ihren Vetter Ian meinte, den Colonel von der Union. Sollte sie dem Sergeant mitteilen, sie sei auch mit Julian verwandt, ihrem Vetter und Ians Bruder, einem Colonel von der Konföderation? Und da gab es noch einen Colonel McKenzie, Colonel Brent McKenzie, ihren Bruder, den sie soeben besucht hatte. Ihren zweiten Bruder, Captain Jerome McKenzie von der Südstaaten-Navy, sollte sie besser nicht erwähnen, weil der den feindlichen Truppen ernsthafte Sorgen bereitete und immer wieder die Unionsblockade brach.

Da war es schon besser, auf jenen anderen Colonel hinzuweisen – Colonel Jesse Halston von der US-Kavallerie. Aber zunächst musste sie die Frage des Sergeants beantworten. »Ich bin eine Kusine von Colonel Ian McKenzie …« Was das Grinsen des Mannes bedeutete, wusste sie nur zu gut. Sie war *die* McKenzie, die mehreren Gefangenen zur Flucht aus dem Old Capitol verholfen und selber einige Zeit dort verbracht hatte. Vielleicht sollte sie ein nettes Gespräch mit diesem Sergeant führen und das alles erklären. Zum Beispiel könnte sie erzählen, wie sie den verwundeten Jesse Halston in Virginia gepflegt hatte, den Gefangenen der Konföderation. Wie sie ihn lieb gewonnen und deutlicher denn je erkannt hatte, was für eine Tragödie dieser Krieg war. Tag für Tag konnten Freunde und Brüder, Väter und Söhne auf Schlachtfelder beordert werden und einander erschießen …

Aber dann hatte Jesse sie hintergangen und gedroht, die Wache zu rufen, sollte sie versuchen, Wasington mit ihrem Bruder Jerome zu verlassen. Damit begann jener Teil der Geschichte, der dem Yankee-Sergeant am besten gefallen würde.

Da hatte sie, eine loyale Rebellin, mitten in Washington festgesessen. Und ehe sie wusste, wie ihr geschah, leitete sie Informationen weiter, als Spionin der Konföderation. Das hatte sie nicht beabsichtigt. Sie war einfach irgendwie in diese Situation geraten.

Schließlich fand Jesse mit der Hilfe ihrer vermeintlichen Dienerin Sissy heraus, welche Geheimnisse Sydney verraten würde, verkleidete sich, um sie zu täuschen und die Nachricht entgegenzunehmen, überführte sie der Spionage und brachte sie ins Old Capitol.

Nur weil ihre Schwägerin Rhiannon McKenzie eingriff, Julians Frau, ließ er sich erweichen. Sydney hatte sie um Beistand gebeten, vor lauter Angst, alle ihre männlichen Verwandten würden sich verpflichtet fühlen, die Yankee-Zitadelle zu stürmen und sie zu befreien. Rhiannon ging zu Jesse und er kam ins Gefängnis, wo Sydney festgehalten wurde, weil er sie hintergangen hatte. Um sie herauszuholen, gab es nur eine einzige Möglichkeit. Und so hatte er sie geheiratet und die Verantwortung für ihre künftigen Aktivitäten übernommen. Das war er seiner Ehre als Kavalleriekommandant schuldig gewesen.

Würde es irgendwas nützen, wenn sie dem Yankee-Sergeant jene Ereignisse schilderte? Wohl kaum. »Sir, da meine Papiere in Ordnung sind, haben Sie kein Recht, mich aufzuhalten«, erklärte sie in entschiedenem Ton.

»Immerhin haben Sie sich hinter die Rebellenlinien begeben, Miss McKenzie.«

Mrs. Halston!«, verbesserte sie ihn ungeduldig. Warum machte er ihr Schwierigkeiten? »Während mein Mann für die Union kämpfte, fühlte ich mich in Washington einsam und beschloss, meinen Bruder zu besuchen, den ich lange nicht gesehen hatte. Er ist kein Spion und an keinerlei geheimen Aktionen beteiligt, sondern Arzt. Mit General Magees Erlaubnis verließ ich Washington und jetzt fahre ich zurück, um auf die

Heimkehr meines Mannes zu warten. Lassen Sie mich bitte passieren – ich bin müde.«

»Bedenken Sie bitte, dass Washington, D. C., eine Schlangengrube voller Spione ist, Mrs. Halston. Nachdem Ihre Aktivitäten im Dienst der Rebellen bekannt sind, bezweifle ich, dass es eine gute Idee ist, dauernd zu kommen und zu gehen. Ob sie nun im Besitz von Informationen sind …«

»Gewiss nicht.«

»Wer sind diese Neger?«, fragte der Sergeant unvermittelt und Sydney richtete sich zu ihrer vollen Größe auf.

»Das ist eine freie Bürgerin, die in Washington lebt und – falls Sie das interessiert – der Union schon mehrmals einen großen Gefallen erwiesen hat.«

Er warf Sissy einen kurzen Blick zu. »Der Union? Oder ihren schwarzen Brüdern und Schwestern?«

Erbost starrte Sydney ihn an. »Präsident Lincoln hat uns gelehrt, die Sklaverei zu bekämpfen. Wenn ich im Süden wegen meiner Geisteshaltung angegriffen werde, ist das verständlich. Aber wie können *Sie* es wagen, mich hier festzuhalten, nur weil sich Farbige in meiner Gesellschaft befinden?«

»Hören Sie, Mrs. Halston, die Stadt wimmelt von Flüchtlingen und arbeits- oder obdachlosen Schwarzen.«

»Es ist Mr. Lincolns Stadt und meine Begleiter werden darin wohnen. Lassen Sie uns endlich durch oder Sie werden den Ärger, den Sie mir bereiten, bitter bereuen.«

Inzwischen war der Sergeant genauso wütend wie Sydney. »Hätte man Sie damals bloß im Gefängnis gelassen, Miss McKenzie!«

»Aber ich wurde herausgeholt!«, zischte sie und kehrte ihm den Rücken.

»Noch dazu ein Halbblut …«, murmelte er.

Ob er beabsichtigte, dass sie diese Worte hörte, wusste sie nicht. Jedenfalls hatte er den falschen Zeitpunkt gewählt, um sie herauszufordern. Sie wandte sich wieder zu ihm und schlug mit aller Kraft in sein Gesicht. »Nur ein *Viertelblut!*«

»Moment mal, Madam ...« Entrüstet berührte der Soldat seine feuerrote Wange.

»Nehmen Sie sich in Acht, Sir, denn Sie haben's mit einer Frau zu tun, in deren Adern das Blut wilder Indianer fließt ...« Verwirrt zuckte sie zusammen, als lebhafter Applaus erklang, und drehte sich zu einigen Yankee-Soldaten um, die zwischen den Bäumen standen und die Szene offenbar beobachtet hatten.

»Sehr gut, Madam!«, rief ein junger Mann. »Bringen Sie ihm nur Manieren bei!«

»Wenn er Sie noch länger schikaniert, helfen wir Ihnen!«, versprach ein älterer, kräftig gebauter, grauhaariger Soldat, der ebenfalls Sergeant-Streifen am Arm trug. »Vergessen Sie, dass Sie mit einer Lady reden, Mann?«

»Diese Lady hat für die Konföderation spioniert!«, verteidigte sich der Wachtposten am Kontrollpunkt.

»Würden wir in Washington alle Frauen hängen, die irgendwann mit dem Süden sympathisiert haben, gäb's bald keine weibliche Bevölkerung mehr in der Hauptstadt. Und so, wie's jetzt aussieht, unternimmt Mrs. Halston nichts mehr gegen die Union. Ich glaube, sie tut einfach nur was Gutes für die armen Leute auf ihrem Wagen. Zu Hunderten strömen Flüchtlinge in die Stadt. Was macht's schon aus, wenn Mrs. Halston noch drei mitbringt?«

»Außerdem ist sie mit Jesse verheiratet«, betonte ein Kavallerist. »Und er hat sie sicher nicht grundlos zum Traualtar geführt. Ein Hoch auf Jesses Frau!«

Die anderen Soldaten stimmten in den Jubel ein und Sydney nickte ihnen errötend zu. Am liebsten wäre sie davongelaufen.

»Lassen Sie die Lady passieren, Sergeant Walker!«

Entschlossen ging ein Artillerie-Colonel, der bisher an einem alten Eichenstamm gelehnt hatte, auf den Wachtposten zu.

»Aber …«

»Sofort!«

Sydney schaute in die müden Augen des Colonels, den sie auf fünfzig schätzte. Aber wahrscheinlich war er viel jünger, ebenso wie Del und Geraldine. »Danke, Sir.«

»War mir ein Vergnügen, Mrs. Halston«, erwiderte er und verneigte sich.

Sydney eilte zum Wagen zurück, kletterte auf den Kutschbock und ergriff die Zügel.

»Fabelhaft!«, meinte Sissy voller Stolz. »Eine Yankee-Rebellin!«

»Das bin ich nicht!«, fauchte Sydney und spornte das Gespann an. »Ich wünschte, du wärst meine Sklavin. Dann würde ich dir das Fell über die Ohren ziehen.«

Sissy brach in perlendes Gelächter aus.

»Deinetwegen schmuggle ich zwei Schwarze in die Union!«, warf Sydney ihr vor.

»O nein, Sydney Halston, du verhilfst zwei Menschen zu ihrer rechtmäßigen Freiheit. Dafür danke ich dir von ganzem Herzen. Und ich weiß, der Allmächtige wird's dir lohnen.«

»Trotzdem war's nicht richtig.«

»›Der Zweck heiligt die Mittel‹«, zitierte Sissy. »Machiavelli.«

»Seit wann lesen denn die Schwarzen denn Machiavelli?«

»Nun, ich genoss eine hervorragende Ausbildung. Das ist sehr wichtig.«

»Und was sollen die vielen tausend ungebildeten Sklaven tun, die auf den Feldern im Süden gearbeitet haben? Dieser Krieg zerstört ihre ganze Welt, die Plantagen werden vernichtet, und die Schwarzen verlieren ihr Zuhause. Sobald das furchtbare Gemetzel auf den

Schlachtfeldern aufhört, werden neue Kämpfe beginnen – ums Überleben.«

»Der Weg in die Freiheit ist der erste Schritt.«

»Und was haben diese Menschen davon, wenn sie in der Freiheit verhungern?«

»Zumindest wissen sie, dass sie nie mehr Peitschenhiebe am Rücken spüren werden, dass niemand ihre Kinder an neue Herren in anderen Staaten verkaufen darf. Überleg doch mal, Sydney! Du warst im Gefängnis. Ist die Freiheit nicht jeden Preis wert?«

Langsam schüttelte Sydney den Kopf. »Mein Gott, Sissy, ich weiß es nicht – ich weiß es einfach nicht.«

»Jedenfalls danke ich dir. Wenn Jesse das erfährt …«

»Untersteh dich, ihm davon zu erzählen! Ich habe ihm versprochen, alle politischen Aktivitäten zu unterlassen. Und heute wäre ich fast schon wieder verhaftet worden.«

Lächelnd berührte Sissy das kastanienbraune Haar ihrer Freundin. »Die Soldaten haben dich ganz sicher nur aufgehalten, weil du so schön bist.«

»Trotz meines Indianerbluts …« Sydney staunte über die bitteren Emotionen, die der Kommentar des Sergeants in ihr geweckt hatte. Solche Vorurteile bekam sie nur selten zu spüren. Ihre Großmutter war eine Seminolin gewesen, ihr Großvater ein McKenzie. Wenn Sydneys Eltern auch im fast unbesiedelten Süden Floridas lebten – Sydney hatte Dinnerpartys und Bälle im Haus ihres Onkels in Tampa besucht und sie kannte auch South Carolina, die Heimat ihrer Mutter. Unabhängig von ihrer Herkunft, gehörte sie zur reichen Oberschicht Amerikas. Kein Mann hatte es je zuvor gewagt, ihre Familie zu verunglimpfen. Sicher, manchmal hörte sie Getuschel, wenn sie einen Raum betrat. Oder die Leute wisperten einander zu, es sei jammerschade, dass sie mit Indianerblut ›besudelt‹ sei.

Sie selbst hatte sich nie besudelt gefühlt. Das Volk ihrer Großmutter brachte ihr stets nur Liebe und Achtung entgegen. Vor langer Zeit hatte sie entschieden, das Leben einer alten Jungfer wäre besser als eine unglückliche Ehe. Deshalb wollte sie nur aus Liebe heiraten. Wenn die Gesellschaft sich dagegen stellte und der geliebte Mann zu schwach war, um für Sydney zu kämpfen, würde ihre Liebe sehr schnell erlöschen.

Und dann war sie Jesse begegnet, der ihre Herkunft sehr interessant fand. Er faszinierte und betörte sie. Aber er war der Feind, der sie verriet. Wenig später hatte er sie geheiratet – und nichts von ihr verlangt. Weder Rassenfragen noch Meinungsverschiedenheiten standen zwischen ihnen – nur der Krieg des Nordens gegen den Süden.

»O Sydney, du albernes, *fast* weißes Ding!«, schimpfte Sissy. »Dieses bisschen Indianerblut macht ja gerade deinen besonderen Reiz aus. Und doch ...«

»Ja?«

»In den Augen mancher Weißer bleibt ein Schwarzer stets ein Schwarzer, ganz egal, wie hell seine Haut ist. In den Adern zahlreicher Farbiger fließt das Blut ihrer weißen Herrschaften. Genauso werden dich einige Leute wegen deiner Seminolengroßmutter immer für eine Farbige halten. Davon spreche ich nur, um dir klar zu machen, wie hart und grausam die Welt sein kann.«

»Das weiß ich.«

»Zum Glück kümmert sich Jesse nicht um irgendwelche Vorurteile. Er liebt dich.«

»Deshalb zieht er das Schlachtfeld seinem Zuhause vor«, seufzte Sydney.

»Einmal war ich in einen Weißen verliebt«, gestand Sissy leise.

Obwohl Sydney ahnte, dass sie irgendwie umgarnt werden sollte, fragte sie: »Und was geschah?«

»Er behauptete, ich sei sein Eigentum, vergewaltigte mich, und wir bekamen ein Kind.«

»Das wusste ich nicht!«, erwiderte Sydney bestürzt.

»Noch vor der Geburt meines kerngesunden Sohnes

verlor mein weißer ›Besitzer‹ das Interesse an mir. Und dann verkaufte er das Baby.«

»O Gott, Sissy, es tut mir so Leid.«

»So geht's nun mal zu auf unserer Welt. Dieser Mann begehrte eine Farbige, aber er hätte sie natürlich niemals geheiratet. Zusätzlich verkaufte er auch noch sein eigenes Fleisch und Blut.«

»Unglaublich ...«

»Aber Jesse *liebt* dich. Hätte er die Szene am Kontrollpunkt beobachtet, wäre er sehr stolz auf dich.«

»Hör mal, Sissy – kein Wort zu Jesse, verstanden? Du weißt nicht, was ich ihm geschworen habe. Bitte, erzähl ihm nichts! Versprich's mir!«

»Also gut«, stimmte Sissy widerstrebend zu.

Sydney atmete erleichtert auf und trieb die Maultiere zu einem schnelleren Tempo an. Bald würde sie zu Hause eintreffen ...

Nein, ihre Heimat lag weit entfernt. Dort war es angenehm warm und der Frost des Winters kroch niemals in die Knochen.

Aber plötzlich sehnte sie sich nach ihrem zweiten Heim in Washington.

Sie würde sich im Dunkel verkriechen und überlegen, wofür sie eigentlich kämpfte.

6

Endlich daheim. Tia öffnete die Augen und wusste nicht genau, was sie geweckt hatte. Welch ein Luxus, in ihrem weichen Federbett zu schlafen, unter einer warmen Steppdecke – statt auf dem schmalen Feldbett im Lazarett ihres Bruders, das unablässig den Standort wechselte ...

Sie wussten, dass die Scharmützel, die sie mit ansahen, sich nicht mit den grauenhaften Schlachten in anderen Gebieten der Südstaaten vergleichen ließen. In Maryland und Pennsylvania wurden manchmal an einem einzigen Tag fünfzigtausend Soldaten getötet, verwundet oder vermisst. Trotzdem hatte Tia genug Menschen sterben sehen und jeder einzelne Todesfall ging ihr nahe. Aber um der Überlebenden willen lohnte es sich, das unbequeme Feldbett zu ertragen, das kaum genießbare Essen, die Moskitos im Sommer, die feuchte Kälte im Winter. Außerdem liebte sie ihren Bruder Julian, einen hervorragenden Militärarzt, heiß und innig. Seit dem Ausbruch des Krieges half sie ihm bei der Arbeit. Das hatten die Eltern ihr nicht vorgeschlagen, aber auch nicht dagegen protestiert, so wie die Familien zahlreicher anderer junger Damen. Tias Verwandte hatten sie nur ein bisschen gehänselt und behauptet, sie würde bald ihr Luxusleben schmerzlich vermissen.

Nun umarmte sie lächelnd ihr Daunenkissen. Allen hatte sie's gezeigt. Wenn sie auch wie ein ›zierliches kleines Ding‹ aussah – im Lazarett hatte sie ihre innere Stärke entdeckt.

Ohne Zögern vertauschte sie ihre weiche Matratze mit einer Strohmatte, badete in kalten Bächen oder Flüssen (manchmal mit unerwünschten Nebenwirkungen, wie sie sich eingestehen musste). Tapfer verkraftete sie das Geschrei der Verletzten, nähte Wundränder zusammen, assistierte Julian bei schwierigen Operationen und reinigte infizierte, übel riechende Wunden. Am Anfang hatte sie sich mühsam zusammenreißen müssen und war nahe daran gewesen, nach Hause zu fliehen. Doch das hatte sie sich nicht anmerken lassen.

Jetzt genoss sie den Urlaub auf Cimarron in vollen Zügen. Die Plantage lag am Fluss, stromabwärts von Tampa Bay. Im Winter war es kühl, aber niemals eiskalt. An einem schönen Morgen wie diesem bewegte nur eine sanfte Brise die Chintzvorhänge an der Tür zum Balkon, der um das ganze Haus herumführte. Die

Rückfront des Gebäudes ging zum Fluss hinaus, an der Vorderseite befand sich der grandiose Haupteingang. Im Osten fiel ein Rasen sanft bergab, zu einem dichten Kiefernwald voll kristallklarer Quellen, mit Laubbäumen durchsetzt. Hier schien das Leben so weiterzugehen wie eh und je.

Aber natürlich hatte sich einiges geändert. Ihr Vater hatte seine besten Pferde für den Krieg abstellen müssen. Obwohl die Speisekammer nach wie vor noch Kaffeevorräte enthielt, hatten sie am vergangenen Abend darauf verzichtet und nach dem Dinner ein Zichoriengebräu getrunken. Ebenso wurde mit Kerzen gespart. Die Seifenreste sammelte man ein und verschmolz sie zu größeren Stücken.

Wenn Cimarron auch eine kleine Festung war und fast noch genauso viele Feldarbeiter und Hausangestellte beherbergte wie vor dem Krieg – er rückte unaufhaltsam näher. Vorerst litten die Bewohner nicht unter den Entbehrungen, die andere Südstaatler peinigten. Viele hatten ihre Häuser an marodierende Truppen verloren, ihr Besitz war ›konfisziert‹ worden. In den größeren Städten stahlen die Deserteure Lebensmittel und Gebrauchsgegenstände, brannten Häuser und Ställe nieder. Und die Offiziere wussten nicht, wie sie ihre hungernden Truppen ernähren sollten. Ebenso zählten die Frauen und Kinder, die daheim blieben, zu den Leidtragenden. Tia hatte sogar die Behauptung gehört, der Krieg wäre ohne den Patriotismus der Südstaatlerinnen längst beendet worden, ohne ihre Bereitschaft, auch das schlimmste Elend hinzunehmen.

Vorerst herrschte auf Cimarron kein nennenswerter Mangel und Tia freute sich auf das Weihnachtsfest in ihrem Elternhaus. Am vergangenen Nachmittag hatten Dixies Soldaten sie heimgebracht – mit einiger Verspätung, was sie diesem verdammten namenlosen Yankee verdankte. Nach Weihnachten würde sie zu Julian zurückkehren, egal wo sich sein Lazarett gerade befand.

Wenn seine neue Ehefrau Rhiannon auch eine ausgezeichnete Assistentin war, sie erwartete jeden Tag ihr erstes Kind.

Aber jetzt wollte Tia sich erst einmal von der Begegnung mit dem Yankee erholen, der ihren Stolz so schmerzlich verletzt und ihre Überzeugungen erschüttert hatte. Er war zwar nicht mit einem großen Trupp über Dickinsons Streitkräfte hergefallen, hatte aber dessen Rebellen daran gehindert, die dringend benötigten Vorratswagen der Yankees zu erbeuten und für eine ausreichende Verstärkung der Unionswachtposten gesorgt. Natürlich hätte es noch schlimmer kommen können. Dixies Kompanie war dem Feind entronnen, weil – so wurde gemunkelt – eine sonderbare Erscheinung im Wald aufgetaucht war, um einen Teil des Yankee-Kontingents in die Irre zu führen. Bei diesem Gedanken biss Tia unbehaglich in ihre Lippen. Diese Geschichte hatten ihr Dixies Soldaten auf dem Weg nach Cimarron erzählt …

Es klopfte an der Tür und Tara, ihre schöne, elegante Mutter, betrat das Zimmer. »Guten Morgen, meine Liebe!« Trotz ihrer vierzig Jahre zeigte sich keine einzige graue Strähne im goldblonden Haar und ihr Lächeln konnte immer noch einen ganzen Saal erhellen. Obwohl sie zerbrechlich aussah, besaß sie eiserne innere Kräfte.

Noch bewundernswerter fand Tia das diplomatische Talent ihrer Mutter. Für Jarrett McKenzie war es schwierig, in diesem Krieg seine neutrale Position vor den Nachbarn zu rechtfertigen. Aber seine Frau half ihm stets über heikle Situationen hinweg.

Wenn ihre Söhne nach Hause kamen, unterband sie alle politischen Diskussionen und rettete den Familienfrieden. Anderswo wechselten Söhne und Väter, die unterschiedliche Ansichten vertraten, kein Wort mehr miteinander. Taras Neffen und Nichten, allesamt glühende Rebellen, waren ihr ebenso willkommen wie verwundete Soldaten aus beiden Lagern oder Repräsentanten beider Heere, die auf Cimarron über diverse Probleme verhandelten – einen Gefangenenaustausch, die Evakuierung kürzlich besetzter Gebiete, Kapitulationen, einen vorübergehenden Waffenstillstand.

Tara zog die Vorhänge auseinander und ließ den Morgensonnenschein herein.

»Sei nicht so grausam, Mutter!«, stöhnte Tia und legte einen Arm über ihre Augen, um sie vor dem plötzlichen Licht zu schützen.

»Nun hast du fast zehn Stunden geschlafen.«

»Aber ich bin nach Hause gekommen, um mich zu erholen.«

»Niemand zwingt dich, deinem Bruder im Lazarett zu helfen, und niemand bezahlt dich dafür.«

Verwirrt richtete sich Tia im Bett auf und beobachtete, wie ihre Mutter die Balkontür weiter aufstieß. Kühle Morgenluft wehte ins Zimmer. »Und warum hast du mich nicht daran gehindert, Mutter?«

Lächelnd wandte sich Tara zu ihr. »Weil du deine eigene Entscheidung treffen musstest – und weil ich dich dafür bewundere. Weiß Gott, wie viele Menschenleben du inzwischen gerettet hast … Momentan bin ich einfach nur froh, dass du wieder da bist. Jedes Mal, wenn eins meiner Kinder dieses Haus verlässt … Nun ja, dann fürchte ich, euch nie wiederzusehen. Und wenn ich die Liste der Toten und Verwundeten lese …«

Tia sprang aus dem Bett und umarmte ihre Mutter. »Bei Julian bin ich sicher. Und er ist ein Arzt …«

»Der sich viel zu oft in Gefahr bringt. Eure Eltern sind weder taub noch dumm. Natürlich erfahren wir, was da draußen geschieht. Und wenn Julian auch in seinem Lazarett bleibt – Ian kämpft auf den Schlachtfeldern.«

Auf der falschen Seite, dachte Tia. Doch das sprach sie nicht aus. Trotz allem, was zwischen ihnen stand, liebte sie ihren älteren Bruder. »Bitte, mach dir keine Sorgen, Mutter.«

»Genauso gut könntest du die Sonne auffordern, nicht mehr aufzugehen«, seufzte Tara und schob ihre Tochter ein wenig von sich. »Du bist viel zu dünn.«

»Das ist doch vorteilhaft, weil ich so klein bin.«

»Nicht klein, Darling, sondern zierlich.«

»Nein – einfach nur klein. Was ist eigentlich los mit mir? Außer mir gibt's nur Riesen in dieser Familie. Sogar du bist ziemlich groß.«

»Du bist eben nur durchschnittlich groß, aber dafür wunderschön – mit dem ebenholzschwarzen Haar und den unergründlichen dunklen Augen deines Vaters. Aber heute Abend musst du das diplomatische Geschick beweisen, das du von *mir* geerbt hast. Ich bin ja so froh, dass du die Weihnachtstage daheim verbringst! Alaina muss mit den Kindern in St. Augustine bleiben. Wie viel Unheil dieser Krieg anrichtet! Er vernichtet unser Land, bringt eine ganze Generation junger Männer um, und ich darf meine Enkel nicht einmal zu Weihnachten verwöhnen. Deshalb bin ich umso glücklicher über den Besuch meiner kleinen Tochter …«

»Da hast du's!«, fiel Tia ihrer Mutter ins Wort. »Klein!«

»Tut mir Leid, Liebes, das war nur so eine Redewendung. Du bist nun mal mein Nesthäkchen. Und das wirst du ewig bleiben.«

»Vorsicht, Mutter! Tante Teela dachte, Sydney wäre für immer ihr Baby. Und dann kam Mary zur Welt, als niemand damit gerechnet hat.«

»Das stimmt, aber ich glaube, dein Vater und ich haben genug Kinder bekommen. Also bist und bleibst du unser Kleine.«

»Eine kleine alte Jungfer!«

»Daran bist du selber schuld.« Taras Stimme nahm einen scharfen Klang an. Doch sie lächelte sofort wieder.

»Und warum muss ich diplomatisch sein? O Mutter, erzähl mir bloß nicht, Vater hätte irgendwelche Yankee-Freunde von der Halbinsel zum Dinner eingeladen!«

»So was Dummes würde er nie tun. Wir leben nun einmal in einem Rebellenstaat und die Yankees haben Tampa nicht so nachhaltig besetzt wie St. Augustine. Natürlich würde dein Vater niemals lügen, was seine Ansichten betrifft, aber er würde die Streitkräfte der Rebellen, die Florida kontrollieren, auch nicht herausfordern. Und er respektiert die Tatsache, dass Florida für die Sezession gestimmt hat.«

»Was wird denn heute Abend passieren?«

»Verhandlungen über einen Gefangenenaustausch. Ein paar Jungs von der Florida-Miliz wurden von Unionstruppen gefangen genommen – und mehrere junge Yankees aus St. Augustine geschnappt, als sie ein Farmhaus westlich von der Stadt plündern wollten. Heute Abend besuchen uns zwei Offiziere, um anlässlich des Weihnachtsfests einen Austausch dieser Kriegsgefangenen zu erörtern.«

»Großartig! Also macht der Krieg nicht einmal vor unserem Speisezimmer Halt!«

»Sicher werden keine Kämpfe an unserem Esstisch stattfinden«, bemerkte Tara.

»Kommt Ian auch nach Hause?«, fragte Tia hoffnungsvoll.

Tara schüttelte den Kopf und für einen kurzen Moment sah Tia die starke innere Anspannung in den Zügen ihrer Mutter. Allmählich ließ der Krieg sogar diese schöne Frau altern. »Als ich zuletzt von Ian hörte, war er in Virginia«, erklärte Tara. »Alaina hofft, ihn möglichst bald in St. Augustine zu sehen. Er schrieb ihr einen langen Brief. Nur Gott weiß, wann er wieder nach Florida kommt. Manchmal bete ich, Er möge ihn von uns fern halten. Hier gibt es so viele Narren und Fanatiker, die einen Mann skrupellos in den Rücken schießen oder am nächsten Baum aufhängen würden, nur weil er für sein Gewissen kämpft.«

»Ian ist ein Überlebenskünstler«, versuchte Tia ihre Mutter zu trösten. »Wenn alles vorbei ist, wird er heimkehren.«

»Ja, natürlich. Und jetzt habe ich alle Hände voll zu tun. Übrigens kenne ich die beiden Offiziere, die uns heute Abend besuchen. Und du auch.«

»So? Wen erwarten wir denn?«

»Colonel Raymond Weir.«

»Hm«, murmelte Tia, »ein netter Gentleman ...«

»Das sollte man doch meinen. Immerhin hast du einmal heftig mit ihm geflirtet.«

»Nun ja, er sieht recht gut aus.« Ein großer, blonder, attraktiver Pflanzer, der seine Pferde liebte, sein Land, einen guten Bourbon, den Geruch von Leder. Manchmal genehmigte er sich zu viele Bourbons. Aber Tias Freundin Sally hatte einmal erklärt, alle aufrechten Südstaaten-Gentlemen würden für Bourbon schwärmen. Wenigstens benahm sich Raymond niemals rüpelhaft, wenn er trank, sondern neigte eher zur Wehmut. Sie hatte ihn gemocht, sogar sehr. Und die Aufmerksamkeit eines Mannes, den so viele Mädchen bewunderten, hatte ihr geschmeichelt. Sie wusste, dass er sie heiraten wollte. Doch sie wahrte eine gewisse Distanz, denn bevor sie eine Ehe einging, wollte sie erst einmal die Welt sehen. Seit Jahren hatte sie von einer großen Reise durch Europa geträumt, von den Pyramiden in Ägypten, den Ländern der Kreuzzüge ... Und dann war der Krieg ausgebrochen. »Selbstverständlich freue ich mich, Raymond wiederzusehen.«

»Wirst du dich ordentlich benehmen?«, fragte Tara in strengem Ton.

»Benehmen?«

»Der Mann war ganz wahnsinnig in dich verliebt. Also darfst du ihn nicht gnadenlos hänseln.«

»Warum sollte ich, Mutter?«

»Tia, ich bedaure jeden, der dich liebt. Du flirtest und kokettierst mit einem Mann und sobald er sich zu sehr für dich interessierst, lässt du den armen Kerl fallen.«

»Mutter!«

»Das kannst du nicht leugnen. Aber da Raymond Weir ein Konföderierter ist, den lautesten aller Rebellenschreie auf den Lippen, und dein Vater mit der Union sympathisiert, solltest du heute Abend keine unliebsamen Diskussionen heraufbeschwören.«

»Niemals würde ich Vater in Verlegenheit bringen.«

»Offenbar hat dich der Krieg verändert, Darling. Du bist reifer geworden. Ich fürchte, du hattest allerdings auch gar keine andere Wahl. Jetzt erweckst du manchmal den Eindruck, du würdest dich zur exzentrischen alten Jungfer entwickeln.«

»Kein Wunder, nachdem so viele Männer auf den Schlachtfeldern gefallen sind ...«

»Aber du bist noch jung. Eines Tages wird der Richtige in dein Leben treten. Dann wirst du hoffentlich klug genug sein, um es zu merken. Früher hast du deine Favoriten so schnell gewechselt wie Lincoln seine Generäle. Sobald dir ein junger Gentleman zu Füßen lag, hast du ihn abgeschüttelt wie den Staub auf deinen Schuhen.«

»Das habe ich nie getan. Ich wollte einfach nur freundlich sein. Leider nahmen manche jungen Männer meine Freundlichkeit zu ernst.«

»Wie auch immer, du solltest Colonel Weir höflich begegnen, aber vorsichtig.«

»Damals habe ich sogar erwogen, ihn zu heiraten«, gestand Tia.

»Nun, er ist ein anständiger Mann ...« In Taras Stimme schwang eine gewisse Zurückhaltung mit.

»Höre ich aus deinen Worten ein ›Aber‹ heraus?«

»Ich bin mir nicht sicher, ob er der Richtige für dich ist.«

»Diese Meinung teilen wir, Mutter.«

»Jedenfalls wünsche ich mir, dass du nur aus Liebe heiratest.«

Lachend tanzte Tia durchs Zimmer, warf sich aufs Bett und verschränkte die Hände hinter ihrem Kopf. »Wie krass du dich von anderen Müttern unterscheidest! Die meisten Eltern schreiben ihren Töchtern vor, wen sie heiraten sollen, und du ermutigst mich zu romantischen Gefühlen. Seltsam – wie ich höre, hast du meinen Vater aus einer plötzlichen Eingebung heraus geheiratet, um einem Schurken zu entrinnen. Was hatte das mit Liebe zu tun?«

»Sei bloß nicht unverschämt, Tia McKenzie! Ich vergöttere deinen Vater und das weißt du sehr gut.«

»Klar, weil's keinen besseren Mann gibt.«

Es dauerte eine Weile, bis Tara leise antwortete: »Trotzdem stimmst du nicht mit ihm überein – und Julian auch nicht.«

Seufzend richtete sich Tia auf. »Florida ist nun einmal meine Heimat ...«

»Und voller unverbesserlicher Fanatiker, die nach Ruhm und Ehre schreien. Wie Colonel Weir. Er begeistert sich so leidenschaftlich für seine ›große Sache‹, dass er nichts anderes sieht. Und deshalb ist er wohl kaum der Richtige für dich. Ganz egal, ob er dich immer noch liebt oder nicht.«

»Für dich gibt's wahrscheinlich gar keinen Richtigen, kleine Schwester.« Verwirrt wandten sich Tia und ihre Mutter zur Tür, wo die tiefe Stimme erklungen war. Auf der Schwelle stand ein Unionssoldat – hoch willkommen in seinem Südstaatenheim. Groß und dunkelhaarig, mit blauen Augen.

»Ian!«, schrien Tara und Tia wie aus einem Mund.

Freudestrahlend sprang Tia aus dem Bett und überließ es ihrer Mutter den ältesten Sohn als Erste zu umarmen.

Die Augen voller Tränen musterte Tara den jungen Offizier, während ihm seine Schwester um den Hals fiel, und hielt nach Verletzungen Ausschau. »O Ian, wie um alles auf der Welt …«

»Ich fuhr auf einem Schiff hierher. Am Golf halten wir einen kleinen Teil von Florida besetzt. Ich hoffte, St. Augustine zu erreichen, Alaina und die Kinder … Aber …«

»Oh, mein Gott, Ian – natürlich wünsche ich mir, dass du die Festtage mit deiner Familie verbringst. Aber sag bloß nicht, du wärst nur hergekommen, um sofort wieder abzureisen!«

Lächelnd schüttelte er den Kopf und seine blauen Augen strahlten. »Wenn Alaina meine letzte Depesche erhalten hat, müsste sie heute Abend noch vor dem Dinner auf Cimarron eintreffen.«

»Welch ein Weihnachtsgeschenk!«, jubelte Tara. »Zwei meiner Kinder daheim! Und meine Enkel auf dem Weg hierher!«

»Und Julian?« Besorgt wandte sich Ian zu seiner Schwester. »Seit Gettysburg habe ich ihn nicht mehr gesehen.«

»Es geht ihm gut«, versicherte Tia. »Vor etwa einer Woche habe ich mich von ihm verabschiedet. Rhiannons Niederkunft steht unmittelbar bevor …« Zögernd unterbrach sie sich. Da ihr Bruder Ian zu den Feinden zählte, durfte sie nicht zu viel verraten. »Er musste – den Standort des Lazaretts wechseln und so kurz vor der Geburt wollte er nicht mehr mit ihr verreisen …«

»Also wird er zu Weihnachten nicht heimkommen«, murmelte Ian.

»Mein neues Enkelkind wird bald geboren und ich kenne noch nicht einmal Julians Frau«, klagte Tara.

»Keine Bange, sie ist wundervoll«, erklärte Tia. »Für eine Yankee.« Diesen Kommentar konnte sie sich nicht verkneifen.

»Eine Florida-Yankee«, betonte ihr Bruder.

»O Ian!« Sie schnitt eine Grimasse, dann umarmte sie ihn noch einmal und er drückte sie fest an sich. Die drei

Geschwister hatten sich immer nahe gestanden – ganz besonders während des Krieges, der ihnen vor Augen führte, wie kostbar die gemeinsame Zeit trotz aller Differenzen war.

»Sicher wirst du Rhiannon lieb gewinnen, Mutter«, meinte Ian, als er Tia losließ. »Sie ist sehr klug und vertritt einen vernünftigen Standpunkt, den meine kleine Schwester noch nicht begreift. Aber du und Vater werdet Rhiannons Ansichten zu schätzen wissen ...«

»Sogar *deine* Frau teilt unseren Glauben an einen losen Staatenbund«, fiel Tia ihm ins Wort, »in dem Entscheidungen auf regionaler Ebene getroffen werden und die Bedürfnisse der Menschen wirksamer berücksichtigt ...«

»Kinder!«, mahnte Tara. »Zu Weihnachten wünsche ich keine politischen Diskussionen.«

»Heute ist erst Heiliger Abend«, wandte Tia ein. »Und beim Dinner werden wir unweigerlich über den Krieg reden. Wir erwarten Gäste, Ian – einen Yankee und einen Rebellen, die über einen Gefangenenaustausch verhandeln wollen.«

Ian nickte. »Das war einer der Gründe, warum ich nach Süden geschickt wurde.«

»Und der andere?«

Eine Zeit lang starrte er sie nachdenklich an, dann antwortete er: »Das Unionsheer hält General Lee in Trab, obwohl er angeblich hoffte, Weihnachten daheim zu feiern. Auch ich habe seit dem Gettysburg-Feldzug nur wenige Nächte in einem Bett verbracht. Aber da andere Offiziere in den Kriegsgebieten stationiert sind, bekam ich endlich Urlaub. Dafür bin ich dankbar, vor allem, weil ich meine Familie wiedersehe.«

So sehr sie ihren eigenen Argwohn auch verabscheute – sie wusste, dass noch ein anderer Grund hinter Ians Ankunft auf Cimarron steckte. War er hierher beordert worden, weil die Union erneut beschlossen hatte, Florida in die Knie zwingen? »Ian ...«

»Ich bin hier, weil ich zu Weihnachten daheim sein möchte«, unterbrach er sie energisch und wandte sich zu seiner Mutter. »Wer wird die Verhandlungen führen? Jemand, den ich kenne?

»Raymond Weir und Taylor Douglas.«

»Natürlich wird Weir mich herausfordern. Aber ich werde mich wie ein perfekter Gentleman benehmen und ihn ignorieren. Im Übrigen freue ich mich, Taylor wiederzusehen.«

»Wer ist das?«, fragte Tia. Der Name kam ihr bekannt vor.

»Erinnerst du dich nicht an ihn?«

»Nein.«

»Er ist der Enkel der Schwester von Onkel James' Mutter. Als Kinder haben wir miteinander gespielt. Aber wahrscheinlich warst du damals noch zu klein, um dich zu entsinnen. Auf der Militärakademie Westpoint war Taylor eine Klasse über mir.«

»Noch ein Yankee?«, stöhnte sie. Jetzt fiel ihr ein, dass Onkel James' Kinder oft von Taylor Douglas gesprochen hatten.

Grinsend hob Ian die Brauen. »Da wir wissen, was für ein rechtschaffener Rebell der gute alte Weir ist, muss Taylor wohl der Yankee sein. Und um Verhandlungen zu führen, braucht man nun mal die Repräsentanten von *beiden* Seiten.«

»Oh, ich erwähne nur Tatsachen«, entgegnete sie honigsüß.

Heftig ausatmend verdrehte Tara die Augen. »Obwohl ihr beide mir schreckliche Kopfschmerzen bereitet – ich freue mich so über euren Besuch …«

»Schon gut, Mutter, wir reden nicht mehr über den Krieg«, versprach Tia.

»Zumindest nicht mehr bis heute Abend«, ergänzte Ian.

Als er seine Schwester anlächelte, war sie einfach nur noch glücklich über die familiäre Zusammenkunft.

Vorerst wollte sie den Yankee vergessen, der am Dinner teilnehmen würde.

Am späten Nachmittag erreichte Taylor Douglas das Haus Cimarron. Über dem Anwesen lag ein dünner Nebelschleier, von den letzten Sonnenstrahlen berührt, die den metallisch grauen Himmel ein wenig erhellten. Wie ein Märchenschloss schien sich das Haus auf dem Hügel zu erheben, von magischem Licht übergossen. Aber es stammte nicht aus einer Zauberwelt – eher war es eine feste Burg, eine Bastion gegen die Flut der Leidenschaften, die nun schon so lange die Narren ebenso wie die Vernünftigen beherrschten.

Ganz allein war Taylor hierher gekommen, in voller Uniform. Nie zuvor hatten sich so viele verschiedene Kompanien in Florida herumgetrieben, Konföderierte und Unionssoldaten. Und doch konnte ein Mann meilenweit reiten, ohne dass sich irgendjemand um die Farbe seiner Uniform kümmerte. Meistens war ein Krieg nur für die Reichen wichtig – oder für die Menschen, die etwas zu verlieren hatten. Viele kleine Farmer in diesem Staat interessierten sich nicht für die Auseinandersetzungen, lebten von der Hand in den Mund und verkauften ihre Produkte an alle, die genug Geld besaßen. Deshalb misstrauten allmählich sogar die Südstaatler der Konföderationswährung.

Wäre Taylor irgendwelchen Rebellentruppen begegnet, hätte es keine Rolle gespielt, weil er Papiere besaß, die ihn zum Aufenthalt in diesem Gebiet berechtigten. Kein Geringerer als Robert E. Lee, sein alter Professor in Westpoint, hatte ihn ersucht, die Verhandlungen auf Cimarron zu führen. Taylor hatte Lee während des Studiums an der Militärakademie sehr bewundert und als ausgezeichneter Schütze dessen besondere Aufmerksamkeit erregt. Oft zu Gast in Lees herrlichem Haus, hatte er die Familie des Generals einmal ins Washingtoner Heim seines Vaters eingeladen. Nur zu gut wusste er, wie schwer es dem besten Südstaatengeneral gefallen war, die Union zu verlassen. Aber nun kämpfte er für die Konföderation und Taylor respektierte diese Entscheidung.

Nun war er froh, dem Kriegsgebiet zu entrinnen – wenigstens für kurze Zeit. Er würde den Heiligen Abend im Kreis netter Menschen verbringen und einen Gefangenenaustausch vorbereiten, statt zu kämpfen und dem Tod ins Auge zu blicken. Vor vielen Jahren war er schon einmal auf Cimarron gewesen, mit James McKenzie, dem Vetter seiner Mutter.

»Taylor!«

Verwirrt beobachtete er den Reiter, der über den lang gestreckten Rasen zu ihm herabsprengte. Dann grinste er erfreut und winkte ihm zu. Wenig später wurde ein kostbarer schwarzer Hengst vor seinem Wallach gezügelt.

»Ian, bei Gott, was machst du hier?«, fragte Taylor seinen alten Freund. »Das heißt – was habe *ich* hier zu suchen, wenn du daheim bist?«

Beide Männer stiegen ab und schüttelten sich die Hände. »Wie gut du aussiehst, Ian! Offensichtlich bist du kerngesund und unverletzt.«

»Sehr zum Bedauern meines Bruders, wie ich annehme«, bemerkte Ian amüsiert. »Bevor meine Schwägerin seine Frau wurde, erwähnte sie, ich würde viel ›stärker‹ aussehen als er, was Julians Stolz verletzte. Wahrscheinlich bekommen wir Unionssoldaten was Besseres zu essen als die Konföderierten. Aber wenn Julian öfter nach Haus käme, würde unsere Mutter sicher dafür sorgen, dass er etwas mehr Fleisch auf die Knochen kriegt.«

»Und wie geht's den anderen McKenzies? Gibt's was Neues? Soviel ich weiß, ist Sydney mit Jesse Halston verheiratet und lebt jetzt in Washington. Leider konnte ich sie nicht besuchen, bevor ich hierher geschickt wurde.«

»Nach Gettysburg traf ich Jesse und er hat mir versichert, Sydney sei wohl auf. Sie war in Schwierigkeiten geraten, weil sie einigen Familienmitgliedern zur Flucht aus dem Old Capitol verhalf. Sie landete dann selber im Gefängnis. Nun ist Jesse für sie verantwortlich und ich hoffe, er übt einen guten Einfluss auf sie aus.«

»Gut – nach unserer Ansicht«, bemerkte Taylor. »Jedenfalls ist sie in Sicherheit.«

»Und was machst du hier? Eigentlich ist meine Anwesenheit überflüssig, wenn …«

»Unsinn, du bist uns allen willkommen. Aber du hast darum gebeten, keine Einsätze in Florida übernehmen zu müssen.«

»Das stimmt. Eine Zeit lang hielt man sich daran – jetzt nicht mehr. Für mich ist die Rückkehr in diese Gegend etwas schwierig.«

»Aus mehreren Gründen, nehme ich an. Aber ich finde es wundervoll, dass du da bist, und meine Eltern freuen sich auf das Wiedersehen.«

»Erinnern sie sich an mich?«

»Mein Vater vergisst fast nichts – ein gewisser Nachteil, weil er uns manchmal auf Missetaten hinweist, die wir vor Jahren begangen haben.«

»Wie kommt er mit deinem Rebellenbruder zurecht – und mit unserer gemeinsamen Verwandtschaft, die sich so leidenschaftlich für den Süden einsetzt?«

Nach kurzem Zögern antwortete Ian: »Nun, er musste mit ansehen, wie sein Bruder in den Indianerkriegen gegen eine gnadenlose Army kämpfte. Trotzdem gab es niemals Streit zwischen den beiden. Was Julian betrifft – Vater weiß es zu schätzen, dass sein jüngerer Sohn kein Blut vergießt, sondern Menschenleben rettet. Und meine Schwester …«

»Ist sie hier? Wie ich zugeben muss, erinnere ich mich nicht an sie. Als ich mit James nach Cimarron kam, war sie wohl noch ein Baby.«

»Ja, das stimmt. Jetzt ist Tia daheim und du wirst sie bald sehen – glücklicherweise in Anwesenheit meines Vaters, mit dem sie niemals über politische Probleme diskutiert. In erster Linie gehört ihr Herz Florida, dann der Konföderation – und ganz sicher nicht der Union. Sie hilft Julian im Lazarett und meine Eltern glauben, da wäre sie in besten Händen. Vermutlich wissen sie nicht, wie oft sich Julian und Tia trennen müssen. Ich mache mir große Sorgen um meine kleine Schwester, aber ich verlasse mich auf meinen Bruder. Sicher wird er sie von der Front fern halten.«

»Ich habe mich noch gar nicht nach deiner Frau und deinen Kindern erkundigt.«

»Vor ein paar Stunden sind sie angekommen, Taylor«, erklärte Ian lächelnd. »Alaina ist müde von der langen Reise. Jetzt schläft sie, und als ich dich vom Fenster aus sah, beschloss ich dir entgegenzureiten. Mein Gott, es war wunderbar, meine Frau nach so langer Zeit wiederzusehen ...« Abrupt verstummte er und verfluchte seine Gedankenlosigkeit. »Tut mir Leid ...«

»Schon gut«, fiel Taylor ihm schnell ins Wort. »Warum sollte ich einem Freund sein Glück verübeln? Wie schön, dass ich Alaina und deine Kinder sehen werde! Der Junge heißt Sean, nicht wahr?«

»Ja, jetzt ist er fast drei und Ariana wird demnächst zwei. Komm, gehen wir ins Haus.«

Seite an Seite führten sie die Pferde den Hang hinauf.

»Wie hält sich dein Vater die Florida-Rebellen vom Leib?«, fragte Taylor.

»Hin und wieder fungiert er als Mittelsmann – niemals als Spion. Er lässt sich nicht in illegale Aktivitäten verwickeln.«

»Trotzdem besteht die Gefahr, dass fanatische Rebellen das Haus eines Mannes niederbrennen, den sie für einen Verräter halten.«

»Zum Glück kommandiert er eine kleine Schutztruppe.«

»Ja, ich wusste, dass ich beobachtet wurde«, erwiderte Taylor feixend. »Bevor du aufgetaucht bist.«

»Von mindestens zwölf tüchtigen Männern.« Ian zeigte zum Heuboden eines Stalles, schräg hinter dem Haus, und dann auf einen Wachtturm am Flussufer. »Gewissermaßen bildetet Cimarron einen Staat im Staat. Im Lauf der Jahre gewann mein Vater die unwandelbare Loyalität zahlreicher Männer, stellte Außenseiter, Ausländer, Schwarze, Indianer, Asiaten und Weiße ein. Um ihn zu bezwingen, müsste die Konföderation ein kleines Heer abkommandieren. So weit ist es noch nicht gekommen und ich hoffe, es wird nie geschehen. Andererseits – in den Augen der Rebellen hat er einen Verräter gezeugt, nämlich mich. Aber mein Bruder hat mehr Menschenleben gerettet, als die Südstaatenoffiziere heutzutage rekrutieren können. Und meine Schwester, eine leidenschaftliche Verfechterin der Konföderation, wird allseits bewundert. Wer würde das Heim einer so glühenden Rebellin und eines so tüchtigen Arztes niederbrennen?«

»Trotzdem – die Gefahr bleibt bestehen.«

»Natürlich«, stimmte Ian zu. »Mark Espy, wo bleibst du, mein Junge? Mein Gott, der Nebel wird immer dichter. Mark, bring bitte unsere Pferde in den Stall. Und zeig Colonel Douglas, wie gut wir für unsere Tiere sorgen.«

»Ja, Sir.« Ein junger Mischling tauchte aus den Nebelschwaden auf, die das große Plantagenhaus einhüllten, und nahm von Taylor die Zügel des Wallachs entgegen. »Was für ein hübscher Kerl, Sir!«

»Danke für das Kompliment. Er heißt Friar und er freut sich schon auf einen warmen Stall.«

Grinsend nickte der Junge und führte die Pferde davon. Die Hintertür des Hauses schwang auf und zwei kleine Kinder stürmten heraus, von einer jungen Frau gefolgt. »Sean!«, rief sie. »Ariana! Wenn dein Bruder sich schlecht benimmt, darfst du ihm nicht nachlaufen, junge Lady! Hat euch die Großmutter nicht befohlen, im Haus zu bleiben? He, ihr kleinen Racker! Also wirklich, Ian, du hast den Sohn bekommen, den du verdienst. Er hört einfach nicht auf uns. Ariana, sei ein liebes, braves Mädchen und bleib auf der Veranda. Komm zurück, Sean! Willst du in diesem verdammten Nebel verschwinden?«

Eine wohlbekannte Stimme … Zunächst bemerkte die junge Frau weder Taylor noch Ian, weil sie dem kleinen Jungen nachrannte, der fröhlich kreischte.

»Schon gut, Tia, ich habe ihn!« Lachend schwenkte Ian seinen Sohn durch die Luft.

»Was?«, fragte sie und lief weiter. Plötzlich wirbelte der Nebel umher und löste sich auf. Tia sah den Mann zu spät, der ihr den Weg versperrte, und so stieß sie mit Taylor zusammen. Durch den Aufprall verlor er das Gleichgewicht und beide fielen zu Boden. Aus einem elfenbeinweißen Gesicht starrten ihn große dunkle Augen an. Verblüfft erwiderte er den Blick, und Tia stieß einen schrillen Schrei aus.

Als sie entsetzt aufspringen wollte, flüsterte er: »Godiva …«

7

»Tia, das ist nicht die ganze Unionskavallerie, die hierher geritten ist, um deinen kostbaren Süden zu vereinnahmen!«, hörte sie ihren Bruder rufen.

Nein – viel schlimmer …

Da war er, der gefürchtete namenlose Yankee. Und er lag mit ihr im Gras, auf dem Grund und Boden ihres Vaters. Sie schaute in seine goldbraunen Augen, die teuflisch zu glitzern schienen, spürte die Kraft seiner harten Finger, seines Körpers unter ihrem. Behutsam drehte er sie zur Seite, stand auf und zog sie mit sich empor. Sie fühlte sich so schwach, dass sie schwankte. Als er sie stützte, schüttelte sie seine Hand ab.

Besorgt trat Ian näher, seinen Sohn im Arm. »Tia ...«

Großer Gott, der Yankee würde sie verraten, das ›Gerücht‹ bestätigen, ›Godiva‹ sei wieder aufgetaucht, um die Yankees zu verwirren und von Dixies Kompanie abzulenken. »Ich – ich ...«, stammelte sie.

»Ich glaube, du hast Colonel Taylor Douglas noch nicht kennen gelernt«, begann Ian. »Unser entfernter Verwandter, von dem ich dir erzählt habe ...«

»Nein, nein«, fiel sie ihm hastig ins Wort, »wir sind uns nie begegnet.« Verzweifelt wandte sie sich zu ihrem Feind, der sie bloßstellen und auch noch Vergnügen daran finden würde.

»Miss McKenzie ...« Er verneigte sich formvollendet. »Doch, wir haben uns schon getroffen.«

»Unmöglich ...«

»Damals waren Sie noch ein Baby«, erklärte er lächelnd. »Also werden Sie sich wohl kaum an meinen Besuch erinnern.«

»Oh ...« Erleichtert atmete sie auf, ermahnte sich aber zur Vorsicht. Er konnte sie immer noch verraten. »Willkommen auf Cimarron, Mr. Douglas. Wenn Sie mich entschuldigen würden – ich habe Ariana auf der Veranda stehen lassen. Komm mit mir, Sean, dein Vater muss sich jetzt um seinen Gast kümmern. Wollen wir zu Grandma gehen?«

Ian übergab ihr den Jungen, der sich mit einem strahlenden Lächeln an ihren Hals klammerte. »Bekomme ich einen Keks? Bitte, Tante Tia!« Plötzlich benahm er sich wie ein Engel. Und vorhin war er ihr davongelaufen, um sie in die Arme eines Teufels zu locken ...

Ihren Neffen im Arm, eilte sie zum Haus. Ians und Taylors Schritte folgten ihr. Fügsam wartete Ariana vor der Tür. Tia stellte Sean auf die Füße, dann ergriff sie die Hand ihrer kleinen Nichte. »Kommt, wir gehen nach oben ins Kinderzimmer. Da habe ich früher gespielt. Seid ihr schon einmal auf einem Schaukelpferd geritten? Das hat ein Freund eures Großonkels für mich geschnitzt, als ich noch ein kleines Mädchen war …«

Hinter ihr betraten die Männer das Haus, aus der Bibliothek rief die Mutter nach ihr. Aber Tia gab vor, nichts zu hören und führte die Kinder in den Oberstock hinauf. Als sie an der geschlossenen Tür von Ians Zimmer vorbeikam, nahm sie an, ihre Schwägerin würde immer noch schlafen, erschöpft von der langen Reise quer über die Halbinsel nach Tampa Bay. Bei Alainas Ankunft hatte Tia sich sofort um die Kinder gekümmert und dem Ehepaar ein besonderes Weihnachtsgeschenk gemacht, das dankbar angenommen worden war – nach der langen Trennung ein paar ungestörte Stunden zu zweit. Tia hatte ihren Neffen und ihre Nichte bereits gekannt, da Julians Rebellenlazarett im Kiefernwald am St. Johns River nicht weit von der Yankee-Stellung St. Augustine entfernt gewesen war, wo Ians Familie wohnte. Als sie den Kindern an diesem Nachmittag vor dem Heiligen Abend ein Märchen vorlas, langweilte sich Sean. Deshalb war er aus dem Haus gerannt und so hatte das Verhängnis seinen Lauf genommen.

Im Zimmer am Ende des Flurs stapelten sich Bilderbücher, Spielzeug und Puppen. Tias Eltern hatten nichts in diesem Raum verändert und alle Sachen für ihre Enkel verwahrt. In der Mitte stand das Schaukelpferd. »Dieses edle Schlachtross hast du noch nie geritten, Sean. Probier's mal aus!«, forderte Tia den kleinen Jungen auf.

Das ließ er sich nicht zwei Mal sagen. Während sie in einen Sessel sank und die schläfrige Ariana auf ihrem Schoß festhielt, kehrten ihre Gedanken zu dem Yankee zurück.

Jetzt hatte der namenlose Feind einen Namen. Und er war ein Gast in ihrem Elternhaus …

»Attacke!«, krähte Sean und zerrte an den Zügeln des Schaukelpferds. »Attacke!«

Als sich die Tür des Kinderzimmers öffnete, stockte ihr Atem.

»Tia?«

Beruhigt seufzte sie auf. Ihre schöne blonde Schwägerin kam herein, ebenso wie Tia eine überzeugte Rebellin, die harte Kämpfe hinter sich hatte.

»Vielen Dank ...«, begann sie.

Mahnend legte Tia einen Finger an die Lippen, zeigte auf die schlafende Ariana und Alaina nahm ihre kleine Tochter in die Arme.

Über dem Kopf des Kindes lächelte sie Tia an. »Wie glücklich muss ich mich schätzen ...«, flüsterte sie. »Viele Ehefrauen haben ihre Männer seit dem Beginn dieses Wahnsinns nicht mehr gesehen. Trotzdem – Ian ist viel zu selten bei mir und ich lebe in ständiger Angst. Nach jeder Schlacht ...«

»... wartest du voller Hoffen und Bangen auf die Listen der Toten und Verwundeten«, vollendete Tia den Satz.

»So ist es ... Jetzt lege ich Ariana in ihr Bettchen, dann hole ich Sean.«

»Lass dir nur Zeit.«

»Viel Zeit haben wir nicht. Gerade ist Raymond Weir mit seinem Adjutanten eingetroffen. Deine Eltern servieren den Gästen Drinks in der Bibliothek und deine Mutter lässt uns bitten, möglichst bald nach unten zu kommen. Taylor ist auch schon da.«

»Kennst du ihn?«, fragte Tia überrascht.

»Natürlich, er ist ein Vetter zweiten Grades von Sydney, Jerome und Brent, und er war oft bei deinem Onkel James. Seid ihr euch nie begegnet?«

»Doch, als ich ein Baby war ... Das hat Ian mir erzählt«, fügte Tia rasch hinzu.

»Eigentlich wollte er sich von Florida fern halten. Für ihn war es sicher schwierig, hierher zu kommen. Bitte, du darfst ihn nicht hassen, nur weil er für die Yankees kämpft. Er ist ein außergewöhnlicher Mann. Früher habe ich sogar für ihn geschwärmt.«

»Wie nett«, murmelte Tia.

Alaina bemerkte den Sarkasmus nicht. »Seltsam, dass du ihn in all den Jahren nie getroffen hast … Auf der Militärakademie war er eine Klasse über Ian. Und kurz nach Kriegsausbruch dienten die beiden unter General Magee, aber in verschiedenen Kompanien.«

»Wundervoll … Also ist er mit meinen Kusinen und meinen Vettern verwandt und ein Freund meines Bruders.«

»Ja – ein gutes Omen für seine Verhandlungen mit Ray Weir. Alles müsste glatt verlaufen und wir können ein friedliches Weihnachtsfest feiern.«

Unwillkürlich erwiderte Tia das ansteckende Lächeln ihrer Schwägerin. Dann trug Alaina ihre kleine Tochter aus dem Zimmer, und Tia wandte sich zu Sean, der immer noch auf dem Schaukelpferd saß.

»Attacke!«, rief er wieder und schwenkte ein imaginäres Schwert durch die Luft. »Mein Vater ist ein berühmter Kavallerieoffizier!«

»O ja«, stimmte sie zu.

Als sie spürte, dass jemand in der Tür stand, dachte sie, Alaina wäre bereits zurückgekehrt. Doch dann fürchtete sie, es könnte Taylor Douglas sein. Zögernd drehte sie sich um. Aber es war Raymond Weir – hoch gewachsen und attraktiv, mit blonden Locken, die bis zum Kragen seiner grauen Uniform reichten. »Ray!«, begrüßte sie ihn erleichtert.

»Tia!« Höflich nahm er seinen Hut ab und verneigte sich, jeder Zoll ein Gentleman.

»Sir!«, piepste Sean und salutierte zackig.

Ernsthaft musterte Raymond den kleinen Jungen, bevor er ebenfalls seine Schläfe berührte. »Ians Sohn?«

Lächelnd nickte Tia und flüsterte: »Aber viel zu jung, um als Feind zu gelten.«

Rays Lächeln wirkte etwas gezwungen. Offenbar fehlte ihm jeglicher Humor, wenn es um den Krieg ging. Den Hut in der Hand starrte er Tia an. »In diesem Haus erwarte ich auch, keine Feinde anzutreffen. Freut mich, dass wir uns endlich wiedersehen, Tia. Du warst in meiner Nähe – und doch viel zu lange weit entfernt. Beinahe wünschte ich mir, ich wäre verwundet worden. Dann hätte man mich in Julians Lazarett gebracht, zu dir.«

»Um Himmels willen, mal den Teufel nicht an die Wand, Ray! Wenn du mir einen Gefallen tun willst, solltest du diesen verdammten Krieg überleben.«

»Für dich würde ich alles tun.«

Sie hörte den leidenschaftlichen Unterton in seiner Stimme und senkte den Blick. Wäre der Krieg später ausgebrochen – hätte sie ihn geheiratet? Oder musste sie ihrer Mutter Recht geben? War sie eine kokette junge Frau, die sich nicht entscheiden konnte? Oder scheute sie sich, ihr Schicksal in die Hände eines Mannes zu legen? Gewiss, Raymond war charmant und liebenswert.

Und was würde er von ihr halten, wenn er über ihre neuesten Eskapaden informiert wäre?

»Ich bin so froh, dass du wieder hier bist, Ray. Fast wie in alten Zeiten, vor …«

»Vor dem Krieg«, ergänzte er und sie nickte. »Ich bewundere die Bemühungen deines Vaters. Und ich hoffe, er wird die einzig wahre Zukunft seines Staates bald erkennen.«

Niemals würde der Vater seinen Standpunkt ändern – das wusste Tia. »Vielleicht können wir am Heiligen Abend unsere politischen Ansichten vergessen.«

Darauf gab Ray keine Antwort. In diesem Augenblick kam Alaina herein, um ihren Sohn zu holen. »Das Baby schläft schon. Jetzt musst du auch ins Bett gehen, Sean … Oh, Ray! Welch eine Freude, dich wohlbehalten wiederzusehen. Wie gut du aussiehst!«

»Das Vergnügen ist ganz auf meiner Seite, Alaina.«

»Wolltest du dich in deinem Gästezimmer ausruhen, doch stattdessen ins Kinderzimmer gestolpert?«

»Nein, ich hörte, Tia sei mit deinen Kindern hier oben. Und da wollte ich sie begrüßen.«

»Natürlich, ihr habt euch lange nicht gesehen.« Alaina nahm Sean an der Hand und führte ihn zur Tür. »Tia, deine Mutter wartete schon ungeduldig auf dich.«

»Ja, ich gehe sofort zu ihr«, versprach Tia.

Sie wollte ihrer Schwägerin aus dem Zimmer folgen, aber Raymonds Stimme hielt sie zurück.

»Im Lauf der Jahre bist du immer schöner geworden – obwohl ich dachte, das wäre unmöglich. Jetzt wirkst du viel reifer. Schon seit Jahren hältst du mein Herz gefangen und verfolgst mich in meinen Träumen.«

»Was für ein nettes Kompliment, Ray ...« Er ergriff ihre Hände und küsste die Fingerspitzen. Geschmeichelt schaute sie in seine Augen. Welch ein imposanter Mann – ein typischer aufrechter Südstaatenoffizier ... Vielleicht wäre er doch der Richtige, dachte sie. Gerade an diesem Abend war es erfreulich, einen Freund im Haus zu wissen.

»Raymond, meine Mutter wartet ...«

»Natürlich.« Sofort ließ er ihre Hände los und trat zurück, der perfekte Gentleman. Selbstverständlich würde er sich eine perfekte Südstaatenbraut wünschen – ehrbar, züchtig und diskret. Zu ihrer Bestürzung spürte sie, wie ihr das Blut brennend in die Wangen stieg.

»Entschuldige mich ...« Sie floh aus dem Kinderzimmer, den Flur entlang, die Treppe hinab.

Auf leisen Sohlen eilte sie zur offenen Bibliothekstür und sah ihren Vater am Schreibtisch sitzen – die Schultern gestrafft, attraktiv und eindrucksvoll wie eh und je. Ihr Bruder, sein Ebenbild, stand vor einem Regal und zeigte dem Gast einige Bücher seines Vaters.

Als Tia eintrat, wandten sich die beiden jungen Männer zu ihr. Im Lampenlicht sah sie Taylor Douglas' rabenschwarzes Haar schimmern, die klaren goldbraunen Augen, die ausgeprägten Wangenknochen. War sie blind gewesen? Bei jener verhängnisvollen Begegnung im Wald hatte sie den Eindruck gewonnen, sie würde ihn kennen. Natürlich hätte ihr die Ähnlichkeit mit ihrem Vetter Jerome auffallen müssen. Auch in den Adern des Yankees floss Indianerblut.

Reeves, der würdevolle Kammerdiener ihres Vaters, schenkte gerade Whiskey und Sherry ein. Die Stirn gerunzelt, beobachtete er, wie Tia den Gast anstarrte. Mahnend hob er die Brauen und hielt ihr das Tablett hin. Am liebsten hätte sie ein Whiskeyglas ergriffen. Aber sie wählte einen Sherry, so wie es sich für eine junge Dame schickte.

»Endlich, Tia!« Ihr Vater stand auf und ging zu ihr.

Hastig nippte sie an ihrem Sherry. »Tut mir Leid, Vater. Ich konnte mich einfach nicht von meinem Neffen und meiner Nichte losreißen.« Lächelnd küsste sie seine Wange, dann wandte sie sich zu ihrem Bruder. »Ich beneide dich um deine Kinder, Ian.«

»Natürlich, die beiden sind meine Freude und mein Stolz. Aber du musst mich nicht beneiden. Bald wirst du selbst Kinder bekommen.«

»Vielleicht erwartet mich das Schicksal einer alten Jungfer«, meinte sie leichthin und leerte ihr Glas.

»Erinnerst du dich an Taylor Douglas, Tia?«, fragte Jarrett.

»Nein – aber jetzt haben wir uns ja kennen gelernt.«

»Ja«, bestätigte Taylor höflich, »wir wurden einander offiziell vorgestellt.« Warum wirkte sein Lächeln so bedrohlich? »Und wie ich gestehen muss, Sir – die Herzenswärme Ihrer Tochter gibt mir das Gefühl, ich würde sie schon lange kennen.«

»Nun, auf Cimarron heißen wir *alle* Menschen willkommen, nicht wahr Vater?« Jarretts dunkle Brauen zogen sich zusammen und sie wusste, dass er an ihrer Fähigkeit zweifelte, einem Unionisten charmant zu begegnen. »Schenken Sie mir noch einen Sherry ein, Reeves«, bat sie. »So was Gutes bekomme ich nur selten, wenn ich unterwegs bin.«

»Ja, die Pfade da draußen sind beschwerlich – und manchmal muss man sogar auf das *Allernötigste* verzichten«, meinte Taylor und Tia errötete heftig.

Zu ihrer Erleichterung erschien Raymond Weir auf der Schwelle.

»Komm doch näher, Ray!«, rief Jarrett. »Reeves, einen Whiskey für den Colonel.«

»Vielen Dank, Jarrett.« Ray nahm das Glas entgegen, das der Diener ihm reichte, und prostete dem Hausherrn zu. »Auf das Leben!«

»Auf das Leben!« Und alle Anwesenden hoben ihre Gläser.

»Colonel Raymond Weir von der Konföderation – Colonel Taylor Douglas von der Union«, stellte Jarrett die beiden Offiziere einander vor. Förmlich verneigten sie sich.

»Colonel«, sagte Ray.

»Colonel«, erwiderte Taylor.

»Stammen Sie aus dieser Gegend, Sir?«, erkundigte sich Ray.

»Ja, aber ich war lange Zeit woanders.«

»Nun sollten wir die Gentlemen ihren Gesprächen überlassen«, schlug Jarrett McKenzie vor. »Ray, Taylor – gebt uns bitte Bescheid, wann das Essen serviert werden soll.«

Bis zum Dinner verstrichen mehrere Stunden. Offenbar sollten sehr viele Gefangene ausgetauscht werden – Corporals gegen Corporals, Lieutenants gegen Lieutenants. Oder zwei Privates gegen einen Sergeant, drei Sergeants gegen einen Major, zwei Privates und ein Sergeant gegen einen Lieutenant.

Immer wieder eilte Reeves in die Bibliothek, um Whiskeygläser nachzufüllen, Zigarren anzubieten und dem Hausherrn zu versichern, beide Offiziere würden sich wie Gentlemen benehmen und nicht einmal bei Meinungsverschiedenheiten die Stimmen erheben. Um halb acht drang die Nachricht aus der Bibliothek, die Probleme seien beinahe gelöst und die Unterhändler würden sich freuen, mit den McKenzies um acht zu speisen – falls es den Gastgebern konveniere.

Während Tia auf der Veranda im Familienkreis die Mahlzeit erwartete, fühlte sie sich so zufrieden wie schon lange nicht mehr. Glücklicherweise sprachen sie nur indirekt über den Krieg. Alaina schilderte das Leben in St. Augustine und erzählte von Jeromes Frau Risa, bei der sie wohnte. Vor ein paar Wochen war Risa in den Norden gereist, da sie ihren Vater, General Magee von der Union, lange nicht gesehen hatte und nicht wusste, wo sich ihr Ehemann derzeit aufhielt. Deshalb wollte sie mit ihrem Sohn den Vater besuchen. Dann berichtete Tia, ihre Schwägerin Rhiannon habe sich um den Blockadebrecher Jerome gekümmert, der bei einer seiner Exkursionen verletzt worden sei. Entspannt saß sie neben ihrem Vater auf den Verandastufen und genoss den milden Abend.

Wenn doch nur …

Schließlich erschienen Ray und Taylor in der Haustür.

»Nun, alle Schwierigkeiten bereinigt?«, fragte der Hausherr.

»Gewiss, Jarrett«, erwiderte Ray.

»Herzlichen Dank für Ihre Gastfreundschaft, Sir«, ergänzte Taylor. »Auch die ausgetauschten Gefangenen werden Ihnen zu danken wissen. Wie wir soeben vereinbart haben, sollen diese Männer nicht mehr kämpfen, sondern ihre ehrenhafte Entlassung akzeptieren und ins Privatleben zurückkehren.«

Verwundert schaute Tia zu Raymond auf. Da musste

Taylor Douglas irgendetwas falsch verstanden haben. Die Konföderation konnte es sich nicht leisten, Gefangene einzutauschen und nicht an die Front zu schicken.

Aber Ray korrigierte den Yankee nicht.

Wenig später nahmen sie alle am Esstisch Platz – Tara und Jarrett an den gegenüberliegenden Enden der Tafel, Alaina und Ian an einer Seite, Tia zwischen Raymond und Taylor an der anderen. Ihr Vater sprach das Tischgebet, dann drehte sich die Konversation um die Plantage, das Wetter und den Heiligen Abend.

Nachdem die Dienstboten den ersten Gang serviert hatten, räusperte sich Raymond Weir. »Als Offizier und Gentleman fühle ich mich verpflichtet, Sie zu warnen, Colonel Douglas – und dich natürlich auch, Jarrett. Nach den Feiertagen sollten alle Anhänger der Union dieses Gebiet möglichst schnell verlassen. Mit jedem Tag wächst der Zorn gegen den Feind. Deshalb dürfen Kriegsgefangene, die nach den heute vereinbarten Transaktionen festgenommen werden, mit keiner allzu freundlichen Behandlung rechnen.«

Tia beobachtete, wie Taylor Douglas an ihrer linken Seite ein Stück Brot zerbröckelte. Aber nach außen hin blieb er ruhig und gelassen. »Danke für die Warnung, Sir.«

»Außerdem wird Grundbesitz konfisziert, Colonel Douglas. Dergleichen ist auch im Norden üblich. Vielleicht wissen Sie, was mit dem Arlington House geschah, dem Heim von Robert E. Lees Frau, das von der Union beschlagnahmt wurde – weil die Yankees nur von der Eigentümerin Steuern akzeptieren wollten, von niemand anderem. Und da die arme Lady in finanziellen Schwierigkeiten steckte, wurde sie zur Flucht gezwungen.«

»Gewiss, das war grausam«, bemerkte Taylor und warf einen kurzen Blick auf Ian, der ihm bedeutet hatte, Ruhe zu bewahren. »Lee ist ein großartiger Mann und ein ausgezeichneter General. Deshalb fällt es seinen Freunden im Norden sicher schwer, seine Entscheidung für die Konföderation hinzunehmen.«

»Wenn er die Union besiegt, werden Sie ihn noch leidenschaftlicher hassen«, entgegnete Ray. »Wie auch immer und nichts für ungut, Sir – Verräter müssen streng bestraft werden. Übrigens, ich wäre an einigen Ihrer Grundstücke interessiert, Colonel Douglas, und möchte sie kaufen.«

»Mein Land ist unverkäuflich.«

»Aber Sie setzen ein Vermögen aufs Spiel.«

»Bevor ich meinen Grundbesitz im Süden der Halbinsel verkaufe, schenke ich ihn lieber meinen Vettern, James McKenzies Söhnen. Was mein Heim in Key West betrifft – dort hat sich die Union Navy etabliert. Und das Gebiet südlich von St. Augustine – nun ja, im Augenblick ist es Niemandsland. Aber ich danke für Ihr Angebot, Colonel.«

»Demnächst werden die europäischen Großmächte unsere Konföderation offiziell anerkennen, Sir, was eine bedeutsame Wende in diesem Krieg herbeiführen dürfte.«

»Das will ich erst einmal abwarten.«

»Schon jetzt setzen wir den Yankees gehörig zu. Sogar unsere Frauen treiben Ihre unfähigen Soldaten zur Verzweiflung!«

»Was für Frauen sind das?«, mischte sich Tara mit sanfter, aber energischer Stimme ein. Nun musste sie versuchen, einen drohenden Streit zu verhindern.

»Wie ich aus zuverlässiger Quelle weiß, reitet eine schöne Rebellenmaid durch den Wald und führt den Feind in die Irre. Das haben mir Captain Dickinsons Männer erzählt. Sie wurden beauftragt, einen Versorgungswagen der Yankees zu erobern und wurden beinahe von einem Unionstrupp überwältigt, als das wilde Mädchen plötzlich auftauchte, völlig …« Abrupt verstummte er, starrte die drei Damen an und errötete.

»Ja?«, fragte Tara.

»Natürlich kämpft diese Rebellin für die Gerechtigkeit«, betonte Raymond.

»Was wollten Sie vorhin sagen?«, beharrte Tara.

Tia konzentrierte sich auf eine Tomatenscheibe. Ihr Gesicht war puterrot angelaufen. Während Raymond nach Worten suchte, spürte sie seinen prüfenden Blick. »Unsere Männer haben bereits einen Namen für das Mädchen gefunden.«

»Und der wäre?« Neugierig beugte sich Alaina vor. »Bitte, Raymond, das musst du uns verraten! An diesem Tisch sitzen zwei Rebellinnen, die allerdings die Überzeugung anderer respektieren – was meinen Mann und meine Schwiegereltern selbstverständlich einschließt. Erzählen Sie uns von diesem tapferen Mädchen!«

Tia beobachtete ihre Schwägerin über die Dinnertafel hinweg und glaubte, eine gewisse Wehmut in den blauen Augen zu lesen. Zu Beginn des Krieges hatte sich Alaina als Spionin betätigt. Hätte ihr Ehemann sie nicht gefangen genommen, wäre sie vielleicht hingerichtet worden.

»Nun, man nennt diese tollkühne Rebellin ›Lady Godiva‹«, antwortete Raymond.

»Godiva!«, wiederholte Jarrett McKenzie schockiert. »Reitet sie etwa *nackt* durch den Wald?«

Am liebsten hätte sich Tia unter dem großen Tisch verkrochen.

»Einer so leichtsinnigen Frau, die ihr Leben bedenkenlos aufs Spiel setzt, müsste man das Handwerk legen«, bemerkte Ian. »Wahrscheinlich weiß sie gar nicht, wie viele Männer sterben könnten, die mitten ins Verderben galoppieren würden, um sie letztendlich zu verteidigen.«

Plötzlich hüstelte Alaina und Tia ahnte, dass ihr Bruder unter dem Tischtuch die Hand seiner Frau drückte. Jedenfalls schaute er sie misstrauisch an. Wenn sein Argwohn auch berechtigt war – Alainas heimliche

Aktivitäten im Dienst der Konföderation lagen schon einige Jahre zurück. In diesem Fall war sie natürlich unschuldig.

»Wie man ehrlich eingestehen muss – der Süden gerät in immer tiefere Verzweiflung«, warf Tara ein. »Vielleicht wollte das Mädchen feindliche Soldaten von irgendjemandem ablenken, um andere Menschenleben zu retten.«

»Eine interessante Theorie ...«, meinte Taylor Douglas und betrachtete sein Weinglas. Dann wandte er sich plötzlich zu Tia. »Wenn man einige Soldaten überrumpelt, mag es gewisse Vorteile bringen. Aber nur wenige Männer, sowohl im Norden als auch im Süden, sind komplette Idioten. Wenn diese Godiva nächstes Mal auftaucht, könnte sie sich ernsthaft gefährden, denn jetzt wissen ihre Gegner, was sie im Schilde führt.«

»Erstaunlich, wie dumm die Männer doch manchmal sind ...«, seufzte Alaina.

»Wenn ich das schöne Geschlecht auch nicht beleidigen will, Mrs. McKenzie – von den Frauen könnte man dasselbe behaupten. Welches vernünftige Mädchen würde nackt durch die Wildnis reiten, um feindliche Truppen zu verwirren?«

Raymond hob erstaunt die Brauen. »Offenbar sprechen Sie aus Erfahrung, Colonel Douglas. Wurden Sie von dieser schönen Rebellin von irgendwelchen Aktivitäten abgehalten?«

Als Taylor zögerte, glaubte Tia, ihr Herz würde zerspringen. Schließlich entgegnete er langsam: »Ja, wie ich zugeben muss – ich wurde ein Opfer dieser Lady.«

»Ein Opfer!«, murmelte Tia und biss sich hastig in die Lippen.

»Also kennst du Godiva persönlich, Taylor?«, fragte Alaina.

»Warum sollte ich?«

»Nun, du stammst aus Florida. Zweifellos hast du

mehrere Bälle und Barbecues besucht. Du müsstest wissen, ob sie die Tochter eines Pflanzers, eines Politikers oder eines – sagen wir mal, Botanikers ist.« Mit diesen letzten Worten spielte sie auf ihre eigene Familie an. Herausfordernd erwiderte sie Ians Blick.

»In meiner frühen Jugend kannte ich die Tochter eines Botanikers«, erklärte Taylor lächelnd. »Und Lady Godiva war nicht blond.«

»Aber sie hätte eine Perücke tragen können«, gab Ian zu bedenken.

»Bestimmt nicht«, erwiderte Taylor. »Und sie war auf keinen Fall *blond*.«

»Wie kannst du so sicher sein?« Sobald Alaina erkannte, wie die Antwort lauten müsste, stieg ihr dunkle Röte ins Gesicht. »Oh!«, flüsterte sie verlegen.

»Nun, kennen Sie die Rebellin von früher, Sir?«, stieß Raymond hervor.

Angstvoll hielt Tia den Atem an. Wenn sie jetzt aufsprang und aus dem Zimmer rannte, würden alle glauben, sie wäre verrückt – und ihr Vater könnte die Wahrheit erraten.

»Das wäre gar nicht möglich, weil ich jahrelang nicht am gesellschaftlichen Leben von Florida teilgenommen habe.«

Sekundenlang schloss Tia die Augen. Vor Erleichterung wurde ihr ganz schwindlig. Nein, er würde ihr Geheimnis nicht preisgeben. Zumindest jetzt noch nicht.

»Zigarren und Brandy, Gentlemen!«, schlug Jarrett vor. »Die Nacht ist angenehm warm und wir sollten unsere Drinks auf der Veranda genießen.«

»Wie Sie wünschen, Sir. Meine Damen ...« Taylor stand auf, verneigte sich und folgte dem Gastgeber aus dem Haus. Nach ebenso höflichen Verbeugungen schlossen sich Raymond und Ian an.

»Das ist ja noch einmal gut gegangen«, seufzte Tara. »Wenigstens wurden keine Schwerter gezogen.«

Allzu lange blieb Tia nicht bei ihrer Mutter und Alaina im Salon. Sie musste endlich ihre Nerven beruhigen. Sie verließ das Haus durch die Hintertür und ging langsam um die Veranda herum, bis sie die Männer sprechen hörte.

Oft genug hatte die Mutter betont, es sei ungehörig, nichts ahnende Leute zu belauschen. Außerdem würde man vielleicht Dinge erfahren, die man gar nicht wissen wollte. Wie nicht anders zu erwarten, drehte sich das Gespräch um Godiva. Glücklicherweise entnahm sie dem gedämpften Tonfall, dass Taylor sie bisher nicht verraten hatte. Nach einer Weile dankte er ihrem Vater, Schritte verhallten im Haus. Offenbar gesellten sich die Gentlemen zu den Damen im Salon. Tia schlenderte zur vorderen Veranda.

Zu ihrer Verwirrung stand Raymond immer noch da und starrte in die Nacht. »Tia!«, rief er leise. Lächelnd ging sie zu ihm und wünschte, sie würde sich nicht so unbehaglich fühlen. »Wie schön es hier ist, meine Liebe … Und ich wünschte, Cimarron wäre ein loyales Haus und dein Vater würde endlich einsehen, dass er sein Schicksal mit seiner Heimat verbinden muss.«

»Er liebt Florida, Ray.«

»Nicht so wie du, Tia. Du verkörperst alles, was unser Leben in diesem Staat lebenswert macht.«

»Sehr poetisch, für einen Soldaten …«

»O Tia …« Plötzlich ergriff er ihre Hände und zog sie an sich. »Bitte, heirate mich!«

Sie antwortete nicht. Gewiss, er wäre genau der Richtige – ein attraktiver, tapferer Offizier, ein Mann voll leidenschaftlicher Gefühle – *der eine Frau wie Godiva begehren, aber niemals heiraten würde …*

Verwirrt blickte sie zu ihm auf, aber sie riss sich nicht los. Und als er sie zärtlich küsste, wartete sie.

Worauf? Auf Emotionen, die sie überwältigen würden. *Stattdessen dachte sie an einen anderen Kuss – ein*

Feuer, ein Verlangen, eine Drohung, eine Warnung, ein Versprechen … Taylor Douglas.

Entschlossen schob sie Raymond von sich.

»Ich liebe dich, Tia.«

»Nein – nicht jetzt, Ray. Der – der Krieg … Ich muss meine Pflicht erfüllen.«

»Aber ich liebe dich!«

»Und ich …« Was sie empfand, wusste sie nicht. Zuneigung? Enttäuschung? »Wenn der Krieg vorbei ist …«

»So lange kann ich nicht warten. Denk darüber nach.« Ohne ein weiteres Wort trat er zurück, verbeugte sich und verschwand im Haus.

Inzwischen hatte sich der Nebel aufgelöst. Tia schlenderte auf den Rasen. Am Himmel hing ein silberner Mond. »Gute Nacht«, flüsterte sie.

»Gute Nacht, Godiva«, erklang eine leise Stimme.

Hastig drehte sie sich um und schaute zum Balkon hinauf. Da stand Taylor Douglas in einem weißen Baumwollhemd. Sein langes schwarzes Haar flatterte im Wind. »Sagen Sie das nicht!«, flüsterte sie erbost.

»Gute Nacht«, wiederholte er. Lächelnd wandte er sich ab und kehrte in sein Zimmer zurück.

Was für ein kalter Heiliger Abend, dachte Brent und trat vor das Kaminfeuer in seinem Quartier, einem kleinen Haus neben dem Hospital in Richmond. Wieder einmal fragte er sich, warum er sich für den ärztlichen Beruf entschieden hatte. Sogar zu Weihnachten wurden Verwundete in die Stadt gebracht.

Nun befehligte Grant die gesamten Unionsstreitkräfte. Er hatte sein Hauptquartier am Potomac aufgeschlagen und Meade beauftragt, Richmond zu besetzen. Natürlich taten Lees müde Soldaten ihr Bestes, um die Yankees aufzuhalten und die Strategie eines Kommandanten zu vereiteln, dessen Motto lautete: Der Krieg muss möglichst grausam sein, dann findet er ein Ende.

Brent war völlig erschöpft und fror erbärmlich. An den Gedanken, Weihnachten fern von seinem Heim zu verbringen, hatte er sich noch immer nicht gewöhnt. Zu Hause würde die Sonne an einem klaren Winterhimmel strahlen, das Meer und frisches Grün beleuchten. Seine Mutter liebte Blumen und Kräuter. Zu Weihnachten sorgte sie stets für Blumenschmuck in Hülle und Fülle.

Von einigen Offizieren war er zum Dinner eingeladen worden. Aber er hatte das Bein eines jungen, an Gangräne leidenden Soldaten amputieren müssen. Diese Operation hatte keinen Aufschub geduldet. Nun hoffte Brent, die Eiterherde würden sich nicht im ganzen Körper des Patienten ausgebreitet haben.

Letztes Jahr war er zu Weihnachten nicht daheim, aber mit seiner Schwester Sydney zusammen gewesen. Vor kurzem hatte sie ihn wieder besucht. Seit er Jesse Halston behandelt hatte, einen Unionskavalleristen mit fünf Kugeln im Leib, schien eine halbe Ewigkeit verstrichen zu sein. In diesen Mann hatte sich Sydney, Brents Assistentin, schon bald verliebt. Sie war nach Washington gefahren, um angeblich einen Gefangenenaustausch zu arrangieren. Stattdessen hatte sie ihrem Bruder Jerome zur Flucht verholfen – und Jesse geheiratet. Darüber freute sich Brent. Er mochte seinen Schwager, dem er nur zu gern das Leben gerettet hatte. Nun wartete Sydney in Washington auf ihren Mann. Brent hoffte, Jesse würde einen höheren militärischen Rang einnehmen, der ihn zu einem Weihnachtsurlaub berechtigte, und nicht auf irgendeinem Schlachtfeld verbluten.

Nachdenklich schürte Brent das Kaminfeuer. Seit dem Beginn des Krieges war es ihm unangenehm gewesen, Prostituierte und geschlechtskranke Soldaten zu behandeln und ihnen den Gebrauch von Kondomen zu erklären. Aber nach einer Weile freundete er sich mit einigen warmherzigen, liebenswerten, lebensklugen

Huren an. Jene Erfahrungen hatten ihn für immer verändert – und sie würden ihn unablässig verfolgen. Marys wegen.

Er hatte ihren Vater auf dem Totenbett behandelt und die schöne junge Tochter des Colonels für dessen Geliebte gehalten. Damit hatte er sich Marys erbitterte Feindschaft zugezogen.

Wo mochte sie diesen Abend verbringen? Er beobachtete das Feuer und wärmte seine Hände über den flackernden bläulichen und orangegelben Flammen. Nach einer Weile zog er das Jackett seiner Uniform aus, lockerte den Hemdkragen und sank in den Queen Anne-Sessel vor dem Kamin. Neben seinem Ellbogen stand eine Brandykaraffe auf einem eleganten Beistelltischchen aus Kirschbaumholz und er füllte ein Glas ein. »Prost, Dr. McKenzie«, murmelte er. »Frohe Weihnachten.«

Als er eine Antwort hörte, zuckte er verwirrt zusammen. »Frohe Weihnachten, Dr. McKenzie.«

Hastig sprang er auf und vergoss vor lauter Schreck seinen Brandy. Da stand sie. In der Schlafzimmertür. Mary. Oder hatte ihn der Krieg um den Verstand gebracht? Spielte ihm seine übererregbare Fantasie einen Streich? Ihre Silberaugen wichen seinem Blick nicht aus. In seidigen Wellen hing ihr dunkles Haar auf einen schneeweißen Morgenmantel hinab.

»Mary!«

»Ja.«

»Um Himmels willen, was machen Sie hier?«

Langsam ging sie zu ihm und griff mit bebenden Fingern nach der Brandykaraffe. »Darf ich mir was einschenken, bevor Sie alles verschütten?«

»Natürlich«, erwiderte er, immer noch völlig verblüfft. Ja, sie war es tatsächlich, eine kleine Schneekönigin, die nach Seife und Rosenwasser roch – ein betörender Angriff auf seine Sinne. Eben noch war er todmüde gewesen – jetzt fühlte er sich hellwach. Er hatte gefroren – jetzt schien sein Fleisch zu glühen. *Unter diesem Morgenmantel hat sie nichts an,* dachte er. »Was machen Sie hier?«, wiederholte er schärfer als beabsichtigt. »Und wie haben Sie mich gefunden?«

»Das war nicht schwierig. Ich erkundigte mich, wohin man Sie versetzt hatte, und einer Ihrer Sanitäter beschrieb mir den Weg zu diesem Haus. Da die Tür unverschlossen war, trat ich ein. Sie sollten vorsichtiger sein, Sir. In Richmond wimmelt es von verzweifelten Flüchtlingen. Aus Angst vor Grant verlassen zahlreiche Leute die Stadt und unterwegs nehmen sie alles mit, was sie zwischen die Finger kriegen. Erstaunlich … Unsere Landsleute sind nicht nur edle Helden, sondern auch feige Diebe.«

»Mary, *warum* sind Sie hier?«

Sie leerte das Glas in einem Zug und stellte es auf den Tisch. »Um meine Schulden zu bezahlen. Für die Behandlung meines Vaters. Heute ist der Heilige Abend. Und ich dachte, das wäre ein geeigneter Zeitpunkt …«

Plötzlich konnte er sich nicht mehr beherrschen. Er nahm sie in die Arme und küsste ihre zitternden Lippen. Wie süß sie schmeckten, wie nachgiebig sie sich öffneten … Ihr warmer, weicher Körper schmiegt sich an seinen. Voller Verlangen umfasste er eine ihrer Brüste, köstliche Gefühle erhitzten sein Blut … Doch abrupt kam er zur Besinnung und riss sich los.

»Verdammt, Mary, du bist mir nichts schuldig. Als ich das sagte, war ich wütend. Glaubst du, ich würde nicht *jedem* Mann helfen, der im Sterben liegt?«

In ihren Augen schimmerten Tränen. »Du hast so viel für ihn getan. Deshalb bin ich dir was schuldig.«

Da zog er sie wieder an sich. »Kleine Närrin! Ich werde sicher nicht mit dir schlafen, nur weil du dir einbildest, du müsstest mir irgendetwas zahlen. Damals war ich zornig, eifersüchtig, verletzt – ein Idiot!«

Den Kopf an seine Brust gelegt, wisperte sie zögernd: »Würdest du mich lieben, wenn ich schwöre, dass ich – bei dir sein will? Seit deiner Abreise suchte ich Mittel und Wege, um dir zu folgen – um zu erklären …« Ihre Stimme erstarb und Brent wusste nicht, ob er sie richtig verstanden hatte.

Atemlos hob er ihr Kinn hoch und schaute in ihre Augen. »Was, Mary?«

»Ich muss bei dir bleiben. Wohin soll ich denn sonst gehen?«

»Wenn das der einzige Grund ist …«

»Natürlich nicht, du Dummkopf! Ich *will* bei dir sein. Erzähl bloß nicht, du könntest mich nicht gebrauchen.«

»*Gebrauchen?*«, wiederholte er schockiert.

»Im Hospital. Ich wäre eine gute Krankenpflegerin. Und ich würde dir alle Wünsche sofort von den Augen ablesen.«

»Wirklich alle?«

»Bitte, Brent! Ich weiß, meine unerwartete Ankunft erscheint dir ziemlich sonderbar. Aber ich *musste* einfach hierher kommen. Und ich hatte gehofft – zu Weihnachten … Nun, dass du wenigstens ein bisschen was für mich empfindest.«

»Mary, es wäre völlig falsch. So eine Frau bist du nicht.«

»Nicht sinnlich genug? Nicht verführerisch genug?«

»Großer Gott, Mary …« Er starrte in ihre silbergrauen Augen, sah den sanft gewölbten Busenansatz im Ausschnitt des Morgenmantels, der sich ein wenig geöffnet hatte, die schmale Taille, die schön geschwungenen Hüften. »Glaub mir, Mary, du verstehst es sehr gut, einen Mann zu verführen.«

»Dann halt mich fest – bitte, Brent …«

»Und wenn du's morgen früh bereust?«

»In meinen Träumen hast du's mir viel leichter gemacht. Brent, ich werfe mich praktisch an deinen Hals und es wäre grausam, mich abzuweisen.«

Nun war er verloren – oder er hatte ein unverhofftes

Glück gefunden. »Wie könnte ich so grausam sein?«, flüsterte er und hob sie hoch.

Lächelnd schlang sie die Arme um seinen Hals. »Frohe Weihnachten.«

In der Tat – frohe Weihnachten … Da draußen herrschte grimmige Kälte. Aber dieses kleine Haus verwandelte sich gerade in ein wunderbares, warmes Paradies.

8

Mit diesem Gutenachtgruß hatte er ihr jede Hoffnung auf einen erholsamen Schlaf geraubt. Rastlos wanderte Tia in ihrem Zimmer umher und glaubte immer wieder seine spöttische Stimme zu hören. *Godiva* … Hatte er ihr gedroht? Natürlich. Am nächsten Tag würde er ihrem Vater erzählen, wer sie war – was sie tat … Und die Schande würde dem stolzen Jarrett McKenzie fast das Herz brechen.

Ich muss mit Taylor reden, beschloss sie. Dann schüttelte sie den Kopf.

War sie verrückt geworden? Zu so später Stunde konnte sie nicht einfach an seine Tür klopfen. Womöglich würde sie ihre Eltern wecken – oder ihren Bruder und Alaina. Sie öffnete die Balkontür. Auf bloßen Füßen trat sie in die kühle Nacht hinaus.

Was sie plötzlich bewog, den Balkon entlangzulaufen, zu Taylors Zimmer, wusste sie nicht genau. Jedenfalls öffnete sie die Gittertür und schlich hinein. Im Mondlicht sah sie die Umrisse des Betts und eilte auf Zehenspitzen hinüber. Bronzebraune Schultern hoben sich vom weißen Laken ab. Er schien tief und fest zu schlafen.

Nach kurzem Zögern setzte sie sich auf den Bettrand. »Bitte, wir müssen reden …« Beinahe hätte sie geschrien, als sie von starken Armen umschlungen und hinabgezogen würde. Taylor flüsterte irgendetwas. Einen Namen? »Hören Sie mir zu!«, flehte sie leise.

Sein Arm umfing ihre Taille, sein Bein ihre Hüften. Plötzlich erkannte sie, dass er gar nicht geschlafen und sie wahrscheinlich schon beobachtet hatte, als sie hereingekommen war. »Miss McKenzie! Welches Spiel treiben Sie denn *jetzt?* Offenbar sind Sie ins falsche Zimmer geraten. Suchen Sie Ihren Liebhaber, den galanten Südstaatenoffizier, der sich nicht länger gedulden will?«

»Also haben Sie uns belauscht, Sie unverschämter ...«

»Da hätte ich was viel Schlimmeres tun können«, unterbrach er sie.

»Bitte – wir müssen reden.«

»Deshalb besuchen Sie mich mitten in der Nacht? Immerhin bekleidet, wie ich zugeben muss – obwohl Sie ein sehr verführerisches Nachthemd tragen ...«

»Ich will Sie nicht verführen!«

»Schade! Dann waren Sie wohl doch auf der Suche nach Colonel Weir. Ein schwerer Fehler ...«

»Wie können Sie es wagen, Colonel Weir zu beleidigen!«, fauchte Tia. »Ein loyaler Offizier, der entschlossen für den Süden kämpft, ein Gentleman ...«

»... und ein Fanatiker, der diesen Staat eher vernichten würde, bevor er ihn der Union überlässt.«

»Noch haben wir den Krieg nicht verloren.«

»Aber es ist bald so weit.«

Sie betrachtete seine goldbraunen Augen, das markante Gesicht. Plötzlich fühlte sie sich versucht, seine Wange zu berühren. Und sie fand es gar nicht so schrecklich, auf seinem Bett zu liegen, seine Nähe zu spüren. Dann dachte sie an all die Dinge, auf die sie wegen des Krieges verzichtete. Verärgert über sich selbst, biss sie die Zähne zusammen. Was stimmte nicht mit ihr? Wieso fand sie ein perverses Vergnügen daran, neben ihrem Feind zu liegen? Die Wärme, die sich in ihrem Körper ausbreitete, erschien ihr wie ein Hauch des Bösen. Trotzdem – möge der Himmel ihr beistehen – sehnte sie sich nach diesen fremdartigen Gefühlen. »Über den Krieg wollte ich gar nicht mit Ihnen reden, Sir ...«

»Worüber dann, Godiva?«

»Bis jetzt haben Sie mich nicht verraten.«

»Weil ich großen Respekt vor Ihren Eltern und Ihrem Bruder habe. Sicher wären sie alle sehr unglücklich, wenn sie von Ihren Untaten wüssten.«

»Das geschah nur ein einziges Mal. Weil ich mir nicht anders zu helfen wusste ...«

»Vielleicht sehen Sie sich wieder einmal gezwungen, nackt durch den Wald zu reiten und nichts ahnende Yankees in die Irre zu führen. Ich sollte Ihren Vater informieren, damit er Sie künftig vor solchen Dummheiten bewahrt.«

»Nein, bitte – nicht ...«

Er neigte sich zu ihr. »Beim nächsten Mal könnten Sie sterben. Wenn man Ihre Leiche findet, wäre Ihre Familie völlig verzweifelt. Und ich würde mich schuldig fühlen, weil ich die Tragödie nicht verhindert habe.«

»Bitte ...«

»Versprechen Sie mir, so etwas nie wieder zu tun. Unter keinen Umständen. Dann werde ich Ihr Geheimnis hüten.«

Tia holte tief Atem. »Also gut, ich verspreche es.« Forschend schaute sie in seine Augen. Würde er sein Wort halten? Plötzlich merkte sie, dass diesmal *er* nackt war. Darauf hatte sie bis jetzt nicht geachtet, in ihrem eifrigen Bestreben, ihn zum Schweigen zu verpflichten. »Oh, ich – ich ...«

»Erkennen Sie endlich, in welcher Gefahr Sie schweben, wenn Sie dem Feind zu nahe kommen? Aber Sie müssen nicht in wilder Panik fliehen, liebe Miss McKenzie. Oder glauben Sie, ich würde im Haus Ihres

Vaters die Beherrschung verlieren und seine Tochter vergewaltigen?«

»Nein – es ist nur …«

»Still!«, flüsterte er und legte einen Finger an seine Lippen. Sie hatte nichts gehört. Blitzschnell stieg er aus dem Bett, ging zur Balkontür und blieb stehen. Vergeblich versuchte Tia, ihren Blick von seinen breiten Schultern, den schmalen Hüften und den langen, muskulösen Beinen loszureißen. Er bewegte sich wie ein Mann, der mit Gefahren aufgewachsen war, wie Onkel James und seine Söhne, die das Leid der Seminolen gekannt hatten. Reglos spähte er durch die Gittertür und lauschte, dann drehte er sich um, ergriff seine Hose und schlüpfte hinein.

»Was tun Sie?«, wisperte Tia.

»Seien Sie still und bleiben Sie, wo Sie sind!« Sekunden später trat er auf den Balkon hinaus. »Ah, Colonel Weir! Können Sie auch nicht schlafen …«

»Colonel Douglas …«, erwiderte Raymond unbehaglich.

»Was für eine wunderbare Nacht … In diesem schönen Haus, unter funkelnden Sternen, könnte man den Krieg beinahe vergessen.«

»Ich vergesse den Krieg niemals, Sir.«

»Natürlich nicht«, stimmte Taylor zu und Tia glaubte, eine leise Ironie aus seiner Antwort herauszuhören. *Was hatte Ray auf dem Balkon zu suchen? Vor ihrem Zimmer?*

»Heute Abend haben wir gute Arbeit geleistet, Sir«, fuhr der Yankee fort. »Wenn so viel Blut vergossen wird, ist es erstrebenswert, wenigstens ein paar Menschenleben zu retten.«

»Aber die Freiheit hat stets ihren Preis. Und manchmal muss man mit dem Leben für die Unabhängigkeit einer Nation bezahlen.«

»Zweifellos – was den Wert eines Menschenlebens allerdings nicht mindert … Nun, Sir, ich möchte Sie nicht länger stören, wenn Sie mit Ihren Gedanken allein sein wollen. Aber – ist das die Tür zu Ihrem Gästezimmer? Hat man uns nebeneinander untergebracht? Sonderbar …«

»Nein – ich wohne auf der anderen Seite, am Fluss … Ich wollte nur um den Balkon herumgehen und die Architektur des Hauses bewundern.«

»Ah, ich verstehe. Ich glaube, nebenan wohnt Ian – oder seine Schwester … O Gott!«, unterbrach sich Taylor scheinbar erschrocken. »Habe ich etwa ein heimliches Stelldichein gestört?«

»Wie können Sie so etwas vermuten, Sir?«, stieß Ray entrüstet hervor. »Sie beleidigen die Tochter des Hauses!«

»Nichts für ungut, Colonel. Aber Ihr Interesse an Miss McKenzie ist nun mal offensichtlich.«

»Sie ist das schönste Geschöpf, das ich kenne und ich liebe sie schon sehr lange.«

»Warum haben Sie die Frau Ihrer Träume nicht geheiratet? Sie muss schon vor dem Krieg volljährig gewesen sein.«

»Damals wollte Tia reisen und die Welt kennen lernen«, erklärte Raymond. »Dafür hatte ich Verständnis. Aber ich bin mir sicher, dass sie meine Gefühle erwidert.«

»Eines Tages wird der Krieg zu Ende gehen.«

»Gewiss – und dann wird Tia mir gehören.«

»Viel Glück, Sir.«

»Danke … Gehen Sie nicht ins Bett?«

»Ich möchte diese schöne Nacht noch ein bisschen genießen. Lassen Sie sich nicht länger von ihrem Rundgang abhalten.«

»Eh – nein. Gute Nacht.«

Nach ein paar Minuten betrat Taylor sein Zimmer. Tia saß auf dem Bett und wartete. Als er neben ihr Platz nahm, entdeckte sie ein Medaillon, das er an einer goldenen Halskette trug. Am Ringfinger der linken Hand sah sie einen schmalen goldenen Reif. »Ich glaube, Ihr Liebhaber wollte Sie in Ihrem Zimmer besuchen, Miss McKenzie«, begann er. »Natürlich gönne ich Ihnen beiden eine romantische Begegnung – aber es wäre Ihnen sicher unangenehm gewesen, wenn er Sie nicht in Ihrem Zimmer angetroffen – und womöglich bei *mir* aufgespürt hätte. Vielleicht sollten Sie zurückkehren, bevor man Sie hier findet, und ein Blutvergießen verhindern.«

»Niemand würde mir eine Affäre mit einem Yankee zutrauen.«

»Wie würden Sie jedoch Ihre Anwesenheit in meinem Zimmer erklären?«, fragte Taylor grienend.

»Nun – Sie haben mich um ein Gespräch gebeten, weil Sie dachten, ich wüsste, wer Godiva ist, und müsste sie vor den Feinden warnen …«

Abrupt verstummte sie, als er leise lachte.

»Würden Ihre Eltern tatsächlich glauben, ich hätte Sie in mein Zimmer gelockt, um mit Ihnen über eine andere Frau zu reden?«

»Warum nicht?«

»Seien Sie nicht albern, Tia! Sicher wissen Sie, wie begehrenswert Sie sind. Der arme Colonel Weir schmachtet schon seit Jahren nach Ihnen. Ihr Vater, Ihr Bruder und Weir würden mich zum Duell fordern. Dabei würden drei Männer sterben.«

»Und die wären?«

»Dazu würde ich nicht gehören.«

»Mein Bruder ist ein ausgezeichneter Fechter.«

»Mit mir könnte er's nicht aufnehmen.«

»Ihre Arroganz kennt wohl keine Grenzen.« Ärgerlich sprang sie auf. »Aber ich werde ein Duell verhindern und meinem Vater erklären, ich würde Sie gar nicht reizen …«

»Habe ich das je behauptet?« Ausnahmsweise klang seine Stimme nicht belustigt. Er stand auf und als er den Kopf herabneigte, erinnerte sie sich viel zu deutlich an seinen Kuss. Trotzdem wich sie nicht zurück. Beinahe spürte sie seinen muskulösen Körper an ihren Brüsten. »Aber glücklicherweise würde ich mich niemals in Sie verlieben, Godiva, so wie der arme vernarrte Colonel Weir.«

Abrupt trat er zurück. Ein kalter Luftzug schien Tia zu umwehen. Von hellem Zorn erfüllt, hob sie eine Faust, um in Taylors Gesicht zu schlagen. Aber er packte ihre Handgelenke und hielt sie eisern fest. »Lernen Sie Ihr Temperament zu zügeln, Godiva, und halten Sie Ihr Versprechen. Nehmen Sie sich in Acht.«

»Warum interessiert Sie das?«

»Weil Ihr Bruder mein Freund und Ihr Vater ein großartiger Mann ist. Außerdem bin ich mit Ihren Vettern und Ihrer Kusine verwandt.«

»Meine Familie geht Sie nichts an!«, zischte Tia und versuchte sich erfolglos zu befreien.

»Vielleicht sollte ich Ihrem Vater lieber doch reinen Wein einschenken.«

»Nein!«

»Also gut«, erwiderte er und ließ sie los. »Gehen Sie jetzt in Ihr eigenes Bett – und hüten Sie sich, Ihr Wort zu brechen. Sobald ich Verdacht schöpfe und glaube, Sie würden mich überlisten, müsste ich Ihren Vater einweihen. Ist das klar?«

»Völlig klar. Gute Nacht, Colonel. Hoffentlich sehen wir uns nie wieder.« Als sie sich in möglichst würdevoller Haltung zur Balkontür wandte, umklammerte er ihren Arm erneut.

»Warten Sie! Soll ich nicht nachsehen, ob die Luft rein ist?« Verlegen senkte sie den Kopf und Taylor schaute in die Nacht hinaus. »Gehen Sie!«

Heiliger Abend …

Es gab keinen Grund, warum sie nicht heim nach Florida fahren sollte. Sicher, ihr Ehemann lebte in Washington. Aber seit der improvisierten Hochzeit im

Gefängnis hatte sie ihn nicht mehr gesehen. Sie lebte nicht einmal in seinem Apartment, sondern immer noch zusammen mit Sissy und ihrer irischen Freundin Marla, einer Kriegswitwe, die ihr in alten Spionagezeiten beigestanden hatte. In diesem Apartment nahe dem Weißen Haus, das sich die drei Frauen teilten, bewohnte Sydney ein winziges Zimmer.

Durch das eiskalte Washington fegte ein heftiger Wind. In Florida würde sie warmen Sonnenschein genießen, ihre Eltern und ihre kleine Schwester wiedersehen. Vielleicht würde auch Jerome nach Hause kommen. Selbst wenn sie die weite Reise nicht schaffte – zur Zeit war Brent nur knapp hundert Meilen von ihr entfernt. Wahrscheinlich würde sie ihre Schwägerin in St. Augustine antreffen – und es wäre einfach wundervoll, die Feiertage bei Tante Tara und Onkel Jarrett auf Cimarron zu verbringen. So viel hätte sie unternehmen können – statt ihr junges Leben erneut aufs Spiel zu setzen.

Bedrückt hatte sie den Wagen von Süden her zur Grenze gesteuert. Auch diesmal saß Sissy neben ihr. Ein junger Lieutenant von der Konföderation hielt Wache und bedeutete Sydney, das Gespann zu zügeln. Fröstelnd trat er von einem Fuß auf den anderen und rieb sich die Hände, die in durchlöcherten Handschuhen steckten. »Guten Abend, Ma'am. Darf ich Ihre Papiere sehen? Und erklären Sie mir bitte den Grund Ihrer Reise.«

Sydney reichte ihm die Dokumente. »Mit der Genehmigung der Yankee-Behörden brachte ich Briefe von den Gefangenen im Old Capitol nach Süden. Colonel Meek, der mit seiner Kompanie gerade auf dem Rückweg nach Harper's Ferry war, nahm die Briefe entgegen und unterschrieb die Erlaubnis für meine Rückkehr in die Nordstaaten.«

»Mrs. Sydney – *McKenzie* Halston?«, fragte er und sie nickte. Plötzlich lächelte er. »Wenn Sie Ihren Mann oder

Ihren Vetter Ian sehen, richten Sie ihnen bitte herzliche Grüße von Rafe Johnston aus.«

»Haben Sie zusammen mit Ian in der Kavallerie gedient?«

»Und mit Ihrem Mann, unter Magee. Wie ich höre, hat Ihr Bruder Magees Tochter geheiratet.«

»Es geht allen gut und …« Erschrocken verstummte sie. Aus dem Planwagen drang ein lautes Niesen.

Johnston starrte sie mit schmalen Augen an und sie spürte, wie alles Blut aus ihrem Gesicht wich. Nun würde er sie festnehmen – eine überzeugte Rebellin, die entlaufene Sklaven nach Norden brachte. Womöglich würde man ihr nicht einmal den Prozess machen und sie noch am selben Abend hängen, um ein Exempel zu statuieren und zu beweisen, dass die Konföderation nicht einmal weibliche Spione und Verräter duldete.

Sekundenlang senkte Johnston den Blick, dann schaute er sie wieder an und gab ihr die Papiere zurück. »Frohe Weihnachten, Mrs. Halston. In diesen Tagen sollte man für den Frieden beten.«

Fast unhörbar seufzte sie auf. »Frohe Weihnachten, Lieutenant.« Sie wollte die Zügel ergreifen. Dann erinnerte sie sich an ihre bestickte Reisetasche – an das Geschenk, das sie mitgenommen hatte, falls sie Brent sehen würde. Schöne weiche Kalbslederhandschuhe. »Lieutenant …« Sie holte die Handschuhe hervor. »Dieses Geschenk wollte ich meinem Bruder bringen. Leider habe ich ihn nicht getroffen. Bitte …«

»Nein, Ma'am, das kann ich nicht annehmen.« Offenbar fürchtete er, man würde ihm vorwerfen, er habe sich bestechen lassen.

»Aber ich würde die Handschuhe doch so gern jemandem schenken, der sie wirklich gebrauchen kann. Bitte …«

Zögernd nahm er die Handschuhe entgegen. »Danke. Und jetzt beeilen Sie sich, Ma'am.«

Während Sydney die Maultiere anspornte, flüsterte Sissy: »Dem Himmel sei Dank!«

»Wir sind immer noch im Rebellengebiet. Nun müssen wir an den Yankees vorbeikommen. Wenn uns der elende Schurke aufhält und den Weg versperrt, der uns letztes Mal drangsaliert hat ...«

»Nicht am Heiligen Abend«, behauptete Sissy und sie behielt Recht.

Zur Weihnachtszeit waren die Wachtposten der Yankees genauso sentimental gestimmt wie der junge Lieutenant aus den Südstaaten. Alle sehnten das Ende des Kriegs herbei, wollten nach Hause, und entlang der ganzen Front erklangen Weihnachtslieder. Der Offizier, der den Wagen aufhielt, warf nur einen kurzen Blick auf Sydneys Papiere. Und niemand nieste.

Wenig später fuhren sie durch eine dunkle Gasse hinter der South Capitol Street, in der Nähe von Reverend Henry Turners African Methodist Episcopal-Pfarre. Washington bedeutete Freiheit für die Sklaven, aber die Hauptstadt sicherte ihnen keinen Lebensunterhalt, nicht einmal eine anständige Mahlzeit. Da der Reverend seinen schwarzen Brüdern und Schwestern stets bereitwillig half, brachten Sydney und Sissy die beiden Männer und die drei Frauen, die sie südlich von der Grenze getroffen hatten, zu der Kirche.

Überschwänglich bedankten sich die Flüchtlinge, als sie ausstiegen. Einer der Männer trug ein mehrfach misshandeltes schwangeres junges Mädchen auf den Armen, dessen Geschichte Sydney veranlasst hatte, ihr Leben erneut aufs Spiel zu setzen und südwärts zu fahren. Eine der anderen Frauen griff nach ihrer Hand und versuchte sie zu küssen. »Bitte, nicht!«, flüsterte Sydney. »Gehen Sie jetzt. Frohe Weihnachten.«

»Gott segne Sie, Madam«, sagte ein großer, kräftig gebauter schwarzer Feldarbeiter.

»Und Sie auch«, erwiderte sie.

»Ich begleite unsere Schützlinge zum Reverend«,

erklärte Sissy. »Findest du dich allein zurecht, Sydney?«

»Ja, natürlich.«

»Aber Marla ist nicht in der Wohnung. Sie will den Heiligen Abend bei der alten Mrs. Lafferty und den Waisenkindern verbringen.«

»Mach dir keine Sorgen, das stört mich nicht. Ich bin todmüde und möchte mich ausruhen.«

»Morgen früh komme ich heim.«

»Sicher können wir irgendwo ein gutes Weihnachtsdinner kaufen.« Sydney verabschiedete sich von Sissy, dann brachte sie den Wagen zum Mietstall in der Nähe ihres Apartments.

»So spät am Abend sollten Sie nicht allein nach Hause gegen, Mrs. Halston«, mahnte der Nachtwächter.

»Mir wird schon nichts passieren.«

Um Mitternacht trieben sich noch viele Leute auf den Straßen herum, in Kriegszeiten keine Seltenheit. An einer Ecke standen ein paar Offiziere, die sich eine Flasche Brandy teilten und Sydney neugierig anstarrten. Als sie salutierten, nickte sie ihnen zu und eilte weiter.

Endlich erreichte sie das Apartment. Im gemütlichen Wohnzimmer brannte ein Feuer und auf dem Kaminsims lag ein Brief von Marla.

Liebe Syd, ich spiele für die armen Kleinen den Weihnachtsmann. Major Cantor hat uns Roastbeef gebracht – Du findest es auf dem Tisch im Esszimmer – und dazu einen köstlichen Rotwein. (Wie gut er schmeckt, weiß ich, weil ich ihn probiert habe.) Ich habe ein heißes Bad für Dich vorbereitet und ein Geschenk neben die Wanne gelegt, Lavendelseife. Vielleicht dampft das Wasser nicht mehr, wenn Du nach Hause kommst. Vor dem Kamin steht ein Kessel. Alles Liebe, Marla.

Lächelnd legte Sydney den Brief beiseite. Wenn sie auch weit von ihrer Heimat entfernt war – sie hatte gute Freunde gefunden. Sie nahm ihren Umhang ab und schlüpfte aus den Stiefeln. Dann ging sie in ihr dunkles Schlafzimmer. Sogar hier brannte ein Feuer im Kamin und beleuchtete die hölzerne Badewanne. Sydney tauchte einen Finger ins Wasser. Immer noch warm. Vor den Flammen stand ein Kessel und sie goss das dampfende Wasser in ihr Bad, bevor sie ihre Kleidung ablegte. Als sie ihren Rock über die Hüften hinabstreifte, fielen die Reisepapiere aus der Tasche. Sydney ließ sie einfach liegen, nach der langen Fahrt durch die kalte Nacht wollte sie sich endlich wärmen. Sie setzte sich in die Wanne, legte den Kopf zurück und schloss die Augen.

Wenig später wurde sie von einem sonderbaren Unbehagen erfasst, hob die Lider und erstarrte. Jesse saß in ihrem einzigen Lehnstuhl, halb verborgen von den Schatten an der gegenüberliegenden Wand, in einem weißen Baumwollhemd, seiner Uniformhose und hohen Stiefeln. Seit der letzten Begegnung war sein Gesicht schmaler geworden. Schweigend schaute er sie an.

»Jesse …«, hauchte sie.

»Wo warst du?« Er stand auf und kam zur Wanne.

Verzweifelt suchte sie nach Worten, richtete sich auf und schlang die Arme um ihre Knie. »Darüber kann ich jetzt nicht reden. Ich habe dich nicht erwartet.«

»Offensichtlich.«

»Sechs Monate lang habe ich nichts von dir gehört!«, fauchte sie. »Außerdem hast du mich nach der Hochzeit aufgefordert, die Ehe annullieren zu lassen.«

»Was du nicht getan hast. Nun, wo warst du?«

»Das geht dich nichts an. Was bildest du dir eigentlich ein, mich zu verhören – ausgerechnet jetzt, wenn ich ein Bad nehme? Geh hinaus, damit ich mich anziehen kann …«

»Ich habe dich geheiratet, Sydney«, unterbrach er sie mit leiser Stimme und stützte sich auf den Wannenrand. »Danach benahm ich mich wie ein Gentleman – und zog in den Krieg. Heute Nacht bin ich zurückgekommen. Wo warst du?«

Nervös erwiderte sie den Blick seiner klaren, gnadenlosen braunen Augen. In diesem halben Jahr hatte er sich verändert. Als sie ihn kennen gelernt hatte, war er ein Kriegsgefangener der Konföderierten gewesen – und sie seine Krankenpflegerin. Sie erinnerte sich sehr gut, wie er sie damals angesehen hatte, an den angenehmen Klang seiner Stimme, seines Gelächters, die sanfte Berührung seiner Hände. Jener Mann existierte nicht mehr. »Ich bin ausgegangen«, erwiderte sie, »mit Freunden.«

Er hob die Reisepapiere vom Boden auf, überflog sie und ließ sie wieder fallen. »Briefe von toten Rebs, die du in den Süden gebracht hast?« Plötzlich packte er ihre Schultern und zerrte sie aus der Wanne, obwohl sie sich verbissen wehrte. »Mein Gott, du hast es versprochen – du hast es geschworen! Nie mehr würdest du spionieren. Und ich habe mich auch noch für dich verbürgt und versichert, du würdest dich nicht mehr an irgendwelchen Aktionen gegen die Union beteiligen!«

Noch nie hatte sie ihn so wütend gesehen, nie zuvor hatte er die Beherrschung verloren, war stets höflich und rücksichtsvoll gewesen – wenn auch sehr entschlossen. Triefnass stand sie vor ihm und fand keine Worte, um sich zu verteidigen. Nein, sie hatte die Union nicht hintergangen, aber sie war in die Südstaaten gefahren …

Ohne seinen Zorn zu verhehlen, umfasste er wieder ihre Schultern und schüttelte sie. Als sie das Gleichgewicht verlor, fiel sie in die Wanne zurück, ergriff die Seife und schleuderte sie in Jesses Richtung. Aber er wich dem Wurfgeschoss behände aus, zog sie wieder aus der Wanne und zum Kaminfeuer.

»Lass mich los, du Rüpel!«, kreischte sie. »Du willst die Ehe annullieren lassen? Diesen Wunsch erfülle ich dir nur zu gern – so schnell, dass dir Hören und Sehen vergehen wird!«

»Lügnerin!«, fuhr er sie an. »Und ich Idiot habe dir vertraut – ich dachte tatsächlich, du würdest dein Versprechen ernst nehmen.« Ohne ihren erbitterten Widerstand zu beachten, drängte er sie zum Bett und warf sich mit ihr auf die Matratze.

»Verschwinde aus meiner Wohnung!«, zischte sie. »Natürlich nehme ich mein Versprechen ernst, du grässlicher *Unionist!*«

»Rebellenspionin!«

»Yankee-Bastard!«

»Indianerin!«, schrie er.

»So wahr mir Gott helfe, ich würde dich mit dem größten Vergnügen skalpieren!«

»Wo warst du?«, wiederholte er.

»Das geht dich nichts an. Lass mich in Ruhe!«

»Diesmal nicht. Du wirst ins Old Capitol zurückkehren, teure Gemahlin.«

»Also gut! Schick mich zurück!« O Gott, warum hatte sie das gesagt? Sie hasste das Gefängnis, die Sorge, die sie ihrer Familie bereiten würde …

»Noch nicht.«

»Doch! Sofort …« Durch sein Hemd, das total nass geworden war, spürte sie die Hitze seines Körpers und plötzlich fürchtete sie sich zu verbrennen. »Bring mich doch ins Gefängnis …« Mit aller Kraft stemmte sie sich gegen seine Brust.

Langsam schüttelte er den Kopf. »Ich bin nach Hause gekommen, um den Heiligen Abend mit meiner Frau zu verbringen. Das ist ein langwieriger, harter Krieg – und ich war sehr einsam in diesen letzten Monaten. Deshalb wollte ich Weihnachten zusammen mit meiner Frau feiern.«

Ehe sie antworten konnte, verschloss ihr ein Kuss den Mund. Sie versuchte die Lippen zusammenzupressen und sich abzuwenden. In ihren Augen brannten

Tränen. Schluchzend öffnete sie den Mund und plötzlich erwiderte sie den Kuss. So schnell hatte sie ihn lieben gelernt und sich so verzweifelt bemüht, ihn zu hassen. Die tägliche Angst um sein Leben war eine Qual gewesen. Und das endlose Warten …

Und jetzt – dieser Kuss, die Berührung seiner Hände, das Gefühl eines seltsamen Hungers, vermischt mit Groll und Furcht. An Jesses nasse Kleidung gedrückt, fröstelte sie und gleichzeitig wurde ihr heiß.

Was für ein leidenschaftlicher, fordernder Kuss … Obwohl ihr vor dem Unbekannten bangte, klammerte sie sich an ihn. Sein Verlangen wuchs. Und in seinem Zorn war er ungeduldig. Sie kostete seine Lippen, schlang die Finger in sein Haar …

Dann schrie sie, als er abrupt in sie eindrang, wollte sterben, grub die Fingernägel in seine Schultern. Unfähig, seinen bezwingenden Blick zu erwidern, schloss sie die Augen. Da begann er sich zu bewegen. Der Schmerz ließ nicht nach – aber nun entstand noch etwas anderes. Einerseits versuchte sie ihn wegzuschieben, andererseits wollte sie noch viel mehr von ihm …

Wie flüssiges Feuer strömte dieses fremdartige Gefühl durch ihre Adern, spülte ihre Widerstandskraft und ihre Wut davon und hinterließ reines Entzücken, das sich bald zu wilder Ekstase steigerte. Begierig genoss sie die Magie des Augenblicks – und irgendwann sank sie von einem paradiesischen Gipfel wieder hinab ins Dunkel und fröstelte, gefangen im Gewirr der Bettlaken und seiner nassen Kleidung.

Eine Zeit lang lag er schweigend neben ihr. Dann stand er auf und kleidete sich aus. Bebend betrachtete sie ihn im Mondlicht. Über eine bronzebraune Schulter zog sich die weiße Narbe, die von der Verletzung in Gettysburg herrührte. Wahrscheinlich verdankte er dieser Narbe eine weitere Beförderung – Tapferkeit vor dem Feind. Natürlich waren viele Kommandanten gefallen, die man rasch ersetzen musste.

Sydneys Blick wanderte über seinen ganzen Körper und sie schluckte krampfhaft, während ihre Gedanken in die Vergangenheit zurückkehrten. Freundschaft, ein netter Flirt, Liebe, die unselige Heirat und jetzt – obwohl nichts in dieser Ehe stimmte – Intimität … So oft hatte sie davon geträumt – Gelächter, vielleicht Champagner, zärtliche Worte, in ihr Ohr geflüstert … Nun hasste sie ihn, weil er sie verdammte und so rücksichtslos mit ihr umgegangen war. Zwischen ihren Schenkeln spürte sie immer noch einen schwachen Schmerz. Trotzdem wünschte sie, er würde sich wieder zu ihr legen.

Er kehrte zum Bett zurück und zerrte das Laken mitsamt der Steppdecke unter ihr hervor. »Kriech drunter. Du zitterst.«

Oh, was für liebevolle Worte …

»Nur vor Zorn! Verschwinde!«

»Du frierst. Tu doch ausnahmsweise mal, was ich dir sage!«

»Weil wir in Washington sind? Weil du glaubst, hier dürftest du mich herumkommandieren?«

»Weil es vernünftig ist.«

Als sie aufstehen wollte, drückte er sie aufs Bett zurück, deckte sie zu und legte sich zu ihr. Sie drehte sich auf die andere Seite und versuchte von ihm wegzurücken. Doch das ließ er nicht zu, zog ihren Rücken an seine warme Brust und hielt sie fest. Beklommen schloss sie die Augen. So viel gab es zu sagen. Aber sie brachte kein Wort hervor.

Und dann spürte sie ihn – seine Lippen an ihrem Nacken, seine Hände, die ihre Brüste umfassten, ihren Bauch und die Schenkel streichelten …

Bald erwachte wieder jenes sonderbare Feuer in ihrem Innern und sie wandte sich instinktiv zu Jesse, erwiderte seine Küsse, seine erregenden Liebkosungen. Das Verlangen wuchs, verwandelte sich in süße Qual. Überall spürte sie seinen Mund und jeder Kuss entfachte neue Flammen. Stöhnend wand sie sich umher und als er wieder mit ihr verschmolz, hob sie ihm sehnsüchtig die Hüften entgegen. Die Welt schien zu bersten, der Krieg war beendet, das Leben vorbei. In blendendem Licht funkelten Diamanten, erhellten einen samtschwarzen Himmel. Und dann existierte gar nichts mehr … Eine Ewigkeit schien zu verstreichen, bis Sydney langsam in dunkle Tiefen hinabglitt und hörte, wie Jesse guttuaral stöhnend seinen eigenen Höhepunkt genoss.

Ein Wunder, ein reines Wunder. Sie liebte ihn wieder und war bereit, alles zu gestehen – dass sie nicht die Union, sondern die Südstaaten verraten hatte, ihr Erbe, ihre Überzeugung. Das würde sie nicht wieder tun. Wäre Lieutenant Johnston nicht so freundlich gewesen, hätte man sie festgenommen …

Behutsam streichelte er ihr Haar. »Jetzt kommt eine Annullierung unserer Ehe nicht mehr infrage.«

»Nein«, wisperte sie, eine Wange an seiner Brust. Er roch so gut. Auf ihrer Haut spürte sie, wie seine warmen Muskeln vibrierten.

»Mein Gott, Sydney – ich werde es zutiefst bedauern, dich wieder im Gefängnis zu sehen.«

Verblüfft rückte sie von ihm weg. »Im Gefängnis?«

»Dachtest du, ich würde mich inbrünstig genug nach deiner Liebe sehnen, um deine Lüge zu vergessen – und dass du einen wortbrüchigen Narren aus mir gemacht hast?«

Außer sich vor Empörung, wollte sie aufspringen. Aber er hielt sie unbarmherzig fest.

»Lass mich los! Ruf deine Wachen, schick mich ins Gefängnis, noch heute Nacht! Wenn ich auch nicht weiß, wie deine Anklage lautet! Oh, ich schlafe sehr gern im Old Capitol – dort bin ich wenigstens von *dir* erlöst! Lieber verbringe ich die Nacht mit Rebellen als mit *Schlangen!*«

»Leg dich wieder hin, Sydney.«

»Nein! Du willst mich verhaften lassen! Tu's doch endlich!«

»Heute Nacht nicht. Das hat Zeit.«

»Und wenn ich einen Riesenaufstand entfessele, wenn ich den Süden zwinge, den Krieg zu gewinnen, während du schläfst?«

Ungeduldig schlang er einen Arm um ihre Taille und presste sie an sich.

»Ich hasse dich!«, zischte sie.

»Tut mir Leid. So ist das nun mal in einem Krieg.«

»Allerdings! Bring mich ins Gefängnis – oder lass mich los!«

Das tat er nicht. Unbarmherzig hielt er sie fest und schließlich erlahmte ihr Widerstand.

Heiliger Abend …

Friede auf Erden …

Sydney hatte noch nie so kriegerische Gefühle empfunden wie in diesem Augenblick.

9

Die Sonne stieg an einem klaren Himmel empor. Im Süden der Florida-Halbinsel herrschte auch im Winter ein mildes Klima. James McKenzie stand im schmalen Meeresarm, der die Lagune auf seinem Anwesen speiste, schaute zum Atlantik hinaus und ließ das warme Salzwasser über seine bloßen Füße fließen. Wie sehr er das Wasser liebte … Wohlig streckte er seinen nackten, bronzebraunen Oberkörper. Tief unten im Süden, auf seinem eigenen Grund und Boden, fern von der so genannten Zivilisation musste er nicht auf ordentliche Kleidung achten. Außerdem hatte man ihn oft genug einen ›Wilden‹ genannt.

Irgendwo da draußen suchte sein älterer Sohn Jerome neue Wege, um die Unionsblockade zu umgehen und die Konföderation mit Vorräten zu versorgen. Die ganze Nacht, bis in den Morgen hinein, hatte James das Meer beobachtet, in der Hoffnung, Jerome würde zu Weihnachten heimkommen. Nirgends war ein Schiff zu sehen. Aber er verzweifelte nicht. Er glaubte an die Fähigkeit beider Söhne – und seiner Töchter! –, den Krieg zu überleben. Um die Mädchen machte er sich derzeit keine allzu großen Sorgen.

Jennifer, seine Tochter von Naomi, seiner ersten Frau, lebte mit ihrem sechsjährigen Jungen Anthony bei ihm, seit Jarrett sie nach dem Tod ihres Mannes hierher gebracht hatte. Als Mann verkleidet, war sie in sehr gefährliche Spionage-Aktivitäten verwickelt gewesen, festgenommen und beinahe gehängt worden. Sein Neffe Ian hatte sie gerettet. Nun versuchte sie, alle Gedanken an den Krieg zu verdrängen, obwohl Florida zu den Rebellenstaaten zählte und die Schiffe der Union Navy, vom Unionsstützpunkt Key West aus, viel zu oft in die Nähe dieser Küste fuhren. Bei der schwierigen Geburt seiner Tochter Mary vor einem Jahr – eine große Überraschung für seine Frau Teela und ihn selbst – hatte er Höllenqualen ausgestanden. Jetzt waren beide wohlauf und das süße Baby beglückte die Eltern trotz der Sorge um die anderen Kinder. Im Seminolenkrieg hatte James seine erste Frau und ein Kind an eine Fieberkrankheit verloren. Jeden Tag betete er, der Himmel möge ihn davor bewahren, ein weiteres Kind zu überleben. Wahrscheinlich war sein Sohn Brent, ein Militärarzt, nicht so gefährdet wie der tollkühne Jerome.

Und Sydney – leidenschaftlich und wagemutig wie eine Kriegerin in alten Zeiten ... Während der Abspaltung South Carolinas von der Union hatte sie bei Brent in Charleston gewohnt. Dann arbeitete sie als Krankenschwester in Richmond und versuchte, einen Yankee gegen ihren verhafteten Bruder Jerome auszutauschen.

Vor kurzem hatte sie einen Yankee geheiratet. Ein

verdammt anständiger Kerl, hatte man ihrem Vater versichert. Aber seither lebte sie in Washington und James wünschte, sie würde heimkehren. Vielleicht sollte er nach Norden fahren und seinem Schwiegersohn erklären, sie wäre zu Hause besser aufgehoben, solange der Krieg wütete. Davon riet Teela ihm ab. Sie meinte, sein Temperament sei zu hitzig und er würde die Herausgabe seiner Tochter fordern, wozu er kein Recht habe. Immerhin sei Sydney mit dem Mann ihrer Wahl verheiratet, von dem sie in ihren Briefen oft erzählt habe. Und offensichtlich liebte sie ihn. Aber James sehnte sich nach seinem Kind – vor allem zu Weihnachten.

»Vater?«

Erstaunt drehte er sich zu Jennifer um, die schon so früh am Morgen am Rand der Lagune stand. Nun war sie Mitte dreißig, eine reife, würdevolle Frau, die mit jedem Jahr schöner wurde. Sie hatte die dunkelbraunen Augen, das sanfte Lächeln und die aristokratischen Züge ihrer Mutter geerbt – und endlich inneren Frieden gefunden.

»Glaub mir, Vater, er ist klug genug, um *nicht* hierher zu kommen.« Als sie zu ihm trat, legte er einen Arm um ihre Schultern. »Die Yankees wissen, wie sehr Jerome seine Familie liebt, und deshalb lauern sie ihm zur Weihnachtszeit besonders wachsam auf. Daran wird er sicher denken.« Nach einer kurzen Pause fügte sie hinzu: »Vermutlich wird Risa heute am Meer stehen und nach ihm Ausschau halten.«

»Jetzt ist sie in St. Augustine. Teela wollte sie einladen. Aber Risa fürchtete, man würde ihr mitteilen, Jerome sei irgendwo im Norden des Staates. Und dann könnte sie ihn nicht erreichen.«

»Zweifellos ist er vernünftig und geht kein überflüssiges Risiko ein. Gerade haben wir einen Brief von Brent bekommen. Es geht ihm gut und er ist sehr beschäftigt …«

»Meinst du, sie werden einander auch an den Feiertagen umbringen?«, fragte James leise.

Darauf gab Jennifer keine Antwort. »Ein Soldat aus Captain Dickinsons Kompanie hat uns einen langen Brief von Sydney gebracht.«

»Das weiß ich.«

»Könnte ich dir das alles doch irgendwie erleichtern …«

Er zog sie noch fester an sich und legte sein Kinn auf ihren dunklen Scheitel. »Das tust du, mit Anthonys und Marys Hilfe. Habe ich dir in letzter Zeit eigentlich gesagt, wie sehr ich dich liebe, meine Tochter?«

»O Vater, ich …« Plötzlich unterbrach sie sich. »Schau doch!«

Er hatte aufs Meer geblickt und den Mann nicht entdeckt, der am anderen Ende der Lagune halb im Wasser lag, unter einen hohen Palme.

»Mein Gott!« Jennifer riss sich los und rannte am Ufer entlang.

»Nein, warte!«, befahl James, folgte ihr und hielt sie am Arm fest. »Wenn er noch lebt, ist er vielleicht gefährlich.« Er stürmte an ihr vorbei, doch sie blieb ihm auf den Fersen. Aber jetzt befand sie sich wenigstens hinter ihm. Bevor er sich der reglosen Gestalt näherte, zog er das Messer aus der Scheide an seinem Fußknöchel. Hastig kniete er im feuchten Sand nieder und drehte den Soldaten auf den Rücken. Im Hals des Mannes pochte ein schwacher Puls. Die Uniform stammte von der Unionskavallerie. Noch mehr Kavallerie – verdammt! Ein schlanker junger Mann, das blonde Haar mit Sand verkrustet. Die Haut sonnengebräunt.

»Vater …«

»Er lebt.« Aufmerksam betrachtete James das Gesicht des Mannes. Über die Schläfe zog sich ein Streifen aus geronnenem Blut.

»Wir müssen ihn ins Haus bringen und ihm helfen, Vater.«

»Aber er ist ein Yankee.«

»So wie Ian und Taylor. Stehen dir die beiden nicht fast so nahe wie deine Söhne?«

»Jennifer, dein Mann fiel in einem Unionsfeuer.«

»Und mein Vetter Ian hat mich vor dem Henker gerettet. Willst du diesen Mann sterben lassen, nur weil er für die Union kämpft? Stell dir vor, eine Unionistin würde Brent oder Jerome oder Julian finden, schwer verwundet … Großer Gott, spielt es denn eine Rolle …«

»Nein, ich wollte dich nur an die Vergangenheit erinnern – an Zeiten, wo du sogar Ian den Tod gewünscht hast.«

»Vielleicht. Aber ihr beide, du und Ian habt mich gelehrt, weiterzuleben, ohne Bitterkeit zu empfinden. Natürlich wirst du diesen Mann nicht sterben lassen.«

Seufzend gab er ihr Recht. »Also gut. Lauf ins Haus und sag Teela, ich bringe ihr ein besonderes Weihnachtsgeschenk – einen verwundeten Yankee. Das hat sie sich doch immer gewünscht.«

Am Weihnachtsmorgen flirtete Tia enthusiastisch mit Raymond Weir und wusste, ihr Feind würde sie lächeln sehen und hören, wie sie gemeinsam mit dem alten Freund schöne Erinnerungen heraufbeschwor. Obwohl sie nicht wusste, warum, versuchte sie Ray zu becircen.

War das falsch – oder sogar gefährlich? Sie fing einen warnenden Blick ihrer Schwägerin auf, die sich offenbar sorgte. Aber Tia konnte einfach nicht aufhören, mit Ray zu kokettieren. Für sie war es trotzdem ein vergnüglicher Weihnachtsmorgen. Nach dem Frühstück packten die aufgeregten Kinder ihre Geschenke aus, zerrissen das bunte Papier, bejubelten ihre neuen Spielsachen und liefen lachend umher – zu jung, um die dunkle Wolke wahrzunehmen, die über dem geteilten Land schwebte.

Auch die Erwachsenen bekamen Geschenke und

Tara bedachte sogar die Gäste. Dem Rebellen überreichte sie einen großen Räucherschinken, dem Yankee die Blechfotografie einer Frau in einem zierlichen Silberrahmen.

Dieses Bild hatte Tia nie zuvor gesehen. Während es von einer Hand zur anderen wanderte und bewundert wurde, bedankte sich Taylor Douglas bei der Gastgeberin. »Das ist sehr freundlich von Ihnen, Mrs. McKenzie, dass Sie daran dachten, obwohl Sie gerade zu Weihnachten alle Hände voll zu tun haben, und die Fotografie beschaffen konnten … Wie soll ich Ihnen jemals danken ...«

»Kurz nach Ihrer Hochzeit haben Sie das Bild James' Frau geschickt, meiner Schwägerin Teela«, erklärte Tara lächelnd. »Vor einiger Zeit brannte Teelas und James' Haus nieder. Während es wieder aufgebaut wurde, sandte sie uns viele Sachen, die sie vor den Flammen gerettet hatten und die wir verwahren sollten. Dieses Bild war dabei. Als ich hörte, Sie würden uns besuchen, sagte ich mir, Teela würde es Ihnen sicher gern zurückgeben.«

Jetzt hielt Tia die gerahmte Fotografie in der Hand – das Porträt einer schönen Blondine mit einem gewinnenden Lächeln.

Taylors Frau …

Warum begannen ihrer Finger plötzlich zu zittern? Sie hatte gehofft, ihn nie wiederzusehen. Bei jeder Begegnung hatte er sie gedemütigt. Warum wurde sie plötzlich von so seltsamen Gefühlen erfasst? Als sie seinen Blick spürte, gab sie ihm das Bild zurück. »Sie ist sehr schön.«

Wortlos nickte er und wandte sich ab.

»Hilfst du mir, die Milchbecher mit Ei zuzubereiten, Tia?«, fragte Tara.

»Ja, natürlich, Mutter.«

»Gehen wir ins Musikzimmer, Gentlemen«, schlug Jarrett vor.

»Und die Ladys!«, erinnerte ihn Ariana, die auf dem Schoß ihres Großvaters saß.

»Ach ja …« Lächelnd wandte er sich zu seiner Schwiegertochter Alaina. »Verzeiht mir, Ladys«, bat er und alle lachten.

Trotz des Kriegs, auf den die Anwesenheit zweier gegnerischer Colonels hinwies, herrschte eine fröhliche Weihnachtsstimmung auf Cimarron. Nur Tias Freude schien zu erlöschen.

»Fühlst du dich nicht gut?«, fragte Tara, als sie gemeinsam zur Köchin Lilly in die Küche gingen. Dort bereiteten sie die Milchbecher vor – teils mit, teils ohne Whiskey. »Hat dich der Colonel bedrängt?«

»Welcher?«, fragte Tia schuldbewusst. Konnte die Mutter irgendetwas ahnen, das Taylor Douglas betraf?

»Ray Weir. Er tut mir richtig Leid. Dauernd schaut er dich an.«

»Nun ja – er hat mir wieder einen Heiratsantrag gemacht.«

»Und?«

»Ich habe ihn an den Krieg erinnert.«

Seufzend nickte Tara. »Nimm dich bloß in Acht! Du darfst ihn nicht zu gnadenlos an der Nase herumführen. In letzter Zeit ist er ein typischer Militär geworden.«

»Was heißt das?«

»Er genießt seine Macht. Davon wollen manche Männer immer mehr. Ich glaube, deine eigene Macht erkennst du gar nicht.«

»Und die wäre?«

»Jugend und Schönheit.«

»O Mutter …«

»Jetzt willst du sicher einwenden, das würde ich nur behaupten, weil du meine Tochter bist. Aber du bist nun mal wunderschön. Das weiß alle Welt. Und Colonel Weir hat's schon längst gemerkt.«

»Wer noch?« Überrascht hörte Tia, wie wehmütig ihre eigene Stimme klang. »O Gott, wie albern und eitel ich bin, inmitten all der Sorgen und Ängste …«

»Mehr sage ich nicht, sonst steigt's dir noch zu Kopf«, fiel Tara ihr ins Wort und umarmte sie lächelnd. »Komm, servieren wir die Milchbecher.«

Im Musikzimmer nahmen sie am Klavier Platz, spielten vierhändig und sangen Weihnachtslieder. Tara besaß nicht nur Bühnenerfahrung, sondern auch einen wohlklingenden Sopran, und sie hatte ihrer Tochter Unterricht gegeben. Zunächst fühlte sich Tia in der Nähe beider Colonels etwas unbehaglich. Aber mit Taras Hilfe überwand sie ihre Hemmungen.

Später gesellte sich die Hausherrin zum Publikum und Tia spielte allein weiter. Als sie Taylors forschenden Blick spürte, konnte sie der Versuchung nicht widerstehen, hämmerte mutwillig auf die Tasten und gab eine temperamentvolle Version von ›Dixie‹* zum Besten. Dazu sang sie aus voller Kehle.

Nachdem der letzte Akkord verhallt war, herrschte tiefes Schweigen. Bestürzt las Tia Zorn und Enttäuschung in den Augen ihres Vaters. Kein Wunder … Sie hatte vergessen, dass die Gäste zu *friedlichen* Verhandlungen nach Cimarron gekommen waren – und nicht, um im Musikzimmer Krieg zu führen. Dann applaudierte Raymond Weir. Höflich folgte Taylor Douglas seinem Beispiel und alle außer Jarrett McKenzie schlossen sich an.

Schuldbewusst begann Tia ›Stille Nacht‹ zu spielen. Ariana kletterte auf ihren Schoß und fing mit ihrer Piepsstimme zu singen an. Damit war die Weihnachtsstimmung gerettet.

Trotzdem wäre Tia am liebsten im Erdboden versunken. Nach der letzten Strophe des Liedes küsste sie die

---

* Bezeichnung für die Südstaaten, Titel eines bekannten, 1859 komponierten Liedes.

Stirn ihrer Nichte und setzte sie auf den Klavierhocker. »Bitte – entschuldige mich, Vater …«, stammelte sie und ergriff die Flucht.

Im Erdboden konnte sie nicht versinken – aber auf Blazes Rücken durch den kühlen Wintertag galoppieren und in der frischen Luft Trost suchen.

»Tia!«

Sie gab vor, den Ruf ihrer Mutter nicht zu hören, und nahm sich nicht einmal die Zeit, ihr Reitkostüm anzuziehen. Eilends verließ sie das Haus durch die Hintertür und rannte den Hang hinab zum Stall.

Am Tor kam ihr Billy Cloud entgegen, einer der Seminolen, die für ihren Vater arbeiteten. »Was haben Sie vor, Miss Tia?«

»Ich möchte ausreiten, Billy.«

»Bitte, bleiben Sie innerhalb der Grenzen von Cimarron.«

»Stimmt was nicht?«

Bedrückt zuckte er die Achseln und schaute sie mit seinen traurigen, klugen dunklen Augen an. »Der Krieg – das ist es, was nicht stimmt, Miss Tia. Letzte Woche wurde das Vichy-Haus östlich von hier niedergebrannt. Keiner von den Soldaten will's zugeben. Aber die sagen, Mr. Vichy würde sein Vieh an die falschen Leute verkaufen. Also passen Sie bloß auf, wohin Sie reiten, Miss Tia. Bringen Sie sich nicht in Gefahr.«

»Ja, Billy, das verspreche ich Ihnen.« Sie legte ihrer Stute Blaze das Zaumzeug an, verzichtete aber auf den Sattel. Nachdem sie Billy zugewinkt hatte, galoppierte sie zum Waldweg.

Langsam erwachte Sydney, öffnete die Augen und fragte sich, warum sie sich so müde fühlte, so zerschlagen. Und plötzlich fröstelte sie. Diesen Weihnachtstag müsste sie bei ihrer Familie verbringen. So lange war sie nicht mehr daheim gewesen …

Aber sie hatte ein anderes Zuhause gefunden. Hastig setzte sie sich auf und dachte an die Nacht mit Jesse – wie er sie umarmt und in helle Wut gebracht und wieder liebkost hatte. Deshalb war sie so erschöpft. Weil sie kaum geschlafen hatte. Immer wieder wurde sie von süßem Entzücken geweckt und verführt. Und zwischendurch hatten sie wie unversöhnliche Feinde gestritten.

Doch sie liebte ihn nach wie vor, trotz ihrer verletzten Würde, trotz seiner Bitterkeit, seiner Anklage, sie habe ihn hintergangen.

Als sie sich in ihrem kleinen Schlafzimmer umschaute, sah sie ihn vor dem Kamin stehen, in seiner Uniform, das Haar glatt zurückgekämmt, den Hut in den Händen. Er starrte in die Flammen und drehte sich nicht um, schien aber zu spüren, dass sie erwacht war. »So Leid es mir tut, Sydney«, sagte er leise, »es lässt sich nicht ändern.«

»Nicht ändern …«

Jetzt wandte er sich zu ihr. »Bei unserer Hochzeit schwor ich bei meiner Ehre, du würdest nie mehr spionieren.«

Wie sollte sie sich verteidigen? Würde die schlichte Wahrheit genügen? »Ich habe nichts verbrochen, Jesse, und der Union keinen Schaden zugefügt.«

»Wenn ich dir bloß glauben könnte …«

»Du behauptest, ich würde dir etwas bedeuten. Warum fällt es dir dann so schwer, mir zu glauben?«

»Weil ich weiß, wie leidenschaftlich du dich für die Konföderation einsetzt«, erwiderte er und lächelte wehmütig.

»Sechs Monate haben wir uns nicht gesehen und einmal verließ ich Washington, um Brent zu besuchen …«

»… der zufällig außerhalb von Richmond arbeitet.«

»Ich verriet den Rebellen weder Regierungs- noch Militärgeheimnisse und traf einfach nur meinen Bruder. Nachdem er sich mit einem Spezialprojekt befasst hatte, einer gewissen Krankheit, wurde er wieder in einem Lazarett eingesetzt.«

»Da erzählst du mir nichts Neues, Sydney. Ich informiere mich stets über alle Aktivitäten deiner Familie. Seit die Potomac- und die West Virginia-Army ständig umeinanderkreisen, ist es nicht schwierig, auf dem Laufenden zu bleiben. Brent sollte einigen illustren Südstaatendamen, die den Soldaten von einem Camp zum anderen folgen, gewisse nützliche Anweisungen erteilen und die Geschlechtskrankheiten eindämmen. Jetzt versucht er wieder, die Verwundeten zusammenzuflicken. Damit hast du deine erste Reise erklärt. Und von wo bist du gestern zurückgekommen?«

»Ich fuhr wieder zu Brent ...«

»Um nach Richmond zu gelangen, warst du nicht lange genug unterwegs.«

»Wieso weißt du das?«, fragte sie ärgerlich.

»Auch ich habe meine Spione. Also? Wo warst du?«

»Ich ...«, begann sie und zögerte. Konnte sie sich das Recht nehmen, die Wahrheit zu gestehen? Würde er einsehen, dass seine Frau und ihre Freundin Sissy richtig gehandelt hatten? Sie senkte den Kopf. »Das darf ich dir nicht sagen.«

»Um Himmels willen, Sydney ...«

»Ja, um Himmels willen!«, wiederholte sie in plötzlichem Zorn. »Gibt es denn gar kein Vertrauen zwischen uns?«

»Wie kann es das geben?«

»Dann entschuldige mich bitte und geh hinaus. Bevor ich verhaftet werde, möchte ich mich noch anziehen.«

»Ich werde dieses Zimmer nicht verlassen.«

»Wie du willst ...« Sie schlug die Decke zurück, sprang aus dem Bett und ging zum kleinen Schrank, um saubere Kleider herauszunehmen. Während sie sich anzog, kehrte sie Jesse den Rücken. Kaum war sie in ihre Unterhose geschlüpft, als sie seine Hände auf ihren Schultern spürte, seinen warmen Atem im Nacken.

»Sydney …«

»Lass mich in Ruhe, Jesse.« Er drehte sie zu sich herum, strich ihr das wirre Haar aus der Stirn, und sie wollte schon an seine Brust sinken, Trost suchen – seine Leidenschaft spüren. Aber mit aller Macht stieß sie ihn von sich. Ihre grünen Augen schimmerten kalt wie Eis. »Lass mich in Ruhe!«

Zu ihrer Verblüffung ging er zur Tür. »Du stehst unter Hausarrest. Das Old Capitol will ich dir ersparen.« Zögernd wandte er sich zu ihr. »Wenn du mir sagst, was du getan hast …«

»Das kann ich nicht.«

»Dann lässt du mir keine Wahl.«

Krachend fiel die Tür hinter ihm ins Schloss.

Heute ist Weihnachten, dachte Sydney. Er wird zurückkommen … Aber sie irrte sich.

Taylor war Tia gefolgt. Als er den Stall erreichte, sah er einen großen, kräftig gebauten Mann vor dem Tor stehen und glaubte sich an ihn zu erinnern. Ja, das musste Billy Cloud sein, Jarrett McKenzies oberster Reitknecht, dessen klare Züge eindeutig auf sein Indianerblut hinwiesen.

Zunächst bemerkte er Taylor nicht, dann entschuldigte er sich hastig. »Verzeihen Sie, Colonel, ich war in Gedanken. Da gibt's ein Problem …«

»Vielleicht kann ich Ihnen helfen.«

Seufzend schüttelte Billy den Kopf. »Der Einzige, der mit dieser kleinen Hexe zurechtkommt, ist ihr Vater.«

Taylor lachte leise. »Meinen Sie Tia McKenzie?«

»Allerdings«, bestätigte Billy. Plötzlich musterte er Taylor mit schmalen Augen. »Sie sind mit James McKenzie verwandt. Und mit Häuptling Osceola.«

»Entfernt.«

»Obwohl es schon lange her ist, erinnere ich mich

gut an Sie, Sir, und ich freue mich, Sie wiederzusehen – wenn Sie auch eine seltsame Uniform tragen.«

»Billy, das Heer, das Ihr Volk in dieser Uniform so gnadenlos verfolgte, hat sich gespalten – genau wie das Land. Bevor ich meine Entscheidung traf, habe ich lange und gründlich nachgedacht.«

»Wurden Sie von Ihrer Traumvision auf den richtigen Weg geführt?«

Lächelnd schüttelte Taylor den Kopf. Seit er bei den Seminolen gelebt hatte, waren viele Jahre verstrichen. »Ich fasste meinen Entschluss unter dem Einfluss des schwarzen Getränks – und stocknüchtern. Während Sie also bei Jarrett McKenzie geblieben sind.«

»Weil ich einige dieser Aufschneider in der Konföderiertenuniform ziemlich albern finde«, gestand Billy grinsend. »Soll ich Ihr Pferd satteln? Möchten Sie ausreiten?«

»Ja, ich will Miss Tia folgen.«

»Gut, dann ersparen Sie *mir* die Mühe. Der Trupp ihres Vaters schützt die Grenzen von Cimarron. Aber außerhalb … Ich habe sie gewarnt und sie versprach mir, sie würde sich nicht in Gefahr bringen. Da hat sie sicher nicht gelogen. Wenn sie sich allerdings irgendwas in den Kopf setzt, weigert sie sich einfach, die Gefahren zu erkennen.«

Billy führte Friar aus dem Stall und holte den Sattel, während Taylor den großen Wallach aufzäumte.

Nach seiner Ansicht schätzte der Seminole die junge Dame völlig richtig ein. Sie tat, was ihr gefiel, ohne an das Risiko zu denken, das sie eingehen könnte. Nicht einmal die Gefahren, die sie womöglich in ihrem Elternhaus heraufbeschwor, wurden ihr bewusst. Sie ahnte nicht, welche Wirkung ihre Worte und ihr Verhalten auf Colonel Weir ausübten.

Nachdem Billy den Hengst gesattelt hatte, bedankte sich Taylor, stieg auf und folgte Tias Spur, die in den Wald führte. Über dem schmalen, mit Kiefernnadeln bedeckten Weg bildeten die Äste einen dunkelgrünen Baldachin. Schon nach wenigen Minuten entdeckte er Tia. Sie saß auf einem umgestürzten Baumstamm und starrte in einen glitzernden Bach.

In einiger Entfernung zügelte Taylor sein Pferd, schwang sich aus dem Sattel und ging zum Ufer. »Zu kalt für ein Bad?«

Verwirrt und erbost drehte sie sich um, dann richtete sie ihren Blick wieder auf das Wasser. »Wie haben Sie mich aufgestöbert? Hat Billy Sie hierher geschickt?«

Taylor schlenderte zum Ufer und ging neben dem Baumstamm in die Hocke. Auch er beobachtete die kristallklaren Wellen. Er brauchte Tia nicht anzuschauen, denn ihr Bild erschien in seiner Fantasie – die mahagonibraunen, unergründlichen Augen, die sie von ihrem Vater geerbt hatte, das ebenholzschwarze Haar, elfenbeinfarbene Wangen mit einem rosigen Hauch, die fein gezeichneten Züge. Und die vollen roten Lippen. So gut erinnerte er sich an den Geschmack ihres Mundes ... »Nein, Billy musste mir nicht erklären, wohin Sie geritten sind. Ihre Spur war leicht zu finden.«

»Warum sind Sie mir gefolgt? Ich bin aus dem Haus geflohen ...«

»Wovor?«

Jetzt sah sie ihn durch gesenkte Wimpern an. »Hauptsächlich vor Ihnen.«

»Oder vor der Enttäuschung Ihres Vaters?« Hastig wich sie seinem Blick aus und er wusste, dass er richtig geraten hatte. Nur um ihn herauszufordern, hatte sie ›Dixie‹ gesungen. Damit hatte sie ihn nicht geärgert, weil ihm das beliebte Rebellenlied gefiel, und stattdessen Jarrett McKenzie erzürnt.

»Warum lassen Sie mich nicht in Ruhe?«

»Billy wollte Ihnen gerade nachreiten, um sich zu vergewissern, ob Sie auch wirklich auf dem Grund und

Boden von Cimarron bleiben. Nachdem er Sie gewarnt hatte …«

»Hier könnten nur *Sie* in Gefahr geraten – ich nicht. Ich arbeite für die Rebellenmiliz. Mir ist hier niemand böse.«

»Ich schon. Auch *ich* habe Sie gewarnt. Ich werde Ihr Geheimnis nur bewahren, solange Sie Ihr Wort halten.«

»Das habe ich nicht gebrochen.«

»Aber Sie spielen mit dem Feuer.«

Seufzend schüttelte Tia den Kopf. »Warum ist ein Mann tapfer und eine Frau albern, wenn beide für etwas kämpfen, an das sie glauben?«

»*Alle* Frauen finde ich nicht dumm.«

»Nur mich? Wie galant!« Wütend sprang sie auf und wollte zu ihrer Stute laufen.

Aber Taylor holte sie schon nach wenigen Schritten ein, presste sie gegen einen Baumstamm und wickelte einige ihrer seidigen dunklen Haarsträhnen um seinen Finger. »Am liebsten würde ich diese ganze Pracht abschneiden und Sie *zwingen*, Wort zu halten.«

»Dann würde mein Vater Sie umbringen.«

»Nur wegen Ihrer Haare?«

»Lassen Sie mich los!«

»Später. Wenn wir einige Fragen geklärt haben. Wen kennen Sie besser, Miss McKenzie – Weir oder mich?«

»Was soll das, Sir?«, rief sie ungeduldig. »Natürlich kenne ich Colonel Weir schon seit Jahren, weil er ein Freund der Familie ist.«

»Offenbar missverstehen Sie mich.« Die Haarsträhne immer noch um seinen Finger geschlungen, neigte er sich näher zu ihr. »Wen kennen Sie besser? Gab es eine ernsthafte Beziehung zwischen Ihnen beiden?«

»Das geht Sie wohl nichts an, oder?«

»Nun, da ich Ihre Verführungskünste aus eigener Erfahrung kenne, fühle ich mich verpflichtet, solche Fragen zu stellen. Weiß er, wie Ihre Lippen schmecken? Oder wie sich Ihre Brüste in seinen Händen anfühlen?«

Blitzschnell versuchte sie zuzuschlagen. Aber er hatte sie absichtlich herausgefordert, die Ohrfeige erwartet – und so hielt er ihr Handgelenk rechtzeitig fest.

»Und wie fühlen sich meine Brüste an, Sir? Im Vergleich zu Ihrer Frau?«

Wäre es ihr gelungen, ihn ins Gesicht zu schlagen, hätte sie ihn nicht schmerzlicher verletzen können. So lange war Abby schon tot. Die Frage nahm ihm den Atem, traf ihn mitten ins Herz.

Dass er Witwer war, wusste Tia nicht.

Das wollte er ihr ganz sicher auch nicht verraten. Blicklos starrte er sie an, bekämpfte die Erinnerung an die Qualen und den ohnmächtigen Zorn, der ihn nach Abbys Tod erfüllt hatte. Inzwischen konnte er damit leben. Nachdem er Abby verloren hatte, war er mit anderen Frauen zusammen gewesen. Keine hatte ihn sonderlich interessiert. Bis er Tia McKenzie begegnet war. Und plötzlich verstand er auch, warum. *Sie gleicht meiner verstorbenen Frau,* dachte er.

Zunächst hatte er es nicht bemerkt, weil sie sich äußerlich deutlich unterschieden. Seine schöne Abby, goldblond, mit wunderbaren Augen, leuchtend blau wie der Morgenhimmel … Doch sie war genauso eigensinnig gewesen wie Tia und sie hatte alle Gefahren missachtet.

Er glaubte immer noch, ihre Stimme zu hören. Wie sie ihm zugerufen hatte, sie könnte die verletzten Männer erreichen. Und er hatte geschrien: »Abby, nein!«

Unbeirrt rannte sie weiter und er stürmte hinter ihr her, mitten durch das Feuer zwischen Freund und Feind. Es krachte so laut, dass er jenen besonderen Schuss nicht hörte. Und Abby wandte sich zu ihm, die blauen Augen weit geöffnet … Und dann stürzte sie. Noch ehe sie den Boden berührte, fing er sie auf. Verwirrt ließ er sie hinabgleiten, zog seine Hand zurück, sah das Blut von seinen Fingern tropfen. Blut aus der tödlichen Wunde. In ihren Rücken hatte sich eine Kugel gebohrt und das Herz getroffen …

Seine Finger verkrampften sich und er merkte nicht, dass er an Tias Haar zerrte, bis sie leise stöhnte.

Sofort lockerte er seinen Griff und starrte sie an. Ja, in ihrer Art erinnerte sie ihn an Abby. Andererseits wiederum nicht. Sie faszinierte ihn auf besondere Weise. Noch kannte sie die Macht ihrer Leidenschaft nicht. Sie weckte ein heißes Verlangen, das ihm viel stärker erschien als die Sehnsucht nach seiner geliebten Frau. Aber mit der Tochter eines Freundes durfte er nicht spielen. Am besten ging er ihr aus dem Weg. Er fühlte sich ohnehin außer Stande, ihr ungezügeltes Temperament zu bändigen.

Also bezähmte er seine Emotionen, ließ ihr Haar los und trat zurück. »An Abby war alles vollkommen, Miss McKenzie. Auch ihre Brüste. Steigen Sie auf Ihr Pferd und reiten Sie zu den Menschen zurück, die Sie lieben und beschützen.«

»Glauben Sie, ich lasse mich von Ihnen herumkommandieren? Gehen Sie doch zu Ihrer vollkommenen Abby!«

Abrupt kehrte sie ihm den Rücken und eilte zu ihrer Stute – vielleicht gerade noch rechtzeitig.

Neuer Zorn erfasste ihn und er fürchtete, die Beherrschung zu verlieren. *Lass sie gehen,* ermahnte er sich. *Du konntest das Schicksal einer Frau nicht ändern, die dich liebte, die auf dich hörte. Hier bist du ein verhasster, verachteter Feind …*

Als Brent am Weihnachtsmorgen erwachte, erwartete er, sie hätte ihn verlassen – oder die Nacht wäre nur ein Traum gewesen. Aber sie lag neben ihm und sah so unschuldig und unberührt aus, wie sie zu ihm gekommen war. Trotzdem hatte sie sich für immer verändert.

Vorsichtig stieg er aus dem Bett, wusch sich und zog sich an. Ohne Mary zu wecken, verließ er das Haus und ging zum Hospital. Seine Sanitäter begrüßten ihn mit einem Becher Kaffee und die Patienten – sogar die sterbenden – lächelten in fröhlicher Weihnachtsstimmung. Gerührt nahm er Geschenke von den Krankenschwestern entgegen – mit Liebe selbst gekocht oder gebacken.

Nachdem er die Kranken ein paar Stunden lang versorgt hatte, kehrte er in sein kleines Haus zurück und fürchtete erneut, Mary wäre verschwunden.

Aber als er die Tür öffnete, wehten ihm köstliche Düfte entgegen, und er fand sie in der Küche. Lächelnd wandte sie sich zu ihm. »Leider gibt es keinen Truthahn. Nicht einmal einen Schinken konnte ich ergattern. Nur ein mageres Huhn. Ja – für uns beide wird's reichen.«

Dankbar und glücklich nahm er sie in die Arme, ohne die Topflappen in ihren Händen zu beachten. »Du wirst mir sicher die beste Weihnachtsmahlzeit meines Lebens servieren – wenn ich auch zugeben muss, dass mich nach anderen Dingen gelüstet.«

Errötend schob sie ihn von sich. »Gleich brennt's an …«

»Um Himmels willen, dann musst du das Huhn retten.«

Wenig später saßen sie am Tisch. Zu ihrem Brathuhn aßen sie Süßkartoffeln, Rüben und Dosentomaten, und zum Nachtisch gab es eingelegte Pfirsiche. Mary erkundigte sich nach Brents Patienten und er beantwortete bereitwillig alle ihre Fragen. Über den Krieg sprachen sie nicht, auch nicht über den gepeinigten Süden oder die Frage, ob Lee diesmal eine Niederlage erleiden und Grant die Stadt Richmond einnehmen würde.

Nach dem Dinner half er ihr, das Geschirr in die Küche zu bringen. Und dann konnte er nicht länger warten, zog sie an sich und küsste sie. Ungeduldig zerrte sie an den Knöpfen seines Jacketts und er konnte ihre Schürzenbänder nur mühsam aufknoten. Lachend und atemlos kleideten sie einander aus, liefen ins Schlafzimmer und liebten sich voller Leidenschaft – wiederholte Male. Nachdem die Lust endlich gestillt war, schürte Brent das Feuer im Kamin. In eine warme Decke gewickelt, saßen sie davor und beobachteten die Flammen.

»Warum bist du wirklich zu mir gekommen, Mary?«

»Das habe ich dir doch gesagt – ich wollte bei dir sein.«

»Aber ich dachte, du wärst lieber allein.«

»Eine Zeit lang musste ich allein bleiben. Wegen meines Vaters. Aber dann erkannte ich, wie sehr ich dich brauche.«

»Bist du sicher?«

»Natürlich.«

»Du musst mich heiraten.«

»Nein, Brent.« Zärtlich berührte sie seine Wange. »Ich kam freiwillig zu dir. Nur weil du mir die Unschuld geraubt hast, musst du dich nicht verpflichtet fühlen, eine anständige Frau aus mir zu machen.«

»Und was meinst du, warum *ich* mit dir zusammen sein will?«

»Brent – der Krieg – du warst einsam ...«

»Mein Leben lang, bis ich dir begegnet bin. Heirate mich, Mary – weil ich dich liebe.«

»O Brent ...«

»Nun?«

»Nun – was?«

»Sag's doch endlich!«

»Ja, ich liebe dich«, gestand sie freudestrahlend.

»Natürlich darf ein angesehener Militärarzt nicht in Sünde leben.«

»Auf keinen Fall.«

»Und ich lasse mich auch nie mehr von dir verführen, wenn du mir dein Jawort verweigerst!«, drohte er.

Lachend küsste sie ihn. Dann liebten sie sich erneut und Brent feierte das schönste Weihnachtsfest seines Lebens.

10

Tia galoppierte zum Haus zurück. Bei Billys Anblick erkannte sie, dass sie ihm ernsthafte Sorgen bereitet hatte. Sie stieg ab und legte eine Hand auf seinen Arm. »Tut mir Leid, Billy. Wirklich, ich wollte Sie nicht aufregen.«

»Bitte, Miss Tia, nehmen Sie zur Kenntnis, was in dieser Gegend passiert.«

»Ich werde mich in Acht nehmen, das verspreche ich.«

»Vorhin war Ihr Vater hier. Er hat Sie gesucht.«

»Danke, Billy, ich gehe sofort zu ihm.«

»Ich habe ihm erklärt, Sie sind mit Colonel Douglas zusammen.« Das hörte sich so an, als wäre dadurch alles in bester Ordnung.

Mühsam schluckte sie ihren Zorn hinunter, der vor allem ihrer eigenen Schwäche galt, den Gefühlen, die Taylors Küsse geweckt hatten … Obwohl er verheiratet war!

Sie schenkte Billy ein gezwungenes Lächeln und eilte ins Haus, die Hände geballt.

Auf der rechten Seite der Halle lag das Büro ihres Vaters. Sie klopfte an die Tür. Als sie keine Antwort erhielt, trat sie ein. Der Vater war nicht da. Seufzend sank sie in den wuchtigen, weichen Ledersessel, den die Mutter zu seinem letzten Geburtstag hatte anfertigen lassen. Warum konnte sie ihren inneren Aufruhr nicht bekämpfen? Auf dem Beistelltisch am anderen Ende des Raums entdeckte sie eine Sherrykaraffe, sprang auf und füllte ein Glas.

In diesem Moment kam ihr Vater herein. Erst jetzt fiel ihr auf, wie viele Silberfäden sich durch sein pechschwarzes Haar zogen. Aber er besaß immer noch breite Schultern und einen kraftvollen Körper. Er war ein wundervoller Vater – und ein sehr strenger Lehrer. Trotzdem hatte Tia stets gewusst, dass sie sich mit all ihren Problemen an ihn wenden konnte: Er würde sie lösen. In mancher Hinsicht war sie ein verwöhntes, privilegiertes Kind gewesen. Doch er hatte ihr ebenso wie den Söhnen seine moralischen Grundsätze eingeimpft, vor allem das Mitgefühl für alle Menschen, unabhängig von der Hautfarbe. Seinen Söhnen hatte er gestattet, sich die Hörner abzustoßen, die Tochter fürsorglich beschützt. Er erwartete, dass sie sich untadelig und damenhaft benahm, wenn er ihr auch eine umfassende, für Frauen ungewöhnliche Bildung zugestanden und ihr stets erlaubt hatte, ihre Meinung frei zu äußern.

Die Stirn gerunzelt, betrachtete er das Sherryglas in ihrer Hand. »Ist es dafür nicht ein bisschen zu früh?«, fragte er und trat ans Fenster, das zum Fluss hinausging.

»O Vater, es tut mir so Leid!« Am liebsten wäre sie zu ihm gelaufen. Aber sein kerzengerader Rücken wirkte unnahbar.

Nach einer Weile drehte er sich um. Als sie in seinen Augen tiefe Liebe und gleichzeitig Verwunderung las, stellte sie das Sherryglas ab, stürzte zu ihm, und er nahm sie in die Arme. »Was ist heute bloß in dich gefahren?«, fragte er und küsste ihren Scheitel. Dann hob er ihr Kinn, um ihr in die Augen zu schauen. »Ich weiß, du bist eine überzeugte Rebellin, ebenso wie Julian, und ich verstehe, dass du für ihn arbeiten willst. Aber ich glaube nach wie vor an unseren starken Staatenbund. Wenn wir in diesem Krieg auch um Staatsrechte kämpfen – im Grund geht es um die Sklaverei, eine unmoralische Institution, und es ist mir rätselhaft, warum du mir da nicht zustimmst.«

»Natürlich bin ich deiner Meinung, Vater. Mir geht es vor allem um Florida. Viele Männer waren gegen die Sezession. Aber sobald ihre Staaten von der Union abfielen ...«

»Ja, ich weiß, sogar der große Robert E. Lee protestierte gegen die Sezession. In diesem Haus sind Offiziere von beiden Seiten zu Gast. Weder den einen noch den anderen wollen wir beleidigen. Zum Glück verhält sich Ian sehr umsichtig.«

»Auf gefährlichem Terrain!«, betonte Tia.

»Nicht in meinem Haus. Aber außerhalb der Grenzen von Cimarron wärst sogar du gefährdet. Auf dieser Plantage konnte ich nur die Stellung halten, weil ich sie mit eiserner Faust regiere. Wie jedermann weiß, gehören auch Seminolen zu meiner Truppe. Da sie so lange gegen die Regierung kämpfen mussten, haben sie sich zu ausgezeichneten Soldaten entwickelt. Außerdem beschäftige ich Einwanderer, die ich unterstütze, seit sie zum ersten Mal amerikanischen Boden betraten. Aber was außerhalb meines Anwesens geschieht, kann ich nicht beeinflussen. In diesem Krieg wird immer grausamer gekämpft. Und es geschehen schlimme Dinge. Unschuldige Menschen werden ermordet, Frauen vergewaltigt, Häuser niedergebrannt. Die meisten Verbrecher kommen ungestraft davon und glauben, der Krieg würde alle ihre Missetaten sanktionieren. Wer weiß – vielleicht kommt eines Tages ein verbitterter Kommandant hierher und besetzt Cimarron. Dafür würde er keine allzu große Kompanie brauchen ... Jedenfalls solltest du kein unnötiges Wagnis eingehen und stets in der Nähe des Hauses bleiben.«

»Bald werde ich in Julians Lazarett zurückkehren.«

»Ja, und Julian und seine getreuen Sanitäter werden auf dich aufpassen.«

Tia widersprach nicht. Sollte der Vater getrost glauben, sie würde ständig bewacht. »Ich werde nicht mehr in den Wald reiten«, versprach sie.

»Gut. Trink deinen Sherry – und schenk mir einen Brandy ein.« Während sie ein Glas füllte, fragte er: »Taylor ist dir also gefolgt?«

»Ja.«

»Hoffentlich hast du dich bei ihm entschuldigt, Tia.«

»Entschuldigt?« Beinahe hätte sie den Brandy verschüttet.

»Für das alberne Lied.«

»Oh … Ja, natürlich habe ich mich entschuldigt …« Unbehaglich unterbrach sie sich, als Ian und Taylor eintraten. »Ein Drink?«, bot sie den beiden Freunden an.

»Was trinkst du, Vater?« Ian warf seinen Federhut auf den Schreibtisch und sank in den Ledersessel. »Was für ein herrlich bequemes Möbel …

»Allerdings«, bestätigte Jarrett. »Ich trinke Brandy und deine Schwester hat eine Vorliebe für Sherry entwickelt.«

»Im Lazarett trinken wir nur selten Alkohol«, erklärte Tia, »und niemals so etwas Gutes.«

»Dann nehme ich auch einen Brandy«, entschied Ian.

»Was darf meine Tochter Ihnen einschenken, Taylor?« fragte Jarrett.

»Bitte auch einen Brandy. Danach muss ich mich verabschieden.«

Tia füllte noch zwei Gläser. Den Blick gesenkt, reichte sie den Männern die Drinks. Dabei streiften Taylors Finger ihre Hand. Sogar diese flüchtige Berührung trieb ihr das Blut in die Wangen.

»Wohin reiten Sie, Taylor?« Jarrett nahm in einem der anderen Sessel Platz.

Taylor setzte sich ihm gegenüber – viel zu nahe bei dem kleinen Tisch, neben dem Tia jetzt stand – und warf ihr einen kurzen Blick zu. »Das verrate ich lieber nicht, Sir.«

»Meine Tochter gehört nicht zu den Kampftruppen.«

»Nein, aber sie ist mit vielen Soldaten befreundet.«

»Wenn das kein Wink mit dem Zaunpfahl ist!«, meinte Tia und lachte gezwungen. »Sicher ist es besser, wenn ich mich entferne – damit Ihr Yankees euch ungestört unterhalten könnt.«

»Tia …«, begann Jarrett und runzelte die Stirn.

»Schon gut, Vater.« Sie küsste seine Wange, eilte aus dem Büro und schloss die Tür hinter sich.

Wo mochten ihre Mutter, die Schwägerin und die Kinder sein? Im Haus herrschte tiefe Stille. Sie schlenderte durch den Hinterausgang auf die Veranda, dann zum Fluss hinab und beobachtete, wie die Angestellten ihres Vaters ein Schiff mit Rindfleisch aus Florida beluden, das einen Großteil der Konföderiertenstreitkräfte ernährte.

Eine Zeit lang saß Tia auf der Hafenmauer. Während der Abend dämmerte, fragte sie sich, ob sie ihre Mutter, Alaina und die Kinder vielleicht auf der anderen Seite des Hauses treffen würde. Also stieg sie den Hang hinauf. Plötzlich fühlte sie sich zu dem Pfahlzaun hingezogen, der den Familienfriedhof umgab. Zu ihrer Überraschung stand die Pforte offen. Im schwindenden Tageslicht strahlten die Gräber stille Würde aus. Tara war vor dem Krieg nur einmal pro Woche hergekommen, um sie mit frischen Blumen zu schmücken. Seit kurzem besuchte sie den Friedhof fast täglich. Wie sie ihrer Tochter gestanden hatte, betete sie hier und dankte dem Allmächtigen, dass in diesem Krieg noch keiner ihrer Lieben gestorben war.

Besonders sorgfältig pflegte sie das Grab von Jarretts erster Frau, für die sie stets große Sympathie gehegt hatte. Lisa Maria McKenzies Grabmal, eine schöne Skulptur, erhob sich in der Mitte des Friedhofs. An einer Seite lagen Seminolengräber, letzte Ruhestätten einiger Verwandter von James McKenzie, Tias Onkel.

Auch Taylor Douglas ist mit ihm verwandt, dachte sie und seufzte. Sogar an diesem geweihten Ort wurde sie an den grässlichen Mann erinnert.

»Tia!«
Erstaunt drehte sie sich zu Raymond Weir um.
»Ray ...«
»Ich bin so froh, dich endlich einmal allein anzutreffen.«
»Was willst du mir sagen?«
»Ich glaube, im Büro deines Vaters werden gerade irgendwelche Strategien erörtert.«
»Sicher nichts, das man dir verheimlichen will«, erwiderte sie hastig. »In diesem Haus bist du genauso zu Gast wie Colonel Douglas und du kannst das Büro jederzeit betreten ...«
»Nein, Tia.« Zögernd fügte er hinzu: »Warst du drin?«
Sie holte tief Atem. »Ja, und ich ging bald wieder hinaus. Wie du weißt, setze ich mich leidenschaftlich für die Sache des Südens ein. Aber du forderst mich hoffentlich nicht auf, meinem Vater nachzuspionieren, in seinem eigenen Haus.«
»Nicht nur das. Du sollst etwas unternehmen, ehe es zu spät ist.«
»Zu spät?«
»Dein Vater war von jeher ein Einzelgänger«, erklärte er ungeduldig. »Als die Weißen in den Seminolenkriegen verzweifelt ums Überleben kämpften, blieb er neutral, um seinen Halbbruder zu unterstützen – und die Interessen der Seminolen.«
»Nimm dich in Acht, Ray!«, mahnte sie. »Ich liebe meinen Onkel. Und mein Vater hat während der Indianerkriege unnötiges Blutvergießen verhindert. Übrigens dienen Onkel James' Söhne im Heer der Konföderation.«
»Das weiß ich und ich bewundere die beiden. Aber Männer wie dein Vater haben viele Mischlinge gezeugt. Und Douglas, ebenfalls ein Halbblut, sollte sich besser für *unsere* Sache entscheiden. Die meisten Indianer sind vernünftig genug, um zu erkennen, dass ihres-

gleichen von Soldaten in Unionsuniformen massakriert wurden.«

»Und die Männer, die nach der Sezession die Uniform gewechselt haben? Sind das andere Menschen in anderen Uniformen?«

»Sie kämpfen für ihren Staat, für ein neues Leben.«

Falls der Süden gewinnt, dachte Tia, werden sich die weißen Politiker wohl kaum um die Indianer kümmern, die ihnen geholfen haben. »Douglas mag ein halber Seminole oder ein halber Wilder sein, Ray. Aber er hat an der Militärakademie West Point studiert. Und er gehörte schon vor dem Kriegsausbruch der US-Army an.«

»Worauf es ankommt, Tia – er kennt Florida, weil er hier aufwuchs. Deshalb ist er ein gefährlicher Feind. Er kennt die Sümpfe, die Wälder, die Hügel. Wenn du herausfindest, was er plant – wenn wir ihn aufzuhalten versuchen ...«

»Das wäre keine gute Idee«, erklang eine tiefe Stimme.

Erschrocken drehte sich Tia zu Taylor Douglas um, der an einem alten Eichenstamm lehnte. Wie lange stand er schon da? Wie viel hatte er gehört?

Vorhin hatte sie ihn einen ›halben Wilden‹ genannt. Als er langsam heranschlenderte, zog Ray sein Kavallerieschwert.

»Stecken Sie die Waffe weg, Sir«, sagte Taylor verächtlich.

»Wir werden kämpfen ...«

»Nein, Ray!«, rief Tia. »Bitte, Ray, nicht hier!«

»Ziehen Sie Ihre Waffe, Mann!«, verlangte Ray.

»Bitte, nein!« Sie rannte zu Taylor und legte flehend eine Hand auf seinen Arm.

»Feigling!«, warf Ray ihm vor.

»Das ist der Grund und Boden meines Vaters«, betonte Tia. »Taylor ...«

»Das ist nicht Ihr Kampf und Sie werden sich nicht

zwischen uns stellen, Miss McKenzie«, erklärte Taylor und hielt ihre Hand fest.

»Lassen Sie Tia los!«, brüllte Ray. »Andere Hausbewohner mögen Verräter sein. Aber dazu gehört Miss McKenzie nicht, Sir. Und Sie sollten diese *Südstaatenlady* nicht anrühren!«

»Glauben Sie, Colonel Weir, diese Lady, die Ihnen so viel bedeutet, würde jemals spionieren?«, fragte Taylor.

»Bitte, lassen Sie mich los, Taylor ...«, begann Tia.

»Mein Schwert wird Sie durchbohren, Douglas!«, stieß Ray hervor.

»Gut, und ich werde Sie davon abhalten, diese Lady in Ihrer törichten Leidenschaft zu durchbohren«, knurrte Taylor, der seine Waffe noch immer nicht gezogen hatte.

Die Spannung in der Luft war fast greifbar. Tia befürchtete, Ray würde tatsächlich beabsichtigen, auf dem Familienfriedhof der McKenzies Blut zu vergießen. Bei diesem Versuch würde *er* sterben. »Nimm doch Vernunft an, Ray ...«

Doch sie musste nicht weitersprechen. Ihr Vater hatte die Szene beobachtet. Dicht gefolgt von Ian, eilte er den Hang herab. »Was geht hier vor?« Jarrett riss die weiß gestrichene Pforte auf, so wütend, dass sie beinahe aus den Angeln fiel.

Zunächst antwortete niemand.

»Nun?«, fragte er. »Warum hast du auf meinem Grund und Boden dein Schwert gezogen, Raymond?«

»Weil wir uns im Kriegszustand befinden. Dieses Anwesen gehört zum Staat Florida und wir führen Krieg gegen die Union. Colonel Douglas hätte sich nicht auf dem Friedhof verstecken dürfen, um deiner Tochter und mir nachzuspionieren ...«

»Ich kam hierher, um meinen Urgroßonkel zu besuchen«, fiel Taylor ihm ins Wort. »Und Miss McKenzie traf erst nach mir ein, Colonel. Bedauerlicherweise hat sie vermutet, sie wäre allein.«

»Und warum gaben Sie sich nicht zu erkennen, Sir?«, fauchte Weir. »Jarrett, dieser Mann bedroht deine Tochter! Siehst du, wie er sie festhält? Du musst ihm befehlen, Cimarron zu verlassen!«

Die Stirn gerunzelt, wandte sich Jarrett zu Taylor, der Tias Hand sofort losließ. »Als ich mein Haus für die Verhandlungen zur Verfügung stellte, dachte ich, *beide* Offiziere würden sich wie Gentlemen benehmen.«

»Schick ihn endlich weg, Jarrett!«, befahl Ray im gebieterischen Ton eines Feldwebels.

»Das werde ich nicht tun.«

»Weil du ein Yankee bist!«

»Nimm dich in Acht, Raymond!« Zum ersten Mal ergriff Ian das Wort.

»So wie dein Sohn ein Yankee ist!«

»In diesem Haus ist Taylor Douglas ein Gast, genauso wie du.« Nur selten hatte Tia ihren Vater so zornig gesehen. »Ich habe deiner Regierung versprochen, während der Verhandlungen für Frieden zu sorgen. Wenn du kämpfen willst, kehr bitte auf dein Schlachtfeld zurück.«

»Eins scheinst du dauernd zu vergessen – Florida ist ein Konföderationsstaat. Und du wendest dich gegen deine Heimat …«

»Niemand ist diesem Staat treuer ergeben als ich, Raymond. Auf Cimarron habe ich einen Traum verwirklicht. Ich kenne dieses Land besser als du, ich kenne die Menschen, die des Konflikts müde sind, die ihr Paradies bewahren wollen, statt es zu zerstören. Erzähl mir bloß nichts über meinen Staat!«

»Und wenn du eines Tages angegriffen wirst …«

»Sieh dich doch um! Schau zum Fluss hinab, zu den Kiefern. Mein Heim wird gut bewacht.«

Dem konnte Raymond Weir nicht widersprechen. Langsam schob er sein Schwert in die Scheide. »Was heute geschehen ist, wirst du noch bereuen, Jarrett. Jetzt gehe ich. Bei diesem Weihnachtsfest werde ich dir keine Schwierigkeiten mehr bereiten. Colonel Taylor, ich bete um die Ehre, Sie auf dem Schlachtfeld töten zu dürfen. Halten Sie nach mir Ausschau! Ich reite immer an der Spitze meines Trupps.« Nach einer knappen Verbeugung vor Tia eilte er zum Stall.

»Auch ich muss mich verabschieden, Mr. McKenzie«, erklärte Taylor.

»Das ist wirklich nicht nötig«, protestierte Jarrett.

»Doch, Sir. Abgesehen von diesem unangenehmen Zwischenfall – es wird allmählich Zeit.«

»Dann wollen wir Sie nicht länger aufhalten.«

Eine Zeit lang schauten sie der hoch gewachsenen Gestalt in der blauen Navy-Uniform nach, dann wandte sich Jarrett zu seiner Tochter. »Wieso ist es zu dieser katastrophalen Szene gekommen, Tia?«

Sollte sie erzählen, Raymond Weir habe sie zur Spionage verleiten wollen? Oder sie sei von Taylor Douglas' Anwesenheit auf dem Friedhof völlig überrascht worden? Erbost schüttelte sie den Kopf. »Männer! Dauernd schwingen diese Narren ihre Schwerter und bekämpfen einander wie kleine Jungs auf dem Spielplatz. Schau mich nicht so an, Vater, diesen Streit habe ich nicht heraufbeschworen.«

»In Zukunft wirst du dich aus dem Krieg heraushalten!« Immer noch wütend, wandte er sich ab und kehrte mit langen Schritten zum Haus zurück.

»Glaub mir, Ian!« Flehend blickte sie zu ihrem Bruder auf. »Was soeben geschehen ist, darfst du nicht *mir* verübeln. Natürlich hat Vater ein Recht auf seine Überzeugung und Ray benahm sich wie ein Idiot. Aber Florida gehört nun einmal zur Konföderation …«

»Und Raymond klammert sich an lächerliche Ideale – an seine naive Vorstellung, wie es in den Südstaaten zugehen müsste. Aber Taylor Douglas hat schon genug Menschen sterben sehen. Du forderst einen kriegsmüden Mann heraus, kleine Schwester.« Als er den Friedhof verließ, rannte sie ihm nach.

»Warte, Ian!«

Seufzend blieb er stehen und drehte sich zu ihr um. »Tia, jetzt ist das Leben keine Party mehr, kein Barbecue, kein Ball. Verstehst du das nicht?«

»Doch, natürlich. Wie kannst du so mit mir reden? Du weißt, wie lange ich schon für Julian im Lazarett arbeite. Dort habe ich all die Fieberkrankheiten gesehen, die Stichwunden, die Beinstümpfe, die zerschmetterten Glieder – und auch den Tod!«

Liebevoll berührte er ihre Wange und sie ahnte, was er dachte. Wenn er ihre Tätigkeit auch zu schätzen wusste, er war ihr haushoch überlegen, ihr autoritärer älterer Bruder. »Überleg dir gut, mit welchen Männern du flirtest. Um dich zu verteidigen, würde ich mein Leben aufs Spiel setzen. Aber ich hoffe, dazu werde ich nicht gezwungen, nur weil du irgendwelche albernen Spiele treibst.«

»Unsinn, Ian – ich bin erwachsen.«

»Deshalb ist's ja so beängstigend.« Er küsste ihre Stirn, dann kehrte er ihr den Rücken und ging zum Haus.

Während sie ihm nachschaute, fröstelte sie plötzlich. Bedrückt schloss sie die Friedhofspforte hinter sich, stieg den Hang hinauf und wünschte, inzwischen wären die verfeindeten Gäste abgereist.

In der Bibliothek traf sie ihre Schwägerin an. Alaina las ein Buch und hielt Sean auf ihrem Schoß fest. »Haben sich unsere Gäste verabschiedet?«

»Hoffentlich«, erwiderte Tia. »O Alaina, ich wünschte, Ray würde in irgendeinem Sumpf feststecken. Und wenn Colonel Douglas zu seiner Frau zurückkehrt, soll er feststellen, dass sie eine schreckliche Xanthippe ist und ihn für einen Wilden hält. Wenn sie ihn bloß skalpieren würde!«

Verwirrt hob Alaina die Brauen. »Tia, Abby Douglas ist tot.«

»Was?«

»Zu Beginn des Krieges geriet sie in einen Schusswechsel und wurde versehentlich getroffen.«

Tias Magen krampfte sich zusammen. »Erschossen?«

»Ja. Es war furchtbar. Offenbar dachten die Leute in Washington, die erste größere Schlacht wäre nur ein Spektakel – rasch ausgefochten und gewonnen. Zahlreiche Politiker und Zivilisten zogen sich feierlich an und beobachteten den Kampf, der sich bald zu einem tödlichen Konflikt entwickelte. Auch Abby fuhr mit anderen Kavalleristenfrauen in einer Kutsche zum Rand des Schlachtfelds. Davon wusste ihr Mann nichts. Als sie Taylors Stellung fand und die zahlreichen Verwundeten in den Wäldern sah, versuchte sie ihnen zu helfen. Dabei wurde sie von einer verirrten Kugel getroffen – und starb in seinen Armen.«

»O Gott, es tut mir so Leid.« Nicht nur das. Tia fühlte sich elend. Wie grausam mussten ihre spöttischen Worte auf Taylor gewirkt haben ... Sie rannte aus der Bibliothek und zur Treppe, wo sie ihrer Mutter begegnete. »Hast du Colonel Douglas gesehen?«

»Ich glaube, er ist zum Stall gegangen. Tia, was ...«

Ohne zu antworten, stürmte Tia aus dem Haus. Erst in der Nähe des Stalls verlangsamte sie ihre Schritte. Vielleicht würde sich Vater von dem Hausgast verabschieden ...

Da hörte sie auch schon Jarretts Stimme, die aus dem Stall drang. Sie wollte allein mit Taylor Douglas sprechen. So eilte sie den Hang hinab zum Wald. Sicher würde er den Weg wählen, der quer durch Florida führte und an dem er mehrere Yankee-Einheiten treffen müsste.

Im Dunkel der Dämmerung wartete sie neben einer alten Eiche und es dauerte nicht lange, bis sie Taylor aus dem Stall reiten sah. Wie sie vermutet hatte, schlug er die Richtung zum Wald ein.

»Colonel Douglas!«, rief sie und trat aus den Schatten.

Sofort zügelte er seinen Wallach und runzelte die Stirn. »Sie haben sich schon wieder viel zu nahe an die Grenze von Cimarron herangewagt, Tia.«

»Das weiß ich und ich werde gleich umkehren.«

»Gut. Wenn Sie noch öfter solche Risiken eingehen, werde ich nicht nur Ihren Vater, sondern auch die Behörden auf Ihre Aktivitäten hinweisen ...«

»Sie müssen mir nicht mehr drohen!«, unterbrach sie ihn. »Und ich bin auch nicht hierher gekommen, um mit Ihnen zu streiten. Ich wollte Ihnen nur sagen ...«

»Ja?« Er lenkte Friar näher zu ihr. Plötzlich erschien er ihr so beängstigend wie nie zuvor.

Im schwachen Licht zeigten sich seine Seminolenzüge viel zu deutlich. Er konnte sich auch so schnell bewegen, so lautlos. Wie ein Wilder. Oder ein *halb* Wilder. So hatte sie ihn bezeichnet. Er musste es gehört haben.

Hilflos starrte sie seine breiten Schultern an, das lange dunkle Haar. Doch sie fürchtete keinen gewaltsamen Angriff – nur die Macht seiner Berührung. »Tut mir Leid.«

»Dass Sie mich einen Wilden genannt haben?« Der Dämmerschein ließ seine Augen seltsam funkeln. »Einen Schandfleck auf der weißen Weste Ihrer Familie? Das werde ich unseren gemeinsamen Verwandten nicht erzählen, die sich vielleicht kränken würden.«

»Nein, das meine ich nicht! Es tut mir so schrecklich Leid, dass Ihre Frau gestorben ist. Das wusste ich nicht und ich dachte ...«

»Was Sie dachten, kann ich mir vorstellen. Und ich habe Ihnen die Wahrheit verschwiegen. Das tut *mir* Leid. Sagen Sie – ist es schlimmer, von einem verwitweten als von einem verheirateten Feind verführt zu werden?«

»Wie arrogant Sie sind! Von Ihnen hätte ich mich niemals verführen lassen.«

»Vielleicht doch«, erwiderte er lächelnd. »Mich kennen Sie besser als Colonel Weir, Tia. Und wenn Sie's auch nicht glauben – Sie würden mich gern noch viel besser kennen lernen als ihn.«

»Ihre Überheblichkeit ist zu bedauern, Sir. Aber so sind sie nun einmal – die Männer Ihres Kalibers …«

»Die wilden Indianer? Oder die Yankees?«

»Die Unionisten, die Feinde eines Volkes, das nur seine Freiheit sucht!«

»Tia, ich bin wohl kaum der Feind, den Sie so gern in mir sehen würden. Damals im Wald hätte ich Sie verführen können – noch bevor Sie meinen Namen kannten.«

»Was erlauben Sie sich, Sie niederträchtiger, elender …«

»Welch ein heftiger Protest!«, unterbrach er sie lachend.

Mühsam bekämpfte sie ihren Zorn – und ein eigenartiges Zittern, das ihren ganzen Körper zu erfassen drohte. »Hören Sie, ich kam hierher, um mich zu entschuldigen, weil ich so – unhöflich über Ihre Frau gesprochen habe. Sie war sehr schön. Das weiß ich, denn ich habe die Fotografie gesehen.« Zögernd fuhr sie fort: »Und Sie müssen sie sehr geliebt haben.«

»O ja.« Sein Lächeln war erloschen.

Ringsum kam eine frische Brise auf und Tia wusste nichts mehr zu sagen. Eine Zeit lang schaute er sie schweigend an, dann stieg er ab, ging zu ihr, und sie konnte nicht schnell genug zurückweichen. Mit einem Finger hob er ihr Kinn und betrachtete sie im rotgoldenen Licht des sterbenden Tages. Wie gelähmt stand sie vor ihm – unfähig, sich loszureißen. Seine Augen schienen irgendetwas in ihren suchen – und vielleicht auch zu finden.

»Danke«, sagte er leise. An ihrem Rücken spürte sie die Rinde des Baums, vor sich Taylor Douglas' bezwingende Nähe. Behutsam glitten seine Fingerspitzen über ihre Wange. »Passen Sie auf sich auf, Tia«, flüsterte er. Ohne eine Antwort abzuwarten, schwang er sich wieder in den Sattel. »Und vergessen Sie's nicht, Godiva. Wenn ich Sie noch einmal in diesen Wäldern antreffe, werden Sie's bitter büßen.« Er spornte Friar an und nach wenigen Sekunden verschwand er in der Dämmerung.

11

Ende Januar kam Julian mit seiner Frau und seinem neugeborenen Sohn Conar – einem typischen kleinen McKenzie mit strahlend blauen Augen und dichtem dunklem Haar – nach Cimarron. Hier sollten Rhiannon und das Baby die nächsten Monate verbringen, fern von den gefährlichen Kriegsgebieten. Am Tag von Julians Ankunft fand der Gefangenenaustausch statt, den mehrere Offiziere aus den Nord- und den Südstaaten beaufsichtigten.

Mitfühlend musterte Tia die freigelassenen Rebellen und Yankees. Bis auf die Knochen abgemagert, teilweise an der Ruhr erkrankt, hätten sie einen weiteren Aufenthalt in den Kriegsgefangenenlagern wohl kaum überlebt. Sie wusste, dass man Andersonville, wo die meisten Unionssoldaten arretiert waren, ›Todescamp‹ nannte. Während sie den Gefangenenaustausch beobachtete, stand sie voller Stolz neben ihrem Vater und hängte sich bei ihm ein. Offensichtlich spielte er im Sezessionskrieg eine viel größere Rolle, als sie vermutet hatte.

Bald nach Weihnachten war Ian abgereist. Alaina blieb mit den Kindern noch etwas länger auf Cimarron. Darüber freute sich Tia. Wenn sie mit Julian ins Lazarett zurückkehrte, würde den Eltern der Abschied in Gesellschaft ihrer Enkel und der Schwiegertochter leichter fallen. Für sie selbst war es immer schmerzlich, die Familie zu verlassen. Aber Julian brauchte sie gerade jetzt besonders dringend, weil ein Großangriff der Union drohte, der Florida in zwei Lager spalten sollte.

Bei jeder Trennung fürchtete Tia, sie würde die Eltern oder Ian nicht wiedersehen. Zu ihrer Erleichterung kämpfte er nicht in Florida, sondern segelte davon. In diesem Staat wuchs die Erbitterung gegen den Krieg und viele Leute würden ihn für einen Verräter halten. Sie hoffte, man würde ihn zu einem möglichst weit entfernten Stützpunkt im Norden beordern.

Voller Unbehagen dachte sie an Taylor Douglas, der vermutlich an dem Großangriff gegen Florida teilnehmen würde. Er hatte darum gebeten, *nicht* in seinem Heimatstaat kämpfen zu müssen. Diesen Wunsch hatten seine Vorgesetzten jahrelang erfüllt, doch dazu waren sie jetzt nicht mehr bereit. Ian war wegen seiner genauen Kenntnis des Terrains oft nach Hause geschickt worden. Nun erwartete man von Taylor offenbar ähnliche Informationen. Zweifellos kannte er jeden Indianerpfad auf der Halbinsel und konnte die Unionstruppen auf sicheren Wegen durch die trügerischen Sümpfe führen.

Je näher Tia mit Julian an die Rebellenstellungen heranritt, desto deutlicher zeigte sich das gewaltige Ausmaß der bevorstehenden Schlachten. General Joe Finegan kommandierte die Streitkräfte der Konföderierten. Bei der Ankunft der Unionstruppen standen ihm nur etwa 1200 Mann zur Verfügung, in ganz East Florida verstreut. Dringend suchte er um Verstärkung an und mehrere Einheiten rückten von Zentral-Florida und Georgia nordwärts vor. Am 13. Februar bezog Finegan eine Stellung bei Olustee Station. Dieser Standort bot in einem flachen, mit ausgedehnten Kiefernwäldern bewachsenen Gebiet den besten Schutz. Am 15. kamen Julian und Tia dort an und errichteten das Lazarett, ein geräumiges Zelt. Als die Schlacht begann, hatten die Yankees bereits ernsthaften Schaden angerichtet, Baldwin eingenommen – den Knotenpunkt zwischen den Eisenbahnverbindungen Fernandina-Cedar Keys und Jacksonville-Tallahassee – und sich Vorräte der Konföderierten im Wert von einer halben Million Dollar angeeignet.

Die Verteidigungslinie der Rebellen reichte vom Ocean Pond zur Linken bis zu einem kleinen Teich südlich der strategisch wichtigen Bahnstation.

Am 20. Februar dämmerte ein kühler, sonniger Tag herauf. Staubwolken wirbelten empor, als eine Yankee-Vorhut heranmarschierte, um die Feinde in ein Scharmützel zu verwickeln. Zuversichtlich schickte Finegan seine Soldaten ins Feld, fest überzeugt, der Unionsgeneral Truman Seymour würde eine so gut gesicherte Position nicht auf breiter Front attackieren. Aber sie standen sich schon bald auf dem Schlachtfeld gegenüber – die Union mit einer Kavallerie-, drei Infanteriebrigaden und sechzehn Kanonen, die Konföderierten mit einer Kavallerie-, zwei Infanteriebrigaden und drei Geschützen. Etwa 5.500 Yankees würden gegen ungefähr 5.200 Rebellen kämpfen.

Kurz vor zwölf begannen die ersten Kavalleriescharmützel und wenig später sandte General Finegan seine Männer den Feinden entgegen, weil die Kämpfe auf einem offenen Feld stattfinden sollten, fern von seinen Verteidigungslinien.

Es dauerte nicht lange, bis die Militärärzte zu arbeiten begannen. Von oben bis unten mit Blut bespritzt, assistierte Tia ihrem Bruder. Die Sanitäter, die Verletzte vom Schlachtfeld ins Lazarett transportierten, erstatteten regelmäßig Bericht über den Verlauf der Kämpfe. In der Rebellenlinie flankierte die Kavallerie die Infanterie, während Seymour seine Artillerie in der Mitte und die Infanterie zu beiden Seiten postiert hatte. Diese Aufstellung sollte ihm zum Verhängnis werden.

Das linke Bein von einem Schrapnell durchlöchert, wurde ein Soldat ins Lazarett getragen. Trotz seiner

Schmerzen grinste er. »O Ma'am, Sie sollten sehen, was da draußen passiert!«, strahlte er an Tia gerichtet.

»Ich fürchte, hier drin sehe ich schon genug«, erwiderte sie und durchschnitt das Hosenbein, um die Wunden freizulegen. Zwischen den Kiefern krachte ein Geschütz, viel zu nahe beim Lazarett. Sie zuckte nur kurz zusammen, zog aber nicht einmal den Kopf zwischen die Schultern.

»Aber wir kämpfen um den Sieg, Ma'am! Die Yankees sind so verwirrt, dass sie auf ihre eigenen Leute feuern.«

»Gewinnen wir die Schlacht?«, fragte Tia erstaunt.

»O ja, Ma'am, wir und die Georgia-Jungs. Aus Virginia und Tennessee hören wir so viele traurige Nachrichten – da gehen uns die Vorräte und Streitkräfte aus. Aber hier siegen wir und die Yankees werden unsere Hauptstadt Tallahassee sicher nicht erobern.«

»Hoffentlich nicht.« Jetzt sah sie das Schrapnell im Bein des Soldaten. Viel zu dicht neben einer Arterie steckte ein großer Splitter. »Dieser Mann kommt als Nächster dran!«, erklärte sie einem Sanitäter und wischte sich die Hände an ihrer Schürze ab. Dann spähte sie zwischen zwei Segeltuchplanen in einen abgeteilten Raum, wo Julian seine Operationen durchführte. Soeben wurde ein junger Mann vom Operationstisch gehoben.

Schon oft hatte ihr Bruder Arme und Beine gerettet. Diesmal war es ihm nicht gelungen. Im Lauf des Tages musste er noch weitere Amputationen vornehmen und die Männer, die unters Messer kamen, schrien ohrenbetäubend. Mehrere Militärärzte arbeiteten im Lazarett, von einigen Krankenschwester – Offiziers- und Soldatenfrauen – tapfer unterstützt. In einer der Pflegerinnen glaubte Tia eine Prostituierte zu erkennen, die den Rebellen von einem Camp zum anderen gefolgt war.

»Das kann ich genauso gut wie Sie, Ma'am«, erklärte sie Tia herausfordernd. »Also gehöre ich hierher.«

»Natürlich, Sie leisten ausgezeichnete Arbeit.« Da lächelte die Frau. Vielleicht unbeabsichtigt, hatte Tia eine Freundin gewonnen.

Traurig beobachtete Julian, wie sein letzter Patient vom Operationstisch gehoben wurde. Der junge Mann hatte sein halbes linkes Bein verloren. Nun brachten ihn die Sanitäter zu einem Krankenwagen mit Maultiergespann, der ihn nach Süden in ein von den Konföderierten besetztes Gebiet bringen würde, in ein Lazarett mit besseren medizinischen Möglichkeiten.

»Haben wir genug Morphium?«, fragte Tia ihren Bruder.

»Das weiß nur Gott«, antwortete er, während er auf den nächsten Patienten wartete – den Soldaten mit dem Schrapnell im Bein. Ein anderer Arzt rief um Hilfe und Tia eilte zu ihm. Aus der durchtrennten Arterie eines blutjungen Mannes spritzte Blut. Tia befolgte schnell die Anweisungen des Doktors und presste ihre Hand mit ganzer Kraft auf die Wunde, als er die Zange anlegte.

»Hierher!« Atemlos rannte sie zu Julian zurück. Wieder einmal wurden ihre zierlichen Finger gebraucht. »Drück ganz fest auf das Blutgefäß, mindestens eine halbe Minute lang.«

Plötzlich begann der Verletzte zu singen. Das Lied ›Dixie‹. Warum ihr die Melodie den Magen umdrehte, wusste sie nicht.

»Lass jetzt langsam los …«, befahl Julian. »Sehr gut. Kannst du die Wunde nähen, Tia?«

»Ja, sicher.«

Der nächste Patient war total mit Schlamm bedeckt. Direkt vor ihm hatte sich eine explodierende Kanonenkugel ins Erdreich gegraben. Hastig zerschnitt Tia seine Kleidung, während die Sanitäter Baumwolllappen in kaltem Wasser einweichten. Dann wuschen sie den Mann und bestrichen die gefährlichen Brandwunden mit schmerzstillenden Salben. Aufmunternd sprach sie auf den jungen Mann ein. Ein Sanitäter hielt ihm einen kleinen Segeltuchbeutel mit Morphium unter Mund und Nase. »Alles wird gut, Soldat, halten Sie durch – bitte.«

»Miss Tia!«

Erst jetzt erkannte sie das verzerrte, von Schlamm verkrustete Gesicht. »Gilly, guter Gott ...«

»Ich sterbe, Miss Tia.«

»Unsinn, das erlaube ich Ihnen nicht, verstanden?«

Gequält schloss er die Augen und versuchte zu lächeln. »Mein Fuß ...«

Der Fuß war zur Hälfte weggerissen worden. An diesem Tag hatte Tia schon viel gesehen. Aber beim Anblick des blutigen Stumpfs musste sie sich fast übergeben. »Julian wird den Fuß amputieren. Und danach gehen Sie auf Krücken. Aber Sie werden leben, hören Sie?«

Bis jetzt hatte er heftig gezuckt. Und jetzt rührte er sich nicht mehr. Bestürzt biss Tia in ihre Unterlippe. War er gestorben?

Draußen explodierten wieder die Geschütze und Tia schloss sekundenlang die Augen. Liam, ein tüchtiger Assistent ihres Bruders, lief zu ihr und legte eine Hand auf ihre Schulter. »Er lebt, er hat nur die Besinnung verloren.«

»Sein Fuß ...«

»Gleich wird Ihr Bruder ihn behandeln.«

Noch mehr Amputationen. Julian hasste es, die Rolle eines Schlachters zu übernehmen. Jetzt war der Tag nicht mehr schön – von wirbelnden Erdklumpen, schwarzem Pulver und dem schrillen Gewieher sterbender Pferde erfüllt und vom Gebrüll totgeweihter Soldaten.

Ein Reiter sprengte zum Lazarett und stieß einen gellenden Rebellenruf hervor. »Gentlemen, wir erringen den Sieg! Die Artillerie der Konföderation hat das Zentrum der Yankee-Linie durchlöchert. Jetzt rücken die

Rebellen immer weiter vor und werfen die Feinde zurück!«

Über Gillys regloser Gestalt trafen sich Julians und Tias Blicke. Die Begeisterung, die sich im ganzen Lazarett ausbreitete, konnten sie nicht teilen. Wenn sie die Schlacht gewannen – warum mussten sie dann einen Mann nach dem anderen zusammenflicken? Und warum verloren sie so viele?

Nachdem Julian den Fuß des jungen Mannes verarztet hatte, erklärte er Tia, wahrscheinlich würde Gilly am Leben bleiben. »Aber wie du weißt, sind die Infektionen oft gefährlicher als die Wunden.«

»Deine Patienten sterben nur sehr selten an einer Infektion.«

»Weil ich bei jeder Wunde einen sauberen Schwamm benutze«, entgegnete er wehmütig. »Heute – geht der Vorrat zur Neige.«

Nicht nur an Schwämmen bestand Mangel. Nachmittags führten die Sanitäter einen Soldaten mit einem gebrochenen Arm ins Lazarett und er erzählte, auf beiden Seiten würde es kaum noch Munition geben. Ein Unionssoldat hatte ihm den Arm mit einem Bajonett zerbrochen und ein Freund war herbeigeeilt, um ihm das Leben zu retten und den Schädel des Yankees mit einem Schwertstreich zu zertrümmern.

Während Tia diesen Berichten lauschte, fühlte sie sich immer elender. Sanitäter wurden vom Lazarett abgezogen, halfen als Offiziere aus, und alle verfügbaren Männer ritten zwischen der Front und einem Eisenbahnwaggon mit Vorräten hin und her, um den Kämpfern Patronen in Hüten, Hosentaschen , Brotbeuteln und sogar in den Unterröcken einiger Frauen zu liefern. So konnten die Rebellen ihre Stellung halten.

Vor Einbruch der Dunkelheit trafen die ersten verwundeten Feinde in Julians Lazarett ein. Die Yankees waren bei ihrem Rückzug gezwungen gewesen, ihre Verletzten zurückzulassen.

»Wir haben gesiegt! Wir haben gesiegt!« Durch das ganze Kriegslager hallte der Ruf. »Florida gehört uns! Niemals werden die Yankees unseren Staat einnehmen!« Trompeten erklangen, Böllerschüsse wurden abgefeuert.

»Vielleicht wurde eine Schlacht gewonnen«, seufzte Julian. »Aber *unser* Kampf fängt erst an.«

Die Rebellen drängten die Unionsstreitkräfte immer weiter zurück. Als die Waffen ruhten, war es an der Zeit, das Schlachtfeld abzusuchen. Während Julian im Lazarett blieb, ritt Tia mit den Sanitätern durch die Abenddämmerung, um zwischen den Leichen Lebende aufzuspüren. Liam blieb an ihrer Seite. In den letzten Monaten hatte er gelernt, mit einem Bein im Sattel zu sitzen, und nun befehligte er die Sanitäter, die Verwundete auf ihre Bahren legten und zum Lazarett brachten.

Immer wieder stiegen Tia und Liam ab, um Verletzte genauer zu untersuchen.

»Da sind vor allem Yankees«, bemerkte Liam.

»Ja. O Liam, ich habe solche Angst. Wer weiß, wen ich finden werde ...«

»Sicher nicht Ihren Bruder Ian«, erwiderte er sanft. »Nach Weihnachten wurde er nach Virginia beordert.«

»Wieso wissen Sie das?«

»Das hat uns ein Kavallerist erzählt, der Julian kennt.«

Plötzlich entdeckte sie einen Kavallerieoffizier, der am Boden lag, das Gesicht nach unten. Er trug eine Navy-Uniform, das Haar pechschwarz, glatt und lang ... »O Gott!« Entsetzt kniete sie an seiner Seite nieder.

»Tia, ich sagte doch – Ian ist nicht hier!«

Ja – aber Taylor Douglas ... Vorsichtig drehte sie den Mann herum. Er stöhnte – er lebte. In seiner Schulter steckte eine Kugel. »Wir müssen ihn ins Lazarett bringen!«, rief sie Liam zu und er winkte zwei Sanitäter heran, die den Verletzten auf eine Bahre hoben.

Tia ritt weiter. Erst im Morgengrauen fand sie ein wenig Schlaf. Das Stöhnen der Verwundeten verfolgte sie bis in ihre Träume und sie glaubte, sie würde es bis zu ihrem letzten Atemzug hören.

Während der nächsten sechs Tage trieben die Rebellen die Unionstruppen immer weiter zurück, bis auf zwölf Meilen an Jacksonville heran. Für die Nordstaaten war die Schlacht eine Katastrophe. Doch der Sieg von Olustee Station vermochte die Stimmung der Südstaaten nicht aufzuheitern.

Im Frühling 1864 gingen die Vorräte zur Neige. Fast überall wurden Schlachten geschlagen – und verloren. Und die Union gewann zusehends an Boden. Die Generäle des Nordens wandten eine neue Strategie an, um den Feind in die Knie zu zwingen – die Politik der ›verbrannten Erde‹. Wohin immer die Yankee-Truppen zogen, blieb für die überlebenden Zivilisten nichts übrig.

Kurz nach der Schlacht von Olustee wurde Julians Lazarett in ein altes Haus in Lake City verlagert. Einige Stadtbewohnerinnen kamen Tia zur Hilfe, lasen den Verwundeten vor, brachten Lebensmittel, die sie entbehren konnten, und schrieben Briefe an die Angehörigen der Soldaten.

Eine Woche nach dem denkwürdigen Sieg der Rebellen wurden Tia und Julian zum Dinner ins Haus des 70-jährigen Generals Victor Roper eingeladen, der am Mexikanischen Krieg teilgenommen hatte und leidenschaftlich für die Sezession eintrat. Zu der Party erschienen mehrere Offiziere von der Miliz und der regulären Army, die in der Nachbarschaft stationiert war, außerdem einige Stadtbewohner mit ihren Frauen und Töchtern.

Zunächst hatte Tia erklärt, sie sei zu müde für die Party. Aber Julian hatte sie umgestimmt.

In General Ropers Salon stand sie dann plötzlich

Raymond Weir gegenüber. Er hatte mit seiner Miliz an der Schlacht von Olustee teilgenommen.

Obwohl Tia ihm auszuweichen suchte, folgte er ihr beharrlich, bis sie ihm endlich zuhörte. Wortreich entschuldigte er sich für den Kummer, den er ihr zu Weihnachten auf Cimarron bereitet hatte. Und wenn er auch nicht erwähnte, dass er ihren Vater bedroht und Taylor Douglas herausgefordert hatte – seine Stimme klang so verzweifelt, dass sie ihm schließlich widerwillig verzieh.

Nach dem Dinner spielten Musiker vom Second Corps of Engineers. Zuerst tanzte Tia mit ihrem Bruder, dann mit anderen Offizieren – und Ray. Wieder einmal schmeichelte ihr seine Bewunderung. Doch sie blieb bei ihrem Entschluss, keine feste Bindung einzugehen, solange der Krieg andauerte.

»Heirate mich, Tia!«, drängte er.

»Glaubst du, mein Vater würde mir das erlauben?«, fragte sie unschuldig.

»Du bist volljährig. Also brauchst du seine Einwilligung nicht.«

»Aber seine Liebe.«

»Wenn er wüsste, was ich für dich empfinde, würde er unserer Hochzeit zustimmen.«

»Vor dem Ende des Kriegs kann ich dich unmöglich heiraten – ich habe zu tun.«

Sie blieben vor dem Buffet stehen und Raymond füllte zwei Gläser mit Punsch. »Warum verzichtest du nicht auf diese Arbeit, Tia? Das schickt sich nicht für eine junge Dame.«

Zufällig hörte die Gastgeberin diese Worte und mischte sich ein. »Da hat der Colonel ganz Recht, meine Liebe.« Amelia Roper, eine vollbusige, selbstgefällige Frau, klopfte energisch auf Tias Arm. »So etwas ist höchst unschicklich. Was Sie tun, sollten Sie besser den Sanitätern und Leichtverletzten überlassen. In Washington arbeiten die Rekonvaleszenten in den Lazaretten und die Amputierten geben brauchbare Krankenpfleger ab.«

»In Florida wird es regelmäßig viel zu wenig Pflegepersonal geben«, erwiderte Tia. »Wie Sie wissen, werden unsere Männer dauernd abgezogen, um in anderen Südstaaten zu dienen. Sogar Julian, der sich seinen Landsleuten besonders verpflichtet fühlt, ist letztes Jahr nach Norden beordert worden. Also muss ich mich weiterhin nützlich machen.«

»Wofür kämpfen unsere Männer eigentlich, wenn nicht für die Ehre der Südstaaten – und die Ehre der Südstaatlerinnen?«, fragte Amelia ärgerlich.

»Nun, sie kämpfen für uns alle«, antwortete Tia, verblüfft über den verbalen Angriff. »Und ich bin gern bereit, unseren Soldaten beizustehen.«

»Wenn du endlich bereit wärst, mich zu heiraten, würde ich dich von all dem Grauen fern halten, Tia«, betonte Raymond. »Von Blut und Wunden und Tod ...«

»Wie oft soll ich dir das noch erklären, Ray? Für mich ist diese Arbeit eine Verpflichtung. Meine Eltern und Brüder wissen, was ich tue, und sie sind stolz auf mein Engagement.«

»Sogar Ihr Vater und Ihr ältester Bruder, meine Liebe?«, fragte Mrs. Roper bissig. »Vielleicht wären die beiden glücklicher, wenn Sie Ihre Tätigkeit aufgeben würden und etwas mehr Rebellen sterben ließen!«

»Niemals würde ich einem Menschen den Tod wünschen – ganz egal, welche Uniform er trägt.«

»Nun ja, jedenfalls ist die Situation in Florida ziemlich schlimm. Ihr Vater und Ihr Bruder sind nicht die einzigen Verräter in unserer Mitte.«

»In unserem Staat haben sehr viele Leute gegen die Sezession protestiert, Mrs. Roper«, erinnerte Tia die Gastgeberin.

»Oh, das weiß ich! Und einige unserer brillantesten Militärs weigern sich nach wie vor, ihren Irrtum zu erkennen.« Seufzend schüttelte sie den Kopf und wandte sich zu Raymond. »Mein Mann, ein ausgezeichneter Stratege, hat die Schlacht von Olustee sorgfältig studiert. Wissen Sie, wer zu den ersten Kavallerieoffizieren zählte, die auf Seiten der Yankees den Angriff führten? *Taylor Douglas!* Mein Gott, wie gut ich mich an den Mann erinnere! Früher war er sehr oft zu Gast in diesem Haus. Und jetzt ist er ein Verräter, ein Dorn in unserem Auge.«

Mühsam versuchte Tia, ihr brennendes Interesse zu verbergen. Aber sie wollte möglichst viele Informationen über Taylor sammeln. »Kurz vor Weihnachten habe ich Colonel Douglas kennen gelernt, Mrs. Roper. Er ist mit meinem Onkel verwandt, dem Bruder meines Vaters. Dass er bei Olustee kämpfte, wusste ich gar nicht.«

»Mitten auf dem Schlachtfeld, meine Liebe. Schon bei den ersten Scharmützeln kommandierte er eine Einheit und er kämpfte bis zum letzten Augenblick. Ein Wunder, dass er nicht gefallen ist.«

Gott sei Dank – beinahe hätte sie die Worte laut ausgesprochen. Doch sie spürte Raymonds forschenden Blick. »Also wurde er nicht verwundet?«

»Weder von unseren Soldaten – noch von seinen eigenen!« Mrs. Roper lächelte verächtlich. »Wie ich höre, haben die Yankees mindestens so viele Kameraden umgebracht wie Rebellen. Erstaunlich, was in diesem Krieg alles passiert ... Haben Sie schon von der neuen Heldin gehört, der unsere Soldaten zujubeln? Eine Frau reitet splitternackt durch die Wälder, um Yankees in die Irre zu führen. Lady Godiva – so wird die kleine Hure genannt! Wie kann man nur so unanständig sein?«

»Ist es nicht viel unanständiger, dass junge Männer getötet oder verstümmelt werden?«, stieß Tia hervor. »Wenn unschuldige Menschen in tiefste Verzweiflung versinken und alle Zukunftsträume begraben müssen?«

»Am schlimmsten ist es, die Ehre zu verlieren! Was ist ein Leben ohne Ehre, ohne gesellschaftliche Regeln? Wofür kämpfen unsere Männer, wenn nicht für die Tugend ihrer Frauen?« Temperamentvoll schwenkte Amelia Roper ihr Lorgnon durch die Luft. »Das dürfen Sie nicht vergessen, junge Dame!«

»Vielleicht kann man seine Ehre bewahren – und trotzdem Mitleid empfinden«, gab Tia zu bedenken. Aber die Gastgeberin würdigte sie keiner Antwort mehr und kehrte ihr den Rücken. Seufzend zuckte Raymond die Achseln.

»Da siehst du, Tia – nicht alle Leute wissen deine Aktivitäten zu schätzen.«

Sekundenlang stockte ihr Atem. *Welche ihrer Aktivitäten meinte er? Wusste er über Godiva Bescheid?*

Nein, Godiva war nur eine Legende – mehr nicht. »Glücklicherweise lege ich nur auf die Ansichten meiner Familie Wert. Und wie ich bereits sagte, meine Eltern und Ian sind stolz auf meine Arbeit in Julians Lazarett.«

»O Tia!« Beschwörend ergriff Ray ihre Hände. »Ich weiß, was du für mich empfindest – das spüre ich, wenn ich dich berühre, und ich lese es in deinen Augen. Könnte ich dir doch klar machen, dass es völlig verkehrt ist, was du tust. Mrs. Roper hat Recht – deine Arbeit eignet sich nicht für eine junge Dame. Viele Gentlemen würden sich weigern, dich zu heiraten. Und du solltest endlich begreifen ...« Plötzlich klang seine Stimme gepresst. »Dein Vater vertritt einen falschen Standpunkt.«

Verwirrt entzog sie ihm ihre Hände und wusste nicht mehr, welche Gefühle er in ihr weckte. Vor dem Krieg hatte sie ihn liebenswert gefunden und war sogar versucht gewesen, einer Verlobung zuzustimmen. Jetzt mochte sie ihn immer noch, aber mit einer gewissen Zurückhaltung. Es fiel ihr schwer, ihn zu verletzen – was er ihr allerdings mit gewissen Äußerungen erleichterte. »Wenn du meinen Vater für einen Narren und mich für unanständig hältst, warum willst du mich dann heiraten?«

»Weil ich dich liebe. Außerdem«, gab er widerstrebend zu, »gibt es auch andere ehrbare Frauen, die in Lazaretten arbeiten. Aber nur wenige nehmen eine so ausgezeichnete gesellschaftliche Position ein wie du.«

»Mein Vater hat mich gelehrt, die Ansichten und das Verhalten von Männern *und* Frauen zu respektieren – nicht ihre Herkunft oder ihren Reichtum. Vielleicht, weil er von einer Seminolin erzogen wurde, der Mutter meines Onkels.« Mit sanfter Stimme täuschte sie Raymond über ihre Empörung hinweg.

»Nun, dein Onkel hat den Makel seiner Geburt überwunden ...«

»Mein Onkel ist stolz auf seine Abstammung.«

»Tia, inzwischen sind die Seminolenkriege beendet und ich möchte sie jetzt und hier nicht erneut mit dir ausfechten. Im Augenblick gibt es andere Probleme ...«

»Überleg doch! Wenn du mich heiratest, wärst du mit *Rothäuten* verschwägert!«

»Dir zuliebe würde ich sehr viel ertragen.«

»Ertragen ...«, wiederholte sie gedehnt.

»Sicher erwiderst du meine Gefühle. Du musst nicht als alte Jungfer sterben. Vielleicht ist es nicht ganz – korrekt, womit du dich beschäftigst. Aber wenigstens bist du keine Hure, wie diese – diese Godiva. Angeblich treibt sie sich überall herum und lockt die Yankees dutzendweise ins Verderben.«

Was für eine blühende Übertreibung, dachte Tia. Am liebsten hätte sie Ray geohrfeigt. Doch dann verflog ihr Zorn. Von Kindesbeinen an waren ihm diese prüden Ansichten eingetrichtert worden. Jetzt konnte er natürlich sein Herz nicht für neue Gedanken öffnen ... »Wenn ich nicht heirate, werde ich mein Leben keineswegs für eine traurige Verschwendung halten. Und ich wünsche mir einen Ehemann, der mich *ohne Wenn und*

Aber liebt. Natürlich weiß ich es zu schätzen, dass du mich trotz meiner fragwürdigen Aktivitäten zum Traualtar führen würdest. Aber wir sind so oft verschiedener Meinung ...«

»Spielt das eine Rolle zwischen Mann und Frau? Denk darüber nach! Heirate mich.«

»Tut mir Leid, ich muss deinen Antrag ablehnen. Der Krieg spielt eine große Rolle. Verstehst du das nicht?«

»Doch ... Trotzdem werde ich dich bei jeder Begegnung weiter um dein Jawort bitten. Und wenn du mich brauchst, musst du nur zu mir kommen.«

»Vielen Dank ... Entschuldige mich bitte, mein Bruder winkt mir zu.« Tia floh zu Julian – der ihr gar kein Zeichen gegeben hatte. »Stimmt was nicht?«, fragte er.

»Gerade musste ich mir anhören, wie unschicklich ich mich benehme.«

Julian grinste. »O Gott, diese alten Schachteln! Was du tust, ist gut und richtig, Tia. Immerhin rettest du Menschenleben. Lass dir bloß nichts anderes einreden!«

»Danke, Julian.«

»War mir ein Vergnügen. Hast du die gesellschaftlichen Amüsements satt?«

»Für heute Abend – ja.«

»Sehr gut. Ich möchte ein paar Patienten nach St. Augustine bringen, dort können sie sich besser erholen. Hier gibt es zu viele Verwundete – und zu wenig bewundernswerte Frauen und Männer, die sie betreuen.«

»Selbstverständlich begleite ich dich, Julian. Nur zu gern.«

12

Sie sah das Kind – ein kleines Kind, das spitzbübisch und hinreißend lächelte. Ein hübscher dunkelhaariger Bursche mit einem eigenen Willen. Selbst wenn er sich schlecht benahm, tat er es auf so bezaubernder Art, dass man ihm vieles nachsah. Jetzt spielte er … Der Traum wirkte verschwommen. So als würde eine Nebelwolke ihr Schlafzimmer erfüllen, in der das Kind spielte. Eine Balkontür stand offen. Da waren auch andere Kinder. Aber die konnte sie in den grauen Schleiern nicht sehen – nur den kleinen Jungen. Plötzlich kletterte er auf das Balkongeländer …

»Nein! Nein!« Verzweifelt wand sie sich im Schlaf umher und versuchte, ihn zurückzuhalten.

»O Gott, nein – bitte, nicht …«

Und dann stürzte er hinab – und fiel – und fiel …

»Wach auf, Rhiannon!« Sanfte Hände rüttelten sie an den Schultern und sie schaute in die angstvollen blauen Augen ihrer Schwiegermutter.

Erschrocken fuhr Rhiannon hoch. Wo mochte sie sein? In Julians Haus. Im sicheren Hafen von Cimarron. Wenn Julian auch weit weg war. Depeschen hatten den Staat durchquert. Deshalb wusste sie, dass es ihrem Mann einigermaßen gut ging. Und Tia auch. In seinem letzten Brief hatte Julian den Eindruck erweckt, er wäre sehr müde und nicht mehr an der Frage interessiert, ob der Süden den Krieg gewinnen würde oder nicht. Nach der Schlacht von Olustee waren die Schwerverletzten scharenweise ins Lazarett gebracht worden. Doch diese Tortur hatten Tia und Julian mittlerweile überstanden. Und Rhiannon musste sich, fern von ihrem Mann, auf Cimarron von der Geburt ihres kleinen Sohnes erholen, der ihr wie ein wunderbares Weihnachtsgeschenk erschien – ein Geschenk des Lebens inmitten des Todes … »Conar!« Schreiend sprang sie aus dem Bett ihres Mannes, ohne ihre besorgte Schwiegermutter zu beachten, rannte in die Ecke des Zimmers und riss das schlummernde Baby aus seinem Körbchen. So unsanft geweckt, begann es wie am Spieß zu brüllen.

»Rhiannon, du zitterst – gib ihn mir«, mahnte Tara McKenzie leise.

Verwirrt wandte sich Rhiannon zu ihr, gehorchte sofort und schlug die Hände vors Gesicht. »Ein schlimmer Traum …«

»Von deinem Baby?«

»Ja …« Beklommen erzählte Rhiannon, was sie geträumt hatte. Dann zögerte sie und setzte sich aufs Bett. Tara nahm neben ihr Platz und beruhigte ihren weinenden Enkel. »Nein, nicht Conor …« Ihre Schwiegertochter holte tief Atem. »Ein älteres Kind …« Oder eine Zukunftsvision von ihrem Sohn in späteren Jahren? Nein, das würde sie wissen. »In einem anderen Haus, einem großen, schönen Gebäude an einer belebten Straße. Dauernd kommen und gehen Leute. Die Tapete in der Eingangshalle sieht wie Marmor aus. In einem Kinderzimmer steht ein Schaukelpferd. So wie in Tias altem Zimmer. Und so viele Spielsachen und Puppen … Könnte ich die Eltern des Kindes bloß rechtzeitig warnen!«

»Vielleicht findest du eine Gelegenheit dazu.« Tara zweifelte nicht an Rhiannons Fähigkeit, in ihren Träumen seltsame Dinge vorauszusehen. Wie Julian oft betonte, hatte seine Frau dank dieser Gabe schon viele Menschen vor Tragödien bewahrt. Sogar Generäle hörten auf ihre Warnungen.

Mitfühlend musterte Tara das unglückliche Gesicht ihrer Schwiegertochter. Ein Kind schwebte in Gefahr. Und Rhiannon konnte ihm nicht helfen.

Inzwischen war das Baby wieder eingeschlafen. Tara legte es ins Körbchen, dann setzte sie sich zu Rhiannon, nahm sie in die Arme und strich tröstend über das lange dunkle Haar. »Reg dich nicht auf, meine Liebe. Wir werden unser Bestes tun und keins der kleinen Kinder, die wir kennen, unbeaufsichtigt auf einem Balkon spielen lassen.«

»Gerade die Kinder sind so wichtig – weil sie uns aus

dem Abgrund dieses Krieges führen müssen, in den wir gestoßen wurden.«

»In gewisser Weise beneide ich sie – weil sie eine neue Welt aufbauen können«, erwiderte Tara lächelnd, ließ Rhiannon los und stand auf. »Soll ich dir ein Glas warme Milch bringen?«

»Nein, danke, nicht nötig. Tut mir Leid, dass ich dich gestört habe. Jetzt kann ich sicher schlafen.«

Tara küsste die Stirn ihrer Schwiegertochter, ging hinaus und schloss leise die Tür hinter sich.

In dieser Nacht fand Rhiannon keine Ruhe mehr. Behutsam hob sie ihren schlafenden Sohn aus dem Körbchen, legte ihn neben sich ins Bett und bewachte ihn bis zum Morgen.

Am Tag nach General Ropers Party ritt Tia mit Julian südwärts. Ihr Bruder hatte sie vor der langen, beschwerlichen Reise gewarnt. Wegen der Verletzten, die sie in einem Wagen nach St. Augustine brachten, kamen sie nur langsam voran. Trotzdem atmete Tia erleichtert auf, als sie sich allmählich vom Kriegsgebiet entfernten, als die Luft nicht mehr nach Blut und Verwesung roch. Die Tage waren kühl und angenehm, die Nächte kalt, aber nicht eisig.

Gegen Ende März wurde Julian im Nachtlager von einem Boten General Finegans aus dem Schlaf gerissen. Ein Scharfschütze hatte einen unentbehrlichen Adjutanten verletzt. Wie der Bote erklärte, steckte die Kugel in der Schulter. »Niemand außer Ihnen kann eine so komplizierte Operation durchführen, Dr. McKenzie.«

»Natürlich würde ich einem Offizier, der dem General so viel bedeutet, gern helfen. Aber in unserer bedauernswerten kleinen Reisegruppe gibt es nur einen einzigen einsatzfähigen Mann. Außerdem kann ich meine Schwester nicht im Stich lassen.«

Tia, die neben ihrem Bruder stand, räusperte sich. »Möchten Sie einen Becher Kaffee trinken, Sir?«

»Mit Vergnügen, Ma'am«, antwortete der Besucher, der sich als Arnold Bixby vorgestellt hatte und aus dem Süden stammte.

Während er an seinem heißen, mit Whiskey gewürzten Kaffee nippte, versuchte Tia ihrem Bruder klar zu machen, sie würde sehr gut ohne ihn zurechtkommen. Offenbar hatte Julian noch nicht begriffen, dass er keineswegs *gebeten* wurde, Bixby zu begleiten, sondern einen Befehl bekommen hatte.

»Wie kann ich dich allein lassen, Tia ...«, seufzte Julian.

»Wir haben uns schon einmal getrennt. Unter ähnlichen Umständen. Und da gab es nicht die geringsten Schwierigkeiten«, log sie. Natürlich wusste Julian nicht, was ›Godiva‹ Ende letzten Jahres vor der Begegnung mit Dixies Kompanie erlebt hatte. »Vor kurzem konnten wir eine größere Schlacht gewinnen. In diesem Gebiet sind wir sicher. Im Übrigen ist ja Liam bei mir.«

»Liam hat ein Bein verloren.«

»Trotzdem ist er durchaus fähig, mich zu beschützen.«

»Am Flussufer, an dieser Stelle ...«, Bixby zeichnete mit einem abgebrochenen Zweig eine Landkarte auf den Sandboden des Zelts, »... erreichen Sie Dr. Lee Granger. Da kampiert er mit ein paar Überlebenden von Olustee. Auf dem Weg nach Norden reiten wir an seinem Lager vorbei und bereiten ihn auf Ihre Ankunft vor, Ma'am.«

Unverwandt starrte Julian seine Schwester an. »Das gefällt mir nicht.«

»Wie auch immer, du hast keine Wahl«, erwiderte sie, »und ich weiß mir zu helfen. Natürlich kann ich niemanden operieren. Aber ich werde die Verbände regelmäßig wechseln. Was ich nicht zum ersten Mal tue. Falls wir tatsächlich unterwegs Feinde treffen, werde ich wahrscheinlich einen der Offiziere kennen. Viele sind mit Ian oder Vater befreundet. Mach dir keine Sorgen«, fügte sie zuversichtlich hinzu. Was gab es zu befürchten? Vorerst waren die Yankees geschlagen. Statt die Rebellen zu verfolgen, rannten sie ihnen eher davon. »Jetzt packe ich deine Sachen, Julian.«

Am nächsten Morgen wurde sie von strahlendem Sonnenschein geweckt. Sie wusch sich am Bach, trank den Kaffee, den Gilly zubereitet hatte, und sorgte dafür, dass die Verwundeten vor dem Aufbruch etwas Schiffszwieback aßen.

Gilly und ein Soldat, der gegen eine Infektion kämpfte, wurden auf den Wagen verfrachtet. Mühelos konnte ein Mann, der einen Unterschenkel verloren hatte, das sanftmütige Maultiergespann lenken. Tia, Liam, Hank Jones und Larry Hacker, dem ein Unterarm amputiert worden war, würden neben dem Wagen reiten. Langsam und vorsichtig, um Gilly und den Fieberkranken nicht unnötig durchzurütteln, machten sie sich auf den Weg. Zu Mittag war Tia stolz auf die Strecke, die sie bewältigt hatten. Wenn sie dieses Tempo beibehielten, würden sie Dr. Grangers Camp am nächsten Morgen erreichen.

Bald, nachdem sie sich zu ihrem Erfolg beglückwünscht hatte, geriet der Wagen in ein Schlagloch, ein Rad brach, und Gilly schrie gequält auf. Angstvoll eilte Tia nach hinten zur Ladefläche des Wagens. Gillys Beinstumpf war gegen die Planken geschlagen und blutete heftig.

»Helfen Sie mir, eine Aderpresse anzufertigen!«, rief sie Liam zu.

An die Zusammenarbeit mit Julian gewöhnt, fand er sofort einen passenden Stock, und Tia riss einen Streifen von ihrem Unterrock ab. Mit vereinten Kräften stoppten sie die Blutung und brachten den Patienten zum Bach, wo Tia die neue Wunde im kauterisierten Beinstumpf reinigte. Tapfer bekämpfte Gilly seine Schmerzen, aber sie sah Tränen in seinen Augen.

»Jetzt können wir alle einen Schluck Whiskey vertragen«, meinte sie. Zuerst setzte sie selber die Flasche an die Lippen, dann kam Gilly an die Reihe und schließlich Liam. Rasch holte sie die Utensilien aus dem Wagen, die sie brauchte, um die Wunde zu nähen. Sie besaß glücklicherweise immer noch genug Fäden. Manchmal benutzte sie auch Pferdehaar.

Gilly hatte genug Whiskey getrunken, um direkt am Ufer die Besinnung zu verlieren. Mit Hank Jones' Hilfe schlug Liam ein Lager für die anderen auf. Danach kehrte er zu Tia zurück.

»Ich bleibe hier am Wasser, bei Gilly«, erklärte sie. »Während er schläft, würde ich mir gern das Blut abwaschen.«

»Soll ich Wache halten, Miss Tia?«

»Ja, das wäre sehr nett.«

Diskret verschwand er hinter einem Gebüsch und Tia watete barfuß in den kalten Bach. Fröstelnd zog sie die Bluse über den Kopf. An diesem Tag trug sie ein Korsett, doch das wärmte sie absolut nicht. Trotzdem schlüpfte sie auch aus ihrem Rock. Sie musste ihre blutverschmierte Kleidung unbedingt waschen. Während die Sachen auf einem Felsen trockneten, würde sie die Kleider zum Wechseln tragen, die sie in ihrer Tasche verwahrte. Die sollte Liam ihr bringen. Und sie musste unbedingt baden, denn der Geruch des Blutes, der unentwegt in ihre Nase stieg, drehte ihr den Magen um. Also zog sie sich vollends aus, obwohl sie erbärmlich fror, und schrubbte ihren ganzen Körper.

Während sie im seichten Wasser saß und ihr Gesicht wusch, glaubte sie, etwas zu hören. Tatsächlich ... Zwischen den Bäumen auf der anderen Seite des Bachs sah sie blaue Uniformen. *Yankees!*

Erschrocken duckte sie sich. Am Ufer, ganz in ihrer Nähe, schlief Gilly. Vielleicht würden die Yankees weiterreiten, ohne sie beide zu entdecken. Aber sie waren nahe – so nahe ...

»Können wir hier anhalten und trinken, Captain?«, fragte ein Soldat.

»Einverstanden. Aber wir sollten uns beeilen. Angeblich halten sich in dieser Gegend Rebellen auf. Die müssen wir finden.«

»Und was dann, Captain? Beschwören wir ein Massaker herauf? Wie in Olustee?«

»Wir sind keine Mörder, Private Long.«

»Und wenn sie schon halb tot sind?«, fragte der Mann namens Long. »Nach allem, was ich gehört habe, sind hier nur verwundete Konföderierte unterwegs.«

»Natürlich nehmen wir alle verletzten Rebellen gefangen, die wir aufstöbern«, entgegnete der Captain in gebieterischem Ton.

Während er weiterritt, wandte sich Private Long kichernd zu einem Kameraden. »Klar, verwundete Feinde«, rief er einem Kameraden zu. »Damit wir sie nicht niedermetzeln können, so wie sie uns! Nun ja, vielleicht sterben sie auf ihrer mühsamen Reise ...«

Plötzlich raschelte das Unterholz in Tias Nähe. Sie drehte sich um, sah Liam auf sich zukommen und legte warnend einen Finger an die Lippen. Obwohl er die Soldaten nicht erblickte, spürte er die Gefahr, und sie bedeutete ihm, Gilly zum Wagen zu befördern. Die Stirn gerunzelt, kauerte er neben ihr nieder und ergriff die Schultern des Bewusstlosen.

»Wo ist Blaze?«, flüsterte sie.

»Da hinten ...«

»Legen Sie Gilly in den Wagen, brechen Sie das Lager ab und reiten Sie die Nacht durch. Sie müssen Grangers Camp möglichst schnell erreichen.«

»Und was tun *Sie?*«

»Ich führe die Yankees in die Irre.«

Entschieden schüttelte Liam den Kopf. »Unmöglich. Ihr Bruder ...«

»Das wird er nie erfahren.«

»Tia, *ich* werde die Yankees ablenken ...«

»Nein!«, unterbrach sie ihn. »Auf Sie können wir nicht verzichten – ich bin zu schwach, um mit Hanks Hilfe Gilly und die anderen hochzuheben. Sorgen Sie sich nicht um mich. Falls mich die Yankees gefangen nehmen, muss ich nur Ians Namen erwähnen. Dann tun sie mir nichts an.«

»Also gut, wenn Sie meinen ...«, stimmte er widerstrebend zu. »Wo sind Ihre Kleider, Miss Tia?«

»Da drüben, auf dem Felsen. Bitte, gehen Sie jetzt! Bringen Sie Gilly weg.« Plötzlich stöhnte der Verwundete und bewegte sich. »Schnell, sonst hören ihn die Yankees!«, befahl sie.

Immer noch zögernd, hievte Liam den jammernden Gilly auf eine Schulter und hüpfte auf seinem erstaunlich kräftigen Bein, das ihm noch verblieben war, zum Wagen. Wenige Sekunden später beobachtete Tia einen Yankee, der zwischen den Bäumen am anderen Ufer auftauchte und am Bach niederkniete. Zunächst entdeckte er sie nicht. Er tauchte seinen Kopf in die kalten Wellen, dann schöpfte er mit beiden Händen Wasser und trank durstig. Reglos wartete sie und wagte kaum zu atmen.

Der Mann trank noch einmal und wusch sein Gesicht. Schließlich blickte er auf – ein junger Bursche mit runden Wangen und dichtem Bart. Sichtlich verwirrt spähte er zu ihr hinüber. Da stand sie langsam auf, nur mit ihrer Unterhose und dem Korsett bekleidet. Über dem Spitzenrand zeigten sich die rosigen Knospen ihrer Brüste. »Oh – hallo!«, rief er.

»Hallo!«, erwiderte sie.

Mit großen Augen starrte er sie an und sie ließ die Sekunden verstreichen – in der Hoffnung, sie würde Liam genug Zeit geben, um mit den Verwundeten zu verschwinden.

»C-C-Captain!«, schrie er schließlich.

Tia wartete und zählte die Sekunden. Natürlich wollte sie sich dem Captain zeigen. Nach einer Minute erschien er am gegenüberliegenden Ufer – ein hoch gewachsener schlanker Soldat mit müden Augen, von bitteren Kriegsjahren gezeichnet.

»Suchen Sie den Feind?«, fragte sie.

»Und wie nennen Sie Ihren Feind, eh – Ma'am?«

»Das werde ich Ihnen zeigen.« Sie rannte die Uferböschung hinauf und spähte zwischen den Bäumen zu dem Platz, wo sie kampiert hatten. Von den Rebellen und dem Wagen war nichts mehr zu sehen. Als sie einen Pfiff ausstieß, trottete Blaze zu ihr. Tia schwang sich auf den ungesattelten Pferderücken und ritt zum Ufer.

Inzwischen hatten sich auf der anderen Seite ein halbes Dutzend Yankees versammelt – oder vielleicht noch mehr, denn sie hörte viele verschiedene Stimmen.

»Wohin ist sie gelaufen?«

»Wer ist sie?«

»Was hat sie vor?«

»Wohin wird sie uns führen?«

»Sie ist nackt ...«

»Halb nackt ...«

»So dichtes Haar ...«

»Godiva!«

»Mein Gott, ja! Godiva – die schon viele hundert Männer ins Verderben gelockt hat.«

»Ja, das muss sie sein.«

Viele hundert Männer? Welch ein Unsinn ... Obwohl es ihr widerstrebte, den maßlos übertriebenen Gerüchten neue Nahrung zu geben, blieb ihr nichts anderes übrig. »Hierher, Soldaten!«, rief sie, ritt am Wasserrand entlang und hörte die Yankees durch den Bach sprengen. Nach einer Weile verließ sie das Ufer, schlug die Richtung zur Straße ein. Die Männer folgten ihr.

Zehn Minuten, zwanzig ... Tias Vorsprung betrug etwa fünfzig Pferdelängen. Wo sollte sie die Soldaten abschütteln? Sie erinnerte sich an einen Teich im Norden, der von besonders dichten Kiefern umgeben war.

In der Nähe mündete der Bach in einen schmalen Fluss, den sie durchqueren konnte. Blaze begann zu keuchen. Wie lange galoppierte sie schon dahin? Nun, wenn sie das Tempo drosselte, würden auch die Yankees ihre Pferde schonen müssen.

Als sie den Teich erreichte, hörte sie lautes Stimmengewirr hinter sich. Offenbar hatten die Feinde zwischen den dichten Baumstämmen nicht nur Godiva, sondern auch einander aus den Augen verloren. Lächelnd zügelte sie ihre Stute, stieg ab und führte sie durch das Unterholz zum Fluss. Wenn sie ans andere Ufer gelangte, würden die Yankees einen Bluthund brauchen, um ihr zu folgen. Einer der zahlreichen Pfade führte südwärts, an mehreren verlassenen Indianerhütten vorbei. Da konnte sie sich verstecken – und vielleicht würde sie ein paar Kleider finden.

Hastig watete sie durch die seichten Wellen, schwamm durch das tiefe Wasser und zog Blaze am Zügel hinter sich her. Am anderen Ufer schwang sie sich auf den Pferderücken und ritt zwischen den Kiefern hindurch.

Plötzlich hielt sie entsetzt den Atem an und zügelte Blaze. Etwas weiter vorn, auf einer Lichtung, lag ein Camp – ein Yankee-Camp. Zelte und Lagerfeuer, anscheinend gut bewacht …

Vor einem großen Zelt zur Linken – offenbar einem Lazarett – saßen Verwundete. Die anderen Soldaten reinigten ihre Waffen, kochten Mahlzeiten über den Flammen, rauchten Pfeife, an Baumstämme gelehnt, lasen Bücher oder schrieben Briefe.

Ringsum patroullierten Wachtposten, behielten die Ost- und West-Pfade im Auge und schützten die Kameraden, die sich ausruhten, vor einem etwaigen Überraschungsangriff.

Eine ausgezeichnete Stellung, dachte Tia. Leicht zu verteidigen, genug Wasser, angenehmes Sonnenlicht. Da diese Gegend kaum kartografiert war, hätte sie nicht erwartet, dass die Yankees die Lichtung kannten. Aber allmählich lernten sie Florida kennen. Außerdem fanden sie in diesem Staat immer mehr Gleichgesinnte. Kriegsmüde Männer. Und alle, die gegen die Sezession gestimmt hatten.

Was sollte sie tun? Auf die andere Seite des Flusses konnte sie nicht zurückkehren. Dort würden die Verfolger sie aufspüren. Wie viele Yankees mochten sich im Lager aufhalten? Mehrere Dutzend?

Allmählich brach die Dunkelheit herein. Tia umarmte einen Kiefernstamm und bekämpfte ihre wachsende Angst. Fröstelnd ließ sie ihren Blick über das Lager wandern. Zur Rechten stand ein großes Zelt, wahrscheinlich ein Offiziersquartier, neben einem schmalen Bach, der in den Fluss mündete. An der Rückseite wurde es von hohen Bäumen abgeschirmt.

Als ein Mann aus dem Zelt trat, beschleunigte sich Tias Puls. Groß, dunkelhaarig, imposant. Sie sah nur seinen Rücken. Obwohl er kein Jackett trug – nur ein ausgebleichtes Musselinhemd und eine Hose von der Unionskavallerie –, bezweifelte sie nicht, dass er ein Offizier war. Das verriet ihr seine selbstsichere Haltung.

Vor einem Lagerfeuer, in einiger Entfernung von seinem Zelt, blieb er stehen und sprach mit einem rotblonden jungen Soldaten, dessen Antwort Tia verstand, weil sein Gesicht in ihre Richtung gewandt war. »Ja, Sir, alles klar. Wenn der Spähtrupp zurückkehrt, erkläre ich Captain Ayers, er würde Sie bei Colonel Bryer finden. Oder er soll hier im Camp auf Sie warten. Jedenfalls möchten Sie ihn noch heute Abend sehen.«

Während der Offizier weiterging, hörte Tia auf der anderen Seite des Flusses Zweige knacken. Offensichtlich hatten ihre Verfolger das Ufer erreicht. Sie stieg ab und führte Blaze direkt hinter das große Zelt des Offiziers. Dann schlug sie auf die Kruppe der Stute und flüsterte: »Lauf davon, Mädchen!« Inständig hoffte sie, das Pferd würde in der Nähe bleiben, zwischen dichten Bäumen, und sich nicht an das Camp heranwagen. Es wäre schrecklich, wenn ein Yankee ihre geliebte Stute stehlen würde. »Geh jetzt!« Erleichtert beobachtete sie, wie Blaze nach ein paar Schritten saftige Grasbüschel zwischen den Kiefern entdeckte und stehen blieb. Sie wandte sich wieder zu dem großen Zelt. An der Rückseite konnte sie sicher unbemerkt hineinkriechen. Vielleicht würde sie etwas zum Anziehen finden. Danach wollte sie zu Blaze schleichen und sich verstecken, bis die Yankees ihre Suche nach Godiva aufgaben.

Und wenn der Offizier in sein Zelt zurückkehrte? Wohl kaum. Soeben hatte er seinem Sergeant mitgeteilt, er würde einen Colonel aufsuchen.

Lautlos rannte sie über das weiche Gras zum Zelt und kroch unterhalb der Segeltuchplane hinein. Drinnen richtete sie sich fröstelnd auf. Die Abendluft hatte sich abgekühlt und Tia war immer noch triefnass. Wie ein kalter, feuchter Umhang hing ihr langes Haar über den Schultern. Sie brauchte unbedingt eine Decke.

Zitternd schaute sie sich im Zelt um, das sehr gemütlich eingerichtet war. Sogar ein Teppich lag auf dem Erdboden. Neben einem zusammenklappbaren Schreibtisch, auf dem eine Landkarte lag, stand ein großes Feldbett. Ein Offiziersjackett hing über einem Klappstuhl. Ein Standspiegel, zwei Truhen und ein kleinerer Tisch, auf dem sich Bücher stapelten, vervollständigten die Einrichtung. Über einer der Truhen lag ein gefaltetes weißes Baumwollhemd.

Alles in diesem Zelt wirkte gepflegt und ordentlich und trug den Stempel einer ausgeprägten Persönlichkeit. Insbesondere die Bücher – militärische und medizinische Werke, auch ein paar Romane. Was für ein Mensch mochte der große, dunkelhaarige Offizier sein, der hier wohnte? Ein Yankee. Ein Feind.

Das Wort ›Feind‹ benutzte man am besten nur, wenn sich kein Gesicht damit verband. Ihr Bruder Ian war ein ›Feind‹ mit einem geliebten Gesicht. Wieder einmal verabscheute Tia den Krieg aus tiefster Seele.

Doch sie durfte keine Zeit mit solchen Überlegungen verschwenden. Entschlossen ging sie zu der Truhe, über der das weiße Hemd lag, hob den Deckel und nahm eine Hose heraus. Eine warme Wollhose von der Navy.

Als sie ein Geräusch hörte, rannte sie erschrocken zur Zeltklappe und spähte hindurch. Nur der rotblonde Sergeant schien in der Nähe des Zeltes Wache zu halten. Die übrigen Soldaten beschäftigten sich anderswo. Niemand hatte den Eindringling entdeckt. Hastig schlüpfte Tia aus ihrem nassen Korsett und der Unterhose. Dann griff sie nach dem weißen Hemd – und erstarrte mitten in der Bewegung.

Irgendwie wusste sie, dass sie nicht mehr allein war. Kein Geräusch. Nur ein schwacher Luftzug aus der Richtung der Zeltklappe. Völlig lautlos hatte sich jemand genähert. Und sie kehrte ihm den Rücken.

Plötzlich klickte der Abzug einer Waffe. »Wer sind Sie? Und was tun Sie hier?«

Da ihr nichts anderes übrig blieb, drehte sie sich um. Entsetzt starrte sie den Mann an, der einen sechsschüssigen Colt auf ihre Brust richtete.

Taylor Douglas. Hoch gewachsen, dunkelhaarig, imposant. Der Offizier, den sie vorhin beobachtet hatte.

Emotionslos erwiderte er ihren Blick.

Natürlich. Taylor war der Unionsoffizier, der diese Gegend kannte – dem die Yankees die günstige Lage ihres Camps verdankten.

13

Instinktiv wandte sie sich ab, um zu fliehen – was sinnlos war. Taylor holte sie blitzschnell ein, hob sie hoch und warf sie auf das harte Feldbett. Ein paar Sekunden lang blieb ihr die Luft weg. Dann versuchte sie – wieder *instinktiv* aufzuspringen. Aber da stellte Taylor einen gestiefelten Fuß auf das Bett und neigte sich zu ihr hinab. »Godiva! So sieht man sich wieder.«

Tia brachte kein Wort hervor. Die zitternden Arme vor der Brust verschränkt, konnte sie ihn nur anstarren.

»Hat es Ihnen die Sprache verschlagen?«, spottete er. »Ich hätte nie gedacht, dass Sie den Mund halten können. Sagen Sie doch – was verschafft mir das Vergnügen Ihres Besuchs?«

Mühsam schluckte sie und zwang sich in beiläufigem Ton zu antworten: »Ein angenehmer Ausritt …«

»Welch eine armselige Lüge, Godiva. So fantasielos …« Taylor schenkte ihr ein dünnes Lächeln, das seine goldbraunen Augen nicht erreichte. »Haben Sie nicht versprochen, nie mehr nackt durch den Wald …«

»Als ich hierher kam, war ich nicht nackt«, unterbrach sie ihn und zeigte auf ihre Unterwäsche.

Sein Blick folgte ihrem ausgestreckten Zeigefinger nicht. »Also haben Sie sich ausgezogen, um auf mich zu warten? Charmant …«

»Wenn Sie doch endlich in der Hölle schmoren würden, Taylor! Ich dachte, Sie würden eine Besprechung mit Colonel Bryer abhalten und vorerst nicht in dieses Zelt zurückkehren.«

»Verzeihen Sie, ich wollte nur ein paar Depeschen holen. Wie unhöflich von mir, unvermutet aufzutauchen, während Sie sich entkleideten und offensichtlich geplant haben, meine Sachen zu stehlen …«

»Auszuleihen«, verbesserte sie ihn.

»Oh, Sie wollten mir das Hemd und die Hose zurückgeben?«

»Natürlich, ich …« Bestürzt verstummte sie, als Schritte auf das Zelt zukamen. Wenn jemand eintrat …

»Kriechen Sie unter die Decke!«, befahl Taylor.

Schaudernd gehorchte sie und zog das Laken mitsamt der Wolldecke über ihren Kopf.

»Sir!«, meldete sich ein Soldat und Taylor öffnete die Zeltklappe. »Colonel Bryer wurde ins Lazarett gerufen und Colonel McKenzie ist auf dem Weg hierher. Er wird die Depeschen übernehmen und mit Ihnen in Ihrem Quartier essen.«

»Danke, Sergeant Henson.«

Tia hörte, wie sich die Schritte des Soldaten entfernten, und rührte sich nicht.

Wenige Sekunden später wurde ihr die Decke vom Kopf gerissen. »Wollen Sie ersticken, kleine Närrin?«

Ihr Herz schlug wie rasend. Natürlich musste sie froh und glücklich sein, Ian wiederzusehen. Wie immer in diesen schrecklichen Kriegszeiten. Aber ... »Mein Bruder ist hier?«, wisperte sie.

»Gestern kam er an. Gott sei Dank. Ich werde Sie ihm sofort übergeben – sicher eine härtere Strafe als die Gefangenschaft in einem Yankee-Lager. Vielleicht kann er Ihnen die Flügel stutzen.«

»Nein, bitte nicht, Taylor!«, flehte sie und wich seinem herausfordernden Blick aus.

Er setzte sich auf den Bettrand, umfasste ihr Kinn und zwang sie, ihn anzuschauen. »Warum haben Sie Ihr Wort gebrochen?«

»Das wollte ich nicht, ich schwöre es. Weil ich von oben bis unten mit Blut beschmiert war, musste ich ein Bad nehmen, und da hörte ich die Yankees zum Bach reiten ...«

»Soldaten aus diesem Camp, die nach verwundeten Rebellen suchten. Als ich Ihnen jenes Versprechen abnahm, machte ich keine Zugeständnisse, die irgendwelche besonderen Situationen berücksichtigt hätten. Sie haben Ihr Wort gebrochen.«

»Nein, wir waren am Bach und verbanden Gilly ...«

»Gilly?« An diesen jungen Soldaten konnte er sich erinnern.

»Er hat schreckliche Brandwunden. Und bei Olustee verlor er einen Fuß. Ihr Trupp war zur falschen Zeit am falschen Ort, Taylor. Natürlich musste ich meine Patienten vor den Yankees schützen. Die hätten sogar *verwundete* Rebellen niedergeknallt.«

»Captain Ayers ist kein Mörder.«

»Aber einer seiner Männer erschien mir ziemlich blutrünstig. Ich hörte, was er sagte. Außerdem hat mir meine Mutter oft genug von der US-Army erzählt, die während der Seminolenkriege Frauen und Kinder niedermetzelte. Vielleicht halten einige Soldaten in Ihrer Kompanie die Rebellen für ein ähnliches Ungeziefer wie die Indianer.«

Ärgerlich runzelte er die Stirn. »Jetzt kämpfen viele Männer, die jener Army angehörten, für die Konföderation. Das wissen Sie sehr gut, Tia. Wie auch immer – was Ihren Wortbruch betrifft, gibt es keine mildernden Umstände. Zufällig wurden Sie von meinen Soldaten entdeckt. Und zufällig ist Ihr Bruder hier ...«

»Taylor!«

Als der Ruf ins Zelt drang, erstarrte Tia. *Ian!* Plötzlich stieg ein hysterisches Gelächter in ihrer Kehle auf. Gleich würde ihr Bruder eintreten – und womöglich Blut vergießen, bevor Taylor eine Gelegenheit fand, die kompromittierende Situation zu erklären ... Oder Taylor würde den Angriff abwehren und Ian umbringen ...

»Vorhin ließ ich dir ausrichten, Bryer sei zu einem Verwundeten gerufen worden, Taylor, und ...« Wie erstarrt blieb Ian neben der Zeltklappe stehen. »*Tia!*« Sichtlich schockiert wandte er den Blick von den nackten Schultern seiner Schwester ab und musterte seinen Freund, der auf dem Bettrand saß. »Was hier vorgeht, weiß ich nicht, Taylor, aber ich will es erfahren!«, stieß er hervor und seine Hand zuckte zum Schwert in seinem Gürtel.

»Nein, Ian!«, schrie Tia. Taylor stand auf und drehte sich zu Ian um. Automatisch berührte auch er den Griff seines Schwerts. Ohne lange zu überlegen, presste sie die Decken an ihre Brust und sprang aus dem Bett, schlang einen Arm um Taylors Taille und hinderte ihn daran, die Waffe zu ziehen. »Dem Himmel sei Dank, Ian. Nach der Schlacht bei Olustee, wo so viele Unionssoldaten starben oder verwundet wurden, hatten wir solche Angst um dich. Und dann waren wir maßlos erleichtert, als wir hörten, du seist nach Virginia versetzt worden …« Ohne eine Atempause einzulegen, schwatzte sie weiter. »Und dann erfuhr ich, Taylor habe an der schrecklichen Schlacht teilgenommen. Deshalb wollte ich ihn sehen – um mich zu vergewissern, dass er wohlauf ist …«

Ians Kinnmuskeln verhärteten sich. Diesen Gesichtsausdruck kannte sie nur zu gut. »Oh, du wolltest ihn sehen?«, stieß er zwischen zusammengebissenen Zähnen hervor.

»O ja – da er ein Freund der Familie ist …«

»Bei unserer letzten Begegnung auf Cimarron habe ich dich vor solchen Spielen gewarnt. Bei Gott, du bist meine Schwester, und ich würde dich bis zum letzten Blutstropfen verteidigen, aber …«

»Ian, den Ärger zu Weihnachten habe ich nicht verursacht. Das schwöre ich dir. Und Taylor … Nun, ich kannte ihn schon vorher – sogar sehr gut …«

Verwirrt runzelte Ian die Stirn. »Wovon redet sie, Taylor?«

»Deine Schwester …«, begann sein Freund.

»Während er als Scout durch die südlichen Wälder ritt, trafen wir uns zufällig«, unterbrach sie ihn hastig. »Daheim, zu Weihnachten, konnte ich nichts sagen. Das musst du verstehen, Ian. Ich meine – obwohl Alaina so leidenschaftlich für den Süden kämpfte, habt ihr euch ineinander verliebt. Damals war ich verwirrt und wütend. Und jetzt – ist *Taylor* der Feind, der *mir* nahe steht …« Diese Behauptung genügte nicht, denn ihr Bruder stand immer noch stocksteif da, die Hand am

Schwertgriff. Jeden Augenblick würde ein erbitterter Kampf zwischen den beiden Männern ausbrechen. Das musste sie verhindern. Irgendwie. »Ian – wir sind verheiratet«, log sie.

»Was?«, rief Ian entgeistert. »Das glaube ich dir nicht, Tia. Und wenn es stimmt, sollte man dir den Hintern versohlen, weil du zu Weihnachten so heftig mit Weir geflirtet hast.«

Sie schluckte krampfhaft, starrte Taylor an, und er starrte zurück. Eine Ewigkeit schien zu verstreichen. Bis jetzt hatte er nichts bestritten. Aber er half ihr auch nicht. »Sicher wird sie dir alles erklären, Ian«, bemerkte er lahm.

»Hoffentlich! Das alles ist mir ein Rätsel, Tia. Warum warst du auf Cimarron so unhöflich zu Taylor? Darüber hat Vater sich maßlos geärgert.«

»So benahm ich mich nur, weil ich meine Gefühle nicht zeigen durfte. Immerhin trägt Taylor eine Yankee-Uniform. Wie du. Nur – du bist mein Bruder und wir kamen stets mit unseren unterschiedlichen Ansichten zurecht …« Schweigend wartete Ian auf weitere Erläuterungen. »Ich wollte mich niemals in einen Feind verlieben. Trotzdem ist es passiert. Als ich hörte, Taylor habe eure Kavallerie bei Olustee kommandiert, wo so viele Unionssoldaten fielen, hatte ich solche Angst und *musste* einfach in dieses Lager kommen …«

Würde diese Erklärung endlich genügen?

Taylor wandte sich zu ihr, legte einen Arm um ihre Schultern und presste die Decken schützend an ihren nackten Körper. »Eine unfassbare Geschichte, nicht wahr, Ian?«, fragte er gedehnt.

Wie durch ein Wunder hörte Ian den sarkastischen Tonfall nicht. Er nahm die Lüge für bare Münze, weil er seinem Freund vertraute. »Du und meine kleine Schwester – wer hätte das gedacht?«

»*Ich* gewiss nicht«, erwiderte Taylor.

Da ließ Ian den Schwertgriff los. Grinsend schüttelte

er Taylors Hand und küsste Tias Wange. »Das muss gefeiert werden. Zum Glück habe ich eine Flasche Rotwein mitgebracht. Wissen die Eltern schon Bescheid, Tia?«

»Eh – nein, wir haben erst kurz vor Olustee geheiratet.«

»Sicher werden sie sich freuen. Ich glaube, Vater hat befürchtet, du würdest dich für Ray Weir entscheiden, und das wäre eine Katastrophe gewesen. Willkommen in der Familie, Taylor. Nun, gewissermaßen hast du ohnehin schon dazugehört. Jedenfalls bin ich verdammt froh, dass ich einen so großartigen Schwager bekommen habe. Wenn ich auch in einem ungünstigen Moment hereingeplatzt bin …«

»Nein, nein, Ian«, beteuerte Tia, »ich bin glücklich, wann immer ich dich wohlbehalten wiedersehe.«

»Ich nahm an, du wärst bei Julian in den Wäldern.«

»Jetzt bin ich hier«, entgegnete sie geistesabwesend.

»Ja, meine verheiratete kleine Schwester. Ich wünsche euch beiden alles Gute. Nun hole ich den Wein und kümmere mich um mein Quartier. Zieh dich inzwischen an, Tia. Sobald ich zurückkomme, trinken wir auf euer junges Glück.«

Lächelnd eilte Ian aus dem Zelt. Tia schwankte so heftig, dass Taylor sie stützen musste. Nicht allzu sanft drehte er sie in seinen Armen herum. »Sehr raffiniert …«

»Was hätte ich ihm denn sonst erzählen sollen?«, wisperte sie verzweifelt. Die Decke und das Laken bildeten keine ausreichende Barriere zwischen ihrer und seiner Brust.

»Zum Beispiel die Wahrheit.«

»Das – konnte ich nicht …«

»Also haben Sie sich eine haarsträubende Geschichte ausgedacht.«

»Irgendwie werde ich einen Ausweg finden …«

»O nein, ich habe genug von Ihren Lügenmärchen.«

Er schob Tia beiseite und öffnete die Zeltklappe einen Spaltbreit. »Sergeant Henson, holen Sie sofort Father Raphael. Und bringen Sie Private Allen mit. Wir brauchen einen zweiten Zeugen. Beeilen Sie sich, wir haben nicht viel Zeit.«

»Ja, Sir!«, rief Henson und Tia hörte seine Schritte, die sich rasch entfernten.

Wie einen Rettungsanker presste sie das Bettzeug an sich. »Father – Raphael?«, stammelte sie.

Taylors funkelnde Augen schienen sie wie zwei Messerspitzen zu durchbohren. »Natürlich werden wir jetzt schnell heiraten.«

»O nein – unmöglich ...«

»Nein? Sie haben diese Katastrophe heraufbeschworen.«

»Unsere Ehe wäre noch katastrophaler ...«

»Gleich wird Ihr Bruder zurückkommen, um mit uns zu feiern. Und er erwartet zweifellos, dass Sie die Nacht bei Ihrem *Mann* verbringen. Wollen Sie meine Geliebte werden und meine Ehefrau nur spielen?«

»Gibt es denn keine andere Möglichkeit?«

»Wohl kaum. Seien Sie dankbar, dass ich Ihnen aus der Klemme helfe. Das war *Ihre* Lüge. Nicht meine. Und seien Sie versichert – ich habe nicht die geringste Lust, Sie zu heiraten.«

Wider Willen fühlte sie sich gekränkt und hob herausfordernd das Kinn. »Warum tun Sie's dann?«

Gleichmütig zuckte er die Achseln. »Da Sie diese Farce angefangen haben, müssen wir sie wohl oder übel zu Ende führen. Im Grunde ist's mir egal, wozu ich mich auf einem Blatt Papier verpflichte.«

Warum sie so verletzt war, wusste sie nicht. In ihren Augen brannten Tränen. Vielleicht sollte sie Ian die Wahrheit gestehen, ehe sie einen unwiderruflichen Schritt unternehmen würde ... Nein, sie konnte ihrem Bruder einfach nicht anvertrauen, dass sie die berühmte ›Godiva‹ war. Also musste sie einen anderen Ausweg finden. »Und die Soldaten in diesem Camp? Alle wissen, dass ich zum ersten Mal hier bin. Was werden Ihre Vorgesetzten zur plötzlichen Ankunft einer Rebellenbraut sagen?«

»Hier gibt es keine Vorgesetzten. Dem Rang nach ist mir Colonel Bryer ebenbürtig. Aber ich bin der Kommandant des Lagers. Weder Sergeant Henson noch Father Raphael werden jemals erwähnen, wann diese Hochzeit stattgefunden hat.«

»Aber ...«

Vor dem Zelt erklang ein Räuspern und Henson rief: »Colonel, da bin ich mit Father Raphael!« Taylor warf Tia das weiße Hemd zu. »Ziehen Sie das an!«

Mit bebenden Fingern gehorchte sie. Das Hemd war fast so lang, dass es an ihr wie ein Kleid wirkte, deshalb brauchte sie die Hose gar nicht.

»Jetzt kommt der Augenblick der Wahrheit«, betonte Taylor.

»Wird man uns glauben?«

»O ja. Wenn wir die Zeremonie möglichst schnell hinter uns bringen.«

»Dann rufen Sie die beiden herein.«

Er ging hinaus und für einen verrückten Augenblick fühlte sie sich versucht, am hinteren Ende des Zelts unter der Plane hindurchzukriechen. Doch sie war wie gelähmt.

Nach wenigen Sekunden kehrte Taylor ins Zelt zurück. Allein. »Wir müssen noch auf Private Allen warten. Also haben Sie noch eine kurze Galgenfrist, um nachzudenken. Übrigens, ich erweise Ihnen wirklich einen großen Gefallen, Miss McKenzie.«

»Das müssen Sie nicht ...«

»Doch – nachdem Sie mich in diese unausweichliche Falle gezerrt haben. Übrigens, Ihren Wortbruch habe ich nicht vergessen. Wenn Sie mich heiraten und so eine Eskapade noch einmal wagen, werde ich Sie vielleicht vor lauter Wut umbringen.«

»Aber ich konnte gar nicht anders handeln ...«

»Keine mildernden Umstände!«, fiel er ihr ins Wort.

»Trotz allem – Sie müssen mich nicht heiraten.«

»Soll das Blut Ihres Bruders an Ihren Händen kleben?«

»Ian ist ein verdammt guter Schwertfechter ...«

»Versuchen Sie doch, ihm die Wahrheit zu erzählen. Er hat seine Schwester nackt in meinem Zelt angetroffen. Um seiner Ehre willen fühlt er sich verpflichtet, Satisfaktion von mir zu verlangen. Er mag ein verdammt guter Fechter sein. Nun, das bin ich auch. Wollen Sie das Risiko eingehen? So bedauerlich es auch ist, dass ein Mann wegen Ihres Leichtsinns sterben muss – es lässt sich nicht ändern.«

Sekundenlang spürte Tia seinen durchdringenden Blick – dann holte er Henson, einen anderen Soldaten und einen schwarz gekleideten Mann mit weißem Kragen ins Zelt.

Falls die Männer über die sonderbare Situation staunten, war ihnen nichts anzumerken. »Father Raphael, das ist Tia McKenzie, Ians Schwester. Tia – Father Raphael. Und diese Gentlemen sind Sergeant Henson und Private Allen, zwei meiner besten Soldaten – und sehr diskret.«

»Ma'am!« Henson schenkte ihr ein unsicheres Lächeln. »Freut mich, dass der Colonel wieder eine Ehefrau bekommt.«

»Danke, Henson«, knurrte Taylor.

Private Allen – ein dünner, blasser Bursche, der den Eindruck erweckte, man hätte ihn aus einer Buchhaltung direkt an die Front geschickt – sagte nichts und lächelte nur.

»Sind Sie *beide* bereit, diese Ehe zu schließen?«, fragte Father Raphael, ein weißhaariger Franzose.

»Ja, Father«, antwortete Taylor.

Dafür werde ich in der Hölle schmoren, dachte Tia. »Ja, Father.«

»Wenn Sie so freundlich wären, Father – es eilt«, erinnerte Taylor den Geistlichen.

Father Raphael räusperte sich, Taylor trat an Tias Seite und die Zeremonie begann.

Ein weißes Männerhemd, dachte sie. *Mein Brautkleid. Ich heirate den Feind in seinem eigenen Hemd …*

Einen richtigen Ehering gab es nicht. Nur Taylors Siegelring aus der Militärakademie West Point, den er mit einer Schnur umwand, damit er an ihren Finger passte.

Nach der Trauung unterschrieb das Brautpaar die erforderlichen Papiere und die drei Männer ergriffen hastig die Flucht.

»O Gott«, flüsterte Tia und starrte ihre nackten Füße an. »Ich könnte sterben – einfach sterben …«

»O nein, meine Liebe«, erwiderte Taylor und hob ihr Kinn. »Du wirst nicht sterben. Bevor ich dir diesen einfachen Ausweg gestatte, musst du noch einiges abbüßen. Gleich wird Ian zurückkommen. Dann musst du die liebevolle, pflichtbewusste Ehefrau spielen. Du hast nicht zufällig etwas zum Anziehen mitgebracht?«

»Ich sagte doch …«

»Jetzt wird er erwarten, du wärst angezogen. Er glaubt, er hätte vorhin ein frisch vermähltes Paar bei einer leidenschaftlichen Umarmung gestört – was er akzeptiert, weil er seine eigene Gemahlin selten genug sieht. Aber nun musst du ihn natürlich in respektabler Kleidung empfangen. Mal sehen, ob ich in unserem Camp eine möglichst schlanke Prostituierte finde.«

»Eine Prostituierte …«

»Ja, ein gutes, braves Mädchen, das niemals auf die unschickliche Idee käme, nackt durch den Wald zu reiten.«

»Du Bastard!«, zischte sie.

»Wie soll ich denn deinem Bruder erklären, dass du nichts zum Anziehen hast?« Auf dem Weg zur Zeltklappe drehte er sich noch einmal um. »Bleib hier, verstanden? Wenn du nur einen Fuß aus diesem Zelt setzt, wirst du's bitter bereuen.«

Ohne eine Antwort abzuwarten, ging er hinaus. Verzweifelt sank Tia auf das Feldbett und starrte ihren ›Ehering‹ an. Unfassbar. Sie hatte tatsächlich ihren Feind geheiratet, in einem Zelt, in einem Männerhemd …

Wenige Minuten später kam er mit einem hellblauen Rock, einer gesmokten Bluse in der gleichen Farbe und einem Paar Schuhe zurück. »Das musst du ohne deine Unterwäsche tragen. Leider ist Godivas Kostüm nass«, fügte er hinzu und zeigte auf das Korsett und die Unterhose, die vor seiner Truhe lagen.

Diesen Kommentar würdigte sie keiner Antwort. Als sie sich anzog, bebten ihre Hände. Wenn er sie doch bloß allein ließe …

Aber er stand da, die Arme vor seiner Brust verschränkt, und behielt sie unentwegt im Auge. Erbost wandte sie sich ab, und als sie mit den Häkchen am Rücken der Bluse kämpfte, half er ihr.

Gleich darauf hörte sie Ians Stimme. »Tia! Taylor!«

»Komm herein, Ian!«, rief Taylor.

Eine Weinflasche und drei langstielige Gläser in den Händen, betrat er das Zelt. »Die gehören Colonel Bryer«, erklärte er, stellte alles auf den Schreibtisch und bearbeitete den Flaschenverschluss mit seinem Taschenmesser. »Für einen Militärarzt an der Front ist er erstaunlich gut ausgerüstet.«

»Offensichtlich«, meinte Taylor und nahm ein Glas Wein entgegen.

»Er hatte keine Ahnung, dass deine Frau hier ist – oder dass du meine Schwester geheiratet hast.«

»Weil ich's niemandem erzählt habe. Nur Sergeant Henson, Private Allen und Father Raphael wussten Bescheid. Der Priester hat uns getraut. Ehrlich gesagt, ich wollte die Heirat geheim halten, um deinem Vater weitere Probleme mit der Konföderation zu ersparen.

Wenn die Rebellen erfahren, seine Tochter habe einen Yankee geheiratet, werden sie nicht gerade in Jubel ausbrechen.«

»Da hast du Recht. Nun, Tia ...«, Ian reichte auch seiner Schwester ein Weinglas, »sicher wäre es schicklicher gewesen, du hättest Vater um seinen Segen gebeten und dich erst einmal verlobt.«

»Ausgerechnet du redest von Schicklichkeit! Wenn mich meine Erinnerung nicht trügt, bist du auf einer Party mit einer Ehefrau aufgetaucht, die keiner von uns kannte. Und einem Gerücht zufolge hattest du sie an einer Quelle auf unserem Anwesen verführt!«

»Was Söhne dürfen, können sich Töchter noch lange nicht erlauben. Aber irgendwie verstehe ich deine Entrüstung ... Jedenfalls freue ich mich für euch beide. Auf eure Gesundheit, viel Glück und ein langes Leben!«

»Danke.« Taylor hob sein Glas, nahm einen Schluck und Tia folgte seinem Beispiel.

»Colonel Taylor, Colonel McKenzie – Madam!«, rief Henson vor dem Zelt. »Das Dinner ist fertig!«

»Dann servieren Sie's«, befahl Taylor.

Hochrot im Gesicht, schleppte Henson ein kurioses Sortiment herein, das auf Colonel Bryers exquisite Tischkultur schließen ließ – ein schneeweißes Tuch, Porzellangeschirr, Silberbesteck. Bald verwandelte sich der Klapptisch in eine elegante Dinnertafel in sanftem Kerzenschein.

»Meine Liebe!«, flüsterte Taylor spöttisch in Tias Ohr, als er ihr einen Klappstuhl zurechtrückte.

Offenbar haben sich die Plünderer von der Union an unseren Florida-Rindern vergriffen, dachte Tia während der Mahlzeit. Doch sie empfand eher Resignation als Zorn. Wenigstens hatten die Yankees das Beste aus ihrer Beute gemacht. So ein gutes Steak mit Kartoffeln und Okraschoten hatte sie schon lange nicht mehr gegessen. Zunächst hatte Tia geglaubt, sie würde keinen Bissen hinunterbringen. Aber sie war halb verhungert und sehr durstig. Viel zu schnell leerte sie ihr Glas. Doch trotz der entspannenden Wirkung des Rotweins fiel ihr die Konversation schwer. Sie musste Ian erklären, Julian sei zu einem verletzten Adjutanten von General Finegan gerufen worden und wisse nicht, dass sie den Rebellentrupp verlassen hatte, um ihren Ehemann zu besuchen.

»Das war sehr leichtsinnig, Tia. Wenn ich mir vorstelle, wen du unterwegs hättest treffen können ...«

»Niemanden – ich ritt geradewegs zu Taylor.« Zu ihrer eigenen Verblüffung gelang es ihr zu lächeln. Dann allerdings fürchtete sie, das Lächeln könnte sich zu wildem Gelächter steigern und in Schluchzen übergehen ...

Taylor starrte sie forschend an. Dann wandte er sich zu Ian. »O ja, sie kam direkt zu mir.«

Nach der Mahlzeit fühlte sie sich schwindlig und erschöpft von dem anstrengenden Theater, das sie ihrem Bruder vorspielen musste. Endlich wechselte Ian das Thema und erkundigte sich nach Julians kleinem Sohn und sie seufzte erleichtert, bevor sie Conar beschrieb. »Ein typischer McKenzie mit schönen blauen Augen und dichtem dunklem Haar.«

»Geht es den stolzen Eltern gut?«

»Sehr gut. Natürlich war Rhiannon nicht besonders glücklich, weil sie auf Cimarron bleiben musste, als Julian abreiste.« Plötzlich erschauerte sie. Viele Leute nannten ihre Schwägerin eine ›weiße Hexe‹, denn Rhiannon besaß die unheimliche Fähigkeit, in die Zukunft zu schauen. Anscheinend hatte sie gewusst, Julian würde nichts passieren, wenn er mit seiner Schwester zur Schlacht bei Olustee ritt. Wie schade, dass sie Tia nicht davon abgeraten hatte, verwundete Rebellen zu pflegen, während sich Yankees in der Gegend aufhielten ... »Ich glaube, sie ahnte den triumphalen Sieg der Konföderation voraus«, fügte Tia leise hinzu.

Beide Männer starrten sie an. Erst jetzt wurde ihr

bewusst, wie zufrieden ihre Stimme geklungen haben musste. Sie durfte nicht vergessen, dass sie sich in einem Kriegslager der Union befand.

»Bald wird der Krieg ein Ende finden«, bemerkte Ian. »Da bin ich mir fast sicher. Inzwischen ist einiges passiert, wovon du noch nichts weißt, Tia.«

»Was denn? Soeben haben wir eine große Schlacht gewonnen!«

»Anderswo war die Konföderation nicht so erfolgreich.«

»Warum bist du so schnell hierher zurückgekehrt, Ian? Nach Weihnachten wurdest du in den Norden beordert.«

»Nun ja ...« Offenbar wollte er ihr nicht allzu viel verraten, obwohl sie seine Schwester und jetzt die Ehefrau eines Unionisten war. »England hat sich offiziell geweigert, die Regierung der Konföderation anzuerkennen, und wird ihr keine Schiffe mehr liefern. Auch von den anderen europäischen Mächten wird sie nicht akzeptiert – nur vom Papst. Verstehst du? Es ist vorbei – abgesehen von ein paar weiteren Todesfällen auf beiden Seiten.«

»Wird man alle Rebellen erschießen – als Deserteure?«, flüsterte sie.

»Unsinn!« In ihren Augen musste er tiefe Verzweiflung gelesen haben, denn er stand plötzlich auf und ging um den Tisch herum, zog sie von ihrem Stuhl hoch und umarmte sie brüderlich. »Heute Abend sollten wir nicht mehr über so ernste Dinge reden. Ich bin froh, dass ihr beide zusammengefunden habt, trotz eurer unterschiedlichen Überzeugungen. Aber ihr seid nicht das einzige Ehepaar, das solche Probleme meistern muss, und ihr werdet es sicher schaffen. Jetzt lasse ich euch allein. Wie ich aus eigener Erfahrung weiß, ist in diesen bitteren Kriegszeiten jede Stunde kostbar.«

»Nein, Ian, du musst nicht gehen!«, erwiderte sie.

Beinahe geriet sie in Panik und fürchtete, an unvergossenen Tränen zu ersticken.

Liebevoll küsste er ihre Stirn. »Morgen sehen wir uns kurz wieder. Ich kann nämlich nicht allzu lange im Camp bleiben.«

Am liebsten hätte sie seinen Hals umklammert und ihn angefleht, er möge sie in sein Zelt mitnehmen.

»Ich begleite dich hinaus, Ian«, erbot sich Taylor und schenkte Tia ein Lächeln. So mochte ein Alligator einen wehrlosen Kranich angrinsen.

»Ja, bitte – wir müssen noch einiges besprechen.« Ian drückte Tia ein letztes Mal an sich, dann wandte er sich zum Ausgang des Zelts. »Gute Nacht, kleine Schwester.«

Als sie allein war, wanderte sie rastlos umher. Sehnsüchtig schaute sie zur Plane an der Rückfront des Zelts. Durch die Wälder, die dahinter lagen, führten zahlreiche Wege nach Süden und Westen – und nach Cimarron.

»Mrs. Douglas!«, rief Sergeant Henson durch die Zeltklappe. »Darf ich den Tisch abräumen?«

»Oh – ja – bitte.«

Er trat ein und verneigte sich. Rasch und umsichtig erledigte er seine Arbeit.

»Tut mir Leid, dass ich Ihnen so viel Mühe mache, Sergeant.«

»Oh, das stört mich nicht im Mindesten. Manchmal nehmen auch andere Offiziere ihre Ehefrauen mit ins Lager. Obwohl Colonel Bryers Frau in New York lebt, besucht sie ihn sehr oft und trotzt allen Rebellengeschützen. Im Vertrauen gesagt – wir nennen sie die alte Streitaxt. Aber sie ist eine großartige Lady.«

»Zweifellos«, stimmte Tia höflich zu.

Nachdem er ihr eine gute Nacht gewünscht hatte, verließ er das Zelt. Verwirrt zuckte sie zusammen, als eine andere Stimme in der Nacht erklang. »Colonel Douglas!«

Wenige Sekunden später stürmte ein Mann ins Zelt, den sie an diesem Tag bereits gesehen hatte. Der hoch gewachsene Captain mit den müden Augen, der Kommandant des Spähtrupps. Verblüfft schaute er sie an. »Verzeihen Sie, bitte. Tut mir Leid, ich wusste nicht, dass der Colonel Gesellschaft hat, aber ich sollte ihm noch heute Abend Bericht erstatten.«

»Jetzt ist er bei Colonel McKenzie ...« Unbehaglich wich sie seinem forschenden Blick aus.

In diesem Moment kehrte Taylor ins Zelt zurück.

»Ah, Captain Ayers!«

»Sir – ich habe einen Bericht für Sie«, verkündete der Captain und salutierte.

»Captain Ayers, meine Frau. Tia, meine Liebe – Captain Kenneth Ayers.«

»Guten Abend«, murmelte Tia.

»Entschuldigen Sie, ich dürfte Sie nicht so angestarren, Ma'am. Es ist nur – ich bin mir sicher, dass wir uns schon einmal begegnet sind.«

»Noch nie, Sir«, würgte sie hervor.

»Nun – was den Bericht betrifft ...«

»Darüber sprechen wir draußen«, entschied Taylor.

»Gewiss, Sir.«

»Bis später, meine Liebe«, wandte sich Taylor zu Tia.

Nachdem die beiden Männer das Zelt verlassen hatten, wanderte sie wieder umher, dann setzte sie sich auf das Feldbett. Plötzlich sprang sie erschrocken auf. Blaze!

Würde das Pferd immer noch zwischen den Kiefern grasen? Sie musste es unbedingt finden, bevor es von einem Yankee erbeutet wurde. Das würde sogar Taylor verstehen. Außerdem wusste er, dass sie zurückkommen musste, solange sich ihr Bruder im Camp aufhielt. Kurz entschlossen hob sie die hintere Segeltuchplane hoch und schlüpfte in die Nacht hinaus. Ein Halbmond und schimmernde Sterne wiesen ihr den Weg. »Blaze! Blaze!« Doch das Pferd ließ sich nicht blicken. Besorgt rannte sie zwischen die Kiefern. Glücklicherweise hatte Taylor ihr bequeme, weiche Lederschuhe gebracht.

Schließlich blieb sie auf einem schmalen Pfad stehen und lauschte. Da drüben hatte sich etwas bewegt. Hoffnungsvoll wandte sie sich in die Richtung, aus der das Geräusch herangedrungen war.

Nicht Blaze, sondern Taylor. Die Arme vor der Brust verschränkt, lehnte er an einem Baumstamm. »Habe ich dir nicht verboten, wegzulaufen?«

»Was? Mach dich doch nicht lächerlich! Ich wollte nur …«

»Erspar mir weitere Lügengeschichten!«, unterbrach er sie und ging zu ihr. »Für jede Gelegenheit hast du irgendein Märchen parat.«

»Aber ich lüge nicht …« Glühende Hitze schien von ihm auszustrahlen, wie die Sonne, die an einem Sommertag die Erde versengte. Unwillkürlich wich Tia zurück.

»Mein Gott, du hast wirklich Nerven!«, stieß er hervor und packte ihren Arm. »Erst ziehst du mich in deine albernen Spiele hinein und dann versuchst du zu fliehen.«

»Nein, ich …«

Ungeduldig schnitt er ihr das Wort ab. »Nachdem du mich gezwungen hast, dich zu heiraten …«

»Gezwungen? Habe ich etwa einen Revolver an deine Schläfe gehalten?«

»Das nicht. Aber dein Bruder war nahe daran, sein Schwert zu ziehen.«

»Und du hättest ihn sicher getötet, dank deiner hervorragenden Fechtkunst!«

»Zu meinem tiefsten Bedauern – ja, das wäre beinahe geschehen.«

»Oder du würdest jetzt tot in deinem Zelt liegen!«

»So oder so, Godiva, du bist kein Blutvergießen wert.«

Seine Worte verletzten sie so schmerzlich wie die

harten Finger, die ihren Arm umklammerten. »Offenbar verstehst du nicht …«

»Nein, *du* verstehst nichts. Aber ich werde dir einiges beibringen.«

Ehe sie wusste, wie ihr geschah, umschlang er ihre Taille und warf sie über seine Schulter. »Um Himmels willen, Taylor, lass mich runter!«

Ohne Tia zu beachten, strebte er in die Richtung des Lagers.

»Lass mich sofort runter! Oder ich schreie! Mein Rebellenruf wird die ganze Kompanie zusammentrommeln! Und mein Bruder …«

»Dein Bruder wird sich nicht in unsere Ehe einmischen, Tia. Seit heute bin *ich* für dich verantwortlich.«

Mit langen Schritten trug er sie zu seinem Zelt – so mühelos, als wäre sie leicht wie eine Feder, hob die Plane hoch und schlüpfte mit ihr darunter hindurch.

Unsanft ließ er seine Frau auf das Feldbett fallen. Sie richtete sich auf, starrte den Muskel an, der in seinem Kinn zuckte, las den hellen Zorn in seinen Augen.

Was immer er sagen mochte – sie wappnete sich gegen ein Wortgefecht, das sie möglichst schnell gewinnen musste. Zum Glück wusste sie stets, was sie zu sagen hatte. Das hatte sogar Taylor einmal zugegeben.

»Nun, Godiva?«, fragte er.

»Soeben habe ich versucht, dir zu erklären …«

»Nein, ich höre dir nicht mehr zu. Oft genug hast du mich belogen.«

»Aber ich wollte nur mein Pferd …«

»Keine Bange, deine Stute wurde bereits in Sicherheit gebracht.«

»Ich wollte nicht weglaufen …«

»Sehr gut. Das wäre dir auch gar nicht gelungen.«

»Und jetzt …«

»Jetzt kannst du anfangen.« Plötzlich wirkte er kühl und distanziert. Sein Zorn war verflogen.

»Womit?«, flüsterte sie unsicher.

»Du bist doch stets so eifrig bestrebt, dich von deiner Kleidung zu befreien«, erwiderte er in spöttischem Ton. »Deshalb habe ich dich oft getadelt. Aber nun ist der richtige Zeitpunkt gekommen. Heute hast du mich geheiratet, Godiva, und endlich das Recht erworben, mir deine ganze Schönheit zu zeigen. Also? Ich warte.«

14

Verdammt, was tue ich da, fragte sich Taylor. Seit er an diesem Abend in sein Zelt zurückgekehrt war und Tia angetroffen hatte, wusste er nicht mehr, was er tat. Oder er merkte es erst, nachdem es schon geschehen war. Eins stand jedenfalls fest - Godiva sollte bitter büßen, was sie verschuldet hatte.

»Brauchst du meine Hilfe, Liebste?« *Sprich mit ihr,* befahl er sich, das lenkt dich von unangenehmen Gedanken an. »Dazu bin ich gern bereit. Andererseits müsstest du längst unbekleidet vor mir stehen, da du so geübt in der Kunst bist, dich zu entblößen.«

Wütend sprang sie vom Bett auf. »Was du da behauptest, ist nicht wahr – und sehr grausam.«

»Nicht wahr?«

»Natürlich nicht! Alle Gerüchte, die du vielleicht gehört hast, sind maßlos übertrieben.«

»Und warum fand ich dich heute Abend nackt in meinem Zelt?«

»Das habe ich dir bereits erklärt – weil ich meine verwundeten Schützlinge vor deinem Yankee-Spähtrupp retten wollte. Und weil ich gerade im Bach gebadet hatte ...«

»Alles Lüge!«

»Nein ...«

»So wie du Ian belogen hast. Nun, *diese* Lüge ist inzwischen Wahrheit geworden und ich werde meine

Rechte einfordern, die sich daraus ergeben.« Als sie wortlos zur Zeltklappe eilte, folgte er ihr blitzschnell und umklammerte ihren Arm. »Wohin gehst du?«

»Zu Ian. Ich werde ihm erzählen, wir hätten gestritten.«

»Den Teufel wirst du!« Trotz ihrer verbissenen Gegenwehr zog er sie an sich, hob ihr Kinn und erstickte ihren Protest mit einem fordernden Kuss. Seine Finger schlangen sich in ihr Haar, seine Zunge öffnete ihre Lippen. Bei jedem ihrer Atemzüge spürte er ihre weichen Brüste, ihre Herzschläge, ihr Zittern. Und er kannte keine Gnade. Diesen Kampf wollte er mit aller Macht gewinnen.

Tias Mund schmeckte so süß wie der Rotwein an diesem Abend und glich einem Feuer, das langsam geschürt wurde. Bald verschmolzen ihre Lippen wie aus eigenem Antrieb mit seinen und er musste nicht mehr gegen die Barriere ihrer zusammengebissenen Zähne kämpfen, um den Kuss zu vertiefen. Jetzt wehrte sie sich nicht mehr. Ihre Hände berührten seine Brust – offensichtlich nicht, um ihn wegzustoßen. Als er den Kopf hob, überschatteten ihre langen dunklen Wimpern die Wangen. »Tia …«

Ihre Augen blieben geschlossen. Versuchte sie die Märtyrerin zu spielen? Unwillkürlich lächelte er, denn er sah den Puls in ihrem Hals, der heftig und unregelmäßig pochte. »Ich habe dich geheiratet, Taylor, und ich werde meine Pflicht erfüllen.«

»Genau das wirst du tun, Mrs. Douglas.« Er nahm sie auf die Arme und schwang sie empor. Erschrocken umklammerte sie seinen Hals und fürchtete, er würde sie fallen lassen. Aber er legte sich mit ihr auf das Feldbett und gab ihr keine Gelegenheit, aufzuspringen. Als er sie auf den Bauch drehte und die Bluse an ihrem Rücken aufknöpfte, protestierte sie ärgerlich. »Willst du dir die Kleider vom Leib reißen?«, fragte er. »Ich weiß nicht, ob ich dir hier draußen eine reichhaltige

Garderobe kaufen kann – mitten im Nirgendwo, in harten Kriegszeiten.«

Da leistete sie keinen Widerstand mehr. Er öffnete die letzten Knöpfe und zog ihr die Bluse aus. Während sie noch auf dem Bauch lag, umarmte er sie und streichelte mit seinen Fingerspitzen die harten Knospen ihrer Brüste.

Die Lippen an ihrem Hals, spürte er ihren rasenden Puls und das Fieber seiner eigenen Leidenschaft. Langsam glitt seine Zunge an ihrem Rücken hinab. Er löste den Verschluss des hellblauen Rocks, streifte ihn nach unten, richtete sich kurz auf und schlüpfte aus seinem Hemd. Dann drehte er Tia auf den Rücken. Ihr langes dunkles Haar fiel nach hinten, die Spitzen ihrer Brüste reizten sein Fleisch. Behutsam küsste er ihre geschlossenen Lider, ihre Lippen, die sie bereitwillig öffnete. Wenig später fühlte er ihre Hand an seiner Wange und erkannte, dass sie ebenso wie er selbst geben und nehmen wollte.

Wie selbstverständlich schmiegt sie sich an seinen Körper. Seine Zunge umkreiste ihre Brustwarzen. Als er daran saugte, entlockte er ihr ein leises Stöhnen und ihre Finger gruben sich in seine Schultern. Immer tiefer wanderten seine Lippen hinab, über die seidige Haut ihres Bauchs, und fanden das Zentrum ihrer Sinnenlust, das er begierig kostete. In wachsender Erregung atmete er den Duft ihrer Weiblichkeit ein. Ungeduldig öffnete er seine Hose, zog sie aus und warf sie zu Boden. Tia rührte sich nicht, schien kaum zu atmen. Mit immer intimeren Liebkosungen lockte er sie aus der Reserve. Plötzlich wand sie sich zitternd umher, protestierte und flüsterte unverständliche Worte, hob die Hüften seinem warmen, feuchten Mund entgegen.

Ihre Augen blieben geschlossen. Also kein offenes Eingeständnis ihrer Sehnsucht ... Das wollte er ihr nachsehen. Langsam drang er in sie ein und begann zu beben, getrieben von dem Feuer, das sie in ihm entfacht hatte. Tia erstarrte. Keuchend warf sie ihren Kopf auf dem Kissen hin und her und Taylor beobachtete, wie sie in ihre Unterlippe biss, um nicht zu schreien.

Ein paar Sekunden lang empfand er tiefe Scham. Sie hatte die Welt herausgefordert, Leib und Leben riskiert. So viel wusste sie über die Männer, nachdem sie jahrelang im Lazarett Verwundete betreut hatte. Trotzdem war sie unschuldig. Jetzt schloss auch er die Augen und zwang sich, sein Verlangen zu kontrollieren. Ganz vorsichtig begann er sich in ihrer Wärme zu bewegen. Wie sehr er sie begehrte ... Alle Muskeln in seinem Körper spannten sich an. Langsam, behutsam – ein wenig tiefer – ein Rückzug – noch tiefer ...

An seinen Lippen spürte er Tias Atemzüge, die sich beschleunigten. Da steigerte er sein Tempo und erkannte die Veränderung, die in ihr vorging. Ihre Begierde verdrängte den Schmerz, ihr Körper passte sich seinem Rhythmus an.

Die Hitze, die ihn erfasste, erreichte die Kraft eines wilden Sturms. Ringsum mochten Kanonen donnern, Schwerter klirren, die ganze Welt im Krieg versinken – es würde ihn nicht interessieren. Jetzt kannte er nur noch den brennenden Wunsch, den Gipfel der Lust zu erreichen. Gewiss, er hatte Tia schon zuvor geküsst und umarmt, aber niemals geahnt, welch ein verzehrendes Feuer sie in ihm entzünden konnte. So intensive Gefühle hatten ihn noch nie überwältigt.

Auf einmal bäumte sie sich auf. Von einem heftigen Schauer erschüttert, füllte er ihren Schoß mit der kraftvollen heißen Flut seines Höhepunkts. Später lag er neben ihr, immer noch außer Atem, und hielt sie in den Armen. In welchen Zauberbann hatte sie ihn gezogen? Was war denn so einzigartig an ihr, dass er vergessen könnte ...

Die Explosion jenes Schusses – den Schlachtenlärm – Abby – das Blut an seinen Händen ...

Eine Zeit lang lag er schweigend neben Tia. Lange

Strähnen ihrer seidigen ebenholzschwarzen Haare bedeckten seine Brust. Ihr Gesicht konnte er nicht erkennen. Obwohl er niemals auch nur einen einzigen Gedanken an eine zweite Ehefrau verschwendet hatte, bereute er die Ereignisse dieses Abends nicht. Monatelang hatte er Tia McKenzie begehrt. Sie war keine einsame Witwe, keine Geschiedene, keine Prostituierte, sondern Jarrett McKenzies Tochter, Ians Schwester. Um eine solche Frau zu erobern, musste man sie heiraten.

Im Übrigen ist sie auch Godiva, erinnerte er sich, von neuem Zorn erfasst. Was sie alles gewagt hatte, war ihr offenbar nach wie vor nicht klar. »Glaubst du, dass du unsere Ehe ertragen wirst?«, fragte er.

»Sag nichts«, wisperte sie. »Mach's nicht noch schlimmer …«

»Noch *schlimmer*?« Diese Beleidigung seines männlichen Stolzes würde er nicht hinnehmen. Er wandte sich zu Tia und strich ihr das Haar aus dem Gesicht. Als sie von ihm wegrücken wollte, hielt er ihre Hände fest und setzte sich rittlings auf ihre Hüften. »Was habe ich dir denn angetan? Diese Heirat war *deine* Idee.«

»Ja, aber das …«

»Auch *das* gehört zur Ehe.« An ihren dichten dunklen Wimpern hingen Tränen und Taylors Zorn wurde plötzlich von Mitleid gemildert. »Vermutlich hast du dir einen galanten Gentleman aus den Südstaaten gewünscht.«

»Du hast an deine Frau gedacht«, beschuldigte sie ihn leise.

Schmerzlich krampfte sich sein Herz zusammen. »Jetzt bist *du* meine Frau.«

»Ich habe einen Feind geheiratet.«

»So wie viele Mädchen. Du wirst es überleben.«

»Wirklich? Werden wir den Krieg überleben?« Ihre Stimme klang angstvoll und verzweifelt.

Er erkannte ihre Verletzlichkeit, den Mut, den sie für ihre Aktivitäten aufgeboten haben musste. Auch wenn seine Frau eine eigensinnige Feindin war – er wollte sie beschützen. »Ja, wir werden am Leben bleiben. Dafür sorge ich.« Endlich schaute sie ihn mit ihren schönen, schimmernden mahagonifarbenen Augen an und schien ihm ausnahmsweise zu vertrauen. Als er sie küsste, schmeckte er das Salz der Tränen auf ihren Lippen. Zu seiner Überraschung erwiderte sie den Kuss voller Hingabe. Nach einer Weile richtete er sich auf. »Also war's doch nicht so schlimm?«

»Musst du dauernd reden?«

»Gewisse Bemerkungen sind durchaus angemessen«, entgegnete er lächelnd. »Zum Beispiel – ich liebe es, wie du dich bewegst, wie du aussiehst, wie du duftest. Sicher liegen viele Ehefrauen einfach nur teilnahmslos und pflichtbewusst da, in voluminösen Nachthemden. Das würde ich niemals dulden und ich glaube, ich muss es auch nicht befürchten. Du bist unbeschreiblich schön und verführst mich allein schon durch deine Anwesenheit.«

»Taylor …«

»Ja?«

»Ich *hasse* dich nicht …«

»«Wenn du mich mit so süßen Worten verwöhnst, kann ich meine Glut kaum bezähmen.«

»O Taylor …« Das Blut stieg ihr in die Wangen. »*So* schlimm war's gar nicht. Im Gegenteil. Und wie ich zugeben muss – du hast mich schon früher betört. Mit keinem anderen Mann könnte ich zusammen sein – nur mit dir.«

»Dafür danke ich dem Himmel.«

In ihrem Traum sah sie erneut das weiße Haus mit dem grandiosen Eingang. Und das hübsche Kind stürzte vom Balkon herab …

Schreiend erwachte sie. Tara hielt sie wieder in den Armen und sprach besänftigend auf sie ein. »Schon gut, Rhiannon, du hast nur geträumt. Beruhige dich, wir werden alle Eltern kleiner Jungen, die wir kennen, eindringlich warnen.«

Diesmal saß auch Alaina bei ihr. Tröstend wiegte sie den kleinen Conar hin und her, den der Schrei seiner Mutter geweckt hatte.

»Tut mir Leid, dass ich euch so viel Mühe mache«, seufzte Rhiannon.

»Red keinen Unsinn!«, protestierte ihre Schwiegermutter.

»Wir würden dir so gern helfen«, beteuerte Alaina. »Vielleicht – wenn du uns ganz genau erzählst, was du in deinem Traum siehst ...«

So beschrieb Rhiannon das große weiße Gebäude in allen Einzelheiten und schilderte die schrecklichen Ereignisse.

Alaina war leichenblass geworden. »Dieses Haus kenne ich.«

Als Tia erwachte, war sie allein. Nachdenklich blieb sie eine Zeit lang auf dem Feldbett liegen. Was in diesem Zelt geschehen war, erschien ihr unfassbar. Aber während sich der Morgen erhellte, kam es ihr immer realer vor. Nein, sie hasste Taylor nicht. Wenn er sie auch maßlos ärgerte – er hatte sie von Anfang an fasziniert. Und sie hätte nie gedacht, dass ein Mann solche Emotionen in ihr erregen konnte wie Taylor letzte Nacht. Jetzt sehnte sie sich sogar nach ihm, nach dem wunderbaren Gefühl beschützt zu werden – vielleicht auch geliebt ... Selbst wenn er sie nur notgedrungen geheiratet hatte.

Neben dem Schreibtisch stand ein gefüllter Wassereimer, über den ein frisches Handtuch gebreitet war. Hastig stand sie auf, wusch sich und zog sich an. In Taylors kleinerer Truhe fand sie eine Bürste, entwirrte ihr zerzaustes Haar und schlang es zu einem halbwegs ordentlichen Knoten zusammen.

Sobald sie präsentabel aussah, verließ sie das Zelt.

Sergeant Henson saß auf einem improvisierten Hocker, den man offenbar von einem gefällten Baumstamm angesägt hatte, und schnitzte an einer kleinen Holzfigur. Über dem Lagerfeuer wurde ein Kaffeekessel warm gehalten. »Guten Morgen, Mrs. Douglas!«, rief er fröhlich.

Was mochte er von der Frau halten, die seinen Kommandanten am vergangenen Abend in einem weißen Männerhemd geheiratet hatte? Egal was er dachte, er begegnete ihr überaus höflich.

»Guten Morgen, Sergeant.«

»Heute Vormittag findet eine Besprechung statt – im Zelt des Doktors, weil Ihr Mann Sie schlafen lassen wollte, Ma'am.«

Deshalb? Daran zweifelte sie. Vielmehr, weil sie nicht zuhören sollte, wenn Yankee-Strategien erörtert wurden. »Danke, Sergeant.«

»Möchten Sie Kaffee?«

»O ja, sehr gern.« Er füllte einen Becher und Tia nippte dankbar am besten Kaffee, den sie seit langem getrunken hatte. »Nimmt mein Bruder an der Besprechung teil?«

»Natürlich, Mrs. Douglas. Gestern brachte er Ihrem Mann Depeschen und Informationen.«

»Ich verstehe ...« Plötzlich erschien ihr die Situation wieder irreal. Ihr Bruder, ihr Ehemann – zwei Feinde. Sie schaute sich im Camp um und sah ein hübsches Mädchen aus einem großen Zelt laufen, direkt auf sie zu. »Wer ist das, Sergeant?«

»Cecilia Bryer, die Tochter des Docs. Eine sehr nette junge Dame. Bei diesem Feldzug sorgt sie für ihn.«

»Mrs. Douglas!«, grüßte Cecilia und nickte Henson freundlich zu. Obwohl sie müde und vor der Zeit gealtert aussah – wie viele Menschen, die sich zu sehr für den Krieg engagierten –, wirkte ihr Lächeln ansteckend.

Nach kurzem Zögern ergriff Tia die Hand, die ihr

das Mädchen reichte. »Wie geht es Ihnen denn, Miss Bryer?«

»Danke, so gut es einem hier gehen kann. Natürlich haben wir von Ihrer Ankunft gehört. In einem kleinen Camp verbreiten sich solche Neuigkeiten sehr schnell.«

»Ich kam völlig unerwartet hierher.«

»Ja, das hat uns Ihr Mann erklärt. Um ihn zu treffen, mussten Sie einiges durchmachen. Jetzt tragen Sie meine Kleider. Ihre Sachen sind voller Schlamm …«

»Tut mir Leid, ich wusste nicht, dass der Rock und die Bluse Ihnen gehören. Vielen Dank, verzeihen Sie …«

»Dafür müssen Sie sich nicht entschuldigen. Glücklicherweise genieße ich sogar in diesem Kriegslager einen gewissen Luxus und besitze mehrere Kleider zum Wechseln. Ich glaube, wir sind besser ausgerüstet als die Rebellen.«

»Irgendwie finden wir uns zurecht«, entgegnete Tia leise.

Cecilia hob die zierlichen Brauen. Offenbar fand sie es erstaunlich, dass eine Frau, die in einem Unionscamp lebte und mit einem Unionscolonel verheiratet war, sich nach wie vor mit dem Süden identifizierte. »Nun, mein Vater ist stets bereit, *alle* Verwundeten zu behandeln, Freund und Feind.«

»Ebenso wie mein Bruder«, versicherte Tia hastig. Verwirrt runzelte das Mädchen die Stirn und dachte, sie würde von Ian sprechen. »Mein Bruder Julian ist Militärarzt bei der Konföderation.«

»O ja, wir alle haben von ihm gehört. Einmal wurde er nach St. Augustine geschmuggelt, um General Magee zu helfen.«

»Das stimmt.«

Jetzt lächelte Cecilia wieder. »Egal auf welcher Seite Sie stehen, Mrs. Douglas – ich glaube, Sie haben ein gutes Herz, und das freut mich. In unserem Lazarett liegt ein junger Mann, der bald sterben wird – einer Ihrer alten Freunde.«

»Wer ist es?«

»Canby Jacobs. Er hat mir erzählt, seine Eltern würden eine kleine Rinderfarm besitzen, ein paar Meilen westlich von Ihrem Familiensitz bei Tampa.«

»Natürlich, Canby! Ich ging mit seiner Schwester zur Schule.«

»Wollen Sie ihn besuchen?«

»Sehr gern.«

»Er meint, vielleicht wären Sie nicht dazu bereit und würden ihn für einen Verräter halten.«

»Da irrt er sich.«

»Gut, kommen Sie bitte mit mir.«

Tia folgte Cecilia Bryer zwischen mehreren kleinen Zelten hindurch. In der Ferne sah sie ein paar Soldaten, die auf einer Wiese exerzierten, andere beschäftigten sich im Camp, wuschen ihre Wäsche, saßen an Klapptischen, schrieben Briefe oder lasen.

Im Lazarett standen vierzig bis fünfzig Betten. Fliegen summten, Patienten stöhnten, männliches und weibliches Pflegepersonal wechselte Verbände, gab den Verwundeten zu trinken und sprach beruhigend auf die Soldaten ein, die starke Schmerzen erlitten. So schlimm wie bei Olustee sah es hier nicht aus. Niemand lag in seinem Blut, mit abgetrennten oder verstümmelten Gliedern.

Aber der Soldat, zu dem Tia geführt wurde, befand sich in sehr schlechtem Zustand. Durch den soeben erneuerten Verband, der seinen Brustkorb umgab, sickerte unaufhaltsam frisches Blut. Auch die linke Gesichtshälfte war bandagiert. Tia erkannte Canby Jacobs kaum wieder.

»Ein Großteil seiner Lunge wurde weggeschossen«, wisperte Cecilia. »Wir können nicht mehr tun, als die Wunde feucht und sauber zu halten. Falls Sie den Verband wechseln, seien Sie vorsichtig.«

Bedrückt nickte Tia und trat näher an das Bett heran. Canbys unverletztes Auge war geschlossen, seine

Hand lag auf der Brust. Als Tia danach griff, öffnete er das Auge, das in dunklem Blau schimmerte, und der sichtbare Teil seiner Lippen verzog sich zu einem Lächeln. »Miss Tia! Sind Sie's wirklich?«

»Ja, Canby. Freut mich, Sie wiederzusehen.«

»Sicher biete ich keinen erfreulichen Anblick.«

»Sie werden sich bald erholen.«

»Nein, ich sterbe«, erwiderte er tonlos. »Schon gut. Ich habe meine Wahl getroffen. Wofür ich kämpfe und sterbe, wusste ich. Und ich glaube, ich habe richtig gehandelt. Deshalb wird mich der liebe Gott freundlich aufnehmen. Vielen Dank, dass Sie zu mir gekommen sind, Miss Tia. Eigentlich dachte ich, Sie wollten nichts mit mir zu tun haben. Der Krieg hat meine Familie entzweit. Jetzt lebt meine Mutter in Savannah und Pa fiel im letzten Frühling bei der Massachusetts Fourth Artillery.«

»Tut mir so Leid, Canby. Ich werde Ihrer Mutter schreiben.«

»Nicht nötig. Sie sagte, für sie sei ihr Sohn gestorben, als er zur US-Army ging.«

»Das hat sie nicht ernst gemeint. Keine Mutter ...«

»Nicht jeder hat so tolerante Eltern wie Sie, Miss Tia. Wissen Sie, früher habe ich für Sie geschwärmt – bei den schönen Partys auf Cimarron. Da haben Sie getanzt und gelacht und waren so nett zu all den jungen Männern, sogar zu armen, hässlichen Jungs wie mir.«

»Unsinn, Canby, Sie waren weder hässlich noch arm!«

»Jetzt haben Sie also Colonel Douglas geheiratet. Darüber bin ich sehr froh. Ein wunderbarer Mann! Das werden Sie vielleicht erst merken, wenn der Krieg vorbei ist ... Wenn ich's recht bedenke, es dürfte mich gar nicht überraschen, dass Sie mich besuchen. Offenbar sind Sie genauso großzügig wie Ihr Vater, der beide Söhne liebt – ganz egal, welchen Weg sie gehen.«

»Ja, ich liebe Ian genauso wie Julian – und alle meine

Freunde. Für mich spielt es keine Rolle, auf welcher Seite sie stehen.« Unauffällig musterte sie seine Bandage, die mit Blut getränkt war. »Nun muss ich Ihren Verband wechseln, Canby.«

»Nein, lassen Sie nur …«

Aber sie bat bereits einen Pfleger um eine frische Bandage und der hinkende Bursche musste nur einen Blick auf Canby werfen, um zu wissen, was der Schwerverletzte brauchte.

Während Tia den Verband wechselte, bat Canby: »Schreiben Sie meiner Frau. Als der Krieg begann, war ich in einem Ausbildungslager oben in D.C. Dort lernte ich Darla kennen. Wir haben einen süßen kleinen Sohn. Schreiben Sie ihr, wie sehr ich sie liebe, Miss Tia. Sie soll nicht zu lange um mich trauern und unseren Jungen zu einem anständigen Mann erziehen. Und würden Sie ihr bitte versichern – ich sei tapfer gestorben, im Vertrauen auf Gott.«

»Natürlich, Canby.« Beim Anblick der schrecklichen Wunde mit der entblößten Lunge blieb ihr fast das Herz stehen. Rasch legte sie dem Soldaten einen neuen trockenen Verband an. »Bald wird Father Raphael zu mir kommen«, flüsterte er. »Würden Sie mir bis dahin was vorsingen, Miss Tia? ›Amazing Grace‹ …«

Mühsam zwang sie sich zu einem Lächeln, drückte seine Hand und begann, leise zu singen. Bevor sie die zweite Strophe anstimmte, rief ein anderer Soldat: »Lauter, Miss, bitte – für uns alle!«

Diesen Wunsch erfüllte sie sehr gern. Nach der letzten Strophe betrachtete sie Canbys Gesicht. Mit einem Lächeln auf den Lippen war er gestorben, als hätte er auf dem Weg zum Himmel die Engel erblickt.

So viele Männer hatte sie sterben sehen, im Blau der Union, im Grau der Konföderation. Den Kopf gesenkt, umklammerte sie die leblose Hand und begann zu weinen.

Ian hatte mehrere Landkarten auf den Schreibtisch in Dr. Bryers Privatquartier ausgebreitet und erläuterte die derzeitige Kriegslage, über die er sich bei einer Besprechung in Washington D.C. informiert hatte. »Hier hat sich wenig geändert. Wie ich schon oft genug betont habe – nur ein Großangriff auf die Halbinsel kann eine Entscheidung herbeiführen. Die Menschen in dieser Gegend sind zäh und die meisten, die mit der Union sympathisieren, wagen kein öffentliches Bekenntnis, weil sie Repressalien von Seiten der Konföderation befürchten. Um eine große Schlacht zu gewinnen, braucht man ein großes Heer. Immerhin wird die Blockade gerade verstärkt. Colonel Bryer, ein paar Wochen können Sie noch in den Wäldern verbringen. Dann müssen wir unsere Gefangenen, Verwundeten und Vermissten leider im Stich lassen und Sie werden nach St. Augustine zurückkehren. Dort sollen Ihre Männer vorerst leichten Kriegsdienst verrichten, später wird man sie zur Army am Potomac beordern.«

»Diese Kompanie hat viel durchgemacht«, wandte Colonel Bryer ein. »Bei der blutigen Schlacht von Olustee blieb kaum jemand unverletzt.«

»Dann werden die Soldaten die Wochen in St. Augustine als Urlaub betrachten.«

»Ich fürchte, hier wird der Krieg auch weiterhin so verlaufen wie bisher – allzu viel wird keine Seite gewinnen und umso größere Verluste erleiden.« Taylor wandte sich zu Ian. »Vermutlich hast du auch für mich eine neue Order.«

Sein Freund nickte und reichte ihm eine Ledermappe, in ein wasserfestes Tuch gewickelt. Nachdem Taylor die Papiere studiert hatte, blickte er auf. »Genauso gut könnte ich eine Nadel im Heuhaufen suchen.«

»Das weiß ich. Und wie ich zugeben muss – ich bin froh, dass man diesen Auftrag *dir* erteilt hat und nicht mir.«

»Und was glaubst du, warum man sich dazu entschlossen hat?«

»Weil du ein Indianer bist«, entgegnete Ian ohne Umschweife. »Dieses Sumpfgebiet kennst du besser als sonst jemand.«

»Darf ich erfahren, worum es geht?«, fragte Bryer neugierig. »Nun diene ich schon seit einiger Zeit zusammen mit Colonel Douglas und ich bewundere seine Fähigkeiten.«

Erstaunt über das Lob des hartgesottenen alten Soldaten, wandte sich Taylor zu Bryer. »Vielen Dank, Sir. Aber ich fürchte, meine Mission muss geheim bleiben. In ein paar Tagen werde ich Sie verlassen.«

»Colonel Douglas, ich kenne meinen Rang und meine Pflicht. Aber ich bin Arzt und wohl kaum ein geeigneter Kommandant für dieses Camp.«

»Eigentlich sollte ich heute Morgen abreisen«, erklärte Ian. »Aber dann kam ein Bote aus St. Augustine hierher und bat Ian und mich, den gemeinsamen Transport unserer Kavallerieeinheiten und Ihrer Schwerverwundeten hinauszuzögern, Colonel Bryer. Also bleibe ich eine Zeit lang im Camp, bevor wir die Kompanie nach St. Augustine bringen. Danach werde ich mich ebenfalls der Army am Potomac anschließen – nur etwas später als erwartet.« Er drehte sich wieder zu den Landkarten. »Am 9. März wurde Ulysses Grant von Lincoln das Oberkommando übertragen. Und das sind unsere Ziele: Meade bleibt der Army-Kommandant unter Grant und soll Lee angreifen, was wir während des gesamten Krieges versucht haben. General Butler wird seine Streitkräfte aus dem Fortress Monroe zum Südufer des James River führen, Siger marschiert durch das Shenandoa Valley, Sherman attackiert Atlanta und Banks bereitet einen Angriff auf Mobile vor.«

»Wird das den Krieg beenden?«, fragte Ayers.

»Wenn alle Pläne erfolgreich verwirklicht werden …«, seufzte Taylor.

»Grant kümmert sich nicht darum, wie viele Männer er umbringt«, warf Bryer ein.

»Haben wir nicht gejammert, viele unserer Generäle seien zu vorsichtig?« erwiderte Taylor. »Meade hätte Lee nach Gettysburg verfolgen sollen. Dann wäre dieser Brudermord längst überstanden.«

»Wann können wir den Krieg gewinnen?«, erkundigte sich Bryer.

Taylor zeigte auf eine Landkarte. »Irgendwo in dieser Gegend treibt sich der berühmte Rebellengeneral P. T. Beauregard herum – und er wird alles tun, um uns von Richmond abzulenken. Jubal Early könnte zu den Männern im Shenandoa Valley stoßen ...« Plötzlich verstummte er und lauschte. Mit hoher, klarer Stimme hatte eine Frau zu singen begonnen – eine schlichte Ballade.

»Meine Schwester«, murmelte Ian.

»Das weiß ich.« Taylor stand auf, steckte seine Depesche in die Innentasche seines Kavalleriejacketts und verließ Bryers Quartier, das in der Nähe des Lazaretts lag. An diesem milden Vormittag hatte man die Segeltuchplanen hochgerollt, damit die Verwundeten die frische Brise genießen konnten.

In der Mitte des Zelts saß Tia auf einem Klappstuhl. Jemand hatte ihr eine Gitarre gebracht und ihre Finger glitten über die Seiten, während sie ein bekanntes Lied sang. Bei Unions- und Konföderationssoldaten gleichermaßen beliebt, huldigte es weder der einen noch der anderen Seite, sondern beklagte nur die Grausamkeit des Todes.

Hingerissen hörten ihr die Soldaten zu. Ein paar Amputierte mit verbundenen Beinstümpfen saßen am Boden oder lehnten vor dem Zelt an Baumstämmen. Sogar die Krankenschwestern und Pfleger hatten ihre Arbeit unterbrochen. Erfreut beobachtete Cecilia, wie die meisten ihrer Schützlinge die Schmerzen zu vergessen schienen.

Als der letzte Akkord verhallt war, klatschten alle Beifall.

»Bitte, singen Sie ›Dixie‹!«, rief ein Mann und Tia wandte sich erstaunt zu ihm. »Corporal Hutchins«, stellte er sich vor, »direkt am Suwannee River geboren. Aber ich ging in New York zur Schule. Im Grunde meines Herzens bin ich nach wie vor ein Südstaatler – ich habe nur was gegen die Sezession. Also spielen Sie mir bitte ›Dixie‹ vor. Den Jungs wird's nichts ausmachen.«

Und so sang sie das populäre Lied. Danach fragte ein Soldat, ob sie bereit wäre, auch den ›Star-Spangled Banner‹ zu singen, da sie doch jetzt in einem Unionscamp sei. Nach kurzem Zögern erfüllte sie seinen Wunsch. Schließlich gab sie die Gitarre dem Besitzer zurück und dankte für den Applaus.

»Sorgen Sie sich nicht um Canby Jacobs, Mrs. Douglas!«, rief Corporal Hutchins. »Wir werden alle Geld sammeln, um Canbys Überführung zu seiner jungen Frau zu bezahlen.«

»Vielleicht will er in der Erde von Florida begraben werden«, wandte sie ein.

»Er liebte Florida, aber seine Frau liebte er noch mehr.«

»Dann soll er natürlich zu ihr zurückkehren.«

Als sie durch das Zelt ging, trat ihr Captain Ayers in den Weg, der Kommandant des Spähtrupps, der sie am Vortag verfolgt hatte. »Mrs. Douglas, verzeihen Sie, dass ich Sie aufhalte – aber ich könnte schwören, dass wir uns schon einmal begegnet sind.«

Bis jetzt hatte sie Taylor, der vor dem Zelt wartete, noch nicht entdeckt. Nun beobachtete er, wie sie zögerte und blass wurde. *Ja, natürlich hat Ayers sie gestern gesehen, dachte er. Die schöne Lady Godiva, die seine Soldaten von den Rebellen weggelockt hatte – zurück zu ihrem eigenen Camp …*

»Sie kennen meinen Bruder, Sir – Colonel Ian McKenzie, der sich gerade im Lager aufhält. Vielleicht ist Ihnen eine gewisse Ähnlichkeit aufgefallen … Oder Sie sind meinem anderen Bruder Julian begegnet?«

Lächelnd schüttelte Ayers den Kopf. »In meinem Bekanntenkreis sieht kein Mann so aus wie Sie, Ma'am.«

»Oder Sie haben mein Elternhaus Cimarron besucht und ich kann mich nicht an unsere Begegnung erinnern …«

Nun hatte das Gespräch lange genug gedauert und Taylor beschloss einzugreifen. Er ging ins Lazarett und legte einen Arm um Tias Schultern. »Ayers!«

»Sir!« Zackig salutierte der junge Kavallerie-Captain, ein tüchtiger, tapferer, verlässlicher Soldat. »Verzeihen Sie, aber ich habe das sonderbare Gefühl, ich hätte Ihre Frau schon einmal getroffen – irgendwo …«

»Natürlich sieht sie nicht wie ein Mann aus, Captain, da gebe ich Ihnen Recht. Aber wenn Sie die Familie McKenzie so gut kennen würden wie ich, könnten sie eine gewisse Ähnlichkeit zwischen den Geschwistern feststellen – die Augen, die Gesichtszüge.«

»Daran wird es wohl liegen. Nichts für ungut. Es war mir ein Vergnügen, Sie kennen zu lernen, Mrs. Douglas. Soviel ich weiß, haben Sie im Lazarett Ihres Bruders gearbeitet und es freut mich, dass heute auch *unsere* Verwundeten in den Genuss Ihrer Talente kommen.«

»Mein Mitgefühl gilt *allen* Soldaten, die in diesem Krieg ihr Blut vergießen, Sir.«

»Das finde ich wundervoll, Ma'am.«

Da Taylors Arm ihre Schultern immer noch umfing, spürte er ihr Zittern. »Captain, wir müssen noch einiges besprechen. Entschuldige uns, Tia, es wird nicht lange dauern.«

»Natürlich musst du deine Pflicht erfüllen, Taylor.« Die dunklen Augen voller Dankbarkeit, schaute sie zu ihm auf. Ihre Hand berührte seine Brust. Eine fast zärtliche Geste … Erstaunt erwiderte er ihren Blick. Hatte die absurde Lüge, die Wirklichkeit geworden war, einen Waffenstillstand bewirkt? Lächelnd hauchte er einen Kuss auf ihre Fingerspitzen und ein paar Patienten pfiffen anerkennend.

»Herzlichen Glückwunsch, Colonel!«, rief ein Soldat. »Offenbar haben Sie eine wilde Rebellin erobert!«

»Ja, das ist mir gelungen«, bestätigte Taylor.

Hatte er sie wirklich erobert? Wohl kaum. Die Zukunft seiner Ehe lag in ungewissem Dunkel. So wie das Endes des Krieges.

15

Ungeduldig zerriss Rhiannon den fünften Brief, den sie geschrieben hatte, und fing noch einmal von vorn an.

Liebe Mrs. Davis, wenn ich mich vorstellen darf – ich bin Rhiannon McKenzie, verheiratet mit Colonel Julian McKenzie, einem Arzt von der Florida-Miliz. Sicher ist Ihnen der Name McKenzie ein Begriff. Vor der Teilung der Staaten kannte Präsident Davis meinen Schwager Ian sehr gut. Ian studierte in West Point und diente in der Army, als Präsident Davis Kriegsminister war. Jerome McKenzie, Ians Vetter, von der Navy der Konföderation, kommandiert einen der erfolgreichsten Blockadebrecher in diesem Krieg. Wie ich zugeben muss, bin ich eine Gegnerin der Sezession, habe aber mit meinem Mann im Lazarett zusammengearbeitet und vielen Soldaten der Konföderation das Leben gerettet. Da ich in diesem Krieg so viele Tragödien mit ansah, im Norden wie im Süden, lernte ich den Wert des Lebens schätzen – vor allem das Leben unserer Kinder. Madam, ich habe oft gehört, wie sehr Sie Ihre Kinder lieben. Manchmal werde ich von Träumen und Visionen heimgesucht und ich fürchte, eines ihrer Kinder könnte einen Unfall erleiden. Bitte, nehmen Sie meine Warnung ernst und glauben Sie nicht, der Krieg hätte mich um den Verstand gebracht. In meinen Träumen sehe ich immer wieder ein Kind von einem Balkon herabstürzen. Und viele meiner Visionen haben sich bewahrheitet. Madam, ich flehe Sie an, beschützen Sie Ihre Kinder, wenn sie auf dem Balkon Ihres schönen Hauses spielen. Möge der Allmächtige die Last des Leidens erleichtern, die Sie in diesem Krieg zu tragen haben. Mit den besten Wünschen für Sie und Ihre Lieben, hochachtungsvoll, Rhiannon McKenzie.

Nachdenklich las sie, was sie diesmal geschrieben hatte. Vielleicht wird mich die First Lady der Konföderation für verrückt halten, überlegte sie. Oder der Brief wird gar nicht erst in ihre Hände geraten ... Trotzdem musste sie ihr Bestes tun. Den qualvollen Traum durfte sie nicht ignorieren.

Sollte sie nach Richmond fahren und persönlich mit Mrs. Davis sprechen? Doch dann müsste sie ihr Baby mitnehmen und würde womöglich sein Leben riskieren. Wenn Julian wüsste, dass sie auch nur daran dachte ... Alaina konnte die Reise wegen ihrer beiden kleinen Kinder nicht antreten. Und seit Weihnachten erweckte sie den Eindruck, sie wäre wieder schwanger. Sydney, ebenso wie Alaina eine leidenschaftliche Rebellin, war jetzt mit einem Yankee verheiratet und lebte in Washington. Also konnte sich Rhiannon nur an Tia wenden, die irgendwo in der Nähe von St. Augustine für Julian arbeitete, an der Stelle seiner Frau. Irgendwie musste sie Tia erreichen ...

Entschlossen stand sie auf. Sie würde Jarrett um eine Eskorte quer durch den Staat bitten. Nun hatte die Trennung von Julian lange genug gedauert. Sie hatte sich gut von der Niederkunft erholt, ihr kleiner Sohn war kerngesund und kräftig genug für die Reise. Zweifellos würden die Schwiegereltern verstehen, dass sie sich nach ihrem Mann sehnte.

Als sie sich umdrehte, sah sie Alaina in der Tür stehen.

»Was hast du vor, Rhiannon?«

»Ich muss Julian finden.«

»Aber in Wirklichkeit suchst du nicht Julian.«

»Doch, ich liebe meinen Mann.«

»Daran zweifle ich nicht …« Plötzlich wurde Alaina blass und presste eine Hand auf ihren Magen. »Entschuldige mich!«, würgte sie hervor und floh in ihr Schlafzimmer.

Nach einer Weile kehrte sie zurück. Rhiannon hatte inzwischen ihre Reisetasche aus dem Schrank geholt. Lächelnd wandte sie sich zu ihrer Schwägerin. »Ein Weihnachtsgeschenk von Ian, nicht wahr?«

»Früher war mir nie so schrecklich übel.«

»Du hast ja auch noch nie Zwillinge erwartet.«

»Zwillinge …« Kraftlos hielt sich Alaina am Türrahmen fest.

»Tut mir Leid.« Rhiannon lachte leise und begann, einige Kleidungsstücke in die Tasche zu legen. »So genau weiß ich's natürlich nicht.«

»Du versuchst doch nicht etwa, nach Richmond zu fahren?«

»Nein, ich will nur jemanden finden, der mühelos in die Stadt gelangen kann.«

»Oh, ich verstehe … Komm, ich helfe dir packen.«

Unermüdlich unterstützte Tia die Bryers bei der Krankenpflege. Die meisten Verwundeten waren sehr tapfer und dankbar für jeden Schluck Wasser, den sie ihnen brachte, das Chinin, das sie ihnen verabreichte, die Verbände und Umschläge, die sie sorgsam wechselte.

Am Ende dieses langen Tages hängte sich Cecilia Bryer bei ihr ein und führte sie aus dem Lazarett. »Gehen wir in die Richtung des Flusses. Da ist es angenehm kühl und beschaulich. Niemals hätte ich gedacht, dass ich mich in dieser *unzivilisierten* Gegend so wohl fühlen würde.«

»Woher stammen Sie?«

»Aus Massachusetts. Dort ist es sehr kalt.«

Freundlich nickten die Soldaten den beiden Frauen zu, die durch das Camp wanderten. Auf der anderen Seite des Zauns folgten sie einem ausgetretenen Pfad zu einem kleinen Teich, der von einer Quelle gespeist wurde. Nachdem sie ihre Gesichter erfrischt und getrunken hatten, setzten sie sich ans Ufer.

»Ich assistiere meinem Vater schon seit dem Beginn des Krieges«, erzählte Cecilia. »Was glauben Sie, wie oft ich mir von so genannten feinen Damen schon anhören musste, wie ›unschicklich‹ ich mich verhalte! Für ein junges Mädchen gehört es sich einfach nicht, Soldaten anzufassen.«

»Und ich dachte, das würde man nur den Südstaatlerinnen verübeln.«

»In Washington geht's genauso zu. Als Dorothea Dix zur Vorsteherin der Krankenpflegerinnen ernannt wurde, waren ihr natürlich *einige* Frauen hoch willkommen. Aber mir erklärte sie, ich sei zu jung und zu hübsch, um in einem Lazarett zu arbeiten. Ihre Krankenschwestern müssten mindestens dreißig sein, möglichst unscheinbar, und sie dürften keine romantischen Flausen im Kopf haben.« Als Cecilia lächelte, bildeten sich bezaubernde Grübchen in ihren Wangen. »Also wandte ich mich an meinen Vater. Er beförderte mich sofort zu seiner Assistentin und betonte, niemand dürfe ihm vorschreiben, wen er in seinem Lazarett beschäftigen würde und wen nicht. Ich glaube, mittlerweile habe ich mich zu einer recht guten Pflegerin entwickelt.«

»Ohne jeden Zweifel«, stimmte Tia zu. »Auch ich arbeite seit dem Kriegsausbruch in einem Lazarett. Anfangs mussten mein Bruder Julian und ich nur nach kleineren Scharmützeln die Verwundeten behandeln. Aber dann erlebten wir größere Schlachten mit und die Verletzungen wurden immer schlimmer. Einmal musste ich das Gesicht eines Soldaten waschen, der einen Teil seiner Nase und beide Augen verloren hatte. Es war die erste wirklich schwierige Aufgabe, die Julian mir übertragen hatte, und ich dachte, ich würde mich übergeben. Irgendwie schaffte ich es. Danach brauchte ich unbedingt frische Luft. Auf dem Weg nach draußen stolperte ich über einen Haufen amputierter Gliedmaßen und fiel hin. Da wusste ich, dass ich nicht in Panik geraten durfte. Sonst würde ich davonlaufen und nie mehr zurückkommen. Also stand ich auf und sagte mir, ich würde die frische Luft nicht so dringend brauchen wie die Verletzten meine Hilfe. Manchmal fällt es mir immer noch schwer, all das Leid mit anzusehen. Aber ich zucke mit keiner Wimper und ich finde das Getue der vornehmen Damen einfach nur albern.«

Cecilia nickte verständnisvoll. »Von solchen kleinlichen Vorhaltungen darf man sich nicht beeinflussen lassen. Andererseits nehme ich es dem alten Drachen Dix – so wird sie von ihren Untergebenen genannt – nicht übel, dass sie mich abgewiesen hat. Die meisten Frauen sind einfach zu zart besaitet, um eiternde Wunden und blutige Beinstümpfe zu betrachten, die immer wieder neu verbunden werden müssen. Wahrscheinlich hofften einige junge Damen, die sich zum Dienst in den Lazaretten meldeten, sie würden schneidige, heiratsfähig Offiziere kennen lernen – keine einfachen Soldaten mit Frauen und Kindern, die im Sterben liegen und *wirklich* Hilfe brauchen.«

»Offenbar gibt es im Norden die gleichen Probleme wie im Süden«, seufzte Tia.

»O ja.« Nach einer kurzen Pause fügte Cecilia hinzu: »Jetzt arbeite ich schon so lange im Lazarett, dass ich fürchten muss, nach dem Ende des Krieges wird mir das Schicksal einer alten Jungfer drohen. Deshalb habe ich beschlossen, Medizin zu studieren. Vater meint, das sei eine gute Idee. Die erste Frau, die ihren medizinischen Doktor gemacht hat, war Elizabeth Blackwell. Mittlerweile entscheiden sich immer mehr Frauen für diesen Beruf und ich möchte ihrem Beispiel folgen.«

»Das finde ich wundervoll.«

»Vielen Dank für Ihre Ermutigung, Tia.« Cecilia stand auf. »Jetzt muss ich zu meinem Vater gehen. Bleiben Sie noch hier. Seit Sie am Wasser sitzen, sehen Sie endlich mal entspannt aus. Und nochmals vielen Dank für Ihre Hilfe im Lazarett. Sie haben sehr gut für unsere Verwundeten gesorgt – wenn Sie auch Ihre Feinde sind.«

»Und ich danke Ihnen – weil Sie mir vertrauen«, erwiderte Tia lächelnd.

»Ich glaube, in Ihnen habe ich eine gute Freundin gefunden.«

Während Cecilia durch den Kiefernwald zum Lager zurückkehrte, blieb Tia im weichen Gras sitzen und starrte ins Wasser. Nach einer Weile schloss sie die Augen, weil sie merkte, wie müde sie war.

Plötzlich blinzelte sie und sprang erschrocken auf. Sie hatte ganz vergessen, dass Ian bald abreisen würde. Als sie sich umdrehte, sah sie Taylor reglos an einem Baumstamm lehnen. Anscheinend beobachtete er sie schon seit einiger Zeit. »Ich wollte nicht fliehen«, verteidigte sie sich.

»Das habe ich dir auch gar nicht vorgeworfen.« Langsam ging er zu ihr und sie wich unsicher zurück. »Wie nett, dass du nicht mehr davonläufst, Tia! Inzwischen habe ich's nämlich satt, dich dauernd von irgendwo zurückzuholen.«

Verlegen wich sie seinem Blick aus. »Jetzt muss ich mich von meinem Bruder verabschieden. Über der Arbeit im Lazarett habe ich seine Abreise ganz vergessen …«

»Er bleibt noch eine Weile hier.«

»Was?« Nun schaute sie ihn an und entdeckte einen sonderbaren Ausdruck in seinen Augen – weder Zorn noch Spott.

»Er wird erst in ein paar Tagen nach St. Augustine reiten.«

»Oh!«, rief sie erfreut. Wenn sie schon unter den Feinden leben musste, würde sie wenigstens hin und wieder die Gesellschaft ihres Bruders genießen.

»Also musst du vorerst nicht zu ihm gehen.« Während sich der Himmel verdunkelte, musterte Taylor sie immer noch mit diesem seltsamen Blick. Über den Wipfeln der Kiefern ging ein Halbmond auf. »Heute hast du im Lazarett gute Arbeit geleistet, Tia.«

»Dachtest du, das würde ich nicht schaffen?«

»Immerhin hast du dich nicht von deinen Feinden abgewandt.«

»Auch bei Olustee Station haben wir verwundete Yankees behandelt.«

»Natürlich – so wie wir Rebellen.«

Sie senkte den Kopf. »Heute Morgen hielt ich die Hand eines sterbenden Freundes.«

»Eines Yankees?«

»Ja.«

»Hast du ihn getröstet?«

»So gut ich es vermochte. Ein Teil seiner – Lunge wurde weggeschossen. Und das halbe Gesicht.« Mühsam kämpfte sie mit den Tränen. »Er sprach von meiner Familie – und den alten Zeiten auf Cimarron ...« Sie schlug erschüttert die Hände vors Gesicht und fühlte sich erleichtert, weil er sie in die Arme nahm, als die Tränen zu fließen begannen.

»Schon gut, Tia.«

»Gar nichts ist gut! Er hinterlässt eine Frau – und ein Kind.«

»Pst ...« Er setzte sich mit ihr ins Gras. Ganz sanft wiegte er sie hin und her. »Jetzt pflegst du schon so lange verwundete Soldaten. Das ist nun mal die bittere Realität eines Krieges. Viele Soldaten sterben auf grausame Weise.«

»Aber seine arme junge Frau ...«

»Es gibt zahllose junge Witwen, die noch viele Jahre leben werden – Jahre voller Trauer und Zorn.«

»Witwen und ...« Abrupt verstummte sie und dachte an die Fotografie, die ihre Mutter ihm zu Weihnachten geschenkt hatte. Abbys Porträt. »Oh – tut mir Leid, ich vergaß ...« Sie spürte, wie er sich versteifte. Jetzt umfing sein Arm sie nicht mehr so fest. *Natürlich, er hatte sie nicht freiwillig geheiratet. Und sie war nicht seine richtige Frau. Seine geliebte Abby lag unter der Erde und sie selbst war die niederträchtige Rebellin, die Lügnerin, die einen Schatten auf seine Ehre geworfen und ihn zur Ehe gezwungen hatte.*

»Schon gut«, sagte er wieder.

»Wie kann das denn gut sein?«, wisperte sie, hob den Kopf und schaute ihm in die Augen. »Ich hörte, sie sei erschossen worden – und in deinen Armen gestorben ...«

»Über diese schmerzlichen Erinnerungen will ich nicht reden«, unterbrach er sie, ließ sie los und stand auf. »Wahrscheinlich findest du Ian in seinem Zelt. Es wurde eigens für ihn aufgestellt, nicht weit von meinem entfernt. Sicher möchte er dich sehen.«

Damit war sie offenbar entlassen. »Danke«, entgegnete sie deshalb kühl. »Dann werde ich jetzt zu meinem Bruder gehen.«

Als sie aufsprang, gönnte ihr Taylor keinen einzigen Blick mehr. Schweigend starrte er vor sich hin.

Im Camp wurde das Dinner vorbereitet. Sergeant Henson winkte ihr zu und sie erwiderte den Gruß. Dann sah sie das große neue Zelt und rief: »Ian?«

»Tia!« Lächelnd erschien er im Eingang. »Komm herein!« Sie folgte ihm in seine neue Unterkunft fern der Heimat, der er innerhalb kurzer Zeit seinen Stempel aufgedrückt hatte. Auf dem zusammenklappbaren Schreibtisch lag ein Medaillon mit einem Porträt von Alaina und einer Haarsträhne – ein typischer Schmuck, den fast jeder Soldat bei sich trug. Daneben sah sie verstreute Briefe und ein Handbuch über Schusswunden. Sein Kavalleriejackett hing über einem Klappstuhl.

Einladend wies er auf das Fußende des Feldbetts. Nachdem sie Platz genommen hatte, setzte er sich auf den Klappstuhl.

»Ich hatte Angst, ich würde deine Abreise verpassen«, erklärte Tia. »Es war ein sonderbarer Tag – und er verging so schnell. Zum Glück bist du immer noch da.«

»Natürlich wäre ich nicht davongeritten, ohne mich von dir zu verabschieden – um mich zu vergewissern, dass du glücklich bist und verstehst, was du getan hast.«

»Was ich getan habe?«

Eine Zeit lang schwieg er. Dann stand er auf, ging zum Schreibtisch und berührte das Medaillon. »Tia, du hast einen allseits bekannten Kavallerieoffizier geheiratet – berühmt für seine Fähigkeit, sämtliche Leute aufzuspüren, immer und überall. Außerdem kann er auf hundert Schritte den Flügel einer Fliege wegschießen.«

Tia holte tief Atem. »Wie gut, dass ich keinen *unfähigen* Kavallerieoffizier geheiratet habe …«

Von dieser Art von Humor schien er nichts zu halten. Er wandte sich zu ihr und betonte: »Bis vor kurzem hast du in einem Rebellenlazarett gearbeitet. Und jetzt pflegst du verletzte Yankees.«

Hilflos zuckte sie die Achseln. »Die einen bluten genauso wie die anderen.«

»Und du behandelst alle gleich?«

»Selbstverständlich! Warum sollte ich mich anders verhalten als Julian oder Brent? Heute habe ich deine Yankees sehr gut betreut, Ian. Frag doch Miss Bryer – oder die Patienten!«

Er setzte sich zu ihr aufs Bett und schaute forschend in ihre Augen. »Tut mir Leid, ich finde das alles sehr verdächtig.«

»Warum?«, fragte sie mit gepresster Stimme.

»Bist du hierher gekommen, um Taylors Depeschen zu lesen?«

Empört sprang sie auf. »Nein!«

»Bist du sicher?«

»Hör mal, Ian, ich kam gar nicht auf den Gedanken, Taylor könnte irgendwelche wichtigen Papiere bei sich tragen. Seit dieser Krieg ausbrach, kümmere ich mich um verwundete Soldaten – ich habe noch nie an strategischen Besprechungen teilgenommen!«

»Worauf ich hinaus will – dein Leben hat sich verändert. Die Rebellen werden dir misstrauen, weil du einen Yankee geheiratet hast. Und die Yankees werden dir wegen deiner Vergangenheit misstrauen.«

»Ich interessiere mich nicht für die Meinung anderer Leute.«

»Das solltest du aber. Wer eine bestimmte Meinung vertritt, kann gefährlich werden.«

»Jedenfalls habe ich Taylor nicht geheiratet, um Yankee-Geheimnisse zu enthüllen ... O Ian, ich will nicht mit dir streiten!«

»Das möchte ich auch nicht, Tia. Aber du musst verstehen – es gibt kein Zurück.«

»Ich will ja gar nicht davonlaufen. Heute habe ich gute Arbeit geleistet – und nicht einmal die Taschen der Toten oder Sterbenden durchwühlt«, fügte sie bitter hinzu. »Aber einige deiner Männer würden hilflose, verletzte Rebellen skrupellos töten!«

»*Was?*«

Entsetzt hielt sie den Atem an. O Gott, warum hatte sie das gesagt? Wie konnte sie Ian erklären, welches Gespräch sie im Wald belauscht hatte – und wieso sie hierher geritten und Taylor in die Arme gelaufen war? »Ach – nichts ...«

»Soeben hast du eine schwerwiegende Beschuldigung ausgesprochen und ich will wissen, was du damit meinst.«

»Also gut. Ich glaube, einige deiner Soldaten würden einen verwundeten Rebellen lieber töten, als in seine Taschen zu fassen.«

»Und wie kommst du darauf?«

»Heute – hörte ich sie darüber reden.« Verzweifelt wünschte Tia, sie müsste sich nicht in neue Lügen verstricken.

»Und wer hat das gesagt?«

»Ein paar Männer – in der Nähe des Lazaretts.«

»Sobald du sie wiedersiehst, musst du mir Bescheid geben, und wir werden die Wahrheit herausfinden.«

»Taylor würde es sicher nicht glauben und ...«

»Darum werde *ich* mich kümmern.«

»Aber er kommandiert das Camp.«

»Taylor wird ...« Ian unterbrach sich. »Hat er dich nicht informiert?«

»Nein – worüber?«

»Er wurde abberufen, weil er einen Spezialauftrag übernehmen soll. Bis die Kompanie aus diesem Camp nach St. Augustine zurückkehrt, führe *ich* das Kommando.«

»Also – wird er das Camp verlassen?«

»Tut mir Leid. Ich wünschte, man hätte jenen Auftrag *mir* erteilt. Aber so, wie die Dinge liegen, musst du mich nach St. Augustine begleiten. Risa wird dich sehr gern bei sich aufnehmen.«

Warum krampfte sich ihr Magen zusammen? *Weil Taylor wegreiten würde?* Und das hatte er ihr nicht einmal verraten! Sie schüttelte den Kopf und ballte die Hände. »Dann werde ich zu Julian zurückkehren. Es wäre verrückt, mitten unter den Feinden zu leben, wenn Taylor nicht bei mir ist, und ich ...«

Hinter ihr erklang eine tiefe Stimme. »Ian wird dich nach St. Augustine bringen.«

Verwirrt drehte sie sich zu Taylor um, der unbemerkt ins Zelt gekommen war.

»Verzeih mir, Taylor, ich wusste nicht, dass sie keine Ahnung hatte«, entschuldigte sich Ian.

»Nun, jetzt weiß sie Bescheid. Tia, du wirst deine *früheren* Aktivitäten nicht fortsetzen.«

»Nein, ich werde meine früheren Aktivitäten nicht

fortsetzen!«, fauchte sie. Plötzlich grollte sie der ganzen Welt, nicht nur dem Krieg. »Und Alaina muss sich auch in Acht nehmen und Cecilia dürfte nicht in einem Lazarett arbeiten, weil sie zu hübsch ist. Wie absurd das alles ist. Oh, zum Teufel mit euch beiden!«

Wütend stürmte sie ins Freie und hörte ihren Bruder erklären: »Kein Wunder, dass sie sich aufregt! Ich dachte, inzwischen hättest du ihr von den geänderten Plänen erzählt.«

»Das habe ich versäumt«, erwiderte Taylor. »Lass sie nur gehen. Allzu weit wird sie nicht kommen.«

Lass sie nur gehen!

Genau das tat sie. Mit langen Schritten eilte sie in den dunklen Kiefernwald, zum Ufer des Teichs. *Wo ist Blaze, fragte sie sich. Hätte ich bloß meine Stute …*

Beinahe schrie sie auf, als eine Hand ihre Schulter umfasste. Instinktiv riss sie sich los und wich zurück.

Taylor. Verdammt, warum pirschte er sich dauernd wie ein Panter an sie heran? Zu schnell, zu leise …

»Was machst du hier?«, fragte er.

»Ich gehe spazieren.«

»Suchst du einen Fluchtweg?«

»Und wenn es so wäre? Wer würde mir folgen? Vorhin sagtest du zu Ian, er soll mich gehen lassen.«

Taylor verschränkte die Arme vor der Brust. »Und wohin wolltest du gehen?«

»Wohin sollte Ian mich gehen lassen?«

»In unser Zelt.«

»*Unser* Zelt? Wie großzügig! Unser Zelt. Ein Yankee-Zelt. Vielen Dank, ich lege keinen Wert darauf, die Hälfte eines Unionszeltes zu besitzen.«

»Tia, ich habe nicht viel Zeit und ich will nicht mit dir streiten.«

»Gut. Ersparen wir uns den Ärger. Du musst die kurze Zeit, die dir noch bleibt, nicht mit mir verbringen.«

»Geh zurück.«

»Ich denke gar nicht daran!«

Sie wandte sich ab, rannte davon – und trat unwillkürlich ins seichte Wasser des Teichs. In ihrem Zorn war ihr nicht bewusst geworden, wie nah sie am Ufer gestanden hatte. *Dummes Ding, schalt sie sich. Dazu hat Taylor mich getrieben …* Der schwere nasse Rock behinderte sie. Aber es gab kein Zurück. Hinter ihr stand Taylor. Deshalb watete sie tiefer ins Wasser hinein. Konnte sie ihm davonschwimmen? Nicht in diesem schweren Rock. Aber sie hatte schließlich noch ihre Unterhose an.

Während sie Taylor im Auge behielt, schlüpfte sie hastig aus ihren Schuhen, öffnete den Verschluss ihres Rocks und streifte ihn nach unten.

Verblüfft hob Taylor die Brauen. »Ah, meine Liebe! Wann immer du in Gefahr schwebst, ziehst du dich aus?«

»Wenn mich der Feind in die Enge treibt, nutze ich *alle* Mittel und Wege, um ihm zu entrinnen.« Blitzschnell tauchte sie unter und schwamm davon. Das hatte sie schon als Kind gelernt – in den Flüssen, in Teichen, im Meer.

Aber Taylor konnte mindestens genauso gut schwimmen.

Zu spät merkte sie, dass er ihr gestatten würde, die andere Seite des Teichs zu erreichen. Als sie durch das seichte Wasser zum Ufer watete, sah sie ihn am Wasserrand entlanglaufen. Nicht einmal besonders schnell. Inzwischen hatte er sein Jackett, das Hemd und die Stiefel ausgezogen. Fluchend sprang sie an Land und wollte ins Dunkel zwischen den Bäumen stürmen.

Da spürte sie einen heftigen Luftzug hinter sich – und Taylors Hand packte ihr flatterndes Haar.

16

Als sie aufschrie, ließ er ihr Haar los, umklammerte stattdessen ihren Oberarm und riss sie zu sich herum. Ihre wütende Gegenwehr nützte ihr nichts, denn sie verloren beide das Gleichgewicht und fielen in den Teich. Im seichten Wasser lag Taylor auf ihr.

Offenbar ist er verrückt, dachte sie und zitterte vor Kälte. *Völlig verrückt. Will er mich umbringen?* Im schwachen Licht der Abenddämmerung erschien ihr der Glanz seiner Augen bedrohlich. Seine Stimme klang eisig und gnadenlos.

»So weit oder so schnell, dass ich dich nicht aufstöbern würde, kannst du gar nicht weglaufen. Wohin immer du gehst, ich werde es wissen. Wo du auch bist, ich hole dich zurück. Wegen deiner Lüge sind wir verheiratet. Ich habe bei deinem Spiel mitgemacht. Von jetzt an wirst du dich an *meine* Spielregeln halten. Das musst du verstehen.«

»Ich verstehe nur, dass du fortreiten willst, um irgendetwas gegen deine Feinde zu unternehmen. In der Zwischenzeit soll ich allein bei *meinen* Feinden leben. Nun, das Rebellencamp liegt nicht allzu weit entfernt. Sicher werde ich's mühelos finden. In diesen Wäldern kenne ich mich fast genauso gut aus wie meine Brüder.«

»Du begleitest Ian nach St. Augustine!«

In ihren Augen schimmerten Tränen. »Begreifst du's denn nicht? Ich muss zu Julian zurückkehren.«

»Nein.«

»Ich bitte dich nicht um Erlaubnis. Das teile ich dir einfach nur mit …«

»Im Fort Marion gibt es noch genug freie Zellen.«

»Was?«

»Ich meine das schöne alte spanische Castillo in St. Augustine. Da sind jetzt die Unionssoldaten stationiert. Einmal saß James McKenzie dort gefangen, zusammen mit anderen Wilden – oder *Halb*wilden.« Er nahm Tias Gesicht in beide Hände und neigte sich zu ihr hinab. Rings um ihren Körper plätscherten Wellen und sie fröstelte.

Aber sie wurde sofort erwärmt. Leidenschaftlich und fordernd küsste er sie. Seine Glut zwang sie, die Lippen zu öffnen, seine Zunge mit ihrer spielen zu lassen. Bald weckte er die Sehnsucht, noch mehr zu spüren.

Obwohl sie im kühlen Wasser am Ufer des Teiches fror, fühlte sie sich von einem drängenden Verlangen erhitzt. Nur kurzfristig entsann sie sich, dass sie eine geliehene Bluse trug. Dann spielte es keine Rolle mehr, weil sie ihr entschlossen vom Leib gerissen wurde.

Wie konnte man eine so brennende Begierde empfinden? Tia protestierte nur sekundenlang. Ein halb erstickter Laut rang sich aus ihrer Kehle. Ohne den verzehrenden Kuss zu unterbrechen, öffnete Taylor Knöpfe und Bänder.

Aufreizend streichelte er ihren nackten Busen, bevor er eine Knospe mit seinem Mund umschloss und betörende Flammen entfachte, während sich die andere Brustspitze in der kühlen Nachtluft hart aufrichtete. Seine Hand glitt zwischen ihre Schenkel und Tia spürte seine forschenden Finger, die ihr ein heißes Entzücken bereiteten. In wachsender Erregung küsste er ihre Lippen, ihre Brüste. Sein Daumen drang in sie ein. Stöhnend wand sie sich hin und her, wollte der Lust entfliehen – und wünschte sich noch viel mehr. Zitternd strich sie über Taylors muskulöse Schultern, seinen Rücken.

Ungeduldig zerrte er an seiner Hose, presste sie noch tiefer in den Schlamm am Ufer. Und dann vereinte er sich mit ihr. Der Liebesakt glich einem lodernden, wütenden Sturm. In diesem wilden Feuer vergaß Tia die Vergangenheit und die Zukunft, sogar die Gegenwart, wollte nur noch alles von Taylor spüren – jeden Puls, jede einzelne seiner Bewegungen. Höher und höher wurde sie emporgetragen, zu der Ekstase, die sie bereits gekostet hatte und die ihr deshalb umso erstrebenswerter erschien. Immer noch fremd, aber so verlockend. Der Geruch seiner Haut, das Gefühl seiner Küsse, das intime, vibrierende Verschmelzen – alles führte Tia zu jenem berauschenden Gipfel hinauf.

Als Taylor seinen Höhepunkt erreichte, spürte sie die Erschütterung, die seinen Körper durchzuckte. Süße Wärme füllte ihren Schoß und schenkte auch ihr die ersehnte Erlösung.

So beglückend, so wundervoll – fast wie eine Ahnung des Todes, fast wie ein Blick in den Himmel … Die Augen geschlossen, sah sie die samtige Schwärze der Nacht, berstende Sterne. Hoch oben über den Wipfeln schwebte sie dahin, wollte nicht zur Erde zurückkehren. Aber als sie hinabsank, machte es ihr nicht so viel aus, denn sie spürte ihn immer noch in sich. Sie liebte seine intime Nähe, seinen Körper auf ihrem, seine Umarmung …

Und dann fühlte sie wieder das Wasser. Eiskalte Wellen. Ein kühler Nachtwind frischte auf. Das schien Taylor erst zu bemerken, als Tia erschauerte. Er stand auf und zog sie hoch, schloss seine Hose und sammelte ihre Kleidungsstücke ein, die er verstreut hatte. Mit seiner Hilfe schlüpfte sie in ihre nasse Unterwäsche und die Bluse, dann schloss er die Knöpfe an ihrem Rücken. »Am besten kehren wir auf dem Weg zurück, den wir gekommen sind.«

»Warum?«, fragte sie.

»Im Wald auf dieser Seite des Teichs patrouillieren Wachen. Und am anderen Ufer liegen unsere Sachen. Also müssen wir hinüberschwimmen.«

Sie nickte und watete in die sanften Wellen, während Taylor an ihrer Seite blieb. Weder zu Wasser noch zu Land würde sie ihm jemals entrinnen. Dass sie das gar nicht wollte, wusste er nicht. Es war sowieso besser, wenn er es nicht erfuhr.

Am Ausgangspunkt ihrer Eskapade angekommen, fragte sie sich, ob Taylor sie absichtlich zur Flucht getrieben hatte, um ihr dann zielstrebig zu folgen. Wie auch immer, sie hatten beide die Erfüllung ihrer Wünsche genossen.

Frierend zog sie ihren feuchten Rock und die Schuhe an. Das mitternachtsschwarze Haar fiel lang und schwer auf ihren Rücken. Zum Glück war Taylors Jackett trocken geblieben und er legte es um ihre Schultern, nachdem er sein Hemd und die Stiefel angezogen hatte. Einen Arm um ihre Taille geschlungen, ging er mit ihr zwischen die Bäume, zu einem Weg, der um das Camp herum und hinter sein Zelt führte. So wie Tia am Vorabend krabbelte er unter der Segeltuchplane hindurch und sie folgte ihm.

Auf dem Schreibtisch brannte eine Kerosinlampe und verbreitete gelbliches Licht. Taylor nahm sein Jackett von Tias zitternden Schultern. »Zieh das nasse Zeug aus!«, befahl er.

Doch sie konnte ihre steif gefrorenen Finger kaum bewegen. Seufzend kleidete er sie aus und hüllte sie in eine Decke, dann ging er mit dem nassen Bündel zur Zeltklappe.

»Taylor!«, rief sie leise. »Was wirst du den Leuten sagen?«

»Dass deine Sachen nass geworden sind.«

Brennend stieg ihr das Blut in die Wangen. »Aber …«

»Niemand wird Fragen stellen«, unterbrach er sie und verließ das Zelt.

Tia wickelte die Decke enger um ihre Schultern und setzte sich auf das Feldbett. Nach ein paar Minuten kehrte Taylor zurück, einen dampfenden Topf in der Hand, dem ein köstlicher Duft entströmte. »Hensons berühmte Hühnersuppe«, erklärte er und reichte ihr den Topf.

Dankbar für die Hitze, die ihre Finger wärmte, umklammerte sie das Gefäß und begann zu trinken.

»Oh, offenbar hat der Sergeant wieder einmal Südstaatenhühner geklaut«, bemerkte Taylor in spöttischer Besorgnis, die geflissentlich ignoriert wurde.

»Und *du*?«

»Ich habe vorhin mit den Männern gegessen.«

Dazu gab sie keinen Kommentar ab. Sie war hungrig und die Brühe schmeckte fabelhaft – trotz der gestohlenen Hühner.

Nachdem Taylor seine Frau eine Zeit lang beobachtet hatte, ging er wieder hinaus und kam mit zwei Tassen Kaffee zurück. Inzwischen hatte Tia den Topf leer getrunken. Er nahm ihn aus ihren Händen und gab ihr eine Tasse.

Langsam schluckte sie den heißen Kaffee und spürte, wie sich ihr Körper allmählich erwärmte. Die Decke an sich gepresst, stand sie auf und stellte die leere Tasse beiseite. Sie hörte, wie Taylor aus seinen Stiefeln, der nassen Hose und dem Hemd schlüpfte. Dann pustete er die Lampe aus. Das Feldbett knarrte. »Leg dich zu mir, Tia.«

»Ich bin nicht müde.«

»Dann lass dich wärmen.«

»Jetzt ist mir nicht mehr kalt.«

»Verdammt, komm ins Bett! Viel Zeit bleibt mir nicht mehr. Und die will ich nicht allein verbringen.«

Zögernd ging sie zum Feldbett. Mit seinen Luchsaugen sah er sie klar und deutlich, während sie im Dunkel fast nichts erkannte. Er zog sie neben sich hinab und hielt sie mitsamt der Decke im Arm. Wieder einmal genoss sie seine Nähe, wollte neben ihm schlafen, an seiner Seite erwachen. Aber er würde sie bald verlassen.

Zu ihrer Verblüffung flüsterte er: »Glaubst du, ich *will* wegreiten, Tia?«

Da wandte sie sich zu ihm, presste das Gesicht an seine Brust, atmete die Erinnerung an das sinnliche Entzücken ein, das er ihr geschenkt hatte. Er strich über ihr Haar und bald hörte sie, wie sich seine Herzschläge beschleunigten, spürte sein wachsendes Verlangen. Triumphierend erkannte sie, dass sie ihn verführt hatte.

Diesmal liebte er sie langsam und zärtlich und sie merkte kaum, wie raffiniert *sie* verführt wurde – bis sein Kuss ihren gutturalen Schrei erstickte.

Danach kehrte die Realität der Nacht zurück. Die Finsternis, das Camp außerhalb des Yankee-Zelts. »Tia, ich will wirklich nicht wegreiten«, beteuerte er.

»Dann bleib hier.«

»Ich muss meinen Befehl ausführen. Und ich glaube an das, was ich tue.«

»Genauso wie ich!«, wisperte sie leidenschaftlich. Sofort bereute sie ihre Worte, die ihn an ihre gefährlichen Aktivitäten erinnerten. »Taylor, und wenn ich dir schwöre ...«

»Leider hast du mich viel zu oft belogen. Du wirst mich in St. Augustine erwarten.«

»Guten Morgen.«

Verwirrt öffnete Tia die Augen. Diese Stimme hatte sie nicht erwartet. Zu ihrer Verwunderung sah sie Risa, die Frau ihres Vetters Jerome, auf Taylors Klappstuhl hinter dem Schreibtisch sitzen – bildschön, elegant und völlig fehl am Platz. Das kastanienrote Haar war zu einem adretten Knoten geschlungen, die waldgrünen Augen funkelten voller Belustigung. Vor dem Krieg hätte Risa, die Tochter des Unionsgenerals Magee, beinahe Ian geheiratet. Doch der Krieg hatte sonderbare Bettgefährten zusammengeführt, denn jetzt war Ian der Ehemann Alainas, die alle Südstaatentugenden in sich vereinte. Und Risa, eine überzeugte Unionistin, hatte dem Blockadebrecher Jerome McKenzie von der konföderierten Navy das Jawort gegeben.

»Risa!«

»Tia McKenzie – verzeih mir, Tia Douglas! Welche

Überraschungen wird uns dieser Krieg wohl noch bereiten?«

Am liebsten hätte Tia ihre angeheiratete Kusine umarmt. Aber sie wollte nicht nackt aus dem Bett springen.

Lächelnd zeigte Risa auf das Buch, in dem sie gelesen hatte. »Eigentlich müsste ich ›Die Untiefen und Sandbänke vor der Florida-Küste‹ studieren. Aber dein Ehemann besitzt wunderbare Ausgaben von Shakespeare, Bacon und Defoe. Findet er jemals Zeit für diese grandiose Literatur? Aber wie ich höre, flüchten sich viele Offiziere in so eine Lektüre, um ihren klaren Verstand zu bewahren.«

»Risa, ich freue mich so, dich wiederzusehen. Und wie …« Tia richtete sich auf, die Decke an ihre Brust gepresst. »Ach, ich glaube zu wissen, was dich hierher führt. Mein Mann hat dich ins Camp beordert. Oder mein Bruder. Damit du mich im Auge behältst.«

»So was Ähnliches. Gestern traf eine Eskorte in St. Augustine ein, um mich abzuholen. Ich hatte ein schlechtes Gewissen, weil ich einen nicht eingearbeiteten Arzt im Stich lassen musste und ständig so viele neue Verwundete in die Stadt gebracht werden. Wenigstens stehen ihm genug Sanitäter zur Verfügung.«

»Wer hat nach dir geschickt? Taylor oder Ian?«

»Nun ja – Taylor …«, erwiderte Risa zögernd. »Ian wusste davon. Allerdings scheint er sich nicht übermäßig um dich zu sorgen. Er hält dich immer noch für seine kleine Schwester und glaubt trotz deiner ›verkehrten‹ Ansichten, du würdest ihm stets gehorchen. Natürlich auch deinem Mann, wenn es um deine Sicherheit geht.«

»Tut mir Leid, aber mein Bruder ist ein Narr, wenn er sich das einbildet. Er weiß doch, dass ich seit dem Kriegsausbruch mit Julian zusammengearbeitet habe.«

»*Bevor* du einen Unionsoffizier geheiratet hast. Übrigens – Ian hat keine Ahnung, was du sonst noch alles treibst.«

Tias Augen verengten sich. »Deutest du etwa an …«

»Nun, es gibt gewisse Gerüchte über eine neue Südstaatenspionin.«

»Was für ein ungeheuerlicher Unsinn!«

»Wenn du nichts davon weißt – wie kannst du dann so rasch protestieren?«

»Was hat Taylor dir erzählt?«

»Gar nichts. Aber ich kenne dich.«

»Ich habe niemals spioniert!«, fauchte Tia.

»Sicher sind die Gerüchte maßlos übertrieben. Ich will dir keine Fragen stellen und erkläre dir nur, warum ich hier bin. Wie ich zugeben muss, glaube ich, dass du diese Godiva bist – weil ich keine andere Frau kenne, die genug lange schwarze Haare besitzt, um jene Vision heraufzubeschwören. Erstaunlich, dass dir noch niemand auf die Schliche gekommen ist …«

»Mach dich nicht lächerlich, Risa! Viele Frauen haben sehr lange Haare.«

»Ungewöhnlich lang, rabenschwarz, dazu die Figur einer Circe … Zusätzlich muss sich diese Person sehr gut in dieser Gegend auskennen. Godiva wurde mir sehr genau beschrieben – von einigen Soldaten, die sie in die Irre geführt hat.«

»Niemals habe ich …« Erschrocken verstummte Tia, als plötzlich Schüsse krachten, und Risa zuckte ebenso bestürzt zusammen.

»Mein Gott, was …«

In die Decke gewickelt, sprang Tia auf. Da draußen hielten sich Taylor und ihr Bruder auf und sie musste herausfinden, was geschehen war.

»Warte, Tia, du kannst nicht einfach hinauslaufen, wenn du Schüsse hörst!«, rief Risa, stets die Generalstochter.

Aber Tia stürmte bereits aus dem Zelt. Überall rannten aufgeregte Soldaten durcheinander.

Risa folgte ihr und hielt sie fest. »Zieh dich wenigstens an!«

Unschlüssig wandte sich Tia zu ihrer Kusine. Sollte sie um der Schicklichkeit willen kostbare Sekunden verschwenden, wenn irgendjemand im Sterben lag? »Ich besitze nichts, was ich anziehen könnte …«

»Doch, ich habe dir ein paar Sachen mitgebracht.«

»Dann gib mir was, schnell!« Tia eilte ins Zelt zurück. Während sie die Decke fallen ließ, streifte Risa ihr ein bunt bedrucktes Baumwollkleid über den Kopf. »Danke …«

Ohne sich nach Schuhen umzusehen, lief Tia wieder hinaus. Vor dem Lazarett hatten sich zahlreiche Männer versammelt, die einen Kreis bildeten.

Dicht gefolgt von Risa, bahnte sie sich einen Weg durch das Gedränge. »Was geht hier vor?«

»Ein Kampf – ein grandioser Kampf!«, rief einer der Soldaten fröhlich und drehte sich zu ihr um. »Oh! Mrs. Douglas, es ist – eh …«

Taylor.

Endlich hatte sie den Schauplatz der Ereignisse erreicht und beobachtete, wie Taylor von drei Gegnern attackiert wurde. Den einen erkannte sie sofort. Private Long, der so versessen darauf gewesen war, verwundete Rebellen zu töten.

Nur mit seiner Navy-Hose und den Kavalleriestiefeln bekleidet, setzte sich Taylor zur Wehr. Seine Waffen waren verschwunden.

»Drei gegen einen!«, schrie sie empört. »Soeben hörte ich Schüsse – und jetzt das! Was ist geschehen?«

Der Soldat, der ihre erste Frage beantwortet hatte, schaute sie unbehaglich an. »Ein Zwischenfall – mit ein paar Rebellen.«

»Zeigen Sie's ihnen, Colonel!«, wurde Taylor von einem Bewunderer angefeuert. »Ja, so ist's gut! Verdammt noch mal, Sir, das war ein fabelhafter rechter Haken!«

Jetzt entdeckte Tia ihren Bruder auf der anderen Seite des Zuschauerkreises und versuchte ihn zu erreichen.

»Ma'am, jetzt dürfen Sie nicht eingreifen«, mahnte ein Soldat höflich und umfasste ihren Arm.

»Beruhige dich doch, Tia!«, flehte Risa.

»Aber sie werden ihn umbringen! Und Ian steht untätig da!«

Wütend riss sich Tia von dem Mann los, der sie festzuhalten suchte, und rannte zu ihrem Bruder. Inzwischen lag einer der drei Angreifer am Boden und die zwei anderen stürzten sich wieder auf Taylor. »Was soll das, Ian?«, stieß sie atemlos hervor. »Dieser Wahnsinn muss sofort aufhören …«

Ehe sie sich in den Kampf stürzen konnte, packte Ian ihr Handgelenk. »Misch dich da nicht ein. Das war Taylors Entscheidung.«

»Und wenn sie ihn erschlagen?«

»Keine Bange, er weiß, was er tut.«

Ringsum erklang schrilles Geschrei. Tia beobachtete entsetzt, wie die zwei Soldaten ihren Mann zu Boden warfen. Und dann blinzelte sie verwirrt. Plötzlich flogen die beiden in hohem Bogen durch die Luft und landeten unsanft im Staub. Taylor stand in der Mitte des Kampfplatzes, die Hände in die Hüften gestemmt, und musterte seine drei Widersacher. Über seine Brust zog sich eine lange Wunde. Auch seine Wangen waren lädiert. Aber die drei Angreifer lagen reglos zu seinen Füßen.

Ein paar Sekunden lang glaubte Tia, sie wären tot. Verblüfft lauschte sie dem Jubel der Männer, die ihrem Colonel begeistert gratulierten, und wandte sich zu ihrem Bruder. »Was ist passiert?«

»Vermutlich, was du wolltest.«

»Wovon redest du?«

»Diese Soldaten stießen auf ein paar Rebellen, die bei Olustee verwundet wurden – oder bei den Scharmützeln, während uns die Konföderierten zur Küste zurückdrängten.«

»Und?«, fragte sie atemlos.

»Einer ist fast gestorben.«

»O Gott ...« Das Herz schlug ihr bis zum Hals. »Warum sagtest du, das hätte ich gewollt? Kennen wir diesen Rebellen?«

»Zum Freundeskreis unserer Familie zählt er jedenfallls nicht. Keine Ahnung, ob er dir schon einmal begegnet ist ...« Seufzend schüttelte er den Kopf. »Da wir seit Jahren auf verschiedenen Seiten stehen, bin ich nicht mehr über deine Bekannten informiert.«

»Aber – eine Schlägerei in einem Yankee-Camp – wegen eines sterbenden Kriegsgefangenen?« Skeptisch runzelte sie die Stirn. Sollten sich die Unionssoldaten nicht besser um ihre eigenen Schwerverletzten kümmern?

»Nach seiner Ankunft hat sich sein Zustand beträchtlich verschlechtert.«

»Wieso?«

»Der Verband wurde ihm abgerissen. Dabei platzte eine kürzlich genähte Arterie auf. Beinahe wäre er verblutet.«

»Um Himmels willen ...«

»Tia, du sagtest, die Soldaten unter Captain Ayers hätten beabsichtigt, verwundete Rebellen zu töten. Das hat Taylor sehr ernst genommen. Er zog Erkundigungen ein und fand heraus, wer solche Äußerungen gemacht haben könnte. Nach der Ankunft der gefangenen Konföderierten behielt er die Verdächtigen im Auge und ertappte sie, als sie den Burschen töten wollten. Da schossen sie auf ihn und er zerrte sie hierher.«

»Warum hat er nicht zurückgeschossen?«

»Hätte er das getan, wären sie jetzt tot, und er müsste sich womöglich vor einem Kriegsgericht verantworten.«

»Aber – *sie* haben doch auf ihn geschossen ...«

»Sie behaupteten, sie hätten geglaubt, sie würden von Rebellen attackiert, die ihre Gefangenen aus dem Camp holen wollten. So, wie die Dinge liegen, wird man sie nach St. Augustine bringen und vor Gericht stellen.«

Tia schaute sich nach Taylor um. Inzwischen war er verschwunden und die Versammlung hatte sich aufgelöst. Die bewusstlosen Soldaten wurden ins Lazarett getragen. »Wo ist er?«, fragte sie besorgt.

»Am Teich, nehme ich an. Wahrscheinlich möchte er den Schmutz wegwaschen. Geh zu ihm, Tia.«

Ohne zu antworten, rannte sie aus dem Camp, zwischen den Kiefern hindurch, an einem grienenden Wachtposten vorbei. Taylor saß auf einem umgestürzten Baumstamm am Ufer und drückte ein nasses Kavalleriehalstuch über seinen Schultern aus.

Zögernd blieb sie stehen. Würde er Wert auf ihre Gesellschaft legen?

Obwohl er sich nicht umdrehte, wusste er, dass sie zu ihm gekommen war. »Halt nicht Maulaffen feil, meine Liebe, sondern hilf mir.«

Das ließ sie sich nicht zweimal sagen. Sobald sie die Verletzung auf seiner Brust etwas genauer sah, stockte ihr Atem. Impulsiv kniete sie nieder, riss ihm den Lappen aus der Hand und begann die tiefe Wunde, die von einem Streifschuss herrührte, vorsichtig zu reinigen. »Ian hat mir erzählt, was geschehen ist. Aber ich verstehe noch immer nicht …«

»Deine Beschuldigung hat sich als richtig erwiesen, Tia«, erwiderte er und griff nach ihrer Hand. »Offenbar glauben einige meiner Soldaten, nur tote Rebellen wären gute Rebellen. Letzte Nacht stieß eins unserer Überfallkommandos auf ein paar verwundete Konföderierte und brachte sie hierher. Ich wusste bereits, dass einige Fanatiker unter Captain Ayers dienen. Heute Morgen wollte ich nach den Gefangenen sehen und da konnte ich die Verdächtigen eben noch daran hindern, einen schwer verletzten Rebellen umzubringen. Die Yankees gerieten in Panik und versuchten mich zu erschießen.«

»Also wäre es dein gutes Recht gewesen, das Feuer zu erwidern.«

»Gewiss, die Versuchung war groß. Aber ich habe keine Lust, mich gegen eine fingierte Mordanklage zu verteidigen. Ein paar Knochen zu brechen – das hat mir vollauf genügt. Die drei Soldaten wurden festgenommen und ich lasse sie nach St. Augustine bringen.«

»Deine Wunde müsste genäht werden.«

»Und ich dachte schon, wir würden uns allmählich näher kommen. Aber du kannst es kaum erwarten, eine Nadel in mein Fleisch zu stechen.«

»Bitte, Taylor, ich meine es ernst.«

»Ich auch«, entgegnete er lächelnd.

»Unter Julians Anleitung habe ich zahllose Wunden genäht. Das kann ich sehr gut. Wenn du Angst vor mir hast – in deinem Camp gibt's genug Morphium.«

»Für so einen kleinen Kratzer brauche ich kein Morphium – schon gar nicht jetzt. In der kurzen Zeit vor meiner Abreise möchte ich alle fünf Sinne beisammen haben. Deinetwegen«, fügte er hinzu und strich über ihre Wange.

Errötend wich sie seinem Blick aus. »Wirklich, Taylor, die Wunde muss genäht werden. Wenn du mir nicht vertraust ...«

»In *dieser* Hinsicht – blindlings.«

»Ja, ich weiß, was du ansonsten von mir hältst. Deshalb hast du Risa hierher bestellt. Damit sie auf mich aufpasst.«

»Ich dachte, sie wäre deine Freundin.«

»Natürlich – die Ehefrau eines wilden Rebellen und tückischen Blockadebrechers.«

»Dieser tückische Blockadebrecher ist auch mein Verwandter, Godiva.«

»Nenn mich nicht so!«, flüsterte sie und betupfte die

Wunde noch einmal mit frischem Wasser. »Wenn du diesen ›kleinen Kratzer‹ auf die leichte Schulter nimmst, könntest du dir eine gefährliche Gangräne holen.«

»Das werden wir verhindern. Lass dir von Dr. Bryer geben, was du brauchst, und warte in unserem Zelt auf mich. Jetzt muss ich mich erst einmal waschen.«

Tia nickte und eilte ins Camp zurück, wo ihr Captain Ayers in den Weg trat.

»Mrs. Douglas, ich wollte Ihnen nur versichern, wie Leid es mir tut. Nur wenige Soldaten würden einen verwundeten Feind töten, denn die meisten wissen, dass sie jeder Zeit in eine ähnliche Lage geraten könnten. Glauben Sie mir, ich hatte keine Ahnung von der Denkungsart meiner Leute. Bitte, verachten Sie nicht alle Nordstaatler wegen dieser grausamen Männer, die zu viele Schlachten ausgefochten haben.«

»Natürlich nicht, Sir«, entgegnete sie hastig. Sein prüfender Blick zerrte an ihren Nerven. Würde er eines Tages herausfinden, wer die Frau war, die er am Ufer des Bachs gesehen hatte? »Entschuldigen Sie mich jetzt, ich muss meinen Mann verarzten …«

Nachdem sie aus dem Lazarett geholt hatte, was sie brauchte, eilte sie in ihr eigenes Zelt. Inzwischen war Taylor zurückgekehrt, frisch gewaschen, mit nassem Haar. Da er die Wunde nicht so behutsam behandelt hatte wie Tia, blutete sie wieder. Er saß am Schreibtisch, eine Flasche Whiskey in der Hand, und nahm einen großen Schluck. »Bist du bereit?«

Sie nickte und legte die Utensilien auf den Tisch. Als er ihr die Flasche hinhielt, meinte sie: »*Du* sollst die Schmerzen betäuben. Nicht ich.«

»Eigentlich wollte ich dir den Whiskey nur geben, damit du ihn auf die Wunde gießt«, erklärte er und schüttete selber ein paar Tropfen auf seine Brust. Die Zähne zusammengebissen, stöhnte er leise.

Tia nahm ihm die Flasche aus der Hand, kniete

neben ihm nieder und machte sich an die Arbeit. Als die Wunde genäht war, verknotete sie den Faden sorgsam und schnitt ihn ab.

»Das hast du gut gemacht«, lobte er.

»Hat's wehgetan?«

»Nicht besonders. Enttäuscht?«

»Nicht direkt ... Andererseits, wenn du Schmerzen hättest, würdest du in Zukunft etwas besser auf dich aufpassen.«

»Ich wusste, was ich tat. Außerdem dachte ich, es würde dich freuen, dass die Sache geklärt ist.«

»Gewiss, darüber freue ich mich. Es wäre schrecklich, wenn die Yankees den armen verwundeten Rebellen getötet hätten. Zum Glück konntest du das unterbinden und ich bin dir sehr dankbar.«

»Für dich habe ich's nicht getan. Nur weil es richtig war.«

Gekränkt wandte sie sich ab, aber Taylor umfasste ihr Kinn und zwang sie, ihn wieder anzuschauen.

»Wenn ich's auch nicht für dich tat – deine Anerkennung bedeutet mir sehr viel.«

»Warum hast du dich auf diese Schlägerei eingelassen?«

»Weil ich die Schurken bestrafen wollte – und da ich nicht auf sie schießen konnte, gab es keine andere Möglichkeit ...« Zögernd hielt er inne und strich das Haar aus ihrer Stirn. »Tia – es ist Gilly, den sie beinahe getötet hätten.«

Bestürzt sprang sie auf. »Ich muss sofort zu ihm ...«

Aber er hielt sie am Arm fest und schüttelte den Kopf. »Colonel Bryer ist ein ausgezeichneter Arzt und er hat sein Bestes getan. Jetzt hält Cecilia bei Gilly Wache und Risa betreut die anderen Patienten. Du kannst später nach Gilly sehen. Nun musst du dich erst einmal um *mich* kümmern.«

Sie nickte und sank wieder auf die Knie. Plötzlich fühlte sie sich ihm sehr nahe. »Taylor ...«

»War Gilly einer der Männer, die du vor Ayers Trupp schützen wolltest? Hast du deshalb Godiva gespielt?«

»Was blieb mir denn anderes übrig?«

»Alles umsonst. Deine Verwundeten wurden gefangen genommen. Und zu allem Überfluss bist du auch noch mit einem Halbwilden verheiratet.«

»Eine Verpflichtung auf dem Papier, die nicht viel bedeutet ...«, erinnerte sie ihn an seine Worte vor der Hochzeit.

»Eine Verpflichtung, mit der du leben wirst«, betonte er und schaute ihr eindringlich in die Augen. »Bald muss ich abreisen.«

»Ja – in ein paar Tagen ...«

»Heute.«

Erschrocken starrte sie ihn an und staunte über den Schmerz, der ihr Herz zusammenkrampfte. »Aber – du bist verletzt ...«

»Nur ein Kratzer.«

»Taylor, ich habe dich gewarnt ...«

»Keine Bange, ich weiß, wie man eine Wunde sauber hält, und ich werde nicht an Gangräne sterben.«

»Wann kommst du zurück?«, flüsterte sie.

»In ein paar Wochen. Was in der nächsten Zukunft geschehen wird, lässt sich nicht abschätzen. Für uns war Olustee Station ein totales Debakel. Vielleicht verzichtet die Union auf einen neuerlichen Einmarsch in Florida und begnügt sich mit den Yankee-Stellungen entlang der Küste. Man wird mich möglicherweise wieder auf die Schlachtfelder Virginias beordern. Wie auch immer, ich werde von Süden her nach St. Augustine zurückkehren. Dort möchte ich dich antreffen.«

Das klang beinahe so, als würde er sie darum *bitten.* »Also gut, ich werde dich in St. Augustine erwarten. So schwer es mir auch fällt, Julian im Stich zu lassen ... Jahrelang habe ich mit ihm zusammengearbeitet. Und ich geriet kein einziges Mal in ernste Gefahr.« Verzweifelt senkte sie den Kopf. »Ich glaube, du verstehst das alles nicht. Die Rebellen brauchen so dringend Hilfe. Und ich habe kein Unrecht begangen.«

»Nein. Aber hier geht es nicht um Recht oder Unrecht – nur um die Gefahr, in die sich Godiva bringen könnte, die grandiose Heldin der Konföderierten. Schau mich an, Tia!« befahl er und sie gehorchte. »Schwör mir, dass du nie wieder diese kühne Lady spielen wirst, und ich glaube dir.«

»Das schwöre ich dir.«

»Komm in meine Arme.«

»Taylor, du bist verletzt …«

»… und ich werde viele Nächte ohne dich verbringen, allein mit schönen Erinnerungen und einer Sehnsucht, die mir viel schlimmere Schmerzen bereiten wird als die Wunde.«

»Aber …«

»Ja?«

»Jetzt ist helllichter Tag, Taylor.«

»Hab keine Angst, niemand wird uns stören.«

Da richtete sie sich auf, umschlang seine Taille und legte ihre Wange an seine Brust, unterhalb der Wunde. »Ich will dir nicht wehtun …«

»Das musst du nicht befürchten«, versprach er, stand auf und zog sie mit sich hoch.

Wenige Minuten später vergaß sie das Tageslicht – dass die Sonne am Himmel emporstieg, dass der Wind wehte, dass der Krieg immer noch wütete. Die Zeit war so kostbar.

Was sie dachte oder fühlte, wusste sie nicht genau. Sie kannte nur einen einzigen Wunsch – die Leidenschaft ihres Mannes zu erwidern.

17

Nach seiner Abreise wusste sie nicht, wie sehr sie ihn vermissen würde – bis sie abends auf seinem Feldbett lag, unentwegt an ihn dachte und keinen Schlaf fand. Sie müsste aus dem Lager fliehen, dieser seltsamen Ehe entrinnen. Doch das wollte sie nicht. Nur ein einziger Wunsch erfüllte ihr Herz – Taylor sollte zurückkehren.

Sie fühlte sich sogar wohl im Yankee-Camp. Ian führte das Kommando, Risa leistete ihr Gesellschaft. In Dr. Bryer und Cecilia fand sie wundervolle neue Freunde. Wenn ihr Captain Ayers begegnete, musterte er sie nach wie vor aufmerksam, konnte sich aber nach wie vor nicht erklären, warum sie ihm bekannt vorkam. Offenbar überstieg der Verdacht, Colonel Douglas könnte eine so notorische Rebellin wie Godiva geheiratet haben, die Grenzen seiner Einbildungskraft.

Jeden Tag betreute Tia gemeinsam mit Risa und Cecilia die Patienten. Um Gilly kümmerte sie sich besonders fürsorglich. Seit sie ihn wieder pflegte, glaubte er endlich selber an seine Genesung. Am dritten Tag, nachdem ihn die drei Unionssoldaten beinahe ermordet hätten, war er zu sich gekommen. Nun sank das Fieber und sein Zustand besserte sich sehr schnell. Tia wechselte regelmäßig seinen Verband und saß oft an seinem Bett. Eines Morgens erzählte sie ihm, was in letzter Zeit geschehen war.

»Also haben Sie Colonel Douglas geheiratet.« Das schien ihn nicht zu überraschen. »Mussten Sie's tun?«

»Gilly!«

»Nein, nein, so meine ich's nicht. Hatten Sie Ärger, als Sie die Godiva spielen mussten?«

»Ich wurde Taylors Frau, weil ich's wollte.« Mit dieser Erklärung wich sie der Wahrheit zwar aus, aber sie log nicht.

»Ein verdammt netter Kerl. Für einen Yankee.«

»Er stammt aus Florida. Und manche Leute würden ihn einen Verräter nennen.«

»Wie Ihren Bruder, Miss Tia«, betonte Gilly.

»Wie meinen Bruder ...«, gab sie zu.

»Wenn man gegen den Strom schwimmt und seinem Gewissen folgt, muss man sehr stark sein. Taylor Douglas mag ein Feind sein, so wie ihr Bruder. Trotzdem hat er sich als mein guter Freund erwiesen. Auch als Ihr Freund. Immerhin kennt er die Geheimwaffe der Konföderation.«

»Geheimwaffe?«

»Sie, Mrs. Douglas«, erklärte er grinsend.

»Unsinn, ich bin keine Geheimwaffe ...«

»Aber eine Legende, die auch nach dem Krieg weiterleben wird. Jetzt beschützt Sie Ihr Mann. Niemand kann Sie gefangen nehmen und töten.«

Unwillkürlich erschauerte sie, dann wechselte sie hastig das Thema. »Ein Glück, dass Sie gerettet wurden, Gilly ... Nun sind Sie bald wieder gesund.«

»Und ein halber Mann«, ergänzte er wehmütig.

»Seien Sie nicht albern! Was einen Mann ausmacht, steckt in ihm drin. Ob er einen Fuß verloren hat, spielt keine Rolle.«

Seufzend drückte er ihre Hand. »Erzählen Sie das den Mädchen, die sich nach dem Krieg weigern werden, einen Krüppel wie mich zu heiraten.«

»Eines Tages finden Sie sicher die Richtige, die Sie lieben wird.«

»Wie können Sie mir das versprechen?«

Tia entschloss sich zu schonungsloser Offenheit. »Nach dem Krieg werden viele Soldaten nicht einmal halbe Männer sein, sondern auf irgendeinem gottverlassenem Maisfeld unter der Erde liegen. Sie werden *leben*, Gilly! Eines Tages werden Sie einer lieben Frau begegnen. Und Sie sind immer noch imstande, Kinder zu zeugen.«

»Und was soll ich bis dahin machen?«

»Können Sie schreiben?«

»Natürlich!«

»Nicht so arrogant, junger Mann! Ich kenne viele Pflanzer, die bestenfalls ihren eigenen Namen kritzeln können. Helfen Sie mir doch, die Familien der Patienten zu verständigen, die wir verloren haben – im Norden und im Süden. Erzählen Sie, wie tapfer die Jungs auf dem Schlachtfeld waren. Damit werden Sie die Trauer der Angehörigen vielleicht ein bisschen lindern und sie mit Stolz erfüllen.«

»Ja, das würde ich sehr gern tun.«

»Wahrscheinlich haben Sie diesem Burschen das Leben gerettet«, meinte Colonel Bryer etwas später. »Für den Heilungsprozess ist der Überlebenswille enorm wichtig. Gilly war überzeugt, er würde hier sterben – womöglich durch Mörderhand, was ich ihm nicht verüble. Aber seit Sie ihn aufgemuntert haben, glaubt er auch an *meine* Fähigkeiten.«

Die Soldaten, die über Gilly hergefallen waren, hatten das Camp bereits verlassen und die übrigen behandelten die verwundeten Rebellen sehr freundlich. Wenn Tia sich nicht um Gilly kümmerte, unterstützte sie Cecilia bei der Betreuung anderer Patienten. Wie versprochen, schrieb sie an Canby Jacobs Ehefrau und erklärte, er sei für sein Land als Held gestorben, tapfer und würdevoll, im Glauben an Gott und voller Liebe zu seiner Familie. Kurz vor seinem Tod habe Canby den Wunsch geäußert, Darla möge nicht zu lange um ihn trauern, ihm zuliebe ein glückliches Leben führen und das Kind zu einem anständigen Mann heranziehen, der mithelfen würde, das Land nach dem Krieg wieder aufzubauen.

Auch für die Soldaten, die am Leben geblieben waren, schrieb sie Briefe an die Familien, und Gilly half ihr dabei. Mit der Zeit vergaßen die Yankees, dass er ein Rebell war. In diesem kleinen Außenposten erkannten sie alle, wie viel sie mit dem Feind verband – die

Liebe zu ihren Familien, zu ihrer Heimat, Angst vor der Zukunft, Reue über den Brudermord in der Vergangenheit.

Risa war in Tias Zelt gezogen. Jeden Abend führten sie lange Gespräche.

Inständig hoffte Risa, der Krieg möge bald ein Ende finden. Sie sorgte sich unentwegt um ihren Vater, einen Unionsgeneral, und ihren Mann, einen Blockadebrecher von der Konföderation. Außerdem vermisste sie ihren kleinen Sohn Jamie. Als sie ins Landesinnere geritten war, hatte sie ihn in St. Augustine zurückgelassen, in der Obhut Chantelles, der Kinderfrau und Haushälterin.

»Also hast du dich meinetwegen von deinem Baby getrennt«, seufzte Tia eines Nachts. Nach einem langen, anstrengenden Tag lagen sie erschöpft im Bett. Durch den Spalt der Zeltklappe warf ein Vollmond elfenbeinweißes Licht herein. Seit Taylors Abreise war eine Woche verstrichen. »Dazu hatte mein Mann kein Recht …«

»Er wusste, was er tat«, fiel Risa ihr energisch ins Wort. »Jamie geht's gut und er soll lernen, auch mal ohne mich zurechtzukommen. Bald muss er die Mutterliebe mit einem Geschwisterchen teilen.«

»O Risa, das ist – wundervoll.« Aber Tia konnte sich nicht rückhaltlos freuen. Natürlich wünschten sich Männer und Frauen sogar in diesen schweren Kriegszeiten Kinder. Im Norden wie im Süden sehnten sich die Männer nach Erben, die Frauen nach Töchtern, die sie zu guten Ehefrauen und Müttern erziehen wollten. Doch wie sie aus bitterer Erfahrung wusste, kam es bei vielen Geburten zu Komplikationen, durch die Entbehrungen während des Krieges verursacht. Immer wieder starben junge Mütter im Kindbett. Tia kannte einige Frauen, die schon lange vor der Niederkunft Pflegemütter für ihre Babys gesucht hatten.

»Keine Bange, alles wird gut«, versicherte Risa, als

hätte sie die Gedanken ihrer Schwägerin erraten. »Das hat Rhiannon mir prophezeit.«

»Wird's ein Junge oder ein Mädchen?«

»Noch ein Junge. Und was wünschst *du* dir?«

»Vorerst gar kein Kind«, erwiderte Tia unbehaglich. »Nicht vor dem Kriegsende.«

»Nun ja, mein neues Baby war auch nicht geplant.« Lachend drehte sich Risa im Feldbett auf die Seite und schaute Tia an. »Ich wusste sehr gut, warum ich St. Augustine zu Weihnachten nicht verließ. Wie ich's erwartet hatte, segelte Jerome den St. Johns herab, an allen Kanonenbooten der Yankees vorbei. Leider mussten wir uns bald wieder trennen. Aber wir hatten unser gemeinsames Weihnachtsfest.«

»Das freut mich.«

»Hoffentlich bekommst du auch bald ein Baby.«

»Ich habe doch eben erst geheiratet.«

»Sei nicht so naiv, Tia! Um ein Kind zu kriegen, muss man nicht unbedingt heiraten. Dafür braucht man nicht einmal eine ganze Nacht – manchmal nur eine halbe Stunde.«

Darauf gab Tia keine Antwort. Sie liebte Kinder. Aber solange der Krieg andauerte, wollte sie nicht Mutter werden. »Gute Nacht«, flüsterte sie.

»Schlaf gut.«

Doch sie fand keinen Schlaf.

Am nächsten Morgen beschloss Ian, das Lager abzubrechen. Inzwischen hatte man die ganze Gegend nach Verwundeten abgesucht und es war nicht anzunehmen, dass man noch weitere finden würde. Die Reise nach St. Augustine wurde vorbereitet.

Der Ritt nach Süden hätte Taylor fast acht Tage gekostet und fünfzig Meilen pro Tag wären eine harte Belastung für Friar gewesen.

Aber Taylor konnte an Bord eines kleinen, mit drei Kanonen bestückten Schiffs gehen, das von St. Augustine aus nach Key West fuhr. An einem verlassenen Kai, fünfzig Meilen nördlich vom Miami River, sollte er an Land gesetzt werden. Damit ging der Captain ein gewisses Risiko ein. In Küstennähe gab es viele Untiefen und Sandbänke, die sich ständig verlagerten – ein gefährliches Gebiet für ein Kanonenboot, wenn es auf Grund lief, trotz der Unionsblockade, die diese Gewässer souveräner kontrollierte, als es die Rebellen zugeben mochten.

Wegen eines Schiffswracks war Taylor südwärts beordert worden und seine Mission sollte keine weiteren Verlust heraufbeschwören. Im Süden der Halbinsel lebten mehr Indianer als Weiße. Es würde sich vielleicht lohnen, ein wenig Zeit zu opfern und Informationen zu sammeln.

Am ersten Abend stand er an Deck neben dem Ruder und sah die Lichter eines Schiffs in südöstlicher Richtung, die plötzlich erloschen.

»Colonel?«, flüsterte der Steuermann.

»Aye?«, erwiderte Taylor ebenso leise.

»Haben Sie das Schiff gesehen?«

»Da vorn?«

»Aye, Sir, und ich dachte schon, ich hätte Halluzinationen.«

»Diesem Schiff sollten wir ausweichen.«

In diesem Augenblick kam Captain Henley, der junge Kommandant des Kanonenboots, an Deck. »Colonel! Wenn Sie im Rang auch über mir stehen, Sie gehören der Army an, während ich bei der Navy bin, und das ist mein Schiff. Nichts für ungut, aber ich fürchte, Sie wollen diesem Schiff ausweichen, weil es ein notorischer Blockadebrecher ist und von einem Ihrer Verwandten befehligt wird – Captain Jerome McKenzie, an Bord der *Lady Varina.*«

»In der Tat, Captain«, bestätigte Taylor und lehnte sich ans Teakholz des Ruders. »Zweifellos ist das die *Lady Varina.*«

»Dann sollten wir sie angreifen – ohne Rücksicht auf Ihren Verwandten an Bord.«

»Ich habe keineswegs vorgeschlagen, der *Lady Varina* auszuweichen, weil sie von meinem Verwandten kommandiert wird, sondern weil sie mindestens drei Kanonen mehr an Bord hat als Ihr Schiff, Sir.«

Hochrot im Gesicht, entgegnete Captain Henley: »Vielleicht wurde sie beschädigt und fuhr deshalb so nahe an die Küste heran ...«

»Oder die Besatzung hat uns entdeckt und glaubt, wir wären eine lohnende Beute.«

Nun stieg das Blut noch dunkler in Henleys Wangen. »Steuermann, hart backbord! Wir weichen dem Schiff aus.« Dann befahl er seinen Ersten Offizier, alle Mann an Deck zu beordern und auf ihre Posten zu schicken. Die unbeleuchtete *Lady Varina* feuerte einen Schuss ab. Kurz vor dem Bug des Unionsschiffs fiel das Geschoss ins Wasser. »Sehen Sie, Colonel?«, rief der Captain. »Wir sind dem Feind davongefahren!«

»Das glaube ich nicht«, entgegnete Taylor. »Wenn Jerome uns treffen wollte, wären alle seine Geschütze abgefeuert worden.«

Offenbar gab Henley ihm Recht. »Immer noch hart backbord!«, befahl er. Ohne weiteren Zwischenfall passierten sie das geisterhafte Rebellenschiff.

Am nächsten Abend führte Taylor seinen Wallach die Laufplanke hinab, auf den verlassenen Kai, den er gut kannte. Vor langer Zeit hatte er selbst beschlossen, diese Landestelle stillzulegen. Und es war noch länger her, seit sein Vater den Kai gebaut hatte. Der Meeresarm war ausgebaggert worden, sodass ein kleines Kanonenboot genug Tiefgang finden würde. An dieser Küste besaß Taylor ein Stück Land, großteils eine Wildnis am Rand eines Gebiets, das die Weißen für einen Sumpf voller Moskitos hielten. Deshalb würde die Regierung das große Grundstück wohl kaum konfiszieren. Außerdem galt das Terrain weiter landeinwärts als gefährlich, von Pumas, Alligatoren, Schlangen – und Indianern bevölkert.

Im nächtlichen Dunkel spendete der Mond genug Licht, während Taylor durch den dichten Kiefernwald ritt. Die Nacht hatte Augen und er wusste, dass er beobachtet wurde. Schließlich rief er einen Gruß in der Muskogee-Sprache und zügelte Friar. Wenig später erschien ein hoch gewachsener, kräftig gebauter junger Mann mit langem schwarzem Haar und markanten Gesichtszügen. Er trug Breeches in europäischem Stil, ein gemustertes Baumwollhemd und einen eindrucksvollen Kopfschmuck aus Muscheln und Silber.

Grinsend entblößte er seine weißen Zähen und fragte in perfektem Englisch: »Was treibt Weißer Wolf so tief unten im Süden – noch dazu, wenn er das Blau der Schlächter trägt?«

»Nun, die Wölfe kommen immer wieder nach Hause, Charlie Otter.« Taylor stieg ab und umarmte seinen Verwandten.

»Dann heiße ich dich willkommen, mein Vetter.«

Charlie wandte sich ab und stieß einen Vogelruf hervor, worauf drei Kinder aus dem Gebüsch rannten, zwei junge Krieger und ein kleines Mädchen.

»Ist das dein Baby?«, fragte Taylor. »Als ich fortging, war sie noch winzig.«

»Inzwischen ist das Baby gewachsen«, erwiderte Charlie. »Im Krieg verliert man das Zeitgefühl nicht wahr? Zum Glück bringen diesmal die *Weißen* einander um. Sie wollen uns ständig rekrutieren, damit wir ihnen dabei helfen.«

»Also hast du dich auf keine Seite geschlagen?«

»Ich will niemanden töten – nicht einmal Weiße«, antwortete Charlie. »Aber wenn die Deserteure hierher kommen und sich an unseren Frauen und Kindern vergreifen, wenn sie uns das Vieh und die Nahrungsmittel stehlen – ja, dann führe ich wieder Krieg gegen die

Weißen. Jetzt bekämpfen sie uns nicht mit ihren Truppen. Wenn ich einen Mann töte, wird er im Sumpf begraben, zusammen mit seinen bösen Taten, und die weiße Witwe muss nichts davon erfahren. Das wäre doch barmherzig, nicht wahr?«

»Wann immer die Seminolen von weißen Deserteuren attackiert werden, ist es ihr gutes Recht, sich zu verteidigen.«

»Komm in mein Zelt, mein Freund«, bat Charlie.

Seine scheue, sanftmütige junge Frau Lilly bereitete eine Mahlzeit für Charlie, Taylor und ein paar andere Männer aus dem kleinen Dorf zu. Nachdem sie das Essen serviert hatte, verschwand sie im Frauenzelt, wie es der Seminolensitte entsprach. Taylor saß auf einer Plattform, drei Fuß über dem Boden, aß Wildfleisch mit einem Brei aus Koonti-Wurzeln und teilte mit den Männern das schwarze Getränk, eine starke Brühe, die Visionen heraufbeschwor. Vorsichtshalber nahm er nur einen kleinen Schluck, erweckte aber den Eindruck, er würde viel mehr trinken. Offen und ehrlich berichtete er, was in der Welt des weißen Mannes geschah, und schilderte den Verlauf des Krieges.

Ernsthaft hörten die Männer zu, nickten und äußerten ihre Ansichten. Dann begann Charlie zu sprechen: »Sicher bist du nicht hierher gekommen, um uns vom Krieg zu erzählen, Taylor Douglas. Wenn du auch die blaue Uniform trägst, du besuchst uns als Weißer Wolf, unser Vetter. Du bittest uns nicht, die Weißen in diesem Staat zu bekämpfen. Warum bist du hier?«

»Weil ich einen Soldaten suche, der ebenfalls diese Uniform trägt. Er befand sich an Bord eines Schiffs, das in einem Sturm unterging. Zuvor war es von einem feindlichen Geschoss getroffen worden. Einige Männer überlebten und wurden von Besatzungen anderer Schiffe aus dem Wasser geholt, andere ertranken, und die Wellen spülten ihre Leichen an Land. Aber ein Mann trug Papiere bei sich, die für unsere Regierung wichtig sind. Und in seinem Kopf bewahrt er Informationen, die er den Rebellen nicht verraten darf. Also muss ich ihn aufspüren oder herausfinden, ob er ertrunken ist und die Papiere auf dem Grund des Meeres liegen. Hast du von einem solchen Mann gehört? Gewiss, der Sumpf ist groß. Trotzdem verbreiten sich auch in dieser Gegend manche Neuigkeiten. Und die Nachricht von einem Mann, der aus der Meer kam, wäre ungewöhnlich.« Noch bevor Taylor eine Antwort erhielt, spürte er, dass Charlie über den Mann Bescheid wusste, und sein Puls beschleunigte sich.

»So ungewöhnlich, wie du glaubst, sind die Weißen in unserem Land nicht. Um ihrer Regierung zu entrinnen, fliehen sie in den Sumpf, so wie wir. Der Mann, den du suchst, könnte gestorben sein.«

»Ist er tot?«

»Dem Tod nahe.«

»Wo ist er?«

»Beim Neffen deiner Großmutter, James McKenzie.«

Taylor runzelte die Stirn. »Sorgt James für ihn?« Über seinen Rücken rann ein kalter Schauer. James war ein Rebell. Natürlich würde er einen schiffbrüchigen Yankee nicht ermorden. Aber wäre er bereit, einen Feind in seinem Heim zu beherbergen und zu pflegen?

»Geh zu James McKenzie, dann wirst du alles erfahren«, erwiderte Charlie. »Bleibst du heute Nacht bei uns? Wirst du erst Morgen südwärts reiten?«

»Vielen Dank für deine großzügige Einladung, die ich sehr gern annehme.«

»Wenn du das Volk deiner Mutter aufsuchst, brauchst du keine Einladung.«

Lächelnd nickte Taylor seinem Vetter zu. Dem kleinen Stamm seiner Mutter ging es offenbar gut und das freute ihn. Die Seminolen besaßen Rinder und Schweine, züchteten Kürbisse, anderes Gemüse und Obst. In einem Gehege tummelten sich wohlgenährte Hühner. Im Gegensatz zu den Weißen hatten die Seminolen ihre

Kämpfe bereits ausgefochten und sich hier niedergelassen, um ein friedliches Leben zu führen.

Die Nacht war mild und Taylor zog sich bis auf die Breeches aus, bevor er schlafen ging. Um diese Jahreszeit hielt sich die Moskitoplage in Grenzen. Zwischen den Zelten wehte eine sanfte Brise, der Mond verlieh dem Himmel einen goldenen Schimmer. Taylor hatte ein Zelt für sich allein.

Aus dem Nachbarzelt drang kicherndes, atemloses Geflüster herüber. Charlie und seine Frau liebten sich. Trotz der kühlen Luft begann Taylors Haut zu brennen. Der Sternenhimmel war wundervoll – die Einsamkeit nicht. Von Anfang an hatte er Godiva heiß begehrt. Und die Ehe mit Tia überstieg seine kühnsten erotischen Träume.

Inbrünstig sehnte er sich nach ihren dunklen Augen, dem elfenbeinweißen Gesicht, dem langen seidigen Haar, das bei der Liebe beide Körper eingehüllt hatte, nach ihren süßen Lippen. Ein seltsames Band hatte ihn mit seiner Frau vereint. Ohne es vorauszuahnen, waren sie von einem wilden, sinnlichen Sturm überwältigt worden ...

Stöhnend richtete er sich auf. Viel zu wenig von dem schwarzen Getränk ... Er betrachtete die Sterne und wünschte, Tia würde in seinen Armen liegen.

18

Lange bevor er James McKenzies Haus erreichte, merkte er erneut, dass er beobachtet wurde. Ein Wellenbrecher und eine Lagune schirmten das Anwesen gegen das Meer ab. Aus der Ferne war es nicht zu sehen. Nur die Einheimischen kannten die Pfade, die durch die umliegenden dichten Wälder führten.

Vor etwa einem Jahr war das Haus bis auf die

Grundmauern abgebrannt und wiederaufgebaut worden, aus Holz, Kalkstein und Korallenfelsen. Jetzt harmonierte es genauso spektakulär mit der Landschaft wie eh und je. In hellem Blaugrün gestrichen, verschmolz es mit den Farben des Himmels und des Meeres. Ringsum erstreckten sich gepflegte Rasenflächen, von Seetrauben und Kokospalmen überschattet. Im Garten züchtete Teela McKenzie Heilkräuter und herrliche blühende Pflanzen. Ein kleiner Badeteich lag hinter dem Haus, von Büschen und Bäumen geschützt, ein Paradies auf Erden. Vor dem Krieg waren weiße Freunde und Nachbarn in Booten zu Besuch gekommen und die Seminolen, James McKenzies Verwandte, auf alten Indianerpfaden hierher geritten. Taylor hatte sich dem Anwesen auf beiden Wegen genähert. Ebenso wie er selbst waren die McKenzies Weiße und zugleich Indianer, und manchmal fühlten sie sich von beiden Rassen ausgeschlossen.

In seiner Kindheit hatte er James, Teela und ihre Kinder sehr gemocht. Aber jetzt …

Viele Männer würden leidenschaftlich für James McKenzie und seinen Grundbesitz kämpfen, wenn sie glaubten, ein Feind würde ihn bedrohen. Aber Taylor sah keinen Grund, um sein Leben zu bangen. Was immer James von diesem unseligen Krieg halten mochte – er würde niemals gestatten, dass ein Verwandter auf seinem Grund und Boden überfallen oder niedergeschossen wurde.

Während dieser Gedanke durch Taylors Sinn ging, hörte er plötzlich ein Geräusch. Gerade noch rechtzeitig schwenkte er seinen Wallach herum und wappnete sich gegen die Attacke eines Kriegers, der vom Ast einer Seetraube gesprungen war.

Taylor nutzte die Wucht des Zusammenpralls, um sich gemeinsam mit seinem Angreifer vom Pferderücken fallen zu lassen. Wie man bei einem solchen Sturz die Oberhand gewann, wusste er. Sekunden später saß er auf den Hüften des Mannes und drückte den Arm, der ein Messer mit langer Klinge geschwungen hatte, ins Gras. Der Vollblut-Seminole trug nur einen Lendenschurz nach der Sitte eines Volkes, das gelernt hatte, dass Kleidungsstücke eine normalerweise harmlose Wunde infizieren und eine tödliche Gefahr heraufbeschwören konnten.

Mit aller Kraft wehrte sich der wütende junge Krieger. Aber Taylor verdrehte ihm das Handgelenk, bis das Messer zu Boden fiel, griff danach und schleuderte es in einen nahen Krotonstrauch. Im selben Moment traf ihn ein kraftvoller Kinnhaken, wobei er hoffte, sein Kiefer wäre nicht gebrochen. Um sein Leben zu retten, hätte er vielleicht sogar seinen Colt ziehen müssen, denn der Seminole bäumte sich wie ein wildes Pferd unter ihm auf und schlug erneut zu. Aber Taylor begnügte sich mit einem gezielten Fausthieb gegen die Schläfe und der Krieger verlor die Besinnung.

»Verdammt, fall nicht noch einmal über mich her«, murmelte Taylor und stand auf. »Ich bin nicht hier, um irgendjemanden zu ermorden.«

»Und warum bist du hier?« Die Frage in englischer Sprache schien aus leerer Luft zu dringen.

Taylor wandte sich ruckartig zu einem großen, hageren Seminolen mit markanten Gesichtszügen. In diesem Mann erkannte er sofort einen seiner Verwandten wieder – Billy Bones, den Sohn eines Vetters seiner Großmutter. »Billy, ich bin Taylor.«

»Das sehe ich.« Billy richtete sein Gewehr nicht auf den Neuankömmling. Stattdessen hielt er es locker in seiner Hand. Aber im Notfall würde er blitzschnell feuern.

»Ich muss mit James reden. Keine Angst – ich bin allein und ich will nichts Böses.«

»Warum besuchst du in einer Unionsuniform einen Staat der Konföderation?«

»Weil ich kein Spion bin und mich nicht tarnen muss.

Ich kam als der Mann hierher, der ich bin, und ich täusche nichts anderes vor.«

»Aber du bist kein Freund.«

»Ganz egal, welche Uniform ich trage, Billy – wir sind miteinander verwandt.«

»Bist du wirklich allein?«

»Als ich keinen Vater mehr hatte, sorgte James McKenzie für mich. Niemals würde ich sein Land in Begleitung seiner Feinde betreten.«

Nach einer Weile nickte Billy und befahl dem Krieger, der inzwischen zu sich gekommen war, in der Muskogee-Sprache aufzustehen. Zögernd gehorchte der junge Mann und musterte den Fremden misstrauisch.

Billy führte Taylor hinter das Haus und Friar trottete ihnen nach. Nicht weit von der Rückfront des Gebäudes entfernt, schimmerte die Lagune. Die Docks erstreckten sich an der Nordostseite und Taylor bezweifelte nicht, dass sie streng bewacht wurden. Sicher würde Jeromes Blockadebrecher, die *Lady Varina,* oft hier anlegen.

Die Arme vor der Brust verschränkt, stand James McKenzie auf seiner hinteren Veranda. Ebenso wie Billy war er schon vor einiger Zeit über die Ankunft des Besuchers informiert worden. »Offensichtlich hat dir jemand einen Kinnhaken verpasst, Taylor.«

»Du solltest mal das blaue Auge des anderen Burschen sehen«, erwiderte Taylor grinsend.

Auch James lächelte. »Hättest du ihm was Schlimmeres angetan, wärst du jetzt in ernsthaften Schwierigkeiten.«

»Dachtest du, so etwas würde ich tun?«

»Nein«, antwortete James nach einer kurzen Pause. »Aber ich musste sichergehen … Warum bist du hier?«

»Weil ich einen Unionssoldaten suche. Er war an Bord eines Schiffs, das unterging, und trug Depeschen aus Key West bei sich – mit detaillierten Angaben über die Bewegungen unserer Navy.«

»Glaubt die Unionsregierung, er hätte die Seiten gewechselt und diese Informationen der Konföderation übergeben?«

Taylor zögerte nur kurz. »Wahrscheinlich.«

»Wenn ich diesen Soldaten kennen würde – warum sollte ich dir erlauben, ihn mitzunehmen und hängen zu lassen?«

Plötzlich öffnete sich eine Tür und ein schlanker junger Mann hinkte auf Krücken heraus. Zu einem Musselinhemd trug er eine dunkle Baumwollhose. Ein Fuß war bandagiert, der andere nackt.

James wandte sich zu ihm. »Michael, ich sagte doch – Sie sollen drinnen bleiben.«

»Ja, Sir. Aber ich möchte Ihrem Haus den Krieg ersparen. Colonel Douglas, ich bin Lieutenant Michael Langley, der Mann, den Sie suchen. Die Depeschen stecken immer noch unberührt in der Tasche meines Jacketts. Falls ich mich vor einem Kriegsgericht verantworten muss – ich bin bereit.«

»Nein!« Jennifer McKenzie eilte aus dem Haus. Wie eine rabenschwarze Fahne flatterte das lange Haar hinter ihr her. Sie legte einen Arm um den Lieutenant und starrte Taylor herausfordernd an. »Als er hierher kam, war er halb tot. Er kann nach wie vor kaum gehen. Beinahe wäre er am Fieber gestorben!«

»Jennifer ...«, begann James in energischem Ton.

In diesem Augenblick trat Teela auf die Veranda. »Willkommen, Taylor ... Was für eine unangenehme Situation, nicht wahr?«

Aus dem Haus drang das jämmerliche Geschrei der kleinen Mary, die es nicht ertrug, von der Mutter getrennt zu werden.

»Vielleicht sollten wir hineingehen und in aller Ruhe miteinander reden«, schlug Taylor vor und lächelte Teela an. »Ich habe das Baby noch gar nicht gesehen.«

»Oh, Mary ist wunderschön«, versicherte Teela. »James ...«

»Ja, natürlich«, erwiderte ihr Mann. »Gehen wir hinein.«

Da stieg Teela die Verandastufen hinab und küsste Taylors Wange. Wie stets duftete sie nach Jasmin. »Kommst du herein, Billy?«

»Ja, ich möchte meinen Neffen im Auge behalten.« Billy warf Taylor einen kurzen Blick zu und ging an ihm vorbei. Etwas Besseres durfte ein Yankee nicht erwarten.

Trotzdem war es schmerzlich. Teela hängte sich bei ihm ein und führte ihn auf die Veranda. Mit tiefblauen Augen, die einen prägnanten Kontrast zur bronzebraunen Haut bildeten, schaute James ihn an. Dann umarmte er ihn.

O Gott, wie ich den Krieg hasse, dachte Taylor.

Schweigend gingen sie ins Haus. Teela nahm das Baby aus den Armen einer Halbindianerin entgegen. »Taylor, das ist Mary, meine kleine Tochter. Mary – dein Vetter Taylor.«

Zu seiner Verblüffung hörte das Mädchen zu weinen auf, streckte die Händchen nach ihm aus und Teela legte es in seine Arme. »Hallo, Mary«, sagte er unsicher. »Du bist sehr hübsch, eine typische kleine McKenzie mit blaugrünen Augen und pechschwarzem Haar.«

»Nun will ich mich um die Drinks kümmern.« Teela wandte sich ab und durchquerte die Halle.

»Mama!«, quengelte Mary.

»Nur keine Angst, wir gehen zu ihr«, versprach Taylor und eilte Teela nach. Vertrauensvoll schaute Mary zu ihm auf und er dachte wehmütig an andere Zeiten. Früher hatte er sich Kinder gewünscht, dann war Abby gestorben – und der Krieg hatte sein Leben bestimmt. Aber jetzt …

Jetzt gab es eine Mrs. McKenzie, die dem Kind in seinen Armen näher stand als er selbst.

Hinter sich hörte er die hinkenden Schritte des jungen Lieutenants, dem James und Jennifer folgten.

Wenig später saßen sie in der Bibliothek. Jennifer hielt die kleine Mary auf dem Schoß. Unverwandt schaute sie Michael Langley an. In ihren Augen schimmerten Tränen. Ein Whiskeyglas in der Hand, lehnte er sich in seinem wuchtigen Ledersessel zurück und schilderte den Schiffbruch. Wochenlang war er bewusstlos gewesen, nur manchmal wachte er nachts immer noch auf, von Schüttelfrost und Fieber gepeinigt. »Die Depeschen sind in Sicherheit, Colonel Douglas. Glauben Sie mir, ich habe mein Land nicht verraten. Aber – ich hoffte, die Unionsregierung würde mich für tot halten.«

»Die Depeschen mussten gefunden werden. Das konnten Sie sich doch denken.«

»Oder – vielleicht wünschte ich mir nur, man würde mich nicht aufspüren ...« Bedrückt schaute er Jennifer an, dann wandte er sich wieder zu Taylor. »Einerseits will ich mich nicht wie ein Deserteur verhalten – andererseits möchte ich nicht mehr gegen den Süden kämpfen. Dazu wäre ich auch gar nicht mehr im Stande. Mein gebrochener Fußknöchel wurde nicht schnell genug eingerichtet.«

»Bitte, Taylor!«, flehte Jennifer. »Kannst du denn gar nichts tun?«

»Du hörst es doch – er will nicht mehr kämpfen«, betonte Teela.

Nachdenklich musterte Taylor den Lieutenant. Jennifer hatte sich offensichtlich in den Yankee verliebt. Und Michael Langley war zweifellos ein anständiger, ehrenwerter Mann. Des Kriegs müde, wollte er sich nicht gegen die Menschen stellen, die schließlich sein Leben gerettet hatten.

James schien Taylors schwierige Situation zu verstehen. »Glauben Sie, Sir, mein Neffe könnte zum Unionsmilitär zurückkehren – und lügen?«

»Hier wird kein Blut fließen«, beteuerte Michael Langley. »Ich werde den Colonel begleiten.«

Jennifer begann zu schluchzen.

»Natürlich darf ich die Wahrheit nicht verschweigen.« Taylor stand auf und ging zu ihr. »Wenn ich die Depeschen ins Fort Key West bringe … Mal sehen, was ich tun kann.«

Durch einen Tränenschleier schaute sie zu ihm auf. »Nimmst du Michael nicht mit?«

»Nein.«

»O Gott, was riskierst du, Taylor?«

»Wenn ich ihn festnehme, riskiere ich noch viel mehr – dein Vater würde mich vielleicht niederschießen.«

»Unsinn!«

»Außerdem möchte ich einen guten, anständigen Mann nicht ins Unglück stürzen – oder eine Kusine, die in diesem Krieg schon genug gelitten hat.«

»O Taylor …« Impulsiv sprang sie auf und umarmte ihn. »Tut mir Leid, dass ich an dir gezweifelt habe … In meinem eigenen Kummer hatte ich Abby vergessen. Dieser schreckliche Krieg hat uns meinen Mann Lawrence und deine Frau gekostet.«

Behutsam befreite er sich aus ihren Armen. »Morgen reite ich zurück, dann werde ich sehen, was ich für den Lieutenant tun kann. Übrigens, ich habe wieder geheiratet.«

»Oh, wie wundervoll!«, rief Teela. »Wer ist sie denn? Eine Yankee, nehme ich an? Bleibst du nach dem Krieg im Norden, Taylor? Wird dieser elende Krieg jemals aufhören?«

»Lass ihn doch eine Frage nach der anderen beantworten, meine Liebe«, mahnte James.

»Ihr kennt meine Frau«, erklärte Taylor. »Sogar sehr gut. Sie ist eure Nichte – Tia McKenzie.«

Ungläubig starrte Jennifer ihn an. »Tia hat *dich* geheiratet? Einen *Yankee*?«

»Nun ja – niemand ist vollkommen …«

»Ich glaube, jetzt brauche ich noch einen Drink«, murmelte Teela.

Immer noch verwirrt, schüttelte Jennifer den Kopf.

»Ich wusste gar nicht, dass ihr euch kennt, Taylor ... Natürlich, Ian ist dein Freund. Und in deiner Kindheit hast du uns hier besucht und mit all den Jungs gespielt ... Aber Tia war nicht dabei.«

»Wir haben uns erst vor kurzem kennen gelernt.«

»Auf Cimarron?«

»Nein – woanders.«

»Nun, vielleicht sollten wir alle aufhören, Taylor anzustarren«, schlug Teela vor. »Sicher hast du Hunger, mein Lieber. Ich werde mich ums Dinner kümmern. Michael, jetzt sollten Sie wieder ins Bett gehen. Jennifer, gib mir Mary und hilf ihm. James, Taylor ... sobald das Essen fertig ist, gebe ich euch Bescheid.«

Michael Langley stand auf und hinkte zu Taylor. »Danke, Sir.«

»Noch habe ich nichts für Sie getan und ich kann Ihnen nichts versprechen.«

»Jedenfalls danke ich Ihnen für die Mühe, die Sie auf sich nehmen wollen.«

Als James mit Taylor allein war, musterte er ihn aufmerksam. »Manchmal gewinne ich den Eindruck, ich hätte mitgeholfen, dich großzuziehen.«

»Das stimmt ja auch, Onkel James. Deshalb habe ich mich heute allein hierher gewagt.«

»Taylor, ich kenne dich sehr gut. Obwohl du dich in diesem verdammten Krieg auf die falsche Seite geschlagen hast, bin ich stolz auf den Mann, der aus dir geworden ist.«

»Danke.«

»Und warum hast du meine Nichte geheiratet, diese wilde Rebellin? In welche Schwierigkeiten hat sie sich gebracht?«

»In keine ...«, antwortete Taylor, von diesen plötzlichen Fragen überrumpelt. »Das heißt – falls sie *mich* für ein Problem hält ...«

»Genauso wird sie's sehen.« James stand auf und schenkte sich noch einen Whiskey ein. »Erzähl mir alles. Ich habe Gerüchte von einer tollkühnen Rebellin gehört – einer Spionin, die in den Wäldern Floridas ihr Unwesen treibt. Das würde ich der Tochter meines Bruders zutrauen. Ist Tia in die Hände der Yankees gefallen? Hängt diese erstaunliche Heirat irgendwie mit Godiva zusammen?«

»Onkel James ...«

»Lüg mich bloß nicht an!«

»Nun ja – sie ist in *meine* Hände gefallen.«

James nickte. »Pass gut auf sie auf! Wenn ihr etwas zustieße, würde mein Bruder den Verstand verlieren. Ein Mann liebt seine Söhne. Aber die Töchter sind seine kostbarsten Schätze.«

»Natürlich will ich mein Bestes tun«, beteuerte Taylor. »Auch für Jennifer. Morgen bringe ich die Depeschen nach Key West.«

Lächelnd prostete James ihm zu. »Auf deinen Erfolg, Colonel. In allen Dingen.«

Obwohl das Camp nur dreißig Meilen von St. Augustine entfernt lag, dauerte die Reise mit all den Verletzten zwei Tage. Da man auf zahlreiche Wunden achten musste, die nicht aufplatzen durften, bewegten sich die primitiven Krankenwagen ganz behutsam über die holprigen Straßen.

Tia freute sich auf St. Augustine. Diese Stadt hatte sie schon in ihrer Kindheit geliebt. Wenn sie von Freunden gehänselt wurde, die Florida eine eben erst erschlossene Wildnis nannten, erklärte sie höflich, St. Augustine sei die älteste, ständig bewohnte europäische Siedlung in der Neuen Welt.

Seit 1862 flatterte eine Unionsflagge über der Stadt. Einige Rebellen waren in ihren Häusern geblieben, andere hatten die Flucht ergriffen und alles geopfert, um der Konföderation zu dienen. Nach der Yankee-Invasion hatte Tia ein paar Mal Alaina, Risa und die Kinder besucht.

Während Risa sofort in ihr Haus eilte zu ihrem kleinen Sohn Jamie, blieb Tia bei den Bryers und half ihnen, die verwundeten Soldaten im Hospital einzuquartieren. Erst am Abend ritt sie mit Ian zu dem Haus, das der Familie McKenzie gehörte. Zu ihrer Verblüffung sahen sie Alaina vor der Tür stehen. Mit einem Aufschrei sprang Ian aus dem Sattel und umarmte seine Frau. Tia stieg etwas langsamer ab, ergriff beide Pferde am Zügel und folgte ihm.

Trotz der Wiedersehensfreude machte Ian seiner Frau bittere Vorwürfe. »Warum hast du dir diese anstrengende Reise zugemutet?«

»Wie konnte ich auf Cimarron bleiben? Nachdem du mir aus dem Camp geschrieben hast, du würdest nach St. Augustine reiten, musste ich doch die Gelegenheit nutzen.«

»Aber du hättest nicht keinesfalls hierher kommen dürfen.«

»Rhiannon hat mich begleitet. Dein Vater stellte uns natürlich eine Eskorte zur Verfügung. Mir geht's gut. Wirklich. Und die Kinder werden sich so freuen, wenn sie dich wiedersehen. So kurz nach Weihnachten müssten sie sich sogar an dich erinnern.«

Gerührt beobachtete Tia das schöne Paar – ihren hoch gewachsenen dunkelhaarigen Bruder, so attraktiv in seiner blauen Uniform, und seine zierliche blonde Frau in inniger Umarmung. Ein Bild des Krieges, dachte sie, das Glück des Wiedersehens, dem bald die Trennung folgen muss ... Plötzlich fühlte sie sich wie ein unbefugter Eindringling und wäre am liebsten davongeschlichen.

Erst jetzt entdeckte Alaina ihre Schwägerin, eilte zu ihr und nahm sie in die Arme. »Tia! Wie wundervoll, dass Ian dich in seine Obhut genommen hat! Wir machen uns alle solche Sorgen um dich ...«

»Das ist wirklich nicht nötig«, fiel Tia ihr hastig ins Wort, um neugierigen Fragen nach ihrer Anwesenheit im Yankee-Camp und der Ehe mit Taylor zu entrinnen. »Deine Kinder …«

»Oh, die schlafen schon. Risas Jamie ist auch hier. Und Rhiannons kleiner Conar. Chantelle sorgt einfach großartig für die Kleinen. Sie kam mit dem neuen Doktor in die Stadt, Jon Beauvais. Den würdest du sicher mögen. Gehen wir ins Haus, dann trinken wir alle zusammen Tee …«

Tia schüttelte entschieden den Kopf. »Kümmere dich erst einmal um deinen Mann. Risa, Rhiannon und ich finden uns auch ohne dich zurecht.«

Lächelnd kehrte Alaina zu Ian zurück und ergriff seine Hand.

»Aber die Pferde …«, wandte er ein.

»Die bringe ich in den Stall«, versprach Tia und er winkte ihr dankbar zu. Dann führte er seine Frau durch eine der Türen des großen alten Hauses, das in mehrere Wohnungen unterteilt war.

Während Tia die Pferde einem farbigen Stalljungen übergab, öffnete sich eine andere Tür und Risa rannte heraus. »Komm herein, Tia! Sicher bist du todmüde.« Sie legte einen Arm um die Schultern ihrer Schwägerin und ging mit ihr in einen kleinen Salon. Vor dem Kamin stand Rhiannon, den Kopf gesenkt. Sobald sie die beiden eintreten hörte, drehte sie sich um und umarmte Tia.

»Wie schön, dich so bald wiederzusehen …«

Trotz der liebevollen Begrüßung fühlte sich Tia unbehaglich. Rhiannon wirkte müde und bedrückt. »Stimmt was nicht? O Gott, Julian …«

»Meinem Mann geht's gut«, erwiderte Rhiannon. »Bevor ich hierher kam, habe ich ihn kurz besucht. Bald werde ich ihm wieder im Hospital helfen. Jetzt arbeitet er ganz allein.«

»Das weiß ich und es tut mir so Leid …«

»Du brauchst dich nicht zu entschuldigen«, entgegnete Rhiannon verständnisvoll. »Ein paar Wochen nach der Geburt wollte ich ohnehin schon wieder arbeiten.«

»Der Tee ist noch heiß!«, verkündete Risa. »Dazu gibt's Biskuits und Suppe. Setzen wir uns. Übrigens, Tia, *deinem* Ehemann geht's ebenfalls gut.«

Verwirrt zuckte Tia zusammen. »Wieso weißt du das? Wo ist er?«

»Wo er jetzt ist, kann ich dir nicht sagen«, antwortete Risa, nachdem sie am Tisch Platz genommen hatten. »Vor einiger Zeit war er im Süden.«

»Und wie hast du das herausgefunden?«

»Meine Schwiegermutter hat mir geschrieben.«

»Also war er bei Tante Teela? Das kann ich mir kaum vorstellen ...«

»Ist es so seltsam, dass er seine Verwandten besucht?«

»Allerdings. Onkel James hasst allein schon den Anblick einer Yankee-Uniform ...«

»Hat er Ian jemals gehasst? Nein. Hasst er deinen Vater? Nein. Und außerdem – wenn meine Schwiegereltern beschlossen hätten, Taylor aufzuhängen, statt ihn zum Dinner einzuladen, hätte Teela das sicher in ihrem Brief erwähnt.«

»Über so was macht man keine Witze!«, fauchte Tia.

»Nein«, bestätigte Risa, »nicht in diesem grässlichen Krieg. Aber meine Schwiegereltern haben mich auch nicht verdammt, weil ich General Magees Tochter bin. Und sie gaben mir auch nicht die Schuld, als fanatische Unionssoldaten ihr Haus niederbrannten. Warum hätten sie ausgerechnet Taylor was antun sollen?«

»Und warum war er dort?«

»Das hat Teela mir nicht verraten. Aber er wird noch eine Weile im Süden bleiben.«

»Vielleicht lange genug, sodass du Brent besuchen kannst«, warf Rhiannon ein.

Verwundert starrte Tia ihre Schwägerin an. »Das schlägst ausgerechnet du vor, eine eingefleischte Unionistin? Ich soll einen Militärarzt von der Konföderation besuchen?«

»Ich empfehle dir nur, deinen *Vetter* zu besuchen«, erwiderte Rhiannon ärgerlich. »Und ich deute keineswegs an, du könntest mit militärischen Information in die Long Street oder zu General Lee laufen.«

»Hör mal, Rhiannon«, mischte Risa sich ein. »Seit Tia mit Taylor verheiratet ist, kann sie sich nicht mehr so frei bewegen wie vorher.«

»Das weiß ich.« Rhiannon seufzte tief auf. »Und sie soll ja auch gar nichts Gefährliches tun. Nichts, was mit dem Krieg zusammenhängt ...«

»In Richmond dreht sich alles um den Krieg ...«, argumentierte Risa.

»Nein, es geht um ein Kind.«

Stöhnend verdrehte Tia die Augen. »Wovon redet ihr eigentlich? Wenn ihr mir nicht sofort erzählt, was eigentlich los ist, brauche ich keinen Tee, sondern einen doppelten Whiskey.«

»Ich hatte einen Traum ...«, begann Rhiannon.

»O Gott, nein! Geht es um meinen Vetter Brent? Ist er in Gefahr? Sollen wir ihm schreiben? Nein, schicken wir ihm ein Telegramm.«

»Mit Brent hat es nichts zu tun.«

»Sie träumt immer wieder von einem kleinen Jungen, der in einem großen weißen Haus lebt – und von einem Balkon herabstürzt«, erklärte Risa.

»Kennen wir ihn?«, fragte Tia.

»Alaina meint, das Gebäude, das ich beschrieb, müsste das Weiße Haus der Konföderation sein. Risa stimmt ihr zu. Das Kind ist wahrscheinlich Präsident Davis' Sohn.«

Erschrocken runzelte Tia die Stirn. »Seid ihr sicher?«

»Natürlich bin ich mir nicht sicher«, gab Rhiannon zu. Bedrückt stand sie auf und wanderte im Salon umher. »Ich habe Varina Davis geschrieben. Aber was wird sie denken, wenn sie einen Brief von einer Frau bekommt, die sie nicht kennt? Vielleicht liest sie ihn gar nicht. Und wenn doch, wird sie mich für verrückt halten und meine Warnung ignorieren. Ständig sucht mich dieser Traum heim. Und letztes Mal sah ich das Gesicht eines Mannes. Kurz, bevor ich erwachte … Ein trauriges Gesicht, und er schien mit mir zu sprechen …«

»Und?«, drängte Tia.

»Ich glaube, er wollte mir sagen, gewisse Ereignisse seien schicksalhaft. Deshalb dürfte man nicht dagegen ankämpfen.«

»Wer war der Mann, Rhiannon?«

»Wahrscheinlich der Vater des kleinen Jungen, Präsident Davis.«

»Also träumst du vom Tod eines Kindes, der nicht verhindert werden kann?«

»Das weiß ich nicht. Jedenfalls finde ich diesen Gedanken unerträglich.«

»So viele Menschen sterben«, sagte Risa leise. »Der Tod gehört zum Leben, Rhiannon.«

»Aber jetzt sterben zu viele Leute. Sollten wir nicht versuchen zu retten, was noch zu retten ist?«

Nachdenklich starrte Tia vor sich hin. »Jemand müsste persönlich mit Varina Davis reden.«

Eifrig beugte sich Risa vor. »Du kennst sie, Tia. Bevor dieser Wahnsinn anfing, war Präsident Davis unser Kriegsminister. Dein Vater und deine Brüder waren mit ihm befreundet. Vor dem Krieg hast du das Haus der Familie Davis besucht.«

»Ja. Und du hast sie im Weißen Haus der Konföderation besucht, wo sie jetzt wohnen. Da warst du zu Beginn des Kriegs, mit Jerome. Du bist die Frau eines grandiosen Südstaatenhelden …«

»Und die Tochter eines Unionsgenerals.« Entschuldigend fügte Risa hinzu: »Im Augenblick möchte ich eine so weite Reise nicht riskieren.«

Auf keinen Fall, weil sie wieder ein Baby erwartet,

dachte Tia. Und Rhiannons kleiner Conar ist erst ein paar Monate alt. »Vielleicht Alaina …«

»Auch Alaina ist wieder schwanger.«

»Noch ein Baby?« seufzte Tia nun bitter. »Versuchen wir McKenzies den ganzen Süden allein zu bevölkern?«

»Tia!«, mahnte Risa.

»Oh, tut mir Leid. Ich freue mich für euch alle, ich fürchte nur …«

»Dass Taylor dir böse wäre?«, fragte Rhiannon.

»Nein«, protestierte Tia. »Nachdem er wieder in den Krieg gezogen ist, ohne mir irgendetwas zu erklären, sehe ich keinen Grund, Brent *nicht* zu besuchen. Aber …«

»Aber Ian wird dich nicht gehen lassen«, vollendete Rhiannon den Satz.

»Wahrscheinlich wird er nicht lange hier bleiben«, bemerkte Risa. »Die meisten Offiziere und diensttauglichen Soldaten werden aus Florida abgezogen, weil gerade eine neue Offensive vorbereitet wird. Nach General Grants Ansicht wird der Krieg nur ein Ende finden, wenn er sich zu einem Inferno entwickelt. Und genau das strebt er an.«

»Als würden wir nicht schon längst in der Hölle schmoren«, flüsterte Tia.

»Heute Nacht ist Ian mit Alaina beschäftigt. Bevor er abreist, müssen wir dich also irgendwie aus dem Haus schmuggeln.«

»Heute Nacht musst du erst einmal schlafen, Tia«, schlug Rhiannon nervös und aufgeregt vor.

»Morgen kannst du deine Entscheidung treffen. Wir haben noch genug Zeit.«

»Zeit genug …«

So lange musste Tia nicht warten. Kurz nachdem sie ins Bett gekrochen war, klopfte es an ihrer Tür. Bei einem Kutschenunfall war das Bein eines Mannes zertrümmert worden, sein Sohn hatte sich den Arm gebrochen. Auch seine kleine siebenjährige Tochter war schwer verletzt.

Die ganze Nacht stand Tia dem tüchtigen neuen Arzt, Jon Beauvais, bei. Das Bein des Mannes musste amputiert, der gebrochene Arm des Jungen geschient werden. Bis zum Morgengrauen kämpften sie um das Leben des kleinen Mädchens, das sich sehr tapfer zeigte.

»Tut es sehr weh?«, fragte Tia. »Hilft dir die Medizin?«

»So schlimm ist es gar nicht«, versicherte die Kleine, ein hübsches Kind mit rotblonden Locken, und lächelte schwach. »Wenn ich sterbe, holen mich die Engel. So wie meinen Bruder. Daniel ist bei Gettysburg gefallen. Jetzt ist er im Himmel und wenn ich zu ihm komme, ist er nicht mehr so einsam.«

»Nein, du wirst nicht sterben, hörst du? Da draußen sitzt deine Mommy und weint. Ihr zuliebe musst du am Leben bleiben.«

Aber so sehr sich Tia und der Doktor auch bemühten – das kleine Mädchen starb kurz vor Sonnenaufgang. Beim letzten Atemzug hielt Tia die Hand des Kindes. Im Tod sah es so friedlich aus, als würde es nur schlafen. Schluchzend drückte Tia die Kleine an sich, bis der Arzt ins Zimmer kam und erklärte, nun müsste die Mutter eine Weile allein mit ihrer Tochter sein.

Wenig später kehrte Tia ins Haus der McKenzies zurück und teilte Rhiannon mit, sie würde nach Richmond reisen.

Ian hatte bereits seine Order erhalten. Im Hafen wartete ein Yankee-Schiff auf ihn. Kurz danach verließ Tia die Stadt und ritt flussabwärts, um an Bord eines Blockadebrechers zu gehen.

Erst an diesem Morgen hatte Taylor die Dokumente bekommen, die er brauchte. Vom Union Navy-Stützpunkt in Key West musste er fast zweihundert Meilen zurücklegen, um James McKenzies Haus zu erreichen.

Der nervöse Kapitän des kleinen Schiffs wagte sich nur langsam voran, weil er fürchtete, zwischen den Sandbänken und Untiefen entlang der Küste einem Blockadebrecher mit schwerer Artillerie zu begegnen.

Während Taylor allein in die Lagune ruderte, wurde er wieder beobachtet. Noch in derselben Nacht wollte er an Bord des Schiffs zurückkehren.

Im feuchten Sand des Strands stieg er aus dem Beiboot und zog es höher hinauf. Halb und halb rechnete er mit einem neuerlichen Hinterhalt. Aber es war Jennifer, die auf ihn zurannte und sich in seine Arme warf. »Taylor! Was ist geschehen? Sag es mir, schnell! Hat man dir geglaubt?«

James McKenzie war ihr gefolgt, gemeinsam mit seiner Frau, die Jennifer ermahnte: »Lass ihn erst einmal ins Haus gehen! Die Nacht ist kühl.«

Aber Taylor las die Qual in Jennifers Augen und sein Herz krampfte sich zusammen. Sie liebte den Yankee, den sie aus dem Meer geborgen hatte. Niemals hätte er geglaubt, sie würde nach dem Verlust ihres ersten Mannes, der bei Manassas gefallen war, eine neue Liebe erleben. Doch er hatte sich getäuscht. »Ja, Jennifer, man hat meine Erklärung akzeptiert, der Lieutenant sei viel zu krank, um eine Reise anzutreten.«

»O Taylor!« Dankbar küsste sie seine Wange.

»Freu dich nicht zu früh, Jen«, warnte James seine Tochter. »Irgendwann muss er zurückkehren ...«

»Nein, Onkel James«, fiel Taylor ihm ins Wort. Deshalb hat es ja so lange gedauert. Ich überbringe Lieutenant Langley eine ehrenvolle Entlassung. Die konnte ich erwirken, nachdem ich seinen Vorgesetzten versichert hatte, er sei nicht mehr im Stande, der Union zu dienen. Natürlich musste ich schwören, er würde niemals seine Waffen gegen die Yankees erheben.«

»Oh, mein Gott, das will ich Michael sofort erzählen! Vielen Dank, Taylor!« Sie küsste ihn noch einmal. Dann rannte sie zum Haus hinauf.

Im schwachen Mondlicht blieben Teela und James am Strand stehen. Leise rauschten die Palmen in der nächtlichen Brise. »Auch ich danke dir von ganzem Herzen, Taylor – um meiner Tochter willen«, fügte James hinzu.

Taylor grinste. »Eine Zeit lang überlegte ich, ob ich den Vorgesetzten des Lieutenants seinen Tod melden sollte. Aber das erschien mir dann doch zu makaber.«

»Gehen wir ins Haus.« Teela nahm seinen Arm. »Jetzt musst du was Warmes essen und dich ausruhen ...«

»Selbstverständlich teile ich sehr gern eine Mahlzeit mit dir und James«, fiel er ihr ins Wort. »Aber danach muss ich aufs Schiff zurückkehren. Ich wurde nach Virginia beordert. Bevor ich abreise, möchte ein paar Tage in St. Augustine verbringen.«

Plötzlich schien Teela zu erblassen. »Eh – essen wir erst einmal.« Hastig ließ sie seinen Arm los und eilte zum Haus.

»Was geht hier vor, Onkel James?«, fragte Taylor verwirrt.

»Vor kurzem haben wir einen Brief von Risa erhalten. Tia ist bereist nach Virginia aufgebrochen, um Brent im Hospital außerhalb von Richmond zu helfen.«

»*Was?*«

»Vielleicht dachte sie, du würdest länger wegbleiben. Und als sie von einem Schiff auf dem Fluss hörte ...«

»Ein Rebellenschiff?«, fragte Taylor mit gepresster Stimme.

»Ja«, gab James zu. »Nicht Jeromes Blockadebrecher. Unter diesen Umständen hätte er sich vermutlich geweigert, Tia mitzunehmen.«

Angst und Zorn drehten Taylors Magen um. Verdammt! Und er hatte ihr vertraut ... Er zog einige Papiere aus der Innentasche seines Jacketts, Korrespondenz und Michael Langleys ehrenvolle Entlassung –

und überreichte sie seinem Onkel. »Verzeih mir, aber ich muss auf das Dinner verzichten.«

»Was hast du vor?«

»Ich folge meiner Frau.«

»Aber sie wird sich im Rebellengebiet aufhalten.«

»Inzwischen habe ich mich daran gewöhnt, Tia aus feindlichem Terrain zurückzuholen.«

»Bitte, nimm dich in Acht, Taylor.«

»Aye, Onkel James.« Taylor schob das kleine Boot ins Wasser, sprang hinein und ergriff das Ruder.

Um Himmels willen, welch ein verrücktes Spiel mochte sie jetzt schon wieder treiben? Führte sie andere Truppen in die Irre? Lockte sie nichts ahnende Yankees in einen Hinterhalt? So raffiniert sie auch war – irgendwann würde man sie fangen.

Verzweifelt starrte er in die samtige Schwärze der Nacht und lauschte dem Plätschern der Wellen, die gegen das Boot schlugen. Nein, er wollte sie nicht verlieren ... Ein Gefängnis. Ein Kriegsgefangenenlager der Yankees. Das war wohl die einzige Lösung des Problems.

19

Da der Krieg nach dem Willen der Yankees zu einem Inferno ausartete, war die Reise nach Virginia umso gefährlicher. Im ganzen Süden wurde die Politik der verbrannten Erde praktiziert. Das Unionsheer zerstörte Bahngleise und beschoss die Forts, die Charleston schützten. Deshalb musste man auch auf Schiffsreisen ein großes Risiko eingehen.

Daran dachte Tia nur selten, während sie nach Norden fuhr. Vor ihrem geistigen Auge erschien immer wieder das Bild des rotblonden kleinen Mädchens, das einen so tragischen Tod erlitten hatte, und seiner unglücklichen Mutter. Ein Leben lang würden sie diese Erinnerungen verfolgen.

Die Einzelheiten ihrer Reisearrangements hatte sie Risa und Alaina überlassen. Viele Möglichkeiten gab es ohnehin nicht, denn man musste so vorgehen, wie es das Kriegsgeschehen gerade gestattete. Ohne die Gefahren zu scheuen, begleiteten die beiden Frauen Tia den Fluss hinab nach Süden zu dem Blockadebrecher, vergewisserten sich, dass der Captain ein Ehrenmann war, und nahmen ihm das Versprechen ab, gut für seine Passagierin zu sorgen.

Captain Larson, ein freundlicher, knorriger kleiner Mann, kämpfte voller Hingabe für die Sache der Südstaaten. Wenn Tia mit ihm in seiner Kabine die Mahlzeiten einnahm, erzählte er wehmütig von seinen zwei kleinen Töchtern und seiner Frau, die im Kindbett gestorben war. Er verachtete die Männer, die sich Rebellen nannten und die Unionsblockade nur aus Gewinnsucht brachen. Nach seiner Ansicht fügten sie dem Süden noch schlimmeren Schaden zu als die Yankees.

Da Charleston bombardiert wurde, konnte er Tia bestenfalls bis nach Wilmington bringen. Schließlich ging sie in North Carolina an Land, nahe der Grenze Virginias. Larsons Kontaktmann, im Flusshafen von Richmond stationiert, hatte ihm mitteilen lassen, Brent habe eine Eskorte abkommandiert, die seine Kusine zum Hospital bringen würde. Schweren Herzens musterte sie die zwei spindeldürren Männer in den fadenscheinigen Uniformen. Offenbar waren sie verwundet worden und vorerst außer Stande, an die Front zurückzukehren, aber hoffentlich fähig, eine Frau vor Deserteuren oder marodierenden Soldaten zu schützen. Beide begegneten ihr überaus höflich und besorgten ihr jeden Abend eine halbwegs komfortable Unterkunft. In der ersten Nacht schlief sie auf einer kleinen Plantage, die der Zerstörungswut des Unionsheers bisher entronnen war. Die Gastgeberin – mit einem Lieutenant verheiratet, der Ian vor dem Krieg gekannt hatte – nahm an, nun müsste Tia ihren Bruder hassen.

Vorsichtshalber verschwieg Tia, dass sie die Ehefrau eines Yankees war. Sonst hätte die fanatische Rebellin sie womöglich hinausgeworfen. Glücklicherweise schien die Frau zu glauben, Tias Vetter Jerome würde den Süden ganz allein retten.

Am nächsten Morgen brachen sie zeitig auf. Wann immer sie Hufschläge hörten, wichen sie den Reitern aus. Sergeant Brewster, der ältere von Tias Begleitern, erklärte ihr, man wisse nie, wann man einem Yankee-Spähtrupp in die Arme laufen würde. Nur in den Städten wagten sie sich auf die Hauptstraßen. Unterwegs konnten sie genug Lebensmittel kaufen. Die meisten Zivilisten glaubten immer noch felsenfest an einen Sieg des Südens – im Gegensatz zu den beiden müden Soldaten, die Tia nach Richmond eskortierten.

Die zweite Nacht verbrachte sie in einem kleinen Hotel, dreißig Meilen südlich von der Hauptstadt. Am nächsten Morgen erwachte sie, als lautstark gegen ihre Tür gehämmert wurde. Schlaftrunken stieg sie aus dem Bett. »Ja?«

»Ich bin's, Tia – Brent!«

»O Brent!« Ohne zu bedenken, dass sie nur ein Nachthemd trug, riss sie die Tür auf und fiel ihrem Vetter um den Hals. Dann rückte sie ein wenig von ihm ab und musterte ihn. Er wirkte sehr attraktiv – ein typischer McKenzie, groß und dunkelhaarig, mit den Gesichtszügen der Seminolen. In den Augen und dem rötlichen Haar zeigte sich auch das Erbe seiner Mutter. Wie die meisten Konföderationssoldaten war er stark abgemagert und trug eine fadenscheinige Uniform, doch im Gegensatz zu vielen anderen schien er die Hoffnung nicht verloren zu haben.

»Mein Gott, Tia, so lange haben wir uns nicht gesehen. Du bist so schön wie eh und je, kleine Kusine. Aber nun warten die Beaus im Süden vergeblich auf dich, nachdem du meinen Verwandten geheiratet hast – einen Yankee. Wie geht es Taylor?«

»Bei unserer letzten Begegnung ging es ihm sehr gut.« Sie konnte nicht verhindern, dass ihre Stimme bitter klang. »Vor kurzem hat er deinen Vater besucht.«

»Ärgerst du dich darüber?«

Sie schüttelte den Kopf. »Anscheinend führte ihn eine Order nach Süden – die er mir natürlich verheimlicht hat.«

»Weil du nicht auf seiner Seite stehst, Tia.«

»Auch dein Vater ist sein Feind.«

»Vor ein paar Tagen erhielt ich Risas Brief, in dem sie mir deine Ankunft mitteilte«, erklärte Brent lächelnd. »Fast zur gleichen Zeit traf eine lange, lange Epistel von meiner Mutter ein. Nach einem Gewitter wurde ein verletzter Yankee an den Strand meiner Eltern gespült. Dieser Mann trug vertrauliche Papiere bei sich und Taylor sollte ihn zum Unionsheer zurückbringen.«

»Hat er's getan?«

»Nein. Meine ältere Schwester verliebte sich in den Verwundeten. Also übergab Taylor den Vorgesetzten des Yankees die Depeschen. Dabei behauptete er, der Mann sei wegen seiner Verletzung untauglich und verhalf ihm zur ehrenvollen Entlassung.«

»Wie wundervoll«, murmelte Tia.

»Offensichtlich. Inzwischen hat Jen den jungen Mann geheiratet.«

»Jen? Einen *Unionssoldaten?*«

»Jetzt ist er nicht mehr beim Militär.«

Verwirrt senkte sie den Kopf. Niemand hatte die Unionsregierung leidenschaftlicher gehasst als Jennifer. Und nun war ein Yankee ihr zweiter Ehemann. »In letzter Zeit scheint alle Welt zu heiraten.«

Brent räusperte sich. »Das wollte ich dir gerade erzählen – ich habe auch geheiratet.«

»Was? Davon wussten wir ja gar nichts.«

»Hast du mich etwa gefragt, ob du Taylor heiraten

sollst? Wie ich höre, wurde sogar dein Vater vor vollendete Tatsachen gestellt.«

»Im Krieg ändern sich manche Sitten und Gebräuche. Wie heißt sie? Und wo hast du sie kennen gelernt?«

»In der Spezialklinik, wo ich früher gearbeitet habe. Sie heißt Mary.«

»O Brent, ich weiß, was für eine Klinik das war. Hast du etwa eine – eine ...«

Lachend umfasste er ihr Kinn. »Willst du fragen, ob ich eine Prostituierte geheiratet habe? Nein. Aber selbst wenn's so wäre – ihre Vergangenheit würde mich nicht interessieren, weil sie einfach wundervoll ist. Ihr Vater war mein Patient. Leider ist er gestorben. Diesem Mann verdanke ich meine Ehe ... Ist das nicht eine grausame Ironie? Ich flicke Tag für Tag arme Jungs zusammen und bin so glücklich wie noch nie in meinem Leben.«

»Das freut mich.«

»Nun, du musst ja wissen, wie es ist.«

Was? Geliebt zu werden wie Mary von ihrem Brent? Nein, das konnte Tia sich nicht vorstellen.

»Ausgerechnet du und Taylor! Ehrlich gesagt, das verstehe ich nicht, Tia. Du legst doch so großen Wert auf deine Unabhängigkeit. Und Abby war ein süßes, sanftmütiges Mädchen, das bewundernd an seinen Lippen hing.«

»Kanntest du sie?«

»Natürlich. Immerhin ist er mein Seminolenvetter – zweiten oder dritten Grades, so genau weiß ich's gar nicht.«

»Also war Abby – süß?«, fragte sie – unfähig, ihre morbide Neugier zu bezähmen. Die Tote verfolgte sie wie ein Geist – die perfekte Ehefrau, während sie selbst die berüchtigte, verworfene Rebellenspionin war.

»Sehr charmant, aber manchmal auch eigensinnig. Für Taylor muss es schrecklich gewesen sein, mit anzusehen, wie sie starb ... Verzeih mir, darüber sollte ich nicht reden. Das alles gehört der Vergangenheit an. Jetzt bist *du* seine Frau – und mitten im Rebellengebiet. Weiß er das?«

»Keine Ahnung ... Ich kam Rhiannons wegen hierher – weil ich glaubte, ich hätte keine Wahl.«

»Das wird Taylor sicher verstehen. Er kennt Rhiannons besonderes Talent. Schade, dass er dir nicht beistehen kann ... Mir ist noch kein Mann begegnet, der schärfere Augen oder ein besseres Gehör besitzt. Als wir Kinder waren, hörte er in den Everglades sogar das Flattern von Schmetterlingsflügeln. Er ist ein hervorragender Scout. Sogar die Pinkerton-Agentur wollte ihn einstellen. Aber er blieb bei der Kavallerie, trotz seines Maschinenbaustudiums.«

»Maschinenbau?«

Erstaunt hob Brent die Brauen. »Bevor er auf die Militärakademie West Point ging, studierte er eine Zeit lang in Oxford. Seine eigentliche Liebe gilt der Architektur. Hat er's dir nicht erzählt?«

»Eh – nein. Bisher hatten wir nicht viel Zeit füreinander.«

»Ich habe ihn schon lange nicht mehr gesehen. Seit dem Kriegsausbruch finde ich kaum noch eine Gelegenheit, meine engsten Angehörigen zu treffen. Zum Glück ist meine Mutter eine eifrige Briefschreiberin und so bleibe ich auf dem Laufenden. Übrigens, neulich hat Risa mir geschrieben, Rhiannon habe einen Brief an Varina Davis geschickt, sei aber der Meinung, jemand müsse persönlich mit der First Lady sprechen.«

»Hat Risa den Traum erwähnt?«

»Ja, dabei geht's um einen Balkon und ein Kind. In den letzten Tagen habe ich den Präsidenten und seine Frau nicht mehr gesehen. Er ist sehr beschäftigt, leidet an Schlaflosigkeit – und harten Schicksalsschlägen. Hast du gehört, dass sich die Europäer weigern, seine Regierung anzuerkennen?«

»Ja.«

»Er verliert zu viele Soldaten und zu viele Generäle. Aber ich habe Varina um eine Audienz gebeten. Du begleitest mich und wir sorgen gemeinsam für Rhiannons Seelenfrieden.«

»O Brent, sie ist so verzweifelt. Immer wieder träumt sie von einem kleinen Jungen, der über ein Balkongeländer klettert und in die Tiefe stürzt. Sie hat das Haus beschrieben und Alaina glaubt ebenso wie Risa, dass Rhiannon in ihrem Traum das Weiße Haus der Konföderation sieht.«

»Darum werden wir uns kümmern. Zieh dich an, wir brechen sofort auf. Ich erwarte dich unten in der Halle. Sobald wir in Richmond ankommen, gehen wir ins Weiße Haus. Wenn ich Varina ausrichten lasse, es sei dringend, wird sie uns sicher empfangen. Vielleicht hat sie Rhiannons Brief inzwischen gelesen.«

»Danke, Brent.«

Nachdem sie die Tür geschlossen hatte, zog sie sich hastig an. Dann eilte sie die Treppe hinab und stieg mit Brent in eine gemietete Kutsche. Während der Fahrt stellte Tia verblüfft fest, wie viel sich während des Kriegs verändert hatte. Überall waren Verteidigungsanlagen entstanden. »Falls Grant noch weiter vorrückt«, erklärte Brent.

»Wie nahe ist er schon herangekommen?«

»Sehr nahe.« Er erwiderte ihren Blick und drückte ihre Hand. »Aber Lee hält ihn weiter auf Distanz.«

»Tia nickte, schaute wieder aus dem Fenster und beobachtete deprimiert die zahlreichen Verwundeten in zerlumpten Uniformen. So viele Soldaten, ohne Arme, ohne Beine, auf wackeligen Krücken, mit hoffnungslosen Augen. Am Stadtrand zeigte sie auf eine Ruine. »Warum ist dieses Haus niedergebrannt?«

»Das war eine Munitionsfabrik. Die haben unsere eigenen Leute in Brand gesteckt, damit sie nicht in die Hände der Yankees fiel.«

Schließlich erreichten sie das Weiße Haus der Konföderation. Am Straßenrand parkten mehrere Kutschen. Zivilisten und Soldaten eilten mit ernsten Gesichtern umher. Sogar in diesen schweren Zeiten wurden modisch gekleidete Damen nach wie vor von Dienerinnen und Sklavinnen begleitet.

Brent half Tia aus dem Wagen und führte sie zu dem einst so eleganten Gebäude, das jetzt vernachlässigt wirkte. Im Garten wucherte Unkraut. »Früher war das Haus so schön und gepflegt«, erklärte Brent. »Vor dem Eingang stand Varinas prächtige Kutsche mit den edlen Pferden. Die hat sie längst verkauft. Sie geht kaum noch aus. Angeblich wurde das Haus von Unionsspionen unterwandert. Davis glaubt sich von Feinden umgeben. Deshalb findet er keinen Schlaf mehr und er isst viel zu wenig. Vor einiger Zeit war ich bei der Familie zum Dinner eingeladen. Da rührte er sein Essen kaum an. Natürlich macht sich Varina große Sorgen um ihn.«

»Er trägt eine zu große Last auf seinen Schultern.«

»Allerdings. Tag für Tag treffen schlechte Nachrichten ein. Davis steht Höllenqualen aus.«

Mittlerweile hatten sie das Weiße Haus erreicht. Doch plötzlich wollte Tia nichts mehr wissen von all der Bitterkeit, dem Hass, der tiefen Verzweiflung. Am liebsten wäre sie davongelaufen. Vor dem Krieg hatte sie von den ägyptischen Pyramiden geträumt, von London, Madrid, Rom. Bevor sie die Toten und Sterbenden gesehen hatte, die verstümmelten und blutüberströmten Soldaten. Und jenes kleine Mädchen, das die Engel erst vor kurzem geholt hatten …

»Vielleicht hat Varina mein Gesuch inzwischen erhalten«, meinte Brent. In der Eingangshalle nannte er einem Diener seinen Namen und erklärte, sie seien mit Mrs. Davis befreundet und er habe den Besuch schriftlich angekündigt. Obwohl er betonte, es handle sich um eine dringende Angelegenheit, wurden sie gebeten, vor dem Haus zu warten.

Minuten verstrichen, dann Stunden. In wachsender Nervosität dachte Brent an seine Patienten, die er in die Obhut des Pflegepersonals gegeben hatte. Um seiner Kusine und sich selbst die Zeit zu vertreiben, erzählte er von Sydney, die er kurz vor Weihnachten gesehen hatte. »Sie ist mit einem Yankee verheiratet.«

»Das weiß ich, aber …«

»Sie wollte unbedingt in Washington bleiben, weil sie hoffte, ihr Mann würde Urlaub bekommen und das Weihnachtsfest daheim verbringen – insbesondere, weil er bei Gettysburg verwundet worden war.«

»Davon hat mir Julian erzählt.«

»Natürlich, er hat Jesse Halston operiert.« Ungeduldig schlug Brent mit seinem Hut gegen seinen Schenkel. »Wie lange wird das noch dauern? Immerhin bin ich ein Colonel. Aber ich fürchte, ich musste einigen Generälen den Vortritt lassen.«

»Fahr doch zum Hospital, Brent. Du musst nicht mit mir warten.«

»Gemeinsam machen wir sicher einen nachhaltigeren Eindruck. Vor allem, wenn ich auf meinen Bruder Jerome hinweise, den gefeierten Nationalhelden.«

»Zweifellos. Aber inzwischen könnten einige deiner Patienten sterben.«

»Sie werden von meinen Kollegen betreut …«

»… die nicht so tüchtig sind wie du«, unterbrach sie ihn.

»Damit hast du natürlich Recht«, grummelte er. »Aber einen Nachmittag werden sie ja wohl ohne mich auskommen.«

Noch während er sprach, hörten sie schrilles Geschrei, das aus dem Haus drang. Erschrocken starrten sie sich an, wollten in die Halle zurückkehren, wurden aber von einem kräftig gebauten Diener zurückgehalten. »Jetzt darf niemand hereinkommen!«

»Was ist geschehen, Mann?«, fragte Brent ärgerlich. »Ich bin Arzt!«

»Zu spät. Ein Unfall. Der kleine Joseph Emory ist vom Balkon gefallen.«

Tia glaubte, das Blut in ihren Adern würde zu Eis gefrieren.

»Verzeihen Sie – ich muss das Kind sehen!« Ihr Vetter schob sich energisch an dem Mann vorbei und sie folgte ihm.

In der Halle drängten sich aufgeregte Leute und niemand hielt Tia und Brent zurück, als sie in den Oberstock rannten und die grausige Szene durch ein Fenster betrachteten. Eilends kehrten sie ins Erdgeschoss zurück, stürmten ins Freie und um das Haus herum zur Rückfront. Rings um den Schauplatz der Tragödie hatte sich inzwischen eine große Menschenmenge versammelt. Atemloses Stimmengewirr erklang.

»So hart hat der Präsident die ganze Zeit gearbeitet ...«

»Mrs. Davis hat die Kinder nur kurz verlassen, um ihm den Lunch zu bringen.«

»Und da stürzte der Junge herab.«

»Der Liebling seines Vaters ...«

»Und nun starb er in den Armen des Präsidenten.«

»Armer Kleiner ...«

Direkt unter dem verhängnisvollen Balkon kniete Jefferson Davis, der Präsident der Konföderation, und hielt sein lebloses Kind in den Armen. Ein lautloses Schluchzen erschütterte seinen Körper. Neben ihm lag seine Frau auf den Knien, in Tränen aufgelöst. Von heißem Mitgefühl erfasst, stellte Tia fest, dass die First Lady der Südstaaten wieder schwanger war.

Und in diesem Zustand musste sie ein so maßloses Leid ertragen ...

»Sir ...« Ein Soldat ging mit einer Depesche auf den Präsidenten zu.

»Nicht mir gehörte er, o Herr, sondern Dir!«, stieß Davis hervor. »Nicht mir – nur Dir ...«

Trotz ihrer Verzweiflung erhob sich Varina majestätisch, sagte nichts, schaute den Soldaten nur an. Da senkte er den Kopf und wandte sich ab. Dieser Anblick würde sogar das härteste Herz erweichen – der hübsche, fünfjährige Joe, tot in den Armen seines Vaters. Kein menschlicher Feind hätte den Präsidenten so tief ins Unglück stürzen können wie der Allmächtige an diesem Tag.

Welche dringenden Geschäfte die Konföderation auch immer herausfordern mochten, sie mussten warten. Varina sank wieder auf die Knie, neben ihrem Mann und der Leiche ihres Sohnes.

Reglos stand Tia da, ohne Brents Hand zu spüren, die ihren Arm umfasste. *Unzählige Menschen hatte sie sterben sehen. Aber der Verlust eines Kindes erschien ihr so ungerecht, so grausam, dass sie sich fragte, ob es überhaupt einen Gott im Himmel gab …*

Schließlich zog Brent seine Kusine von der ständig wachsenden Menschenmenge weg – von Dienstboten und Soldaten, Neugierigen und Freunden.

»Kann man denn gar nichts tun, Brent?«, wisperte sie.

»Für ein totes Kind kann ich nichts tun, Tia«, erwiderte er sanft.

Eine Zeit lang saßen sie im kleinen Büro der First Lady, das im Erdgeschoss lag, zusammen mit ihrer guten Freundin Mary Chestnut und anderen Leuten, die der Familie Davis nahe standen. Viele waren ins Weiße Haus gekommen, um ihre Hilfe anzubieten – und nur wenige wussten, was zu sagen oder zu tun war. Wie sollte man die Eltern in dieser schweren Stunde trösten? Immer mehr Boten trafen ein und wurden zu den Adjutanten des Präsidenten geschickt. Plötzlich entdeckte Brent die ungeöffnete Post, die sich auf einem Schemel neben Varinas Nähkorb stapelte. Der Absender des obersten Briefs lautete: »Rhiannon McKenzie, Cimarron, Tampa Bay, Florida.«

Sekundenlang schloss er die Augen. Der Brief war angekommen. Zu spät. Vielleicht lag das Schicksal doch in Gottes Hand und er ließ die Menschen nur *glauben*, sie könnten es ändern.

Tia starrte blicklos vor sich hin, sichtlich erschöpft, das Gesicht leichenblass. Als sie sich zu Mary Chestnut wandte, um eine Frage zu beantworten, steckte Brent den Brief unauffällig in die Tasche seines Jacketts. Wenigstens würde er der Familie noch größeres Leid ersparen.

Taylor erreichte Washington auf der *Majesty*, eines mit zehn Kanonen bestückten Dampfers. In St. Augustine war er an Bord gegangen. Als er den Kai betreten hatte, erfuhr er vom harten Schicksalsschlag, der den Präsidenten der Konföderation getroffen hatte – der kleine Joseph Emory Davis war tot. Er holte Friar aus dem Laderaum, dann kaufte er eine Zeitung. Angespannt überflog er die Schilderung der Tragödie. Brent und Tia wurden nicht erwähnt.

In St. Augustine hatte er einen Abend im Haus der McKenzies verbracht und von Rhiannon erfahren, warum Tia nach Richmond gereist war. Da hatte sein Zorn etwas nachgelassen. Aber er grollte ihr immer noch. Irgendwie musste er sie in Sicherheit bringen, solange der Krieg in diesem Land wütete. Deshalb würde er sich ins Rebellengebiet wagen.

Als er sich in Magees Büro meldete, hörte er, der General sei an die Front zurückgekehrt. Doch man leitete die Information über Taylors Ankunft in Washington sofort an höhere Stellen weiter und er wurde ins Weiße Haus beordert, wo ihn Präsident Lincoln empfing.

Obwohl es dem Präsidenten der Union sogar schwer fallen musste, die Aktivitäten seiner Generäle zu verfolgen, wusste er, dass Colonel Taylor Douglas nach Florida geschickt worden war, um den vermissten

Lieutenant Langley zu suchen, der wichtige Depeschen bezüglich der Navy-Strategie bei sich getragen hatte. »Zum Glück konnte ich die Depeschen zurückerstatten, Sir, und der Lieutenant wurde ehrenvoll entlassen«, berichtete Taylor. »Aus gesundheitlichen Gründen kann er nicht mehr am Krieg teilnehmen.«

»Haben wir ihn an die andere Seite verloren?«

»Nein – nur an das Leid dieses Kriegs. Er ist müde und verzweifelt.«

»So wie wir alle.« In der Tat – seit dem Kriegsbeginn war Lincoln merklich gealtert, so als würde der Verlust jedes einzelnen Menschenlebens bleischwer auf seiner Seele lasten.

»Sir, es erstaunt mich, dass Sie angesichts der gewaltigen Ereignisse auch relativ unbedeutende Zwischenfälle wie Langleys Verschwinden im Auge behalten.«

Seufzend zuckte Lincoln die Achseln. »Letzten Endes sind es die kleinen Dinge, die einen Krieg entscheiden. Mit ihrer Weigerung, die Konföderation anzuerkennen, haben uns die Europäer einen Vorteil verschafft, den wir mit einem Dutzend siegreicher Schlachten nicht erreichen konnten. Und was Olustee betrifft, nun, ich hatte gehofft, Florida würde in die Union zurückkehren.«

»So leicht wird sich dieser Staat nicht umstimmen lassen.«

»Aber in Florida leben viele Unionisten.«

»Gewiss. Meine Heimat ist und bleibt gespalten. Wie unsere besten militärischen Köpfe mittlerweile entschieden haben, lohnt sich die Mühe nicht, Florida zurückzugewinnen, stattdessen soll Richmond eingenommen und der tiefe Süden zweigeteilt werden.«

»Bedauerlicherweise kämpfen unsere besten militärische Köpfe für den Feind«, murmelte Lincoln.

»Meinen Sie General Lee, Sir?«

»Und andere. Aber ich glaube, nun wird ein fähiger Mann unsere Ziele anstreben.«

»General Grant?«

»Kennen Sie ihn, Colonel Douglas?«

»Nein, Sir. Früher kämpfte er im Westen und ich beteiligte mich an den Ostfeldzügen, ehe ich beauftragt wurde, vor unserer Florida-Kampagne die Kampfkraft der Konföderation einzuschätzen.«

»Bald werden Sie ihn kennen lernen. Aber wenn wir Lee hätten … Soviel ich weiß, war er Ihr guter Freund.«

»Und mein ausgezeichneter Lehrer in West Point.«

»Angeblich wanderte er die ganze Nacht in seinem Büro umher, nachdem ich ihm das Kommando der Unionsstreitkräfte angeboten hatte. Er besaß ein so schönes Haus – jetzt begraben wir unsere Toten auf seinem Rasen. Welch ein bitterer Krieg, der niemanden verschont! Und der alte Jeff Davis muss zusätzlich eine private Tragödie verkraften. Gott weiß, ich bemitleide den armen Mann und schließe ihn in meine Gebete ein. Was er jetzt erleidet, verstehe ich nur zu gut. Auch ich habe ein Kind verloren.

Offenbar ist es leicht, unsere Feinde zu lieben und ihren Schmerz zu fühlen – und viel schwerer zu akzeptieren, dass sie geschlagen werden müssen. Aber wenn wir den Krieg mit Gottes Hilfe beenden, werden wir die Hand der Freundschaft ausstrecken, unsere Brüder wieder aufnehmen und gemeinsam all die Toten beweinen.«

»Darum will ich beten, Sir.«

»Wenn alles überstanden ist, werden viele Menschen nach Rache dürsten. Gilt das auch für Sie, Sir? In diesem Krieg sind zahllose Frauen Witwen geworden. Sie, Colonel Douglas, gehören zu den wenigen Männern, die ihre Ehefrauen verloren haben. Hat die Zeit jene Wunde geheilt?«

»Die meisten Wunden hinterlassen Narben, Sir. Jedenfalls sehne auch ich das Ende des Konflikts herbei.« Nach einer kurzen Pause fügte Taylor hinzu: »Ich habe wieder geheiratet, eine Frau, die mit dem Süden sympathisiert. Ihren Bruder kennen Sie. Colonel Ian McKenzie.«

»Davon hörte ich bereits, Colonel. Sie sind mit der jungen Tia McKenzie verheiratet, einer charmanten, temperamentvollen Südstaatenschönheit. Dazu gratuliere ich Ihnen sehr herzlich. In diesem furchtbaren Krieg ein bisschen Glück und Frieden zu finden, ist eine seltene Gnade.«

»Allerdings«, stimmte Taylor tonlos zu. *Glück und Frieden?* »Nun überraschen Sie mich schon wieder, Sir. Sie sind nicht nur über die Aktivitäten aller ihrer Offiziere informiert, sondern auch über Veränderungen in deren Familienstand.«

»Nun, Häuser wie Cimarron sind weit und breit bekannt – ebenso Jarrett McKenzies Dienste, nicht im Namen des Nordens oder Südens, sondern der Menschlichkeit.«

»Zweifellos wissen Sie, dass die Mitglieder der Familie McKenzie unterschiedliche Interessen verfolgen.«

»Die meisten Verwandten meiner Frau haben für den Süden gekämpft«, erklärte Lincoln und lächelte wehmütig. »Jetzt liegen so viele unter der Erde. Überall wird dieser Krieg schmerzhafte Wunden hinterlassen – oder Narben, wie Sie es nennen, Colonel Douglas. Streiten Sie nicht mit Ihrer leidenschaftlichen Rebellin. Nach all den Kämpfen haben Sie wahrlich ein bisschen Frieden verdient.« Er beugte sich über seinen Schreibtisch. »Bald werden neue Kämpfe beginnen und wir brauchen Ihre Sachkenntnis, Colonel. Morgen werden Sie General Grant an der Front aufsuchen. Ich erteile Ihnen eine Urlaubsgenehmigung für drei Wochen«, fuhr er fort und griff zu einer Feder. »Die werde ich nicht datieren und Sie können Urlaub machen, wann Sie es für richtig halten und wann es sich mit Ihren Pflichten vereinbaren lässt. Trotz der gegenteiligen Meinung unserer ›besten militärischen Köpfe‹ soll ein neuerlicher Versuch unternommen werden, Florida zurückzugewinnen. Dieser Staat ist ein gigantischer Brotkorb. Selbst wenn es mich auch bedrückt, es gibt wohl keine andere Möglichkeit, als den Süden auszuhungern. Gott mit Ihnen, Sir.«

Taylor nahm die Papiere entgegen, die der Präsident ihm reichte – das eine Dokument beorderte ihn zu Grants Hauptquartier, das andere berechtigte ihn zu einem dreiwöchigen Urlaub. »Danke, Sir, aber vor dem Kriegsende werde ich wohl kaum das Bedürfnis empfinden, die Front zu verlassen.«

»Nur Gott weiß, wann ein Mensch Zeit für sich selbst braucht.«

Taylor nickte und fragte sich, ob Lincoln von ähnlichen Vorahnungen geplagt wurde wie Julians Frau Rhiannon. Angeblich hatte der Präsident von seinem eigenen Tod geträumt. Unbehaglich überlegte Taylor, was Lincoln andeuten mochte. *Wofür werde ich Zeit brauchen? Für eine Tragödie?* »Nochmals vielen Dank, Sir.«

»Gehen Sie jetzt nach Hause, Colonel. Ruhen Sie sich heute Abend aus.«

»Ja, Sir.«

Aber Taylor ging nicht nach Hause. Stattdessen besuchte er eine Taverne, in der viele Kavalleristen verkehrten. Seit dem Kriegsbeginn mied er sein Haus in Washington. Abbys Kleider hingen immer noch im Schrank. Und an einer Wand des Schlafzimmers stand die Mahagoniwiege – für das Baby, das sie erwartet hatte.

In der Taverne traf er einige verwundete Freunde, Politiker, Offiziere, die in den Forts rings um Washington stationiert waren, und Männer die soeben eine neue Order erhalten hatten. Mit dem Angriff auf Richmond und der Teilung des tiefen Südens hoffte Grant, der Region das Rückgrat zu brechen. Louisiana war bereits zurückerobert worden. Dort hatte sich eine neue unionistische Regierung gebildet. Nun musste

South Carolina in die Knie gezwungen werden, das Zentrum der Rebellion.

Während Taylor seinen zweiten Whiskey trank, räusperte sich jemand an seiner Seite. »Colonel Douglas …«

Zunächst erkannte Taylor den alten Soldaten mit dem runden Gesicht und dem grauen Schnurrbart nicht, sah aber die Rangabzeichen. »Sergeant?«

»Es ist schon eine Weile her, Sir«, erklärte der Mann grinsend. »Damals, bei Kriegsausbruch, war ich Private in Ihrer Kavalleriekompanie bei Manassas. Da bekam mein Bein eine Kugel ab und seither kann ich nicht mehr reiten.«

»Jetzt erinnere ich mich. Graham, nicht wahr?«

»Ja, Sir, Hal Graham.«

»Freut mich, Sie in einem Stück wiederzusehen, Sergeant.« Taylor leerte sein Glas.

»Danke, Sir. Verzeihen Sie die Störung. Sieht so aus, als wären Sie lieber allein mit Ihrer Whiskeyflasche. Aber ich tue jetzt Dienst im Old Capital und ich habe gehört, Sie sind mit der Familie McKenzie verwandt.«

Erstaunt hob Taylor die Brauen. »Das stimmt. Gibt's Neuigkeiten über die McKenzies?«

»Zum Glück nichts Schlimmes. Ein paar Familienmitglieder waren bei mir zu Gast – der wilde Rebellen-Captain, der jetzt wieder den Atlantik unsicher macht. Auch Dr. Julian McKenzie. Und Miss Sydney …«

»Vor einiger Zeit hat sie Jesse Halston geheiratet.«

»Das weiß ich. Aber Colonel Halston ist schon so lange weg. Und Miss Sydney – nun ja …«

»Geht es ihr nicht gut?«

»Doch, Sir, aber anscheinend sitzt sie zu Hause fest. Sicher würde sie sich über Ihren Besuch freuen, Colonel – falls Sie Zeit haben …«

»Wo finde ich sie?«, fragte Taylor.

Graham gab ihm die Adresse und Taylor bedankte

sich. Von plötzlicher Unruhe erfasst, bezahlte er den Whiskey und verließ die Taverne.

Zwanzig Minuten später zügelte er Friar in der Straße, wo Sydney wohnte. Ein Soldat saß vor der Tür ihres Apartments. Auf seinem Stuhl zusammengesunken, den Hut in die Stirn gezogen, schnarchte er leise. Taylor stieg ab, band den Wallach am Pfosten fest und ging zu dem Soldaten, der sich nicht rührte.

Ungeduldig trat Taylor gegen ein Stuhlbein und der Mann zuckte verwirrt zusammen. »He, verdammt noch mal ...« Sobald er Taylors Rangabzeichen registrierte, sprang er auf und salutierte. »Colonel, Sir ...«

»Was zum Teufel geht hier vor, Private?«

»Ich bin nur ein bisschen eingenickt. Bis vor kurzem hatte ich Malaria und ich fühle mich immer noch etwas schwach. Deshalb wurde ich zu diesem Dienst eingeteilt.«

»Und was für ein Dienst ist das?«

»Die Dame, die hier wohnt, ist eine bekannte Rebellenspionin.«

»Wer sagt das?«

»Eh – ihr Mann, Sir.«

»Oh ...«

Unbehaglich schnitt der Soldat eine Grimasse. »Sie wurde auf frischer Tat ertappt, Sir.«

»Aha ... Nun können Sie weiterschlafen. Heute Nacht werde *ich* hier Wache halten.«

»O nein, Colonel – das geht nicht – ich meine ... Wer sind Sie?«

»Ein Vetter der Dame«, erklärte Taylor und verschränkte die Arme vor der Brust.

»Großer Gott – dann müssen Sie Colonel Douglas sein ...«, würgte der Soldat hervor und salutierte wieder. »Wir haben alle von Ihnen gehört. Verzeihen Sie, natürlich hätte ich Sie sofort erkennen müssen, weil ...«

»Weil ich ein halber Indianer bin«, ergänzte Taylor, empfand aber keinen Groll gegen den sichtlich verlegenen jungen Soldaten. »Zum Teil sind meine Verwandten Rebellen. Aber ich dachte, Colonel Halston hätte für seine Frau gebürgt und sie wäre freigelassen worden.«

»Ja, aber sie fuhr immer wieder heimlich nach Richmond.«

»Und was tat sie da?«

»Das weiß niemand so genau.«

»Ist sie jetzt daheim?«

»Ja, Sir.«

»Dann werde ich nach ihr sehen.« Taylor betrat das Haus und schloss die Tür hinter sich. Im Küchenherd brannten schwache Flammen und es roch nach frisch gebackenem Brot. »Sydney?« rief er.

Keine Antwort. Er schaute ins Schlafzimmer. Unter der Bettdecke, im Licht des Kaminfeuers, zeichneten sich die Umrisse einer Gestalt ab.

»Sydney?«, flüsterte er, eilte zum Bett und riss die Decke weg. Der Körper war aus Kissen geformt worden.

Mary war freundlich, liebenswert und sehr schön, mit silbergrauem und langem dunklem Haar. Obwohl Tia sich ernsthaft bemühte, die Frau ihres Vetters in der Familie willkommen zu heißen, wirkte ihr Lächeln gekünstelt. Brent schenkte ihr einen Sherry ein. Nachdem sie das Glas geleert hatte, brach Tia in Tränen aus.

An diesem Abend brachte sie keinen Bissen hinunter. Brent erklärte, der Tod des kleinen Joseph Emory Davis sei schrecklich gewesen. Aber deshalb dürfe sie sich nicht krank machen. Sie versuchte ihm zu erklären, wie nahe ihr der Tod des kleinen Mädchens in St. Augustine gegangen sei und sie finde es so ungerecht, dass man solche Schicksalsschläge ertragen müsse. Hilflos hörte ihr Vetter zu und bemerkte, wenn sie sich nicht beruhige, müsse er kostbare Opiate an sie verschwenden. Mary verstand sie besser, saß an ihrer Seite und weinte mit ihr. Schließlich schüttete Brent etwas Laudanum in Tias Tee und sie schlummerte erschöpft ein.

Mitten in der Nacht erwachte sie, setzte sich auf und starrte ins Kaminfeuer. Nun fand sie keinen Schlaf mehr. Weil sie nicht schnell genug in Richmond angekommen war, hatte sie Rhiannons Hoffnungen enttäuscht. Zwei Mal kurz nacheinander war es ihr nicht gelungen, den Tod eines Kindes zu verhindern. Neue Tränen begannen zu fließen.

Als Brent das Schluchzen hörte, kam er zu ihr. »Tia! Das sieht dir gar nicht ähnlich. Wo bleibt deine innere Kraft?«

»Die ist gestorben. Wie die Kinder. Wie die jungen Männer, die täglich auf den Schlachtfeldern fallen.«

»Lass dich nicht entmutigen. Jetzt bist du verheiratet und wirst bald selber ein Kind bekommen ...«

»Nein! Ich will keine Kinder – die würden doch nur sterben ... Deshalb will ich keine haben.«

»Sicher denkt dein Mann anders darüber. Als Abby starb, war sie schwanger. Taylor wünscht sich Kinder.«

»Dann muss er sich eine andere Frau suchen!«, fauchte Tia. »Es sei denn, er wird vorher getötet ...« Tränen erstickten ihre Stimme und Brent fand es sinnlos, noch länger auf sie einzureden. Stattdessen brachte er ihr noch ein Glas Sherry mit Laudanum.

Diesmal wird sie erst am nächsten Abend erwachen, sagte er sich und hielt sie in den Armen, bis sie einschlief.

Taylor saß in einem Schaukelstuhl vor dem Kaminfeuer und wartete auf die Rückkehr seiner Kusine.

Nach einer Stunde wuchs seine Sorge. Der Duft des frisch gebackenen Brots war ein Täuschungsmanöver. Ebenso wie die Kissen unter der Bettdecke.

Oder hatte sie geplant, heimzukommen? War ihr etwas zugestoßen? Er öffnete das Schlafzimmerfenster, schaute hinaus und betrachtete im Mondschein das

Gras im hinteren Garten. Offenbar war Sydney auf diesem Weg verschwunden. Um das zu erkennen, musste man kein erfahrener Scout sein.

Er verließ das Haus durch die Vordertür und nickte dem Soldaten wortlos zu. Dann stieg er auf seinen Wallach, ritt zur Rückseite des Hauses und folgte Sydneys Spur bis zu einem Mietstall. Dort erinnerte sich ein Angestellter gut an die schöne junge Frau, die sehr oft einen Wagen mietete. Den würde sie brauchen, um ihren Bruder jenseits der Front oder kranke Verwandte südlich von Alexandria zu besuchen.

»So eine nette Dame …« Im Lampenlicht musterte er Taylor etwas genauer und entdeckte die indianischen Züge. »Sind Sie vielleicht ihr Bruder, Colonel?«

»Ihr Vetter. Und ich mache mir große Sorgen um sie. Südlich der Linien könnte sie in Gefahr geraten.«

»Nun, als sie eines Nachts zurückkam, fand ich was im Wagen und seither vergesse ich dauernd, ihr's zu geben. Vielleicht hilft's Ihnen weiter.« Der Mann hinkte ins Büro. Wenige Minuten später kam er zurück. »Eine Kugel im Fußknöchel, bei Antietam«, erklärte er. »Das da habe ich im Wagen gefunden – ein Tuch mit einer eingestickten Adresse. Sehen Sie's? Die Bailiwick Farm in Virginia. Kennen Sie die?«

»Ja«, antwortete Taylor. Diese Farm lag nordöstlich von Fredericksburg, in hart umkämpftem Gebiet.

Nachdem er dem hilfsbereiten Mann gedankt hatte, verließ er den Mietstall und ritt aus der Stadt, in Richtung Alexandria.

Auf dem Weg nach Süden stieß er immer wieder auf Truppen, die mobil machten. Mehrmals wurde er von Unionswachen aufgehalten. An der Grenze zeigte er seine Papiere vor und im Morgengrauen erreichte er das Niemandsland von Virginia. Hier kämpften Nord- und Südstaatler um die Vorherrschaft.

Taylor mied die Hauptstraßen und ritt durch die Wälder. Einmal entkam er nur mit knapper Not einem kleinen Trupp von der Südstaatenkavallerie. Scouts und Kampfsoldaten, dachte er, als er die Männer beobachtete, hinter einem dicken Eichenstamm verborgen. Von ihren Gesprächen verstand er nur kurze Wortfetzen, entnahm ihnen aber, dass Lees Hauptkontingent nicht weit entfernt war.

Zu Mittag zügelte er Friar im vernachlässigten Obstgarten der Farm und beobachtete das Haus. Ein Oberstock, keine Balkone, nur Spaliere, von welken Ranken umwunden. Die Zäune der Gehege waren teilweise zerbrochen, der Anstrich blätterte ab.

Vor der Veranda tummelten sich ein paar magere Hühner. Zur Linken des Hauses stand ein knochiges Maultier, das traurig den Kopf hängen ließ. An der rechten Seite sah er einen großen Stall mit einem geschlossenen Doppeltor.

»Bleib hier, mein Junge.« Taylor stieg ab und legte eine Hand auf Friars Nüstern. »Wenn ich pfeife, kommst du sofort.« Geduckt schlich er durch den Obstgarten zur Rückfront des Stalls und suchte die Holzwand ab, bis er ein morsches Brett fand, das er mit einem Fausthieb mühelos einschlagen konnte. Er zwängte sich durch die Öffnung und sprang in eine Box, die mit modrigem, feuchtem Heu gefüllt war.

Aufmerksam sah er sich um. Der Stall war leer – bis auf den Wagen, der in der Mitte stand, mit zwei kräftigen Ackergäulen bespannt. Vorsichtig ging er zum Doppeltor an der Vorderseite, das nicht versperrt war. Er stieß einen Torflügel auf, blickte zum Haus hinüber und wartete.

Nach einer Weile kam ein schlankes schwarzes Mädchen aus der Tür und spähte in die Richtung des Stalls. Taylor schaute sich wieder um, entdeckte eine Leiter, die zum Heuboden führte, und kletterte hastig hinauf.

Durch das halb offene Tor beobachtete er, wie ein älterer Schwarzer das Haus verließ, begleitet von zwei jungen Burschen und einem großen, muskulösen Mann in den besten Jahren. Vermutlich ein Feldarbeiter, dachte Taylor.

Als der ältere Neger und die anderen Männer den Stall betraten, rannte eine hübsche junge Schwarze auf das Tor zu – dicht gefolgt von Sydney. *Um Himmels willen, was macht sie hier?* fragte sich Taylor. Im selben Augenblick hörte er Hufschläge.

»Eine Rebellenpatrouille!«, kreischte die Schwarze.

»Bleib hier drin«, befahl Sydney, »ich werde die Soldaten irgendwie abwimmeln.«

Hastig huschte die Negerin in den Stall, zog die Torflügel zusammen und presste sich daneben an die Wand. Sogar vom Heuboden aus sah Taylor den Puls in ihrem Hals pochen.

Die Hufschläge verstummten. »Hallo!«, grüßte Sydney fröhlich. »Halten Sie die Yankees in Schach, Gentlemen?«

Durch den schmalen Spalt zwischen den Torflügeln versuchte Taylor, die Rebellen zu zählen.

»Werden Sie hier in der Nähe kämpfen?«, fragte Sydney. »Großer Gott, Gentlemen, viel habe ich nicht, aber gutes frisches Wasser …«

»Ma'am, angeblich versteckt sich hier eine Exsklavin namens Sissy McKendrick. Und Sie begehen Hochverrat, indem Sie ihr helfen.«

»Sir! Wie können Sie es wagen, mich zu beschuldigen …«

»Durchsucht den Stall!«, befahl der Kommandant seinen Leuten. »Wenn ihr diese schwarze Teufelin und irgendwelche anderen Nigger findet, hängt sie sofort auf. Mir ist es egal, ob Jeff Davis glaubt, man müsste sie ihren Besitzern zurückgeben – ich finde, der Abschaum ist viel zu gefährlich.«

»Moment mal!«, protestierte Sydney. »Sie können diese Menschen nicht einfach umbringen!«

»Vielleicht würde ich eine weiße Frau nicht aufknüpfen, Miss. Jedenfalls nicht sofort. Möglicherweise gebe ich Ihnen eine Gelegenheit, die Jungs und mich zu überzeugen, dass Sie nicht hängen sollten. Obwohl Sie eine Verräterin sind – eine Südstaatlerin, die für Abe Lincoln stiehlt und spioniert!«

»Kein ehrenwerter Soldat unter Sir Robert E. Lee würde jemals so mit einer Frau reden.«

»Was Bobby Lee davon halten würde, kümmert mich nicht, Ma'am. Und im Augenblick ist er nicht da, oder?«

Als die Torflügel aufflogen, konnte Taylor die Männer zählen. Sieben, der Kommandant eingeschlossen, der im Sattel sitzen blieb und Sydney anstarrte. Seine sechs Soldaten stürmten in den Stall.

Inzwischen hatten sich die Schwarzen im feuchten Heu verkrochen. Aber einer der Rebellen ergriff eine Mistgabel und stocherte in einem Strohhaufen herum, der ihm zu groß erschien. Empört begann Sissy zu schreien und der Mann zerrte sie auf die Beine. »Da haben wir sie, Sir!«, rief er seinem Kommandanten zu. »Ein verdammt hübsches schwarzes Biest!«

»Hängt sie sofort! Schnell! Dann stöbert ihre Spießgesellen auf. Wenn sie alle sterben, werden sich's die anderen Sklaven zwei Mal überlegen, bevor sie davonlaufen.«

»Nein!«, zischte Sydney. »Rufen Sie Ihre Soldaten sofort zurück! Ich werde Sie anzeigen!«

»Niemanden werden Sie anzeigen, Miss. Sie sind hier die allerschlimmste Verräterin. Und wenn wir mit Ihnen fertig sind, süße keine Belle, werden Sie nicht mehr so hübsch aussehen. Wahrscheinlich haben Sie dann zu wenig Lippen und Zähne, um viel zu reden.«

Ehe Sydney wusste, wie ihr geschah, sprang er aus dem Sattel und packte sie. Verbissen wehrte sie sich und schlug ihm eine Faust aufs Auge.

Die Schwarzen im Stall begannen gellend zu schreien, und einer der Soldaten zog seine Waffe. Obwohl

Taylor nicht genau zielen konnte, wagte er es nicht, noch länger zu warten. Er zückte seine Colts, feuerte den einen ab und traf den Mann, der gerade schießen wollte, mitten ins Herz. Er brauchte nur eine Sekunde, um sich zu vergewissern, dass er Sydney nicht gefährden würde. Dann jagte er ihrem Angreifer eine Kugel in die Stirn. Von kalter Todesangst erfasst, kreischten die Schwarzen im Stall immer lauter. Die fünf restlichen Soldaten zückten ihre Gewehre, fünf Schüsse aus den Colts streckten sie nieder, und alle starben, während sie die Position ihres Feindes zu erkunden suchten.

Erst jetzt schaute Sydney zum Heuboden hinauf. »Taylor?«, flüsterte sie ungläubig.

Blitzschnell stieg er die Leiter hinab und wandte sich zu Sissy, die neben dem Tor stand. »Bringen Sie Ihre Leute in den Wagen!«, befahl er. »Beeilen Sie sich. Und verschwinden Sie. Bleiben Sie auf den Nebenstraßen. Da sich die meisten Truppen auf die große Schlacht vorbereiten, werden sie sich nicht um einen Wagen mit zwei Ackergäulen kümmern.«

»Ja, Sir«, erwiderte Sissy. »Kommt, Leute, ihr habt gehört, was der Mann gesagt hat! Steigt in den Wagen und versteckt euch im Stroh.« Ihre Stimme klang sanft und melodisch. Mit großen braunen Augen erwiderte sie Taylors Blick und er erkannte, dass sie niemals richtige Angst empfunden hatte. Vielleicht wäre sie sogar bereitwillig in den Tod gegangen, hätte man sie gehängt.

»Taylor ...« Schwankend betrat Sydney den Stall und starrte die Leichen an.

»Verdammt, Sydney, was treibst du hier? Beinahe wärst du gestorben.«

»O Gott, Taylor, alle sind – tot.«

Seufzend verdrehte Sissy die Augen. »Hör mal, Sydney, die hätten uns fast ermordet!«

»Aber sie waren – Rebellen. Niemals wollte ich mein Volk verraten.«

»Mit deinem ›Volk‹ hatten dieses elenden Bastarde nichts zu tun, Sydney.«

»O Taylor – du hast sie erschossen …«, stammelte Sydney.

»So sehr ich es auch hasse, Menschen zu töten«, erwiderte er, »ich hatte keine Wahl.«

»Es war meine Schuld …« Zitternd warf sie sich an seine Brust. »Wärst du nicht gekommen – sie hätten uns einfach aufgehängt, ohne Gerichtsverhandlung …«

»Beruhige dich, Sydney«, bat Sissy. »Vielen Dank, Sir. Ich kenne Sie nicht, aber ich stehe tief in Ihrer Schuld. Ein Wunder, dass Sie rechtzeitig hierher kamen.«

»Kein Wunder. Als ich Sydney nicht zu Hause antraf, schöpfte ich Verdacht und ahnte, dass sie sich hinter den Linien in geheime Aktivitäten verstrickt hat.«

»Sie hat Menschenleben gerettet, Colonel.«

Da hob Sydney den Kopf und rückte ein wenig von Taylor ab. »Jesse würde mich erwürgen. Wenn Jerome und Brent Bescheid wüssten – oder mein Vater und Julian und Tia …«

»Also arbeitest du schon die ganze Zeit im Untergrund?«, fragte er verblüfft.

»Nein, nicht wirklich …«

»Doch!«, widersprach Sissy entschieden. »Und sie ist einfach großartig.«

»In das alles bin ich nur zufällig geraten«, beteuerte Sydney.

Zufällig? So wie Tia? Lächelnd schüttelte Taylor den Kopf. »Verdammt will ich sein, Sydney McKenzie.«

»Das verstehst du doch, Taylor? Du wirst nichts verraten …«

»Hast du dich in eine *Yankee* verwandelt?«

»Nein, ich bin und bleibe eine Rebellin. Aber wenn es um diese armen Schwarzen geht … Bitte, Taylor, du musst mein Geheimnis bewahren …«

»Das kann ich nicht, Sydney. Jesse glaubt, du spionierst für die Konföderation. Was du in Wirklichkeit tust ist aller Ehren wert. Aber er wird trotzdem in helle Wut geraten, weil du dich in Gefahr bringst. Fahr nach Washington und finde dich mit deinem Hausarrest ab.«

»Du wirst Jesse doch nicht erzählen …«

»Leider bin ich dazu verpflichtet.« Er neigte sich hinab und küsste ihre Wange. »Trotz seines Zorns wird er sehr stolz auf dich sein. Nachdem er dich erwürgt hat. In Zukunft wirst du diese Reisen in den Süden unterlassen. Jeder gute Soldat weiß, wann er die Waffen strecken muss.« Bedrückt nickte sie und er fügte hinzu: »Nun bringe ich euch zu einem Unionsaußenposten, etwa zehn Meilen von hier entfernt.«

Bewundernd lächelte Sissy ihn an. »Ich finde Sie wahnsinnig nett, Colonel – das heißt, für einen Weißen. Sind Sie verheiratet?«

»Nein, er ist verwitwet«, verkündete Sydney.

»Inzwischen habe ich wieder geheiratet«, erklärte er.

»Wirklich?«, rief Sydney erstaunt. »Oh, das freut mich. Ich weiß, wie verzweifelt du warst, als Abby … Wer ist denn die Glückliche?«

»Tia.«

»Tia *McKenzie?*«, wisperte sie entgeistert.

»Dieselbe. Wenn du mich jetzt entschuldigst – die armen Leute liegen im Wagen unter dem Stroh und wir müssen jeden Augenblick mit der Ankunft weiterer Rebellen rechnen. Sissy, es war mir ein Vergnügen, Sie kennen zu lernen. Sie sind eine sehr tapfere – und sehr schöne Frau. Was dich betrifft, Sydney – so stolz ich auch auf dich bin, aber ich habe gerade deinen Vater besucht und der würde mir bei lebendigem Leib die Haut abziehen, wenn ich dir nicht das Versprechen abnehme, so etwas nie wieder zu tun.«

»Das schwöre ich, aber …«

»Dann wollen wir aufbrechen.«

»So warte doch, Taylor! Hast du Tia wirklich geheiratet?«

»Ja, jetzt fehlt uns die Zeit, um darüber zu reden. Um Himmels willen, steig endlich in den Wagen!«

Impulsiv schlang sie die Arme um seinen Hals. »Danke, dass du mir das Leben gerettet hast, Taylor! Von jetzt an werde ich selber darauf aufpassen.« Sie erklomm den Kutschbock und Sissy kroch in den Wagen. Nachdem Taylor den toten Kommandanten in den Stall geschleift hatte, pfiff er nach Friar.

Bis zum ersten Unionsposten folgte er den schwarzen Flüchtlingen, dann kehrte er ins Kampfgebiet zurück.

Im seltsamen Dämmerzustand ihres Halbschlafs wollte Tia nicht erwachen, denn das Bewusstsein würde die Erkenntnis eines schmerzlichen Verlustes bedeuten. Dieses Gefühl der Betäubung gefiel ihr.

Doch dann wurde sie plötzlich aus dem Schlaf gerissen. »Wach auf, Tia!« Brent schüttelte sie unsanft.

»Nein!«, protestierte sie ärgerlich. »Ich will im Bett bleiben. Gib mir noch etwas Laudanum.«

»Kommt gar nicht in Frage. Ich habe dir schon zu viel gegeben. Jetzt hast du lange genug um die Toten getrauert. Also musst du dich wieder um die Lebenden kümmern. Steh auf und zieh dich an! Schnell!«

»Nein.«

Gnadenlos schlug er die Decke zurück und zerrte Tia aus dem Bett. »Eine große Schlacht hat begonnen. Überall liegen Verwundete. Ich wurde in ein Lazarett an der Front beordert und du musst mich begleiten.«

»O nein, du hast doch Mary, die Krankenschwestern und Sanitäter …«

»Natürlich kommt Mary mit mir. Aber ich brauche auch dich. Du hast jahrelang mit Julian zusammengearbeitet – und wertvolle Erfahrungen gesammelt.«

»Lass mich in Ruhe, Brent! Ich will nichts mehr mit verwundeten und zusammengeflickten Soldaten zu tun haben.«

»Verdammt, Tia!« Brent packte ihre Schultern und schüttelte sie. »Verstehst du nicht, dass diese Männer deine Hilfe brauchen? Sie schreien vor Schmerzen – statt über Dinge zu jammern, die sie nicht ändern können.«

»O Brent …« Sie befreite sich von seinem Griff, holte tief Atem und schaute in seine Augen. »Tut mir Leid.« Was war nur los mit ihr? »Ich ziehe mich sofort an …«

»Gut, ich brauche dich wirklich, Tia.«

Nach wenigen Minuten war sie trotz allem reisefertig. Sie ritt mit Mary und Brent zum Hospital, wo mehrere Dutzend Wagen mit Segeltuchzelten, Medikamenten und Ärztebedarf beladen wurden. In das aufgeregte Stimmengewirr mischte sich das schrille Wiehern nervöser Pferde, Trompeten ertönten, Trommeln dröhnten.

»Die große Schlacht hat begonnen!«

»Überall treiben sich die verdammten Yankees herum.«

»Angeblich werden viele tausend Soldaten fallen.«

»Den Yankees ist's egal, wie viele Menschen sterben müssen – und wenn's ihre eigenen Leute sind …«

»Lee wird sie zurückschlagen. So wie immer.«

»Jetzt kämpfen sie wieder in der Nähe von Chancellorsville.«

Kavallerie- und Infanterietruppen wurden zusammengezogen. In den Straßen drängten sich Soldaten, die den Abmarsch vorbereiteten, und besorgte Zuschauer – voller Angst, Grant könnte Richmond überfallen.

Bald traten Tia, Mary und Brent ihre Reise in die Wildnis an, in ein dicht bewaldetes Niemandsland bei Fredericksburg. Welch ein Inferno sie dort erwarten würde, wussten sie nicht.

20

Knapp ein Jahr zuvor waren beide Heere durch dasselbe Gebiet marschiert, um die Schlacht von Chancellorsville auszufechten. In den Wäldern dieser Wildnis waren Unions- und Konföderationssoldaten gestorben.

Während Brent, Tia und Mary die schmalen Wege entlangritten und eine geeignete Stelle für ihr Lazarett suchten, entdeckten sie beklemmende gespenstische Erinnerungen an jene Kämpfe – von wilden Tieren abgenagte, gebleichte Gebeine. Tia versuchte sich einzureden, es seien Pferdeknochen. Aber ein menschlicher Schädel, den ein Huf ihrer Stute beiseite stieß, raubte ihr diese Illusion.

Weit hinter den Rebellenlinien fanden sie eine Lichtung. Brent erteilte seine Befehle. In aller Eile errichteten seine Männer die Zelte, stellten Klapptische und -stühle auf, luden Bahren, Instrumente und Arzneien aus den Wagen. Noch ehe alle Vorbereitungen getroffen waren, trafen die ersten Verwundeten ein. Viele schrien vor Schmerzen, die meisten waren bewusstlos. Unter Brents Kommando dienten fünf Ärzte, außer Tia und Mary noch acht Schwestern und sechs kräftige Sanitäter.

Innerhalb einer Stunde waren alle Operationstische voller Blut. Tia vergaß die sonderbare Apathie, die sie vor nicht allzu langer Zeit erfasst hatte, und arbeitete wie eine Besessene. Angesichts des Grauens, das sie mit ansehen musste, fühlte sie sich an Olustee erinnert. Aber wie sie bald feststellte, war jene Schlacht nur ein kleiner Vorgeschmack auf die Hölle dieses Tages gewesen, der ihr wie eine halbe Ewigkeit erschien.

Mit dem Einbruch der Dunkelheit schwiegen die Waffen. Aber der Strom von Verletzten, die ins Lazarett gebracht wurden – Rebellen und Yankees gleichermaßen –, nahm kein Ende. Immer wieder fanden die

Sanitäter im unwegsamen Dickicht Verwundete, die verzweifelt auf Hilfe warteten.

Schließlich schlief Tia ein paar Stunden lang neben dem Hauptzelt, den Kopf auf einer Satteltasche. Die Morgendämmerung spendete nur wenig Licht. Im Pulverrauch, der zwischen den Bäumen hing, konnte man den Tag kaum von der Nacht unterscheiden.

Während Mary in einem der Wagen zu einer Bahnstation fuhr, um dringend benötigte Medikamente und Verbandsmaterial zu holen, entfernte Brent eine Minié-Kugel aus einem Arm, und Tia klemmte die Arterie zusammen. Über den Verwundeten hinweg schaute er sie an und schüttelte den Kopf. »Diesen Mann haben wir verloren.«

Sie senkte den Blick. Für tiefere Trauer fehlte ihr die Zeit, denn die Sanitäter trugen die Leiche bereits aus dem Zelt und legten den nächsten Verletzten auf den Operationstisch.

Ringsum surrten Fliegen. In einer Ecke häuften sich amputierte Gliedmaßen und der Gestank des Blutes drohte Tia zu überwältigen.

»Eine zertrümmerte Kniekehle«, verkündete Brent. »Dieses Bein kann ich nicht retten ...« Plötzlich krachte es und er zuckte zusammen. »Wer zum Teufel feuert Kanonen im Wald ab?«

Gleich darauf erklang gellendes Geschrei, Rauchschwaden drangen ins Zelt. Ein Verwundeter, der gerade hereingetragen wurde, stieß hervor: »Großer Gott, da draußen verbrennen die Leute bei lebendigem Leib ...«

Ein Sanitäter rannte zu Brent. »Colonel McKenzie, das stimmt! Und das Feuer rast von einem Baum zum anderen, in unsere Richtung. Wir müssen das Lazarett umsiedeln. Schnell!«

Taylor hatte Sydney und ihre schwarzen Schützlinge zum nächsten Unionsposten gebracht. Dann ritt er wieder nach Süden – in die Hölle. Wegen der intensiven Truppenbewegungen musste er um beide Heere halb herumreiten, bevor er Grants Hauptquartier fand.

In einem Zelt am Waldrand traf er den General allein an. Laut seiner Order musste Taylor nicht an der Front kämpfen, sondern die Stellungen und die Kampfkraft des Feindes auskundschaften. Auf dem Weg nach Süden hatte er bereits wertvolle Informationen gesammelt. Grant kaute an einer Zigarre und betonte, er habe es satt, dass die Angaben über die Truppenstärke der Rebellen übertrieben würden – das war zur Zeit von McClellans Oberkommando mehrmals geschehen. Nun meinte der General, die Unionsoffiziere seien viel zu vorsichtig und würden nach siegreichen Schlachten zu oft zum Rückzug blasen. »Diesmal ziehen wir uns nicht zurück, Colonel, wir kämpfen weiter.«

Am Abend des ersten Tages hatte Taylor einige Rebellendivisionen beobachtet. Er erläuterte Grant und dem Generalstab die derzeitige Lage. Danach besuchte er Rebellen, die seit dem Morgen im Kriegsgefangenenlager saßen, und hoffte, Neuigkeiten über Brent McKenzie zu hören.

Von ein paar Unionsinfanteristen auf einem kleinen Hügel bewacht, aßen die Rebellen Yankee-Rationen und erweckten den Eindruck, dies wäre seit Wochen ihre erste anständige Mahlzeit. Die meisten trugen zerlumpte Uniformen und einige hatten sogar toten Yankee-Soldaten Hosen und Stiefel ausgezogen.

Trotz ihres erbärmlichen Zustands starrten sie Taylor herausfordernd an. »Warum erkundigen Sie sich nach Colonel Brent McKenzie, Sir?«, fragte ein Infanterie-Captain misstrauisch.

»Weil ich mit ihm verwandt bin«, erwiderte Taylor. »Und ich glaube, meine Frau ist mit ihm unterwegs.«

»McKenzie hat im Hospital außerhalb von Richmond gearbeitet. Kurz nach unseren ersten Scharmützeln wurde er in ein Feldlazarett beordert. Nach allem, was ich hörte, führt er jetzt das Kommando in einem Lazarett an der Plank Road.« Skeptisch hob der Captain die Brauen. »Sind Sie tatsächlich mit Tia McKenzie verheiratet?«

Taylor nickte. »Im Krieg geschehen die seltsamsten Dinge. Kennen Sie meine Frau?«

»O ja. Ich stammte aus South Georgia. Früher wurde ich oft zu Bällen und Barbecues nach Cimarron eingeladen. Wie könnte man die bezaubernde Tochter des Hauses vergessen? Sie war so schön und elegant. Und seit dem Kriegsbeginn beweist sie auch noch ihr gutes Herz. Bereitwillig hat sie ihr Luxusleben gegen Blut und Tod eingetauscht. Ich gratuliere Ihnen, Colonel.«

»Danke, Captain. Sind Sie sicher, dass sie jetzt bei ihrem Vetter ist?«

»Mit eigenen Augen sah ich sie nicht, erfuhr aber von gemeinsamen Freunden, sie würde mit Brent zusammenarbeiten.«

Taylor dankte dem Gefangenen noch einmal und fragte, was er für ihn tun könne.

Nach kurzem Zögern zeigte der Captain auf einen Mann, der unter einem Baum saß. »Private Simms wurde vor einiger Zeit angeschossen und die Wunde plagt ihn immer noch. Wahrscheinlich wird man ihn nach Norden schicken, in ein anderes Gefängnis. Würden Sie dafür sorgen, dass man ihn ins Old Capitol bringt? Ich hörte, dort würden die Kriegsgefangenen am besten behandelt, weil in Washington viele Sympathisanten der Konföderation leben und der alte Abe ein mitfühlender Präsident ist.«

»Gut, ich kümmere mich darum«, versprach Taylor. »Und Sie selbst?«

Der Captain reichte ihm die Hand. »Für mich muss ich um nichts bitten. Ich bin nicht krank, sondern nur müde, und ich flehe den Allmächtigen jeden Abend an, der Krieg möge bald ein Ende nehmen.«

»Amen.« Taylor verließ das Kriegsgefangenenlager

und ging in sein Zelt, um ein paar Stunden zu schlafen. Am nächsten Tag würden erbitterte Kämpfe stattfinden. Und er musste seine Frau finden.

Die Mündungsblitze der Musketen entzündeten trockenes Holz. Innerhalb weniger Minuten fingen die Kiefern und Zwergeichen Feuer.

Im Lazarett brach ein wilder Tumult aus. Tia versuchte einen Soldaten mit zerschmettertem Bein zu beruhigen und hörte die tiefe, gebieterische Stimme ihres Vetters, die das Geschrei übertönte. Wer gehen konnte, eilte ins Freie, die anderen Patienten wurden in Krankenwagen verfrachtet. Hastig warfen die Soldaten nasse Tücher über die Köpfe der verängstigten Pferde.

Als die Bäume rings um das Lazarett in Flammen aufgingen, mussten immer noch Verwundete weggebracht werden. Nachdem Tia das verletzte Bein eines Soldaten provisorisch verbunden hatte, umschlang Brent ihre Taille und setzte sie auf einen Wagen. »Fahr mit …«

»Erst wenn du auch gehst …«

»Um Himmels willen, Tia, ich komme besser zurecht, wenn ich mich nicht um dich sorgen muss. Corporal O'Malley«, wandte er sich an einen Sanitäter, »bringen Sie meine Kusine von hier weg!«

»Ja, Sir«, antwortete der grauhaarige Soldat.

»Brent …« Sobald der Fahrer das Gespann anspornte, wollte Tia vom Wagen springen.

Aber O'Malley hielt Tias Arm eisern fest. »Ma'am, ich muss meine Order befolgen.«

Bedrückt schaute sie zum Lazarett zwischen den brennenden Bäumen zurück. Ihr Vetter würde erst aufbrechen, wenn der letzte Patient in Sicherheit war. Während der Fahrt hörte sie über dem Knarren der Wagenräder und vereinzeltem Gewehrfeuer das schmerzliche Geschrei Sterbender. »O Gott!« Verzweifelt hielt sie sich die Ohren zu, doch die klagenden

Stimmen ließen sich nicht verbannen. Plötzlich glaubte sie, ein jammervolles Stöhnen würde ganz in der Nähe erklingen. Kurz entschlossen ssprang sie vom Wagen und überrumpelte den Corporal. »Warten Sie!«, rief sie dem Fahrer zu. »Geben Sie mir nur ein paar Minuten Zeit!«

»Miss Tia!«, schrie O'Malley.

»Gleich bin ich wieder da!«, beteuerte sie und stürmte zwischen die Bäume. Aus welcher Richtung drang das Stöhnen zu ihr? Oder spielte ihr die Fantasie einen Streich, im Lärm der Schüsse, der knisternden Flammen und umstürzenden Bäume?

»Heiliger Himmel, hilf mir! Hätte ich doch bloß Munition ...«

Diese Worte waren Wirklichkeit. Atemlos kämpfte sich Tia durch ein dichtes Gebüsch. »Wo sind Sie?«

»Hier, hier ... Hilfe! O Jesus, bitte für uns arme Sünder ... Jetzt und in der Stunde unseres Todes – Amen ...«

»Wo sind Sie? Reden Sie, dann werde ich Sie finden!«

»Hier ... Ich kann mein Bein nicht bewegen – und der Ast brennt ... Heiliger Himmel, diese Hitze ...«

Endlich erreichte sie eine kleine Lichtung, mit welkem Herbstlaub bedeckt. Am anderen Ende der Wiese lag ein junger Soldat mit hellblondem Haar und großen, kindlichen blauen Augen. Über die verrußten Wangen rannen Tränen. »Bitte ...«, flüsterte er und streckte ihr eine Hand entgegen.

Tia kniete neben ihm nieder. In wachsender Angst spürte sie die Glut des Feuers, das immer näher rückte. »Erst muss ich Sie befreien ...« Sie umklammerte einen Ast des umgestürzten Baums, unter dem das Bein des Jungen eingeklemmt war. Mit aller Kraft zerrte sie daran. Schweiß stand ihr auf der Stirn.

Gellend schrie der Bursche auf, dann verlor er die Besinnung. Jetzt sah sie, dass sein Bein nicht nur gebrochen war. Im Oberschenkel steckte eine Kugel.

»Allmächtiger, steh mir bei!«, betete sie atemlos. Die Hitze der Flammen drohte bereits ihre Füße zu versengen.

»Miss Tia!« Verzweifelt drehte sie sich zu Corporal O'Malley um. »Kommen Sie, Miss Tia! Bald wird's hier lichterloh brennen.«

»Helfen Sie mir!«

»Das ist ein Yankee.«

»Ein Junge!«

»Ob groß oder klein ...«

»Ich lasse ihn nicht im Stich.«

Seufzend rannte O'Malley zu ihr, packte den Ast und biss die Zähne zusammen. Da sein rechter Arm verletzt war, konnte er nur den linken benutzen. Der Kopf des Jungen bewegte sich und er schlug die blauen Augen auf. Sofort erfasste er die Situation. »Bitte, Sir, erschießen Sie mich, bevor das Feuer ...«

»Wir müssen beide an diesem Ast ziehen, Corporal«, fiel Tia ihm ins Wort. »Um Gottes willen, Sie sind ein rechtschaffener irischer Katholik! Hätten Sie nur gehört, wie er vorhin ein Gebet sprach ... Vielleicht sieht uns der Allmächtige zu ...«

»Also gut, Miss Tia, ich zähle bis drei!« Beide umklammerten den Ast. »Eins, zwei, drei ...« Mühsam zerrten sie den Baumstamm zur Seite und sprangen auf. »Mit meinem gebrochenen Arm kann ich den Jungen nicht hochheben.«

»Soldat, Sie müssen mit mir weghinken«, entschied Tia und zog den Yankee auf die Beine. Von knisternden Flammen verfolgt, eilten sie zur Straße. Plötzlich fiel direkt vor ihnen ein Baum zu Boden und sprühte Funken in alle Richtungen. »Kehren Sie um!«, befahl O'Malley. »Versuchen Sie's da drüben!«

Sie musste gehorchen, wobei der junge Yankee vor Schmerzen schrie. Ein paar Minuten später erreichten sie die Straße. Der Wagen fuhr bereits weiter. »Ziehen Sie ihn hinauf!«, rief Tia den Insassen zu. Ohne Fragen zu stellen, griffen sie nach dem Jungen. Vielleicht merkten sie nicht, dass sie einen Yankee retteten. Seine Uniform war so schmutzig, dass die blaue Farbe wie das Grau der Konföderation wirkte. Im beißenden Rauch mussten die meisten Männer husten.

»Helft O'Malley!«, schrie Tia, als der Junge auf dem Wagen saß. »Er kann seinen Arm nicht benutzen.« Trotz ihrer eigenen Wunden zerrten die Soldaten den Sanitäter zu sich herauf und der Fahrer beschleunigte das Tempo. Hinter dem Wagen brannten immer mehr Bäume.

»Miss Tia!«

Sie hörte O'Malleys Ruf und achtete nicht darauf. In den Flammen war ihr Vetter zurückgeblieben. Ohne ihn würde sie nicht wegfahren. Während der Wagen in halsbrecherischer Geschwindigkeit vor dem Inferno floh, rannte Tia mitten hinein.

Da die Feuersbrunst auf ihrem Weg durch den Wald ständig die Richtung wechselte, verloren viele Männer die Orientierung. Taylor war beauftragt worden, in der Wildnis nach verirrten Soldaten zu suchen und sie in Sicherheit zu bringen. Während er zwischen Rauch und Flammen hindurchritt, dankte er dem Himmel für Friar, seinen tapferen, in vielen Kämpfen erprobten Wallach. Die meisten anderen Pferde wären ihren Instinkten gefolgt und vor dem Feuer geflohen.

Zu seiner maßlosen Erleichterung führte ihn die Order in eine Richtung, die er ohnehin einschlagen wollte, zur Rebellenlinie.

Auf einigen kleinen, bisher vom Feuer verschonten Lichtungen traf er unverletzte Soldaten, die Verwundete zur Straße trugen. Natürlich hatte man ihm befohlen, vor allem Unionssoldaten zu retten. Aber niemand hatte ihm untersagt, auch Rebellen aus der Flammenhölle zu holen. So bald wie möglich musste er Brent McKenzie finden – und Tia, oder zumindest jemanden, der ihm erklären konnte, wohin das Lazarett verlagert worden war.

Mit jeder Minute wuchs die Gefahr. Obwohl er wusste, dass immer noch Soldaten im Feuer festsaßen, wäre es reiner Wahnsinn gewesen, in der flammenden Wildnis nach weiteren Überlebenden zu suchen. Jeder Atemzug füllte seine Lunge mit ätzendem Rauch. Schlimmer noch – der Geruch von verbranntem, verkohltem Fleisch stieg ihm grausig in die Nase. Welcher Dämon hatte das Kriegsgeschehen dieses Tags ersonnen? Keine Menschenseele würde einen Feind so abgrundtief hassen, um ihm ein solches Schicksal zu wünschen. Der verheerende Waldbrand verschaffte weder den Yankees noch den Rebellen irgendwelche Vorteile.

Als er schrilles Geschrei hörte, verließ er die Straße und ritt ins Dickicht. In dichtem Qualm konnte er fast nichts sehen. Jetzt sträubte sich sogar der geduldige Friar gegen die Hitze. »Nur noch ein paar Schritte, alter Junge«, drängte Taylor.

Plötzlich stieg eine Flammenwand vor ihm empor. Dahinter erklangen gellende Schreie. »Nach Süden, eine Lichtung …«

»Nein, versucht's im Osten …«

»Da ist die Hölle los …«

»Wohin, Friar?«, fragte Taylor seinen Wallach. »Aber lauf bloß nicht davon!«

Friar bäumte sich auf, bog südwärts und Taylor überließ ihm die Führung. Schließlich fand das Pferd eine Lücke im Flammenwall. »Hallo! Falls Sie gefangen sind – hierher, da kommen Sie durch …«

Er verstummte und sah sich um. An dieser Stelle war das Feuer erloschen, weil es in der Asche des Unterholzes nichts mehr verzehren konnte. Die Zähne zusammengebissen, betrachtete Taylor eine bis zur Unkenntlichkeit verkohlte Leiche, die er eben noch für einen Baumstamm gehalten hatte. Welche Uniform der Mann getragen hatte, würde niemand je erfahren.

Friar trottete weiter und Taylor fand eine Lichtung, wo sich hustende, würgende Soldaten aneinander drängten. »Hier entlang!«, rief Taylor, stieg ab und öffnete seine Feldflasche, um das Halstuch eines Mannes, der am Boden lag, mit Wasser zu tränken. Er presste es auf das verrußte Gesicht, dann bot er die Flasche den anderen an. »Machen Sie Ihre Taschentücher nass! Da hinüber, schnell! Durch die Flammenwand führt ein Weg. Laufen Sie, ich nehme den Sergeant mit!«

Während sie gehorchten, blieb ein Soldat zurück. »Colonel, ich kümmere mich um den Alten!«

Verblüfft erkannte Taylor die Uniform des Mannes. »Sie sind ein Rebell.«

»Zu dieser Gruppe gehören zwei Rebellen und drei Yankees, Sir. Als wir einander gerade umbringen wollten, stürzte ein Baum zu Boden. Irgendjemand schrie, wir sollten alle die Waffen fallen lassen. Wenig später wurden wir von Flammen umzingelt.«

Taylor musterte den alten Mann, der hilflos am Boden lag. Vermutlich würde er nicht mehr lange leben, wenn er noch mehr Rauch einatmete.

»Überlassen Sie ihn mir, Sir«, bat der Rebell. »Ich befolge alle Ihre Befehle.«

»Gut, Captain.« Während der Rebell den Sergeant auf die Arme nahm, ging Taylor zu Friar und ergriff die Zügel. Dann zeigte er in die Richtung des Fluchtwegs. »Ich muss nach anderen Soldaten suchen. Geben Sie mir Ihr Wort, dass Sie sich den Unionsstreitkräften stellen.«

Grinsend nickte der Captain. »Wenn Sie mir einen Weg aus diesem Inferno zeigen, begebe ich mich nur zu gern in Kriegsgefangenschaft, Colonel. Sergeant Foster, wir werden's schaffen. Halten Sie durch, alter Knabe!«

Obwohl Friar bereits vor den Flammen zurückscheute, glaubte Taylor, das Pferd wäre die einzige Rettung des Sergeants. »Legen Sie ihn über meinen Sattel!«, rief er dem Captain zu. »Ich führe mein Pferd durch die Lücke im Feuer. Dann übergebe ich Ihnen die Zügel und Sie gehen weiter. Passen Sie gut auf meinen Wallach auf, Captain!«

»Aye, Sir!« Sobald der Sergeant quer über dem Sattel lag, führte Taylor sein Pferd zur Straße, über der die Flammen einen hohen Baldachin bildeten. Aber sie war immer noch passierbar. Nun müsste er vernünftigerweise mit dem Captain und dem alten Sergeant Foster die Flucht ergreifen. Aber das verbot ihm eine sonderbare innere Unruhe – als wüsste er, in dieser glühenden Hölle würde er Tia finden. Irgendwo … Zögernd spähte er in den brennenden Wald, aus dem Schreckens- und Schmerzensschreie drangen.

»Bringen Sie Ihr Pferd lieber selbst in Sicherheit, Sir«, schlug der Rebell vor.

»Nein, Captain. Sorgen Sie für den Sergeant. Sagen Sie mir nur noch eins – wissen Sie, welche Truppen ins Feuer geraten sind? Unter welchem Kommando?«

»Infanteristen – und weiter hinten stand ein Rebellenlazarett auf einer Lichtung. Das weiß ich, weil ich in die Wade getroffen und dort behandelt wurde.«

Erst jetzt bemerkte Taylor das Blut, das durch eine Bandage am Schienbein des Mannes sickerte. Trotz seiner Verletzung war der junge Captain an die Front zurückgekehrt. »Warum zum Teufel sind Sie nicht im Lazarett geblieben?«

»Colonel – jetzt haben wir keine Zeit, um darüber zu diskutieren. Ich muss mein Bestes tun, um Menschenleben zu retten …«

»Steigen Sie auf mein Pferd«, fiel Taylor dem Captain ins Wort, »sorgen Sie für den Sergeant und Ihre Wunde. Inzwischen suche ich nach Ihren Rebellen.«

»Und wenn sie bei Ihrem Anblick sofort feuern?«

»Das riskiere ich.« Ein Lazarett … Dort würde er Brent finden. Diese Hoffnung hatte der Kriegsgefangene geweckt. »Wissen Sie zufällig, ob ein Dr. McKenzie in diesem Lazarett gearbeitet hat, Captain?«

»Aye, Sir, er befahl mir, mein Bein nicht zu bewegen. Aber da waren so viele Schwerverletzte. Und ich glaube, ich bin mit einem glatten Durchschuss davongekommen.«

»Wenn Sie nicht bald behandelt werden, könnten Sie immer noch verbluten.«

Der Captain salutierte. »Bei meiner Ehre, Sir, ich bringe den Sergeant zu den Yanks und stelle mich selber – und ich werde verdammt gut auf Ihr Pferd aufpassen.«

Taylor nickte und rannte die Straße hinab. Ringsum brannte der Wald, sogar der Himmel glich einer rot glühenden Hölle. Selbst wenn er den Flammen entrinnen konnte, würde er bald an einer Rauchvergiftung sterben, obwohl er sein Halstuch mit Wasser getränkt hatte. Seine Lungen begannen zu schmerzen. Inzwischen war Brent sicher vernünftig genug gewesen, um die Flucht zu ergreifen. Taylor eilte weiter. Schließlich entdeckte er auf einer Lichtung die verkohlten Reste eines großen Zelts. Das musste Brents Lazarett gewesen sein. Überall stiegen Rauchwolken empor. Ein Maultiergespann, das von seinem Wagen festgehalten auf den Baum gefallen war – stemmte sich gegen das Geschirr und wieherte schrill. Im Wagen lagen hilflose, stöhnende Verwundete, in ihrer Todesangst gefangen.

»McKenzie!«, rief Taylor. »Brent McKenzie!« Er rannte zu dem Wagen, auf dem ein verrußter Eichenstamm lag. Ein paar Insassen waren bereits tot – die Augen weit aufgerissen von der Anstrengung, den Stamm wegzuschieben. Auch Taylor bemühte sich zunächst vergeblich darum. Unter seinen Händen zerbröckelte verbranntes Holz. Dann entdeckte er den umgestürzten Pfosten eines Zelts und benutzte ihn als Hebel, hob den Stamm hoch und drehte ihn seitwärts. In einer Wolke aus wirbelnder Asche ließ er ihn zu Boden fallen.

Einer der Männer im Wagen bewegte sich und Taylor ging zu ihm. »Was ist mit Dr. McKenzie geschehen? Wo ist er?«

Der Verwundete versuchte zu antworten. Kraftlos bewegte er die Lippen. Taylor reichte ihm seine Feldflasche und hoffte, sie würde noch genug Wasser enthalten. Erleichtert beobachtete er, wie der Mann einen Schluck nahm. »Das – Zelt – brach zusammen«, stammelte der Soldat und schloss die Augen.

»Halten Sie durch!«, mahnte Taylor. »Wir bringen euch hier raus. Erst einmal muss ich McKenzie finden. Sorgen Sie sich nicht, wir alle werden's schaffen.«

Ob er das selber glaubte, wusste er nicht.

»Drei Personen«, murmelte der Verletzte, ohne die Lider zu heben. »Der Junge, den der Doc holte – und die Frau. Die Krankenschwester – sie folgte ihm, als das Zelt einstürzte.«

Die Frau – Tia. Wer sonst sollte einem McKenzie nachlaufen, dem der Tod drohte, in einem wütenden Inferno unter Segeltuchplanen gefangen?

Schaudernd rannte Taylor zu den versengten Überresten des Lazaretts, riss die Planen auseinander – eine undurchdringliche Masse. Der Waldbrand rückte immer näher. Wütend verfluchte Taylor seine eigene Schwäche, dann griff er noch einmal nach dem Pfosten und zwang sich zur Ruhe. Wenn er jetzt in Panik geriet, war alles verloren. Entschlossen rammte er den Pfahl in die Erde, band die Segeltuchreste daran fest. Dann fand er einen zweiten Pfosten, an dem er die restlichen Planen befestigte. Beide Pfähle hakte er an den Wagen.

Ungeduldig spornte er das Maultiergespann an, bis es langsam über die Lichtung trottete und die Ruine des Lazaretts mit sich schleifte. Und da sah er sie. Von einer Plane gezogen, rollte sie ihm entgegen – das Gesicht leichenblass unter dem verrußten schwarzen Haar, das wie ein riesiger Fächer unter ihrem Kopf lag. Er lief zu ihr und fiel auf die Knie. Voller Angst tastete er nach ihrem Puls.

Sie stöhnte, öffnete die Augen und starrte ihn. »Taylor?«, fragte sie ungläubig.

»Ja, ich bin's.«

»Unmöglich ... Das ist ein Rebellenlazarett – alles brannte nieder ...«

»Natürlich bin ich's, du kleine Närrin. Und das ist keineswegs erstaunlich, weil ich nach dir gesucht habe. *Du* bist es, die nicht hier sein dürfte. Warum bist du nicht in St. Augustine geblieben?«

»Ich hatte keine Wahl.«

»Das sehe ich etwas anders. Aber darüber streiten wir später. Kannst du dich bewegen?«

Von Furcht und Zorn erfüllt, sprach er schroffer als beabsichtigt. Vielleicht war das ein Vorteil, denn Tias Lebensgeister erwachten, und ihre dunklen Augen begannen zu funkeln. »O ja, und ich muss – o Gott, Brent! Brent!« Entsetzt sprang sie auf. »Mein Gott, wo ist er? Vorhin sah ich ihn – ich wollte ihm helfen, den letzten Verwundeten wegzubringen ...«

Als Taylor aufstand, spürte er, wie er am ganzen Körper zitterte. Er war so froh, so dankbar, weil sie noch lebte. Atemlos folgte er ihr zu einem Schutthaufen – Feldbetten, Operationstische und Bahren. Und mitten darin lag Brent, das Gesicht nach unten.

Tia sank auf die Knie. »Brent, Brent!« Vorsichtig versuchte sie, ihn herumzudrehen. Irgendetwas in ihrer Nähe explodierte – vielleicht ein Gewehr in der Hand eines Toten. Ringsum schossen züngelnde Flammen empor. »Taylor – er ist verletzt ... Wenn wir ihn bewegen ...«

»Wenn wir ihn nicht bewegen, stirbt er.« Kurz entschlossen nahm Taylor seinen Vetter auf die Arme und trug ihn zum Wagen, der mit Leichen und Verletzten beladen war.

Ächzend öffnete der Soldat, mit dem er vorhin gesprochen hatte, die Augen. »Rollen Sie den jungen Ted Larkin runter, Colonel. Eine Feuerbestattung ist so gut wie jede andere. Lassen wir die Toten hier zurück – wir brauchen Platz für die Lebenden.«

Taylor gab ihm Recht. Von neuem Lebenswillen und Hoffnung ermutigt, richtete sich der Mann auf, obwohl ihm soeben ein Bein amputiert worden war, und half ihm, die Leichen vom Wagen zu schieben.

Nachdem Taylor den ohnmächtigen Brent zu den Verletzten gelegt hatte, eilte er zu Tia, die im Schutt wühlte und Wrackteile eines Feldbetts vom erstarrten Körper eines Soldaten entfernte. Blicklos starrte der Mann zum glutroten Himmel hinauf.

»Komm, Tia«, bat Taylor, »er ist tot.«

»Nein, nur eine Schusswunde im Fuß ...«

»Seine Lungen wurden zerquetscht.«

»Nein ...«

Als er ihren Arm packte, wehrte sie sich verbissen. Schließlich schlug er sie ins Gesicht und sie taumelte halb benommen. Er warf sie über seine Schulter, rannte zum Wagen, zuckte erschrocken zurück, als ein großer, brennender Baumstamm direkt vor ihm zu Boden stürzte. Verzweifelt schrie Tia auf.

»Schnell, Colonel!«, rief der verwundete Soldat, der sich inzwischen zum Kutschbock geschleppt hatte.

Mit einem mächtigen Satz sprang Taylor über den brennenden Baumstamm hinweg, warf Tia in den Wagen und kroch hinauf. Im selben Augenblick ließ der Soldat die Peitsche über den Köpfen der Maultiere knallen. Von panischer Angst getrieben, sprangen sie vorwärts. Wie Rennpferde rasten sie die Straße hinab. Als die Verletzten unsanft durchgerüttelt wurden, begannen sie laut zu stöhnen. Taylor lag neben Tia und rang erleichtert nach Luft. Wenigstens ein paar Soldaten hatten die Flammenhölle überlebt. Als er sich aufsetzte, kniete Tia bereits neben Brent und fühlte ihm den Puls. »Er atmet!«

»Gott sei Dank.«

Der Wald brannte nach wie vor, doch der Wind

schien die Hitze zu vertreiben. Immer weiter entfernte sich der Wagen vom Ort des Grauens, dann geriet ein Rad in ein Schlagloch. Die Maultiere stürmten weiter, der Wagen zerbrach. Schreiend flogen die Verwundeten durch den Qualm nach allen Seiten. Taylor warf sich über Tia und Brent und versuchte sie mit seinem Körper abzuschirmen. Mit einem harten Aufprall landeten sie alle am Boden.

Sekundenlang konnte Taylor sich nicht rühren. In unmittelbarer Nähe stöhnten die Verletzten. Im Lazarett waren sie dem fast sicheren Tod entronnen. Flammen schossen nun aus den hohen Eichen am Straßenrand. Fluchend sprang Taylor auf und hob den immer noch bewusstlosen Brent hoch.

»Bleib bei mir«, befahl er Tia und trug Brent an den Bäumen vorbei, die in hellen Flammen standen. Wie durch ein Wunder erreichte er einen kleinen Teich inmitten einer Lichtung. Die feuchte Erde am Ufer hielt das Feuer im Zaum.

Auf der anderen Seite näherten sich Reiter und jemand rannte Taylor entgegen, der Brent mit letzter Kraft zum Wasser schleppte. »Geben Sie mir den Mann, Colonel!«

Das ließ sich Taylor nicht zwei Mal sagen. »Da hinter den Bäumen liegen noch mehr Verwundete. Als er sich umdrehte, stellte er fest, dass seine Frau zurückgerannt war. »Verdammt, Tia!«, schrie er und lief ihr nach. Sie packte den Arm eines Beinamputierten und wollte ihn um die Flammen herumzerren. Hastig ergriff er den anderen Arm. »Ich habe ihn! Lauf da hinüber, zum Teich ...«

Sie wandte sich ab und im selben Augenblick fiel ein brennender Ast herab und traf ihre Schulter.

»Um Himmels willen, Tia!«

Als sie ohnmächtig auf die Knie sank, landete ein zweiter lodernder Zweig vor Taylors Füßen und er sprang darüber hinweg. Inzwischen kümmerten sich mehrere Soldaten um die Verwundeten. Irgendjemand nahm Tia auf die Arme, von neuer Kraft erfüllt, eilte Taylor hinterher. »Sie ist meine Frau!«

Sofort blieb der Soldat stehen und übergab ihm seine Bürde. Für einen kurzen Moment öffnete Tia die Augen und erwiderte Taylors Blick. Dann senkten sich ihre Lider wieder. Er trug sie zum Teich und legte sie ans Ufer, riss einen Streifen von ihrem Rock ab, tauchte ihn ins Wasser und säuberte ihr Gesicht. Da schlug sie wieder die Augen auf. »Brent ...«

»Keine Angst, er ist in Sicherheit.«

»Du kannst unmöglich hier sein.«

»Aber ich bin bei dir.«

Hinter ihm räusperte sich jemand. »So ungern ich dieses Wiedersehen auch störe, Sir – Sie dürften tatsächlich nicht hier sein.«

Die Stirn gerunzelt, drehte sich Taylor zu einem Offizier um. Die Verwundeten wurden von den Wrackteilen des Wagens befreit und aus der lodernden Gefahrenzone gebracht.

Erst jetzt bemerkte Taylor, dass sie von Rebellen gerettet wurden.

»Colonel Josh Morgan, Sir«, stellte sich der Konföderiertenoffizier vor. Für einen Colonel ist er viel zu jung, dachte Taylor. »Ihre Tapferkeit ist bewundernswert, Sir, und es widerstrebt mir, Ihnen Unannehmlichkeiten zu bereiten. Aber – wir befinden uns immer noch im Krieg und so Leid es mir tut, jetzt sind Sie ein Gefangener der Konföderierten Staaten von Amerika.«

Innerhalb weniger Sekunden sondierte Taylor die Lage. Der junge Colonel stand neben einer braunen Stute. *Wahrscheinlich wird mich keiner dieser Rebellen in den Rücken schießen,* dachte Taylor. *Ich muss nur das Pferd stehlen und in die Flammen zurückreiten ...* Als er in Josh Morgans Augen sah, erkannte er, dass der junge Rebell ihm genau diese Chance geben wollte.

»Danke, Sir.« Taylor riss ihm die Zügel aus der Hand

sprang auf den Pferderücken und galoppierte auf das Inferno zu. Irgendwo musste es einen anderen Fluchtweg geben.

»Taylor!«, hörte er Tia schreien. Hustend und würgend und stolpernd folgte sie ihm.

»Lauf zurück, Tia!«, befahl er und schwenkte das Pferd herum.

»Zum Teufel mit dir, Taylor!«

Überall ballte sich Rauch, grelle Flammen blendeten ihn. Beinahe hatte sie ihn erreicht. Aber sie strauchelte und brach zusammen. Taylor schwang sich aus dem Sattel. Als er sie hochhob, blieben ihre Augen geschlossen. War sie wirklich ohnmächtig? Oder hatte sie nur eine List angewandt, um ihn aufzuhalten?

Wie auch immer, es spielte keine Rolle. Niemals würde er ihr Leben riskieren. Allein hätte er sich ins Feuer gewagt – mit seiner Frau nicht. Schlaff und reglos lag sie auf seinen Armen. Vielleicht war es gut so. Hinter ihm wüteten alle Flammendämonen der Hölle und es wäre glatter Selbstmord gewesen, hindurchzureiten.

Er trug Tia zum Teich zurück, von der gut abgerichteten braunen Stute gefolgt. Die Rebellen beobachteten ihn vor dem Hintergrund des roten Nachthimmels.

Bedenkenlos gab er Tia in die Obhut eines Sanitäters, der ihm beflissen entgegeneilte. Da sie zu den Rebellen gehörte, würde es ihr an nichts fehlen. Hinter den Linien würde sie die beste ärztliche Betreuung erhalten. Todmüde, die Zähne zusammengebissen, ging er zu dem viel zu jungen Colonel Morgan. »Sir, offensichtlich bin ich Ihr Gefangener.«

21

Als Tia erwachte, schaute sie in helles Morgenlicht. Wo sie war, wusste sie nicht. Doch sie erinnerte sich sofort an das Grauen des letzten Tages und hob den Kopf. Erstaunt musterte sie ihre Umgebung, ein gemütliches Zimmer mit blauweißer Tapete, polierter Täfelung und schönen Möbeln. Ihre zerlumpte, versengte Kleidung war verschwunden. In ihrem Haar hing immer noch Brandgeruch. Aber sie trug ein blau geblümtes Nachthemd. Das Atmen fiel ihr jedoch noch schwer.

»Endlich bist du wach.«

Sie wandte sich verwirrt zur Seite und sah Brents lächelnde Frau in einem Schaukelstuhl sitzen. Statt untätig Wache an Tias Bett zu halten, rollte sie Baumwollbandagen zusammen.

»Mary!«, rief Tia und richtete sich auf.

»Nun hast du dich lange genug ausgeruht.«

»Wie lange? Taylor … Und Brent …«

»Nun, du hast etwa anderthalb Tage geschlafen. Brent arbeitet schon wieder.«

»Aber er war bewusstlos …«

»Nicht lange. Kurz nachdem Morgan euch aufgespürt hatte, war ich auch zur Stelle. Brent kam gerade zu sich. Nur um *dich* mussten wir uns sorgen.«

»Und Taylor? Er stahl ein Pferd, ritt ins Feuer …«

»Und du bist ihm nachgerannt. Weil ein brennender Ast herabstürzte und dich verletzte, kehrte Taylor um und brachte dich in Sicherheit.«

Tia schloss die Augen, glaubte wieder die Flammen zu sehen, die qualvolle Hitze zu spüren. Und sein eindringlicher Blick im Feuerschein … Sie hätte ihm nicht folgen dürfen. Warum hatte sie's getan?

Weil er in die Flammenhölle zurückgeritten war. Als hätte er den Verstand verloren …

»Nachdem er mich zurückgebracht hat …« Sie zögerte und schaute Mary an. »Was haben die Rebellen mit ihm gemacht?«

»Sie nahmen ihn gefangen. Was anderes blieb ihnen gar nicht übrig. Wahrscheinlich wird er mit ein paar anderen Unionssoldaten nach Andersonville gebracht. Jetzt sitzt er in einem Farmhaus fest. Brent wird später mehr herausfinden.«

»Geht es – Taylor gut?«

»Das hat man Brent versichert. Die Soldaten, die Taylor bewachen, behandeln ihn sehr respektvoll. Immerhin hat er viele verletzte Konföderationssoldaten aus dem Feuer geholt. Wenn Brent heute Abend zurückkommt, wird er sicher mehr wissen. Natürlich willst du Taylor sehen. Das kann mein Mann bestimmt demnächst arrangieren.«

»Wo sind wir, Mary?«

»Im Haus meines Vaters. Zwei Jahre lang war ich nicht hier. Nun habe ich endlich meine wundervolle Zofe wiedergesehen. Wir sind zusammen aufgewachsen und sie ist nur zwei Jahre älter als ich. Wenn ich in der Dachkammer Schulunterricht hatte, nahm sie stets daran teil. Das hatte mein Vater damals so beschlossen. Nach seinem Tod hielt ich es in diesem Haus nicht mehr aus. Aber sie schrieb mir regelmäßig, sie würde alles in Ordnung halten. Nun bin ich wieder hier – und es ist ein beglückendes Gefühl, heimzukommen. Aber ...«

»Aber?«

»Wir sind nicht allzu weit von den Konföderationslinien entfernt, die sich ständig verlagern. Und die Nachbarn erzählen, es sei völlig gleichgültig, welche Soldaten über sie herfallen. Die Rebellen sind genauso hungrig wie die Yankees.«

»Wie nahe liegt die Front?«

»Manchmal hört man Schüsse«, erwiderte Mary leise.

»O Gott, dann sterben die Soldaten ganz in unserer Nähe! Wir müssten Brent helfen.«

»Heute Abend kommt er zurück. Er hat mir eingeschärft, du dürftest das Haus auf gar keinen Fall verlassen.«

»Großartig! Jetzt schreibt mir also *Brent* vor, was ich tun muss.«

»Er will einfach nur, dass du am Leben bleibst. Und du musst erst einmal gesund werden.«

»Und *er*? Stundenlang war er bewusstlos. Und er arbeitet schon wieder!«

Lächelnd schüttelte Mary den Kopf. »Du scheinst was zu vergessen – das ist Brents Lazarett.«

»Da hast du Recht.« Aber dieses Argument schien Tia nicht zu überzeugen.

»Bald werden wir ihm wieder zur Hand gehen.« Mary erschauerte. »Gestern Abend stand ich Höllenqualen aus, als ich den Wald brennen sah und euch beide nicht erreichen konnte – und wartete und betete … Dieses lange Warten ist am schlimmsten in diesem Krieg.«

Das fand auch Tia. Nun musste sie sich ebenfalls gedulden, in wachsender Angst. Sie sehnte sich nach Taylor – wollte ihn nicht sehen – und verstand sich selber nicht.

Da Taylor von den Rebellen gut behandelt wurde, war seine Gefangenschaft erträglich. Er hörte sogar, sein alter Freund und Lehrer, Master Robert E. Lee, habe von seiner Festnahme erfahren und den Konföderationssoldaten befohlen, dem Colonel respektvoll zu begegnen.

Nun saß er zusammen mit anderen Yankee-Offizieren in einem alten Farmhaus an der Straße nach Richmond und wartete auf seinen Transport in ein Kriegsgefangenenlager. Offenbar stand das Haus schon seit einiger Zeit leer – oder es hatte gelegentlich dem einen oder anderen Heer als Hauptquartier gedient. In diesen vier Wänden herrschte eine seltsame Atmosphäre öder Leere. Wenn eine Brise durch die Fenster hereinwehte, vollführten die einst weißen Vorhänge einen geisterhaften grauen Tanz. Auf dem kostbar gemeißelten Kaminsims lag fingerdick der Staub.

Angeblich sollten die Gefangenen nach Andersonville gebracht werden – was einem Todesurteil gleichkam. Wegen ständiger Überfüllung breiteten sich ansteckende Krankheiten in Windeseile aus und die Sterbeziffer hatte beängstigende Ausmaße angenommen.

Aber vorerst mussten die Unionssoldaten nicht unter ihrer Gefangenschaft leiden. Tagsüber durften sie auf die Felder gehen, die seit irgendwelchen Schlachten oder Scharmützeln brachlagen. Alte Eichen spendeten angenehmen Schatten. Brüderlich teilten die Rebellen ihren Schiffszwieback, der voller Maden steckte, mit den Gefangenen. Etwas Besseres hatten sie selber nicht zu essen. Mit der Zeit gesellten sich junge Unionsoffiziere hinzu und schilderten die letzten Ereignisse des Krieges. Die meisten Konföderierten hatten vermutet, Grant würde zuschlagen und dann verschwinden. So hatte sich die Potomac-Armee stets verhalten.

Aber statt das Weite zu suchen, zog Grant ins Gerichtsgebäude von Spotsylvania. Die Kämpfe dauerten an und die Verluste der Union wurden auf über fünfzehntausend geschätzt. Die Konföderation hatte weniger Tote zu beklagen. Aber sie konnte sich's auch gar nicht leisten, noch mehr Soldaten zu verlieren.

Am 12. Mai versanken die Soldaten, die Taylor und die anderen Gefangenen bewachten, in tiefer Trauer. Wie er bald herausfand, war Jeb Stuart – ein Studienkollege in West Point – am Vortag bei Yellow Tavern tödlich verwundet worden. Stuart war der Schrecken der Unionskavallerie gewesen – ein kühner, loyaler, charkterstarker Kommandant.

Jetzt fechten die Rebellen zweifellos einen bitteren Kampf aus, dachte Taylor. Nicht weit von der Stelle, wo Stonewall den Tod gefunden hatte, war auch Stuart gestorben. Longstreet war verwundet worden, Lee erkrankt. Und Grant kehrte nicht in den Norden zurück. Sein Heer blieb in Virginia.

Der Schlacht von Spotsylvania folgten weitere Gefechte. Weder die Union noch die Konföderation konnten einen entscheidenden Sieg verbuchen. Trotz anhaltender Verluste weigerte sich Grant, Niederlagen zu akzeptieren und den Rückzug anzutreten. Er wich nicht einmal von der Stelle, um seine Wunden zu lecken. Zielstrebig steuerte er Richmond an. Aber Lee schaffte es irgendwie, seine Truppen zwischen die Unionsarmee und die Hauptstadt der Konföderation zu postieren.

In dem alten Farmhaus hörte Taylor aufmerksam zu, während die anderen Unionsoffiziere Fluchtpläne schmiedeten. Natürlich war es verlockend, solchen Gedanken nachzuhängen, wenn sich das eigene Heer in der Nähe aufhielt. Allerdings wusste niemand genau, wo.

Noch war Taylor nicht bereit zur Flucht. Erst einmal musste er herausfinden, wo sich seine Frau befand und was sie gerade trieb.

Voller Genugtuung erzählten die Rebellen ihren Gefangenen von der Siegen der Konföderation. Am 15. Mai wurde eine Unionsstreitmacht bei New Market geschlagen. Major General John C. Breckinridge attackierte diverse Unionstruppen unter Franz Sigel – mit zweihundertsiebenundvierzig Kadetten von der Virginia-Militärakademie.

In diesem Krieg werden sogar schon Kinder eingesetzt, dachte Taylor. Zehn Kadetten waren gefallen, siebenundvierzig verwundet.

Ende Mai ritt Brent zu dem alten Farmhaus. Taylor saß gerade am Ufer eines kleinen Teichs, im Schatten hoher Eichen. In dieser idyllischen Umgebung konnte er seine Selbstvorwürfe wenigstens zeitweise vergessen. Statt des erzwungenen Müßiggangs sollte er da draußen feindliche Stellungen auskundschaften, die Kampfkraft der Konföderation einschätzen. In der jetzigen Situation wurde jeder Veteran gebraucht, jeder erfahrene Soldat. Der Krieg musste ein Ende nehmen.

An einen Eichenstamm gelehnt, beobachtete er die strahlende Nachmittagssonne, die sich im Wasser spiegelte. Plötzlich hörte er einen Ruf.

»Taylor!«

Verwundert drehte er sich um. Als er seinen Vetter erkannte, sprang er auf.

Brent stieg die Uferböschung herab und umarmte ihn. Dann trat er einen Schritt zurück und musterte ihn. »Du siehst kerngesund aus.«

»So fühle ich mich auch – was ich *dir* verdanke.«

»Nein – dir selber. Hättest du mich nicht gerettet, wäre nur ein Häufchen Asche von mir übrig geblieben. Tut mir Leid, dass ich nicht früher hierher kommen konnte.«

»Wo ist Tia? Was macht sie?«

»Und warum war sie noch nicht bei dir?«

»Eine interessante Frage ...«

»Bald wird sie dich besuchen. Wir wohnen bei einer Familie, ganz in der Nähe.« Unbehaglich senkte Brent den Blick. Irgendwie hatte er das Gefühl, er müsste Tia verteidigen. »Sie will dich natürlich wiedersehen.«

»So?«

»Um dir zu danken. Sie weiß, dass du uns alle gerettet hast.«

»Nur wenige Soldaten würden untätig zuschauen, wenn Menschen verbrennen – selbst wenn es Feinde sind. Außerdem habe ich schon eine Frau in diesem unseligen Krieg verloren – eine sinnlose Tragödie. So wahr mir Gott helfe und falls es in meiner Macht steht – Tia soll diesem Blutvergießen *nicht* zum Opfer fallen.«

»Natürlich sorgst du dich vor allem um deine Frau. Aber dein Mitgefühl mit deinem Feind blieb nicht unbemerkt und es wird gewürdigt. Demnächst soll ein Gefangenenaustausch stattfinden. Einige Yankees, die du aus dem Feuer gerettet hast, drängen auf deine Freilassung. Wenn ich richtig informiert bin, bekommen wir zwei Colonels und einen Lieutenant für dich.«

»Oh, ich bin geschmeichelt. Weißt du, wann es so weit ist?«

»Nein, leider nicht«, entgegnete Brent. »Momentan fließt das Blut bei Cold Harbor – sogar in Strömen. Die Unionsarmee ist acht Meilen von Richmond entfernt. Aber du weißt ja, wie gut sich Lees Truppen verschanzen können. Vielleicht ...« Als er Tia entdeckte, verstummte er.

Reglos stand sie auf dem Gipfel eines kleinen Hügels in der Nähe des Teichs. Auch Taylor hatte sie gesehen und er spürte, wie sich sein Herz zusammenkrampfte. Eine Zeit lang erwiderte sie seinen Blick, dann eilte sie den Hang herab.

Brent winkte ihr lächelnd zu. »Dass sie so schnell hierher kommt, hatte ich nicht erwartet. Nun lasse ich euch beide allein.«

Inzwischen hatte Tia das Ufer erreicht. »Du musst nicht davonlaufen, Brent.«

»Genau das habe ich vor, liebe Kusine. Ich warte im Haus auf euch.«

Ohne ein weiteres Wort stieg er die Böschung hinauf. Tia war stehen geblieben, ein paar Schritte von Taylor entfernt. Verdammt, sie war seine Frau. Wenn ihn die Rebellen auch gefangen hielten – sie standen da drüben am Zaun und schauten diskret in die andere Richtung. Bei der letzten Begegnung hatten Tia und Taylor dem Tod ins Auge geblickt. Hier wurden sie von milder Abendluft umgeben. Jetzt müsste sie zu ihm laufen und in seine Arme sinken. Beide lebten noch. Und sie sahen sich nach so langer Zeit endlich wieder.

Irgendwie erschien sie ihm ernster und ruhiger – nicht mehr so mutwillig und temperamentvoll, sehr schön und gertenschlank in einem schlichten Baumwollkleid, das lange Haar im Nacken zu einem Knoten geschlungen. Die Augen in ihrem bleichen Gesicht wirkten so dunkel und hypnotisch wie das Versprechen der Nacht, die allmählich herabsank.

»Taylor ...« Unsicher unterbrach sie sich und es dauerte eine Weile, bis sie weitersprach.

»Tut mir so Leid ... Du hast unser Leben gerettet. Und jetzt bist du gefangen, durch meine Schuld. Aber vielleicht sollte ich mich sogar darüber freuen. Auf den Schlachtfeldern sterben die Soldaten zu Tausenden. Nicht nur Männer – auch Kinder ...« Nach einer kurzen Pause versicherte sie: »Taylor, ich bin dir so dankbar. Das musst du mir glauben ...«

Schmerzhaft hämmerte sein Herz gegen die Rippen. Da er von Wachtposten umzingelt war – selbst wenn sie nicht herüberschauten –, konnte er natürlich nicht *alles* tun, wozu ihn Tias Anblick drängte. Aber er wollte sie wenigstens umarmen. »Komm her.«

»Nein – die Wachen ...«, warnte sie ihn.

»Die kümmern sich nicht um uns.«

»O Taylor, ich ...« Es gab einen anderen Grund, warum sie ihm ausweichen wollte.

Doch er hörte ihr nicht zu. Da sie nicht zu ihm kam, ging er zu ihr und zog sie an seine Brust. Wie süß sie duftete, so sauber und feminin ... Ihr Haar kitzelte seine Nase und alle seine Sinne erwachten.

Anfangs wehrte sich Tia gegen die Intimität seines Kusses. Aber seine Nähe war unwiderstehlich. Bald schmiegte sie sich hingebungsvoll an ihn und erwiderte den Kuss mit einer Leidenschaft, die seiner glich und sein Verlangen schürte. Wieder einmal spürte er, wie einzigartig sie war. Und sie gehörte ihm. Wenn der Krieg vorbei war ...

Plötzlich riss sie sich los. Nicht wegen der Wachtposten. Eindringlich starrte sie in seine Augen. »Taylor – ich bin hierher gekommen, weil ich mit dir reden muss. Selbstverständlich wollte ich dir auch danken. Du hast deine Pflicht getan und deine Frau gerettet. Dafür musst du jetzt einen schrecklichen Preis zahlen. Mein Gott, für Brent ebenfalls ...«

»Er ist auch mein Verwandter, Tia. Um seinetwillen

schuldest du mir nichts.« Von wachsendem Unbehagen erfasst, erwiderte er ihren Blick.

»Was ich dir zu sagen versuche – ich weiß, ich habe vieles falsch gemacht, und so …«

»Was zum Teufel willst du mir eigentlich erklären?«

»Ich möchte dich um die Scheidung bitten – denn ich habe beschlossen, keine Kinder in die Welt zu setzen.«

»*Was?*«

»Wie viel Abby dir bedeutet hat, weiß ich sehr gut. Deshalb hast du mich geheiratet – weil unsere Ehe keine Rolle für dich spielt, weil du sie immer noch liebst. Aber ich glaube, jeder Mann wünscht sich Kinder …« Beklommen wich sie seinem Blick aus. »Und ich will nicht …«

»Was willst du nicht?«

»Jetzt muss ich mich verabschieden, Taylor.«

»Nein.«

»Doch. So viele Kinder mussten sterben …«

»Also darum geht es? Du bist nach Richmond gefahren, um Varina zu besuchen. Trotzdem hat sie ihren kleinen Sohn verloren.«

»Bitte, Taylor, ich möchte einfach nicht …«

»Gewiss, in diesem Krieg haben schon viele Kinder den Tod gefunden. Solche Tragödien gehören nun einmal zum Leben, Tia. Doch es hält auch viele Freuden für uns bereit. Und die wirst du niemals genießen, wenn du dich hinter deiner Angst vor dem Leid verschanzt.«

»Taylor, ich muss zurückfahren …«

Statt zu antworten, presste er sie wieder an sich. Auch diesmal konnte sie sich nur ein paar Sekunden lang gegen seine Glut wehren, gegen die Leidenschaft in ihrem eigenen Herzen. Selbstvergessen schlang sie die Finger in sein Haar, küsste ihn voller Sehnsucht, voller Hingabe – bis sie sich erneut aus seinen Armen befreite. »Lass mich gehen, Taylor. Ich werde Mittel und Wege finden, um die Scheidung …«

»Verdammt, Tia ...«

»Sei still!«, schrie sie. Jetzt erregte sie die Aufmerksamkeit der Wachtposten, die sich zum Teich wandten. Mit aller Kraft schlug sie in Taylors Gesicht, wandte sich ab und stürmte den Hang hinauf.

Natürlich folgte er ihr. Sie rannte schnell und leichtfüßig davon. Trotzdem hätte er sie eingeholt, wenn sich nicht plötzlich zwei Rebellen auf ihn geworfen hätten. Ineinander verkeilt, fielen die drei Männer zu Boden. Taylor schüttelte sie mühelos ab. Doch dann spürte er eine Pistolenmündung an der Schläfe.

»Bitte, Colonel, um Himmels willen!« Der Wachtposten, der ihn mit der Waffe bedrohte, brach fast in Tränen aus. »Bitte, Sir, ich flehe Sie an – zwingen Sie mich nicht zu schießen!«

Taylor holte tief Atem. »Schon gut, das will ich Ihnen nicht zumuten, Sir.«

Sichtlich erleichtert sprangen die beiden Soldaten auf und einer reichte dem Gefangenen eine hilfreiche Hand. Taylor griff danach und ließ sich auf die Beine ziehen. Als er sah, wie Tia vor dem Farmhaus in einen Wagen stieg, wandte er sich rasch ab, schloss die Augen und verwünschte sie. Heißer Zorn erfüllte seine Seele.

22

Trotz ihrer Erschöpfung arbeitete Tia so hart wie nur möglich. Nur wenn sie sich keine Zeit nahm, über die Tragödie dieses Krieges nachzudenken, konnte sie den Anblick all der blutenden Wunden in Brents Lazarett ertragen.

Vom 3. bis zum 12. Juni tobte die Schlacht bei Cold Harbor, Virginia. Bis auf acht Meilen hatte Grant sein Heer an Richmond herangeführt. Aber Lees Truppen harrten unerschütterlich zwischen dem Unionsgeneral und seinem ersehnten Ziel aus.

Zu Tias Erleichterung wurde Taylor von der Front fern gehalten. Wenn ein Verletzter in blauer Uniform ins Lazarett gebracht wurde, musste sie wenigstens nur hoffen, es wäre nicht ihr Bruder. Wie sie wusste, hielt auch Brent angstvoll nach Ian Ausschau, seit die beiden Heere einander unerbittlich gegenüberstanden, und er sorgte sich auch um Jesse Halston, Sydneys Ehemann. Aber entweder hatten Ian und Jesse das Gemetzel bisher überlebt – oder ihre Leichen lagen auf einem Schlachtfeld – oder die Militärärzte der Union kümmerten sich ebenso schnell und effizient um ihre Verwundeten wie die Rebellen.

Unermüdlich arbeitete Tia – nicht nur, um das Grauen des Krieges zu verkraften, sondern auch, um ihre Gedanken von Taylor abzulenken. Sie wollte sich nicht an seine Liebkosungen und Küsse erinnern, an die Art, wie er sie bei ihrer Eröffnung angesehen hatte, sie würde die Scheidung anstreben. Danach hatte sie ihn geschlagen und dann waren die Rebellen über ihn hergefallen. Bevor sie in den Wagen gestiegen war, hatte sie sekundenlang den Blick seiner goldbraunen Augen erwidert ... Nur wenn sie arbeitete, ließen sich jene Bilder aus ihrer Fantasie verbannen.

Und es gab genug zu tun. Nach der Schlacht bei Cold Harbor hofften die Konföderierten, Grant würde entscheiden, nun wäre genug Blut geflossen, und den Rückzug antreten. Doch er dachte gar nicht daran.

Lee nahm an, der Feind würde geradewegs auf Richmond zumarschieren. Stattdessen führte Grant seine Truppen nach Petersburg, das er offenbar für die Hintertür der Konföderationshauptstadt hielt.

Während Tia ihrem Vetter und seiner Frau tagsüber im Lazarett half, verbrachte sie die Nächte in Marys schönem altem Heim.

Am 20. Juni erschien ein Bote und erklärte, sie müssten das Haus verlassen, das möglicherweise auf dem Weg des Unionsheeres lag. Zu diesem Zeitpunkt arbeitete Tia in der lutherischen Kirche im Stadtzentrum, die man in ein provisorisches Hospital umfunktioniert hatte. Als Tia am späten Nachmittag heimkam, hatten Brent und Mary bereits alle Sachen gepackt.

»Beeil dich, Tia!«, befahl ihr Vetter. »Draußen im neuen Lazarett warten Verwundete.« Hastig warf er die letzte Tasche mit Medikamenten und Bandagen in den größeren der beiden Wagen, die er aus dem Stall geholt hatte.

»Warte nicht auf mich. Fahr mit Mary voraus. Ich komme euch so schnell wie möglich nach.«

»Ausgeschlossen, ich lasse dich nicht allein zurück. Hier ist niemand mehr …«

»Höchstens Deserteure und Yankee-Scouts«, ergänzte Mary.

»Ich packe nur rasch ein paar Sachen, dann folge ich euch«, versprach Tia. »Mit dem kleineren Wagen komme ich sehr gut zurecht.«

Unschlüssig schaute Brent nach allen Seiten. Die herrliche Wohngegend hatte sich in eine Geisterstadt verwandelt. Durch die Straße wirbelten Staubwolken. Längst waren die Nachbarn vor dem Feind geflohen. Wie seelenlose Augen starrten die Fenster der leer stehenden Häuser herab.

»Bitte, Brent, fahr los!«, flehte Tia, küsste seine Wange und umarmte Mary.

»Also gut. Aber bleib hier. Ich schicke dir einen Soldaten, der dich zu uns bringen wird.«

»Einverstanden, ich werde im Haus auf ihn warten«, versprach Tia.

Plötzlich sprengte ein Reiter die Straße herab. »Sir, ein General wurde verwundet!«, meldete er und salutierte vor Brent. »Er lässt Sie bitten, ihn zu behandeln.«

»Natürlich, ich fahre sofort zu ihm. Warten Sie auf

meine Kusine, bis sie ihre Sachen gepackt hat. Wenn sie zum Lazarett fährt, reiten Sie neben ihrem Wagen.«

»Aye, Sir«, antwortete der Soldat und schwang sich aus dem Sattel.

Als der größere Wagen davonfuhr, winkte Tia ihrem Vetter und Mary nach. Sie dankte dem Rebellen, der sie eskortieren würde, und öffnete die Pforte im weiß gestrichenen Pfahlzaun. In der Zufahrt stand der leichte Einspänner mit dem besten Pferd, das noch verfügbar war, einer zähen kleinen Stute. »Nur ein paar Minuten, Suzie, dann verschwinden wir.«

Wäre ich nur früher aus dem Hospital zurückgekommen, dachte sie und erschauerte. Beinahe gewann sie den Eindruck, sie würde sich tatsächlich in einer Geisterstadt befinden – bevölkert mit toten Soldaten, die durch die Straßen irrten und sich fragten, welches Leben sie wohl ohne den Krieg geführt hätten.

Zum Glück hatte Brent ihr eine Eskorte verschafft. Sie rannte in ihr Zimmer und betrachtete wehmütig den hübschen Wandschirm vor dem Waschtisch, die Sitzbadewanne, das bequeme weiche Bett. Auf diesen Luxus würde sie jetzt verzichten müssen – eine Oase der Ruhe, heiße Bäder, saubere Kleidung, duftende Rosenseife, fern vom Geruch der Schlachten und des Todes … Sie stellte ihre Reisetasche aus Brokat auf das Bett und sah sich um. Was brauchte sie besonders dringend? Natürlich die Seife, Kerzen, Streichhölzer, saubere Unterwäsche, frisch gewaschene Blusen – von Marys Personal bereitgelegt, das mittlerweile verschwunden war.

Während sie Strümpfe zusammenlegte, hielt sie inne. Plötzlich glaubte sie, jemand würde sie beobachten. Sie wandte sich zur Tür – und erstarrte. Lässig nahm Taylor seinen Hut ab, schlenderte ins Zimmer, ergriff die halb leere Brandykaraffe, die auf einem Beistelltisch stand, und füllte ein Glas. Dann trat er vor den Kamin. »Hallo, Mrs. Douglas! Reist du ab?«

Statt zu antworten, stellte sie eine Gegenfrage. »Was machst du hier? Du warst auf der Farm, als Kriegsgefangener.«

»Mittlerweile kam es mir so vor, als hätte ich die Gastfreundschaft der Rebellen überstrapaziert. Ich sollte nach Andersonville gebracht werden, in ein Gefängnis von äußerst schlechtem Ruf. Da wollte ich nicht hin. Übrigens, der Gefangenenaustausch, den Brent mir versprochen hatte, fand nicht statt.«

»Bist du aus dem Farmhaus geflohen?«

»Nein, wir waren schon auf dem Weg nach Andersonville. Ian und Jesse Halston – Sydneys Ehemann – wollten mich retten. Aber ich hatte mich schon befreit, bevor wir uns trafen. Kurz danach fand ich endlich eine Gelegenheit, Jesse über die Dummheiten seiner Gemahlin zu informieren.«

»Wie nett!«, fauchte sie.

Was war mit dem Rebellen geschehen, der bei der Gartenpforte auf sie wartete? Beobachtete er das Haus? Würde er Taylor wieder gefangen nehmen?

»Ich habe dich vermisst, Tia.«

»Nun ja ...« Verwirrt unterbrach sie sich, als sie merkte, wie heiser und schwach ihre Stimme klang. »Gerade wollte ich abreisen.«

»Aber jetzt bleibst du hier«, erklärte er kategorisch.

»Nein ...« Unbehaglich fuhr sie sich mit ihrer Zunge über die Lippen. »Glaub mir, als wir uns auf der Farm trafen, wollte ich nicht unhöflich sein – und dir nur vor Augen führen, dass ich nicht die Frau bin, die du dir wünschst ...«

»Seltsam – im Moment bist du genau die Frau, die ich begehre. Komm zu mir!«, befahl er und stellte das leere Brandyglas auf den Kaminsims.

»Bitte ...« Ihr Puls schlug viel zu schnell. Allein schon Taylors Blick ... Sie schloss die Augen und biss die Zähne zusammen. Fürchtete sie sich vor ihm? Was er plante, wusste sie. Ob sie dazu bereit war oder nicht, schien ihn kein bisschen zu interessieren. Sie hatte ihn geohrfeigt und im Stich gelassen – durch ihre Schuld war er von einem Feind mit der Waffe bedroht worden. Und trotzdem …

Nein, sie fürchtete ihn nicht – nur ihre eigenen Gefühle, die Sehnsucht, die erwachte, wenn sie seine Hände betrachtete, die stürmische Leidenschaft, die sie in seiner Nähe stets überwältigte …

»Hast du mir auf der Farm nicht zugehört, Taylor? Ich will keine Kinder. Zu viele musste ich sterben sehen und ich möchte nicht durchmachen, was die armen Eltern erleiden mussten …«

»Halt den Mund, Tia!« Er ging zu ihr, packte ihre Schultern und schüttelte sie. »Wir alle müssen unser Schicksal hinnehmen. Soll ich dir versichern, dein Kind würde nicht sterben? Und nach dem Krieg würde dir nie mehr eine Tragödie drohen? Solche Garantien gibt es nicht, meine Liebe. Ich will verdammt sein, wenn ich dir gestatte, immer wieder dein Leben zu riskieren – und dich plötzlich in einen Feigling zu verwandeln.«

Mit aller Kraft riss sie sich los. »Unsere Ehe war ein Fehler – das Ergebnis eines dummen Missgeschicks … Deshalb gebe ich dich frei.«

»Aber ich gebe *dich* nicht frei!«, stieß er erbost hervor.

Sie wandte sich ab und versuchte, auf die andere Seite des Betts zu flüchten. Aber er umklammerte ihren Arm, zerrte sie zurück und sie fiel auf die Matratze. In der nächsten Sekunde kniete er über ihr und warf die Reisetasche zu Boden. »Willst du mich wieder schlagen? Rufst du die Rebellen?«

Wortlos starrte sie ihn an.

»So sehr ich es auch bedaure«, fuhr er lächelnd fort, »deine Eskorte wird dir nicht beistehen.«

»Was hast du mit dem armen Soldaten gemacht?«

»Er lebt, aber er wird dich nirgendwo hinbringen. Also wäre jeder Hilferuf sinnlos.«

»Taylor, ich …«

»Was?«, fragte er und neigte sich zu ihr herab.

»Ich – ich liebe dich nicht ...« Noch während sie die Worte aussprach, wurde ihr die Lüge bewusst. Von Anfang an hatte sie ihn geliebt. In ihrem ganzen Bekanntenkreis konnte sich kein Mann mit ihm messen. Seine Stimme und seine Augen hypnotisierten sie. Und wann immer er sie berührte, erwachte ihr Verlangen. Gewiss, er war ihr Feind – aber er kämpfte für seine Überzeugung und er würde sich niemals geschlagen geben. O ja, sie begehrte ihn – und sie fürchtete den Kummer, den ihre Liebe heraufbeschwören würde ...

»Dann sind wir quitt«, erwiderte er leise. »Denn ich liebe dich auch nicht. Aber verdammt noch mal, du bist meine Frau und ich will dich haben!«

So einfach war das. Unbeirrt beugte er sich noch tiefer herab und küsste sie. Seine Zunge zwang ihre Lippen, sich zu öffnen, und erforschte begierig ihren Mund. Wieder einmal wehrte sie sich vergeblich gegen die Macht der Gefühle, die er in ihr entfachte, die ihren ganzen Körper erhitzte. Das Licht des rosig schimmernden Sonnenuntergangs ging ins Dunkel der Nacht über. Schließlich warf ein bleicher Mond schwarze Schatten.

Immer wieder küsste Taylor die Lippen seiner Frau, den Puls in ihrem Hals, streichelte ihre Wangen, ihr Haar. Mit flinken Fingern öffnete er die Knöpfe am Oberteil ihres Kleids. In seiner Hast riss er einen winzigen Elfenbeinknopf ab.

Bald danach landeten ihre Schuhe neben dem Bett, die Unterwäsche und die Strümpfe – kostbare Strümpfe – wurden fast zerrissen.

Doch statt Taylor wegzustoßen, zerrte Tia genauso ungeduldig an *seiner* Kleidung. Sein Hemd glitt von seinen Schultern und ihre Hände berührten nacktes Fleisch, während er ihre Brüste küsste. An ihrem Bauch spürte sie das pulsierende Fieber seines Verlangens und seine Zunge, die mit der Knospe einer schwellenden Brust spielte, entlockte Tia ein atemloses Stöhnen. Als sie ihre bebenden Finger in sein Haar schlang, schob er ihre Beine auseinander. Sein Mund wanderte über ihre Hüften, die Schenkel und dazwischen, fordernd und erregend – eine gnadenlose Verführung.

Erst jetzt merkte sie, dass sie keinen Widerstand mehr leistete. Im Gegenteil, sie sehnte diese süßen erotischen Liebkosungen herbei – alles, was er ihr mit flüsternden Lippen und heißer Zunge zu schenken vermochte. Und dann – die Kraft seines Körpers, der mit ihrem verschmolz ... Ein Gefühl der Vollkommenheit ... Jetzt war sie ein Teil von ihm, stieg mit ihm empor – nein, sie *schwebte* zu den Sternen der samtigen Nacht hinauf. Seine goldbraunen Panteraugen hielten sie ebenso unwiderstehlich fest wie die wechselnden Rhythmen des Liebesakts. Mühelos erzwang er ihre bedingungslose Kapitulation. Diesen Krieg würde sie niemals gewinnen.

Seit der ersten Begegnung kämpfte sie auf verlorenem Posten. Und jetzt erkannte sie plötzlich, dass sie den Sieg gar nicht angestrebt hatte. Immer wieder riss Taylor alle ihre Verteidigungsbastionen nieder und sie akzeptierte nicht nur seine überlegene Stärke, sondern auch ihre eigene Schwäche.

Ja, sie liebte ihn – egal was sie behauptet hatte ...

Mit jeder drängenden Bewegung in ihrem Schoß nahm er ihr den Atem, betörte sie aufs Neue, entführte sie in ein samtig-dunkles Reich, wo die grausame Realität der Welt nicht mehr existierte. Und dann explodierte in der Finsternis ein blendend weißes Licht. Tia schloss die Augen, erschüttert von der süßen Erlösung, der brennenden Ekstase. Sie spürte Taylors Zittern, den heißen Strom seines Höhepunkts. Eng umschlungen genossen sie das Glück gemeinsamer Freuden, bevor sie langsam in die Wirklichkeit zurückkehrten, auf die Erde, ins zerwühlte Bett.

Tia lag schweigend neben ihrem Mann. Von einem

qualvollen Schmerz erfüllt, schlug ihr Herz wie rasend. Es war beängstigend, ihn so sehr zu begehren, so sehr zu lieben – obwohl sie wusste, wer und was er war und wie wenig sie ihm bedeutete. Im verzweifelten Kampf um ihre Heimat hatte sie eine klare Stellung bezogen, aus einer tiefen Überzeugung heraus. Und Taylor war immer wieder aufgetaucht, um diese fest gefügte Welt zu erschüttern. Auch an diesem Tag. Es war so einfach gewesen, die Verwundeten zu betreuen, in ihrer Arbeit aufzugehen und sich vorzustellen, er würde weit entfernt in einem Kriegsgefangenenlager sitzen und sie könnte die Scheidung mühelos in die Wege leiten …

»Was jetzt?«, fragte sie leise. »Du hast deine Frau am Hals, eine Rebellin, die du nicht liebst, die – dich nicht liebt und dir nur Schwierigkeiten bereitet. Was jetzt?«, wiederholte sie herausfordernd. Nun kämpfte sie auch noch mit den Tränen. Wie lächerlich … Sie musste sich zusammenreißen, ihre inneren Kräfte aufbieten …

»Vielleicht sollte ich dankbar sein, weil du mich nicht liebst, Tia. Möge der Himmel dem Mann helfen, den du liebst! Wahrscheinlich würde er in der Glut deiner Leidenschaft vergehen und sterben.«

»Taylor …«, begann sie ärgerlich und richtete sich auf.

Aber er umschlang sie mit einem muskulösen Arm und zog sie wieder zu sich hinab. »Was empfindest du? Wenn ich mich recht entsinne, *hasst* du mich nicht. Das sagtest du in einem Atemzug mit deinem Versprechen, in St. Augustine zu bleiben.«

Bestürzt hörte sie, wie ihre Stimme zitterte. »Meine Schwägerin bat mich, nach Richmond zu fahren – und ich versuchte, ein Kind zu retten. Das verstehst du wohl nicht …«

»Doch, ich verstehe es.«

»Da war ein kleines Mädchen in St. Augustine, ein Unfall …«

»Und weil es starb, möchtest du keine Kinder bekommen.«

»Genau«, bestätigte sie. »Also – was jetzt?«

»Vorerst lasse ich dich nicht mehr aus den Augen.«

»Muss ich bei dir bleiben?«

»Hier bin ich nicht so einflussreich wie in Florida. Trotzdem nehme ich einen ziemlich hohen Rang ein.«

»Was bedeutet das?«

»Ich werde mich stets in deiner Nähe aufhalten.« Langsam wanderten seine Finger über ihre nackten Schultern. »Du willst also keine Kinder in die Welt setzen, weil sie womöglich sterben würden. Und du liebst mich nicht. Aber ich darf mich immerhin glücklich schätzen, weil du mich nicht hasst. Wen könnest du lieben? Unseren alten Freund von der fabelhaften Florida-Miliz, Colonel Weir? Würdest du ihm Kinder schenken?«

»Weir …«, murmelte sie. Seit Monaten hatte sie nicht an den Mann gedacht.

»Ja, ich meine den guten Rebellen Raymond Weir. Falls du ihn liebst, bist du eine Närrin.«

»Tatsächlich?«

Taylor wickelte eine ihrer Haarsträhnen um seinen Finger. »Allerdings. Ein Typ wie Colonel Weir bewundert Godiva. Er würde sie auch nur zu gern in sein Bett holen – aber niemals heiraten.«

»Jedes Mal, wenn wir uns treffen, macht er mir einen Heiratsantrag«, betonte sie.

»Weil er nicht weiß, dass du Godiva bist. Dieser Südstaaten-Gentleman würde neben seiner Gemahlin auch eine Geliebte beglücken – vorzugsweise eine wilde, lasterhafte Frau, die seine erotische Fantasie anregt. Aber seine Ehefrau müsste natürlich ein wahrer Ausbund an würdevoller Tugend sein. Vielleicht würde er dir sogar erlauben, im Bett voluminöse Nachthemden zu tragen. Unentwegt würde er dir vorschreiben, was du tun darfst …«

»Ah! Und *du* tust das nicht?«

»Glaubst du, er würde dich heiraten und dir dann noch erlauben, weiterhin für Julian zu arbeiten? Wohl kaum.«

»Wie ich mich entsinne, hast auch du mir nicht erlaubt, für Julian zu arbeiten.«

»In letzter Zeit warst du für *Brent* tätig. Im Grund ist nichts dagegen einzuwenden. Ob du verwundete Rebellen oder Yankees betreust, kümmert mich nicht. Was mich stört, ist dein bodenloser Leichtsinn. Tag für Tag setzt du dein Leben aufs Spiel.«

Ein kalter Schauer rann über Tias Rücken. Beinahe hätte sie im brennenden Wald den Tod gefunden. Dieser Gedanke erschütterte sie immer noch. Offenbar glaubte Taylor, sie würde frieren, denn er zog sie noch fester an sich, um sie vor der kühlen Nachtluft zu schützen.

»Du hast meine Frage nicht beantwortet, Tia.« Deutlich spürte sie seine innere Anspannung. »Wenn du mit deinem Rebellen-Beau verheiratet wärst, würdest du ihm Kinder schenken?«

»Da ich Ray nicht geheiratet habe, ist dieses Gespräch überflüssig.«

»Würdest du ihm Kinder gebären?«

»Ich sagte doch – ich will *überhaupt* keine Kinder!«, stieß sie zwischen zusammengebissenen Zähnen hervor.

Abrupt schob er sie von sich und stand auf. Zu ihrer Verblüffung fror sie plötzlich und es kam ihr so vor, als hätte sie viel mehr verloren als Taylors warmen Körper an ihrer Seite. Beinahe wäre sie in Tränen ausgebrochen.

»Wahrscheinlich verstehst du mich nicht, Taylor ...«, begann sie zögernd. »Aber unsere Ehe ist einfach unmöglich ...«

»Oh, ich verstehe sehr gut, was du meinst.«

Jetzt fröstelte sie noch erbärmlicher. Aber sie musste

zu Ende bringen, was sie begonnen hatte. »Also bist du einverstanden …«

»Zieh dich an!«

»Natürlich. Sofort.«

Als sie aus dem Bett sprang, umklammerte er ihren Arm. »Mit gar nichts bin ich einverstanden. In ein paar Minuten erwarte ich deinen Bruder und Jesse. Nur deshalb sollst du dich anziehen.«

Wortlos befreite sie sich von seinem Griff, kleidete sich an und stellte die Reisetasche, die er so rüde zu Boden geworfen hatte, wieder auf das Bett.

»Wie gut, dass du deine Sachen schon gepackt hast«, meinte er und trat ans Fenster.

Offensichtlich hatte er die Hufschläge, die sie erst jetzt wahrnahm, schon längst bemerkt. Er verließ das Zimmer und wenig später hörte sie, wie er ihren Bruder begrüßte. Hastig ließ sie die Bluse fallen, die sie gerade zusammengefaltet hatte, und stürmte aus dem Haus. »Ian!«, rief sie. Sobald er vom Pferd gestiegen war, rannte sie zu ihm und sank an seine Brust.

»Tia!« Er umarmte sie heftig. Dann rückte sie ein wenig von ihm ab und musterte ihn aufmerksam.

»Alles in Ordnung? Bist du unverletzt?«

»Kein einziger Kratzer«, versicherte er. Jetzt entdeckte sie den Reiter, der ihm gefolgt war, einen hoch gewachsenen Kavalleristen mit dunklem Haar und freundlichen braunen Augen, schneidig und attraktiv. »Tia, das ist Jesse Halston, Sydneys …«

»Ihr Ehemann, das weiß ich«, unterbrach sie ihn und streckte ihre Hand aus. »Freut mich, dich kennen zu lernen, Jesse.«

Mit einem liebenswerten Lächeln schüttelte er ihr die Hand und spontan wusste sie, warum sich Sydney in diesen Feind verliebt hatte. »Ich habe schon so viel von dir gehört, Tia. Wie geht es dir?«

»Da bin ich mir nicht so sicher. Diese Frage solltest du Taylor stellen.«

»Leider schließt sie sich unserem Yankee-Trupp nur widerwillig an«, erklärte Taylor.

Jesse hob die Brauen. »Nun, vielleicht wirst du dich beruhigen, Tia, wenn ich dir verrate, dass wir hier bleiben.«

»Was?«, fragte Taylor in scharfem Ton.

»Wir haben uns bereits bei General Magee zurückgemeldet und erfahren, dass die Union weiter vorrückt. Also eignet sich dieses Haus genauso gut zum Offiziersquartier wie jedes andere.«

»Aber hier wohnt Mary«, protestierte Tia.

»Natürlich werden wir gut auf Marys Heim achten«, versprach Ian seiner Schwester. »Gibt's noch was zu essen? Oder hat dein Vetter alles eingepackt? Wahrscheinlich. So, wie ich Brent kenne, wird er nichts verschwenden. Soeben haben wir unsere Rationen mit anderen Soldaten geteilt und es wäre wundervoll, was Warmes zu essen.«

»Leider weiß ich nicht, was noch da ist«, erwiderte sie und lächelte ihren Mann honigsüß an. »Als Taylor hier ankam, wollte ich gerade aufbrechen.«

»Welch ein Glück, dass er rechtzeitig da war!«, rief Ian.

»Schauen wir uns mal in der Küche um«, schlug Jesse vor.

Beim Anblick seines gewinnenden Lächelns dachte Tia: Sicher ist Sydney sehr glücklich mit ihm. Darüber freute sie sich, denn sie liebte ihre fast gleichaltrige Kusine, und sie waren zeit ihres Lebens die besten Freundinnen gewesen. »Wie geht es Sydney?« fragte sie.

»Gut!« Zu Tias Verblüffung gab ihr Taylor diese knappe Antwort. Zu Jesse gewandt, fügte er hinzu: »Hinter dem Haus findest du den Stall. Jetzt können wir auch Tias Stute ausspannen. Übrigens, hat der Rebellen-Captain, den ich aus dem Feuer holte, Wort gehalten und auf mein Pferd aufgepasst?«

»Inzwischen hat Magee deinen Friar in seine Obhut genommen«, erwiderte Jesse. »Also ist dein Rebell ein ehrenwerter Mann. Ich bringe die Pferde in den Stall.«

»Eigentlich sollte ich mich noch heute Abend bei Magee melden«, meinte Taylor.

»Er erwartet dich erst morgen früh«, erklärte Ian. »Dann wirst du deine neue Order erhalten.«

»Gut. Tia ist schon unglücklich genug in der Gesellschaft von Unionssoldaten. Also wollen wir ihr nicht länger als nötig zur Last fallen.« Taylors Lächeln jagte einen Schauer über Tias Rücken.

Eine Stunde später genossen sie eine schmackhafte, unter diesen Umständen sogar ausgezeichnete Mahlzeit. Jesse hatte im Räucherhaus einen Schinken gefunden. In der Speisekammer standen noch ein paar Obstkonserven. Vom Vortag war etwas Brot übrig geblieben und Tia hatte im kleinen Gemüsegarten Löwenzahn geerntet. Obwohl sie aus einem reichen Haus stammte, konnte sie sehr gut kochen. Offenbar hat Jarrett McKenzie seine Kinder so erzogen, dass sie sich in allen Situationen zurechtfinden, dachte Taylor.

Wenn Tia in Gesellschaft der Yankees auch nicht glücklich war – sie liebte ihren Bruder und sie mochte Jesse auf Anhieb. Im Gegensatz zu ihr hatte Ian in den letzten Wochen Briefe von der Familie bekommen und sie konnte es kaum erwarten, die Neuigkeiten zu hören. Als Taylor ihre Augen strahlen sah, während sie mit ihrem Bruder über die Familie sprach, fühlte er sich wie ein unbefugter Eindringling. Nach einer Weile ging er auf die Veranda und rauchte eine Zigarre, die er in einer Schreibtischschublade gefunden hatte, im Büro von Marys verstorbenem Vater.

Also wollte sie sich scheiden lassen! Verdammt!

Aber was sollte er tun? Er konnte sie nur ins Gefängnis bringen, wenn er ihr Geheimnis verriet. Und das widerstrebte ihm. Sie würde ihm auch nicht versprechen, irgendwo auszuharren und auf ihn zu warten.

Hinter ihm schwang die Tür auf und Ian trat an seine Seite. »Hast du jemals eine so ruhige Nacht erlebt?«

»Das wird sich morgen ändern.«

»Allerdings. Unsere Soldaten werden jedes Haus in dieser Stadt besetzen. Für lange Zeit. Vermutlich werden wir Richmond eine ganze Weile belagern müssen. Grant wird Petersburg erst verlassen, wenn die Stadt kapituliert hat, ohne Rücksicht auf Verluste.«

»Was gibt's sonst noch Neues?«

»Sherman marschiert durch Georgia und verwüstet alles, was ihm vor die Augen kommt. Vielleicht können wir Petersburg ohne Belagerung erobern. Aber der alte Beauregard wirft Meade ständig wieder zurück.«

»Und daheim?«

»Ein paar Scharmützel und Bombardements von der Navy. Und einige Babys im Herbst. Alaina und Risa sind in anderen Umständen.«

»Also hat's Jerome geschafft, Weihnachten daheim zu verbringen.« Grinsend zog Taylor an seiner Zigarre. Aber sein Lächeln erreichte die Augen nicht. Würde sich sein Wunsch, ein Kind zu zeugen, jemals erfüllen? »Also wirst du zum dritten Mal Vater«, murmelte er beiläufig.

»Und Jerome zum zweiten Mal. Das hat die Frau meines Bruders prophezeit ...«

»Die zu viel sieht und doch nicht genug«, ergänzte Taylor.

»Immerhin sieht sie das Ende des Kriegs, doch sie meint, das würde nicht viel bedeuten. Bevor die Rebellen am Boden zerstört sind, werden sie ihr nicht glauben. Nicht einmal Julian hört auf seine Frau.«

»Vielleicht doch. Was kann er schon tun? Soll er den Dienst quittieren? So etwas würde sich ein gewissenhafter Militärarzt niemals erlauben.«

»Nun, manche Menschen ändern sich. So wie zum Beispiel Sydney.«

»Sie behauptet, sie sei die Gleiche geblieben.«

»Stimmt das?«

Seufzend zuckte Taylor die Achseln und trat seine Zigarre aus. »Nein. Sie ist einer bemerkenswerten Farbigen begegnet, die ihr geholfen hat, die Sklaverei mit anderen Augen zu betrachten – obwohl Sydney dieses Thema nach wie vor nicht als Hauptursache des Kriegs akzeptiert.«

»Lincoln hat gekämpft, um die Union zu erhalten, und nicht, um die Sklaven zu befreien«, erinnerte ihn Ian. »Mag er auch ein guter Mensch sein – er ist ein Politiker. Und er nutzt die Emancipation Proclamation* im politischen Sinn.«

»Jedenfalls verabscheut er die Sklaverei.«

»Gewiss, aber …«

»Was?«

»Dein Vater war von jeher gegen die Sklaverei. Warum erkennt deine Schwester nicht, dass die Südstaaten ein grausames Unrecht verteidigen?«

»Natürlich begreift sie das. Aber mittlerweile hat sie zu lange und zu hart gekämpft, um ihren Irrtum einzugestehen.«

»Nun, dann muss ich mich auf weitere Schlachten gefasst machen. Es war ein langer Tag. Gute Nacht, Ian.«

»Gute Nacht, Taylor. Gehen wir nicht zu hart mit dem Süden ins Gericht. Diesen Krieg gewinnen wir so oder so.«

Im Haus herrschte tiefe Stille. Offenbar lag Jesse bereits in einem der Gästebetten. Tia hatte im Esszimmer aufgeräumt und die Küche sauber gemacht. Dann war sie ebenfalls nach oben gegangen.

---

* Emanzipationserklärung. Gesetz zur Sklavenbefreiung. Trat am 1.1.1863 in Kraft.

Müde stieg Taylor die Treppe hinauf. Was würde der nächste Tag bringen?

Auf leisen Sohlen betrat er Tias Schlafzimmer und schloss die Tür hinter sich. Im nächtlichen Schatten sah er die Umrisse ihrer Gestalt auf dem Bett. Langsam ging er zu ihr. Sie hatte sich zur Seite gedreht, ein Mondstrahl fiel auf ihre Schulter. Anscheinend wollte sie sich schlafend stellen. Der Puls in ihrem Hals verriet das Täuschungsmanöver.

Fast lautlos zog er sich aus, kroch unter die Decke und umarmte seine Frau.

Da wandte sie sich zum ihm. »Taylor, ich ...«

»Was du willst, ist mir völlig egal.«

Sie protestierte nicht. Wenige Minuten später erfüllte sie alle seine Wünsche, ließ sich verführen und verführte ihn. Mit gleicher Glut erwiderte sie seine leidenschaftlichen Liebkosungen. Danach lag sie neben ihm, zufrieden und erschöpft. Er hielt sie im Arm, dankbar für die Nacht an ihrer Seite – für das Glück, ihren Atem zu hören, ihre Herzschläge zu spüren ...

Irgendwann erwachte er, wie immer, wenn das leiseste Geräusch in seinen Schlaf drang. Angespannt lauschte er. Nichts. Die Nacht war still, die Brise kaum zu vernehmen.

Und dann erkannte er, was ihn geweckt hatte. Tia lag nach wie vor in seinem Arm. Aber sie weinte. So leise wie nur möglich.

23

Als Tia am nächsten Morgen aufstand, hatten Taylor und Jesse das Haus bereits verlassen.

Plötzlich erwachte die Geisterstadt zu neuem Leben, von Unionssoldaten, einigen ihrer Ehefrauen und Dienstboten bevölkert. Auf dem Feld gegenüber von

Marys Haus wurden Zelte errichtet, in die lautstarken Befehle der Truppenkommandanten mischten sich Trompetenklänge, Hufschläge und das Klirren von Pferdegeschirr.

Vorerst blieb Ian im Haus und nahm Depeschen entgegen. Auch er würde bald aufbrechen. Wie er Tia beim Frühstück mitteilte, hielt ein gewisser Private Shelby auf der Veranda Wache. Inzwischen war das Haus Taylor, Jesse und ihm selbst offiziell zugewiesen worden. Eine Frau namens Molly führte den Haushalt, von dem Diener Horace unterstützt.

Auf der anderen Straßenseite bezog General Magee sein Hauptquartier. Dafür wählte er ein großes Haus im Kolonialstil. Offensichtlich richtete sich die Union auf eine lange Belagerung von Petersburg ein, vor den Toren der Hauptstadt.

»Wo ist Taylor?«, fragte Tia ihren Bruder.

»Unterwegs«, lautete die knappe Antwort. Da sie eine Rebellin war, würde er ihr nicht mehr verraten. Nur der Himmel wusste, was sie im Schilde führen mochte.

Weder am nächsten noch am übernächsten Tag kehrte Taylor zurück.

Wann immer Tia das Haus verließ, blieb ihr Shelby auf den Fersen. Beinahe hätte sie Ian erklärt, der junge Bursche könnte sie wohl kaum an der Flucht hindern, falls sie sich dazu entschließen würde. Aber sie fand es besser, den Mund zu halten.

Am fünften Tag nach Taylors Abreise ertrug sie den Müßiggang nicht mehr. In der lutherischen Kirche war erneut ein Lazarett eingerichtet worden. Dicht gefolgt von Shelby, ging Tia hin, um ihre Dienste anzubieten. Statt der Kirchenbänke standen Feldbetten zu beiden Seiten des Mittelgangs – teilweise mit Verwundeten belegt, die von zwei Frauen betreut wurden. Soeben trugen die Sanitäter Bahren mit neuen Patienten herein. Tia suchte die Seitenkapelle, wo der kommandierende

Arzt die Papiere seiner Untergebenen durchsah. Als sie an den beiden Yankee-Frauen vorbeieilte, begannen sie zu tuscheln.

Tia ignorierte sie und trat vor den Schreibtisch des Doktors. »Verzeihen Sie die Störung, Sir – ich bin eine erfahrene Krankenschwester und würde gern hier arbeiten.«

Der etwa 50-jährige grauhaarige Arzt hob den Kopf und musterte sie mit freundlichen, vertrauenerweckenden Augen. »Wie heißen Sie?«

»Tia McKenzie.«

»McKenzie-Douglas?« Lächelnd stand er auf, reichte ihr die Hand und stellte sich vor. »Reginald Flowers. Ich weiß, wer Sie sind. Natürlich finde ich Sie viel schöner als Ihre Brüder. Aber die Ähnlichkeit ist unübersehbar.«

»Also kennen Sie meine Brüder?«

»Nach Gettysburg habe ich mit Julian zusammengearbeitet. Ich wünschte, er wäre jetzt hier. Und Ian ist eine Legende bei unserer Kavallerie – ebenso wie Ihr Ehemann, Ma'am.«

»Gewiss«, murmelte sie und wandte sich zu den Frauen, die ihr zum Eingang der Kapelle gefolgt waren und sie misstrauisch musterten.

»Die beiden halten Sie wahrscheinlich für eine Rebellin, die unsere Verwundeten in dunkler Nacht vergiften wird«, meinte Dr. Flowers.

»Und was denken *Sie?*«, fragte Tia.

»Dass sie dumme alte Schachteln sind.« Verschwörerisch zwinkerte er ihr zu. »Warum kommen Sie erst jetzt?«

»Wie, bitte?«

»Vor ein paar Tagen war Colonel Douglas hier und erklärte, Sie würden zwar mit dem Süden sympathisieren, aber es sei Ihr wichtigstes Anliegen, den Verwundeten zu helfen – Yankees und Rebellen gleichermaßen. Da Sie Julians Schwester sind, zweifle ich nicht an

Ihren Fähigkeiten. Am besten fangen Sie mit den Verletzten an, die gerade eingeliefert wurden.«

Bereitwillig wusch und nähte sie Wunden und legte Verbände an. Noch am selben Tag avancierte sie zu Dr. Flowers Operationsassistentin. Um das Getuschel der beiden anderen Krankenschwestern kümmerte sie sich nicht. Einige Sanitäter kannten Rhiannon, die sie sehr bewunderten. Bald freundete sich Tia mit den Männern an und am Abend hatte sie fast vergessen, dass sie im Lazarett der Feinde arbeitete.

Im Morgengrauen des nächsten Tages kehrte sie zurück. Von da an arbeitete sie täglich zwölf Stunden. Da Private Shelby sie nicht aus den Augen lassen durfte, half er ihr im Lazarett, etwas unbeholfen, aber überaus eifrig – zu ihrer eigenen Überraschung ein weiterer Yankee, den sie mochte. In Marys Haus kam er nur selten. Obwohl er in einem Gästezimmer Platz gefunden hätte, schlief er auf der Veranda in einer Hängematte.

Auch General Magee zählte zu den Feinden. Aber weil er Risas Vater war, schickte Tia einen Boten zu ihm, mit einer Einladung zum Dinner, die er annahm. Als sie ihn kennen lernte, wusste sie, warum Risa eine so selbstbewusste, warmherzige, kluge junge Frau war. Ian, Jesse Halston und Tias Ehemann hatten unter Magee gedient.

Über Taylors Spezialaufträge in der Unionskavallerie sprach der General nicht viel und erwähnte nur, der Colonel sei ein beängstigend guter Scharfschütze. Viel ausführlicher berichtete er von Taylors großer Leidenschaft, der Architektur. »Er möchte Häuser bauen, die den Sommerwind einfangen, allen Stürmen trotzen und sich harmonisch in die Landschaft einfügen.«

»Vielleicht findet er irgendwann eine Gelegenheit dazu«, erwiderte Tia. Dann erzählte sie von Magees Enkel Jamie und dem Baby, das Risa erwartete.

»Solange in diesem Krieg Kinder geboren werden,

gibt es Hoffnung. Dem Himmel sei Dank für jeden neuen Erdenbürger.«

Darauf gab sie keine Antwort. Sonst hätte sie den General auf all die toten Kinder hinweisen müssen. Einige Tage später kehrte sie nach ihrer Schicht im Lazarett heim und fragte Ian erneut, wo Taylor sei. Zögernd blickte er vom Schreibtisch auf. »Er war er an der Front vor Petersburg. Dann beförderte er Depeschen zwischen Grant, Sheridan und Sherman.«

»Kommt er hierher zurück?«

»Ja.«

»Ist er in Gefahr?«

»Während eines Krieges ist jeder gefährdet, Tia. Gerade du als Krankenschwester müsstest das wissen. Jeden Tag siehst du Blut fließen.«

»Das stimmt«, gab sie zu.

»Trotzdem arbeitest du weiterhin für Dr. Flowers.«

»Bis ich heimkehren kann.«

»Ins Konföderationsgebiet? In Julians Lazarett?«

»Da gehöre ich hin.«

»Hast du dir noch nie überlegt, dass du eigentlich zu deinem Mann gehörst?«

»Aber er ist nicht hier, oder?«

»Bald wird er wieder bei dir sein. Tia, ich will stets nur dein Bestes, weil ich dich sehr liebe.«

»Und ich liebe dich, Ian«, erwiderte sie lächelnd, »obwohl du auf der falschen Seite stehst ... Jetzt musst du mich entschuldigen. Molly hat mir für heute Abend ein warmes Bad versprochen. Eine Wohltat nach dem langen Arbeitstag ...«

Fast eine Stunde lang saß sie in der Wanne. Trotz ihrer Erschöpfung fand sie danach keinen Schlaf. Gegen Mitternacht hörte sie, wie ihre Tür geöffnet wurde.

Im Mondlicht, das durch die dünnen Gardinen ins Zimmer schien, sah sie eine große Gestalt, die lautlos die Tür schloss. *Taylor*. Sofort pochte ihr Herz schneller und sie senkte rasch die Lider. Er kleidete sich aus, dann trat er ans Fenster und blickte eine Zeit lang in die Nacht.

Schließlich kroch er wortlos zu Tia ins Bett. Sie zwang sich, die Augen geschlossen zu halten. Aber er merkte genau, wenn sie sich schlafend stellte. »Was hast du gesagt, Mrs. Douglas? Ja, vielen Dank, ich lebe noch und es geht mir gut. Zumindest steckt nirgends eine Kugel in meinem Körper. Das müsste dich doch interessieren – nachdem du mich nicht gerade *hasst*.«

»Taylor, ich …«

»Schon gut.«

Verwirrt von den Tränen, die ihr seine sarkastischen Worte in die Augen trieben, wandte sie sich ab.

Doch er drehte sie sofort wieder zu sich herum. »Tut mir Leid, Tia.«

In dieser Nacht liebte er sie, als wäre seine Seele von einem Dämon besessen.

Wie üblich stand er am nächsten Morgen vor ihr auf. Doch sie traf ihn noch am Küchentisch an, wo er Kaffee trank. Über den Rand seiner Tasse hinweg starrte er sie an und sie glaubte, tiefe Abneigung in seinen Goldaugen zu lesen. Die Wimpern gesenkt, ging sie an ihm vorbei, nahm von Molly eine Tasse Kaffee entgegen und dankte ihr.

Obwohl ihr der Kaffee fast den Magen umdrehte, nippte sie mehrmals daran.

»Hast du im Lazarett schon ein paar heroische Rebellen gerettet?«, fragte Taylor.

»Nein.«

»Vielleicht wird's dir heute gelingen. Leb wohl, meine Liebe. Vielen Dank für das Frühstück, Molly!«, rief er der Dienerin zu, bevor er das Haus verließ.

»Taylor!« Zu ihrer eigenen Überraschung rannte Tia ihm nach. Er blieb auf dem Rasen stehen, drehte sich zu ihr um und hob fragend die Brauen. Vor der Gartenpforte wartete Friar. Guter alter Friar … Also hatte er seinen Wallach zurückbekommen. Zumindest das musste ihn freuen – wenn er schon in seiner Ehe so unglücklich war ...

An einem Verandapfosten lehnte Private Shelby und wartete auf Tia, um sie ins Lazarett zu begleiten. Sie wünschte ihm einen guten Morgen und zwang sich zu einem Lächeln. In diesem Moment konnte sie kein Publikum gebrauchen. »Bleibst du – lange weg, Taylor? Oder kommst du bald zurück?«

»Willst du denn, dass ich bald zurückkomme?«, fragte er höflich.

Als sie Shelbys neugierigen Blick spürte, stieg ihr das Blut ins Gesicht. »Natürlich.«

Taylor ging zu ihr und küsste ihre Wange. »Lügnerin!«, flüsterte er ihr ins Ohr. Ohne ihre Frage zu beantworten, ging er zu Friar, stieg auf und ritt davon.

Im Lazarett erfuhr sie, was ihn bedrückte. Soldaten, Ärzte, Patienten, Ehefrauen, Krankenschwestern – alle sprachen über die schrecklichen Ereignisse an der Front. Um die Konföderationslinien unbemerkt zu erreichen, hatten Unionsingenieure einen Tunnel gegraben. Schwarze Soldaten sollten hindurchgehen, wurden aber in letzter Minute zurückgepfiffen, weil die Generäle nicht den Eindruck erwecken wollten, sie würde ihre farbigen Soldaten opfern. Offenbar zündete der Sprengstoff nicht richtig. Die Ersatztruppe, nicht so gut für diese Aufgabe ausgebildet wie die Schwarzen, konnten dem Gegenangriff der Rebellen nicht standhalten. Und so war es zu einer Katastrophe gekommen. Einer der Verletzten erfuhr, dass Tia Colonel Douglas' Frau war, und erzählte ihr, was geschehen war. »Immer wieder betonte der Colonel, wenn die Männer im Tunnel gefangen wären, könnte es zu einer Katastrophe kommen. Aber jemand erwiderte, er sei nur ein Kavallerist, selbst wenn er Maschinenbau studiert habe, und er würde von einer solchen militärischen Aktion nichts verstehen. Da ärgerte sich Colonel

Douglas und entgegnete, wenn man sich nicht für seine Meinung interessiere, solle man ihn nicht nach Informationen fragen. Selbstverständlich war er wütend, weil man die Schwarzen, die für diese Aktion ausgebildet waren, in letzter Minute ersetzt hatte. Entsetzlich viele Männer wurden in Stücke gerissen … Trotz der Gefahr drang der Colonel kurz nach der Explosion in den Tunnel ein und versuchte, so viele Soldaten wie nur möglich zu retten. Später bat er, man möge ihn zu General Magee zurückschicken – als den Kavalleristen, der er nun einmal sei. Angeblich haben wir etwa viertausend Mann verloren. So etwas Schreckliches habe ich während des ganzen Krieges nicht erlebt, Ma'am. Und ich war von Anfang an bei der Potomac-Armee. Machen Sie sich auf einen schlimmen Anblick gefasst, wenn die Jungs aus Petersburg hierher gebracht werden …«

Mit dieser Warnung sollte er Recht behalten. Im Lauf des gesamten Tages trafen Schwerverletzte und Sterbende von der Belagerungsfront ein, darunter auch Rebellen. Fast alle hatten bei der Explosion Arme oder Beine eingebüßt.

Die ganze Nacht blieb Tia im Lazarett. Am nächsten Tag verlor sie fast die Besinnung, am übernächsten musste sie sich beinahe übergeben. Aber sie ignorierte ihre Erschöpfung. Am Abend befahl ihr Dr. Flowers energisch, nach Hause zu gehen.

Daheim erklärte ihr Molly, Colonel Douglas würde gerade ein Bad im Schlafzimmer nehmen. Tia ging nach oben, öffnete leise ihre Tür und sah ihn in der Wanne sitzen, einen Waschlappen über dem Gesicht. Zögernd und unsicher trat sie ein. »Ich habe gehört, wie viele Männer im Tunnel gestorben sind. Es ist schrecklich.«

Er entfernte den Waschlappen und schaute zu ihr auf. »Wie viele es waren, weiß ich nicht. Aber ich fürchte, auch ein paar Rebellen wurden in die Luft gesprengt. So ist das nun mal in einem Krieg. Wir bringen uns gegenseitig um. Und wer zuletzt übrig bleibt, hat gewonnen.«

Mühsam schluckte sie. »Du wolltest dich wahrscheinlich ausruhen. Verzeih mir, dass ich dich gestört habe.«

»Oh, du störst mich andauernd.«

Wortlos wandte sie sich ab und wollte das Zimmer verlassen. Doch da sprang er abrupt aus der Wanne, packte Tia, drehte sie herum und presste sie an seinen nackten, triefnassen Köper. »Gerade komme ich aus dem Lazarett …«, versuchte sie zu protestieren.

»Dann solltest du das Bad mit mir teilen«, brummte er und begann sie auszuziehen. Achtlos ließ er ihr Kleid, die Wäsche und die Schuhe zu Boden fallen, hob sie hoch und stieg wortlos mit ihr in die Wanne. Als sie sich setzten, stießen ihre Knie schmerzhaft gegeneinander und sie rapptelten sich mühsam wieder auf. Plötzlich musste Tia lachen.

»Da passen wir nicht hinein …«

»Offensichtlich nicht.« Er umfasste grienend ihr Kinn und küsste sie, dann strich er mit der Seife über ihre Schultern, die Brüste, zwischen die Schenkel. Wenig später wechselte die Seife in ihre Hand und sie wusch ihn andächtig von Kopf bis Fuß.

Die Seife glitt ihr aus den Fingern, fiel ins Wasser, und eine steile Fontäne spritzte hoch. Lachend tauchten sie abwechselnd unter, um den Schaum abzuspülen. Dann hob Taylor seine Frau aus der Wanne und sank mit ihr aufs Bett. Sekunden später drang er in sie ein und sie fragte sich, wie sie jemals ohne ihn gelebt hatte.

»Niemals hörst du mir zu«, flüsterte sie. »Ich sagte doch – ich will kein Baby …«

»Natürlich höre ich dir zu, aber ich bin anderer Meinung. Du bist meine Frau. Selbst wenn du lieber einen Rebellen geheiratet hättest.«

»O Taylor, ich wünschte, ich wäre daheim …«

»In Florida? Weit weg von mir?«

»Einfach nur daheim …«

Falls er noch etwas sagte, hörte sie nichts. Erschöpft schlief sie ein.

Mitten in der Nacht spürte sie seinen warmen Körper an ihrem Rücken, seine Hände, die ihre Brüste liebkosten, und er verschmolz wieder mit ihr. In den warmen Wellen ihrer Ekstase schimmerten helle Lichter in samtiger Schwärze. »Du musst mir verzeihen«, flüsterte er in ihr Ohr.

»Also gut, ich versuch's …«

Unvermittelt begann sie heftig zu zittern. Trotz der milden Sommerluft fror sie. Nur vage nahm sie wahr, dass Taylor sie in Decken wickelte und fest an sich drückte.

Kalt, kalt, kalt … So kalt.

Dann träumte sie. Sie stand am Ufer des Teichs von Cimarron. Im Sonnenlicht. Aber sie bebte vor Kälte. Jemand rief nach ihr – die Stimme drang vom Haus herab. Am anderen Ufer des Teichs entdeckte sie Taylor. So weit entfernt. Sie wollte zu ihm gehen. Doch sie fror so schrecklich und da war jemand im Haus, der nach ihr rief. Wenn sie hineinlief, könnte sie sich wärmen. Sie würde das Spiegelbild der Sonnenstrahlen auf dem Fluss sehen, den grünen Rasen, weiße Wölkchen am Himmel … »Wäre ich bloß zu Hause …«

»Pst, alles ist in Ordnung.« Plötzlich stand er neben ihr und umarmte sie. Darüber freute sie sich. Jetzt war sie dort, wo sie sein wollte. Sie versuchte sich an ihn zu klammern – und es gelang ihr nicht. Sie fiel hinab – in schwarze Finsternis.

Irgendwann flößte er ihr etwas ein – sie schmeckte bitteres Chinin. Verwundert öffnete sie die Augen. Was mochte geschehen sein? Sie trug ein Nachthemd und sie war nicht mehr allein mit Taylor. Neben dem Bett standen Ian und Dr. Flowers, der ihre Stirn berührte. »Hören Sie mich, Ma'am?«, fragte er in ernstem Ton.

»Ja«, würgte sie hervor. Ihre Kehle schmerzte und das Sprechen fiel ihr schwer.

»Trinken Sie noch etwas.«

Sie gehorchte, dann schloss sie wieder die Augen. Jetzt fror sie nicht mehr, aber sie fühlte sich todmüde.

»Sie haben sich im Lazarett angesteckt, Tia«, erklärte der Arzt. »Eine Fieberkrankheit. Aber ich glaube, das Schlimmste haben Sie überstanden. Jetzt brauchen Sie viel Ruhe und Schlaf. Verstehen Sie?«

Sie nickte. Wie aus weiter Ferne hörte sie die Männer sprechen. In Taylors Blick hatte sie einen seltsamen Ausdruck gesehen. »Taylor …«, flüsterte sie und er griff nach ihrer Hand.

Dann wurde sie wieder von tiefer Schwärze eingehüllt.

Als sie das nächste Mal erwachte, saß nur Ian neben ihrem Bett, und sie lächelte schwach. »Hallo.«

»Hallo, kleine Schwester. Wie geht's dir?«

»Etwas besser.«

Er neigte sich vor, berührte ihre Stirn und war offenbar zufrieden. Dann stand er auf und brachte ihr ein Glas Wasser.

Erst jetzt merkte sie, wie durstig sie war. »Danke.«

»Ich werde Molly sagen, dass du wach bist. Am besten fangen wir mit einer Tasse Tee an, dann bekommst du eine Suppe und eine Scheibe Toast.«

»Klingt verlockend. Ich bin halb verhungert.« Als er zur Tür ging, rief sie ihm nach: »Ian? Wo ist Taylor? Ich will nichts von irgendwelchen geheimen Aktivitäten der Union Army wissen – nur, wo er steckt.«

»Jesse wurde nach Washington zurückbeordert – und Taylor nach Georgia.«

»Georgia! Wann kommt er zurück?«

»Das weiß ich nicht. Aber er hat deine Heimreise arrangiert.«

»Was?«, flüsterte sie.

»Er hat mir erklärt, du wärst lieber in Florida. Sobald es dir besser geht, wird dir General Magee eine Eskorte zum nächsten sicheren Hafen zur Verfügung stellen. Dort kannst du an Bord eines Schiffs gehen und nach St. Augustine fahren. Ich will versuchen, dir zu folgen. Im September erwartet Alaina ihr Baby. Da wäre ich gern bei ihr.«

»Kommt er nicht zurück? Und ich soll einfach abreisen?«

»Willst du das nicht?«

»Doch«, erwiderte sie und wich dem prüfenden Blick ihres Bruders aus.

»Taylor blieb hier, bis er wusste, dass du außer Gefahr warst. Er sagte, sogar im Fieber hättest du unentwegt verkündet, du würdest am liebsten heimfahren.« Zögernd fügte er hinzu: »Er musste Sherman Depeschen überbringen. Und als du auf dem Weg der Besserung warst, konnte er nicht länger warten.«

»Natürlich, das verstehe ich. Aber – ich möchte hier bleiben, bis er zurückkommt.«

»Das kann sehr lange dauern. Sherman versuchte Atlanta einzunehmen. Ich dachte, du würdest gern nach Florida fahren.«

»Ja, sicher …« Bestürzt erkannte sie, wie schwer es ihr fiel, Taylor zu verlassen.

Nein, ich verlasse ihn nicht, dachte sie, *er ist längst abgereist …*

»In der Schreibtischschublade liegt ein Brief für dich.«

»Gibt's du ihn mir?«

Ian erfüllte ihr den Wunsch und reichte ihr ein zusammengefaltetes Blatt Papier. Dann ließ er sie allein, damit sie Taylors Nachricht ungestört lesen konnte. Es waren nicht die Worte, die sie erhofft hatte.

Tia, du hast mir erklärt, du wärst lieber in Florida. Unter den jetzigen Umständen halte ich das ebenfalls für die beste

Lösung. Ein Unionsschiff wird dich nach St. Augustine bringen. Sicher bist du bei deiner Familie gut aufgehoben. Pass auf dich auf – und bring dich nicht in Gefahr. Übrigens – das ist eine Drohung, meine Liebe. Taylor.

Sie wollte nicht weinen – das wäre zu albern. Die ganze Zeit hatte er sie gezwungen, bei ihm zu bleiben. Und nun war er verschwunden. Sein Brief enthielt eine Drohung. Interessierte es ihn überhaupt, was sie tat?

Was immer sie auch empfand, er blieb ihr Feind – ein erbitterter, unversöhnlicher Feind. Nun würde sie also nach Hause zurückkehren. Auf Cimarron würde sie die Kraft finden, ein neues Leben zu beginnen. Plötzlich brach sie in Tränen aus und gestand sich endlich ein, warum ihr das Herz so wehtat. Weil sie Taylor liebte.

Mitten in der Nacht flog die Haustür auf. Erschrocken fuhr Sydney aus dem Schlaf hoch. Was war geschehen? Stürmten die Rebellen die Stadt? Nein, sie hatte keinen einzigen Schuss gehört. Sie sprang aus dem Bett und rannte in den Salon. Vor dem Kamin, in dem ein schwaches Feuer brannte, stand Jesse in voller Uniform, den gefiederten Hut auf dem Kopf. Ihr Atem stockte. So lange hatte sie ihn nicht gesehen …

Wusste er, dass sie seinen Befehl missachtet, ihren Bewacher überlistet und Washington verlassen hatte? War er wütend oder …

Hatte er Taylor gesehen? »Jesse?«, flüsterte sie.

»Verdammt, Sydney!«, stieß er hervor und ging zu ihr. Im schwachen Feuerschein sah sie seine gerunzelte Stirn und wich zurück. »Sydney …« Zu ihrer Verblüffung nahm er sie ganz sanft in die Arme, als bestünde sie aus zerbrechlichem Porzellan. Zögernd strich sie durch sein braunes gewelltes Haar und er küsste sie zärtlich. »Sydney – du bist eine Yankee.«

»Nein!«

»Doch.« Jetzt schenkte er ihr das wunderbare Lächeln, in das sie sich damals verliebt hatte. »Du überquerst die Linien nur, um Sklaven nach Norden zu schmuggeln.«

»Hast du Taylor gesehen?«

»Ja.«

»Hat er dir erzählt, wie …«

»Meinst du, ob er Einzelheiten erwähnt hat? Nein. Schau nicht so erleichtert drein! *Du* wirst mir alles sagen. Danach werde ich dich natürlich erwürgen, du kleine Närrin. Was du treibst, ist viel zu gefährlich und …«

»Jesse?«

»Was?«

»Ich liebe dich.«

»O Gott!« Als er sie hochhob und ins Schlafzimmer trug, presste sie das Gesicht an seinen Hals. »Sydney, ich liebe dich, ich liebe dich, ich liebe dich …«

Viele Stunden später versicherte er erneut, er würde sie erwürgen. Das interessierte sie allerdings inzwischen kein bisschen mehr.

24

Tias Vater freute sich über ihre Ehe. Natürlich, sagte sie sich, weil er im Grunde seines Herzens ein Yankee ist … Doch sie wusste, dass noch mehr dahinter steckte. Er mochte und respektierte Taylor. Obwohl ihre Mutter bedauerte, dass sie keine grandiose Hochzeit gefeiert hatten, dachte sie pragmatisch. In Kriegszeiten musste man froh sein, wenn man am Leben blieb. Das fand sie am allerwichtigsten.

Weder der Vater noch die Mutter staunten über die Heirat. »Von Anfang an bist du Taylor anders begegnet als all deinen übrigen Verehrern«, meinte Tara. »Zwischen euch war etwas ganz Besonderes – du musstest es nur entdecken. Glücklicherweise ist es dir gelungen.

Übrigens, Ray Weir scheint nichts von deiner Ehe zu wissen. Letzte Woche besuchte er uns und erkundigte sich nach dir. Hättest du ihn bloß nicht so lange an der Nase herumgeführt, Liebes …«

»Das tat ich ja gar nicht. Hast du ihm von meiner Heirat erzählt?«

»Dazu fand ich keine Gelegenheit.«

»Nun, er wird's bald herausfinden.« Als Tia das Unbehagen ihrer Mutter bemerkte, fragte sie besorgt: »Stimmt was nicht?«

»Ray und dein Vater haben gestritten.«

»O Gott, ich wünschte, Vater würde sein Temperament zügeln und seine Ansichten für sich behalten! Immerhin leben wir in einem Konföderationsstaat!«

»Ausnahmsweise traf ihn keine Schuld. Ray wollte wissen, wo du warst, und dein Vater erwiderte, du seist bei Ian in Virginia. Da geriet Ray in Wut und schrie, dein Vater hätte sich nicht das Recht nehmen dürfen, dich zu den Yankees zu schicken.«

»Aber er hat mich nirgendwohin *geschickt*. Ray benimmt sich einfach unmöglich! Oft genug habe ich versucht, ihm zu erklären, ich würde meine eigenen Entscheidungen treffen – obwohl mir mein Vater, zwei ältere Brüder, autoritäre Vettern und jetzt auch noch ein Ehemann Vorschriften machen und …«

»Reg dich nicht auf, Tia. Er kam und ging. Irgendwann wird er von deiner Heirat erfahren und die Dinge auf sich beruhen lassen.«

Später saßen Tia und Jarrett am Fluss. »Habe ich wirklich zu heftig mit Ray geflirtet, Vater?«

»Unsinn, er war nur einer deiner Verehrer. Du hast ihn höflich und freundlich behandelt, seinen Antrag erwogen und dich in einen anderen verliebt.«

»Taylor und ich sind so verschieden …«

»Aber du liebst ihn?«

»Ja«, gab sie zu. »Vater …«

Er wandte sich zu ihr und schaute forschend in ihre

Augen. Wenn er seiner Tochter auch erlaubte, ihr eigenes Leben zu führen – er kannte sie sehr gut und erriet stets, was in ihr vorging. »Liebt er dich?«

»Vermutlich nicht. Er hat mich weggeschickt.«

»Weil du nach Hause kommen wolltest.« Bedrückt biss sie in ihre Unterlippe und verschwieg, dass sie lieber bei Taylor geblieben wäre. »Tia, dieser Krieg nimmt immer grausamere Formen an.«

»Hast du von meinem Mann gehört?«

»Ian schrieb mir, Taylor würde dauernd zwischen Grant, Sherman und Sheridan hin und her reiten. Meistens hält er sich im Feindesland auf und er schläft nur selten zwei Mal am selben Ort. Welche Gefahren seine Order mit sich bringen würde, wusste er. Und da er nicht mit dir zusammen sein kann, dachte er, du wärst bei deiner Familie besser aufgehoben.«

»Danke für den netten Trost, Vater.«

»Mit ehelichen Turbulenzen kenne ich mich aus.«

»*Du?*«, fragte sie ungläubig.

»Deine Mutter bewahrt ihre Geheimnisse so lange, dass sie einen Mann in den Wahnsinn treibt.« Als er Tara über den Rasen herankommen sah, legte er verschwörerisch einen Finger an die Lippen und Tia lachte herzlich.

Der Aufenthalt im Elternhaus war eine wunderbare Erholung. Aber sie kehrte schon nach wenigen Wochen in den Osten zurück, zu Julian und Rhiannon. Sie wollte ihren Schwägerinnen beistehen, wenn die Babys geboren wurden. Wenn Alainas Niederkunft in St. Augustine näher rückte, würde sie Tia verständigen. Da die Soldaten beider Heere einander Tabak- und Kaffee verkauften, fand man stets Boten, die der Gegenseite Nachrichten überbrachten.

Beide Babys meldeten sich zu früh an. Am 19. September kam Katie Kyle McKenzie zur Welt – mit platinblonden Locken, dem Erbe ihrer Mutter, und blauen Augen. Tia fand, sie hätte noch nie ein schöneres Kind gesehen. Aber Allen Angus McKenzie, am 21. September geboren, war ebenfalls bildhübsch, mit einem rötlichen Schimmer im dunklen Haar und Augen, die bereits auf die leuchtend grünen seiner Mutter Risa hinwiesen.

Liebevoll kümmerte sich Tia um die Babys. Ian hatte geschrieben, er würde Urlaub bekommen. Doch der Krieg stellte ständig härtere Forderungen an die Offiziere, da die Union den Krieg mit aller Macht beenden wollte und die Konföderation nach wie vor verbissen kämpfte. Ende August war Atlanta gefallen. Von Taylor persönlich hatte Tia nach wie vor nichts gehört, erfuhr aber von Risa, er habe einige Wochen lang unter General Sherman gedient, die Kommunikation zwischen den Kommandanten aufrecht erhalten und die Truppenbewegungen der Rebellen beobachtet.

Kurz nach der Abreise aus Virginia hatte Tia sich gefragt, ob sie ein Baby erwartete. Diese Möglichkeit war beängstigend und beglückend zugleich. Auf keinen Fall wollte sie Taylors Kind verlieren – so beharrlich sie sich auch gegen die Mutterschaft gesträubt hatte. Und plötzlich *wünschte* sie sich ein Baby – so hübsch wie Alainas kleine Katie, so stark und gesund wie Risas Sohn Allen Angus.

Fast den ganzen Oktober verbrachte sie in St. Augustine, genoss das Familienleben und spielte mit ihren kleinen Neffen und Nichten.

Am Ende des Monats gab sie es auf, eine Nachricht von Taylor abzuwarten, und kehrte mit Rhiannon ins Landesinnere zurück. Alaina erklärte, wahrscheinlich habe Taylor mehrmals geschrieben. Doch es sei immer schwieriger, die Briefe weiterzuleiten. Das mochte stimmen, aber Alaina hörte regelmäßig von Ian.

Die wachsende Verzweiflung des Südstaatenheeres erzeugte eine düstere Atmosphäre. In Julians Lazarett lagen drei Soldaten mit Schusswunden, die sie sich bei einem Scharmützel südlich von Jacksonville zugezogen hatten, zwei Seemänner mit Stichwunden nach einer Seeschlacht und drei Soldaten waren bei einem Yankee-Beschuss einer Salzmine von Schrapnells verletzt worden. Manche Konföderierte hofften immer noch, McClellan würde Lincoln bei der Präsidentenwahl schlagen. Aber kurz nach dem 7. November traf die Nachricht ein, Lincoln sei wiedergewählt worden. Der Norden würde dem Süden keine Versöhnung anbieten. Trotzdem hielt Präsident Davis weiterhin optimistische Reden und glaubte, die Northern Virginia-Armee wäre unbesiegbar. Aber wie Tia täglich feststellte, vertraten die Soldaten einen anderen Standpunkt.

Mitte November wurde Julian nach Norden berufen, wo er einige Mitglieder von Dickinsons Miliz behandeln sollte. Fast zehn Männer litten an Windpocken. Als Tia verkündete, sie würde ihren Bruder begleiten, protestierte Rhiannon energisch. »Die Ansteckungsgefahr ist zu groß. Vielleicht bin ich schwanger. Und du könntest es auch sein.«

Schweigend fügte sich Tia in ihr Schicksal.

Einige Tage nach Julians Abreise wurden zwei Männer ins Lazarett gebracht, die in ein Yankee-Feuer an der Küste geraten waren. Sie kamen mitten in der Nacht an und Tia beschloss, Rhiannon nicht zu wecken. Einen der Männer erkannte sie. Vor einer scheinbaren Ewigkeit hatte er sie zusammen mit anderen Dixie-Soldaten nach Cimarron eskortiert, zur Weihnachtszeit. Er hieß David Huntington, ein schlanker charmanter junger Mann, der soeben seinen ersten Schnurrbart kultivierte. Aufmunternd lächelte sie ihn an und erklärte Liam, der in Julians Abwesenheit für ihn einsprang: »Eine Kugel in der Wade, ein Schrapnell im Schenkel. Zum Glück sind keine Knochen und Arterien verletzt.«

»Können Sie die Geschosse herausschneiden? Oder soll ich Ihren Bruder holen? Er ist nur einen Tagesritt entfernt.«

»Nein, das schaffe ich schon. David, bevor ich mich an die Arbeit mache, müssen Sie eine ganze Menge Whiskey trinken. Einen großen Schluck fürs Fleisch, einen kleinen für die Seele.«

Die Kugel ließ sich leicht entfernen. Doch das Schrapnell bereitete ihr etwas größere Mühe und sie fragte sich, ob es nicht doch besser gewesen wäre, Julian zu verständigen.

Schließlich zog sie den letzten Splitter aus Davids Oberschenkel, nähte die Wunde und wünschte ihrem beschwipsten Patienten eine gute Nacht. Als sie am nächsten Morgen den Verband wechselte, spürte sie seinen angstvollen Blick. »Miss Tia …«

»Ja?«

»Bei allen Heiligen, ich bin kein Verräter.«

»Natürlich nicht.«

»Aber …«

»Was wollen Sie mir sagen?«

»So viele Soldaten hat Ihr Bruder Julian mit Ihrer Hilfe gerettet, Miss Tia. Und Ihr Vater hat nichts gegen die Konföderation unternommen – und den Offizieren beider Heere sein Haus für Verhandlungen zur Verfügung gestellt.«

Lächelnd nickte Tia. »Das weiß ich.«

»Doch jetzt plant Colonel Weir einen Angriff auf Cimarron. Er behauptet, Ihr Vater sei ein Verräter und müsse hingerichtet werden – zur Strafe für alles, was er Florida angetan hat.«

»Was?«, flüsterte Tia ungläubig.

»Er glaubt, er könnte beweisen, dass Jarrett McKenzie ein Verräter ist. Zu dieser Aktion hat er keine Erlaubnis von höherer Stelle – er handelt auf eigene Faust.«

Wer würde Cimarron angreifen? Warum? Die Antwort fiel Tia nicht schwer. Natürlich, Raymond hasste ihren Vater – Jarrett McKenzies unerschütterlichen Glauben an die Union, seinen Mut, sich in all den Jahren offen und ehrlich gegen die Rebellen zu stellen. »Sind Sie sicher, David?«

»O ja, Ma'am. Er versammelt seine Truppen im alten Ellington Manor. Das hat die Familie schon vor einiger Zeit verlassen.«

»Ja, das habe ich gehört. Sie waren unsere Nachbarn und Freunde.«

»In vier Tagen soll der Angriff stattfinden. Nach Einbruch der Dunkelheit.«

»Während Colonel Weir mit seinem Trupp von Süden her nach Cimarron reitet, kommen ihm andere Soldaten aus nördlicher Richtung entgegen. Mittels einer Zangenbewegung wollen sie die Plantage erobern. Und dann ...«

»Was?«

»Dann will er Ihren Vater auf der Stelle hängen, um ein Exempel zu statuieren – und zu demonstrieren, was den Verrätern Floridas droht.«

»Und – meine Mutter?«, stammelte Tia entsetzt. Es dauerte eine Weile, bis David antwortete. Beschämt senkte er den Blick. »Colonel Weir wird sie – den Soldaten überlassen. Was danach mit ihr geschehen soll, weiß ich nicht.«

Irgendwie musste sie Weir aufhalten. *Ich reite zu ihm und versuche, Zeit zu gewinnen,* beschloss sie. Und was dann? Zunächst würde sie Liam zu Julian schicken und jemanden anderen nach St. Augustine. Aber wenn Ian nicht dort war? Nun, er hatte genug Freunde, die Cimarron schnell genug erreichen konnten und gegen Weir kämpfen würden.

»Nur vier Tage?«, wisperte sie. Gerade genug Zeit, um den Staat zu durchqueren.

»Dreieinhalb.«

»Wie viele Männer stehen Weir zur Verfügung?«

»Fünf Kompanien, wenn ich's richtig gehört habe. Aber vielleicht sind von jeder Kompanie nur zehn oder zwanzig Mann übrig geblieben. Wenn Dixie wüsste, was Weir plant, würde er zweifellos einschreiten. Aber – der Colonel gehört nun mal zur Florida-Miliz und die meisten dieser Männer haben sich zu Fanatikern entwickelt, die überall Spione aufknüpfen.«

»Vielen Dank, David.« Impulsiv küsste Tia seine Wange und eilte davon, um Rhiannon zu informieren. Doch dann zögerte sie. Nein, sie durfte Rhiannon nicht verraten, dass sie nach Cimarron reiten wollte, sie würde lediglich einen Brief hinterlegen. Auch an Julian und Ian musste sie schreiben. O Gott, hoffentlich war ihr älterer Bruder in St. Augustine! Zweifellos würde er bis zum letzten Blutstropfen für sein Erbe kämpfen, für Cimarron, um den Vater zu retten, die Mutter …

Sie rannte in ihr Zelt und schrieb die Briefe. Danach sattelte sie ihre Stute Blaze. Als sie aufstieg, hinkte Liam zu ihr. »Miss Tia …«

»Überbringen Sie diese Briefe für mich …«

»Warten Sie! Was haben Sie vor?«

»Diesen Brief muss Rhiannon sofort erhalten, den anderen übergeben Sie Julian. Es geht um Leben und Tod.«

»Um Himmels willen, Miss Tia, bitte schwören Sie mir, dass Sie nichts Gefährliches planen …«

»Bitte, Liam, tun Sie, was ich Ihnen sage!« Ohne ein weiteres Wort schwenkte sie das Pferd herum und galoppierte aus dem Camp.

So schnell und ausdauernd ist kein anderer Mann in Grants ganzer Armee geritten, dachte Taylor, als er sich endlich aus Friars Sattel schwang, seine Feldflasche leerte und die verwüstete Landschaft betrachtete. *Ja, verdammt – nur damit ich nicht nachdenken und mich sorgen muss …*

Er hätte sie zwingen müssen, bei ihm zu bleiben. Seltsam – diese Sehnsucht ließ sich einfach nicht überwinden. Beinahe waren sie Freunde geworden. Und er hatte sie gehen lassen. Wie ein Narr. Warum? *Weil du sie liebst, du Idiot. Vom ersten Augenblick an. Aber du bist ein Feigling. Du willst kein neues Leid ertragen …*

Er wusste, was Tia empfand, wenn sie Kinder sterben sah, und verstand ihre Angst. Eindringlich hatte er ihr erklärt, die Tragödien ihres Lebens müsse sie genauso ertragen wie das Glück. Doch dann war sie erkrankt und hatte geklagt, sie würde so gern heimkehren … Diesen Wunsch hatte er ihr nicht abschlagen können und beschlossen, härter denn je zu kämpfen, als wäre er allein im Stande, den Krieg möglichst schnell zu beenden.

Jetzt verfolgte er den listenreichen Konföderationsgeneral Hood, der nach Shermans Ansicht ein ganzes Heer motivieren konnte. Allerdings gab es nicht mehr viel zu motivieren.

Auf seinem Vormarsch zerstörte Sherman alles, was er sah. Man behauptete, wenn eine Krähe über Georgia hinwegfliegen wolle, müsste sie einen Lunch einpacken. Was der Krieg hier anrichtete, war grauenhaft. Weder Tornados, Überschwemmungen oder andere Naturkatastrophen hätten schlimmere Zustände heraufbeschwören können.

Soeben hatte Taylor dem General Bericht erstattet und zu seiner Überraschung einen privaten Brief im Hauptquartier erhalten. Während er neben Friar saß und an einem Stück Schiffszwieback kaute, las er den Brief noch einmal, der von seinem Schwiegervater Jarrett McKenzie stammte. Jarrett gratulierte ihm zur Heirat, schilderte Tias Besuch in Cimarron.

Offenbar hatte sie den Eltern nichts von ihrer Krankheit erzählt, denn Jarrett erwähnte nichts davon. Aber er teilte Taylor mit, Colonel Weir sei auf Cimarron gewesen, habe sich nach Tia erkundigt und einen Streit vom Zaun gebrochen. Vermutlich würde es einige Schwierigkeiten mit dem eingefleischten Rebellen geben. Taylor faltete den Brief zusammen und steckte ihn wieder in seine Tasche.

Was führte Weir im Schilde? Der Mann war ein gefährlicher Fanatiker. Um sein Ziel zu erreichen, würde er vor nichts zurückschrecken.

Hätte ich Tia bloß nicht nach Hause geschickt …

Aber was war ihm anderes übrig geblieben? In der Lutherischen Kirche hatte jene Fieberkrankheit zwei Männer dahingerafft. Und er bangte um Tias Leben. So verzweifelt war er nicht mehr gewesen – seit Abbys Blut seine Hände befleckt hatte.

Glücklicherweise war Tia genesen. In jenen Tagen hatte er erkannt, wie sehr er sie liebte, und ihr deshalb erlaubt, nach Florida zurückzukehren – in die Sicherheit von Cimarron.

Aber wie sollte er sie jetzt vor Fanatikern wie Raymond Weir schützen?

»Colonel Douglas!«

Die Stirn gerunzelt, stand er auf und drehte sich um. Den jungen Infanterie-Lieutenant, der den niedrigen Hügel hinaufstieg, kannte er nicht. »Ja, ich bin Douglas.«

»Lieutenant Nathan Riley«, stellte sich der Mann vor.

»Was kann ich für Sie tun?«

»Sir, ich hoffe, ich kann etwas für *Sie* tun.«

»Tatsächlich?«

»Gestern war meine Einheit etwas weiter südlich, näher bei der Grenze. Wir holten gerade ein paar verwundete Milizsoldaten aus dem North Florida-Gefängnis und ich fragte mich, wie ich Colonel McKenzie erreichen könnte. Dann hörte ich, dass Sie mit ihm verwandt und mit seiner Schwester verheiratet sind.«

»Und?«

»Colonel Ians McKenzies Elternhaus liegt bei Tampa Bay und sein Vater, Jarrett McKenzie, sympathisiert mit der Union.«

»Das weiß ich.«

»Vor ein paar Stunden starb einer der Florida-Jungs.

Das habe ich bei ihm gefunden.« Lieutenant Riley reichte Taylor ein zerknittertes Blatt Papier.

Verwundert studierte Taylor eine Landkarte, mit ungeschickter Hand gezeichnet. Tampa Bay, der Fluss, Cimarron. Eine Plantage im Süden von Cimarron, eine andere nördlich. Unter dem Namen ›Major Hawkins‹ zeigte ein Pfeil nach unten, über ›Colonel Weir‹ nach oben. Und in Cimarron trafen sich die Pfeile. Neben einer primitiv gezeichneten Henkerschlinge stand ein Datum. In vier Tagen ... »Koordinierter Angriff, zum vereinbarten Zeitpunkt von beiden Seiten her«, war in einer Ecke des Papiers notiert worden.

»Haben wir einen funktionierenden Telegrafen, Lieutenant? Diese Information muss Colonel Ian McKenzie in Petersburg erreichen.«

»Wie gesagt, ich dachte sofort an Colonel McKenzie. Aber vor ein paar Tagen ist er bereits nach St. Augustine geritten.«

»Dann muss er dort verständigt werden.«

»Das werde ich schon irgendwie schaffen, Sir.«

»Lassen Sie ihm ausrichten, er muss sofort nach Cimarron reiten. Vorher werde ich versuchen, Weir in Ellington Manor zurückzuhalten, bevor er zum Angriff blasen kann.«

»Aye, Sir!«, erwiderte Riley und salutierte.

»Vielen Dank, Lieutenant.«

»Werden Sie diese Attacke verhindern, Sir? Ich stamme aus Tennessee. Da waren einige Leute nicht mit Pas Begeisterung für den Union Jack einverstanden. Deshalb brannten sie sein Haus nieder. So etwas möchte ich nicht noch einmal erleben. Eigentlich dachte ich, die Südstaatler wären Gentlemen.«

»Viele sind's. Aber manche eben nicht. Ja, verdammt, ich werde mein Bestes tun, um Weir einen Strich durch die Rechnung zu machen. Ich bitte Sheridan um ein paar Tage Urlaub – und um eine Truppe. Begleiten sie mich, Lieutenant?«

»Sehr gern, Sir!«, erwiderte Riley grinsend. »Falls Sheridan einverstanden ist, trommle ich unsere besten Soldaten und Scouts zusammen.« Taylor zweifelte nicht an Sheridans Einwilligung. Da er immer noch die von Lincoln persönlich unterzeichnete Urlaubsgenehmigung bei sich trug, konnte Sheridan ihm keine Steine in den Weg legen. Außerdem würde der temperamentvolle kleine General Taylors Plan gutheißen, denn Jarrett McKenzie hatte sich stets für die Union eingesetzt. Zudem war die Eroberung Floridas nach wie vor das erklärte Ziel aller Nordstaatengeneräle.

»Telegrafieren Sie die Nachricht an Ian McKenzie, Lieutenant Riley. Wenn die Leitungen zusammengebrochen sind, schicken Sie einen Boten nach St. Augustine. Treffen wir uns im Hauptquartier des Generals. Viel Zeit haben wir nicht, um die weite Strecke zurückzulegen.«

»Ja, Sir!«, antwortete Riley und salutierte wieder. »Ich bin mächtig stolz darauf, mit Ihnen reiten zu dürfen, Colonel Douglas.«

Taylor galoppierte zum Hauptquartier und hoffte, es wären keine Neuigkeiten von den Schlachtfeldern eingetroffen, die ihm eine Audienz bei Sheridan verwehren würden.

Verdammt, seit wann besaß die Miliz das Recht, in Florida das Gesetz zu vertreten? Hatte Weir den Verstand verloren? War er zu mächtig geworden? Hielt er sich für den obersten Richter?

Fast schmerzhaft hämmerte Taylors Herz gegen die Rippen. *Würde er sein Ziel rechtzeitig erreichen?* Wo war Tia? Wusste sie von Weirs Absicht? Wenn ja, würde sie Himmel und Hölle in Bewegung setzen, um ihre Eltern und Cimarron zu schützen – und sich in Todesgefahr bringen …

25

Ein einiges Haus!

Herbst 1864, an der Küste West Floridas, bei Tampa Bay

An diesem Abend sah der Himmel seltsam aus. Der Sturm in der Dämmerung hatte rötliche Streifen im düsteren Grau hinterlassen und die Wolke, die den Mond verdeckte, schimmerte in einem unheimlichen feurigen Licht. Vor Ellington Manor angekommen, hob Taylor eine Hand und brachte seine Begleiter zum Schweigen. Wie einige Geräusche verrieten, hielten sich Weirs Männer hinter dem Haus auf, wo sie offenbar Pferde sattelten. Auf der vorderen Veranda hielt ein einsamer Soldat Wache, an eine majestätische Säule gelehnt.

Taylor bedeutete Riley, er würde den Burschen überwältigen. Danach würden sie auf sein Zeichen zur Rückfront des Hauses schleichen. Der Lieutenant nickte und Taylor stieg ab. Geduckt näherte er sich der Veranda von Nordwesten her. Der junge Wachtposten blickte nicht einmal auf. Blitzschnell und lautlos übersprang Taylor das Geländer, trat hinter ihn und drückte ihm die Mündung eines Colts in den Nacken. »Still, Soldat! Sicher gefallen Ihnen die Zustände in einem Nordstaatengefängnis besser als das Schicksal, das sie jetzt erleiden würden, wenn sie auch nur einen einzigen Laut von sich geben.« Um seine Kapitulation zu bekunden, hob der Mann beide Hände. »Ist Weir allein?«, flüsterte Taylor.

»Nein, Sir.«

»Wer ist bei ihm?«

»Miss McKenzie.«

Beinahe ließ Taylor die Waffe fallen. »Was?«

»Miss Tia McKenzie, eine junge Dame aus der Nachbarschaft – eine alte Freundin.«

»Und was macht sie hier?«

»Keine Ahnung ...«

Taylor presste die Mündung noch fester in den Nacken des Soldaten. »Also? Was?«

»Sie ist hierher gekommen, um den Colonel zu heiraten.«

»Tatsächlich?«

»Aber es ist unmöglich, weil wir keinen Priester haben.«

»Und was treibt sie jetzt?«

Von kalter Todesangst erfasst, stammelte der Mann: »Ich glaube – sie – sie versucht den Colonel zu verführen.«

Mühsam rang Taylor um seine Selbstbeherrschung. Er schmetterte den Lauf seiner Waffe auf den Kopf des Rebellen, der lautlos zusammenbrach, und hoffte, er hätte nicht zu fest zugeschlagen. Einen Unschuldigen wollte er nicht töten. Er kniete nieder, legte einen Finger auf den Hals des Mannes und spürte erleichtert den Puls.

Spontan wollte er ins Haus stürmen. Doch zum Glück siegte seine Vernunft. Solange die Rebellen nicht überwältigt waren, konnten sie über ihn herfallen, während er Weir zur Rede stellte. Also gab er Riley das vereinbarte Zeichen. Inzwischen war der Yankee-Trupp abgestiegen. Nun teilte er sich und schlich zu beiden Seiten des Gebäudes nach hinten, von Taylor und dem Lieutenant angeführt.

»Das finde ich nicht richtig«, hörten sie einen Konföderierten klagen, der gerade seinen Sattelgurt festzurrte. »In diesem Staat gibt's richtige Yankees. Warum fallen wir über Einheimische her?«

»Weil verräterische Südstaatler die schlimmsten Yankees sind«, antworte ein Mann und schob ein Gewehr in seinen Sattelschuh. »Colonel Weir meint, vielleicht ist unsere Aktion heute Abend die wichtigste des ganzen Kriegs. Wie ein Messer steckt Jarrett McKenzie im Rücken Floridas. Nach seiner Ansicht war die Sezession ein Fehler und er hält die Sklaverei für unmoralisch. Wenn wir ihn hängen, wissen die anderen Verräter, was ihnen blüht, und werden es sich zwei Mal überlegen, ehe sie irgendwas gegen die Konföderation unternehmen.«

»Ist McKenzie ein Verräter, nur weil er ausspricht, was er denkt?«

»Ein Verräter an allem, wofür wir kämpfen.«

»Genau! Zum Beispiel für das Recht auf freie Meinungsäußerung, nicht wahr, Louis?«

Taylor hatte genug gehört. Außerdem drängte die Zeit – Tia war im Haus, mit Weir. Die Yankees hatten sich zu beiden Seiten des Hauses postiert, einige auch hinter dem Stall. Nach Taylors Schätzung musste er etwa fünfundsechzig Rebellen überwältigen, mit dreißig Mann. Mehr Soldaten hatte Sheridan ihm nicht zugestanden. Aber sie waren erfahrene Scouts.

Lautlos hatten sie den Feind umzingelt. Höchste Zeit, ihn zu überrumpeln … Taylor hob einen Arm. Sofort bildeten seine Yankees einen Halbkreis um die nichts ahnenden Rebellen und zückten ihre Gewehre. »Bleiben Sie, wo Sie sind, Gentlemen«, befahl er mit leiser, ruhiger Stimme. »Jeder meiner Männer ist mit einem Spencer-Repetiergewehr bewaffnet und alle sind Meisterschützen. Ich weiß, Sie können Ihre Enfields verdammt schnell laden und abfeuern. Aber bevor Sie den ersten Schuss abgeben würden, wären Sie tot. Lieutenant Riley wird Ihnen die Waffen abnehmen. Legen Sie die Enfields, Schwerter und Messer auf den Boden – und was Sie sonst noch haben.« Er sah, wie der Mann, der Jarrett McKenzie einen Verräter genannt hatte, nach seinem Sattelschuh griff, und zielte mit einem Colt auf seine Stirn. »He, Sie da! Ich würde Sie skrupellos niederknallen.«

Da ließ der Soldat den Arm sinken. Alle Rebellen legten ihre Waffen nieder und Taylor wandte sich zu Riley. »In ein paar Minuten brauche ich zwei Mann für Weirs Festnahme – und zwei weitere, Sie selbst und jemanden, den Sie bitte auswählen.«

»Wozu?«

»Da drin ist meine Frau.« *Und sie versuchte Weir zu verführen.* »Tia ist einfach unfähig, sich von Gefahren fern zu halten. Deshalb muss das die Union übernehmen.«

»Ja, Sir«, stimmte Riley unbehaglich zu. »Aber bedenken Sie – ihr Vater soll angegriffen werden, ihr Heim ...«

»Das weiß ich, Lieutenant.« Taylor schlüpfte durch die Hintertür ins Haus.

Aus dem Oberstock drangen Geräusche herab. Vorsichtig schlich er die Treppe hinauf. Keine einzige Stufe knarrte.

Und dann hörte er die Schritte im Flur – in einem Schlafzimmer. Zum Glück war der Raum dunkel. Nur der Mond schien herein – sonderbare, rötlich schimmernde Mondstrahlen. Er sah Tia im schwachen Licht stehen. Wütend presste er die Lippen zusammen. Sie hatte das Oberteil ihres Kleides hinabgestreift und die langen Haare – die üppigen Haare, die eine Legende geschaffen hatten – fielen wie Rabenflügel auf ihren nackten Rücken.

»Mein Schatz ...« Weir ging zu ihr und küsste ihren Nacken.

Am liebsten wäre Taylor sofort ins Zimmer gestürmt, um den Schurken zu erschießen. *Aber wenn Weir etwas hört und sich in letzter Sekunde umdreht, dachte er. Wenn er sein Schwert zieht und Tia bedroht ...* Nein, er musste warten, bis der Rebell seine Waffen ablegte.

Während er neben der Tür im nächtlichen Schatten stand, entdeckten ihn die beiden nicht. Weir zog Tias Kleid und die Unterhose hinab. »Komm, Liebste.«

»Schau doch, der Mond!« Splitternackt lief sie zum Fenster. »So blutig wie der Krieg …«

Das war Taylors Chance – seine Hand zuckte zu einem der beiden Colts. *Nein, niemals würde ich einen Mann in den Rücken schießen, nicht einmal, wenn der Bastard meine Frau anfasst …*

»Für Gespräche fehlt uns die Zeit.« Endlich ließ Weir seinen Waffengurt fallen, dann zog er sein Jackett und das Hemd aus.

»Ray – ich brauche noch einen Drink«, gestand Tia. »Für mich ist das alles neu.«

Neu? Wenigstens versuchte sie, die Ereignisse hinauszuzögern.

Davon wollte Weir nichts wissen. »Darf ich dich daran erinnern, dass es *dein* Vorschlag war? Soll ich gehen?«

»Nein!«

Da hob er Tia hoch, legte sie aufs Bett und setzte sich zu ihr. »Meine Liebste«, flüsterte er und küsste ihre Fingerspitzen.

»Mein – Liebster«, wisperte sie.

»Großer Gott!« Voller Zorn trat Taylor aus dem Schatten. »Jetzt ist Schluss mit diesem Unsinn.«

»Was zum Teufel …«, begann Weir und drehte sich um.

Taylor stürmte zum Bett, zog sein Schwert und hielt es an die Kehle seines Feindes.

»Hör auf, Taylor!«, flehte Tia.

»Ah, endlich schenkst du mir deine Aufmerksamkeit.« Trotz seiner wilden Wut gelang es ihm, in sanftem, spöttischem Ton zu sprechen. »Tut mir Leid, aber dieses kleine Abenteuer ist weit genug gegangen. Wenn Sie sich bitte vorsichtig erheben würden, Colonel Weir …«

»Verdammt, Taylor Douglas, dafür werden Sie sterben! Wie sind Sie hereingekommen?«

»Durch die Hintertür.« In Tias schönen Augen las

Taylor so viele Geheimnisse, Lügen und Wahrheiten. Plötzlich ertrug er es nicht mehr, sie auf diesem Bett liegen zu sehen – nackt, neben Weir. Die Schwertspitze berührte die Vertiefung zwischen ihren Brüsten. »Steh auf, Tia! Und zieh dich um Himmels willen an. Allmählich habe ich's satt, dich auf Schritt und Tritt nackt anzutreffen – es sei denn, im Ehebett.«

»Im Ehebett?«, rief Weir konsterniert.

»Wissen Sie's noch nicht, Colonel? So schmerzhaft es wohl ist, die Lady ist eine Lügnerin und Betrügerin. Da sie bereits verheiratet ist, kann sie Ihren Antrag nicht annehmen. Ein raffiniertes kleines Biest ist das – und völlig durchdrungen von der Überzeugung, die Südstaaten müssten selbstständig bleiben. Für die Konföderation würde sie alles tun. Und was ist jetzt aus dem grandiosen Anliegen des Südens geworden, Tia?«

In ihren Augen schien ein dunkles Feuer zu glühen. Feige war sie noch nie gewesen. Sie schob das Schwert beiseite und sprang aus dem Bett, warf Taylor einen vernichtenden Blick zu und suchte ihre Kleider. Hastig zog sie sich an.

»Hast du ihn wirklich geheiratet, Tia?«, fragte Weir.

»Ja.«

»Und warum hast du mich heute Nacht besucht?«

Herausfordernd hob sie das Kinn. »Weil du beabsichtigst, Cimarron anzugreifen und meinen Vater zu töten.«

»Keineswegs, ich werde nur seinen Besitz konfiszieren.«

»Gib's doch zu! Er soll hingerichtet werden.«

»Dir zuliebe hätte ich ihn verschont.«

»Wie rührend!«, mischte sich Taylor verächtlich ein.

»Du verstehst gar nichts!«, fuhr Tia ihn an.

Blitzschnell sprang Raymond zu seinem Schwert, das am Boden lag. Wenige Sekunden später schlug Taylors Klinge ihm die Waffe aus der Hand und bedrohte wieder seine Kehle.

»Bitte, Taylor!«, rief Tia. »Bring ihn nicht um!«

Mühsam bezähmte er seinen Zorn und starrte sie an.

»Bitte – nicht.«

»Keine Bange, Colonel, ich habe nicht vor, Sie zu ermorden. Auf dem Schlachtfeld sind wir alle gezwungen, den Feind zu töten. Aber ich bin kein kaltblütiger Mörder. Wegen einer Hure würde ich sowieso keinem Mann das Leben nehmen. Nicht einmal, wenn die Hure meine Frau ist.«

»Nenn mich, wie du willst, du Narr!«, schrie Tia. »Aber hier ist dein Leben in Gefahr – und noch viel mehr steht auf dem Spiel! Da draußen bereiten sich fast hundert Mann vor, um das Haus meines Vaters zu stürmen …«

»Jetzt nicht mehr, Tia«, unterbrach er sie. »Inzwischen wurden sie alle überwältigt. Und wir haben nicht einmal Blut vergossen, Colonel.«

»Also werden Sie mich nicht ermorden. Was nun?«, fragte Weir.

»Meine Männer werden bald heraufkommen, um Sie abzuholen, Sir. Vielleicht sollten Sie sich anziehen.«

Weir nickte, als wäre er dankbar für den höflichen Vorschlag. Kaum war er in sein Jackett geschlüpft, als auch schon Lieutenant Riley eintrat, von einem Soldaten begleitet. Taylor gab den beiden seine Anweisungen und sie führten den Gefangenen ab.

Endlich war er mit seiner Frau allein …

Auf Friars Rücken rasten sie durch die Nacht. Der Himmel schimmerte immer noch blutrot. Als sie sich Cimarron von Süden her näherten, erweckte auch das weiße Plantagenhaus den Eindruck, es wäre in Blut getaucht. Noch bevor sie es erreichten, hörte Taylor laute Stimmen, Befehle und Antworten. Am Fluss erstreckten sich Verteidigungsanlagen und Jarrett McKenzies Männer bezogen hinter hastig errichteten Erdwällen Stellung, gemeinsam mit Ian und seiner Truppe.

Auch Rebellen kämpften auf der Seite Cimarrons. Taylor erkannte Julian in ihrer Mitte. Mit seinen eigenen Leuten waren die Verteidiger jetzt in der Überzahl. »Halt!« Jemand trat seiner Truppe in den Weg. »Halt, oder ich schieße!«

»Hier ist Colonel Douglas – bereit, McKenzie beizustehen!« Taylor schwang sich aus dem Sattel und sah das Kanonenboot auf dem Fluss, die Soldaten, die ihre Gewehre luden und das einzige Geschütz bemannten.

Tia hatte kurz zuvor aufgeschrien. Jetzt sprang sie von Friars Rücken und rannte über den Rasen. »Mutter!«

»Komm zurück, Tia!«, befahl Taylor entsetzt, als er Tara McKenzie zu ihrem Mann laufen sah, der sich gerade hinter einen Erdwall duckte.

Im Krieg hatten die Rebellen gelernt, ihre Enfields zu gebrauchen. Viel zu schnell krachten die Schüsse und Tia warf sich auf ihre Mutter, sank mit ihr zu Boden.

»Tia!«, schrie Taylor und eilte zu ihr, während die Rebellen an Bord des Kanonenboots die zweite Salve vorbereiteten. Neben seiner Frau und seiner Schwiegermutter, selbst auf den Knien, zog er seine Colts und feuerte blitzschnell. Dadurch gewann er genug Zeit, um beide Frauen aus der Schusslinie zu bringen, hinter ein Gebüsch. Er spürte Tias Blick, dann hob sie eine Hand, berührte seine Wange und schloss die Augen.

»Tia …« An ihrer Schulter klebte Blut. Wo die Kugel eingedrungen war, wusste er nicht. Wenigstens nicht in der Nähe des Herzens. Stöhnend versuchte sich Tara aufzurichten. »Runter!«, mahnte er.

Ein paar Sekunden später tauchte Jarrett an ihrer Seite auf, das Gesicht von Angst und Zorn verzerrt, und nahm sie auf die Arme. »Wir müssen die beiden ins Haus tragen.«

Als Taylor seine Frau hochheben wollte, lief Julian zu ihm. »Überlass sie mir! Vielleicht verstehst du was von Schusswunden. Aber sicher nicht so viel wie ich. Und wenn ich auch ein verdammt guter Schütze bin – du bist besser. Gib uns Deckung!«

Er wollte in ihrer Nähe bleiben. Aber er musste Julian Recht geben.

Wenn sie starb, wollte er nicht weiterleben. Um sie zu retten, falls es möglich war, musste er diesem unseligen Kampf ein schnelles Ende bereiten. Er hörte, wie sich seine Männer hinter ihm postierten.

»Halt mir die Bastarde vom Leib, Taylor!«, schrie Julian. »Damit ich meine Mutter und meine Schwester behandeln kann!«

Tailor nickte, rannte zu den Erdwällen und begann zu feuern. Plötzlich explodierte die Kanone an Bord des Schiffs, ringsum flogen Staubwolken empor. Er fand die Stellung seines Schwagers Ian, der noch nicht wusste, was Tara und Tia zugestoßen war. Das würde Taylor ihm vorerst verschweigen. »Ein Sperrfeuer!«, befahl er. »Ich mache mich an das Geschütz heran!«

Wenn er die Kanone zerstörte, würde er die schlimmste Gefahr beseitigen. Ian erkannte Taylors Absicht und warnte ihn: »Pass auf, dass du nicht in die Schusslinie deiner Freunde gerätst!« Dann erteilte er seinen Männern die erforderlichen Befehle.

Unentwegt wurden die Kanoniere an Bord und die feindlichen Infanteristen am Ufer beschossen. Taylor zog sein Jackett und die Stiefel aus. Geduckt schlüpfte er am Wrack der Landebrücke vorbei und glitt in den Fluss. Als er Kugeln ins Wasser zischen hörte, tauchte er noch tiefer hinab.

Hinter dem Kanonenboot angelangt, stellte er fest, dass die Verteidiger gute Arbeit geleistet hatten. An Deck lagen mehrere Leichen. Lautlos schwang er sich über die Reling und eilte zu der Kanone. Mit einem gezielten Fausthieb streckte er den Rebellen nieder, der sie gerade nachladen wollte. Ein zweiter Kanonier zog seine Pistole, sein Finger krümmte sich um den Abzug. Aber Taylor verdrehte ihm den Arm und der Schuss traf den Bauch des Mannes. Ein dritter Rebell rannte über das Deck heran und schwang einen Säbel. Behände sprang Taylor beiseite, sodass der Angreifer gegen die Reling prallte, und nutzte die Schwungkraft des stürmischen Laufs, um seinen Gegner über Bord zu schleudern.

Hastig stopfte Taylor das Geschütz mit einer viel zu starken Ladung voll, entzündete den Docht und sprang in den Fluss. So schnell wie möglich kraulte er davon. Während er tief tauchte, hörte er die Explosion, die ihn an Land katapultierte und wieder in die heftigen Wellen zurückriss. Würde er nach allem, was ihm geglückt war, ertrinken? Nach ein paar Sekunden taumelte er jedoch leicht benommen ans Ufer, sank in den Schlamm und rang nach Luft.

Als er die Augen öffnete, erblickte er einen grinsenden Rebellen, der ihm auf die Beine half. »Colonel, das war eine der bemerkenswertesten Operationen, die ich je beobachtet habe. Und da wird dauernd behauptet, *wir* wären die besseren Strategen.«

Da musste auch Taylor grinsen. »Was unglücklicherweise stimmt. Sonst hätten wir diesen verdammten Krieg längst gewonnen.«

»Darf ich Sie ins Haus führen, Sir?« Erst jetzt entdeckte Taylor das Holzbein des Mannes. »Übrigens, ich heiße Liam – zu Ihren Diensten.«

Taylor sah das Kanonenboot brennen, die Flammen, die den rötlichen Schleier der Nacht noch verstärkten. An Land eilten Soldaten umher, um nach Verwundeten zu suchen. »Ist es vorbei?«

»Ja, Colonel.«

Ohne auf Liam zu warten, lief Taylor den Hang und die Verandastufen hinauf. Triefnass und voller Schlamm, stürmte er in den Salon. Blass wie ein Geist, mit einem Laken bedeckt und völlig reglos, lag Tia auf dem viktorianischen Sofa. Eine Farbige hielt neben ihr Wache.

»Tia …«

Langsam öffnete sie die Augen. »Taylor?«

»Ja, ich bin hier«, erwiderte er und umfasste ihre Hand. »Dein Vater ist gerettet – und Cimarron.«

»Und du bist unverletzt …« Ihre Lider senkten sich wieder.

»Tia!«

»Nur eine Fleischwunde im Oberarm, Taylor«, erklärte Julian von der Tür her. »Hätte sie das Geschoss nicht abgelenkt, wäre unsere Mutter wahrscheinlich gestorben. Tia wird eine Narbe zurückbehalten. Aber wer wird diesen Krieg ohne hässliche Narben überstehen, am Körper und in der Seele?«

»Sie ist bewusstlos.«

»Bevor ich die Wunde nähte, musste ich ihr Laudanum geben – nicht zuletzt, weil sie mich ganz wahnsinnig machte und darauf beharrte, Mutter zu sehen. Du kennst ja deine Frau.«

O ja, Taylor kannte sie. Mit ihrem unbeugsamen Temperament würde sie ihn bis zu seinem letzten Atemzug wahnsinnig machen. Aber gerade deshalb liebte er sie über alles.

26

Drei Tage später wanderte Taylor durch den Wald hinter dem Haus der McKenzies zum Teich. Julian hatte ihm verraten, Tia sei dorthin gegangen. Diesen idyllischen Ort würden die Familienmitglieder stets aufsuchen, um nachzudenken.

Die Kugel, die Tias Arm gestreift hatte, war direkt unter dem Schlüsselbein in Taras Fleisch gedrungen, hatte aber keinen ernsthaften Schaden angerichtet. Zum Glück konnte Julian das Geschoss schnell und mühelos herausschneiden. Tara hatte viel Blut verloren. An diesem Tag fühlte sie sich zum ersten Mal etwas besser. Da sie wusste, dass ihre Söhne bald abreisen mussten, wollte sie möglichst oft mit ihnen zusammen sein. Inzwischen waren die meisten Unionssoldaten, die Jarrett McKenzie beigestanden hatten, auf ihre Posten zurückgekehrt. Ians Truppe hatte die Halbinsel überquert. Und Taylors Männer brachten die Gefangenen, die den Kampf um Cimarron überlebt hatten, an Bord eines Schiffs in den Norden. Vorerst blieben Julians Sanitäter und die verwundeten Rebellen auf der Plantage.

Ian stellte seinem Vater einige Soldaten zur Verfügung, falls der Krieg noch einmal bis nach Cimarron vordringen sollte. Daran allerdings zweifelte Taylor. Ein persönlicher Rachefeldzug hatte Weir hierher geführt. Normalerweise konnte der Süden keine Soldaten für Privatkriege erübrigen.

Ein paar Tage würde Taylor noch auf Cimarron bleiben. Bis jetzt hatte er sich um seine Verwundeten gekümmert, den Gefangenentransport arrangiert und noch keine Zeit gefunden, um mit Tia zu sprechen. Außerdem verbrachte sie, seit sie wieder auf den Beinen war, fast die ganze Zeit bei ihrer Mutter. Nachts war er nicht zu ihr ins Bett gegangen., um die frische Wunde zu schonen. Aber nun hatte Julian ihm versichert, ihr Arm würde gut verheilen.

Am Ufer des Teichs schloss Taylor sekundenlang die Augen. Dies war seine Heimat – das milde Klima, nur eine schwache Ahnung des Winters in der Luft, das Flüstern einer Palme, die sich im Wind beugte, der Schrei eines Reihers.

Bald würde der Winter beginnen. Aber jetzt verbreitete die Sonne noch ihre Wärme, die Kiefern, Eichen und Palmen boten Schutz vor der Hitze.

Die nackten Füße im kühlen Wasser, saß Tia auf einem umgestürzten Baumstamm. In ihrem blau geblümten Baumwollkleid, das lange Haar offen, wirkte sie wie ein junges Mädchen – eine Nymphe, ein Wassergeist. Aber als sie sich zu Taylor wandte, erschienen ihm ihre dunklen Augen viel älter, und ihr schönes Gesicht verriet die starke innere Anspannung, unter der sie gestanden hatte.

Er setzte sich zu ihr auf den Baumstamm. »Hier kommen die McKenzies also her, wenn sie nachdenken wollen.«

»Ja, mein Lieblingsplätzchen«, erwiderte sie und er hörte, wie gepresst ihre Stimme klang. »Ich liebe die Vögel, das Wasser, das Sonnenlicht, die sanften Brisen … O Taylor, ich danke dir. Cimarron bedeutet mir sehr viel. Aber ich ging nicht zu Weir, um die Plantage zu retten – sondern das Leben meines Vaters. Irgendwie musste ich den Schurken aufhalten. Und …« Nach einer kleinen Pause fragte sie: »Warum hast du mich weggeschickt, Taylor?«

»Weil du nach Hause wolltest«, entgegnete er tonlos.

»Ja – aber nicht ohne dich.«

»Jedes Mal, wenn ich dich liebte, hatte ich das Gefühl, ich würde dir etwas Schreckliches aufzwingen. Du hast erklärt, du möchtest keine Kinder bekommen.«

»Davor hatte ich große Angst. Aber – ich bin froh, dass du so geduldig warst. Mein Gott, Taylor, du musst doch gespürt haben, wie mir zu Mute war!«

»Eines Nachts hast du geweint.«

»Ich brauchte dich so dringend … Als du nach Ellington Manor gekommen bist – und mir erlaubt hast, mit dir zu reiten …«

»Hätte ich mich bloß nicht dazu überreden lassen! Du weißt ja, was geschehen ist.«

»Jetzt ist alles wieder gut«, erwiderte sie lächelnd. »Und meine Mutter wird bald genesen. Ich *musste* einfach nach Cimarron kommen, Taylor. Vielleicht war es mein Schicksal … Du hättest mich jedoch daran hindern können. Außerdem sagte ich, danach würde ich alles tun, was du willst. Ich werde mein Wort halten.

Was immer du auch beschließt – ich werde mich nicht dagegen wehren. Nicht einmal, wenn du mich in ein Gefängnis bringst.«

Seufzend verdrehte er die Augen. »Was für ein verlockender Vorschlag!«

»Ich meine …« Unsicher wich sie seinem Blick aus. »Jeder andere Mann hätte mich an jenem Abend in Ellington Manor erwürgt. Ich nehme an, du möchtest dich jetzt scheiden lassen.«

»Zweifellos hätte dich jeder andere Mann erwürgt.« Taylor ergriff einen flachen Kieselstein und ließ ihn über die Wasserfläche tanzen. »Aber was soll ich mit einer erdrosselten Ehefrau anfangen?«

»Ehefrau? Aber …«

»Habe ich nicht gesagt, ich würde dich niemals freigeben?«

»Und das Gefängnis?«, wisperte sie.

»Eine Zeit lang wird deine Mutter dich noch brauchen.«

»Oh, mein Gott, Taylor!« Plötzlich erhob sie sich, sank auf seinen Schoß und küsste ihn. Ihre Lippen schmeckten süß vor Leidenschaft, salzig von ihren Tränen. »Dem Himmel sei Dank, Taylor! Ich möchte unser Baby nicht im Gefängnis zur Welt bringen.«

Ein Baby … Er presste sie an sich und glitt mit ihr ins Gras hinab, sodass er auf ihr lag. »*Was?*«

»Irgendwann im April. O Taylor …« In ihren Augen glänzten neue Tränen. »Ich – liebe dich. Wahrscheinlich schon seit dem Tag unserer ersten Begegnung. Obwohl du mich wahnsinnig geärgert hast und so überzeugt von deinen Ansichten warst – als …«

»Als Yankee?«

»Trotzdem hast du immer ehrenwert gehandelt.«

»Tia – du wolltest keine Kinder«, sagte er heiser.

»Weil ich Angst hatte. Und ich fürchte mich immer noch. So viele schlimme Dinge geschehen. Aber du solltest die neuen kleinen McKenzies sehen – so wundervolle Kinder. Jetzt wünsche ich mir unser Baby, Taylor. O Gott, ich dachte, die Kugel würde ihm schaden! Aber ich musste den Tod meiner Mutter verhindern – und alles für meinen Vater tun …«

Das verstand er nur zu gut. Zärtlich strich er ihr das Haar aus dem Gesicht. So wie sie bedingungslos für die Union kämpfte, hatte sie sich ohne Zögern für ihre Eltern eingesetzt. »Seien wir dankbar, dass es vorbei ist – und ein gutes Ende gefunden hat«, sagte er leise und hauchte einen Kuss auf ihre Lippen.

»Verzeihst du mir wirklich?«

»Verzeihst *du* mir?«

»Ich habe dich niemals hintergangen.«

»Das weiß ich inzwischen. Ich war ein verdammter Idiot.«

Lächelnd schlang sie die Arme um seinen Hals und presste ihren Mund auf seinen. Ihre Zunge spielte aufreizend mit seiner. Mit gleicher Glut erwiderte er den Kuss und sein Verlangen erwachte. Ungeduldig schob er eine Hand unter ihren Rock und streichelte ihren Oberschenkel …

Plötzlich richtete er sich auf. Er hatte zu spät bemerkt, dass sie nicht mehr allein waren. Nur fünf Schritte entfernt, am Waldrand, stand Weir – eine Pistole in der Hand. Seine Uniform war zerrissen, ein Dreitagebart bedeckte seine Wangen. In den rot geränderten Augen lag ein seltsamer Glanz.

Also ist er entkommen, dachte Taylor. *Er muss über Bord gesprungen sein …* Von den Wachtposten unbemerkt, war er nach Cimarron zurückgekehrt, hatte abgewartet und sie beide beobachtet, um in einem günstigen Moment zu schießen – wenn sie miteinander beschäftigt sein würden …

Taylor stand auf, zog Tia mit sich hoch und schubste sie hinter seinen Rücken.

»Guten Tag, Colonel!«, rief Weir verächtlich. »Und Miss McKenzie – oh, verzeih mir, Mrs. Douglas.

Obwohl du seine Frau bist, wolltest du mich noch verführen?«

»Wie sind Sie denn hierher gekommen, Weir?«, fragte Taylor.

»Offenbar bilden Sie sich ein, Sie wären der Einzige, der diese Wälder und Flüsse kennt. Auch ich wuchs hier auf, Sie roter Bastard! In meinen Adern fließt zwar nicht das Blut der Wilden, aber ich weiß, wie man ins Meer springt, zur Küste schwimmt und dann seinen Weg findet.«

»Also bist du geflohen«, flüsterte Tia.

»Nichts konnte mich von dir fern halten, meine Liebe. Seit ich deine Reize kenne, drängt es mich, sie voll und ganz zu genießen.«

»Niemals! Du wolltest meinen Vater töten – und ich verabscheue dich!«

»Glaubst du, der Hass einer Hure würde mich interessieren? Ich liebe dich nicht mehr. Und wenn ich mit dir fertig bin, dürfen sich meine Soldaten mit dir amüsieren.«

»Wenn Sie meine Frau noch einmal eine Hure nennen, Weir, töte ich Sie«, knurrte Taylor. Was zum Teufel konnte er tun? Weir hielt eine entsicherte Pistole in der Hand.

»Soll sie auch sterben, Douglas? Gehen Sie weg von ihr! Ich werde dich nicht umbringen, Tia – du sollst dir nur wünschen, du wärst tot. Dachtest du wirklich, du könntest einen Narren aus mir machen, ich würde meine Männer zurückpfeifen, fügsam ins Gefängnis wandern und alles vergessen? O nein, meine Liebe. Mit aller Macht wolltest du in diesem Krieg kämpfen – jetzt wirst du den Preis dafür bezahlen.«

»Der Krieg ist verloren«, stieß Taylor hervor. »Geben Sie's auf, Weir. Der Süden, den Sie kannten, existiert nicht mehr.«

»Doch! Diesen Süden, für den ich meine Ehre wahre, wird es immer geben ...«

»Ihre *Ehre?* War es etwa ein ehrenvoller Plan, Cimarron zu überfallen und Jarrett McKenzie hinzurichten?«

»Das verstehen Sie nicht. Den Verräter zu töten, was andere nicht fertig brachten – eine Schlange aus unserem Nest zu entfernen – dieser Mut ist aller Ehren wert.« Grinsend wandte sich Weir zu Tia. »Komm endlich zu mir, schöne kleine Hure!«

Taylor hatte nur eine einzige Chance. Blitzschnell bückte er sich und warf eine Hand voller Schlamm in Weirs Gesicht. Fluchend tastete der Rebell nach seinen Augen und Taylor stürzte sich auf ihn. Beide fielen zu Boden und rangen um die Pistole. Mit aller Kraft umklammerte Taylor das Handgelenk seines Gegners. Plötzlich krachte es ohrenbetäubend und Weir rührte sich nicht mehr. Taylor starrte verdutzt in die glasigen Augen seines Feindes. Während des hektischen Kampfes hatte sich ein Schuss aus der Waffe gelöst und Weirs Kopf getroffen.

»Taylor!«, schrie Tia, sank neben ihm auf die Knie, und er nahm sie in die Arme. Ganz fest drückte er sie an sich …

Es dauerte ein Weile, bis sie aufstehen, zum Haus gehen und jemanden beauftragen konnten, Weirs Leiche vom Ufer des Teichs zu holen. Vorerst hatte jenes idyllische Fleckchen Erde allen Zauber verloren und es mochte lange dauern, bis es ihnen wieder Freude schenken würde. Nur die Liebe ließen sie trotz allem nicht warten, die Zeit war zu kostbar.

In allen Nächten bis zu seiner Abreise liebte Taylor seine Frau voller Glut, zärtlich und ehrfürchtig. Immer wieder dankte er dem Himmel für das Glück, das er in ihren Armen fand.

Eines Tages würde ein neues Leben beginnen. Das wussten sie. Bis dahin wollten sie jeden Augenblick auskosten, der ihnen gemeinsam vergönnt wurde, denn noch war der Krieg nicht beendet.

Im Januar 1865 kam es zu einem Scharmützel in Florida, das die Rebellen gewannen. Julian schrieb Taylor, der Sieg sei nicht gefeiert worden und der Krieg endgültig verloren. Mittlerweile hatten fast alle Soldaten die grausame Wahrheit erkannt. Einige desertierten, andere beschlossen, den Kampf bis zum bitteren Ende durchzustehen.

In der Rede zu seiner zweiten Amtsübernahme verkündete Lincoln, er wünsche den Frieden, würde niemanden bestrafen und den Süden wieder in der Union willkommen heißen. »Niemandem soll etwas Böses drohen, Gerechtigkeit für alle …«

Schließlich war Grant der Mann, der den Krieg gewann. Unnachgiebig belagerte er Petersburg, bis er die verzweifelten Stadtbewohner zur Kapitulation zwang und der Weg nach Richmond frei war. Die Regierung der Konföderation ergriff die Flucht.

Als Lee kapitulierte, hielt sich Taylor im Gerichtsgebäude von Appomattox auf und begrüßte seinen müden alten Freund, der den Kampf aufgab. Unions- und Konföderationssoldaten bejubelten einen der größten Generäle, die Amerika je hervorgebracht hatte. *Amerika.* Bis vor kurzem waren sie Nord- und Südstaatler gewesen. Jetzt fühlten sie sich wieder als Amerikaner.

Bald danach ritten Taylor, Jesse, Ian, Brent und Mary nach Cimarron. Dort lag jetzt ihre Heimat. Sydney war kurz nach Weihnachten eingetroffen.

Seit dem Kampf um Cimarron wohnten auch James McKenzie und seine Familie auf der Plantage. In solchen Zeiten mussten sie alle zusammenhalten. Auch Alaina, Risa, Rhiannon und Julian hatten sich längst eingefunden.

Ende April erfuhren sie von Lincolns Ermordung – ein bitterer Schicksalsschlag für die Union. Präsident Johnson mochte ein tüchtiger Mann sein, der sein Bestes tun würde. Doch der Kongress würde sich gegen ihn stellen, ein harter Kampf stand bevor. Taylor war traurig, aber nicht überrascht, denn Präsident Lincoln hatte seinen eigenen Tod kommen sehen. Jetzt war er eine Legende, ein Mann von wahrer historischer Größe.

Als die drei Männer das Haus betraten, wartete Julian im Salon. »Ich habe etwas für dich«, erklärte er Taylor und überreichte ihm ein winziges, krähendes Bündel. »Eine Tochter. Wenn sie nach ihrer Mutter gerät, wird sie dir eine Menge Ärger machen. Sie wurde am Tag der Kapitulation geboren und Tia hat sie Hope* genannt.«

Das Baby an seine Brust gepresst, stürmte Taylor die Treppe hinauf und nahm immer zwei Stufen auf einmal. Hingerissen betrachtete er die schwarzen Locken seines Kindes, die dunklen Augen mit den goldenen Pünktchen. Neben dem Bett seiner Frau fiel er auf die Knie und sie zog seinen Kopf zu sich herab. In Tränen aufgelöst, küsste sie ihn, voller Liebe, Zärtlichkeit und Leidenschaft …

Jetzt lag eine reale Zukunft vor ihnen. Das Land war verwüstet, aber der Frieden – lange ersehnt und endlich erreicht – setzte neue, strahlende Hoffnungen frei.

---

* Hoffnung

Epilog!

September 1876, Cimarron

Jarrett McKenzie stand auf dem Friedhof, einen gestiefelten Fuß auf dem alten, verwitterten Randstein eines Grabes. Als schrilles Geschrei ertönte, zuckte er zusammen. Dann schüttelte er lächelnd den Kopf. Diesen Lärm würde er in den nächsten Tagen noch sehr oft hören. Deshalb hatte Tara ihn davor gewarnt, zur Hundertjahrfeier des 4. Juli die ganze Familie einzuladen. O Gott, wie viele kleine McKenzies bevölkerten jetzt den Rasen vor dem Haus?

»Vater!«

Tia eilte zu ihm, immer noch schlank und zierlich, trotz der fünf Douglases, die sie gemeinsam mit Taylor zum Stammbaum der Familie beigetragen hatte.

Nach all den Jahren erwärmte ihr Anblick nach wie vor Jarretts Herz. Ein Mann war stolz auf seine Söhne, aber die Töchter schätzte er ganz besonders. Das hatte er zusammen mit seinem Schwiegersohn festgestellt – nach der Geburt der kleinen Jessica Lynn, des zweiten Mädchens nach drei Jungen.

Atemlos, die Wangen gerötet, blieb sie neben ihm stehen. Vorhin hatte er sie mit den kleineren Kindern auf dem Rasen umhertollen sehen. Sie war eben erst mit ihrem Mann von einer lange geplanten Reise nach Ägypten zurückgekehrt. Auf dem Heimweg über New York hatten sie die große Ausstellung anlässlich der Hundertjahrfeier in Philadelphia besucht. Davon war sie hell begeistert.

Allmählich heilten die Wunden des Krieges. Ein Jahrzehnt nach dem Ende des bitteren Konflikts zeigten sich zwar noch Narben. Aber die meisten Menschen blickten hoffnungsvoll in eine friedliche Zukunft.

»Was machst du auf dem Friedhof, Vater? Mutter will die Geburtstagstorte für die Kinder anschneiden.«

»Für welche?«

»Natürlich für die September-Kinder«, erwiderte sie lachend, küsste seine Wange, und er legte einen Arm um ihre Schultern.

Dann wandten sie sich zum Rasen, wo Picknicktische standen. Der 19-jährige Anthony Malloy, der älteste der dritten McKenzie-Generation, hatte soeben die Schule in Tallahassee abgeschlossen. Wie sein Vetter Taylor wollte er sich der Architektur widmen. Nun saßen die beiden nebeneinander und unterhielten sich sichtlich angeregt.

Nach dem Krieg hatte Taylor die Häuser seiner Träume gebaut, auch eines für seine große Familie, behauptete jedoch, Cimarron würde immer an erster Stelle in Tias Herzen stehen.

Gutmütig zauste Anthony die Haare seiner lebhaften Halbgeschwister, der Zwillinge Ana und Ashley Langley, während er Taylor interessiert zuhörte.

So tolerant war Sean nicht, als seine Schwestern Ariana und Kelly den Gartenschlauch packten und ihn anspritzten. Unterstützt von seinen Vettern Conar, Allen und Tias ältestem Sohn Robert stürzte er sich auf die Mädchen. Wieder erklang fröhliches Gekreische, als Tara, die gerade ein Tablett mit Limonade zu den Tischen trug, eine kühle Dusche hinnehmen musste.

Jerome baute wieder Schiffe. Zusammen mit Risa besaß er einen Yachthafen und gestattete sogar Yankee-Touristen, eines seiner Strandhäuser zu bewohnen. Ian war in die Politik gegangen, fest entschlossen, die letzten Differenzen zwischen den Nord- und den Südstaaten zu beseitigen.

Ebenso wie Brent arbeitete Julian in seiner eigenen Arztpraxis. Jesse hielt sich meistens in Washington auf, wo er bei der Pinkerton-Agentur angestellt war, während Sydney für die Gleichberechtigung der Frauen kämpfte. Auch sie war mit ihrer ganzen Familie zur Hundertjahrfeier nach Cimarron gekommen. Nun saß sie neben ihrem Vater und zeigte ihrer kleinen Schwester Mary, wie man Wolle aufwickelte.

»Manchmal dachte ich, einen solchen Tag würde ich niemals erleben«, gestand Jarrett seiner Tochter.

»Ja, ich weiß – aber wir haben alle überlebt – dank dir und Onkel James.«

»Im Krieg verstand ich mich nicht besonders gut mit meinem Bruder.«

»Oh, wir hatten alle unsere Meinungsverschiedenheiten. Zum Glück hast du uns einiges gelehrt, das wir niemals vergessen.«

»Was denn?«

»Liebe, Mut und Durchhaltevermögen. Und wir haben's geschafft! Vater, du ahnst nicht, was wir alles auf der Ausstellung gesehen haben! Telefone, neue Dampfmaschinen, Klimaanlagen, motorisierte Fahrzeuge ... Diese Dinge werden wir wohl erst in einigen Jahren benutzen können. Aber die Prototypen gibt's schon jetzt.«

»Deine Kinder werden den Segen des Fortschritts genießen.«

»Und ich vielleicht auch – früher als erwartet.«

»Ich wahrscheinlich nicht ...«

»O Vater ...«

»Pst! Zumindest durfte ich mich über den Frieden freuen. Und ich sah meine Kinder, Neffen und Nichten zu klugen, verantwortungsvollen Menschen heranwachsen. Was immer die Zukunft bringen mag – ihr werdet dafür sorgen, dass die Angehörigen aller Rassen und Glaubensbekenntnisse ein würdevolles Leben führen können.«

Lächelnd strich sie sich das dunkle Haar aus der Stirn. »Noch ist kein richtiger Friede eingekehrt – das wird Jahre dauern.«

»Aber die neue Ära hat schon begonnen. Denk an die vielen Erfindungen ...« Auf dem Rasen ertönte wieder gellendes Geschrei. »Vor allem eine McKenzie-Ära!«, stöhnte Jarrett.

»Tu nicht so, als würdest du darunter leiden, und hör auf, den alten Griesgram zu spielen!«, schimpfte Tia belustigt. »Wollen wir die Torte essen?«

Wehmütig betrachtete er das Grab seines Vaters. *Könntest du doch sehen, was aus deiner Wildnis geworden ist – bevölkert von Menschen, die dieses Land lieben, die es in eine viel versprechende Zukunft führen werden ...*

»Vater?«, fragte sie ungeduldig, als er immer noch zögerte.

»Gerade habe ich mir überlegt, wie stolz mein Vater wäre«, erklärte er. Arm in Arm verließen sie den Friedhof und schlenderten den Hang hinab.

»Das will ich hoffen. Am stolzesten wäre er auf Sydney. Sie kämpft eifrig für das Wahlrecht der Frauen.«

»O Gott!«, seufzte er und blieb abrupt stehen. »Hör mal, du weißt, dass die Frauen genauso intelligent sind wie ...« Als sie ihn grinsen sah, unterbrach sie sich und errötete. »Bis es so weit ist, dass wir wählen dürfen, wird noch einige Zeit vergehen.«

»Meine Enkelinnen werden's möglicherweise erleben. Was für einen Wirbel die Kinder machen ...«

»Wie viele sind's eigentlich?«

»Glaubst du, ich bin zu senil, um meine Enkel zu zählen?«

»Bald kommt noch eins dazu.«

»Tia ...«

»Nun, die Schiffsreise auf dem Nil war sehr romantisch.«

»Aber – sechs Kinder? Früher wolltest du gar keins.«

»Weil ich den Krieg hasste«, entgegnete sie lächelnd. »Jetzt leben wir im Frieden.«

»Und wenn uns neue Tragödien heimsuchen?«

»Davor fürchte ich mich nun nicht mehr, weil ich

Freud und Leid mit einem wunderbaren Mann teilen kann.«

Liebevoll legte er einen Finger unter ihr Kinn. »Taylor muss sehr glücklich sein.«

»O ja, das ist er.«

»Dem Himmel sei Dank für meine großartige Familie … Aber jetzt sollten wir uns beeilen, Tia, sonst futtern uns die Kinder die ganze Torte weg.«